L'ŒUVRE

D1290840

ÉMILE ZOLA

L'ŒUVRE

Chronologie, Introduction et Archives de l'œuvre
par
Antoinette Ehrard
Maître-Assistant à la Faculté des Lettres
et Sciences Humaines de Clermont-Ferrand

GF
FLAMMARION

CHRONOLOGIE

VIE ARTISTIQUE ET LITTÉRAIRE

1830   Naissance de Pissarro.

1832   Balzac, *Le Chef-d'œuvre inconnu*.
Naissance d'Edouard Manet.

1839   Stendhal, *La Chartreuse de Parme*.
Lamartine, *Recueillements poétiques*.
Naissance de Paul Cézanne.

1840   Naissance de Claude Monet et de Rodin.
Musset, *Œuvres complètes*.
Hugo, *Les Rayons et les Ombres*.

1841   Naissance de B. Morisot, Bazille, Renoir.

1842   Naissance du peintre Guillemet.

1846   Baudelaire, *Le Salon de 1846*.

1847   Balzac, *Le Cousin Pons*.

1849   Courbet, *L'Enterrement à Ornans*.
Première exposition des « Préraphaélites » à Londres.

1850   Mort de Balzac.

1852   Baudelaire traduit et étudie Edgar Poe.
2 décembre : Louis Napoléon Bonaparte devient empereur.

1853   Courbet, *Les Baigneuses*.
Hugo, *Les Châtiments*.
Naissance de Vincent Van Gogh.

1855   En marge de l'Exposition Universelle, Pavillon de Courbet : « Le Réalisme ».

1856   L. Duranty et Champfleury, *Le Réalisme*.
Hugo, *Les Contemplations*.

VIE ET ŒUVRE DE ZOLA

Naissance d'Emile Zola, à Paris.	1840
La famille Zola s'installe à Aix-en-Provence.	1843
Mort du père de Zola. Difficultés financières.	1847
Zola élève de la pension Notre-Dame. A pour camarades Marius Roux et Philippe Solari.	1848
Zola au collège d'Aix-en-Provence. Début de son amitié avec Cézanne et Baille. Préoccupés d'art et de littérature. Promenades à la campagne.	1852
Poèmes, un roman, une comédie (textes disparus). Promenades, nage, chasse dans la campagne provençale.	1856

1857   Flaubert, *Madame Bovary*.
       Baudelaire, *Les Fleurs du Mal*.
       Castagnary, *Salons* (1857-1879).

1858   Cézanne, aidé de Zola, peint un paravent.

1859   Manet refusé au Salon.

1860   E. Manet, *La Musique aux Tuileries*.
       Exposition privée de peintures de Delacroix,
       Corot, Courbet, Millet.

1861   Arrivée de Cézanne à Paris.
       Au Salon, débuts d'E. Manet qui expose égale-
       ment à la galerie Martinet.

1862   V. Hugo, *Les Misérables*.

1863   Premier salon des Refusés. E. Manet y expose
       « Le Bain » *(Le Déjeuner sur l'herbe)*. Réunions
       des amis de Manet au café Guerbois, aux Bati-
       gnolles.
       Exposition de peinture moderne chez Martinet.
       E. Manet y expose.
       Mort de Delacroix.
       Baudelaire : *Eugène Delacroix. Le peintre de la vie
       moderne* (Constantin Guys).

1863-1864   Cézanne, *Une lecture chez Zola*.

1863-1865   Cézanne, *Portrait présumé de Zola*.

1864   Taine professeur d'esthétique à l'école des Beaux-
       Arts.

1865   Courbet, *Proudhon et sa famille*.
       Mort de Proudhon. Edition posthume : *Du prin-
       cipe de l'art et de sa destination sociale*.
       Cl. Monet, Pissarro, Guillemet exposent au
       Salon.
       E. Manet, *Olympia* (exposée au Salon).

Nombreux poèmes (disparus). Arrivée de Zola à Paris, lettres à Cézanne et à J.-B. Baille.	1858
Echec au baccalauréat. Arrêt de ses études.	1859
Commence à fréquenter les ateliers parisiens. *Paolo*, poème; *Perrette*, proverbe en vers; *Septembre en coup de vent*, nouvelle.	1860
Visite le salon de peinture en compagnie de Cézanne.	1861
Entre comme commis chez l'éditeur Hachette, puis au bureau de la publicité.	1862
Article sur le *Don Quichotte* illustré par Gustave Doré, dans *le Journal populaire de Lille*, décembre. (Première publication de Zola consacrée à l'art.) *Contes à Ninette* dans *La Revue du mois* (avril et octobre).	1863
Critique littéraire, contes, chroniques. Juin : devient chef de la publicité chez Hachette. Expose la théorie des « écrans » dans une lettre à Valabrègue (18 août); décembre : *Contes à Ninon*.	1864
Visite l'atelier de Courbet. Dans *Le Salut Public* de Lyon, juillet-août : *Proudhon et Courbet ;* décembre : *Gustave Doré*. Novembre, achève *La Confession de Claude* (roman commencé en 1862 — souvenirs de ses années de bohème). Rencontre Alexandrine Maley. Le jeudi soir reçoit ses amis : Cézanne, Baille, Marius Roux, Philippe Solari.	1865

1866 Au salon Cl. Monet expose « La Robe verte »
(Camille).
Les envois de Cézanne et d'E. Manet sont refusés.
12 avril : suicide du peintre Holtzapfel.
19 avril : lettre de Cézanne au surintendant des
Beaux-Arts.
Ph. Solari, *Buste de Zola* (plâtre) (exposé au Salon
de 66).
Le marchand de tableaux Paul Durand-Ruel
achète 70 tableaux à Théodore Rousseau.

1867 Mort d'Ingres.
Pavillons Courbet et Manet en marge de l'Expo-
sition Universelle.
Cl. Monet, *Femmes au jardin* (1866-1867) refusées
par le jury du Salon.
Taine, *De l'Idéal dans l'art*.
F. Maynard, chronique injurieuse pour Cézanne
dans *Le Figaro*, 8 avril.
Cézanne, *L'Orgie*.
E. Manet, *Portrait de Zola* (daté 1868).
Th. Duret, *Les peintres français en 1867*.
Duranty, *Le peintre Marsabiel*.
Duranty, *Ceux qui seront les peintres*.
Mort de Baudelaire.
Paul Durand-Ruel loue un local rue Laffitte.
Goncourt, *Manette Salomon*.

1868 Au Salon E. Manet expose le *Portrait de Zola* et
La Femme au perroquet ; Pissarro, *L'Hermitage et la
côte de Jallais* ; Cl. Monet, *Navires sortant des
jetées du Havre* ; Renoir, *Lise* ; Bazille, *La réunion
de famille*.

Février : visite l'atelier de Manet.   **1866**
Collaboration régulière à *L'Evénement*.
Critique littéraire et artistique.
« Un suicide », *L'Evénement*, 19 avril.
Etude admirative sur Taine dans *La Revue
contemporaine*.
Est introduit au café Guerbois par Guillemet.
Compte rendu du *Salon* dans *L'Evénement*
(27 avril-20 mai).
Juin : *Mes Haines* (brochure).
Juillet : *Mon Salon* (brochure).
Printemps-été : Zola et Cézanne à Bennecourt.
Pissarro est reçu chez Zola.
Communication au congrès d'Aix : « Deux défini-
tions du roman. »
Le Vœu d'une morte, roman feuilleton.

« Une nouvelle manière en peinture, Edouard   **1867**
Manet », dans *La Revue du XIXᵉ siècle*, 1ᵉʳ janvier.
Juin : *Edouard Manet* (brochure).
Lettre au *Figaro*, 12 avril (défense de Cézanne).
Nos peintres au Champ-de-Mars, dans *La Situa-
tion*, 1ᵉʳ juillet.
Décembre : *Thérèse Raquin*, « roman psycholo-
gique et physiologique ».
Les Mystères de Marseille, roman feuilleton (1867-
1868).

Critique littéraire, critique d'art, chroniques...   **1868**
dans *L'Evénement illustré*, *Le Globe*.
La Tribune « Mon Salon » dans *L'Evénement illus-
tré* (mai-juin).
Premiers projets d'un grand cycle romanesque :
L'histoire d'une famille, en 10 volumes.
Seconde édition de *Thérèse Raquin* ; préface expo-
sant les principes du naturalisme.
Zola fréquente le café Guerbois.
Zola fait accepter par l'éditeur Lacroix le plan
des *Rougon-Macquart*.
Premier projet de L'ŒUVRE.

1869 Bazille peint *L'atelier du peintre ;* Fantin-Latour, *Un atelier aux Batignolles* — Zola figure dans ces deux tableaux.
Le jury du Salon refuse les envois de Cl. Monet et de Pissarro.
Au Salon E. Manet expose *Le Balcon, Le Déjeuner ;* Courbet, *La Vague* (du musée du Louvre).
Flaubert, *L'Éducation sentimentale ;* Verlaine, *Les Fêtes galantes.*
Cézanne, *Paul Alexis lisant à Zola.*

1870 Paul Durand-Ruel fonde *la Revue internationale de l'art et de la curiosité.*
23 février : Duel entre Manet et Duranty — Zola témoin de Manet.
19 juillet : Déclaration de guerre à la Prusse.
4 septembre : Chute de l'empire.
Cézanne, *Nature morte à la pendule.*
Degas, *Musiciens à l'orchestre.*
A Londres, Daubigny présente Cl. Monet à Paul Durand-Ruel.

1871 Mars-mai : La Commune. Courbet, Président de la Commission des Artistes, emprisonné après le 28 mai.
Cézanne, *Neige fondante à l'Estaque.*
Rimbaud écrit *Le Bateau ivre.*

1872 Duranty : *La simple vie du peintre Louis Martin.*
Monet, *Impression, soleil levant.*
Cézanne, *Une moderne Olympia.*
P. Durand-Ruel achète une trentaine de toiles à Manet, pour 53 000 F.
Achète également œuvres de Cl. Monet, (23 peintures), Degas, Sisley, Pissarro, Renoir.

1873 Le jury du Salon refuse les envois de Renoir et de Jongkind.
Solari, second *Buste de Zola* (exposé au Salon).
Manet expose *Le Repos* et *Le Bon Bock.*
Cézanne, *La Maison du pendu.*
Rimbaud, *Une saison en enfer.*
Daudet, *Contes du lundi.*
1873-1874 : Crise économique; Durand-Ruel raréfie ses achats.

Rencontre P. Alexis.
Epouse Alexandrine Maley.

Juin : *La Fortune des Rougon* paraît en feuilleton   **1870**
dans *Le Siècle* (publication interrompue).

Collaboration régulière à *La Cloche* et au *Séma-*   **1871**
phore de Marseille.
Octobre : *La Fortune des Rougon*. Dans *La Cloche* :
publication interrompue sur intervention du Parquet de la Seine.

Janvier : *La Curée*.   **1872**
Amitié de Flaubert, Daudet, Tourguéniev.
Visite l'atelier de Jongkind.
Dans *La Cloche* « Lettres parisiennes » : 24 janvier
sur Jongkind, 12 mai-13 juillet sur le Salon.
Le Corsaire, 3 décembre, « causerie du dimanche »
sur l'art.

Mai : LE VENTRE DE PARIS. 1ʳᵉ apparition   **1873**
de Claude Lantier.

1874 Au Salon E. Manet expose *Le Chemin de fer*.
15 avril-15 mai : 1ʳᵉ exposition indépendante chez
Nadar (« impressionniste ») : Monet, Pissarro, Sis-
ley, Cézanne, Degas, B. Morisot, Renoir...
Flaubert, *La Tentation de saint Antoine*.
Verlaine, *Romances sans paroles*.
Rimbaud, *Les Illuminations*.
Durand-Ruel achète 5 000 F de peintures à
Pissarro.
Le père Martin achète 485 F *La Loge* de Renoir.

1875 Les amis de Manet se réunissent au café de *La
Nouvelle Athènes*.
Au Salon, Manet expose *Argenteuil*.
Vente « impressionniste » à l'Hôtel Drouot.
Insuccès.

1876 Stéphane Mallarmé, *Manet* (*The Art Monthly
Review*, 30 septembre).
Deuxième exposition indépendante (« impres-
sionniste ») chez Durand-Ruel.

1877 Troisième exposition « impressionniste ». Rivière,
L'impressionniste, journal d'art.

1878 Elvire-Marie Caro, *Le Pessimisme au XIXᵉ siècle*.
Th. Duret, *Les Peintres impressionnistes*.
Exposition Daumier chez Durand-Ruel.
Exposition Universelle : rétrospective Cabanel.
Exposition d'œuvres des « préraphaélites » anglais.
E. Manet expose dans son atelier.

1879 Schopenhauer, *Pensées, Maximes* et *Fragments*,
traduction française par Burdeau.

Dans le *Sémaphore de Marseille*, Zola signale la **1874**
Ire exposition impressionniste le 18 avril ; compte
rendu du Salon le 3-4 mai.
28 avril : Récit du suicide du peintre Tassaert.
Juin : *La Conquête de Plassans ; Nouveaux contes
à Ninon*.

Sémaphore de Marseille.   **1875**
4 mai : « Le Salon de 1875 ».
Début de la collaboration de Zola au *Messager de
l'Europe* (1875-1880).
Juin : « *Une exposition de tableaux à Paris* ».
Amitié de Mallarmé.
La Faute de l'abbé Mouret.

Son Excellence Eugène Rougon.   **1876**
L'Assommoir publié en feuilleton dans *Le Bien
public* puis *La République des lettres*.
Zola souffre de « palpitations » et « d'humeurs
noires ».
Se lie avec Huysmans.

Sémaphore de Marseille, « Notes Parisiennes » :   **1877**
4 avril : Article sur le suicide du peintre Charles
Marchal.
19 avril : « Une exposition, les peintres impressionnistes ».
Se lie avec Céard et Hennique.
Théories proclamées dans *Le Bien public*. Zola
devient le chef du « Naturalisme ».
L'Assommoir (grand succès de librairie).

Achat de la villa de Médan.   **1878**
Publication de l'arbre généalogique des *Rougon-
Macquart*, dans *Une page d'amour*.

Réédition de *Mes Haines, Mon Salon*.   **1879**

Cézanne rend plusieurs visites à Zola à Médan;
peint *Le Château de Médan* (aquarelle).
Manet, portrait de *Madame Zola*, pastel.
4ᵉ exposition indépendante.

1880 Mort de Duranty.
Mort de Flaubert.
Cézanne chez Zola à Médan en été; peint *La Maison de Zola* à Médan.
5ᵉ exposition indépendante; admission de Gauguin, départ de Cl. Monet.
Roll, *La Grève des mineurs* (peinture).

1881 6ᵉ exposition indépendante.
Reprise des achats de peinture impressionniste par Durand-Ruel; devient leur marchand exclusif.

1882 Rétrospective Courbet à l'Ecole Nationale des Beaux-Arts.
E. Manet, chevalier de la Légion d'honneur.
Cézanne expose pour la 1ʳᵉ et la dernière fois au Salon.
Le marchand de tableaux Georges Petit fonde « l'Exposition Internationale ».
7ᵉ exposition indépendante chez Durand-Ruel.

1883 Ferdinand Brunetière, *Le Roman naturaliste*.
Huysmans, *L'Art moderne*.
Chez Durand-Ruel, expositions particulières, de Cl. Monet, Renoir, Pissarro, Sisley.

1884 Fondation du Salon des Indépendants, sans jury ni récompense.
Mort de Manet, Tourguéniev, Wagner.
Rétrospective Manet à l'Ecole des Beaux-Arts.
Huysmans, *A Rebours*.
Verlaine, *Les Poètes maudits*, *Jadis et naguère*.
Difficultés financières de Durand-Ruel.

1885 Edouard Rod : *La Course à la mort*.
Mort de Victor Hugo, de Jules Vallès.
Cézanne à Médan en juillet.
Van Gogh, *Nature morte à « La Joie de Vivre »*.
Seurat, *La Grande Jatte*. Elaboration de la théorie « divisionniste ».
Cl. Monet expose chez G. Petit.

En collaboration avec Maupassant, Hennique, **1880**
Huysmans, Alexis et Céard : *Les Soirées de Médan.*
Nana.
Le Roman expérimental.
Le Naturalisme au Salon.
Mort de la mère de Zola, grand ébranlement ner-
veux de l'écrivain ; crises d'angoisse.

Recueils d'études critiques : *Les Romanciers natu-* **1881**
ralistes, Le Naturalisme au théâtre, Nos auteurs
dramatiques, Documents littéraires.
« *Après une promenade au Salon* », *Le Figaro*,
23 mai.

Grande fatigue nerveuse de Zola qui se « bourre **1882**
de morphine ».
La Capitaine Burle (6 nouvelles).
Une campagne, recueil d'articles publiés dans *Le*
Figaro.
Pot-Bouille.

Au Bonheur des Dames. **1883**
Début de la réaction antinaturaliste.
Huysmans s'éloigne de Zola.

Obsession de la mort. **1884**
La Joie de vivre.
Naïs Micoulin (6 nouvelles parues dans *Le Mes-*
sager de l'Europe).
Préface au catalogue de l'Exposition des œuvres
d'É. Manet.

Germinal. **1885**
Lit *Crime et Châtiment.*
Rédaction de L'ŒUVRE.

1886 Publication du *Manifeste symboliste* de Moréas.
Développement de la réaction idéaliste mystique
et des thèmes symbolistes.
8ᵉ et dernière exposition indépendante.
F. Fénéon, *Les Impressionnistes en 1886*.
Durand-Ruel expose un ensemble de peintures
impressionnistes à New York.

1887 Début de la construction de la tour Eiffel.
Les impressionnistes exposent chez G. Petit.
La peinture impressionniste commence à bien se
vendre.

1888 V. Van Gogh à Arles. Gauguin, *La Vision après
le sermon*.
1ᵉʳ Salon Rose + Croix.
Formation du groupe des « Nabis ».
Cl. Monet abandonne Durand-Ruel et signe un
contrat avec la maison Boussod et Valadon.

1889 Exposition Universelle.
Exposition du « groupe impressionniste et synthé-
tiste » au café Volpini.
Développement du théâtre symboliste.
Cl. Monet traite de nouveau avec Durand-Ruel;
a atteint la célébrité.
Souscription pour offrir au musée du Louvre
L'Olympia de Manet.

1890 Renan, *L'Avenir de la Science*.
Claudel, *Tête d'or*.
Antoine joue *Les Revenants*, d'Ibsen.
Mort de Van Gogh.

1891 Dans une lettre d'Aix, Paul Alexis donne à Zola
des nouvelles de Cézanne.

1892 Chez Durand-Ruel : exposition Degas; rétrospective Pissarro.

L'ŒUVRE **1886**
4 avril : dernière lettre de Cézanne à Zola.

Publication de *La Terre* en feuilleton. « Manifeste **1887**
des cinq » dans *Le Figaro*, signé : Bonnetain, Ros-
ny, Descaves, Margueritte et Guiches.

Jeanne Rozerot entre au service de Mme Zola. **1888**
Octobre : *Le Rêve*.
Décembre : début de la liaison avec Jeanne Roze-
rot.

Septembre : naissance de Denise, fille de Zola et **1889**
de Jeanne Rozerot.
Mai : *Madeleine*, au théâtre libre d'Antoine.
Préface à *L'Exposition de l'Œuvre gravé de Marcellin Desboutin*. (Catalogue et *Le Figaro* : 8 juillet
1889.)
Zola refuse de souscrire pour *Olympia*.

La Bête humaine. **1890**

Mars : *L'Argent*. **1891**
31 mars : Zola répond à *l'enquête* de Jules Huret :
« je crois à une sorte de classicisme du naturalisme ».
Naissance de Jacques, fils de Zola et de Jeanne
Rozerot.
5 avril : Zola élu membre du Comité de la Société
des Gens de Lettres. En est élu président le lendemain.
6 juillet : La société commande à Rodin une *statue de Balzac*.
Juin : *La Débâcle*. **1892**

1893 Maeterlinck, *Pelléas et Mélisande*.
Chez Durand-Ruel : expositions Gauguin et O. Redon.
Ouverture de la Galerie Vollard.

1894 Arrestation et condamnation de Dreyfus.

1895 Exposition Cézanne chez Ambroise Vollard.

1896 10 novembre : Publication du « Bordereau ».
Campagne de Bernard Lazare pour la révision du procès Dreyfus.

1897 A. Gide : *Les Nourritures terrestres*.
Sisley signe un contrat avec Georges Petit.

1899 Durand-Ruel achète plusieurs toiles de Cézanne à la vente Chocquet.
Cl. Monet achète un Cézanne à l'Hôtel Drouot.
Cézanne expose trois œuvres au Salon des Indépendants.
2ᵉ exposition Cézanne chez Vollard.
Exposition générale des « Nabis » chez Durand-Ruel.
Signac, *D'Eugène Delacroix au Néo-impressionnisme*.

1900 Exposition Universelle : Centennale de l'art français.
Loi sur la durée du Travail (maximum de 11 heures).

1901 Mort de Paul Alexis.
Picasso à Paris; première exposition chez Vollard.
Aux Indépendants, Cézanne expose deux œuvres; Maurice Denis, *Hommage à Cézanne*.

Juillet : *Le Docteur Pascal*, 20ᵉ et dernier tome de   **1893**
la série des *Rougon-Macquart*.

Les Trois villes : Lourdes.   **1894**
Novembre-décembre : voyage en Italie.

Décembre 1895-Juin 1896 : Collaboration régu- **1895**
lière au *Figaro*.

Zola reçoit à Médan Fasquelle, Mirbeau, Dumou- **1896**
lin.
Les Trois Villes : Rome.

Novembre-décembre : Zola s'engage dans la cam- **1897**
pagne en faveur de Dreyfus : 1ᵉʳˢ articles dans
Le Figaro.
Nouvelle campagne, articles publiés dans *Le Figaro*
en 1895-1896.
13 janvier : *J'accuse*, dans *L'Aurore*.
Février : procès de Zola; condamné à 3 000 F
d'amende et un an de prison.
Mars : *Les Trois Villes : Paris.*
Juillet : Les Assises de Versailles confirment l'arrêt des Assises de Paris, cassé pour vice de procédure.
Zola en exil en Angleterre.

Les Quatre Evangiles : Fécondité.   **1899**

La Vérité en marche, recueil d'articles sur l'affaire   **1901**
Dreyfus.
Les Quatre Evangiles : Travail.
Prépare *Vérité*.

1902   Th. Duret, *Histoire d'E. Manet et de son œuvre*.
        Cézanne expose trois œuvres aux Indépendants.
        Matisse et Picasso exposent chez Berthe Weill.

1903   Mort de Pissarro et de Gauguin.
        Fondation du Salon d'Automne.

1905   Scandale des « Fauves » au Salon d'Automne.

1906   Mort de Paul Cézanne.

1907   *Olympia* entre au Louvre.
        Rétrospective Cézanne au Salon d'Automne.
        D. H. Kahnweiler ouvre une galerie rue Vignon.
        Premiers contrats signés avec Vlaminck, Derain,
        Braque. Invente le contrat de monopole.

1908   Braque expose chez Kahnweiler. Cesse d'exposer
        dans les Salons.

1909   Premier contact entre Matisse et Bernheim Jeune.

29 septembre : mort de Zola, asphyxié dans son   **1902**
appartement parisien.
Le Quatrième des *Evangiles*, *Justice*, demeure à
l'état de notes préparatoires.

Publication de *Vérité*.   **1903**

Transfert des cendres de Zola au Panthéon.   **1908**

INTRODUCTION

Ami d'Edouard Manet dont il se fit dans la presse, dès 1866, le défenseur passionné, ami de Claude Monet, de Paul Cézanne et de bien d'autres artistes, peintres, graveurs, sculpteurs ou architectes, l'auteur des *Rougon-Macquart*, des *Trois Villes* et des *Evangiles* ne pouvait ignorer ni négliger l'expérience de l'homme et du critique d'art. Sans doute la réflexion sur l'art est-elle fondamentale dans *L'Œuvre*, mais l'art et les artistes jouent un rôle à peu près constant dans l'ensemble de l'œuvre romanesque d'Émile Zola. Même s'il ne s'agit que d'une allusion, d'une scène rapide ou d'une silhouette fugitive, la présence de l'art n'est jamais fortuite.

Dans *L'Assommoir* la noce de Gervaise défilant au Louvre montre un public populaire qui tente d'emprunter une culture qui n'est pas la sienne et se trouve brusquement jeté parmi des œuvres auxquelles rien ne l'a préparé; dans les salles du musée, mariés et invités sont aussi décontenancés qu'ils l'avaient été à la sortie de la mairie et de l'église, par des cérémonies qui ne semblaient pas faites pour eux. De même, dans *Son Excellence Eugène Rougon*, la réaction de Rougon et du vieux M. de Plouguern devant la peinture méticuleuse de Luigi Pozzo est à la fois celle des individus et celle de tout le groupe social auxquels ils appartiennent. Goût du détail et amour du joli s'expriment dans la satisfaction de Rougon : lui, « que les tableaux ennuyaient d'ordinaire, était charmé. Il comprenait l'art en ce moment ». Et lorsque, devant le portrait d'une jolie fille déshabillée en Diane, il se déclare satisfait d'un dessin « capable d'élever et d'inspirer de grandes pensées », il trahit l'hypocrisie de certains clients de Gérôme et de Cabanel. Il rejoint dans l'indigence du sens esthétique l'admirateur

des « anciens » en concluant avec le vieux légitimiste ral-
lié à l'Empire : « J'aime la peinture gaie — l'art n'est pas
fait pour ennuyer. » Vingt ans plus tard les mêmes
tableaux se vendent très bien, mais la bourgeoisie four-
nit également un public aux artistes symbolistes, quelles
que soient les sympathies personnelles de beaucoup de
ces derniers pour le mouvement anarchiste. Les émo-
tions esthétiques et les goûts des personnages des *Trois
Villes*, leur inspiration ou leur absence d'inspiration lorsqu'il s'agit d'artistes, sont représentatifs des grands courants sociaux, éthiques et esthétiques tels que les conçoit
Zola à la fin du siècle. Dans *Rome*, Pierre, issu du peuple,
est saisi d'admiration devant les hommes et les femmes
de chair créés par Michel-Ange, devant la « vie énorme
et pullulante », alors que le grand bourgeois catholique
Narcisse Habert se pâme devant Botticelli, « la mélancolie », « le néant humain ». L'opposition est plus nette
encore dans *Paris*. L'admirateur de la peinture symboliste, Hyacinthe, pédéraste et buveur d'absinthe, image
même de la décadence, est le fils du banquier Duvillard,
l'ancien élève du lycée Condorcet. En revanche, François
cherche à saisir dans ses gravures le jaillissement de la
vie quotidienne. Dans le même roman, si le sculpteur
Jahan échoue à faire une *Charité* de commande et modèle
une *Fécondité* triomphante, c'est qu'il croit, tout comme
l'auteur, à la force de la seconde, et non plus à l'avenir
de la première. Pour créer de grandes œuvres, il faut
« aller à la foi nouvelle », proclame l'artiste fier d'expliquer : « toute mon enfance s'est passée parmi le peuple ».
À l'ange conforme à la tradition, « un ange correct aux
ailes d'oie symétriques, avec le corps ni fille ni garçon, la
tête poncive, exprimant l'extase niaise », l'ange de la foi
morte, s'oppose l'ange « trop humain », refusé par l'ar-
chevêché, au corps d'« éphèbe, mince et robuste ».
    Mais l'œuvre d'art ne sert pas seulement à révéler l'es-
thétique d'un milieu. Elle peut aussi prendre valeur de
signe : symbole du caractère d'un personnage, projection
de son trouble intérieur, ou figuration de son destin. Par
exemple la gravure de la tentation de saint Antoine,
dans *Madeleine Férat*, est un « symbole fidèle » des
croyances religieuses de la fanatique Geneviève, tandis
que dans *La Curée* « l'Amour rieur, regardant et apprê-
tant sa flèche », peint par Chaplin au plafond du cabinet
de toilette de Renée, est celui de la frivolité et de la
liberté de mœurs de la jeune femme. Les hypothèses de

Zola sur l'origine du génie fournissent au romancier un
symptôme inattendu du remords dans *Thérèse Raquin*.
« Il est difficile à l'analyse de pénétrer à de telles profondeurs », avoue l'écrivain. Il suppose néanmoins que
le « grand détraquement nerveux subi par Laurent après
son crime a fait de lui un artiste : « dans la vie de terreur
qu'il menait, sa pensée délirait et montait jusqu'à l'extase du génie ». Il serait pourtant imprudent d'en conclure
que Zola assimile simplement « névrose » et génie. Cette
névrose « développait en Laurent un sens artistique d'une
lucidité étrange », mais l'assassin de Camille n'est pas
devenu pour autant un véritable créateur. Laurent est
un « maçon » auquel l'ébranlement nerveux prête quelques
aspects d'un « artiste », mais les « hautes promesses » que
son ami croit trouver dans ses toiles ne peuvent être
tenues. L'amant de Thérèse ne fait qu'extérioriser sur
la toile sa hantise intérieure; il ne peint et ne pourra
jamais peindre que le visage de Camille. Le style des
portraits qu'il ébauche rappelle celui de Manet — « l'allure en était grasse et solide, chaque morceau s'enlevait
par taches magnifiques sur les fonds d'un gris clair ».
Zola emprunte une forme à la réalité qu'il connaît; mais
il sait très bien que Manet ne se passe pas de modèle,
alors que Laurent peint « au gré de sa fantaisie ». Et surtout, si Manet possède, comme Laurent, « les sensations
vives et poignantes des tempéraments nerveux », son
talent n'est pas dû à la subite et « effroyable secousse »
d'un crime caché. Le romancier utilise le savoir du critique d'art; le roman ne formule pas un jugement sur
des œuvres réelles.

L'œuvre d'art joue également son rôle de signe, et
non d'objet de critique, dans *Le Rêve*, signe du destin,
et non plus symptôme. L'action est annoncée et résu-
mée, comme dans un miroir de sorcière, par les Vierges
et les lis que brode Angélique, par la cathédrale et ses
vitraux. Le vitrail de Saint-Georges où la jeune fille croit
se reconnaître lui prédit en un rêve sa rencontre mira-
culeuse avec « un jeune homme plus beau que le jour »;
le saint semble descendre du vitrail, Angélique est « ravie
au ciel, dans le petit souffle d'un baiser »; la cathédrale
elle-même quitte le sol, « ravie, toute droite »; dans un
tel jaillissement qu'Angélique éprouve « la sensation physique » de l'envol.

L'œuvre d'art peut enfin devenir un élément actif du
roman, un véritable personnage, comme dans *La Faute*

de l'abbé Mouret, et, bien évidemment, *L'Œuvre*. Serge
Mouret commence par adorer le « corps sans sexe » de
l'Immaculée Conception qui sourit tendrement sur sa
commode. Puis, dans les peintures émiettées du Para-
dou, avec les « petits Amours volant par bandes », les
« corps pâmés dans une luxure aimable », Serge et Ade-
line découvrent peu à peu « une résurrection de chairs
tendres sortant du gris de la muraille ». Au fur et à
mesure que leur sensibilité se transforme, les jeunes gens
déchiffrent mieux « l'histoire de cette grande fille nue
aimée d'un faune », et la nudité des peintures donne à
Serge « des rêves fous ». Dans cet échange, la vie éveille
à l'art et l'art éveille à la vie. Dans *L'Œuvre*, tout au
contraire, l'action de l'œuvre d'art est destructrice. La
femme mystique, la femme peinte triomphe de Christine, la femme de chair ; Claude se suicide devant la
peinture manquée qui reste « seule immortelle et debout ».
Mais si l'œuvre d'art apparaît ici comme la rivale de la
vie, il s'agit d'un combat qui se livre dans l'esprit et le
cœur de l'artiste, non d'une emprise maléfique sur le spec-
tateur. Déjà, avant la rédaction de *L'Œuvre*, la réflexion
de Zola sur la nature et le destin du talent artistique
s'était exprimée, sur le mode mineur, dans une nouvelle
parue en russe en 1880 dans *Le Messager de l'Europe*, et
rééditée en 1900, en français cette fois, avec des remanie-
ments, dans *La Grande Revue*. *Madame Sourdis*, nouvelle
parfaitement équilibrée, en quatre parties — on serait
tenté de dire en quatre actes, ou même en quatre tableaux
— conte comment un peintre, Ferdinand Sourdis, crée
dans sa jeunesse une œuvre originale et personnelle, *La
Promenade*, puis, sombrant dans la paresse et la débauche,
laisse sa femme collaborer à ses œuvres et finalement se
substituer entièrement à lui. De l'origine du talent de
Ferdinand, Zola ne dit rien ; aucune allusion ici à une
névrose ou à un détraquement nerveux quelconque.
Remarquons cependant que Ferdinand est un faible,
« une nature mollement voluptueuse » ; Adèle en revanche
est une volonté de fer, persuadée que « le génie ne peut
aller sans l'ordre ». La première œuvre de Ferdinand
comporte des « audaces de dessin » et des « vibrations de
la couleur » qui manifestent un « nouveau tempérament ».
Mais c'est bien abusivement que le public crie « à la
venue d'un maître » ; l'œuvre ne possédait en fait que
« la pointe d'originalité nécessaire pour piquer le goût
blasé du plus grand nombre, sans que pourtant le tem-

pérament du peintre débordât au point de blesser les
gens ». Si bien que dans l'association entre les deux époux,
c'est bientôt Adèle qui a « mangé Ferdinand ». La jeune
femme possède une certaine personnalité, proche de celle
de son mari, mais surtout « une habileté extraordinaire »,
le « génie de démonter le métier des autres et de s'y glisser ». Aussi peut-elle se substituer à Ferdinand sans que
le grand public en prenne conscience. On retrouve ici la
distinction maintes fois établie par Zola dans sa critique
d'art entre l'habileté et le génie. La collaboration des
époux Sourdis produit des œuvres à succès; Ferdinand
connaît la gloire qu'obtiendront dans *L'Œuvre* un Fagerolles, et dans la vie un Gervex. Mais la peinture devient
« de plus en plus banale »; il ne reste plus que le « métier
de peintre »; « cela n'a plus ni flamme ni saveur, ni originalité d'aucune sorte. Ah! c'est joli, c'est facile... »
Ferdinand Sourdis n'est pas capable de la lutte achar-
née que mènera plus tard le héros de *L'Œuvre;* « il est
incapable du mauvais ». Claude Lantier aboutira au
« gâchis superbe de l'homme foudroyé »; Ferdinand Sourdis finit « comme un petit garçon bien sage ». L'anecdote
soutient une réflexion sur la nature du génie assimilé à
la puissance virile; mais, plus triste que violent, le récit
de la déchéance de Ferdinand ne vise aucun peintre en
particulier.

L'Œuvre, en revanche, dans la mesure où il s'agit d'un
récit partiellement autobiographique et d'un roman à
clefs, a été jusqu'à présent considéré, par presque tous
les commentateurs, comme un prolongement direct de
la critique d'art de Zola et interprété, soit comme un
reniement de ses admirations passées, soit comme un
aveu d'incompétence fondamentale en matière d'art.
Celui qui, le seul en 1866, avait écrit dans *Mon Salon*,
au grand scandale des lecteurs de *L'Evénement :* « la place
de M. Manet est marquée au Louvre, comme celle de
Courbet, comme celle de tout artiste d'un talent original
et fort »; celui qui, le premier avait rédigé la préface à
l'exposition individuelle des œuvres d'Edouard Manet
en 1867; celui qui avait affirmé en 1877, malgré les
risées de la foule devant les œuvres de Cézanne figurant
à la troisième exposition « impressionniste » : « M. Paul
Cézanne [est] à coup sûr le plus grand coloriste du
groupe. [...] Les toiles si fortes et si vécues de ce peintre
peuvent faire sourire le bourgeois, elles n'en indiquent
pas moins les éléments d'un très grand peintre. Le jour

où M. Paul Cézanne se possèdera tout entier, il produira des œuvres tout à fait supérieures »; celui-là, qui décidément n'aurait jamais rien compris à la peinture prend soudain, en 1886, figure de traître de mélodrame pour proclamer la faillite de l'impressionnisme et l'impuissance créatrice de Cézanne. C'est à notre sens ne faire de *L'Œuvre* qu'une lecture bien superficielle. Le roman peut et doit être lu à différents niveaux.

Il est incontestable que le romancier utilise ici, plus que dans aucune autre de ses œuvres, des souvenirs personnels et qu'il se met très directement en scène dans le personnage de Sandoz. Si l'on étudie sa jeunesse on rencontre aussitôt des hommes, des situations, des lieux dont l'image se retrouve dans *L'Œuvre* et maint critique s'est attaché à rechercher l'identité des modèles dont Zola a pu s'inspirer pour créer les personnages de son roman.

Chacun sait qu'entre quinze et dix-huit ans Cézanne et Zola furent condisciples au Collège Bourbon d'Aix-en-Provence et qu'ils passèrent ensemble de longues journées à se promener dans la campagne provençale, à lire, à discuter art et littérature... Cézanne peignit même un jour un paravent avec la collaboration de Zola! D'autre part, lorsque celui-ci vint habiter Paris avec sa mère à partir de 1860, il y retrouva de jeunes artistes aixois, eux aussi camarades de Cézanne : les peintres Chotard, Auguste Truphème (1836-1898), Numa Coste (1843-1907) qui devint historien et journaliste, Mathieu Chaillan (né en 1831), Jean-François Villevieille (1829-1915), élève de Granet, chez qui, à Aix, Zola s'était amusé à dessiner des baigneuses d'après Jean Goujon, enfin le sculpteur Philippe Solari, qui plus tard exécuta plusieurs portraits de l'écrivain, et dont le fils Emile devait être le filleul de l'écrivain.

Dans *L'Œuvre*, Chaine présente de nombreuses ressemblances avec Chaillan, et Mahoudeau doit quelques traits à Solari. Ensemble, Zola et ses amis fréquentent le musée du Louvre, les ateliers et les « académies ». Zola va voir travailler les artistes chez eux et parfois sa chambre est transformée en atelier. Cézanne, demeuré à Aix, n'est pas oublié et reçoit de longues et fréquentes lettres de son ami qui de loin l'encourage : « Tu jettes, me dis-tu, parfois tes pinceaux au plafond lorsque ta forme ne suit pas ton idée... Du courage et pense que, pour arriver à ton but, il te faut des années d'étude et

de persévérance. » Ces encouragements s'assortissent de
conseils pratiques. Jusqu'en 1861 Cézanne dut lutter
contre son père pour obtenir l'autorisation d'abandonner ses études de Droit et d'aller à Paris étudier la peinture. Dans une lettre du 3 mars 1860 Zola avait tenté
de convaincre le père de son ami en établissant pour
Paul un projet de budget... Il conseille à son ami de
« travailler le dessin fort et ferme » tout en contentant
provisoirement son père par l'étude assidue du Droit, et
il lui envoie des gravures. Il ne s'agit pas seulement d'un
service amical, mais d'un intérêt personnel pour les arts;
Zola écrit à Cézanne : « Nous parlons souvent de poésie
dans nos lettres, mais les mots sculpture et peinture ne
s'y montrent que rarement, pour ne pas dire jamais.
C'est un grave oubli, presque un crime... » Le futur
homme de lettres reproche au futur peintre d'oublier la
peinture... Ils la découvriront ensemble entre
1861 et 1865. Tout porte à croire que lors de ses premières visites au Louvre Cézanne était guidé par Zola
qui s'était déjà rendu au musée avec Chaillan. Ils visitent
ensemble le Salon, celui de 1861 et ceux de 1863 — le
Salon officiel et celui des Refusés. Dès les années soixante,
Zola assiste avec épouvante à la lutte féroce entre Cézanne
et la peinture. En 1861, cherchant à retenir à Paris son
ami qui parle d'abandonner les pinceaux et de retourner
à Aix, il lui demande de faire son portrait. Une lettre à
leur ami commun Jean-Baptiste Baille raconte comment
Cézanne, insatisfait et furieux, finit par crever la toile
après avoir deux fois recommencé son travail. Les portraits que Cézanne a pu faire de son ami lors de son
premier séjour parisien sont perdus, mais le *Portrait
d'homme barbu* que possédait Zola est considéré aujour-
d'hui comme son portrait, peint par Cézanne vers 1863.
Cézanne fit également le portrait de Gabrielle-Alexandrine, future Madame Zola, vers 1864. Il en peindra un
autre beaucoup plus tard à Médan : mécontent de son
travail et de l'attitude de ses hôtes, il le trouera de son
couteau. On doit également à Cézanne *Une lecture chez
Zola*, tableau exécuté vers 1863, ainsi qu'une peinture
qui représente *Alexis faisant la lecture à Zola*, exécutée
vers 1869-1870, une *Nature morte à la pendule noire* qui
rassemble des objets appartenant à Zola; plus tard une
aquarelle vue du petit *Château de Médan*, proche de la
propriété du romancier, et *La Maison de Zola à Médan*,
huile peinte vers 1880. L'homme de lettres a suivi de

près la création de ces œuvres. Indépendamment du jugement que Zola a pu porter sur les œuvres et sur l'artiste, sur le moment ou par la suite, il est indiscutable que cette expérience vécue a apporté au critique une connaissance directe des techniques et des problèmes picturaux. Il apprend, et il n'oubliera plus, ni dans sa critique d'art, ni dans ses romans, que le langage pictural possède ses lois propres. S'il prête plus tard à Claude Lantier certains cris et certains gestes de Cézanne, c'est parce qu'il a vécu douloureusement ces moments de colère et de désespoir de son ami; lorsqu'en 1885 il s'interroge avec angoisse sur les facultés créatrices de l'homme, le romancier voit ces souvenirs s'imposer à sa mémoire.

Dans l'immédiat, Cézanne allait rendre à Zola l'incontestable et immense service de lui faire connaître les peintres débutants dont les noms devaient pour la plupart devenir célèbres dans les années suivantes : tout d'abord Antoine Guillemet (1841-1918), élève de Daubigny et de Corot, Camille Pissarro, Édouard Béliard, Fantin-Latour, Auguste Renoir, Edgar Degas, Frédéric Bazille... A partir de 1862 Zola prit l'habitude de réunir chez lui ses amis tous les jeudis soir; parmi eux, Cézanne bien sûr, Solari, Guillemet, Béliard, Coste, Marius Roux, Edmond Duranty (1833-1880), critique d'art et romancier; Pissarro en 1866. En février de cette même année Guillemet introduisit Zola au café Guerbois, rue des Batignolles, où il put retrouver chaque vendredi les critiques d'art amis de Manet, Zacharie Astruc (1833-1907), également sculpteur, Armand Silvestre (1837-1901), Antonin Proust (1832-1905), journaliste et homme politique qui devait devenir ministre des Beaux-Arts en 1881, Théodore Duret (1838-1927) et Duranty, que Zola avait déjà rencontré à la librairie Hachette. Ce sont Duranty et Guillemet qui l'emmenèrent visiter l'atelier de Manet; Zola écrit dans *L'Evénement* du 7 mai 1866 ce qu'il a retenu de cette visite, comme il avait l'année précédente évoqué dans *Le Salut public* la visite de l'atelier de Courbet, faite en l'absence du maître.

L'art et l'amitié furent encore intimement liés lors de ses séjours au bord de la Seine, de 1866 à 1871. Il retrouve à la belle saison, au-delà de Mantes, à Bennecourt, dans le hameau de Gloton, Chaillan, Valabrègue, Numa Coste, Marius Roux, peut-être Solari, Guillemet, Monet et Pissarro... Dans *Une farce*, il a évoqué ces séjours au cours desquels, après la pêche, la baignade et la promenade en barque, les peintres, les journalistes et les poètes discutaient avec passion : « Le soir, après le dîner, la société va s'étendre sur deux bottes de paille, que la mère Gigoux a eu la générosité d'étaler au fond de la cour. C'est l'heure des théories, des discussions furibondes qui durent jusqu'à minuit et qui tiennent éveillés les paysans tremblants. On fume des pipes, en regardant la lune. On se traite d'idiot et de crétin, pour la moindre divergence d'opinion... On exécute les hommes connus, on se grise de l'espoir de renverser prochainement tout ce qui existe, pour révéler un nouvel art dont on sera les prophètes. Ces jeunes gens, sur cette paille, au milieu de la nuit calme, font la conquête du monde. »

Deux peintures témoignent de l'amitié qui unissait Zola au monde des peintres avant la guerre de 1870. *Un atelier aux Batignolles*, de Fantin-Latour, rassemble le peintre allemand Scholderer, Manet, Renoir, Z. Astruc, Zola, le peintre et pianiste E. Maître, Bazille, Monet, et *L'Atelier de l'artiste*, de Bazille, saisit dans des attitudes familières Renoir, Zola, Manet, Monet, Maître, et Bazille lui-même. Dans *L'Œuvre*, c'est également à Bennecourt que Claude Lantier s'installe avec Christine — mais les deux amants s'y cachent, fuyant les discussions parisiennes... On retrouve aussi dans le roman le café Guerbois, devenu café Baudequin, et les soirées chez Sandoz-Zola.

C'est en 1866 que Zola fait connaissance des deux artistes qui allaient occuper une grande place dans ses écrits sur l'art, Claude Monet et surtout Edouard Manet. Les treize lettres de Monet à Zola conservées à la Bibliothèque nationale témoignent d'une amitié durable. Le peintre ne trouvait pas seulement en Zola un critique favorable mais aussi un homme sur lequel il pouvait compter. La sympathie et l'estime qui les unissaient ne se sont jamais démenties, malgré les réserves et les mises en garde assez sévères exprimées par le critique en 1879 et 1880, en dépit du refus de Zola de souscrire pour l'acquisition de l'*Olympia* de Manet, et bien que le héros de *L'Œuvre* doive bien des traits à Claude Monet. Le malaise ressenti par le peintre après la publication du roman, malaise que manifeste une lettre où Monet exprime sa crainte de voir le roman mal interprété, ne l'éloigne pas du romancier qu'il reçoit chez lui en 1889. Monet se retrouvera sans hésiter aux côtés de Zola lors de l'affaire Dreyfus. Jusqu'à la campagne de presse de

Zola en faveur d'Edouard Manet en 1866, l'amitié avait
conduit l'écrivain vers les arts; c'est maintenant l'art qui
le conduit à l'amitié. Celle-ci se manifeste aussitôt par
le portrait de Zola que Manet commence en novembre 1866 : terminé en 1867, daté de l'année suivante, il fut exposé au Salon de 1868 et très remarqué,
à la fois pour sa facture et pour le témoignage qu'il portait. Entre les deux hommes il ne s'agit pas seulement
d'une sympathie intellectuelle fondée sur une certaine
communauté d'idées, mais d'une confiance réciproque et
profonde. En 1868, lorsque paraît *Madeleine Férat*, le
romancier dédie le roman au peintre. Pour le remercier
d'avoir loué en 1867 son *Christ aux Anges*, exposé en
1864 et alors très mal accueilli, Manet fit don à Zola
d'une réplique du tableau à l'aquarelle. Cette aquarelle
fut exposée en février 1870 au cercle de l'Union Artistique en même temps que *Le Philosophe* et c'est au sujet
de ces œuvres qu'eut lieu le célèbre duel entre Manet et
Duranty. Le critique avait écrit dans *Paris-Journal*, le
19 février 1870 : « M. Manet a exposé un philosophe
foulant aux pieds des coquilles d'huîtres, et une aquarelle reproduisant son Christ secouru par deux anges. [...]
Le cercle devrait faire plus d'effort. Il y a parmi ceux
qui exposent là le sentiment d'une corvée, dont on se
délivre plutôt que celui d'une petite lutte d'art pour
réjouir le public. » Manet n'admit pas la remarque et
souffleta l'auteur; ils se retrouvèrent quatre jours après,
l'épée à la main, dans la forêt de Saint-Germain; Zola
servait de témoin au peintre. Heureusement seules les
épées eurent à souffrir gravement de la rencontre, et le
soir même les amis étaient réconciliés. Dans *L'Œuvre*,
Zola prêtera à Jory le duel de Duranty. Après la
guerre de 1870 les relations entre Zola et Manet s'espa-
cèrent; la correspondance de l'écrivain manifeste parfois
le regret qu'il en éprouve. Cependant les deux amis se
fréquentent toujours; en 1874, Manet fait connaître à
Zola le graveur Marcellin Desboutin. Quant à l'incident
qui aurait pu séparer Zola et Manet en 1879, il reste
entouré d'obscurité. Dans *Le Messager de l'Europe*, revue
littéraire de Saint-Pétersbourg, Zola avait publié en juin
une « Lettre de Paris » consacrée au Salon dans laquelle
il exprimait des réserves assez sévères sur Monet. C'est
ce nom qu'avait imprimé le périodique russe dans la traduction qu'il avait présentée du texte de Zola. A Paris,
en juillet, un journaliste de la *Revue politique et littéraire*

cita, en français, un passage du texte russe en écrivant
Manet au lieu de MONET. Aussitôt Adolphe Racot
d'annoncer dans *Le Figaro* : « M. Zola vient de rompre
avec Manet. » Zola écrivit immédiatement à son ami une
mise au point qui fut insérée dans le même journal :
« La traduction du passage cité n'est pas exacte; on force
d'ailleurs le sens du morceau. J'ai parlé de vous en Russie, comme j'en parle en France, depuis treize ans, avec
une solide sympathie pour votre talent et votre personne. » L'interprétation de ces textes reste aujourd'hui
contradictoire. M. F. W. J. Hemmings affirmait en 1959
dans sa préface à son édition des *Salons* de Zola que c'est
bien Claude Monet que vise l'accusation de surproduc-
tion. Dix ans plus tard dans *Cézanne, Zola and Manet*,
M. Robert J. Niess, se référant à Paul Alexis, croit pouvoir soupçonner deux erreurs de traduction successives,
du français au russe et du russe au français, suivies d'un
mensonge diplomatique de Zola. Tant que le manuscrit
de Zola ne sera pas retrouvé la question ne pourra pas
être tranchée. Quoi qu'il en soit, ce malentendu ne provoque pas de brouille entre les deux amis; Manet peignit en 1879 le portrait de Madame Zola, exposé en 1880
chez Charpentier, dans le Salon de la revue *La Vie
Moderne*. Il est vrai qu'à cette époque Manet réagissait
moins violemment aux critiques qu'au temps de son duel
avec Duranty. C'est à Théodore Duret et non directement à Zola qu'il exprima l'amertume qu'il avait éprou-
vée en lisant les articles publiés par Zola dans *Le Voltaire*
en 1880. Le peintre avait toujours voulu se distinguer
officiellement de l'impressionnisme; il se crut cependant
visé lorsque Zola écrivit que le mouvement n'avait pas
encore fourni de chef-d'œuvre. Néanmoins dans l'entourage du peintre Zola ne fut jamais considéré comme un
renégat ni un ami infidèle... Il se trouvait du groupe
d'amis qui conduisit le deuil aux obsèques de Manet,
avec Antonin Proust, Claude Monet, Fantin-Latour,
Alfred Stevens, Théodore Duret et Philippe Burty. C'est
tout spontanément qu'Eugène Manet, frère de l'artiste,
demanda à l'écrivain de préfacer le catalogue de l'exposition posthume organisée par la famille et les amis de
l'artiste en 1884. Un an avant la rédaction de *L'Œuvre*
Zola écrivait dans cette préface : « Si vous voulez vous
rendre un compte exact de la grande place que Manet
occupe dans notre art, cherchez à nommer quelqu'un
après Ingres, Delacroix, et Courbet. [...] Après Courbet

il est la dernière force qui se soit révélée, j'entends par force une nouvelle expansion dans la manière de voir et de rendre. [...] Le temps achèvera de le classer parmi les grands ouvriers de ce siècle, qui ont donné leur vie au triomphe du vrai. »

Ce ne fut pas la mort qui rompit l'amitié de Zola et de Cézanne. On a beaucoup glosé sur la fin de cette amitié de trente ans et attribué la cause de la rupture à la publication de *L'Œuvre*. Il est de fait que la lettre envoyée par Cézanne après réception du roman est la dernière en date parmi celles retrouvées dans les papiers de Zola. Tous les critiques en font remarquer la brièveté. Mais pour en mesurer la valeur, il convient de rapprocher ce billet des autres lettres de Cézanne. En 1858-1859, il envoie à Zola de longues épîtres en vers; plus tard ses lettres se font de plus en plus courtes et il n'y commente guère les œuvres de son ami, sinon *Une page d'amour* en 1878. De *Nana* il dira seulement : « C'est un volume magnifique »; *Au Bonheur des Dames* lui a « beaucoup plu ». Lorsque Zola lui envoie en 1884 *La Joie de vivre* Cézanne lui écrit : « Je te remercie bien de ton envoi ». C'est tout, un peu sec... Par comparaison les remerciements pour *L'Œuvre* paraissent presque chaleureux : « Je remercie l'auteur des *Rougon-Macquart* de ce bon témoignage de souvenir, et je lui demande de me permettre de lui serrer la main en songeant aux anciennes années. Tout à toi sous l'impulsion des temps écoulés. » Parler de « rupture », de noble réaction indignée de la part de Cézanne après la « trahison » de Zola semble pour le moins un abus de langage. Le dévouement de Zola à son ami ne s'était jamais démenti. Lorsqu'en 1878 Cézanne avait vu réduite de moitié la pension allouée par son père qui avait appris l'existence d'Hortense Fiquet et du petit Paul, c'est Zola qui était venu à son aide, d'abord en évitant par ses conseils une rupture totale entre le père et le fils, et surtout en prenant à sa charge Hortense et l'enfant. Le succès de *L'Assommoir* permettait cette générosité au romancier, mais au moment où il allait acheter la propriété de Médan, il eût pu se montrer moins secourable. C'est encore Zola qui intervint en 1880 auprès de Guillemet, alors membre du Jury, pour faire accepter au Salon une toile de Cézanne. C'est toujours Zola qui se voit confier en 1883 le double du testament rédigé par le peintre en faveur de sa mère. Certes la publication de *L'Œuvre* marque la séparation des deux amis. Mais cette rupture ne fut pas décisive : Zola gardait autour de lui les tableaux de son ami malgré les protestations de sa femme. On constate qu'à partir de 1886 Cézanne cesse de fréquenter tous ses amis parisiens, et pas seulement Zola. Il épouse Hortense Fiquet. Mais, après la mort de son père, tandis que sa femme vit le plus souvent à Paris puis à Gardanne, il se retire près d'Aix, au Jas de Bouffan, aux côtés de sa mère et de sa sœur. Il se brouille avec ses amis de jeunesse, sauf avec Solari. En 1894, lors d'un séjour à Giverny, il quitte brusquement, sans aucune raison, Claude Monet qu'il admire pourtant profondément. L'année suivante, il jette à la porte de chez lui le peintre Francisco Oller, vieux camarade de l'atelier Suisse. Si plus tard l'affaire Dreyfus devait à nouveau rapprocher Monet, Pissarro et Zola, elle ne pouvait, tout au contraire, qu'éloigner d'eux Cézanne, antidreyfusard. Il est impossible de vérifier l'authenticité des propos qui lui sont prêtés par A. Vollard ou Emile Bernard... D'après ce dernier, Cézanne se serait un jour écrié : « Zola était d'une intelligence médiocre et un ami détestable. Il ne voyait que lui. C'est ainsi que *L'Œuvre* où il a prétendu me peindre n'est qu'une épouvantable déformation, un mensonge tout à sa gloire »... Les paroles attribuées aux morts peuvent fournir matière à une biographie romancée, elles ne peuvent être considérées comme des documents sérieux. Notons simplement qu'en 1878 Cézanne faisait encore confiance à l'intelligence de Zola lorsqu'il lui écrit : « si tu veux me parler de la situation *artistique* et littéraire, tu me feras plaisir »; si « tu m'écris tu me parleras un peu d'art » et « quand je te parlerai de vive voix, je te demanderai si ton opinion n'est pas, sur la peinture, comme moyen d'expression de sensation, la même que la mienne ». Après 1886, Cézanne ne fait jamais dans sa correspondance la moindre allusion, ni bienveillante ni malveillante, à Zola ou à ses idées.

Les amitiés célèbres, comme celles de Manet et de Cézanne, ne doivent pas en faire oublier d'autres, souvent discrètes, qui eurent aussi leur retentissement dans la création romanesque de Zola. L'architecte et écrivain Frantz Jourdain (1847-1935) qui devait être plus tard l'architecte des magasins de *La Samaritaine* était pour le romancier un collaborateur amical. Il avait renseigné Zola sur les constructions métalliques quand il préparait *Au Bonheur des Dames* ; il dessinera en 1887 deux cro-

quis qui serviront de modèle à la maison des Hubert
dans *Le Rêve* (1888); en 1885 il documente Zola sur l'enseignement de l'architecture, car lorsqu'il prépare son
dossier en vue de la rédaction de *L'Œuvre* Zola n'ose
pas se fier uniquement à sa mémoire. Il fait aussi appel
à Guillemet, compagnon fidèle et dévoué qui prépare
pour lui des notes sur la technique de la peinture, le
fonctionnement du jury, le comportement des marchands
de tableaux. En outre le romancier utilise une longue
lettre que lui avait adressée un admirateur, le jeune
peintre Léo Gausson (1860-1944), disciple de Seurat.
Dans cette lettre l'artiste expose assez longuement la
théorie de la séparation des tons, que lui-même utilise à
partir de 1885.

Ces amitiés, ces expériences, ces collaborations trouvent
incontestablement leur écho dans *L'Œuvre*. Mais le
roman ne saurait cependant être considéré comme une
simple chronique de la vie artistique entre 1866 et 1876,
date de la mort de Claude Lantier selon Zola lui-même
— ou 1885, date de la rédaction. Sans doute l'auteur ne
crée-t-il pas un monde artistique entièrement inventé,
sans rapport avec aucune réalité historique — ce qui ne
serait nullement conforme aux principes que le romancier s'était forgés — mais Zola ne se livre pas à une
simple transposition du domaine réel au domaine littéraire. *L'Œuvre* est un roman, une fiction, ainsi que tient
à le rappeler M. H. Mitterand. Le caractère de la fiction
romanesque apparaît à l'évidence dès que l'on tente de
saisir les « clefs » de *L'Œuvre* et de mettre le nom d'un
artiste derrière chaque personnage, le nom d'une œuvre
précise ou d'une école déterminée derrière chaque peinture. Dans la plupart des cas le nombre des « modèles »
possibles pour chaque personnage est tel qu'il rend
impossible l'assimilation pure et simple à l'un d'entre
eux. C'est ainsi que Mahoudeau doit beaucoup à Valabrègue, mais que celui-ci, passionné de musique, est
aussi un des modèles de Gagnière. Quant à Gagnière,
il ressemble également à Béliard, qui finit par renoncer
à la peinture. Chambouvard, que Zola dans l'*Ebauche*
désigne comme « l'artiste de génie, immobile, content,
le monstre enflé de sa personnalité, sans critique, et qui
est devenu Dieu », c'est Gustave Courbet — mais c'est
aussi Victor Hugo. Nous voyons aussi un écrivain inspirer le personnage du peintre Bongrand. Zola note pour
lui-même : « un Manet très chic, un Flaubert plutôt ».

Mais ses œuvres rappellent celles de Courbet : *La Noce au village* et *L'Enterrement au village* rappellent *La Noce à Ornans* et *L'Enterrement à Ornans*. En outre son attitude au Jury du Salon est proche de celle de Daubigny et de Delacroix. Plus les personnages jouent dans le roman un rôle important, plus leur origine éventuelle est complexe. C'est ainsi que Fagerolles fait accepter par le jury une toile de Claude Lantier, comme Guillemet l'avait fait pour Cézanne en 1882. Mais dans l'*Ebauche* Zola le désigne souvent comme « le Gervex ». La belle carrière de peintre officiel de Henri Gervex (1852-1929), paysagiste, portraitiste, peintre de genre, décorateur, qui devait être élu à l'Académie des Beaux-Arts en 1913, était alors bien commencée; il s'était dès 1876 (année de la mort de Claude Lantier dans le roman) converti au « naturalisme » avec *L'Autopsie à l'Hôtel-Dieu*, et en 1885 il avait déjà reçu de nombreuses commandes officielles. Mais Gervex n'est cependant pas le seul à avoir pu inspirer le personnage du peintre brillant, arriviste et arrivé... On peut songer à Carolus-Duran (1838-1917) qui devint lui aussi membre de l'Institut, en 1904, portraitiste en vogue sous la Troisième République, ami de Manet comme Fagerolles l'est de Lantier. N'est-il pas aussi dans une certaine mesure Jules Bastien Lepage (1848-1884), lancé par le journaliste Wolff comme Fagerolles l'est par Jory ? Par ailleurs Zola lui-même pensait à Maupassant : « très malin, tournant contre la bande, se mettant à part, cajolant les critiques, passant au boulevard ». Les modèles possibles de Claude Lantier ne sont pas moins variés. Certes le héros de *L'Œuvre* possède le tempérament de Cézanne : violence et timidité, alternance d'enthousiasme et de désespoir. Et surtout l'amitié qui dans le roman lie Sandoz et Lantier n'est-elle pas le reflet de celle qui avait longtemps uni Zola et Cézanne ? Les souvenirs d'enfance des créatures romanesques sont cette fois-ci fort semblables à ceux des hommes de chair... Cependant les points communs sont beaucoup moins nombreux qu'il ne l'a été souvent dit ou écrit. En revanche on constate que, tout comme Edouard Manet, Claude rêve vainement de décorer les murs de l'Hôtel-de-Ville de Paris; que, tout comme Manet, il envoie au Salon une peinture refusée par le Jury, exposée au Salon des Refusés où elle provoque le scandale — c'est l'histoire du *Déjeuner sur l'herbe* de Manet et du *Plein Air* de Claude. Mais la vie de Lantier semble aussi, par

moments, raconter celle de Claude Monet : même vie
conjugale, même séjour au bord de la Seine — peu
importe que Vétheuil soit devenu Bennecourt —, même
misère, même tentative de suicide — heureusement sans
suite chez Monet. En outre Zola avait par deux fois déjà
évoqué le suicide réussi d'un artiste désespéré : en 1866
dans *L'Evénement* où il accusait le jury du Salon d'être
responsable de la mort du peintre Holtzapfel; et, en 1874,
dans *Le Sémaphore de Marseille*, où il raconte la mort du
peintre Tassaert. Enfin l'enterrement de Claude Lantier
évoque celui de Duranty, mort en 1880.

La découverte de la multiplicité des sources utilisées
par Zola montre à quel point la simple lecture de *L'Œuvre*
comme d'un roman à clef resterait superficielle. L'enquête menée à ce propos, du reste avec beaucoup d'éru-
dition, par M. Niess et surtout M. Brady, ne présente
en fait guère d'autre intérêt que de démontrer sa propre
vanité.

La lecture de *L'Œuvre* comme un prolongement de la
critique d'art de Zola nous paraît devoir être conduite
avec la plus extrême prudence. Pas plus que la personnalité de Claude Lantier ne reflète celle d'un seul artiste
vivant, sa peinture n'est représentative d'une école ou
d'un mouvement unique que Zola décrirait pour finalement le décrier. Il a été reproché à Zola de n'avoir pas
inventé une peinture à son héros — ce qui est un non-
sens. Ni Zola, ni Balzac qu'on lui a opposé souvent, ni
aucun autre écrivain ne peut à proprement parler inventer une peinture; seul un peintre dispose de ce pouvoir.
La peinture, ou plutôt les peintures que Zola prête à
son héros sont imaginées à partir d'œuvres déjà existantes,
qu'il a vues au Salon, dans les expositions, dans des ateliers. Il s'agit d'une peinture reconstituée, d'autant plus
que Zola présente à travers l'œuvre de Claude une syn-
thèse de ce qu'il pense être l'évolution de la peinture
française depuis un quart de siècle : une peinture qui
part de celle de Courbet, passe par celle de Manet, traverse une phase Monet, une phase Cézanne; Claude est
un moment tenté par les recherches divisionnistes, pour
aboutir à un symbolisme qui procède de Puvis de Cha-
vannes, de Gustave Moreau et des Préraphaélites. Il
finit par une œuvre que n'aurait pas désavouée, deux
ans après la publication du roman, le Sâr Péladan au
1er Salon Rose + Croix, une œuvre de « visionnaire
affolé », une « étrange nudité d'ostensoir », l'« idole d'une

religion inconnue », le « symbole du désir insatiable » ...
Mais l'égarement et l'échec de Claude n'apparaissent que
lorsqu'il abandonne le naturalisme pour le mysticisme.
Si le roman porte condamnation d'une certaine forme
d'art, ce n'est pas de l'impressionnisme de Claude, mais
du symbolisme de la deuxième période. De même qu'il
est impossible d'assimiler Claude Lantier à Cézanne, on
ne peut assimiler son œuvre à l'impressionnisme. Remarquons au reste qu'à aucun moment le romancier n'emploie le terme d'« impressionnisme », bien qu'il fût devenu
d'un usage courant en 1885 — et déjà connu au moment
où est censée se situer l'action du roman. Le critique
d'art, déjà, s'était montré très réticent à l'égard de ce
terme qui n'était selon lui qu'une « appellation malheureuse », un mot « qui ne signifie pas grand-chose ». —
« Mouvement révolutionnaire » ou « nouvelle formule
artistique » lui paraissaient des appellations préférables —.
La même prudence serait peut-être souhaitable à la lecture du roman. L'échec de Claude Lantier n'est pas, à
notre sens, celui de l'impressionnisme. D'autre part,
faire du héros principal un peintre novateur, révolutionnaire et, simultanément, un artiste applaudi, médaillé et
membre de l'Institut eût sans doute présenté une vision
du monde bien rassurante, mais historiquement fausse.
Les amis de Zola auraient pu en être flattés, à moins
qu'ils n'eussent à juste titre accusé le romancier de tra-
vestir la réalité.

Les raisons de l'échec auquel est condamné Claude
Lantier nous paraissent résider ailleurs que dans la
nature même de sa peinture. Ceci peut-être pour une
raison dont l'auteur lui-même n'a pas pleinement
conscience.

Zola veut faire et fait de Claude Lantier un personnage
pur. Et cette pureté le condamne à rester un « génie
avorté » Considérons la situation de Claude dans la
société : elle est le résultat d'un ensemble de refus,
de ruptures, d'absences... Le romancier a, au départ,
refusé à son héros la carrière officielle qui passe par
l'Ecole des Beaux-Arts, le Prix de Rome, le Salon, les
médailles, les commandes de l'Etat, celles de l'aristocra-
tie ou de la bourgeoisie, et conduit à l'Institut... La carrière d'un Cabanel (1823-1889) ou d'un Bonnat (1833-
1922)... Isolé dès l'origine, Claude Lantier ne peut faire
confiance, pour s'imposer, qu'à son seul génie. Il va en
effet compter sur l'évidence de ce génie pour forcer la

citadelle du Salon, le romancier n'engageant son héros dans aucune autre forme d'action sur la société. Claude Lantier reste toujours extérieur au système de production et de commercialisation de la peinture qui est le système dominant — à vrai dire le seul jusqu'aux débuts de la IIIe République. Il mène en vain le combat qu'avait mené toute sa vie avec un succès variable, Edouard Manet qui a toujours essayé d'exposer ses œuvres au Salon, qui a toujours souhaité être médaillé et décoré... Mais lorsque Manet se trouvait rejeté hors de ce circuit, il exposait en dehors du Salon, soit à la galerie Martinet comme en 1861 et 1863, soit en louant un local particulier comme en 1867, en marge de l'Exposition Universelle, soit en invitant le public à visiter son atelier comme en 1876. Or nous constatons que Zola prive son héros de telles manifestations d'indépendance; Claude Lantier n'est pas Manet, le romancier ne lui a donné ni les ressources financières ni l'assurance mondaine du peintre d'*Olympia*. Il ne lui a pas donné non plus le comportement foncièrement neuf d'un Claude Monet. Et nous abordons peut-être ici la véritable lacune de *L'Œuvre*. Dans *Germinal*, Etienne Lantier, les Maheu, les Hennebeau sont des êtres de fiction, tout comme les artistes de *L'Œuvre*, mais la modification du rapport de forces entre le capitalisme et le prolétariat, mais la naissance du syndicalisme, ne sont pas fictifs. Aussi, en dépit de la catastrophe et de la défaite de Montsou, Etienne Lantier n'est-il pas un homme foudroyé. Quand nous lisons aujourd'hui *Au Bonheur des Dames*, Octave Mouret et Denise peuvent nous sembler des héros de roman passablement démodés. Qu'importe! le romancier avait compris la mutation des circuits de distribution et de vente des biens de consommation courante, pressenti l'avènement d'une société qui crée le besoin pour vendre sans cesse davantage. Or il se trouve que Zola n'a pas pris conscience de la transformation radicale du marché de la peinture qui commençait à s'opérer sous ses yeux, ou il s'est borné à en juger les manifestations sur le plan moral. Pourtant la question du commerce des œuvres d'art ne lui était pas étrangère; il s'agit même d'une des interrogations fondamentales de sa critique d'art.

En 1868 il avait souhaité voir transformer le Salon en un « bazar du beau », « une boutique de vente » qui permettrait à chaque artiste de « gagner son pain et de grandir en liberté ». En 1880 il reprend cette idée, en insistant sur le fait que les artistes sont des « producteurs » qui ont le droit de proposer aux acheteurs éventuels le fruit de leur travail : « je le répète, les anciens Salons sont morts, nous allons fatalement à cet entrepôt, à ce magasin général de la peinture, ouvert à tous les producteurs ». Oubliant l'existence des éditeurs, Zola compare plusieurs fois le marché des œuvres d'art à celui du livre ; en 1868 et en 1872 il souhaite voir étendre à tous les artistes la liberté dont jouissent, selon lui, les littérateurs : « Qu'on établisse une exposition permanente (et non plus saisonnière) et libre, un bazar du beau qui soit pour le tableau et la statue ce que les libraires sont pour le public ». Les termes de « magasin » et d'« entrepôt » pourraient faire croire que Zola considère l'œuvre d'art comme un article de consommation parmi d'autres. Il s'est au contraire toujours élevé contre cette interprétation et ne cesse de répéter qu'une véritable œuvre d'art est avant tout l'expression d'une personnalité, et il distingue l'œuvre originale de ce qu'il appelle « l'article peinture ». Il n'en reste pas moins que les artistes personnels cherchent à vendre leurs œuvres. Zola estime que l'administration devrait éviter d'intervenir dans le marché en orientant le goût et les préférences du public : il faudrait supprimer les récompenses distribuées au Salon. « Le mot *médaille* écrit sur le cadre, ne forcerait l'admiration de personne » ; l'art ne s'en porterait pas plus mal, tout au contraire. C'est la leçon que Zola donnait à la Troisième République naissante, après le Salon de 1872. L'Etat ne devrait en aucune façon faire écran entre l'artiste et le public — son rôle est au contraire de les placer face à face.

Mais ce principe évoque ce qui devrait être sans indiquer la conduite à tenir en fonction de ce qui est. Le jury existe. Les médailles existent. Et les refus. Que doivent faire les artistes que le jury exclut du Salon officiel : plier l'échine ? refuser de jouer le jeu ? se battre — et comment ? L'attitude qui consiste à ignorer les juges qui vous méprisent, celle qui conduisit un groupe de peintres refusés au Salon à organiser en 1874 chez Nadar une exposition indépendante — la première exposition « impressionniste » — cette attitude, qu'il finira par désavouer, et à laquelle il ne fait aucune allusion dans *L'Œuvre*, avait tout d'abord rencontré l'approbation de Zola. En 1876 il félicitait avec chaleur les artistes « révoltés contre les menées tyranniques du jury » :

« un groupe de peintres exclus chaque année du Salon
a également décidé d'organiser sa propre exposition.
C'est un parti fort raisonnable et qu'on ne saurait qu'ap-
plaudir ». Dans cette affaire c'est le jury qui est déconsi-
déré et qui sera finalement vaincu; il joue « un vilain
rôle qui finira par le rendre odieux à tout le monde,
celui de l'eunuque debout, sabre au clair, devant les
portes du Salon, pour barrer l'entrée aux talents virils ».
L'exposition indépendante présente un double avantage :
elle permet au public de connaître les œuvres, c'est son
« utilité pratique », et elle attire l'attention des critiques
d'art. Zola se faisait encore le champion de la sécession
en 1877 : « le public rit en visitant la troisième exposition
impressionniste... qu'importe, l'essentiel est qu'il vienne,
nombreux ». Mais trois ans plus tard, dans *Le Naturalisme
au Salon*, Zola jugeait nécessaire une assez longue mise
au point. Sans se rétracter, il tente d'établir un bilan et
cherche à quels artistes les expositions ont, à ses yeux,
réussi. « Je ne condamne nullement la tentative d'organisation indépendante qui vient d'être faite sous nos
yeux; je crois au contraire que l'effort a eu du bon, que
maintenant le branle est donné et que les artistes arrive-
ront peut-être un jour à se soustraire à la tutelle de
l'administration. Seulement, pour rester dans la stricte
vérité, il faut bien constater qu'à ce jeu tout le monde
ne gagne pas. » Celui qui a pâti le plus de l'expérience
est à son sens Claude Monet : faire bande à part fut une
« faute de conduite, un manque d'habileté dans l'entêtement; car s'il avait continué la lutte sur le terrain des
Salons officiels, nul doute qu'il aurait aujourd'hui la
grande situation à laquelle il a droit »; il est revenu au
Salon de 1880, avec une seule toile fort mal placée,
« c'est toute une série d'efforts à recommencer ». Avant
lui Renoir avait été le premier à penser que les commandes
ne viendraient pas par l'intermédiaire des expositions
indépendantes; sa décision d'envoyer à nouveau au Salon
fut « parfaitement raisonnable ». « Il faut connaître l'admirable moyen de publicité que le Salon officiel offre
aux jeunes artistes; avec nos mœurs, c'est uniquement
là qu'ils peuvent triompher sérieusement. » « Simple
question d'opportunisme », ajoute Zola. Question de
principe aussi : « Le grand courage est de rester sur la
brèche, quelles que soient les fâcheuses conditions où l'on
se trouve. » Mais — et Zola ne pouvait l'ignorer lorsqu'il
écrivait *L'Œuvre* — ni Monet ni Renoir ne persistèrent

dans cette attitude : en 1883 Durand-Ruel organisait une série d'expositions particulières de Monet, Renoir, Pissarro, Sisley... Cependant Zola reste sur les mêmes positions. Dans l'*Ebauche* on peut lire ces réflexions :

« Voir ce que les impressionnistes peuvent me donner pour ma bande. Je suis sous l'Empire, je ne puis guère mettre leurs expositions indépendantes. Au plus à la fin, pourrais-je avoir une exposition particulière d'un de mes personnages. A la vérité, je ne vois que dieu ou le vieux. [...] Je puis indiquer les impressionnistes comme naissant, turbulents au fond, avec leurs expositions nées de la difficulté d'entrer au Salon officiel. [...] Cette question de l'acceptation au Salon tient tout mon livre. [...] J'aurai aussi la vente, les marchands de tableaux, une vente à l'« hôtel Drouot ». »

Or les expositions indépendantes n'apparaissent pas dans le roman. Le souci de la rigueur chronologique ne suffit pas à expliquer leur abandon; Courbet et Manet exposèrent individuellement sous le Second Empire; Claude Lantier est censé se suicider en 1876, l'année où se tient la seconde exposition « impressionniste », chez le marchand de tableaux Durand-Ruel. A travers les espoirs et les désespoirs de son héros Zola continue d'exprimer en 1885 le même rêve qu'il formulait depuis vingt ans, alors que sept expositions indépendantes se sont déjà tenues en dehors du Salon officiel, alors qu'il s'organise un nouveau marché parallèlement au marché traditionnel de la peinture. Indépendamment des commandes de l'Etat, à côté des galeries qui, comme Boussod et Valadon, vendent les tableaux des peintres médaillés, Bouguereau, Cabanel, Gérome, Meissonier..., un marchand de tableaux, Paul Durand-Ruel, qui avait commencé par la vente d'œuvres des réprouvés de la génération précédente tel Théodore Rousseau, « parie » à partir de 1872 sur les refusés du moment, Manet, Monet, Degas, Sisley, Pissarro, Renoir... La percée économique de l'impressionnisme est commencée dès 1872-1873 lorsque Durand-Ruel verse plus de 32 000 francs à Claude Monet pour un ensemble de peintures, se confirme en 1880 quand le même marchand paie 21 000 francs de tableaux à Monet, 16 000 à Renoir, 12 000 à Pissarro... Sans vouloir faire des marchands de tableaux les champions héroïques et désintéressés de la nouvelle peinture, il est impossible de méconnaître le rôle objectif qu'ils ont joué dans la révolution picturale de la seconde moi-

tié du XIXᵉ siècle en permettant à l'impressionnisme de
s'affirmer. Or Zola porte sur eux un jugement exclusi-
vement moral — et négatif. Alors qu'il montre de la
sympathie pour l'ascension d'un Octave Mouret, modeste
« calicot » qui devient directeur du plus grand magasin
de Paris, le romancier se refuse à reconnaître des décou-
vreurs dans les marchands de tableaux. Il ne voit en eux
que des hommes d'affaires, des spéculateurs — à la limite
des escrocs. Son estime va aux petits négociants de l'art,
le père Aubourg ou le père Martin, que l'on retrouve
sous les traits du père Malgras. Ecoutons-le évoquer le
« vieux jeu » de ce commerçant au « goût si fin » : « les
toiles des débutants guettées, achetées dix francs pour
être revendues quinze, tout ce petit train-train de
connaisseur, faisant la moue devant l'œuvre convoitée
pour la déprécier, adorant au fond la peinture, gagnant
sa pauvre vie à renouveler rapidement ses quelques sous
de capital, dans des opérations prudentes ». En face de
lui Naudet n'est qu'un « spéculateur, un boursier, qui
se moquait radicalement de la bonne peinture », un banquier qui transforme la peinture en « terrain louche ».
Bongrand refuse de lui vendre une toile, après lui avoir
dit : « votre façon d'exploiter la peinture [est] en train
de nous donner une jolie génération de peintres moqueurs
doublée d'hommes d'affaires malhonnêtes », et conclut :
« qu'il achète à Fagerolles ». Mais lorsque le père Malgras prend sa retraite, c'est pour Claude « la misère
prochaine » : « les débouchés se fermaient au lieu de
s'ouvrir ». En fait, c'est l'auteur lui-même qui ferme les
débouchés à son héros. L'échec de Claude est d'abord
un échec commercial. Claude éprouve alors l'angoisse
exprimée par Vincent Van Gogh dans une lettre à son
frère Théo : « Le nœud de l'affaire, vois-tu, c'est que
mes possibilités de travail dépendent de la vente de mes
œuvres. [...] Ne pas vendre, quand on n'a pas de ressources, vous met dans l'impossibilité de faire aucun progrès, tandis que cela irait tout seul dans le cas contraire. »
C'est également ici, peut-être, que la similitude entre le
« cas » Cézanne et le « cas » Lantier est la plus grande.
En effet, ce ne sera qu'en 1895 que, sur le conseil de
Pissarro, le marchand de tableaux Vollard fera son premier « pari » sur Cézanne, exposera dans sa boutique un
ensemble de ses œuvres, et deviendra le dépositaire
exclusif de ses peintures. Ce ne sera qu'en 1899 que
Durand-Ruel achètera ses premiers Cézanne, l'année où

se tient la seconde exposition Cézanne chez Vollard, et où le peintre aixois consent à envoyer trois œuvres au Salon des Indépendants. Jusqu'à ces dates, et en particulier en 1885, Cézanne et Claude Lantier sont l'un et l'autre situés en dehors du marché de la peinture. Mais cette analogie s'explique sans doute moins par la volonté consciente de Zola que par son attitude morale. La même éthique guide l'homme et le romancier. Quand il s'agit d'art Zola a toujours été hanté par la crainte d'être dupe, ou complice d'une opération crapuleuse. C'est pourquoi, grand collectionneur de curiosités, il ne fut jamais acheteur de tableaux. « C'est chez moi un parti absolu de ne pas acheter de peinture », répond-il en 1889 à Claude Monet lorsque celui-ci le sollicite de souscrire à l'achat de l'*Olympia* de Manet pour en faire don au musée du Louvre. Plutôt qu'un désaveu de son admiration pour Manet se manifeste ici la méfiance de Zola envers les spéculations. Il ne voit pas dans cette initiative un hommage rendu au génie de l'artiste, génie qui doit vaincre et s'imposer seul, sans le secours des amis, mais une affaire. En 1866 il avait bien écrit : « Je suis tellement certain que M. Manet sera un des maîtres de demain, que je croirais conclure une bonne affaire, si j'avais de la fortune, en achetant aujourd'hui toutes ses toiles. Dans cinquante ans elles se vendront quinze ou vingt fois plus et c'est alors que certains tableaux de quatre mille francs ne vaudront pas quarante francs. » Mais c'était là un argument destiné à frapper le public, à l'inquiéter en lui faisant craindre de manquer une bonne affaire. Zola lui-même n'a jamais osé ou jamais voulu parier financièrement sur la valeur des tableaux, comme si une peinture ou une sculpture était pour lui essentiellement gage d'amitié, qui ne s'achète ni ne se vend. En effet si l'on consulte le bordereau de vente après décès on constate que Zola possédait surtout des œuvres de ses amis : Guillemet, Pissarro, Manet, Monet, Cézanne...

Le refus des réalités économiques n'était pourtant pas le fait de Zola homme de lettres. Celui qui fut un temps chef de la publicité chez Hachette n'a jamais hésité à entrer dans le circuit commercial. Il faut aussi noter que dans *L'Œuvre* Sandoz s'interroge sur le sens et la valeur de ses romans, mais jamais sur le processus de leur diffusion ni sur la fortune ou la moralité de son éditeur. Pourtant lorsque Zola avait signé des contrats successifs, en 1869 avec Lacroix, en 1872 et 1875 avec Charpentier, il

avait suivi une démarche analogue à celle de Claude Monet
et de Renoir lorsqu'ils vendent leur production à Durand-
Ruel ou à Paul Petit, rien d'autre que ce que feront plus
tard Derain, Braque, Picasso passant contrat avec Kahnweiler...

Bien qu'il ait employé dans sa critique d'art le terme
« producteurs » à propos des artistes, Zola s'en fait une
image encore romantique. A travers ses écrits sur l'art
retentit l'expression d'une attente angoissée, celle du
« grand homme » de demain. Le romancier comme le
critique d'art perpétue le mythe du génie. L'emploi du
mot « producteur » reste exceptionnel sous sa plume,
alors que le mot « génie » est d'un usage constant. Zola
affirmera en 1896, en conclusion à son activité de critique d'art : « Il n'y a décidément que les créateurs qui
triomphent, les faiseurs d'hommes, le génie qui enfante,
qui fait de la vie et de la vérité! » Cette esthétique qui
repose sur la croyance au génie explique la dimension
tragique de L'Œuvre. Claude est un génie, mais un génie
triplement voué à l'échec, dès l'origine. Tout d'abord
pèse sur lui l'hérédité des Macquart, et le don quasi surnaturel qu'il a reçu s'en trouve détraqué. Puis l'évolution de son siècle, la tendance générale au mysticisme,
l'entraîne dans une voie sans issue — ou considérée
comme telle par Zola. Enfin celui-ci prive ce génie des
moyens d'intégrer son activité créatrice au système de
production et de diffusion des œuvres qui est celui de
son temps. Prophète inécouté, lorsque Claude Lantier
en vient à douter de lui-même, plus rien ne le justifie
et il ne lui reste plus d'autre solution que le suicide.

Mais en même temps qu'il manifeste sa croyance en
l'existence du génie Zola exprime ses doutes sur les possibilités créatrices de l'homme. Il s'en explique clairement dans l'Ebauche :

« Avec Claude Lantier, je veux peindre la lutte de l'artiste contre la nature, l'effort de la création dans l'œuvre
d'art, effort de sang et de larmes pour donner sa chair,
faire de la vie; toujours en bataille avec le vrai, et toujours vaincu, la lutte contre l'ange. En un mot, j'y racon-
terai ma vie intime de production, ce perpétuel accouchement si douloureux; mais je grandirai le sujet par le
drame, par Claude qui ne se contente jamais, qui s'exas-
père de ne pouvoir accoucher de son génie, et qui se tue
à la fin devant son œuvre irréalisée. — Ce ne sera pas
un impuissant, mais un créateur à l'ambition trop large,

voulant mettre toute la nature sur une toile et qui
en mourra. Je lui ferai produire quelques morceaux
superbes, incomplets, ignorés, et peut-être dont on se
moque. Puis je lui donnerais le rêve de pages de décoration moderne immense, de fresque résumant toute
l'époque; et c'est là qu'il se brisera...
    Moi, fatalement, je suis immobile. Je n'apporte que
des idées, mes idées littéraires. Combattu par la critique,
mais produisant quand même, sans la logique de Claude
qui se tue. Sachant que l'œuvre est imparfaite, et s'y
soumettant, avec une grande tristesse. Allant toujours
devant lui, courtes joies, continuelles angoisses. Jetant
les œuvres, allant au bout, sans vouloir s'arrêter, sans
regarder en arrière, ne pouvant se relire. Toute ma
confession. Un écho pratique et résigné de Claude. Un
écrivain, pour varier. » Le héros du roman est double et
les dernières pages de *L'Œuvre* soulignent jusqu'à l'évidence l'identité profonde entre Lantier et Sandoz.
    Celui-ci, évoquant le destin de Claude, commence par
parler de lui à la troisième personne, puis très vite il dit
nous, notre génération (une dizaine de fois). Les romans
« incomplets et mensongers » de Sandoz sont eux aussi
des chefs-d'œuvre manqués. Recueillie par le romancier
ou abandonnée dans l'atelier désert, l'œuvre monstrueuse
du peintre aurait continué à vivre d'une vie secrète et
menaçante. Sandoz croit venger son ami en détruisant
le tableau manqué — « cette toile immense que j'ai
démolie et brûlée moi-même, oh! de grand cœur, je vous
assure comme on *se* venge! » Il est permis de penser
que Zola détruit, à travers le geste violent de Sandoz, son
œuvre à lui, devant laquelle il doute. C'est lui-même
qu'il venge : c'est lui le « travailleur héroïque », l'« observateur passionné dont le crâne s'était bourré de science »,
qui a « donné sa vie entière » à la tentative de création,
et dont l'œuvre dévore la vie. « Il est bien heureux »,
dit Bongrand en parlant du peintre mort, « il n'a pas
de tableau en train dans la terre où il dort ». Que faire
« puisque nous ne pouvons rien créer, puisque nous :
peintres ou romanciers, nous hommes, ne sommes que
des reproducteurs débiles ? » Claude, qui se tue, est
« logique et brave ». En revanche, « il faut manquer de
fierté pour se résigner à-peu-près ». La fidélité à la
vie, aussi machinale que le geste de Bongrand tirant sa
montre, l'emporte malgré tout. Mais le romancier ne
semble pas croire à la possibilité d'une quelconque créa-

tion; il conclut modestement : « Allons travailler. » C'est l'aboutissement d'une douloureuse méditation sur le sens de la vie.

Antoinette EHRARD.

BIBLIOGRAPHIE

I. — MANUSCRITS

Le manuscrit et le dossier préparatoire de *L'Œuvre*
sont conservés à la Bibliothèque nationale, département
des manuscrits, Nouvelles acquisitions françaises.

Cotes : Manuscrit de *L'Œuvre* : N.A.F. nos 10314,
folios 1 à 379 et 10315, folios 380 à 719.

Dossier préparatoire : N.A.F. no 10316, folios 1 à 476.

Le dossier préparatoire comprend : les plans (folios 1
à 214); les notes concernant « les Personnages » (folios 216
à 259); *l'Ebauche* (folios 261 à 318); les notes ayant trait
au « Salon » (folios 320 à 340); une lettre du peintre
Léo Gausson (folios 343 à 346); une note sur les pen-
sions versées par la ville d'Aix aux jeunes artistes d'origine aixoise (folio 347); les « notes de Guillemet »
(folios 348 à 387); les « Architectes », « Notes Jourdain » (folios 389 à 401); les notes concernant la
« Musique » (folios 403 à 413), « Paris » (folios 415 à
464) et « Le Cimetière » (folios 466 à 475).

II. — ÉDITIONS

1) *Edition pré-originale* :

E. ZOLA, *L'Œuvre*, feuilleton du journal le *Gil Blas*,
Paris, imprimerie Dubuisson et Cie, 5 rue du Coq
Héron, gr. in 8o, du 23 décembre 1885 au 27 mars 1886.
Quatre-vingts feuilletons. Tirage à part, texte imprimé
sur deux colonnes, in-8o, édition non mise dans le
commerce.

2) *Edition originale* (première édition en librairie) :

E. Zola, *Les Rougon-Macquart - Histoire naturelle et sociale d'une famille sous le Second Empire.*
L'Œuvre, in-18, Paris, librairie G. Charpentier et Cie, 3,50 F, 1886.

3) *Autres éditions :*

Œuvres, Les Rougon-Macquart, L'Œuvre, Paris, Fasquelle.

Œuvres complètes, Edition, notes et commentaires de Maurice Leblanc, Paris, Bernouard, 1928.

Œuvres complètes. Préface d'Henri Guillemin, Editions Rencontre, Lausanne, 1961.

Tome IV de l'édition des *Rougon-Macquart*, établie sous la direction d'Armand Lanoux, études, notes et variantes de Henri Mitterand, Gallimard, Bibliothèque de la Pléiade, Paris, 1966.

Tome V des *Œuvres complètes*, édition établie sous la direction de Henri Mitterand, introduction de Pierre Daix, notice et notes de Henri Mitterand, Cercle du livre précieux, Paris, 1967.

L'Œuvre, Le Livre de Poche : no 429, 1967, (le texte est celui de l'édition Fasquelle).

Tome V de l'édition des *Rougon-Macquart*, Editions du Seuil, collection « L'Intégrale », Paris, 1970.

III.— ÉTUDES CRITIQUES

1) *Etudes générales sur Zola :*

Paul Alexis, *Notes d'un ami, Emile Zola*, Paris, Charpentier, 1882.

M. Bernard, *Zola par lui-même*, Paris, Editions du Seuil, 1952.

Jean Borie, *Zola et les Mythes, ou de la Nausée au Salut*, Paris, Editions du Seuil, 1972.

Fernand Doucet, *L'esthétique d'Emile Zola et son application à la critique*, Paris, Nizet et Bastard, 1923.

Jean Fréville, *Zola semeur d'orages*, Paris, Editions sociales, 1952.

Henri Guillemin, *Présentation des Rougon-Macquart*, Paris, Gallimard, 1964.

E. M. Grant, *Emile Zola*, New York, Twayne, 1966, Clarendon Press.

F. W. J. Hemmings, *Emile Zola*, Oxford, 1953; 2e édit., 1956.

Armand Lanoux, *Bonjour Monsieur Zola*, Paris, Hachette, 1962.

John Lapp, *Zola before the Rougon-Macquart*, University of Toronto Press, 1964.

Denise Le blond - Zola, *Emile Zola raconté par sa fille*, Paris, Fasquelle, 1971.

Henri Mitterand, *Zola journaliste*, Paris, A. Colin, 1962.

Guy Robert, *Emile Zola, principes et caractères généraux de son œuvre*, Paris, Belles-Lettres, 1952.

Alexandre Zevaes, *Zola*, Paris, Nouvelle revue critique, 1965.

Emile Zola, exposition organisée pour le cinquantième anniversaire de sa mort, Paris, Bibliothèque nationale, 1952, préface de Julien Cain, catalogue de Jean Adhémar.

Zola, Actes du colloque Zola des 2 et 3 février 1968, *Europe*, avril-mai 1968.

Zola, ouvrage collectif, Paris, Hachette, collection « Génies et réalités », 1969.

Zola, présentation de C. Becker, collection « Les Critiques de notre temps », Paris, Garnier, 1972.

2) *Comptes rendus et études partiellement ou totalement consacrés à « L'Œuvre » :*
Arsène Alexandre, « Claude Lantier », *Le Figaro*, 9 décembre 1895.

Charles Bigot, compte rendu de *L'Œuvre*, in *Le Gagne-Petit*, 5 avril 1886.

Emile Blavet, c.r. de *L'Œuvre*, in *Le Figaro*, 22 juillet 1885.

Patrick Brady, « La peinture de Claude Lantier », in *Revue des sciences humaines*, 1961, fasc. 101.

Patrick Brady, « Claude Lantier », in *Les Cahiers naturalistes*, no 17, 1961.

Patrick BRADY, « Les clefs de *L'Œuvre* de Zola » in *Australian Journal of French Studies*, sept.-décembre 1964.

Patrick BRADY, « Les sources littéraires de *L'Œuvre* de Zola », *Revue de l'Université de Bruxelles*, août-sept. 1964.

Patrick BRADY, « *L'Œuvre* » de Emile Zola, roman sur les arts, manifeste, autobiographie, roman à clef, Genève, Droz, 1968, 50 p.

Albert DETHEZ, c.r. de *L'Œuvre*, in *Le Siècle*, 7 avril 1886.

Marcel FACQUIER, c.r. de *L'Œuvre*, in *La France*, 2 mai 1886.

Maurice FRANÇAIS, c.r. de *L'Œuvre*, in *L'Autorité*, 5 avril 1886.

Jules LEMAITRE, « M. Emile Zola — L'Œuvre », *Revue politique et littéraire*, 17 avril 1886.

Hugues LE ROUX, c.r. de *L'Œuvre*, *La République française*, 28 avril 1886.

Camille MAUCLAIR, « Cézanne et Zola : *L'Œuvre* », *L'Eclaireur de Nice*, 29 septembre 1927.

Robert J. NIESS, « Zola's *L'Œuvre* et la *Reconquista* de Gamboa » *Publications of the modern language association of America*, t. VI (1946).

Robert J. NIESS, « Another View of Zola's *L'Œuvre* », *Romanic Review*, XXXIX (1948).

Robert J. NIESS, « Emile Zola : from fact to fiction », *Modern language notes*, juillet 1948.

Robert J. NIESS, « Antithesis and Reprise in Zola's *L'Œuvre* », *L'esprit créateur*, IV (1961).

Robert J. NIESS, *Zola, Cézanne and Manet. A Study of « L'Œuvre »*, The University of Michigan Press, 1968.

François PRIEUR, « *L'Œuvre* (Bernouard) », *Le Petit Provençal*, 30 novembre 1928.

Aurélien SCHOLL, c.r. de *L'Œuvre*, *Le Matin*, 10 avril 1886.

René TERNOIS, « La naissance de *L'Œuvre* », *Les Cahiers naturalistes*, n° 17 (1961).

« Vincent », c.r. de *L'Œuvre*, *Le XIXᵉ siècle*, 17 avril 1886.

« *L'Œuvre* d'Emile Zola », in *Comœdia*, 3 avril 1923.

« *L'Œuvre* de Zola », in *Paris-Midi*, 4 juin 1924.

3) *Etudes entièrement ou partiellement consacrées aux relations entre Zola et le monde des arts :*

Hélène et Jean ADHÉMAR, « Zola et la peinture », *Arts*, 12-18 décembre 1952.

Hélène et Jean ADHÉMAR, « Le critique d'art », in *Zola*, collection « Génies et réalités », Paris, Hachette, 1969.

Georges CHARENSOL, « Zola et les peintres », in *Présence de Zola*, s.d.

Pierre DAIX, *L'Aveuglement devant la peinture*, Paris, Gallimard, 1971.

Ima N. EBIN, « Manet and Zola », *Gazette des Beaux-Arts*, 1945.

Antoinette EHRARD, « Zola et Courbet », actes du colloque Zola, 1958, *Europe*, avril-mai 1968.

Antoinette EHRARD, « Zola et Gustave Doré », *Gazette des Beaux-Arts*, mars 1970.

Antoinette EHRARD, — *Zola. Mon Salon — Manet — Ecrits sur l'art*, Paris, Garnier-Flammarion, 1970.

Antoinette EHRARD, *Zola critique d'art*, thèse de IIIe cycle, Université de Paris X-Nanterre, 1973 (dactylographiée).

Lilian R. FURST, « Zola's art criticism », *French 19th century painting and literature*, Manchester University Press, 1972.

Louis HAUTECŒUR, *Littérature et peinture en France du XVIIe au XXe siècle*, Paris, Colin, 1932.

F. W. J. HEMMINGS et R. J. NIESS, édition des *Salons* de Zola, préface de F. W. J. Hemmings, Genève, Droz 1959.

François de HÉRAIN, *Les grands écrivains critiques d'art*, Mercure de France, 1943.

Francis JOURDAIN, « En dépit de la légende, seul Zola avait pressenti le génie de Cézanne », *Les Lettres françaises*, 2-8 août 1956.

Henri MITTERAND, *Zola journaliste, de l'affaire Manet à l'affaire Dreyfus*, Paris, A. Colin.

Henri MITTERAND, « Le regard d'Emile Zola », *Europe*, mai-juin 1958.

John REWALD, *Cézanne et Zola*, Paris, Siedrowski, 1936.

John REWALD, *Paul Cézanne, sa vie, son œuvre, son amitié pour Zola*, Paris, Albin Michel, 1939.

Georges RIVIÈRE, *Paul Cézanne*, 1923.

Boris TASLITZKY, « Emile Zola victime des critiques d'art », *Les Lettres françaises*, 25 sept.-2 oct. 1952.

Lionello VENTURI, *Histoire de la critique d'art*, Paris, Flammarion, 1969.

Rodolphe WALTER, « Zola et ses amis à Bennecourt », *Les Cahiers naturalistes*, n° 17 (1961).

Rodolphe WALTER, « Emile Zola et Claude Monet », *ibid.*, n° 26 (1964).

FILMOGRAPHIE

L'Œuvre a inspiré un film couleur créé pour la Télévision française en 1967 :

L'Œuvre, d'après Émile Zola, adaptation et réalisation de Pierre Cardinal ; principaux interprètes : Christine Barrault (Christine), et Bernard Fresson (Claude Lantier).

Film diffusé le 21 octobre 1967 à 21 h 10 sur la 2ᵉ chaîne.

Pierre Cardinal ne s'intéresse que secondairement à la peinture et au jugement de Zola sur la peinture des impressionnistes et de Cézanne — bien que celui-ci lui paraisse être le modèle de Claude Lantier. Pour lui, Zola a mis ses propres problèmes, ceux de l'écrivain, dans la bouche du peintre ; les toiles gigantesques de Lantier sont le symbole des *Rougon-Macquart*, et son échec l'expression de l'angoisse personnelle de Zola. L'adaptateur donne d'autre part, la plus grande importance à l'histoire d'amour : la dramatique rivalité entre la femme et « l'œuvre » dévorante qui finit par l'emporter.

Cette interprétation explique le caractère intimiste du film dont le réalisateur refuse de faire un documentaire sur le milieu artistique de l'époque. P. Cardinal utilise la couleur non pour photographier des peintures, mais en expressionniste, pour traduire les sentiments et les passions.

LES ROUGON-MACQUART

HISTOIRE NATURELLE ET SOCIALE
D'UNE FAMILLE SOUS LE SECOND EMPIRE

L'ŒUVRE

I

Claude passait devant l'Hôtel de Ville, et deux heures du matin sonnaient à l'horloge, quand l'orage éclata. Il s'était oublié à rôder dans les Halles, par cette nuit brûlante de juillet, en artiste flâneur, amoureux du Paris nocturne. Brusquement, les gouttes tombèrent si larges, si drues, qu'il prit sa course, galopa dégingandé, éperdu, le long du quai de la Grève. Mais, au pont Louis-Philippe, une colère de son essoufflement l'arrêta : il trouvait imbécile cette peur de l'eau; et, dans les ténèbres épaisses, sous le cinglement de l'averse qui noyait les becs de gaz, il traversa lentement le pont, les mains ballantes.

Du reste, Claude n'avait plus que quelques pas à faire. Comme il tournait sur le quai de Bourbon, dans l'île Saint-Louis, un vif éclair illumina la ligne droite et plate des vieux hôtels rangés devant la Seine, au bord de l'étroite chaussée. La réverbération alluma les vitres des hautes fenêtres sans persiennes, on vit le grand air triste des antiques façades, avec des détails très nets, un balcon de pierre, une rampe de terrasse, la guirlande sculptée d'un fronton. C'était là que le peintre avait son atelier, dans les combles de l'ancien hôtel du Martoy, à l'angle de la rue de la Femme-sans-Tête. Le quai entrevu était aussitôt retombé aux ténèbres, et un formidable coup de tonnerre avait ébranlé le quartier endormi.

Arrivé devant sa porte, une vieille porte ronde et basse, bardée de fer, Claude, aveuglé par la pluie, tâtonna pour tirer le bouton de la sonnette; et sa surprise fut extrême, il eut un tressaillement en rencontrant dans l'encoignure, collé contre le bois, un corps vivant. Puis, à la brusque lueur d'un second éclair, il aperçut une grande jeune fille, vêtue de noir, et déjà trempée, qui grelottait de peur. Lorsque le coup de tonnerre les eut secoués tous les deux, il s'écria :

— Ah bien! si je m'attendais... Qui êtes-vous ? que voulez-vous ?

Il ne la voyait plus, il l'entendait seulement sangloter et bégayer :

— Oh! monsieur, ne me faites pas du mal... C'est le cocher que j'ai pris à la gare, et qui m'a abandonnée près de cette porte, en me brutalisant... Oui, un train a déraillé, du côté de Nevers. Nous avons eu quatre heures de retard, je n'ai plus trouvé la personne qui devait m'attendre... Mon Dieu! c'est la première fois que je viens à Paris, monsieur, je ne sais pas où je suis...

Un éclair éblouissant lui coupa la parole; et ses yeux dilatés parcoururent avec effarement ce coin de ville inconnue, l'apparition violâtre d'une cité fantastique. La pluie avait cessé. De l'autre côté de la Seine, le quai des Ormes alignait ses petites maisons grises, bariolées en bas par les boiseries des boutiques, découpant en haut leurs toitures inégales; tandis que l'horizon élargi s'éclairait, à gauche jusqu'aux ardoises bleues des combles de l'Hôtel de Ville, à droite jusqu'à la coupole plombée de Saint-Paul. Mais ce qui la suffoquait surtout, c'était l'encaissement de la rivière, la fosse profonde où la Seine coulait à cet endroit, noirâtre, des lourdes piles du pont Marie aux arches légères du nouveau pont Louis-Philippe. D'étranges masses peuplaient l'eau, une flottille dormante de canots et d'yoles, un bateau-lavoir et une dragueuse, amarrés au quai; puis, là-bas, contre l'autre berge, des péniches pleines de charbon, des chalands chargés de meulière, dominés par le bras gigantesque d'une grue de fonte. Tout disparut.

— Bon! une farceuse, pensa Claude, quelque gueuse flanquée à la rue et qui cherche un homme.

Il avait la méfiance de la femme : cette histoire d'accident, de train en retard, de cocher brutal, lui paraissait une invention ridicule. La jeune fille, au coup de tonnerre, s'était renfoncée dans le coin de la porte, terrifiée.

— Vous ne pouvez pourtant pas coucher là, reprit-il tout haut.

Elle pleurait plus fort, elle balbutia :

— Monsieur, je vous en prie, conduisez-moi à Passy... C'est à Passy que je vais.

Il haussa les épaules : le prenait-elle pour un sot ? Machinalement, il s'était tourné vers le quai des Célestins, où se trouvait une station de fiacres. Pas une lueur de lanterne ne luisait.

— A Passy, ma chère, pourquoi pas Versailles ?... Où diable voulez-vous qu'on pêche une voiture, à cette heure, et par un temps pareil ?

Mais elle jeta un cri, un nouvel éclair l'avait aveuglée ; et, cette fois, elle venait de revoir la ville tragique dans un éclaboussement de sang. C'était une trouée immense, les deux bouts de la rivière s'enfonçant à perte de vue, au milieu des braises rouges d'un incendie. Les plus minces détails apparurent, on distingua les petites persiennes fermées du quai des Ormes, les deux fentes des rues de la Masure et du Paon-Blanc, coupant la ligne des façades ; près du pont Marie, on aurait compté les feuilles des grands platanes, qui mettent là un bouquet de superbe verdure ; tandis que, de l'autre côté, sous le pont Louis-Philippe, au Mail, les toues alignées sur quatre rangs avaient flambé, avec les tas de pommes jaunes dont elles craquaient. Et l'on vit encore les remous de l'eau, la cheminée haute du bateau-lavoir, la chaîne immobile de la dragueuse, des tas de sable sur le port, en face, une complication extraordinaire de choses, tout un monde emplissant l'énorme coulée, la fosse creusée d'un horizon à l'autre. Le ciel s'éteignit, le flot ne roula plus que des ténèbres, dans le fracas de la foudre.

— Oh ! mon Dieu ! c'est fini... Oh ! mon Dieu ! que vais-je devenir ?

La pluie, maintenant, recommençait, si raide, poussée par un tel vent, qu'elle balayait le quai, avec une violence d'écluse lâchée.

— Allons, laissez-moi rentrer, dit Claude, ce n'est pas tenable.

Tous deux se trempaient. A la clarté vague du bec de gaz scellé au coin de la rue de la Femme-sans-Tête, il la voyait ruisseler, la robe collée à la peau, dans le déluge qui battait la porte. Une pitié l'envahit, il avait bien, un soir d'orage, ramassé un chien sur un trottoir ! Mais cela le fâchait de s'attendrir, jamais il n'introduisait de fille chez lui, il les traitait toutes en garçon qui les ignorait, d'une timidité souffrante qu'il cachait sous une fanfaronnade de brutalité ; et celle-ci, vraiment, le jugeait trop bête, de le raccrocher de la sorte, avec son aventure de vaudeville. Pourtant, il finit par dire :

— En voilà assez, montons... Vous coucherez chez moi.

Elle s'effara davantage, elle se débattait.

— Chez vous, oh ! mon Dieu ! Non, non, c'est impos-

sible... Je vous en prie, monsieur, conduisez-moi à Passy,
je vous en prie à mains jointes.

Alors, il s'emporta. Pourquoi ces manières, puisqu'il
la recueillait ? Déjà, deux fois, il avait tiré la sonnette.
Enfin, la porte céda, et il poussa l'inconnue.

— Non, non, monsieur, je vous dis que non...

Mais un éclair l'éblouit encore, et quand le tonnerre
gronda, elle entra d'un bond, éperdue. La lourde porte
s'était refermée, elle se trouvait sous un vaste porche,
dans une obscurité complète.

— Madame Joseph, c'est moi! cria Claude à la
concierge.

Et, à voix basse, il ajouta :

— Donnez-moi la main, nous avons la cour à traverser.

Elle lui donna la main, elle ne résistait plus, étourdie,
anéantie. De nouveau, ils passèrent sous la pluie dilu-
vienne, courant côte à côte, violemment. C'était une cour
seigneuriale, énorme, avec des arcades de pierre, confuses
dans l'ombre. Puis, ils abordèrent à un vestibule, étranglé, sans porte; et il lui lâcha la main, elle l'entendit frotter des allumettes en jurant. Toutes étaient mouillées, il
fallut monter à tâtons.

— Prenez la rampe, et méfiez-vous, les marches sont
hautes.

L'escalier, très étroit, un ancien escalier de service,
avait trois étages démesurés, qu'elle gravit en butant, les
jambes cassées et maladroites. Ensuite, il la prévint qu'ils
devaient suivre un long corridor; et elle s'y engagea derrière lui, les deux mains filant contre les murs, allant
sans fin dans ce couloir, qui revenait vers la façade, sur le
quai. Puis, ce fut de nouveau un escalier, mais dans le
comble celui-là, un étage de marches en bois qui craquaient, sans rampe, branlantes et raides comme les
planches mal dégrossies d'une échelle de meunier. En
haut, le palier était si petit, qu'elle se heurta dans
le jeune homme, en train de chercher sa clef. Il ouvrit
enfin.

— N'entrez pas, attendez. Autrement, vous vous
cogneriez encore.

Et elle ne bougea plus. Elle soufflait, le cœur battant,
les oreilles bourdonnant, achevée par cette montée dans le
noir. Il lui semblait qu'elle montait depuis des heures, au
milieu d'un tel dédale, parmi une telle complication
d'étages et de détours, que jamais elle ne redescendrait.
Dans l'atelier, de gros pas marchaient, des mains frô-

laient, il y eut une dégringolade de choses, accompagnée
d'une sourde exclamation. La porte s'éclaira.

— Entrez donc, ça y est.

Elle entra, regarda sans voir. L'unique bougie pâlissait
dans ce grenier, haut de cinq mètres, empli d'une confusion d'objets, dont les grandes ombres se découpaient
bizarrement contre les murs peints en gris. Elle ne
reconnut rien, elle leva les yeux vers la baie vitrée, sur
laquelle la pluie battait avec un roulement assourdissant
de tambour. Mais, juste à ce moment, un éclair embrasa
le ciel, et le coup de tonnerre suivit de si près, que la toiture sembla se fendre. Muette, toute blanche, elle se
laissa tomber sur une chaise.

— Bigre! murmura Claude, un peu pâle lui aussi, en
voilà un qui n'a pas tapé loin... Il était temps, on est
mieux ici que dans la rue, hein ?

Et il retourna vers la porte qu'il ferma bruyamment, à
double tour, pendant qu'elle le regardait faire, de son air
stupéfié.

— Là! nous sommes chez nous.

D'ailleurs, c'était la fin, il n'y eut plus que des coups
éloignés, bientôt le déluge cessa. Lui, qu'une gêne gagnait
à présent, l'avait examinée d'un regard oblique. Elle ne
devait pas être trop mal, et jeune à coup sûr, vingt ans au
plus. Cela achevait de le mettre en méfiance, malgré un
doute inconscient qui le prenait, une sensation vague
qu'elle ne mentait peut-être pas absolument. En tout
cas, elle avait beau être maligne, elle se trompait, si elle
croyait le tenir. Il exagéra son allure bourrue, il dit d'une
grosse voix :

— Hein ? couchons-nous, ça nous séchera.

Une angoisse la fit se lever. Elle aussi l'examinait, sans
le regarder en face, et ce garçon maigre, aux articulations
noueuses, à la forte tête barbue, redoublait sa peur, comme
s'il était sorti d'un conte de brigands, avec son chapeau
de feutre noir et son vieux paletot marron, verdi par
les pluies. Elle murmura :

— Merci, je suis bien, je dormirai habillée.

— Comment, habillée, avec ces vêtements qui ruis-
sellent!... Ne faites donc pas la bête, déshabillez-vous
tout de suite.

Et il bousculait des chaises, il écartait un paravent à
moitié crevé. Derrière, elle aperçut une table de toilette
et un tout petit lit de fer, dont il se mit à enlever le couvre-
pieds.

— Non, non, monsieur, ce n'est pas la peine, je vous jure que je resterai là.

Du coup, il entra en colère, gesticulant, tapant des poings.

— A la fin, allez-vous me ficher la paix! Puisque je vous donne mon lit, qu'avez-vous à vous plaindre ?... Et ne faites pas l'effarouchée, c'est inutile. Moi, je coucherai sur le divan.

Il était revenu sur elle, d'un air de menace. Saisie, croyant qu'il voulait la battre, elle ôta son chapeau en tremblant. Par terre, ses jupes s'égouttaient. Lui, continuait de grogner. Pourtant, un scrupule parut le prendre; et il lâcha enfin, comme une concession :

— Vous savez, si je vous répugne, je veux bien changer les draps.

Déjà, il les arrachait, il les lançait sur le divan, à l'autre bout de l'atelier. Puis, il en tira une paire d'une armoire, et il refit lui-même le lit, avec une adresse de garçon habitué à cette besogne. D'une main soigneuse, il bordait la couverture du côté de la muraille, il tapait l'oreiller, ouvrait les draps.

— Vous y êtes, au dodo, maintenant!

Et, comme elle ne disait rien, toujours immobile, promenant ses doigts égarés sur son corsage, sans se décider à le déboutonner, il l'enferma derrière le paravent. Mon Dieu! que de pudeur! Vivement, il se coucha lui-même : les draps étalés sur le divan, ses vêtements pendus à un vieux chevalet, et lui tout de suite allongé sur le dos. Mais, au moment de souffler la bougie, il songea qu'elle ne verrait plus clair, il attendit. D'abord, il ne l'avait pas entendue remuer : sans doute elle était demeurée toute droite à la même place, contre le lit de fer. Puis, à présent, il saisissait un petit bruit d'étoffe, des mouvements lents et étouffés comme si elle s'y était reprise à dix fois, écoutant elle aussi, dans l'inquiétude de cette lumière qui ne s'éteignait pas. Enfin, après de longues minutes, le sommier cria faiblement, il se fit un grand silence.

— Etes-vous bien, mademoiselle ? demanda Claude d'une voix très adoucie.

Elle répondit d'un souffle à peine distinct, encore chevrotant d'émotion.

— Oui, monsieur, très bien.

— Alors, bonsoir.

— Bonsoir.

Il souffla la lumière, le silence retomba, plus profond.

Malgré sa lassitude, ses paupières bientôt se rouvrirent, une insomnie le laissa les yeux en l'air, sur la baie vitrée. Le ciel était redevenu très pur, il voyait les étoiles étinceler, dans l'ardente nuit de juillet; et, malgré l'orage, la chaleur restait si forte, qu'il brûlait, les bras nus, hors du drap. Cette fille l'occupait, un sourd débat bourdonnait en lui, le mépris qu'il était heureux d'afficher, la crainte d'encombrer son existence, s'il cédait, la peur de paraître ridicule, en ne profitant pas de l'occasion; mais le mépris finissait par l'emporter, il se jugeait très fort, il imaginait un roman contre sa tranquillité, ricanant d'avoir déjoué la tentation. Il étouffa davantage et sortit ses jambes, pendant que, la tête lourde, dans l'hallucination du demi-sommeil, il suivait, au fond du braisillement des étoiles, des nudités amoureuses de femmes, toute la chair vivante de la femme, qu'il adorait.

Puis, ses idées se brouillèrent davantage. Que faisait-elle ? Longtemps, il l'avait crue endormie, car elle ne soufflait même pas; et, maintenant, il l'entendait se retourner, comme lui, avec d'infinies précautions, qui la suffoquaient. Dans son peu de pratique des femmes, il tâchait de raisonner l'histoire qu'elle lui avait contée, frappé à cette heure de petits détails, devenu perplexe; mais toute sa logique fuyait, à quoi bon se casser le crâne inutilement ? Qu'elle eût dit la vérité ou qu'elle eût menti, pour ce qu'il voulait faire d'elle, il s'en moquait! Le lendemain, elle reprendrait la porte : bonjour, bonsoir, et ce serait fini, on ne se reverrait jamais plus. Au jour seulement, comme les étoiles pâlissaient, il parvint à s'endormir. Derrière le paravent, elle, malgré la fatigue écrasante du voyage, continuait à s'agiter, tourmentée par la lourdeur de l'air, sous le zinc chauffé du toit; et elle se gênait moins, elle eut une brusque secousse d'impatience nerveuse, un soupir irrité de vierge, dans le malaise de cet homme, qui dormait là, près d'elle.

Le matin, Claude, en ouvrant les yeux, battit des paupières. Il était très tard, une large nappe de soleil tombait de la baie vitrée. C'était une de ses théories, que les jeunes peintres du plein air devaient louer les ateliers dont ne voulaient pas les peintres académiques, ceux que le soleil visitait de la flamme vivante de ses rayons. Mais un premier ahurissement l'avait fait s'asseoir, les jambes nues. Pourquoi diable se trouvait-il couché sur son divan ? et il promenait ses yeux, encore troubles de sommeil, quand il aperçut à moitié caché par le paravent, un

paquet de jupes. Ah! oui, cette fille, il se souvenait! Il
prêta l'oreille, il entendit une respiration longue et régulière, d'un bien-être d'enfant. Bon! elle dormait toujours,
et si calme, que ce serait dommage de la réveiller. Il restait étourdi, il se grattait les jambes, ennuyé de cette
aventure dans laquelle il retombait, et qui allait lui gâter
sa matinée de travail. Son cœur tendre l'indignait, le
mieux était de la secouer, pour qu'elle filât tout de suite.
Cependant, il passa un pantalon doucement, chaussa des
pantoufles, marcha sur la pointe des pieds.
   Le coucou sonna neuf heures, et Claude eut un geste
inquiet. Rien n'avait bougé, le petit souffle continua.
Alors, il pensa que le mieux était de se remettre à son
grand tableau : il ferait son déjeuner plus tard, quand il
pourrait remuer. Mais il ne se décidait point. Lui qui
vivait là, dans un désordre abominable, était gêné par le
paquet des jupes, glissées à terre. De l'eau avait coulé, les
vêtements étaient trempés encore. Et, tout en étouffant
des grognements, il finit par les ramasser, un à un, et par
les étendre sur des chaises, au grand soleil. S'il était permis de tout jeter ainsi à la débandade! Jamais ça ne serait
sec, jamais elle ne s'en irait! Il tournait et retournait mala-
droitement ces chiffons de femme, s'embarrassait dans le
corsage de laine noire, cherchait à quatre pattes les bas,
tombés derrière une vieille toile. C'étaient des bas de fil
d'Ecosse, d'un gris cendré, longs et fins, qu'il examina,
avant de les pendre. Le bord de la robe les avait mouillés,
eux aussi ; et il les étira, il les passa entre ses mains chaudes,
pour la renvoyer plus vite.
   Depuis qu'il était debout, Claude avait l'envie d'écarter le paravent et de voir. Cette curiosité, qu'il jugeait
bête, redoublait sa mauvaise humeur. Enfin, avec son
haussement d'épaules habituel, il empoignait ses brosses,
lorsqu'il y eut des mots balbutiés, au milieu d'un grand
froissement de linges ; et l'haleine douce reprit, et il céda
cette fois, lâchant les pinceaux, passant la tête. Mais ce
qu'il aperçut, l'immobilisa, grave, extasié, murmurant :
   — Ah! fichtre!... ah! fichtre!...
   La jeune fille, dans la chaleur de serre qui tombait des
vitres, venait de rejeter le drap ; et, anéantie sous l'accablement des nuits sans sommeil, elle dormait, baignée de
lumière, si inconsciente, que pas une onde ne passait sur
sa nudité pure. Pendant sa fièvre d'insomnie, les boutons
des épaulettes de sa chemise avaient dû se détacher, toute
la manche gauche glissait, découvrant la gorge. C'était une

chair dorée, d'une finesse de soie, le printemps de la
chair, deux petits seins rigides, gonflés de sève, où poin-
taient deux roses pâles. Elle avait passé le bras droit sous
sa nuque, sa tête ensommeillée se renversait, sa poitrine
confiante s'offrait, dans une adorable ligne d'abandon;
tandis que ses cheveux noirs, dénoués, la vêtaient encore
d'un manteau sombre.

— Ah! fichtre! elle est bigrement bien!

C'était ça, tout à fait ça, la figure qu'il avait inutilement
cherchée pour son tableau, et presque dans la pose. Un
peu mince, un peu grêle d'enfance, mais si souple, d'une
jeunesse si fraîche! Et, avec ça, des seins déjà mûrs. Où
diable la cachait-elle, la veille, cette gorge-là, qu'il ne
l'avait pas devinée? Une vraie trouvaille!

Légèrement, Claude courut prendre sa boîte de pastel
et une grande feuille de papier. Puis, accroupi au bord
d'une chaise basse, il posa sur ses genoux un carton, il se
mit à dessiner, d'un air profondément heureux. Tout son
trouble, sa curiosité charnelle, son désir combattu, aboutissaient à cet émerveillement d'artiste, à cet enthousiasme
pour les beaux tons et les muscles bien emmanchés. Déjà,
il avait oublié la jeune fille, il était dans le ravissement de
la neige des seins, éclairant l'ambre délicat des épaules.
Une modestie inquiète le rapetissait devant la nature, il
serrait les coudes, il redevenait un petit garçon, très sage,
attentif et respectueux. Cela dura près d'un quart d'heure,
il s'arrêtait parfois, clignait les yeux. Mais il avait peur
qu'elle ne bougeât, il se remettait vite à la besogne, en
retenant sa respiration, par crainte de l'éveiller.

Cependant, de vagues raisonnements recommençaient
à bourdonner en lui, dans son application au travail. Qui
pouvait-elle être? A coup sûr, pas une gueuse, comme il
l'avait pensé, car elle était trop fraîche. Mais pourquoi
lui avait-elle conté une histoire si peu croyable? Et il
imaginait d'autres histoires : une débutante tombée à
Paris avec un amant, qui l'avait lâchée; ou bien une petite
bourgeoise débauchée par une amie, n'osant rentrer chez
ses parents; ou encore un drame plus compliqué, des per-
versions ingénues et extraordinaires, des choses effroyables
qu'il ne saurait jamais. Ces hypothèses augmentaient son
incertitude, il passa à l'ébauche du visage, en l'étudiant
avec soin. Le haut était d'une grande bonté, d'une grande
douceur, le front limpide, uni comme un clair miroir, le
nez petit, aux fines ailes nerveuses; et l'on sentait le sourire des yeux sous les paupières, un sourire qui devait

illuminer toute la face. Seulement, le bas gâtait ce
rayonnement de tendresse, la mâchoire avançait, les
lèvres trop fortes saignaient, montrant des dents solides
et blanches. C'était comme un coup de passion, la puberté
grondante et qui s'ignorait, dans ces traits noyés, d'une
délicatesse enfantine.

Brusquement, un frisson courut, pareil à une moire
sur le satin de sa peau. Peut-être avait-elle senti enfin ce
regard d'homme qui la fouillait. Elle ouvrit les paupières
toutes grandes, elle poussa un cri.

— Ah! mon Dieu!

Et une stupeur la paralysa, ce lieu inconnu, ce garçon
en manches de chemise, accroupi devant elle, la mangeant
des yeux. Puis, dans un élan éperdu, elle ramena la couverture, elle l'écrasa de ses deux bras sur sa gorge, le sang
fouetté d'une telle angoisse pudique, que la rougeur
ardente de ses joues coula jusqu'à la pointe de ses seins,
en un flot rose.

— Eh bien! quoi donc? cria Claude, mécontent, le
crayon en l'air, que vous prend-il?

Elle ne parlait plus, elle ne bougeait plus, le drap serré
au cou, pelotonnée, repliée sur elle-même, bossuant à
peine le lit.

— Je ne vous mangerai pas peut-être... Voyons, soyez
gentille, remettez-vous comme vous étiez.

Un nouveau flot de sang lui rougit les oreilles. Elle
finit par bégayer :

— Oh! non, oh! non, monsieur.

Mais lui se fâchait peu à peu, dans une de ces brusques
poussées de colère dont il était coutumier. Cette obstination lui semblait stupide.

— Dites, qu'est-ce que ça peut vous faire? En voilà
un grand malheur, si je sais comment vous êtes bâtie.
J'en ai vu d'autres.

Alors, elle sanglota, et il s'emporta tout à fait, désespéré
devant son dessin, jeté hors de lui par la pensée qu'il ne
l'achèverait pas, que la pruderie de cette fille l'empêche-
rait d'avoir une bonne étude pour son tableau.

— Vous ne voulez pas, hein? mais c'est imbécile! Pour
qui me prenez-vous?... Est-ce que je vous ai touchée,
dites? Si j'avais songé à des bêtises, j'aurais eu l'occasion
belle, cette nuit... Ah! ce que je m'en moque, ma chère!
Vous pouvez bien tout montrer... Et puis, écoutez, ce
n'est pas très gentil, de me refuser ce service, car enfin je
vous ai ramassée, vous avez couché dans mon lit. ⁻

Elle pleurait plus fort, la tête cachée au fond de l'oreiller.

— Je vous jure que j'en ai besoin, autrement je ne vous tourmenterais pas.

Tant de larmes le surprenaient, une honte lui venait de sa rudesse; et il se tut, embarrassé, il la laissa se calmer un peu; ensuite, il recommença, d'une voix très douce :

— Voyons, puisque ça vous contrarie, n'en parlons plus... Seulement, si vous saviez! J'ai là une figure de mon tableau qui n'avance pas du tout, et vous étiez si bien dans la note! Moi, quand il s'agit de cette sacrée peinture, j'égorgerais père et mère. N'est-ce pas ? vous m'excusez... Et, tenez! si vous étiez aimable, vous me donneriez encore quelques minutes. Non, non, restez donc tranquille! pas le torse, je ne demande pas le torse! La tête, rien que la tête! Si je pouvais finir la tête, au moins!... De grâce, soyez aimable, remettez votre bras comme il était, et je vous en serai reconnaissant, voyez-vous, oh! reconnaissant toute ma vie!

A cette heure, il suppliait, il agitait pitoyablement son crayon, dans l'émotion de son gros désir d'artiste. Du reste, il n'avait pas bougé, toujours accroupi sur la chaise basse, loin d'elle. Alors, elle se risqua, découvrit son visage apaisé. Que pouvait-elle faire ? Elle était à sa merci, et il avait l'air si malheureux! Pourtant, elle eut une hésitation, une dernière gêne. Et, lentement, sans dire un mot, elle sortit son bras nu, elle le glissa de nouveau sous sa tête, en ayant bien soin de tenir, de son autre main, restée cachée, la couverture tamponnée autour de son cou.

— Ah! que vous êtes bonne!... Je vais me dépêcher, vous serez libre tout de suite.

Il s'était courbé sur son dessin, il ne lui jetait plus que ces clairs regards du peintre, pour qui la femme a disparu, et qui ne voit que le modèle. D'abord, elle était redevenue rose, la sensation de son bras nu, de ce peu d'elle-même qu'elle aurait montré ingénument dans un bal, l'emplissait là de confusion. Puis, ce garçon lui parut si raisonnable, qu'elle se tranquillisa, les joues refroidies, la bouche détendue en un vague sourire de confiance. Et, entre ses paupières demi-closes, elle l'étudiait à son tour. Comme il l'avait terrifiée depuis la veille, avec sa forte barbe, sa grosse tête, ses gestes emportés! Il n'était pas laid pourtant, elle découvrait au fond de ses yeux bruns une grande tendresse, tandis que son nez la surprenait, lui aussi, un nez délicat de femme, perdu dans les poils hérissés des lèvres. Un petit tremblement d'inquiétude nerveuse le secouait, une continuelle passion qui semblait faire vivre le crayon au bout de ses doigts minces, et dont elle était très touchée, sans savoir pourquoi. Ce ne pouvait être un méchant, il ne devait avoir que la brutalité des timides. Tout cela, elle ne l'analysait pas très bien, mais elle le sentait, elle se mettait à l'aise, comme chez un ami.

L'atelier, il est vrai, continuait à l'effarer un peu. Elle y jetait des regards prudents, stupéfaite d'un tel désordre et d'un tel abandon. Devant le poêle, les cendres du dernier hiver s'amoncelaient encore. Outre le lit, la petite table de toilette et le divan, il n'y avait d'autres meubles qu'une vieille armoire de chêne disloquée, et qu'une grande table de sapin, encombrée de pinceaux, de couleurs, d'assiettes sales, d'une lampe à esprit-de-vin, sur laquelle était restée une casserole, barbouillée de vermicelle. Des chaises dépaillées se débandaient, parmi des chevalets boiteux. Près du divan, la bougie de la veille traînait par terre, dans un coin du parquet, qu'on devait balayer tous les mois ; et il n'y avait que le coucou, un coucou énorme, enluminé de fleurs rouges, qui parut gai et propre, avec son tic-tac sonore. Mais ce dont elle s'effrayait surtout, c'était des esquisses pendues aux murs, sans cadres, un flot épais d'esquisses qui descendait jusqu'au sol, où il s'amassait en un éboulement de toiles jetées pêle-mêle. Jamais elle n'avait vu une si terrible peinture, rugueuse, éclatante, d'une violence de tons qui la blessait comme un juron de charretier, entendu sur la porte d'une auberge. Elle baissait les yeux, attirée pourtant par un tableau retourné, le grand tableau auquel travaillait le peintre, et qu'il poussait chaque soir vers la muraille, afin de le mieux juger le lendemain, dans la fraîcheur du premier coup d'œil. Que pouvait-il cacher, celui-là, pour qu'on n'osât même pas le montrer ? Et, au travers de la vaste pièce, la nappe de brûlant soleil, tombée des vitres, voyageait, sans être tempérée par le moindre store, coulant ainsi qu'un or liquide sur tous ces débris de meuble, dont elle accentuait l'insoucieuse misère.

Claude finit par trouver le silence lourd. Il voulut dire un mot, n'importe quoi, dans l'idée d'être poli, et surtout pour la distraire de la pose. Mais il eut beau chercher, il n'imagina que cette question :

— Comment vous nommez-vous ?

Elle ouvrit ses yeux qu'elle avait fermés, comme reprise de sommeil.

— Christine.

Alors, il s'étonna. Lui non plus, n'avait pas dit son nom. Depuis la veille, ils étaient là, côte à côte, sans se connaître.

— Moi, je me nomme Claude.

Et l'ayant regardée à ce moment, il la vit qui éclatait d'un joli rire. C'était l'échappée joueuse d'une grande fille encore gamine. Elle trouvait drôle cet échange tardif de leurs noms. Puis, une autre idée l'amusa.

— Tiens! Claude, Christine, ça commence par la même lettre.

Le silence retomba. Il clignait les paupières, s'oubliait, se sentait à bout d'imagination. Mais il crut remarquer en elle un malaise d'impatience, et dans la terreur qu'elle ne bougeât, il reprit au hasard, pour l'occuper :

— Il fait un peu chaud.

Cette fois, elle étouffa son rire, cette gaieté native qui renaissait et partait malgré elle, depuis qu'elle se rassurait. La chaleur devenait si forte, qu'elle était dans le lit comme dans un bain, la peau moite et pâlissante de la pâleur laiteuse des camélias.

— Oui, un peu chaud, répondit-elle sérieusement, tandis que ses yeux s'égayaient.

Claude, alors, conclut de son air bonhomme :

— C'est ce soleil qui entre. Mais, bah! ça fait du bien, un bon coup de soleil dans la peau... Dites donc, cette nuit, nous aurions eu besoin de ça, sous la porte.

Tous deux éclatèrent, et lui, enchanté d'avoir découvert enfin un sujet de conversation, la questionna sur son aventure, sans curiosité, se souciant peu au fond de savoir la vérité vraie, uniquement désireux de prolonger la séance.

Christine, simplement, en quelques paroles, conta les choses. C'était la veille au matin qu'elle avait quitté Clermont, pour venir à Paris, où elle allait entrer comme lectrice chez la veuve d'un général, Mme Vanzade, une vieille dame très riche, qui habitait Passy. Le train, réglementairement, arrivait à neuf heures dix, et toutes les précautions étaient prises, une femme de chambre devait l'attendre, on avait même fixé par lettres un signe de reconnaissance, une plume grise à son chapeau noir. Mais voilà que son train était tombé, un peu au-dessus de Nevers, sur un train de marchandises, dont les voitures déraillées et brisées obstruaient la voie. Alors avait commencé une série de contretemps et de retards, d'abord une interminable pose dans les wagons immobiles, puis l'abandon forcé de ces wagons, les bagages laissés là en arrière, les voyageurs obligés de faire trois kilomètres à pied pour atteindre une station, où l'on s'était décidé à former un train de sauvetage. On avait perdu deux heures, et deux autres furent perdues encore, dans le trouble que l'accident occasionnait, d'un bout à l'autre de la ligne ; si bien qu'on était entré en gare avec quatre heures de retard, à une heure du matin seulement.

— Pas de chance! interrompit Claude, toujours incrédule, combattu pourtant, surpris de la façon aisée dont s'arrangeaient les complications de cette histoire. Et, naturellement, personne ne vous attendait plus ?

En effet, Christine n'avait pas trouvé la femme de chambre de Mme Vanzade, qui sans doute s'était lassée. Et elle disait son émoi dans la gare de Lyon, cette grande halle inconnue, noire, vide, bientôt déserte, à cette heure avancée de la nuit. D'abord, elle n'avait point osé prendre une voiture, se promenant avec son petit sac, espérant que quelqu'un viendrait. Puis, elle s'était décidée, mais trop tard, car il n'y avait plus là qu'un cocher très sale, empestant le vin, qui rôdait autour d'elle, en s'offrant d'un air goguenard.

— Oui, un rouleur, reprit Claude, intéressé maintenant, comme s'il eût assisté à la réalisation d'un conte bleu. Et vous êtes montée dans sa voiture ?

Les yeux au plafond, Christine continua, sans quitter la pose :

— C'est lui qui m'a forcée. Il m'appelait sa petite, il me faisait peur... Quand il a su que j'allais à Passy, il s'est fâché, il a fouetté son cheval si fort, que j'ai dû me cramponner aux portières. Puis, je me suis rassurée un peu, le fiacre roulait doucement dans des rues éclairées, je voyais du monde sur les trottoirs. Enfin, j'ai reconnu la Seine. Je ne suis jamais venue à Paris, mais j'avais regardé un plan... Et je pensais qu'il filerait tout le long des quais, lorsque j'ai été reprise de peur, en m'apercevant que nous passions sur un pont. Justement, la pluie commençait, le fiacre qui avait tourné dans un endroit très noir, s'est brusquement arrêté. C'était le cocher qui descendait de son siège et qui voulait entrer avec moi dans la voiture... Il disait qu'il pleuvait trop...

Claude se mit à rire. Il ne doutait plus, elle ne pouvait inventer ce cocher-là. Comme elle se taisait, embarrassée :

— Bon! bon! le farceur plaisantait.

— Tout de suite, j'ai sauté sur le pavé, par l'autre portière. Alors, il a juré, il m'a dit que nous étions arrivés et qu'il m'arracherait mon chapeau, si je ne le payais pas... La pluie tombait à torrents, le quai était absolument désert. Je perdais la tête, j'ai sorti une pièce de cinq francs, et il a fouetté son cheval, et il est parti en emportant mon petit sac, où il n'y avait heureusement que deux mouchoirs, une moitié de brioche et la clef de ma malle, restée en route.

— Mais on prend le numéro de la voiture! cria le peintre indigné.

Maintenant, il se souvenait d'avoir été frôlé par un fiacre fuyant à toutes roues, comme il traversait le pont Louis-Philippe, dans le ruissellement de l'orage. Et il s'émerveillait de l'invraisemblance de la vérité, souvent. Ce qu'il avait imaginé, pour être simple et logique, était tout bonnement stupide, à côté de ce cours naturel des infinies combinaisons de la vie.

— Vous pensez si j'étais heureuse, sous cette porte! acheva Christine. Je savais bien que je n'étais pas à Passy, j'allais donc coucher la nuit là, dans ce Paris terrible. Et ces tonnerres, et ces éclairs, oh! ces éclairs tout bleus, tout rouges, qui me montraient des choses à faire trembler!

Ses paupières de nouveau s'étaient closes, un frisson pâlit son visage, elle revoyait la cité tragique, cette trouée des quais s'enfonçant dans des rougeoiements de fournaise, ce fossé profond de la rivière roulant des eaux de plomb, encombré de grands corps noirs, de chalands pareils à des baleines mortes, hérissé de grues immobiles, qui allongeaient des bras de potence. Etait-ce donc là une bienvenue?

Il y eut un silence. Claude s'était remis à son dessin. Mais elle remua, son bras s'engourdissait.

— Le coude un peu rabattu, je vous prie.

Puis, d'un air d'intérêt, pour s'excuser :

— Ce sont vos parents qui doivent être dans la désolation, s'ils ont appris la catastrophe.

— Je n'ai pas de parents.

— Comment! ni père, ni mère... Vous êtes seule?

— Oui, toute seule.

Elle avait dix-huit ans, et elle était née à Strasbourg, par hasard, entre deux changements de garnison de son père, le capitaine Hallegrain. Comme elle entrait dans sa douzième année, ce dernier, un Gascon de Montauban, était mort à Clermont, où une paralysie des jambes l'avait forcé de prendre sa retraite. Pendant près de cinq ans, sa mère, qui était Parisienne, avait vécu là-bas, en province, ménageant sa maigre pension, travaillant, peignant des éventails, pour achever d'élever sa fille en demoiselle ; et, depuis quinze mois, elle était morte à son tour, la laissant seule au monde, sans un sou, avec l'unique amitié d'une religieuse, la supérieure des Sœurs de la Visitation, qui l'avait gardée dans son pensionnat. C'était du couvent qu'elle arrivait tout droit, la supérieure ayant fini par lui trouver cette place de lectrice, chez sa vieille amie, Mme Vanzade, devenue presque aveugle.

Claude restait muet, à ces nouveaux détails. Ce couvent, cette orpheline bien élevée, cette aventure qui tournait au romanesque, le rendaient à son embarras, à sa maladresse de gestes et de paroles. Il ne travaillait plus, les yeux baissés sur son croquis.

— C'est joli, Clermont ? demanda-t-il enfin.

— Pas beaucoup, une ville noire... Puis, je ne sais guère, je sortais à peine.

Elle s'était accoudée, elle continua très bas, comme se parlant à elle-même, d'une voix encore brisée des sanglots de son deuil :

— Maman, qui n'était pas forte, se tuait à la besogne... Elle me gâtait, il n'y avait rien de trop beau pour moi, j'avais des professeurs de tout ; et je profitais si peu, d'abord j'étais tombée malade, puis je n'écoutais pas, toujours à rire, le sang à la tête... La musique m'ennuyait, des crampes me tordaient les bras au piano. C'est encore la peinture qui allait le mieux...

Il leva la tête, il l'interrompit d'une exclamation.

— Vous savez peindre !

— Oh ! non, je ne sais rien, rien du tout... Maman, qui avait beaucoup de talent, me faisait faire un peu d'aquarelle, et je l'aidais parfois pour les fonds de ses éventails... Elle en peignait de si beaux !

Elle eut, malgré elle, un regard autour de l'atelier, sur les esquisses terrifiantes, dont les murs flambaient ; et, dans ses yeux clairs, un trouble reparut, l'étonnement inquiet de cette peinture brutale. De loin, elle voyait à l'envers l'étude que le peintre avait ébauchée d'après elle, si consternée des tons violents, des grands traits de pastel sabrant les ombres, qu'elle n'osait demander à la regarder de près. D'ailleurs, mal à l'aise dans ce lit où

elle brûlait, elle s'agitait, tourmentée de l'idée de s'en
aller, d'en finir avec ces choses qui lui semblaient un
songe depuis la veille.

Sans doute, Claude eut conscience de cet énervement.
Une brusque honte l'emplit de regret. Il lâcha son dessin inachevé, il dit très vite :

— Merci bien de votre complaisance, mademoiselle...
Pardonnez-moi, j'ai abusé, vraiment... Levez-vous, levez-
vous, je vous en prie. Il est temps d'aller à vos affaires.

Et, sans comprendre pourquoi elle ne se décidait pas,
rougissante, renfonçant au contraire son bras nu, à
mesure qu'il s'empressait devant elle, il lui répétait de se
lever. Puis, il eut un geste de fou, il replaça le paravent
et gagna l'autre bout de l'atelier, en se jetant à une exagération de pudeur, qui lui fit ranger bruyamment sa
vaisselle, pour qu'elle pût sauter du lit et se vêtir, sans
craindre d'être écoutée.

Au milieu du tapage qu'il déchaînait, il n'entendait
pas une voix hésitante.

— Monsieur, monsieur...

Enfin, il tendit l'oreille.

— Monsieur, si vous étiez assez obligeant... Je ne
trouve pas mes bas.

Il se précipita. Où avait-il la tête ? que voulait-il
qu'elle devînt, en chemise derrière ce paravent, sans les
bas et les jupes qu'il avait étendus au soleil ? Les bas
étaient secs, il s'en assura en les frottant doucement ;
puis, il les passa par-dessus la mince cloison et il aperçut une dernière fois le bras nu, frais et rond, d'un
charme d'enfance. Il lança ensuite les jupes sur le pied
du lit, poussa les bottines, ne laissa que le chapeau pendu
à un chevalet. Elle avait dit merci, elle ne parlait plus,
il distinguait à peine des frôlements de linges, des bruits
discrets d'eau remuée. Mais lui, continuait de s'occuper
d'elle.

— Le savon est dans une soucoupe, sur la table...
Ouvrez le tiroir, n'est-ce pas ? et prenez une serviette
propre... Voulez-vous de l'eau davantage ? Je vous pas-
serai le broc.

L'idée qu'il retombait dans ses maladresses, l'exaspéra
tout à coup.

— Allons, voilà que je vous embête encore !... Faites
comme chez vous.

Il retourna à son ménage. Un débat l'agitait. Devait-il
lui offrir à déjeuner ? Il était difficile de la laisser partir

ainsi. D'autre part, ça n'en finirait plus, il allait perdre
décidément sa matinée de travail. Sans rien résoudre,
après avoir allumé sa lampe à esprit-de-vin, il lava la
casserole et se mit à faire du chocolat, ce qu'il jugeait
plus distingué, sourdement honteux de son vermicelle,
une patée où il coupait du pain et qu'il baignait d'huile,
à la mode du Midi. Mais il émiettait encore le chocolat
dans la casserole, lorsqu'il eut une exclamation :

— Comment! déjà!

C'était Christine qui repoussait le paravent et qui
apparaissait, nette et correcte dans ses vêtements noirs,
lacée, boutonnée, équipée en un tour de main. Son visage
rosé ne gardait même pas l'humidité de l'eau, son lourd
chignon se tordait sur sa nuque, sans qu'une mèche
dépassât. Et Claude restait béant devant ce miracle de
promptitude, cet entrain de petite ménagère à s'habiller
vite et bien.

— Ah! fichtre, si vous faites tout comme ça!

Il la trouvait plus grande et plus belle qu'il n'aurait
cru. Ce qui le frappait surtout, c'était son air de tranquille décision. Elle ne le craignait plus, évidemment. Il
semblait qu'au sortir de ce lit défait, où elle se sentait
sans défense, elle eût remis son armure, avec ses bottines et sa robe. Elle souriait, le regardait droit dans les
yeux. Et il dit ce qu'il hésitait encore à dire :

— Vous allez déjeuner avec moi, n'est-ce pas ?

Mais elle refusa.

— Non, merci... Je vais courir à la gare, où ma malle
est sûrement arrivée, et je me ferai conduire ensuite à
Passy.

Vainement, il lui répéta qu'elle devait avoir faim, que
ce n'était guère raisonnable, de sortir ainsi sans manger.

— Alors, je descends vous chercher un fiacre.

— Non, je vous en prie, ne vous donnez pas cette
peine.

— Voyons, vous ne pouvez faire un pareil voyage à
pied. Permettez-moi, au moins, de vous accompagner
jusqu'à la station de voitures, puisque vous ne connaissez point Paris.

— Non, non, je n'ai pas besoin de vous... Si vous
voulez être aimable, laissez-moi m'en aller toute seule.

C'était un parti pris. Sans doute, elle se révoltait à
l'idée d'être rencontrée avec un homme, même par des
inconnus : elle tairait sa nuit, elle mentirait et garderait
pour elle le souvenir de l'aventure. Lui, d'un geste colère,

affecta de l'envoyer au diable. Bon débarras! ça l'arrangeait de ne pas descendre. Et il demeurait blessé au fond,
il la trouvait ingrate.

— Comme il vous plaira après tout. Je n'emploierai
pas la force.

À cette phrase, le sourire vague de Christine augmenta,
abaissa finement les coins délicats de ses lèvres. Elle ne
dit rien, elle prit son chapeau, chercha du regard une
glace; puis, n'en trouvant pas, elle se décida à nouer les
brides au petit bonheur des doigts. Les coudes levés, elle
roulait, tirait les rubans sans hâte, le visage dans le reflet
doré du soleil. Surpris, Claude ne reconnaissait plus les
traits d'une douceur enfantine qu'il venait de dessiner :
le haut semblait noyé, le front limpide, les yeux tendres;
c'était à présent le bas qui avançait, la mâchoire passionnée, la bouche saignante, aux belles dents. Et toujours
ce sourire énigmatique des jeunes filles, qui raillait peut-
être.

— En tout cas, reprit-il agacé, je ne pense pas que
vous ayez un reproche à me faire.

Alors, elle ne put retenir son rire, un léger rire nerveux.

— Non, non, monsieur, pas le moindre.

Il continuait à la regarder, rendu au combat de ses
timidités et de ses ignorances, craignant d'avoir été ridicule. Que savait-elle donc, cette grande demoiselle ?
Sans doute ce que les filles savent en pension, tout et rien.
C'est l'insondable, l'obscure éclosion de la chair et du
cœur, où personne ne descend. Dans ce milieu libre d'artiste, cette pudique sensuelle venait-elle de s'éveiller,
avec sa curiosité et sa crainte confuses de l'homme ?
Maintenant qu'elle ne tremblait plus, avait-elle la surprise un peu méprisante d'avoir tremblé pour rien ?
Quoi! pas une galanterie, pas même un baiser sur le bout
des doigts! L'indifférence bourrue de ce garçon, qu'elle
avait sentie, devait irriter en elle la femme qu'elle n'était
pas encore; et elle s'en allait ainsi, changée, énervée, faisant la brave dans son dépit, emportant le regret inconscient des choses inconnues et terribles qui n'étaient pas
arrivées.

— Vous dites, reprit-elle en redevenant grave, que la
station de voitures est au bout du pont, sur l'autre quai ?

— Oui, à l'endroit où il y a un bouquet d'arbres.

Elle avait achevé de nouer ses brides, elle était prête,
gantée, les mains ballantes, et elle ne partait pas, regar-

dant devant elle. Ses yeux ayant rencontré la grande toile tournée contre le mur, elle eut envie de demander à la voir, puis elle n'osa pas. Rien ne la retenait plus, elle avait pourtant l'air de chercher encore, comme si elle avait eu la sensation de laisser là quelque chose, une chose qu'elle n'aurait pu nommer. Enfin, elle se dirigea vers la porte.

Claude l'ouvrit, et un petit pain, posé debout, tomba dans l'atelier.

— Vous voyez, dit-il, vous auriez dû déjeuner avec moi. C'est ma concierge qui me monte ça tous les matins.

Elle refusa de nouveau d'un signe de tête. Sur le palier, elle se retourna, se tint un instant immobile. Son gai sourire était revenu, elle tendit la main la première.

— Merci, merci bien.

Il avait pris la petite main gantée dans sa main large, tachée de pastel. Toutes deux demeurèrent ainsi quelques secondes, serrées étroitement, se secouant en bonne amitié. La jeune fille lui souriait toujours, il avait sur les lèvres une question : « Quand vous reverrai-je ? » Mais une honte l'empêcha de parler. Alors, après avoir attendu, elle dégagea sa main.

— Adieu, monsieur.

— Adieu, mademoiselle.

Christine, déjà, sans lever la tête, descendait l'échelle de meunier, dont les marches craquaient; et Claude, brutalement, rentra chez lui, referma la porte à la volée, en disant très haut :

— Ah! ces tonnerres de Dieu de femmes!

Il était furieux, enragé contre lui, enragé contre les autres. Tout en bousculant du pied les meubles qu'il rencontrait, il continuait de se soulager, à pleine voix. Comme il avait raison de ne jamais en laisser monter une! Ces gueuses-là n'étaient bonnes qu'à vous faire tourner en bourrique. Ainsi, qui lui assurait que celle-ci, avec son air innocent, ne s'était pas abominablement fichue de lui ? Et il avait eu la bêtise de croire des contes à dormir debout : tous ses doutes revenaient, jamais on ne lui ferait avaler la veuve du général, ni l'accident de chemin de fer, ni surtout le cocher. Est-ce que des histoires pareilles arrivaient ? D'ailleurs, elle avait une bouche qui en disait long, son air était drôle, au moment de filer. Encore, s'il eût compris pourquoi elle mentait! mais non, des mensonges sans profit, inexplicables, l'art pour l'art! Ah! elle riait bien, à cette heure!

Violemment, il replia le paravent et l'envoya dans un coin. Elle avait dû lui en laisser un désordre ! Et, quand il constata que tout se trouvait rangé, très propre, la cuvette, la serviette, le savon, il s'emporta, parce qu'elle n'avait pas fait le lit. Il se mit à le faire, d'un effort exagéré, saisit à pleins bras le matelas tiède encore, tapa des deux poings l'oreiller odorant, étouffé par cette tiédeur, cette odeur pure de jeunesse qui montaient des linges. Ensuite, il se débarbouilla à grande eau, pour se rafraîchir les tempes ; et, dans la serviette humide, il retrouva le même étouffement, cette haleine de vierge dont la douceur éparse, errante par l'atelier, l'oppressait. Ce fut en jurant qu'il mangea son chocolat dans la casserole, si enfiévré, si enragé de peindre, qu'il avalait en hâte de grosses bouchées de pain.

— Mais on meurt ici ! cria-t-il brusquement. C'est la chaleur qui me rend malade.

Le soleil s'en était allé, il faisait moins chaud.

Et Claude, ouvrant une petite fenêtre, au ras du toit, respira d'un air de profond soulagement la bouffée de vent embrasé qui entrait. Il avait pris son dessin, la tête de Christine, et il s'oublia longtemps à la regarder.

II

Midi était sonné, Claude travaillait à son tableau, lorsqu'une main familière tapa rudement contre la porte. D'un mouvement instinctif, et dont il ne fut pas le maître, le peintre glissa dans un carton la tête de Christine, d'après laquelle il retouchait sa grande figure de femme. Puis, il se décida à ouvrir.

— Pierre ! cria-t-il. Déjà toi ?

Pierre Sandoz, un ami d'enfance, était un garçon de vingt-deux ans, très brun, à la tête ronde et volontaire, au nez carré, aux yeux doux, dans un masque énergique, encadré d'un collier de barbe naissante.

— J'ai déjeuné plus tôt, répondit-il, j'ai voulu te donner une bonne séance... Ah ! diable ! ça marche !

Il s'était planté devant le tableau, et il ajouta tout de suite :

— Tiens ! tu changes le type de la femme.

Un long silence se fit, tous deux regardaient, immobiles. C'était une toile de cinq mètres sur trois, entièrement couverte, mais dont quelques morceaux à peine se dégageaient de l'ébauche. Cette ébauche, jetée d'un coup, avait une violence superbe, une ardente vie de couleurs. Dans un trou de forêt, aux murs épais de verdure, tombait une ondée de soleil ; seule, à gauche, une allée sombre s'enfonçait, avec une tache de lumière, très loin. Là, sur l'herbe, au milieu des végétations de juin, une femme nue était couchée, un bras sous la tête, enflant la gorge ; et elle souriait, sans regard, les paupières closes, dans la pluie d'or qui la baignait. Au fond, deux autres petites femmes, une brune, une blonde, également nues, luttaient en riant, détachaient, parmi les verts des feuilles, deux adorables notes de chair. Et, comme au premier plan, le peintre avait eu besoin d'une opposition noire, il s'était bonnement satisfait, en y asseyant un monsieur, vêtu d'un simple veston de velours. Ce monsieur tournait le dos, on ne voyait de lui que sa main gauche, sur laquelle il s'appuyait, dans l'herbe.

— Très belle d'indication, la femme! reprit enfin Sandoz. Mais, sapristi! tu auras joliment du travail, dans tout ça!

Claude, les yeux allumés sur son œuvre, eut un geste de confiance.

— Bah! j'ai le temps d'ici au Salon. En six mois, on en abat, de la besogne! Cette fois, peut-être, je finirai par me prouver que je ne suis pas une brute.

Et il se mit à siffler fortement, ravi sans le dire de l'ébauche qu'il avait faite de la tête de Christine, soulevé par un de ces grands coups d'espoir, d'où il retombait plus rudement dans ses angoisses d'artiste, que la passion de la nature dévorait.

— Allons, pas de flâne! cria-t-il. Puisque tu es là, commençons.

Sandoz, par amitié, et pour lui éviter les frais d'un modèle, avait offert de lui poser le monsieur du premier plan. En quatre ou cinq dimanches, le seul jour où il fût libre, la figure se trouverait établie. Déjà, il endossait le veston de velours, lorsqu'il eut une brusque réflexion.

— Dis donc, tu n'as pas déjeuné sérieusement, toi, puisque tu travaillais... Descends manger une côtelette, je t'attends ici.

L'idée de perdre du temps indigna Claude.

— Mais si, j'ai déjeuné, regarde la casserole!... Et puis, tu vois qu'il reste une croûte de pain. Je la mangerai... Allons, allons, à la pose, paresseux!

Vivement, il reprenait sa palette, il empoignait ses brosses, en ajoutant :

— Dubuche vient nous chercher ce soir, n'est-ce pas ?

— Oui, vers cinq heures.

— Eh bien! c'est parfait, nous descendrons dîner tout de suite... Y es-tu à la fin ? La main plus à gauche, la tête penchée davantage.

Après avoir disposé les coussins, Sandoz s'était installé sur le divan, tenant la pose. Il tournait le dos, mais la conversation n'en continua pas moins un moment encore, car il avait reçu le matin même une lettre de Plassans, la petite ville provençale où le peintre et lui s'étaient connus, en huitième, dès leur première culotte usée sur les bancs du collège. Puis, tous deux se turent. L'un travaillait, hors du monde, l'autre s'engourdissait, dans la fatigue somnolente des longues immobilités.

C'était à l'âge de neuf ans que Claude avait eu l'heureuse chance de pouvoir quitter Paris, pour retourner dans le coin de Provence où il était né. Sa mère, une brave femme de blanchisseuse, que son fainéant de père avait lâchée à la rue, venait d'épouser un bon ouvrier, amoureux fou de sa jolie peau de blonde. Mais, malgré leur courage, ils n'arrivaient pas à joindre les deux bouts. Aussi avaient-ils accepté de grand cœur, lorsqu'un vieux monsieur de là-bas s'était présenté, en leur demandant Claude, qu'il voulait mettre au collège, près de lui : la toquade généreuse d'un original, amateur de tableaux, que des bonshommes barbouillés autrefois par le mioche avaient frappé. Et, jusqu'à sa rhétorique, pendant sept ans, Claude était donc resté dans le Midi, d'abord pensionnaire, puis externe, logeant chez son protecteur. Un matin, on avait trouvé ce dernier mort en travers de son lit, foudroyé. Il laissait par testament une rente de mille francs au jeune homme, avec la faculté de disposer du capital, à l'âge de vingt-cinq ans. Celui-ci, que l'amour de la peinture enfiévrait déjà, quitta immédiatement le collège, sans vouloir même tenter de passer son baccalauréat, et accourut à Paris, où son ami Sandoz l'avait précédé.

Au collège de Plassans, dès leur huitième, il y avait eu les trois inséparables, comme on les nommait, Claude Lantier, Pierre Sandoz et Louis Dubuche. Venus de trois mondes différents, opposés de natures, nés seulement la même année, à quelques mois de distance, ils s'étaient liés d'un coup et à jamais, entraînés par des affinités secrètes, le tourment encore vague d'une ambition commune, l'éveil d'une intelligence supérieure, au milieu de la cohue brutale des abominables cancres qui les battaient. Le père de Sandoz, un Espagnol réfugié en France à la suite d'une bagarre politique, avait installé près de Plassans une papeterie, où fonctionnaient de nouveaux engins de son invention; puis, il était mort, abreuvé d'amertume, traqué par la méchanceté locale, en laissant à sa veuve une situation si compliquée, toute une série de procès si obscurs, que la fortune entière avait coulé dans le désastre; et la mère, une Bourguignonne, cédant à sa rancune contre les Provençaux, souffrant d'une paralysie lente dont elle les accusait d'être aussi la cause, s'était réfugiée à Paris avec son fils, qui la soutenait maintenant

d'un maigre emploi, la cervelle hantée de gloire littéraire.
Quant à Dubuche, l'aîné d'une boulangère de Plassans,
poussé par celle-ci, très âpre, très ambitieuse, il était
venu rejoindre ses amis, plus tard, et il suivait les cours
de l'Ecole comme élève architecte, vivant chichement des
dernières pièces de cent sous que ses parents plaçaient
sur lui, avec une obstination de juifs qui escomptaient
l'avenir à trois cents pour cent.

— Sacredié! murmura Sandoz dans le grand silence,
elle n'est pas commode, ta pose! elle me casse le poignet...
Est-ce qu'on peut bouger, hein?

Claude le laissa s'étirer, sans répondre. Il attaquait le
veston de velours, à larges coups de brosse. Puis, se reculant, clignant les yeux, il eut un rire énorme, égayé par un
brusque souvenir.

— Dis donc, tu te rappelles, en sixième, le jour où
Pouillaud alluma les chandelles dans l'armoire de ce crétin de Lalubie? Oh! la terreur de Lalubie, avant de
grimper à sa chaire, quand il ouvrit son armoire pour
prendre ses livres, et qu'il aperçut cette chapelle ardente!...
Cinq cents vers à toute la classe!

Sandoz, gagné par cet accès de gaieté, s'était renversé
sur le divan. Il reprit la pose, en disant :

— Ah! l'animal de Pouillaud!... Tu sais que, dans sa
lettre de ce matin, il m'annonce justement le mariage
de Lalubie. Cette vieille rosse de professeur épouse une
jolie fille. Mais tu la connais, la fille de Galissard, le mercier, la petite blonde à qui nous allions donner des sérénades!

Les souvenirs étaient lâchés, Claude et Sandoz ne
tarirent plus, l'un fouetté et peignant avec une fièvre croissante, l'autre tourné toujours vers le mur, parlant du dos,
les épaules secouées de passion.

Ce fut d'abord le collège, l'ancien couvent moisi qui
s'étendait jusqu'aux remparts, les deux cours plantées
d'énormes platanes, le bassin vaseux, vert de mousse, où
ils avaient appris à nager, et les classes du bas dont les
plâtres ruisselaient, et le réfectoire empoisonné du continuel graillon des eaux de vaisselle, et le dortoir des petits,
fameux par ses horreurs, et la lingerie, et l'infirmerie,
peuplées de sœurs délicates, des religieuses en robe noire,
si douces sous leur coiffe blanche! Quelle affaire, lorsque
sœur Angèle, celle dont la figure de vierge révolutionnait
la cour des grands, avait disparu un beau matin avec Hermeline, un gros de la rhétorique, qui, par amour, se fai-

sait sur les mains des entailles au canif, pour monter et pour qu'elle lui posât des bandes de taffetas d'Angleterre!

Puis, le personnel entier défila, une chevauchée lamentable, grotesque et terrible, des profils de méchanceté et de souffrance : le proviseur qui se ruinait en réceptions pour marier ses filles, deux grandes belles filles élégantes, que des dessins et des inscriptions abominables insultaient sur tous les murs; le censeur, Pifard, dont le nez fameux s'embusquait derrière les portes, pareil à une couleuvrine, décelant au loin sa présence; la kyrielle des professeurs, chacun éclaboussé de l'injure d'un surnom, le sévère Rhadamante qui n'avait jamais ri, la Crasse qui teignait les chaires en noir, du continuel frottement de sa tête, Tu-m'as-trompé-Adèle, le maître de physique, un cocu légendaire, auquel dix générations de galopins jetaient le nom de sa femme, jadis surprise, disait-on, entre les bras d'un carabinier; d'autres, d'autres encore, Spontini, le pion féroce, avec son couteau corse qu'il montrait rouillé du sang de trois cousins, le petit Chantecaille, si bon enfant, qu'il laissait fumer en promenade; jusqu'à un marmiton de la cuisine et à la laveuse d'assiettes, deux monstres, qu'on avait surnommés Paraboulomenos et Paralleluca, et qu'on accusait d'une idylle dans les épluchures.

Ensuite arrivaient les farces, les soudaines évocations des bonnes blagues, dont on se tordait après des années. Oh! le matin où l'on avait brûlé dans le poêle les souliers de Mimi-la-Mort, autrement dit le Squelette-Externe, un maigre garçon qui apportait en contrebande le tabac à priser de toute la classe! Et le soir d'hiver où l'on était allé voler des allumettes à la chapelle, près de la veilleuse, pour fumer des feuilles sèches de marronnier dans des pipes de roseau! Sandoz, qui avait fait le coup, avouait maintenant son épouvante, sa sueur froide, en dégringolant du chœur, noyé de ténèbres. Et le jour où Claude, au fond de son pupitre, avait eu la belle idée de griller des hannetons, pour voir si c'était bon à manger, comme on le disait! Une puanteur si âcre, une fumée si épaisse s'était échappée du pupitre, que le pion avait saisi la cruche, croyant à un incendie. Et la maraude, le pillage des champs d'oignons en promenade; les pierres jetées dans les vitres, où le grand chic était d'obtenir, avec les cassures, des cartes de géographie connues; les leçons de grec écrites à l'avance, en gros caractères, sur le tableau noir, et lues couramment par tous les cancres, sans que le professeur s'en aperçût; les bancs de la cour sciés, puis portés autour du bassin comme des cadavres d'émeute, en long cortège, avec des chants funèbres. Ah! oui, fameuse, celle-ci! Dubuche, qui faisait le clergé, s'était fichu au fond du bassin, en voulant prendre de l'eau dans sa casquette, pour avoir un bénitier. Et la plus drôle, la meilleure, la nuit où Pouillaud avait attaché tous les pots de chambre du dortoir à une même corde qui passait sous les lits, puis au matin, un matin de grandes vacances, s'était mis à tirer en fuyant par le corridor et par les trois étages de l'escalier, avec cette effroyable queue de faïence qui bondissait et volait en éclats derrière lui!

Claude resta, un pinceau en l'air, la bouche fendue d'hilarité, criant:

— Cet animal de Pouillaud!... Et il t'a écrit? qu'est-ce qu'il fabrique maintenant, Pouillaud?

— Mais rien du tout, mon vieux! répondit Sandoz, en se remontant sur les coussins. Sa lettre est d'un bête!... Il finit son droit, il reprendra ensuite l'étude d'avoué de son père. Et si tu voyais le ton qu'il a déjà, toute la gourme imbécile d'un bourgeois qui se range!

Il y eut un nouveau silence. Et il ajouta:

— Ah! nous, vois-tu, mon vieux, nous avons été protégés.

Alors, d'autres souvenirs leur vinrent, ceux dont leurs cœurs battaient à grands coups, les belles journées de plein air et de plein soleil qu'ils avaient vécues là-bas, hors du collège. Tout petits, dès leur sixième, les trois inséparables s'étaient pris de la passion des longues promenades. Ils profitaient des moindres congés, ils s'en allaient à des lieues, s'enhardissant à mesure qu'ils grandissaient, finissant par courir le pays entier, des voyages qui duraient souvent plusieurs jours. Et ils couchaient au petit bonheur de la route, au fond d'un trou de rocher, sur l'aire pavée, encore brûlante, où la paille du blé battu leur faisait une couche molle, dans quelque cabanon désert, dont ils couvraient le carreau d'un lit de thym et de lavande. C'étaient des fuites loin du monde, une absorption instinctive au sein de la bonne nature, une adoration irraisonnée de gamins pour les arbres, les eaux, les monts, pour cette joie sans limite d'être seuls et d'être libres.

Dubuche, qui était pensionnaire, se joignait seulement aux deux autres les jours de vacances. Il avait du reste les jambes lourdes, la chair endormie du bon élève piocheur. Mais Claude et Sandoz ne se lassaient pas, allaient chaque dimanche s'éveiller dès quatre heures du matin, en jetant des cailloux dans leurs persiennes. L'été surtout, ils rêvaient de la Viorne, le torrent dont le mince filet arrose les prairies basses de Plassans. Ils avaient douze ans à peine, qu'ils savaient nager; et c'était une rage de barboter au fond des trous, où l'eau s'amassait, de passer là des journées entières, tout nus, à se sécher sur le sable brûlant pour replonger ensuite, à vivre dans la rivière, sur le dos, sur le ventre, fouillant les herbes des berges, s'enfonçant jusqu'aux oreilles et guettant pendant des heures les cachettes des anguilles. Ce ruissellement d'eau pure qui les trempait au grand soleil, prolongeait leur enfance, leur donnait des rires frais de galopins échappés, lorsque, jeunes hommes déjà, ils rentraient à la ville, par les ardeurs troublantes des soirées de juillet. Plus tard, la chasse les avaient envahis, mais la chasse telle qu'on la pratique dans ce pays sans gibier, six lieues faites pour tuer une demi-douzaine de becfigues, des expéditions formidables dont ils revenaient souvent les carniers vides, avec une chauve-souris imprudente, abattue à l'entrée du faubourg, en déchargeant les fusils. Leurs yeux se mouillaient au souvenir de ces débauches de marche : ils revoyaient les routes blanches, à l'infini, couvertes d'une couche de poussière, comme d'une tombée épaisse de neige; ils les suivaient toujours, toujours, heureux d'y entendre craquer leurs gros souliers, puis ils coupaient à travers champs, dans des terres rouges, chargées de fer, où ils galopaient encore, encore; et un ciel de plomb, pas une ombre, rien que des oliviers nains, que des amandiers au grêle feuillage; et, à chaque retour, une délicieuse hébétude de fatigue, la forfanterie triomphante d'avoir marché davantage que l'autre fois, le ravissement de ne plus se sentir aller, d'avancer seulement par la force acquise, en se fouettant de quelque terrible chanson de troupier, qui les berçait comme du fond d'un rêve.

Déjà, Claude, entre sa poire à poudre et sa boîte de capsules, emportait un album où il crayonnait des bouts d'horizon; tandis que Sandoz avait toujours dans sa poche le livre d'un poète. C'était une frénésie romantique, des strophes ailées alternant avec les gravelures de garnison, des odes jetées au grand frisson lumineux de l'air qui brûlait; et, quand ils avaient découvert une source, quatre saules tachant de gris la terre éclatante, ils s'y oubliaient jusqu'aux étoiles, ils y jouaient les drames qu'ils savaient par cœur, la voix enflée pour les héros, toute mince et réduite à un chant de fifre pour les ingénues et les reines. Ces jours-là, ils laissaient les moineaux tranquilles. Dans cette province reculée, au milieu de la bêtise somnolente des petites villes, ils avaient ainsi, dès quatorze ans, vécu isolés, enthousiastes, ravagés d'une fièvre de littérature et d'art. Le décor énorme d'Hugo, les imaginations géantes qui s'y promènent parmi l'éternelle bataille des antithèses, les avaient d'abord ravis en pleine épopée, gesticulant, allant voir le soleil se coucher derrière des ruines, regardant passer la vie sous un éclairage faux et superbe de cinquième acte. Puis, Musset était venu les bouleverser de sa passion et de ses larmes, ils écoutaient en lui battre leur propre cœur, un monde s'ouvrait plus humain, qui les conquérait par la pitié, par l'éternel cri de misère qu'ils devaient désormais entendre monter de toutes choses. Du reste, ils étaient peu difficiles, ils montraient une belle gloutonnerie de jeunesse, un furieux appétit de lecture, où s'engouffraient l'excellent et le pire, si avides d'admirer, que souvent des œuvres exécrables les jetaient dans l'exaltation des purs chefs-d'œuvre.

Et, comme Sandoz le disait à présent, c'était l'amour des grandes marches, c'était cette fringale de lecture, qui les avaient protégés de l'engourdissement invincible du milieu. Ils n'entraient jamais dans un café, ils professaient l'horreur des rues, posaient même pour y dépérir comme des aigles mis en cage, lorsque déjà des camarades à eux traînaient leurs manches d'écoliers sur les petites tables de marbre, en jouant aux cartes la consommation. Cette vie provinciale qui prenait les enfants tout jeunes dans l'engrenage de son manège, l'habitude du cercle, le journal épelé jusqu'aux annonces, la partie de dominos sans cesse recommencée, la même promenade à la même heure sur la même avenue, l'abrutissement final sous cette meule qui aplatit les cervelles, les indignait, les jetait à des protestations, escaladant les collines voisines pour y découvrir des solitudes ignorées, déclamant des vers sous des pluies battantes, sans vouloir d'abri, par haine des cités. Ils projetaient de camper au bord de la Viorne, d'y vivre en sauvages, dans la joie d'une baignade continuelle, avec cinq ou six livres, pas plus, qui auraient suffi à leurs besoins. La femme elle-même était bannie, ils avaient des timidités, des maladresses, qu'ils érigeaient en une austérité de gamins supérieurs. Claude, pendant deux ans, s'était consumé d'amour pour une apprentie chapelière, que chaque soir il accompagnait de loin; et jamais il n'avait eu l'audace de lui adresser la parole. Sandoz nourrissait des rêves, des dames rencontrées en voyage, des filles très belles qui surgiraient dans un bois inconnu, qui se livreraient tout un jour, puis qui se dissiperaient comme des ombres, au crépuscule. Leur seule aventure galante les égayait encore, tant elle leur semblait sotte : des sérénades données à deux petites demoiselles, du temps où ils faisaient partie de la musique du collège; des nuits passées sous une fenêtre, à jouer de la clarinette et du cornet à piston; des cacophonies affreuses effarant les bourgeois du quartier, jusqu'au soir mémorable où les parents révoltés avaient vidé sur eux tous les pots à eau de la famille.

Ah! l'heureux temps, et quels rires attendris, au moindre souvenir! Les murs de l'atelier étaient justement couverts d'une série d'esquisses, faites là-bas par le peintre, dans un récent voyage. C'était comme s'ils avaient eu, autour d'eux, les anciens horizons, l'ardent ciel bleu sur la campagne rousse. Là, une plaine s'étendait, avec le moutonnement des petits oliviers grisâtres, jusqu'aux dentelures roses des collines lointaines. Ici, entre des coteaux brûlés, couleur de rouille, l'eau tarie de la Viorne se desséchait sous l'arche d'un vieux pont, enfariné de poussière, sans autre verdure que des buissons morts de soif. Plus loin, la gorge des Infernets ouvrait son entaille béante, au milieu de ses écroulements de roches foudroyées, un immense chaos, un désert farouche, roulant à l'infini ses vagues de pierre. Puis, toutes sortes de coins bien connus : le vallon de Repentance, si resserré, si ombreux, d'une fraîcheur de bouquet parmi les champs calcinés; le bois des Trois-Bons-Dieux, dont les pins, d'un vert dur et verni, pleuraient leur résine sous le grand soleil; le Jas de Bouffan, d'une blancheur de mosquée, au centre de ses vastes terres, pareilles à des mares de sang; d'autres, d'autres encore, des bouts de routes aveuglantes qui tournaient, des ravins où la chaleur semblait faire monter des bouillons à la peau cuite des cailloux, des langues de sable altérées et achevant de boire goutte à goutte la rivière, des trous de taupe, des sentiers de chèvre, des sommets dans l'azur.

— Tiens! s'écria Sandoz en se tournant vers une étude, où est-ce donc, ça ?

Claude, indigné, brandit sa palette.

— Comment! tu ne te souviens pas ?... Nous avons failli nous y casser les os. Tu sais bien, le jour où nous avons grimpé avec Dubuche, du fond de Jaumegarde. C'était lisse comme la main, nous nous cramponnions avec les ongles; tellement qu'au beau milieu, nous ne pouvions plus ni monter ni descendre... Puis, en haut, quand il s'est agi de faire cuire les côtelettes, nous nous sommes presque battus, toi et moi.

Sandoz, maintenant, se rappelait.

— Ah! oui, ah! oui, chacun devait faire cuire la sienne, sur des baguettes de romarin, et comme mes baguettes brûlaient, tu m'exaspérais à blaguer ma côtelette qui se réduisait en charbon.

Un fou rire les secouait encore. Le peintre se remit à son tableau, et il conclut gravement :

— Fichu tout ça, mon vieux! ici, maintenant, il n'y a plus à flâner.

C'était vrai, depuis que les trois inséparables avaient réalisé leur rêve de se retrouver ensemble à Paris, pour le conquérir, l'existence se faisait terriblement dure. Ils essayaient bien de recommencer les grandes promenades d'autrefois, ils partaient à pied, certains dimanches, par la barrière de Fontainebleau, allaient battre les taillis de Verrières, poussaient jusqu'à Bièvre, traversaient les bois de Bellevue et de Meudon, puis rentraient par Grenelle. Mais ils accusaient Paris de leur gâter les jambes, ils n'en quittaient plus guère le pavé, tout entiers à leur bataille.

Du lundi au samedi, Sandoz s'enrageait à la mairie du cinquième arrondissement, dans un coin sombre du bureau des naissances, cloué là par l'unique pensée de sa mère, que ses cent cinquante francs nourrissaient mal. De son côté, Dubuche, pressé de payer à ses parents les intérêts des sommes placées sur sa tête, cherchait de basses besognes chez des architectes, en dehors de ses travaux de l'Ecole. Claude, lui, avait sa liberté, grâce aux mille francs de rente; mais quelles fins de mois terribles, surtout lorsqu'il partageait le fond de ses poches! Heureusement, il commençait à vendre de petites toiles achetées des dix et douze francs par le père Malgras, un marchand rusé; et, du reste, il aimait mieux crever la faim, que de recourir au commerce, à la fabrication des portraits bourgeois, des saintetés de pacotille, des stores de restaurant et des enseignes de sage-femme. Lors de son retour, il avait eu, dans l'impasse des Bourdonnais, un atelier très vaste; puis, il était venu au quai de Bourbon, par économie. Il y vivait en sauvage, d'un absolu dédain pour tout ce qui n'était pas la peinture, brouillé avec sa famille qui le dégoûtait, ayant rompu avec une tante, charcutière aux Halles, parce qu'elle se portait trop bien, gardant seulement au cœur la plaie secrète de la déchéance de sa mère, que des hommes mangeaient et poussaient au ruisseau.

Brusquement, il cria à Sandoz :

— Eh! dis donc, si tu voulais bien ne pas t'avachir!

Mais Sandoz déclara qu'il s'ankylosait, et il sauta du canapé, pour se dérouiller les jambes. Il y eut un repos de dix minutes. On parla d'autre chose. Claude se montrait débonnaire. Quand son travail marchait, il s'allumait peu à peu, il devenait bavard, lui qui peignait les dents serrées, rageant à froid, dès qu'il sentait la nature lui échapper. Aussi, à peine son ami eut-il repris la pose, qu'il continua d'un flot intarissable, sans perdre un coup de pinceau.

— Hein ? mon vieux, ça marche! Tu as une crâne tournure, là-dedans... Ah! les crétins, s'ils me refusent celui-ci par exemple! Je suis plus sévère pour moi qu'ils ne le sont pour eux, bien sûr; et, lorsque je me reçois un tableau, vois-tu, c'est plus sérieux que s'il avait passé devant tous les jurys de la terre... Tu sais, mon tableau des Halles, mes deux gamins sur des tas de légumes, eh bien! je l'ai gratté, décidément : ça ne venait pas, je m'étais fichu là dans une sacrée machine, trop lourde encore pour mes épaules. Oh! je reprendrai ça un jour, quand je saurai, et j'en ferai d'autres, oh! des machines à les flanquer tous par terre d'étonnement!

Il eut un grand geste, comme pour balayer une foule; il vida un tube de bleu sur sa palette, puis, il ricana en demandant quelle tête aurait devant sa peinture son premier maître, le père Belloque, un ancien capitaine manchot, qui, depuis un quart de siècle, dans une salle du Musée, enseignait les belles hachures aux gamins de Plassans. D'ailleurs, à Paris, Berthou, le célèbre peintre de *Néron au Cirque*, dont il avait fréquenté l'atelier pendant six mois, ne lui avait-il pas répété, à vingt reprises, qu'il ne ferait jamais rien! Ah! qu'il les regrettait aujourd'hui, ces six mois d'imbéciles tâtonnements, d'exercices niais sous la férule d'un bonhomme dont la caboche différait de la sienne! Il en arrivait à déclamer contre le

travail au Louvre, il se serait, disait-il, coupé le poignet,
plutôt que d'y retourner gâter son œil à une de ces
copies, qui encrassent pour toujours la vision du monde
où l'on vit. Est-ce que, en art, il y avait autre chose que
de donner ce qu'on avait dans le ventre ? est-ce que tout
ne se réduisait pas à planter une bonne femme devant
soi, puis à la rendre comme on la sentait ? est-ce qu'une
botte de carottes, oui, une botte de carottes ! étudiée
directement, peinte naïvement, dans la note personnelle
où on la voit, ne valait pas les éternelles tartines de
l'Ecole, cette peinture au jus de chique, honteusement
cuisinée d'après les recettes ? Le jour venait où une seule
carotte originale serait grosse d'une révolution. C'était
pourquoi, maintenant, il se contentait d'aller peindre à
l'atelier Boutin, un atelier libre qu'un ancien modèle
tenait rue de la Huchette. Quand il avait donné ses
vingt francs au massier, il trouvait là du nu, des hommes,
des femmes, à en faire une débauche, dans son coin; et
il s'acharnait, il y perdait le boire et le manger, luttant
sans repos avec la nature, fou de travail, à côté des beaux
fils qui l'accusaient de paresse ignorante, et qui parlaient
arrogamment de leurs études, parce qu'ils copiaient des
nez et des bouches, sous l'œil d'un maître.

— Ecoute ça, mon vieux, quand un de ces cocos-là
aura bâti un torse comme celui-ci, il montera me le dire,
et nous causerons.

Du bout de sa brosse, il indiquait une académie peinte,
pendue au mur, près de la porte. Elle était superbe,
enlevée avec une largeur de maître; et, à côté, il y avait
encore d'admirables morceaux, des pieds de fillette,
exquis de vérité délicate, un ventre de femme surtout,
une chair de satin, frissonnante, vivante du sang qui coulait sous la peau. Dans ses rares heures de contentement,
il avait la fierté de ces quelques études, les seules dont il
fût satisfait, celles qui annonçaient un grand peintre,
doué admirablement, entravé par des impuissances soudaines et inexpliquées.

Il poursuivit avec violence, sabrant à grands coups
le veston de velours, se fouettant dans son intransigeance
qui ne respectait personne :

— Tous des barbouilleurs d'images à deux sous, des
réputations volées, des imbéciles ou des malins à genoux
devant la bêtise publique ! Pas un gaillard qui flanque
une gifle aux bourgeois !... Tiens ! le père Ingres, tu sais
s'il me tourne sur le cœur, celui-là, avec sa peinture glai-

reuse ? Eh bien! c'est tout de même un sacré bonhomme,
et je le trouve très crâne, et je lui tire mon chapeau, car
il se fichait de tout, il avait un dessin du tonnerre de
Dieu, qu'il a fait avaler de force aux idiots qui croient
aujourd'hui le comprendre... Après ça, entends-tu! ils ne
sont que deux, Delacroix et Courbet. Le reste, c'est de
la fripouille... Hein ? le vieux lion romantique, quelle
fière allure! En voilà un décorateur qui faisait flamber
les tons! Et quelle poigne! Il aurait couvert les murs de
Paris, si on les lui avait donnés : sa palette bouillait et
débordait. Je sais bien, ce n'était que de la fantasmagorie;
mais, tant pis! ça me gratte, il fallait ça, pour incendier
l'Ecole... Puis, l'autre est venu, un rude ouvrier, le plus
vraiment peintre du siècle, et d'un métier absolument
classique, ce que pas un de ces crétins n'a senti. Ils ont
hurlé, parbleu! ils ont crié à la profanation, au réalisme,
lorsque ce fameux réalisme n'était guère que dans les
sujets; tandis que la vision restait celle des vieux maîtres
et que la facture reprenait et continuait les beaux morceaux de nos musées... Tous les deux, Delacroix et Courbet, se sont produits à l'heure voulue. Ils ont fait chacun
son pas en avant. Et, maintenant, oh! maintenant...

Il se tut, se recula pour juger l'effet, s'absorba une
minute dans la sensation de son œuvre, puis repartit :

— Maintenant, il faut autre chose... Ah! quoi ? je ne
sais pas au juste! Si je savais et si je pouvais, je serais
très fort. Oui, il n'y aurait plus que moi... Mais ce que
je sens, c'est que le grand décor romantique de Delacroix
craque et s'effondre; et c'est encore que la peinture
noire de Courbet empoisonne déjà le renfermé, le moisi
de l'atelier où le soleil n'entre jamais... Comprends-tu,
il faut peut-être le soleil, il faut le plein air, une peinture claire et jeune, les choses et les êtres tels qu'ils se
comportent dans de la vraie lumière, enfin je ne puis pas
dire, moi! notre peinture à nous, la peinture que nos
yeux d'aujourd'hui doivent faire et regarder.

Sa voix s'éteignit de nouveau, il bégayait, n'arrivait
pas à formuler la sourde éclosion d'avenir qui montait
en lui. Un grand silence tomba, pendant qu'il achevait
d'ébaucher le veston de velours, frémissant.

Sandoz l'avait écouté, sans lâcher la pose. Et, le dos
tourné, comme s'il eût parlé au mur, dans un rêve, il dit
alors à son tour :

— Non, non, on ne sait pas, il faudrait savoir... Moi,
chaque fois qu'un professeur a voulu m'imposer une

vérité, j'ai eu une révolte de défiance, en songeant : « Il se trompe ou il me trompe. » Leurs idées m'exaspèrent, il me semble que la vérité est plus large... Ah! que ce serait beau, si l'on donnait son existence entière à une œuvre, où l'on tâcherait de mettre les choses, les bêtes, les hommes, l'arche immense! Et pas dans l'ordre des manuels de philosophie, selon la hiérarchie imbécile dont notre orgueil se berce; mais en pleine coulée de la vie universelle, un monde où nous ne serions qu'un accident, où le chien qui passe, et jusqu'à la pierre des chemins, nous compléteraient, nous expliqueraient; enfin, le grand tout, sans haut ni bas, ni sale ni propre, tel qu'il fonctionne... Bien sûr, c'est à la science que doivent s'adresser les romanciers et les poètes, elle est aujourd'hui l'unique source possible. Mais, voilà! que lui prendre, comment marcher avec elle ? Tout de suite, je sens que je patauge... Ah! si je savais, si je savais, quelle série de bouquins je lancerais à la tête de la foule!

Il se tut, lui aussi. L'hiver précédent, il avait publié son premier livre, une suite d'esquisses aimables, rapportées de Plassans, parmi lesquelles quelques notes plus rudes indiquaient seules le révolté, le passionné de vérité et de puissance. Et, depuis, il tâtonnait, il s'interrogeait, dans le tourment des idées, confuses encore, qui battaient son crâne. D'abord, épris des besognes géantes, il avait eu le projet d'une genèse de l'univers, en trois phases : la création, rétablie d'après la science; l'histoire de l'humanité, arrivant à son heure jouer son rôle, dans la chaîne des êtres; l'avenir, les êtres se succédant toujours, achevant de créer le monde, par le travail sans fin de la vie. Mais, il s'était refroidi devant les hypothèses trop hasardées de cette troisième phase; et il cherchait un cadre plus resserré, plus humain, où il ferait tenir pourtant sa vaste ambition.

— Ah! tout voir et tout peindre! reprit Claude, après un long intervalle. Avoir des lieues de murailles à couvrir, décorer les gares, les halles, les mairies, tout ce qu'on bâtira, quand les architectes ne seront plus des crétins! Et il ne faudra que des muscles et une tête solides, car ce ne sont pas les sujets qui manqueront... Hein ? la vie telle qu'elle passe dans les rues, la vie des pauvres et des riches, aux marchés, aux courses, sur les boulevards, au fond des ruelles populeuses; et tous les métiers en branle; et toutes les passions remises debout, sous le plein jour; et les paysans, et les bêtes, et les cam-

pagnes!... On verra, on verra, si je ne suis pas une
brute! J'en ai des fourmillements dans les mains. Oui!
toute la vie moderne! Des fresques hautes comme le
Panthéon! Une sacrée suite de toiles à faire éclater le
Louvre!

Dès qu'ils étaient ensemble, le peintre et l'écrivain en
arrivaient d'ordinaire à cette exaltation. Ils se fouettaient
mutuellement, ils s'affolaient de gloire; et il y avait là
une telle envolée de jeunesse, une telle passion du travail,
qu'eux-mêmes souriaient ensuite de ces grands rêves d'orgueil, ragaillardis, comme entretenus en souplesse et en
force.

Claude, qui se reculait maintenant jusqu'au mur,
y demeura adossé, s'abandonnant. Alors, Sandoz, brisé
par la pose, quitta le divan et alla se mettre près de lui.
Puis, tous deux regardèrent, de nouveau muets. Le monsieur en veston de velours était ébauché entièrement; la
main, plus poussée que le reste, faisait dans l'herbe une
note très intéressante, d'une jolie fraîcheur de ton; et la
tache sombre du dos s'enlevait avec tant de vigueur, que
les petites silhouettes du fond, les deux femmes luttant
au soleil, semblaient s'être éloignées, dans le frisson lumineux de la clairière; tandis que la grande figure, la femme
nue et couchée, à peine indiquée encore, flottait toujours,
ainsi qu'une chair de songe, une Eve désirée naissant de
la terre, avec son visage qui souriait, sans regards, les
paupières closes.

— Décidément, comment appelles-tu ça ? demanda
Sandoz.

— *Plein air*, répondit Claude d'une voix brève.

Mais ce titre parut bien technique à l'écrivain, qui,
malgré lui, était parfois tenté d'introduire de la littérature dans la peinture.

— *Plein air*, ça ne dit rien.

— Ça n'a besoin de rien dire... Des femmes et un
homme se reposent dans une forêt, au soleil. Est-ce que
ça ne suffit pas ? Va, il y en a assez pour faire un chef-
d'œuvre.

Il renversa la tête, il ajouta entre ses dents :

— Nom d'un chien, c'est encore noir! J'ai ce sacré
Delacroix dans l'œil. Et ça, tiens! cette main-là, c'est du
Courbet... Ah! nous y trempons tous, dans la sauce
romantique. Notre jeunesse y a trop barboté, nous en
sommes barbouillés jusqu'au menton. Il nous faudra une
fameuse lessive.

Sandoz haussa désespérément les épaules : lui aussi se lamentait d'être né au confluent d'Hugo et de Balzac. Cependant, Claude restait satisfait, dans l'excitation heureuse d'une bonne séance. Si son ami pouvait lui donner deux ou trois dimanches pareils, le bonhomme y serait, et carrément. Pour cette fois, il y en avait assez. Tous deux plaisantèrent, car d'habitude il tuait ses modèles, ne les lâchant qu'évanouis, morts de fatigue. Lui-même attendait de tomber, les jambes rompues, le ventre vide. Et, comme cinq heures sonnaient au coucou, il se jeta sur son reste de pain, il le dévora. Épuisé, il le cassait de ses doigts tremblants, il le mâchait à peine, revenu devant son tableau, repris par son idée, au point qu'il ne savait même pas qu'il mangeait.

— Cinq heures, dit Sandoz qui s'étirait, les bras en l'air. Nous allons dîner... Justement, voici Dubuche.

On frappait, et Dubuche entra. C'était un gros garçon brun, au visage correct et bouffi, les cheveux ras, les moustaches déjà fortes. Il donna des poignées de main, il s'arrêta d'un air interloqué devant le tableau. Au fond, cette peinture déréglée le bousculait, dans la pondération de sa nature, dans son respect de bon élève pour les formules établies ; et sa vieille amitié seule empêchait d'ordinaire ses critiques. Mais, cette fois, tout son être se révoltait, visiblement.

— Eh bien ! quoi donc ? ça ne te va pas ? demanda Sandoz qui le guettait.

— Si, si, oh ! très bien peint... Seulement...

— Allons, accouche. Qu'est-ce qui te chiffonne ?

— Seulement, c'est ce monsieur, tout habillé, là, au milieu de ces femmes nues... On n'a jamais vu ça.

Du coup, les deux autres éclatèrent. Est-ce qu'au Louvre, il n'y avait pas cent tableaux composés de la sorte ? Et puis, si l'on n'avait jamais vu ça, on le verrait. On s'en fichait bien, du public !

Sans se troubler sous la furie de ces réponses, Dubuche répétait tranquillement :

— Le public ne comprendra pas... Le public trouvera ça cochon... Oui, c'est cochon.

— Sale bourgeois ! cria Claude exaspéré. Ah ! ils te crétinisent raide à l'École, tu n'étais pas si bête !

C'était la plaisanterie courante de ses deux amis, depuis qu'il suivait les cours de l'École des Beaux-Arts. Il battit alors en retraite, un peu inquiet de la violence que prenait la querelle ; et il se sauva, en tapant sur les peintres. Ça,

on avait raison de le dire, les peintres étaient de jolis crétins à l'Ecole. Mais, pour les architectes, la question
changeait. Où voulait-on qu'il fît ses études ? Il se trouvait bien forcé de passer par là. Plus tard, ça ne l'empê-
cherait pas d'avoir ses idées à lui. Et il affecta une allure
très révolutionnaire.

— Bon! dit Sandoz, du moment que tu fais des excuses,
allons dîner.

Mais Claude, machinalement, avait repris un pinceau,
et il s'était remis au travail. Maintenant, à côté du monsieur en veston, la figure de la femme ne tenait plus.
Enervé, impatient, il la cernait d'un trait vigoureux, pour
la rétablir au plan qu'elle devait occuper.

— Viens-tu ? répéta son ami.

— Tout à l'heure, que diable! rien ne presse... Laisse-
moi indiquer ça, et je suis à vous.

Sandoz hocha la tête; puis, doucement, de peur de
l'exaspérer davantage :

— Tu as tort de t'acharner, mon vieux... Oui, tu es
éreinté, tu crèves de faim, et tu vas encore gâter ton
affaire, comme l'autre jour.

D'un geste irrité, le peintre lui coupa la parole. C'était
sa continuelle histoire : il ne pouvait lâcher à temps la
besogne, il se grisait de travail, dans le besoin d'avoir une
certitude immédiate, de se prouver qu'il tenait enfin son
chef-d'œuvre. Des doutes venaient de le désespérer, au
milieu de sa joie d'une bonne séance : avait-il eu raison
de donner une telle puissance au veston de velours ?
retrouverait-il la note éclatante qu'il voulait pour sa figure
nue ? Et il serait plutôt mort là, que de ne pas savoir tout
de suite. Il tira fiévreusement la tête de Christine du
carton où il l'avait cachée, comparant, s'aidant de ce
document pris sur nature.

— Tiens! s'écria Dubuche, où as-tu dessiné ça ?...
Qui est-ce ?

Claude, saisi de cette question, ne répondit point;
puis, sans raisonner, lui qui leur disait tout, il mentit,
cédant à une pudeur singulière, au sentiment délicat de
garder pour lui seul son aventure.

— Hein! qui est-ce ? répétait l'architecte.

— Oh! personne, un modèle.

— Vrai, un modèle! Toute jeune, n'est-ce pas ? Elle
est très bien... Tu devrais me donner l'adresse, pas pour
moi, pour un sculpteur qui cherche une Psyché. Est-ce
que tu as l'adresse, là ?

Et Dubuche s'était tourné vers un pan du mur gri-
sâtre, où se trouvaient, écrites à la craie, jetées dans tous
les sens, des adresses de modèles. Les femmes surtout
laissaient là, en grosses écritures d'enfant, leurs cartes de
visite. Zoé Piédefer, rue Campagne-Première, 7, une
grande brune dont le ventre s'abîmait, coupait en deux la
petite Flore Beauchamp, rue de Laval, 32, et Judith
Vaquez, rue du Rocher, 69, une juive, l'une et l'autre
assez fraîches, mais trop maigres.

— Dis, as-tu l'adresse ?

Alors, Claude s'emporta.

— Eh ! fiche-moi la paix !... Est-ce que je sais ?... Tu
es agaçant, à vous déranger toujours, quand on travaille !

Sandoz n'avait rien dit, étonné d'abord, puis souriant.
Il était plus subtil que Dubuche, il lui fit un signe d'intelligence, et ils se mirent à plaisanter. Pardon ! excuse ! du
moment que monsieur la gardait pour son usage intime,
on ne lui demandait pas de la prêter. Ah ! le gaillard, qui
se payait les belles filles ! Et où l'avait-il ramassée ? Dans un
bastringue de Montmartre ou sur un trottoir de la place
Maubert ?

De plus en plus gêné, le peintre s'agitait.

— Que vous êtes bêtes, mon Dieu ! Si vous saviez
comme vous êtes bêtes !... En voilà assez, vous me faites
de la peine.

Sa voix était si altérée, que les deux autres, immédiatement, se turent ; et lui, après avoir gratté de nouveau la
tête de la figure nue, la redessina et la repeignit, d'après la
tête de Christine, d'une main emportée, mal assurée, qui
s'égarait. Puis, il attaqua la gorge, indiquée à peine sur
l'étude. Son excitation augmentait, c'était sa passion de
chaste pour la chair de la femme, un amour fou des
nudités désirées et jamais possédées, une impuissance à
se satisfaire, à créer de cette chair autant qu'il rêvait d'en
étreindre, de ses deux bras éperdus. Ces filles qu'il chassait de son atelier, il les adorait dans ses tableaux, il les
caressait et les violentait, désespéré jusqu'aux larmes de
ne pouvoir les faire assez belles, assez vivantes.

— Hein ! dix minutes, n'est-ce pas ? répéta-t-il.
J'établis les épaules pour demain, et nous descendons.

Sandoz et Dubuche, sachant qu'il n'y avait pas à l'empêcher de se tuer ainsi, se résignèrent. Le second alluma
une pipe et s'étala sur le divan : lui seul fumait, les deux
autres ne s'étaient jamais bien accoutumés au tabac, toujours menacés d'une nausée, pour un cigare trop fort.

Puis, lorsqu'il fut sur le dos, les regards perdus dans les jets de fumée qu'il soufflait, il parla de lui, longuement, en phrases monotones. Ah! ce sacré Paris, comme il fallait s'y user la peau, pour arriver à une position! Il rappelait ses quinze mois d'apprentissage, chez son patron, le célèbre Dequersonnière, l'ancien grand prix, aujourd'hui architecte des bâtiments civils, officier de la Légion d'honneur, membre de l'Institut, dont le chef-d'œuvre, l'église Saint-Mathieu, tenait du moule à pâté et de la pendule Empire : un bon homme au fond, qu'il blaguait, tout en partageant son respect des vieilles formules classiques. Sans les camarades, d'ailleurs, il n'aurait pas appris grand-chose à leur atelier de la rue du Four, où le patron passait en courant, trois fois par semaine; des gaillards féroces, les camarades, qui lui avaient rendu la vie joliment dure, au début, mais qui au moins lui avaient enseigné à coller un châssis, à dessiner et à laver un projet. Et que de déjeuners faits d'une tasse de chocolat et d'un petit pain, pour pouvoir donner les vingt-cinq francs au massier! et que de feuilles barbouillées péniblement, que d'heures passées chez lui sur des bouquins, avant d'oser se présenter à l'Ecole! Avec ça, il avait failli être retoqué, malgré son effort de gros travailleur : l'imagination lui manquait, son épreuve écrite, une cariatide et une salle à manger d'été, très médiocres, l'avaient classé tout au bout; il est vrai qu'il s'était relevé à l'oral, avec son calcul de logarithmes, ses épures de géométrie et l'examen d'histoire, car il était très ferré sur la partie scientifique. Maintenant qu'il se trouvait à l'Ecole, comme élève de seconde classe, il devait se décarcasser pour enlever son diplôme de première classe. Quelle chienne de vie! Jamais ça ne finissait!

Il écarta les jambes, très haut, sur les coussins, fuma plus fort, régulièrement.

— Cours de perspective, cours de géométrie descriptive, cours de stéréotomie, cours de construction, histoire de l'art, ah! ils vous en font noircir du papier, à prendre des notes... Et, tous les mois, un concours d'architecture, tantôt une simple esquisse, tantôt un projet. Il n'y a point à s'amuser, si l'on veut passer ses examens et décrocher les mentions nécessaires, surtout lorsqu'on doit, en dehors de ces besognes, trouver le temps de gagner son pain... Moi, j'en crève...

Un coussin ayant glissé par terre, il le repêcha à l'aide de ses deux pieds.

— Tout de même, j'ai de la chance. Il y a tant de camarades qui cherchent à faire la place, sans rien dénicher! Avant-hier, j'ai découvert un architecte qui travaille pour un grand entrepreneur, oh! non, on n'a pas idée d'un architecte de cette ignorance : un vrai goujat, incapable de se tirer d'un décalque; et il me donne vingt-cinq sous de l'heure, je lui remets ses maisons debout... Ça tombe joliment bien, la mère m'avait signifié qu'elle était complètement à sec. Pauvre mère, en ai-je de l'argent à lui rendre!

Comme Dubuche parlait évidemment pour lui, remâchant ses idées de tous les jours, sa continuelle préoccupation d'une fortune prompte, Sandoz ne prenait pas la peine de l'écouter. Il avait ouvert la petite fenêtre, il s'était assis au ras du toit, souffrant à la longue de la chaleur qui régnait dans l'atelier. Mais il finit pas interrompre l'architecte.

— Dis donc, est-ce que tu viens dîner jeudi?... Ils y seront tous, Fagerolles, Mahoudeau, Jory, Gagnière.

Chaque jeudi, on se réunissait chez Sandoz, une bande, les camarades de Plassans, d'autres connus à Paris, tous révolutionnaires, animés de la même passion de l'art.

— Jeudi prochain, je ne crois pas, répondit Dubuche. Il faut que j'aille dans une famille, où l'on danse.

— Est-ce que tu espères y carotter une dot?

— Tiens! ce ne serait déjà pas si bête!

Il tapa sa pipe sur la paume de sa main gauche, pour la vider; et, avec un soudain éclat de voix :

— J'oubliais... J'ai reçu une lettre de Pouillaud.

— Toi aussi!... Hein? est-il assez vidé, Pouillaud! En voilà un qui a mal tourné!

— Pourquoi donc? Il succédera à son père, il mangera tranquillement son argent, là-bas. Sa lettre est très raisonnable, j'ai toujours dit qu'il nous donnerait une leçon à tous, avec son air de farceur... Ah! cet animal de Pouillaud!

Sandoz allait répliquer, furieux, lorsqu'un juron désespéré de Claude les interrompit. Ce dernier, depuis qu'il s'obstinait au travail, n'avait plus desserré les dents. Il semblait même ne pas les entendre.

— Nom de Dieu! c'est encore raté... Décidément, je suis une brute, jamais je ne ferai rien!

Et, d'un élan, dans une crise de folle rage, il voulut se jeter sur sa toile, pour la crever du poing. Ses amis le retinrent. Voyons, était-ce enfantin, une colère pareille!

il serait bien avancé ensuite, quand il aurait le mortel regret d'avoir abîmé son œuvre. Mais lui, tremblant encore, retombé à son silence, regardait le tableau sans répondre, d'un regard ardent et fixe, où brûlait l'affreux tourment de son impuissance. Rien de clair ni de vivant ne venait plus sous ses doigts ; la gorge de la femme s'empâtait de tons lourds ; cette chair adorée qu'il rêvait éclatante, il la salissait, il n'arrivait même pas à la mettre à son plan. Qu'avait-il donc dans le crâne, pour l'entendre ainsi craquer de son effort inutile ? Etait-ce une lésion de ses yeux qui l'empêchait de voir juste ? Ses mains cessaient-elles d'être à lui, puisqu'elles refusaient de lui obéir ? Il s'affolait davantage, en s'irritant de cet inconnu héréditaire, qui parfois lui rendait la création si heureuse, et qui d'autres fois l'abêtissait de stérilité, au point qu'il oubliait les premiers éléments du dessin. Et sentir son être tourner dans une nausée de vertige, et rester là quand même avec la fureur de créer, lorsque tout fuit, tout coule autour de soi, l'orgueil du travail, la gloire rêvée, l'existence entière !

— Ecoute, mon vieux, reprit Sandoz, ce n'est pas pour te le reprocher, mais il est six heures et demie, et tu nous fais crever de faim... Sois sage, descends avec nous.

Claude nettoyait à l'essence un coin de sa palette. Il y vida de nouveaux tubes, il répondit d'un seul mot, la voix tonnante :

— Non !

Pendant dix minutes, personne ne parla plus, le peintre hors de lui, se battant avec sa toile, les deux autres troublés et chagrins de cette crise, qu'ils ne savaient de quelle façon calmer. Puis, comme on frappait à la porte, ce fut l'architecte qui alla ouvrir.

— Tiens ! le père Malgras !

Le marchand de tableaux était un gros homme, enveloppé dans une vieille redingote verte, très sale, qui lui donnait l'air d'un cocher de fiacre mal tenu, avec ses cheveux blancs coupés en brosse et sa face rouge, plaquée de violet. Il dit, d'une voix de rogomme :

— Je passais pas hasard sur le quai, en face... J'ai vu monsieur à la fenêtre, et je suis monté...

Il s'interrompit, devant le silence du peintre, qui s'était retourné vers sa toile, avec un mouvement d'exaspération. Du reste, il ne se troublait pas, très à l'aise, carrément planté sur ses fortes jambes, examinant de ses yeux tachés

de sang le tableau ébauché. Il le jugea sans gêne, d'une
phrase où il y avait de l'ironie et de la tendresse.

— En voilà une machine!

Et, comme personne encore ne soufflait mot, il se promena tranquillement à petits pas dans l'atelier, regardant
le long des murs.

Le père Malgras, sous l'épaisse couche de sa crasse,
était un gaillard très fin, qui avait le goût et le flair de la
bonne peinture. Jamais il ne s'égarait chez les barbouilleurs médiocres, il allait droit, par instinct, aux artistes
personnels, encore contestés, dont son nez flamboyant
d'ivrogne sentait de loin le grand avenir. Avec cela, il
avait le marchandage féroce, il se montrait d'une ruse de
sauvage, pour emporter à bas prix la toile qu'il convoitait.
Ensuite, il se contentait d'un bénéfice de brave homme,
vingt pour cent, trente pour cent au plus, ayant basé son
affaire sur le renouvellement rapide de son petit capital,
n'achetant jamais le matin sans savoir auquel de ses
amateurs il vendrait le soir. Il mentait d'ailleurs super-
bement.

Arrêté près de la porte, devant les académies, peintes à
l'atelier Boutin, il les contempla quelques minutes en
silence, les yeux luisant d'une jouissance de connaisseur
qu'il éteignait sous ses lourdes paupières. Quel talent, quel
sentiment de la vie, chez ce grand toqué qui perdait son
temps à d'immenses choses dont personne ne voulait!
Les jolies jambes de la fillette, l'admirable ventre de la
femme surtout, le ravissaient. Mais cela n'était pas de
vente, et il avait déjà fait son choix, une petite esquisse,
un coin de la campagne de Plassans, violente et délicate,
qu'il affectait de ne pas voir. Enfin, il s'approcha, il dit
négligemment :

— Qu'est-ce que c'est que ça? Ah! oui, une de vos
affaires du Midi... C'est trop cru, j'ai encore les deux
que je vous ai achetées.

Et il continua en phrases molles, interminables :

— Vous refuserez peut-être de me croire, monsieur
Lantier, ça ne se vend pas du tout, pas du tout. J'en ai
plein un appartement, je crains toujours de crever
quelque chose, quand je me retourne. Il n'y a pas moyen
que je continue, parole d'honneur! il faudra que je liquide,
et je finirai à l'hôpital... N'est-ce pas? vous me connaissez, j'ai le cœur plus grand que la poche, je ne demande
qu'à obliger les jeunes gens de talent comme vous. Oh!
pour ça, vous avez du talent, je ne cesse de le leur crier.

Mais, que voulez-vous ? ils ne mordent pas, ah ! non, ils
ne mordent pas !

Il jouait l'émotion ; puis, avec l'élan d'un homme qui
fait une folie :

— Enfin, je ne serai pas venu pour rien... Qu'est-ce
que vous demandez de cette pochade ?

Claude, agacé, peignait avec des tressaillements nerveux. Il répondit d'une voix sèche, sans tourner la tête :

— Vingt francs.

— Comment ! vingt francs ! Vous êtes fou ! Vous
m'avez vendu les autres dix francs pièce... Aujourd'hui,
je ne donnerai que huit francs, pas un sou de plus !

D'habitude, le peintre cédait tout de suite, honteux et
excédé de ces querelles misérables, bien heureux au fond
de trouver ce peu d'argent. Mais, cette fois, il s'entêta, il
vint crier des insultes dans la face du marchand de
tableaux, qui se mit à le tutoyer, lui retira tout talent,
l'accabla d'invectives, en le traitant de fils ingrat. Ce dernier avait fini par sortir de sa poche, une à une, trois
pièces de cent sous ; et il les lança de loin comme des
palets, sur la table, où elles sonnèrent parmi les
assiettes.

— Une, deux, trois... Pas une de plus, entends-tu !
car il y en a déjà une de trop, et tu me la rendras, je te la
retiendrai sur autre chose, parole d'honneur !...
Quinze francs, ça ! Ah ! mon petit, tu as tort, voilà un sale
tour dont tu te repentiras !

Épuisé, Claude le laissa décrocher la toile. Elle disparut
comme par enchantement, dans la grande redingote verte.
Avait-elle glissé au fond d'une poche spéciale ? dor-
mait-elle sous le revers ? Aucune bosse ne l'indiquait.

Son coup fait, le père Malgras se dirigea vers la porte,
subitement calmé. Mais il se ravisa et revint dire, de son
air bonhomme :

— Écoutez donc, Lantier, j'ai besoin d'un homard...
Hein ? vous me devez bien ça, après m'avoir étrillé... Je
vous apporterai le homard, vous m'en ferez une nature
morte, et vous le garderez pour la peine, vous le mangerez
avec des amis... Entendu, n'est-ce pas ?

À cette proposition, Sandoz et Dubuche, qui avaient
jusque-là écouté curieusement, éclatèrent d'un si grand
rire que le marchand s'égaya, lui aussi. Ces rosses de
peintres, ça ne fichait rien de bon, ça crevait la faim.
Qu'est-ce qu'ils seraient devenus, les sacrés fainéants, si
le père Malgras, de temps à autre, ne leur avait pas

apporté un beau gigot, une barbue bien fraîche, ou un homard avec son bouquet de persil ?

— J'aurai mon homard, n'est-ce pas ? Lantier... Merci bien.

De nouveau, il restait planté devant l'ébauche de la grande toile, avec son sourire d'admiration railleuse. Et il partit enfin, en répétant :

— En voilà une machine !

Claude voulut reprendre encore sa palette et ses brosses. Mais ses jambes fléchissaient, ses bras retombaient, engourdis, comme liés à son corps par une force supérieure. Dans le grand silence morne qui s'était fait, après l'éclat de la dispute, il chancelait, aveuglé, égaré, devant son œuvre informe. Alors, il bégaya :

— Ah ! je ne peux plus, je ne peux plus... Ce cochon m'a achevé !

Sept heures venaient de sonner au coucou, il avait travaillé là huit longues heures, sans manger autre chose qu'une croûte, sans se reposer une minute, debout, secoué de fièvre. Maintenant, le soleil se couchait, une ombre commençait à assombrir l'atelier, où cette fin de jour prenait une mélancolie affreuse. Lorsque la lumière s'en allait ainsi, sur une crise de mauvais travail, c'était comme si le soleil ne devait jamais reparaître, après avoir emporté la vie, la gaieté chantante des couleurs.

— Viens, supplia Sandoz, avec l'attendrissement d'une pitié fraternelle. Viens, mon vieux.

Dubuche lui-même ajouta :

— Tu verras plus clair demain. Viens dîner.

Un moment, Claude refusa de se rendre. Il demeurait cloué au parquet, sourd à leurs voix amicales, farouche dans son entêtement. Que voulait-il faire, maintenant que ses doigts raidis lâchaient le pinceau ? Il ne savait pas ; mais il avait beau ne plus pouvoir, il était ravagé par un désir furieux de pouvoir encore, de créer quand même. Et, s'il ne faisait rien, il resterait au moins, il ne quitterait pas la place. Puis, il se décida, un tressaillement le traversa comme d'un grand sanglot. A pleine main, il avait pris un couteau à palette très large ; et, d'un seul coup, lentement, profondément, il gratta la tête et la gorge de la femme. Ce fut un meurtre véritable, un écrasement : tout disparut dans une bouillie fangeuse. Alors, à côté du monsieur au veston vigoureux, parmi les verdures éclatantes où se jouaient les deux petites lutteuses si claires, il n'y eut plus, de cette femme nue, sans poitrine et sans

tête, qu'un tronçon mutilé, qu'une tache vague de
cadavre, une chair de rêve évaporée et morte.

Déjà, Sandoz et Dubuche descendaient bruyamment
l'escalier de bois. Et Claude les suivit, s'enfuit de son
œuvre, avec la souffrance abominable de la laisser ainsi,
balafrée d'une plaie béante.

III

Le commencement de la semaine fut désastreux pour Claude. Il était tombé dans un de ces doutes qui lui faisaient exécrer la peinture, d'une exécration d'amant trahi, accablant l'infidèle d'insultes, torturé du besoin de l'adorer encore; et, le jeudi, après trois horribles journées de lutte vaine et solitaire, il sortit dès huit heures du matin, il referma violemment sa porte, si écœuré de lui-même, qu'il jurait de ne plus toucher un pinceau. Quand une de ces crises le détraquait, il n'avait qu'un remède : s'oublier, aller se prendre de querelle avec des camarades, marcher surtout, marcher au travers de Paris, jusqu'à ce que la chaleur et l'odeur de bataille des pavés lui eussent remis du cœur au ventre.

Ce jour-là, comme tous les jeudis, il dînait chez Sandoz, où il y avait réunion. Mais que faire jusqu'au soir ? L'idée de rester seul, à se dévorer, le désespérait. Il aurait couru tout de suite chez son ami, s'il ne s'était dit que ce dernier devait être à son bureau. Puis, la pensée de Dubuche lui vint, et il hésita, car leur vieille camaraderie se refroidissait depuis quelque temps. Il ne sentait pas entre eux la fraternité des heures nerveuses, il le devinait inintelligent, sourdement hostile, engagé dans d'autres ambitions. Pourtant, à quelle porte frapper ? Et il se décida, il se rendit rue Jacob, où l'architecte habitait une étroite chambre, au sixième étage d'une grande maison froide.

Claude était au second, lorsque la concierge, le rappelant, cria d'un ton aigre que M. Dubuche n'était pas chez lui, et qu'il avait même découché. Lentement, il se retrouva sur le trottoir, stupéfié par cette chose énorme, une escapade de Dubuche. C'était une malchance incroyable. Il erra un moment sans but. Mais, comme

il s'arrêtait au coin de la rue de Seine, ne sachant de
quel côté tourner, il se souvint brusquement de ce que
lui avait conté son ami : certaine nuit passée à l'atelier
Dequersonnière, une dernière nuit de terrible travail, la
veille du jour où les projets des élèves devaient être
déposés à l'Ecole des Beaux-Arts. Tout de suite, il monta
vers la rue du Four, dans laquelle était l'atelier. Jusque-là,
il avait évité d'y aller jamais prendre Dubuche, par
crainte des huées dont on y accueillait les profanes. Et
il y allait carrément, sa timidité s'enhardissait dans son
angoisse d'être seul, au point qu'il se sentait prêt à subir
des injures, pour conquérir un compagnon de misère.

Rue du Four, à l'endroit le plus étroit, l'atelier se
trouvait au fond d'un vieux logis lézardé. Il fallait traverser deux cours puantes, et l'on arrivait enfin dans une
troisième, où était plantée de travers une sorte de hangar
fermé, une vaste salle de planches et de platras, qui
avait servi jadis à un emballeur. Du dehors, par les
quatre grandes fenêtres, dont les vitres inférieures étaient
barbouillées de céruse, on ne voyait que le plafond nu,
blanchi à la chaux.

Mais Claude, ayant poussé la porte, demeura immobile sur le seuil. La vaste salle s'étendait, avec ses quatre
longues tables, perpendiculaires aux fenêtres, des tables
doubles, très larges, occupées des deux côtés par des
files d'élèves, encombrées d'éponges mouillées, de godets,
de vases d'eau, de chandeliers de fer, de caisses de bois,
les caisses où chacun serrait sa blouse de toile blanche,
ses compas et ses couleurs. Dans un coin, le poêle
oublié du dernier hiver se rouillait, à côté d'un reste de
coke, qu'on n'avait même pas balayé; tandis que, à
l'autre bout, une grande fontaine de zinc était pendue,
entre deux serviettes. Et, au milieu de cette nudité de
halle mal soignée, les murs surtout tiraient l'œil, alignant
en haut, sur des étagères, une débandade de moulages,
disparaissant plus bas sous une forêt de tés et d'équerres,
sous un amas de planches à laver, retenues en paquets
par des bretelles. Peu à peu, tous les pans restés libres
s'étaient salis d'inscriptions, de dessins, d'une écume
montante, jetée là comme sur les marges d'un livre toujours ouvert. Il y avait des charges de camarades, des
profils d'objets déshonnêtes, des mots à faire pâlir des
gendarmes, puis des sentences, des additions, des adresses;
le tout dominé, écrasé par cette ligne laconique de pro-
cès-verbal, en grosses lettres, à la plus belle place :

« Le sept juin, Gorju a dit qu'il se foutait de Rome.
Signé : Godemard. »

Un grognement avait accueilli le peintre, le grognement des fauves dérangés chez eux. Ce qui l'immobilisait, c'était l'aspect de la salle, au matin de « la nuit de
charrette », ainsi que les architectes nomment cette nuit
suprême de travail. Depuis la veille, tout l'atelier,
soixante élèves, étaient enfermés là, ceux qui n'avaient
pas de projets à déposer, « les nègres », aidant les autres,
les concurrents en retard, forcés d'abattre en douze
heures la besogne de huit jours. Dès minuit, on s'était
empiffré de charcuterie et de vin au litre. Vers une heure,
comme dessert, on avait fait venir trois dames d'une maison voisine. Et, sans que le travail se ralentît, la fête avait
tourné à l'orgie romaine, au milieu de la fumée des pipes.
Il en restait, par terre, une jonchée de papiers gras, de
culs de bouteilles cassées, de mares louches, que le parquet achevait de boire; pendant que l'air gardait l'âcreté
des bougies noyées dans les chandeliers de fer, l'odeur
sûre du musc des dames, mêlée à celle des saucisses et
du vin bleu.

Des voix hurlèrent, sauvages :

— A la porte!... Oh! cette gueule!... Qu'est-ce qu'il
veut, cet empaillé?... A la porte! à la porte!

Claude, sous la rudesse de cette tempête, chancela un
instant, étourdi. On en arrivait aux mots abominables,
la grande élégance, même pour les natures les plus dis-
tinguées, étant de rivaliser d'ordures. Et il se remettait,
il répondait, lorsque Dubuche le reconnut. Ce dernier
devint très rouge, car il détestait ces aventures. Il eut
honte de son ami, il accourut, sous les huées, qui se
tournaient contre lui, maintenant; et il bégaya :

— Comment! c'est toi!... Je t'avais dit de ne jamais
entrer... Attends-moi un instant dans la cour.

A ce moment, Claude, qui reculait, manqua d'être
écrasé par une petite charrette à bras, que deux gaillards
très barbus amenaient au galop. C'était de cette charrette
que la nuit de gros travail tirait son nom; et depuis
huit jours, les élèves, retardés par les basses besognes
payées du dehors, répétaient le cri : « Oh! que je suis en
charrette! » Dès qu'elle parut, une clameur éclata. Il
était neuf heures moins un quart, on avait le temps bien
juste d'arriver à l'Ecole. Une débandade énorme vida la
salle; chacun sortait ses châssis, au milieu des coudoiements; ceux qui voulaient s'entêter à finir un détail,

étaient bousculés, emportés. En moins de cinq minutes,
les châssis de tous se trouvèrent empilés dans la voiture,
et les deux gaillards barbus, les derniers nouveaux de
l'atelier, s'attelèrent comme des bêtes, tirèrent au pas de
course; tandis que le flot des autres vociférait et poussait par-derrière. Ce fut une rupture d'écluse, les deux
cours franchies dans un fracas de torrent, la rue envahie,
inondée de cette cohue hurlante.

Claude, cependant, s'était mis à courir, près de
Dubuche, qui venait à la queue, très contrarié de
n'avoir pas eu un quart d'heure de plus, pour soigner
un lavis.

— Qu'est-ce que tu fais ensuite ?

— Oh! j'ai des courses toute la journée.

Le peintre fut désespéré de voir que cet ami lui
échappait encore.

— C'est bon, je te laisse... Et tu en es, ce soir, chez
Sandoz ?

— Oui, je crois, à moins qu'on me retienne à
dîner ailleurs.

Tous deux s'essoufflaient. La bande, sans se ralentir,
allongeait le chemin, pour promener davantage son
vacarme. Après avoir descendu la rue du Four, elle
s'était ruée à travers la place Gozlin, et elle se jetait
dans la rue de l'Echaudé. En tête, la charrette à bras,
tirée, poussée plus fort, bondissait sur les pavés inégaux
avec la danse lamentable des châssis dont elle était pleine;
puis, la queue galopait, forçant les passants à se coller
contre les maisons, s'ils ne voulaient pas être renversés;
et les boutiquiers, béants sur leurs portes, croyaient à
une révolution. Tout le quartier était dans le bouleversement. Rue Jacob, la débâcle devint telle, au milieu de
cris si affreux, que des persiennes se fermèrent. Comme
on entrait enfin rue Bonaparte, un grand blond fit la
farce de saisir une petite bonne, ahurie sur le trottoir,
et de l'entraîner. Une paille dans le torrent.

— Eh bien! adieu, dit Claude. A ce soir!

— Oui, à ce soir!

Le peintre, hors d'haleine, s'était arrêté au coin de la
rue des Beaux-Arts. Devant lui, la cour de l'Ecole se
trouvait grande ouverte. Tout s'y engouffra.

Après avoir soufflé un moment, Claude regagna la rue
de Seine. Sa malchance s'aggravait, il était dit qu'il ne
débaucherait pas un camarade, ce matin-là; et il remonta
la rue, il marcha lentement jusqu'à la place du Panthéon,

sans idée nette ; puis, il pensa qu'il pouvait toujours entrer
à la mairie, pour serrer la main de Sandoz. Ce serait dix
bonnes minutes. Mais il demeura suffoqué, quand un
garçon lui répondit que M. Sandoz avait demandé un
jour de congé, pour un enterrement. Il connaissait cependant l'histoire, son ami alléguait ce motif, chaque fois
qu'il voulait avoir, chez lui, toute une journée de bon
travail. Et il prenait déjà sa course, lorsqu'une fraternité
d'artiste, un scrupule de travailleur honnête, l'arrêta :
c'était un crime que d'aller déranger un brave homme,
de lui apporter le découragement d'une œuvre rebelle, au
moment où il abattait sans doute gaillardement la sienne.

Dès lors, Claude dut se résigner. Il traîna sa mélancolie noire sur les quais jusqu'à midi, la tête si lourde,
si bourdonnante de la pensée continue de son impuissance, qu'il ne voyait plus que dans un brouillard les
horizons aimés de la Seine. Puis, il se retrouva rue de
la Femme-sans-Tête, il y déjeuna chez Gomard, un marchand de vin, dont l'enseigne : *Au chien de Montargis*,
l'intéressait. Des maçons, en blouse de travail, éclaboussés de plâtre, étaient là, attablés ; et, comme eux, avec
eux, il mangea son « ordinaire » de huit sous, le bouillon
dans un bol, où il trempa une soupe, et la tranche de
bouilli, garnie de haricots, sur une assiette humide des
eaux de vaisselle. C'était encore trop bon, pour une
brute qui ne savait pas son métier : quand il avait manqué une étude, il se ravalait, il se mettait plus bas que
les manœuvres, dont les gros bras au moins faisaient
leur besogne. Pendant une heure, il s'attarda, il s'abêtit,
dans les conversations des tables voisines. Et, dehors,
il reprit sa marche lente, au hasard.

Mais, place de l'Hôtel de Ville, une idée lui fit hâter
le pas. Pourquoi n'avait-il point songé à Fagerolles ? Il
était gentil, Fagerolles, bien qu'il fût élève de l'Ecole des
Beaux-Arts ; et gai, et pas bête. On pouvait causer avec
lui, même lorsqu'il défendait la mauvaise peinture. S'il
avait déjeuné chez son père, rue Vieille-du-Temple, pour
sûr il s'y trouvait encore.

Claude, en entrant dans cette rue étroite, éprouva une
sensation de fraîcheur. La journée devenait très chaude,
et une humidité montait du pavé, qui, malgré le ciel pur,
restait mouillé et gras, sous le continuel piétinement des
passants. A chaque minute, des camions, des tapissières
manquaient de l'écraser, lorsqu'une bousculade le forçait à quitter le trottoir. Pourtant, la rue l'amusait, avec

la débandade mal alignée de ses maisons, des façades
plates, bariolées d'enseignes jusqu'aux gouttières, trouées
de minces fenêtres, où l'on entendait bruire tous les
métiers en chambre de Paris. A un des passages les plus
étranglés, une petite boutique de journaux le retint :
c'était, entre un coiffeur et un tripier, un étalage de gravures imbéciles, des suavités de romance mêlées à des
ordures de corps de garde. Plantés devant les images,
un grand garçon pâle rêvait, deux gamines se poussaient
en ricanant. Il les aurait giflés tous les trois, il se hâta
de traverser la rue, car la maison de Fagerolles se trouvait
juste en face, une vieille demeure sombre qui avançait
sur les autres, mouchetée des éclaboussures boueuses du
ruisseau. Et, comme un omnibus arrivait, il n'eut que le
temps de sauter sur le trottoir, réduit là à une simple
bordure : les roues lui frôlèrent la poitrine, il fut inondé
jusqu'aux genoux.

M. Fagerolles, le père, fabricant de zinc d'art, avait
ses ateliers au rez-de-chaussée; et, au premier étage,
pour abandonner à ses magasins d'échantillons les deux
grandes pièces éclairées sur la rue, il occupait, sur la
cour, un petit logement obscur, d'un étouffement de
cave. C'était là que son fils Henri avait poussé, en vraie
plante du pavé parisien, au bord de ce trottoir mangé
par les roues, trempé par le ruisseau, en face de la boutique à images, du tripier et du coiffeur. D'abord, son
père avait fait de lui un dessinateur d'ornements, pour
son usage personnel. Puis, lorsque le gamin s'était révélé
avec des ambitions plus hautes, s'attaquant à la peinture,
parlant de l'Ecole, il y avait eu des querelles, des gifles,
une série de brouilles et de réconciliations. Aujourd'hui
encore, bien qu'Henri eût remporté de premiers succès,
le fabricant de zinc d'art, résigné à le laisser libre, le
traitait durement, en garçon qui gâtait sa vie.

Après s'être secoué, Claude enfila le porche de la maison, une voûte profonde, béante sur une cour qui avait
le jour verdâtre, l'odeur fade et moisie d'un fond de
citerne. L'escalier s'ouvrait sous une marquise, au plein
air, un large escalier, à vieille rampe dévorée de rouille.
Et, comme le peintre passait devant les magasins du premier étage, il aperçut, par une porte vitrée, M. Fagerolles en train d'examiner ses modèles. Alors, voulant être
poli, il entra, malgré son écœurement d'artiste pour tout
ce zinc peinturluré en bronze, tout ce joli affreux et menteur de l'imitation.

— Bonjour, monsieur... Est-ce qu'Henri est encore là?

Le fabricant, un gros homme blême, se redressa au milieu de ses porte-bouquet, de ses buires et de ses statuettes. Il tenait à la main un nouveau modèle de thermomètre, une jongleuse accroupie, qui portait sur son nez le léger tube de verre.

— Henri n'est pas rentré déjeuner, répondit-il sèchement.

Cet accueil troubla le jeune homme.

— Ah! il n'est pas rentré... Je vous demande pardon. Bonsoir, monsieur.

— Bonsoir.

Dehors, Claude jura entre ses dents. Déveine complète, Fagerolles aussi lui échappait. Il s'en voulait maintenant d'être venu et de s'être intéressé à cette vieille rue pittoresque, furieux de la gangrène romantique qui repoussait quand même en lui : c'était son mal peut-être, l'idée fausse dont il se sentait parfois la barre en travers du crâne. Et, lorsque, de nouveau, il retomba sur les quais, la pensée lui vint de rentrer, pour voir si son tableau était vraiment très mauvais. Mais cette pensée seule le secoua d'un tremblement. Son atelier lui semblait un lieu d'horreur, où il ne pouvait plus vivre, comme s'il y avait laissé le cadavre d'une affection morte. Non, non, monter les trois étages, ouvrir la porte, s'enfermer en face de ça : il lui aurait fallu une force au-dessus de son courage! Il traversa la Seine, il suivit toute la rue Saint-Jacques. Tant pis! il était trop malheureux, il allait, rue d'Enfer, débaucher Sandoz.

Le petit logement, au quatrième, se composait d'une salle à manger, d'une chambre à coucher et d'une étroite cuisine, que le fils occupait; tandis que la mère, clouée par la paralysie, avait, de l'autre côté du palier, une chambre où elle vivait dans une solitude chagrine et volontaire. La rue était déserte, les fenêtres ouvraient sur le vaste jardin des Sourds-Muets, que dominaient la tête arrondie d'un grand arbre et le clocher carré de Saint-Jacques du Haut-Pas.

Claude trouva Sandoz dans sa chambre, courbé sur sa table, absorbé devant une page écrite.

— Je te dérange?

— Non, je travaille depuis ce matin, j'en ai assez... Imagine-toi, voici une heure que je m'épuise à retaper une phrase mal bâtie, dont le remords m'a torturé pendant tout mon déjeuner.

Le peintre eut un geste de désespoir; et, à le voir si lugubre, l'autre comprit.

— Hein ? toi, ça ne va guère... Sortons. Un grand tour pour nous dérouiller un peu, veux-tu ?

Mais, comme il passait devant la cuisine, une vieille femme l'arrêta. C'était sa femme de ménage, qui d'habitude venait deux heures le matin et deux heures le soir; seulement, le jeudi, elle restait l'après-midi entier, pour le dîner.

— Alors, demanda-t-elle, c'est décidé, monsieur : de la raie et un gigot avec des pommes de terre ?

— Oui, si vous voulez.

— Et combien faut-il que je mette de couverts ?

— Ah! ça, on ne sait jamais... Mettez toujours cinq couverts, on verra ensuite. Pour sept heures, n'est-ce pas ? Nous tâcherons d'y être.

Puis, sur le palier, pendant que Claude attendait un instant, Sandoz se glissa chez sa mère; et, quand il en fut ressorti, du même mouvement discret et tendre, tous deux descendirent, silencieux. Dehors, après avoir flairé à gauche et à droite, comme pour prendre le vent, ils finirent par remonter la rue, tombèrent sur la place de l'Observatoire, enfilèrent le boulevard du Montparnasse. C'était leur promenade ordinaire, ils y aboutissaient quand même, aimant ce large déroulement des boulevards extérieurs, où leur flânerie vaguait à l'aise. Ils ne parlaient toujours pas, la tête lourde encore, rassérénés peu à peu d'être ensemble. Devant la gare de l'Ouest seulement, Sandoz eut une idée.

— Dis donc, si nous allions chez Mahoudeau voir où en est sa grande machine ? Je sais qu'il a lâché ses bons dieux aujourd'hui.

— C'est ça, répondit Claude. Allons chez Mahoudeau.

Ils s'engagèrent tout de suite dans la rue du Cherche-Midi. Le sculpteur Mahoudeau avait loué, à quelques pas du boulevard, la boutique d'une fruitière tombée en faillite; et il s'y était installé, en se contentant de barbouiller les vitres d'une couche de craie. A cet endroit, large et déserte, la rue est d'une bonhomie provinciale, adoucie encore d'une pointe d'odeur ecclésiastique : des portes charretières restent béantes, montrant des enfilades de cours, très profondes; une vacherie exhale des souffles tièdes de litière, un mur de couvent s'allonge, interminable. Et c'était là, flanquée de ce couvent et

d'une herboristerie, que se trouvait la boutique, devenue
un atelier, et dont l'enseigne portait toujours les mots :
Fruits et légumes, en grosses lettres jaunes.

Claude et Sandoz faillirent être éborgnés par des
petites filles qui sautaient à la corde. Il y avait, sur les
trottoirs, des familles assises, dont les barricades de chaises
les forçaient à prendre la chaussée. Pourtant, ils arrivaient, lorsque la vue de l'herboristerie les attarda un
moment. Entre les deux vitrines, décorées d'irrigateurs,
de bandages, de toutes sortes d'objets intimes et délicats,
sous les herbes séchées de la porte, d'où sortait une
continuelle haleine d'aromates, une femme maigre et
brune, debout, les dévisageait; pendant que, derrière
elle, dans l'ombre, apparaissait le profil noyé d'un petit
homme pâlot, en train de cracher ses poumons. Ils se
poussèrent du coude, les yeux égayés d'un rire farceur;
puis, ils tournèrent le bec-de-canne de la boutique à
Mahoudeau.

La boutique, assez grande, était comme emplie par un
tas d'argile, une Bacchante colossale, à demi renversée
sur une roche. Les madriers qui la portaient, pliaient
sous le poids de cette masse encore informe, où l'on ne
distinguait que des seins de géante et des cuisses pareilles
à des tours. De l'eau avait coulé, des baquets boueux traînaient, un gâchis de plâtre salissait tout un coin; tandis
que, sur les planches de l'ancienne fruiterie restées en
place, se débandaient quelques moulages d'antiques, que
la poussière amassée lentement semblait ourler de cendre
fine. Une humidité de buanderie, une odeur fade de
glaise mouillée montait du sol. Et cette misère des ateliers de sculpteur, cette saleté du métier s'accusaient
davantage, sous la clarté blafarde des vitres barbouillées
de la devanture.

— Tiens! c'est vous! cria Mahoudeau, assis devant sa
bonne femme, en train de fumer une pipe.

Il était petit, maigre, la figure osseuse, déjà creusée de
rides à vingt-sept ans; ses cheveux de crin noir s'em-
broussaillaient sur un front très bas; et, dans ce masque
jaune, d'une laideur féroce, s'ouvraient des yeux d'enfant, clairs et vides, qui souriaient avec une puérilité
charmante. Fils d'un tailleur de pierres de Plassans,
il avait remporté là-bas de grands succès, aux concours du
Musée; puis, il était venu à Paris comme lauréat de la
ville, avec la pension de huit cents francs, qu'elle servait pendant quatre années. Mais, à Paris, il avait vécu

dépaysé, sans défense, ratant l'Ecole des Beaux-Arts, mangeant sa pension à ne rien faire; si bien que, au bout des quatre ans, il s'était vu forcé, pour vivre, de se mettre aux gages d'un marchand de bons dieux, où il grattait dix heures par jour des Saint-Joseph, des Saint-Roch, des Madeleine, tout le calendrier des paroisses. Depuis six mois seulement, l'ambition l'avait repris, en retrouvant des camarades de Provence, des gaillards dont il était l'aîné, connus autrefois chez tata Giraud, un pensionnat de mioches, devenus aujourd'hui de farouches révolutionnaires; et cette ambition tournait au gigantesque, dans cette fréquentation d'artistes passionnés, qui lui troublaient la cervelle avec l'emportement de leurs théories.

— Fichtre! dit Claude, quel morceau!

Le sculpteur, ravi, tira sur sa pipe, lâcha un nuage de fumée.

— Hein! n'est-ce pas?... Je vais leur en coller, de la chair, et de la vraie, pas du saindoux comme ils en font!

— C'est une baigneuse? demanda Sandoz.

— Non, je lui mettrai des pampres... Une bacchante, tu comprends!

Mais, du coup, violemment, Claude s'emporta.

— Une bacchante! est-ce que tu te fiches de nous! est-ce que ça existe, une bacchante?... Une vendangeuse, hein? et une vendangeuse moderne, tonnerre de Dieu! Je sais bien, il y a le nu. Alors, une paysanne qui se serait déshabillée. Il faut qu'on sente ça, il faut que ça vive!

Mahoudeau, interdit, écoutait avec un tremblement. Il le redoutait, se pliait à son idéal de force et de vérité. Et, renchérissant :

— Oui, oui, c'est ce que je voulais dire... Une vendangeuse. Tu verras si ça pue la femme!

A ce moment, Sandoz qui faisait le tour de l'énorme bloc d'argile, eut une légère exclamation.

— Ah! ce sournois de Chaîne qui est là!

En effet, derrière le tas, Chaîne, un gros garçon, peignait en silence, copiant sur une petite toile le poêle éteint et rouillé. On reconnaissait un paysan à ses allures lentes, à son cou de taureau, hâlé, durci, en cuir. Seul, le front se voyait, bombé d'entêtement; car son nez était si court, qu'il disparaissait entre les joues rouges, et une barbe dure cachait ses fortes mâchoires. Il était de Saint-Firmin, à deux lieues de Plassans, un village où il avait

gardé les troupeaux jusqu'à son tirage au sort; et son
malheur était né de l'enthousiasme d'un bourgeois du
voisinage, pour les pommes de canne qu'il sculptait avec
son couteau, dans des racines. Dès lors, devenu le pâtre
de génie, le grand homme en herbe du bourgeois amateur, qui se trouvait être membre de la Commission du
Musée, poussé par lui, adulé, détraqué d'espérances, il
avait tout manqué successivement, les études, les
concours, la pension de la ville; et il n'en était pas
moins parti pour Paris, après avoir exigé de son père,
un paysan misérable, sa part anticipée d'héritage, mille
francs, avec lesquels il comptait vivre un an, en attendant le triomphe promis. Les mille francs avaient duré
dix-huit mois. Puis, comme il ne lui restait que vingt
francs, il venait de se mettre avec son ami Mahoudeau,
dormant tous les deux dans le même lit, au fond de
l'arrière-boutique sombre, coupant l'un après l'autre au
même pain, du pain dont ils achetaient une provision
quinze jours d'avance, pour qu'il fût très dur et qu'on
n'en pût manger beaucoup.

— Dites donc, Chaîne, continua Sandoz, il est joliment exact, votre poêle!

Chaîne, sans parler, eut dans sa barbe un rire silencieux de gloire, qui lui éclaira la face comme d'un coup
de soleil. Par une imbécillité dernière, et pour que l'aventure fût complète, les conseils de son protecteur l'avaient
jeté dans la peinture, malgré le goût véritable qu'il montrait à tailler le bois; et il peignait en maçon, gâchant les
couleurs, réussissant à rendre boueuses les plus claires et
les plus vibrantes. Mais son triomphe était l'exactitude
dans la gaucherie, il avait les minuties naïves d'un primi-
tif, le souci du petit détail, où se complaisait l'enfance
de son être, à peine dégagé de la terre. Le poêle, avec
une perspective de guingois, était sec et précis, d'un ton
lugubre de vase.

Claude s'approcha, fut pris de pitié devant cette peinture; et lui, si dur aux mauvais peintres, trouva un éloge.

— Ah! vous, on ne peut pas dire que vous êtes un
ficeleur! Vous faites comme vous sentez, au moins. C'est
très bien, ça!

Mais la porte de la boutique s'était rouverte, et un
beau garçon blond, avec un grand nez rose et de gros yeux
bleus de myope, entrait en criant :

— Vous savez, l'herboriste d'à côté, elle est là qui rac-
croche... La sale tête!

Tous rirent, sauf Mahoudeau, qui parut très gêné.

— Jory, le roi des gaffeurs, déclara Sandoz en serrant
la main au nouveau venu.

— Hein ? quoi ? Mahoudeau couche avec, reprit Jory,
lorsqu'il eut fini par comprendre. Eh bien ! qu'est-ce que
ça fiche ? Une femme, ça ne se refuse jamais.

— Toi, se contenta de dire le sculpteur, tu es encore
tombé sur les ongles de la tienne, elle t'a emporté un morceau de la joue.

De nouveau, tous éclatèrent, et ce fut Jory qui devint
rouge à son tour. Il avait, en effet, la face griffée, deux
entailles profondes. Fils d'un magistrat de Plassans, qu'il
désespérait par ses aventures de beau mâle, il avait comblé
la mesure de ses débordements, en se sauvant avec une
chanteuse de café-concert, sous le prétexte d'aller à Paris
faire de la littérature ; et, depuis six mois qu'ils cam-
paient ensemble dans un hôtel borgne du quartier Latin,
cette fille l'écorchait vif, chaque fois qu'il la trahissait
pour le premier jupon crotté, suivi sur un trottoir. Aussi
montrait-il toujours quelque nouvelle balafre, le nez en
sang, une oreille fendue, un œil entamé, enflé et bleu.

On causa enfin, il n'y eut plus que Chaîne qui continuât
à peindre, de son air entêté de bœuf au labour. Tout de
suite, Jory s'était extasié sur l'ébauche de la Vendangeuse. Lui aussi adorait les grosses femmes. Il avait
débuté, là-bas, en écrivant des sonnets romantiques, célé-
brant la gorge et les hanches ballonnées d'une belle charcutière qui troublait ses nuits ; et, à Paris, où il avait rencontré la bande, il s'était fait critique d'art, il donnait,
pour vivre, des articles à vingt francs, dans un petit journal tapageur, le Tambour. Même un de ces articles, une
étude sur un tableau de Claude, exposé chez le père Malgras, venait de soulever un scandale énorme, car il y
sacrifiait à son ami les peintres « aimés du public », et il le
posait comme chef d'une école nouvelle, l'école du plein
air. Au fond, très pratique, il se moquait de tout ce qui
n'était pas sa jouissance, il répétait simplement les théories entendues dans le groupe.

— Tu sais, Mahoudeau, cria-t-il, tu auras ton article,
je vais lancer ta bonne femme... Ah ! quelles cuisses ! Si
l'on pouvait se payer des cuisses comme ça !

Puis, brusquement, il parla d'autre chose.

— A propos, mon avare de père m'a fait des excuses.
Oui, il craint que je ne le déshonore, il m'envoie
cent francs par mois... Je paie mes dettes.

— Des dettes, tu es trop raisonnable! murmura Sandoz en souriant.

Jory montrait en effet une hérédité d'avarice, dont on s'amusait. Il ne payait pas les femmes, il arrivait à mener sa vie désordonnée, sans argent et sans dettes; et cette science innée de jouir pour rien s'alliait en lui à une duplicité continuelle, à une habitude de mensonge qu'il avait contractée dans le milieu dévot de sa famille, où le souci de cacher ses vices le faisait mentir sur tout, à toute heure, même inutilement. Il eut une réponse superbe, le cri d'un sage qui aurait beaucoup vécu.

— Oh! vous autres, vous ne savez pas le prix de l'argent.

Cette fois, il fut hué. Quel bourgeois! Et les invectives s'aggravaient, lorsque de légers coups, frappés contre une vitre, firent cesser le vacarme.

— Ah! elle est embêtante à la fin! dit Mahoudeau avec un geste d'humeur.

— Hein! qui est-ce? l'herboriste? demanda Jory. Laisse-la entrer, ce sera drôle.

D'ailleurs, la porte s'était ouverte sans attendre, et la voisine, Mme Jabouille, Mathilde comme on la nommait familièrement, parut sur le seuil. Elle avait trente ans, la figure plate, ravagée de maigreur, avec des yeux de passion, aux paupières violâtres et meurtries. On racontait que les prêtres l'avaient mariée au petit Jabouille, un veuf dont l'herboristerie prospérait alors, grâce à la clientèle pieuse du quartier. La vérité était qu'on apercevait parfois de vagues ombres de soutanes, traversant le mystère de la boutique, embaumée par les aromates d'une odeur d'encens. Il y régnait une discrétion de cloître, une onction de sacristie, dans la vente des canules; et les dévotes qui entraient, chuchotaient comme au confessionnal, glissaient des injecteurs au fond de leur sac, puis s'en allaient, les yeux baissés. Par malheur, des bruits d'avortement avaient couru : une calomnie du marchand de vin d'en face, disaient les personnes bien pensantes. Depuis que le veuf s'était remarié, l'herboristerie dépérissait. Les bocaux semblaient pâlir, les herbes séchées du plafond tombaient en poussière, lui-même toussait à rendre l'âme, réduit à rien, la chair finie. Et, bien que Mathilde eût de la religion, la clientèle pieuse l'abandonnait peu à peu, trouvant qu'elle s'affichait trop avec des jeunes gens, maintenant que Jabouille était mangé.

Un instant, elle resta immobile, fouillant les coins d'un

rapide coup d'œil. Une senteur forte s'était répandue, la senteur des simples dont sa robe se trouvait imprégnée, et qu'elle apportait dans sa chevelure grasse, défrisée toujours : le sucre fade des mauves, l'âpreté du sureau, l'amertume de la rhubarbe, mais surtout la flamme de la menthe poivrée, qui était comme son haleine propre, l'haleine chaude qu'elle soufflait au nez des hommes.

D'un geste, elle feignit la surprise.

— Ah! mon Dieu! vous avez du monde!... Je ne savais pas, je reviendrai.

— C'est ça, dit Mahoudeau, très contrarié. Je vais sortir d'ailleurs. Vous me donnerez une séance dimanche.

Claude, stupéfait, regarda Mathilde, puis la Vendangeuse.

— Comment! cria-t-il, c'est madame qui te pose ces muscles-là ? Bigre, tu l'engraisses!

Et les rires recommencèrent, pendant que le sculpteur bégayait des explications : oh! non, pas le torse, ni les jambes; rien que la tête et les mains; et encore quelques indications, pas davantage.

Mais Mathilde riait avec les autres, d'un rire aigu d'impudeur. Carrément, elle était entrée, elle avait refermé la porte. Puis, comme chez elle, heureuse au milieu de tous ces hommes, se frottant à eux, elle les flaira. Son rire avait montré les trous noirs de sa bouche, où manquaient plusieurs dents; et elle était ainsi laide à inquiéter, dévastée déjà, la peau cuite, collée sur les os. Jory, qu'elle voyait pour la première fois, devait la tenter, avec sa fraîcheur de poulet gras, son grand nez rose qui promettait. Elle le poussa du coude, finit brusquement, voulant l'exciter sans doute, par s'asseoir sur les genoux de Mahoudeau, dans un abandon de fille.

— Non, laisse, dit celui-ci en se levant. J'ai affaire... N'est-ce pas ? vous autres, on nous attend là-bas.

Il avait cligné les paupières, désireux d'une bonne flânerie. Tous répondirent qu'on les attendait, et ils l'aidèrent à couvrir son ébauche de vieux linges, trempés dans un seau.

Cependant, Mathilde, l'air soumis et désespéré, ne s'en allait point. Debout, elle se contentait de changer de place, quand on la bousculait; tandis que Chaîne, qui ne travaillait plus, la couvait de ses gros yeux, par-dessus sa toile, plein d'une convoitise gloutonne de timide. Jusque-là, il n'avait pas desserré les lèvres. Mais, comme Mahoudeau partait enfin avec les trois camarades, il se décida, il dit de sa voix sourde, empâtée de longs silences :

— Tu rentreras ?

— Très tard. Mange et dors... Adieu.

Et Chaîne demeura seul avec Mathilde, dans la boutique humide, au milieu des tas de glaise et des flaques d'eau, sous le grand jour crayeux des vitres barbouillées, qui éclairait crûment ce coin de misère mal tenu.

Dehors, Claude et Mahoudeau marchèrent les premiers, pendant que les deux autres les suivaient; et Jory se récria, lorsque Sandoz l'eut plaisanté, en lui affirmant qu'il avait fait la conquête de l'herboriste.

— Ah! non, elle est affreuse, elle pourrait être notre mère à tous. En voilà une gueule de vieille chienne qui n'a plus de crocs!... Avec ça, elle empoisonne la pharmacie.

Cette exagération fit rire Sandoz. Il haussa les épaules.

— Laisse donc, tu n'es pas si difficile, tu en prends qui ne valent guère mieux.

— Moi! où ça ?... Et tu sais que, derrière notre dos, elle a sauté sur Chaîne. Ah! les cochons, ils doivent s'en payer ensemble!

Vivement, Mahoudeau, qui semblait enfoncé dans une forte discussion avec Claude, se retourna au milieu d'une phrase, pour dire :

— Ce que je m'en fiche !

Il acheva sa phrase à son compagnon; et, dix pas plus loin, il lança de nouveau, par-dessus son épaule :

— Et, d'abord, Chaîne est trop bête!

On n'en parla plus. Tous quatre, flânant, semblaient tenir la largeur du boulevard des Invalides. C'était l'expansion habituelle, la bande peu à peu accrue des camarades raccolés en chemin, la marche libre d'une horde partie en guerre. Ces gaillards, avec la belle carrure de leurs vingt ans, prenaient possession du pavé. Dès qu'ils se trouvaient ensemble, des fanfares sonnaient devant eux, ils empoignaient Paris d'une main et le mettaient tranquillement dans leurs poches. La victoire ne faisait plus un doute, ils promenaient leurs vieilles chaussures et leurs paletots fatigués, dédaigneux de ces misères, n'ayant du reste qu'à vouloir pour être les maîtres. Et cela n'allait point sans un immense mépris de tout ce qui n'était pas leur art, le mépris de la fortune, le mépris du monde, le mépris de la politique surtout. A quoi bon, ces saletés-là ? Il n'y avait que des gâteux, là-dedans! Une injustice superbe les soulevait, une ignorance voulue des nécessités de la vie sociale, le rêve fou de n'être

que des artistes sur la terre. Ils en étaient stupides parfois, mais cette passion les rendait braves et forts.

Claude, alors, s'anima. Il recommençait à croire, dans
cette chaleur des espérances mises en commun. Ses tortures de la matinée ne lui laissaient qu'un engourdissement vague, et il en était de nouveau à discuter sa toile
avec Mahoudeau et Sandoz, en jurant, il est vrai, de la
crever le lendemain. Jory, très myope, regardait les vieilles
dames sous le nez, se répandait en théories sur la production artistique : on devait se donner tel qu'on était, dans
le premier jet de l'inspiration ; lui, jamais ne se raturait.
Et, tout en discutant, les quatre continuaient à descendre
le boulevard, dont la demi-solitude, les rangées de beaux
arbres, à l'infini, paraissaient être faites pour leurs dis-
putes. Mais, quand ils eurent débouché sur l'Esplanade,
la querelle devint si violente, qu'ils s'arrêtèrent, au
milieu de la vaste étendue. Hors de lui, Claude traita
Jory de crétin : est-ce qu'il ne valait pas mieux détruire
une œuvre que de la livrer médiocre ? Oui, c'était dégoûtant, ce bas intérêt de commerce! De leur côté, Sandoz et
Mahoudeau parlaient à la fois, très fort. Des bourgeois,
inquiets, tournaient la tête, finissaient par s'attrouper
autour de ces jeunes gens si furieux, qui semblaient vouloir se mordre. Puis, les passants s'en allèrent, vexés,
croyant à une farce, lorsqu'ils les virent brusquement, très
bons amis, s'émerveiller ensemble au sujet d'une nourrice
vêtue de clair, avec de longs rubans cerise. Ah! sacré bon
sort, quel ton! c'est ça qui fichait une note! Ravis, ils
clignaient les yeux, ils suivaient la nourrice sous les quin-
conces, comme réveillés en sursaut, étonnés d'être déjà
là. Cette Esplanade, ouverte de partout sous le ciel, bor-
née seulement au sud par la perspective lointaine des
Invalides, les enchantait, si grande, si calme; car ils y
avaient suffisamment de place pour les gestes; et ils y
reprenaient un peu haleine, eux qui déclaraient trop étroit
Paris, où l'air manquait à l'ambition de leur poitrine.

— Est-ce que vous allez quelque part ? demanda Sandoz à Mahoudeau et à Jory.

— Non, répondit ce dernier, nous allons avec vous...
Où allez-vous ?

Claude, les regards perdus, murmura :

— Je ne sais pas... Par là.

Ils tournèrent sur le quai d'Orsay, ils le remontèrent
jusqu'au pont de la Concorde. Et, devant le Corps législatif, le peintre reprit, indigné :

— Quel sale monument!

— L'autre jour, dit Jory, Jules Favre a fait un fameux discours... Ce qu'il a embêté Rouher!

Mais les trois autres ne le laissèrent pas continuer, la querelle recommença. Qui ça, Jules Favre? qui ça, Rouher? Est-ce que ça existait! Des idiots, dont personne ne parlerait plus, dix ans après leur mort! Ils s'étaient engagés sur le pont, ils haussaient les épaules de pitié. Puis, lorsqu'ils se trouvèrent au milieu de la place de la Concorde, ils se turent.

— Ça, finit par déclarer Claude, ça, ce n'est pas bête du tout.

Il était quatre heures, la belle journée s'achevait dans un poudroiement glorieux de soleil. A droite et à gauche, vers la Madeleine et vers le Corps législatif, des lignes d'édifices filaient en lointaines perspectives, se découpaient nettement au ras du ciel; tandis que le jardin des Tuileries étageait les cimes rondes de ses grands marronniers. Et, entre les deux bordures vertes des contre-allées, l'avenue des Champs-Elysées montait tout là-haut, à perte de vue, terminée par la porte colossale de l'Arc de Triomphe, béante sur l'infini. Un double courant de foule, un double fleuve y roulait, avec les remous vivants des attelages, les vagues fuyantes des voitures, que le reflet d'un panneau, l'étincelle d'une vitre de lanterne semblaient blanchir d'une écume. En bas, la place, aux trottoirs immenses, aux chaussées larges comme des lacs, s'emplissait de ce flot continuel, traversée en tous sens du rayonnement des roues, peuplée de points noirs qui étaient des hommes; et les deux fontaines ruisselaient, exhalaient une fraîcheur, dans cette vie ardente.

Claude, frémissant, cria:

— Ah! ce Paris... Il est à nous, il n'y a qu'à le prendre.

Tous quatre se passionnaient, ouvraient des yeux luisants de désir. N'était-ce pas la gloire qui soufflait, du haut de cette avenue, sur la ville entière? Paris tenait là, et ils le voulaient.

— Eh bien! nous le prendrons, affirma Sandoz de son air têtu.

— Parbleu! dirent simplement Mahoudeau et Jory.

Ils s'étaient remis à marcher, ils vagabondèrent encore, se trouvèrent derrière la Madeleine, enfilèrent la rue Tronchet. Enfin, ils arrivaient à la place du Havre, lorsque Sandoz s'exclama:

— Mais c'est donc chez Baudequin que nous allons?

Les autres s'étonnèrent. Tiens! ils allaient chez Bandequin.

— Quel jour sommes-nous ? demanda Claude. Hein ? jeudi... Fagerolles et Gagnière doivent y être alors... Allons chez Baudequin.

Et ils gravirent la rue d'Amsterdam. Ils venaient de traverser Paris, c'était là une de leurs grandes tournées favorites; mais ils avaient d'autres itinéraires, d'un bout à l'autre des quais parfois, ou bien un morceau des fortifications, de la porte Saint-Jacques aux Moulineaux, ou encore une pointe sur le Père-La-Chaise, suivie d'un crochet par les boulevards extérieurs. Ils couraient les rues, les places, les carrefours, ils vaguaient des journées entières, tant que leurs jambes pouvaient les porter, comme s'ils avaient voulu conquérir les quartiers les uns après les autres, en jetant leurs théories retentissantes aux façades des maisons; et le pavé semblait à eux, tout le pavé battu par leurs semelles, ce vieux sol de combat d'où montait une ivresse qui grisait leur lassitude.

Le café Baudequin était situé sur le boulevard des Batignolles, à l'angle de la rue Darcet. Sans qu'on sût pourquoi, la bande l'avait choisi comme lieu de réunion, bien que Gagnière seul habitât le quartier. Elle s'y réunissait régulièrement le dimanche soir; puis, le jeudi, vers cinq heures, ceux qui étaient libres avaient pris l'habitude d'y paraître un instant. Ce jour-là, par ce beau soleil, les petites tables du dehors, sous la tente, se trouvaient toutes occupées d'un double rang de consommateurs barrant le trottoir. Mais eux, avaient l'horreur de ce coudoiement, de cet étalage en public; et ils bousculèrent le monde, pour entrer dans la salle déserte et fraîche.

— Tiens! Fagerolles qui est seul! cria Claude.

Il avait marché à leur table accoutumée, au fond, à gauche, et il serrait la main d'un garçon mince et pâle, dont la figure de fille était éclairée par des yeux gris, d'une câlinerie moqueuse, où passaient des étincelles d'acier.

Tous s'assirent, on commanda des bocks, et le peintre reprit :

— Tu sais que je suis allé te chercher chez ton père... Il m'a joliment reçu!

Fagerolles, qui affectait des airs de casseur et de voyou, se tapa sur les cuisses.

— Ah! il m'embête, le vieux!... J'ai filé ce matin, après un attrapage. Est-ce qu'il ne veut pas me faire dessiner des choses pour ses cochonneries en zinc! C'est bien assez du zinc de l'Ecole.

Cette plaisanterie aisée sur ses professeurs enchanta les camarades. Il les amusait, il se faisait adorer par cette continuelle lâcheté de gamin flatteur et débineur. Son sourire inquiétant allait des uns aux autres, tandis que ses longs doigts souples, d'une adresse native, ébauchaient sur la table des scènes compliquées, avec des gouttes de bière répandues. Il avait l'art facile, un tour de main à tout réussir.

— Et Gagnière, demanda Mahoudeau, tu ne l'as pas vu ?

— Non, il y a une heure que je suis là.

Mais Jory, silencieux, poussa du coude Sandoz, en lui montrant de la tête une fille qui occupait une table avec son monsieur, dans le fond de la salle. Il n'y avait, du reste, que deux autres consommateurs, deux sergents jouant aux cartes. C'était presque une enfant, une de ces galopines de Paris qui gardent à dix-huit ans la maigreur du fruit vert. On aurait dit un chien coiffé, une pluie de petits cheveux blonds sur un nez délicat, une grande bouche rieuse dans un museau rose. Elle feuilletait un journal illustré, tandis que le monsieur, sérieusement, buvait un madère; et, par-dessus le journal, elle lançait de gais regards vers la bande, à toute minute.

— Hein ? gentille! murmura Jory, qui s'allumait. A qui diable en a-t-elle ?... C'est moi qu'elle regarde.

Vivement, Fagerolles intervint.

— Eh! dis donc, pas d'erreur, elle est à moi!... Si tu crois que je suis là depuis une heure pour vous attendre!

Les autres rirent. Et, baissant la voix, il leur parla d'Irma Bécot. Oh! une petite d'un drôle! Il connaissait son histoire, elle était fille d'un épicier de la rue Montorgueil. Très instruite d'ailleurs, histoire sainte, calcul, orthographe, car elle avait suivi jusqu'à seize ans les cours d'une école du voisinage. Elle faisait ses devoirs entre deux sacs de lentilles, et elle achevait son éducation, de plain-pied avec la rue, vivant sur le trottoir, au milieu des bousculades, apprenant la vie dans les continuels commérages des cuisinières en cheveux, qui déshabillaient les abominations du quartier, pendant qu'on leur pesait cinq sous de gruyère. Sa mère était morte, le père Bécot avait fini par coucher avec ses bonnes, très raisonnablement, pour éviter de courir dehors : mais cela lui donnait le goût des femmes, il lui en avait fallu d'autres, bientôt il s'était lancé dans une telle noce, que l'épicerie y passait peu à peu, les légumes secs, les bocaux, les tiroirs aux sucreries. Irma allait encore à l'école, lorsque, un soir, en fermant la boutique, un garçon l'avait jetée en travers d'un panier de figues. Six mois plus tard, la maison était mangée, son père mourait d'un coup de sang, elle se réfugiait chez une tante pauvre qui la battait, en partait avec un jeune homme d'en face, y revenait à trois reprises, pour s'envoler définitivement un beau jour dans tous les bastringues de Montmartre et des Batignolles.

— Une roulure ! murmura Claude de son air de mépris.

Tout d'un coup, comme son monsieur se levait et sortait, après lui avoir parlé bas, Irma Bécot le regarda disparaître ; puis, avec une violence d'écolier échappé, elle accourut s'asseoir sur les genoux de Fagerolles.

— Hein ? crois-tu, est-il assez crampon !... Baise-moi vite, il va revenir.

Elle le baisa sur les lèvres, but dans son verre ; et elle se donnait aussi aux autres, leur riait d'un façon engageante, car elle avait la passion des artistes, en regrettant qu'ils ne fussent pas assez riches pour se payer des femmes à eux tout seuls.

Jory surtout semblait l'intéresser, très excité, fixant sur elle des yeux de braise. Comme il fumait, elle lui enleva sa cigarette de la bouche et la mit à la sienne ; cela, sans interrompre son bavardage de pie polissonne.

— Vous êtes tous des peintres, ah ! c'est amusant !... Et ces trois-là, pourquoi ont-ils l'air de bouder ? Rigolez donc, je vas vous chatouiller, moi ! vous allez voir !

En effet, Sandoz, Claude et Mahoudeau, interloqués, la contemplaient d'un air sérieux. Mais elle restait l'oreille aux aguets, elle entendit revenir son monsieur, et elle jeta vivement dans le nez de Fagerolles :

— Tu sais, demain soir, si tu veux. Viens me prendre à la brasserie Bréda.

Puis, après avoir replacé la cigarette tout humide aux lèvres de Jory, elle se cavala à longues enjambées, les bras en l'air, dans une grimace d'un comique extravagant ; et, lorsque le monsieur reparut, la mine grave, un peu pâle, il la retrouva immobile, les yeux sur la même gravure du journal illustré. Cette scène s'était passée si rapidement, au galop d'une telle drôlerie, que les deux sergents, de bons diables, se remirent à battre leurs cartes, en crevant de rire.

Du reste, Irma les avait tous conquis. Sandoz déclarait

son nom de Bécot très bien pour un roman; Claude demandait si elle voudrait lui poser une étude; tandis que Mahoudeau la voyait en gamin, une statuette qu'on vendrait pour sûr. Bientôt, elle s'en alla, en envoyant du bout des doigts, derrière le dos du monsieur, des baisers à toute la table, une pluie de baisers, qui achevèrent d'enflammer Jory. Mais Fagerolles ne voulait pas la prêter encore, très amusé inconsciemment de retrouver en elle une enfant du même trottoir que lui, chatouillé par cette perversion du pavé, qui était la sienne.

Il était cinq heures, la bande fit revenir de la bière. Des habitués du quartier avaient envahi les tables voisines, et ces bourgeois jetaient sur le coin des artistes des regards obliques, où le dédain se mêlait à une déférence inquiète. On les connaissait bien, une légende commençait à se former. Eux, causaient maintenant de choses bêtes, la chaleur qu'il faisait, la difficulté d'avoir de la place dans l'omnibus de l'Odéon, la découverte d'un marchand de vin chez qui on mangeait de la vraie viande. Un d'eux voulut entamer une discussion sur un lot de tableaux infects qu'on venait de mettre au musée du Luxembourg; mais tous étaient du même avis : les toiles ne valaient pas les cadres. Et ils ne parlèrent plus, ils fumèrent en échangeant des mots rares et des rires d'intelligence.

— Ah çà, demanda enfin Claude, est-ce que nous attendons Gagnière ?

On protesta. Gagnière était assommant; et, d'ailleurs, il arriverait bien à l'odeur de la soupe.

— Alors, filons, dit Sandoz. Il y a un gigot ce soir, tâchons d'être à l'heure.

Chacun paya sa consommation, et tous sortirent. Cela émotionna le café. Des jeunes gens, des peintres sans doute, chuchotèrent en se montrant Claude, comme s'ils avaient vu passer le chef redoutable d'un clan de sauvages. C'était le fameux article de Jory qui produisait son effet, le public devenait complice et allait créer de lui-même l'école du plein air, dont la bande plaisantait encore. Ainsi qu'ils le disaient gaiement, le café Baudequin ne s'était pas douté de l'honneur qu'ils lui faisaient, le jour où ils l'avaient choisi pour être le berceau d'une révolution.

Sur le boulevard, ils se retrouvèrent cinq, Fagerolles avait renforcé le groupe; et, lentement, ils retraversèrent Paris, de leur air tranquille de conquête. Plus ils étaient, plus ils barraient largement les rues, plus ils emportaient

à leurs talons de la vie chaude des trottoirs. Quand ils
eurent descendu la rue de Clichy, ils suivirent la rue de
la Chaussée-d'Antin, allèrent prendre la rue Richelieu,
traversèrent la Seine au pont des Arts pour insulter l'Institut, gagnèrent enfin le Luxembourg par la rue de Seine,
où une affiche tirée en trois couleurs, la réclame violemment enluminée d'un cirque forain, les fit crier d'admiration. Le soir venait, le flot des passants coulait ralenti,
c'était la ville lasse qui attendait l'ombre, prête à se
livrer au premier mâle assez vigoureux pour la prendre.

Rue d'Enfer, lorsque Sandoz eut fait entrer les quatre
autres chez lui, il disparut dans la chambre de sa mère ;
il y resta quelques minutes, puis revint sans dire un mot,
avec le sourire discret et attendri qu'il avait toujours en
en sortant. Et ce fut aussitôt, dans son étroit logis, un
vacarme terrible, des rires, des discussions, des clameurs.
Lui-même donnait l'exemple, aidait au service la femme
de ménage, qui s'emportait en paroles amères, parce qu'il
était sept heures et demie, et que son gigot se desséchait.
Les cinq, attablés, mangeaient déjà la soupe, une soupe
à l'oignon très bonne, quand un nouveau convive parut.

— Oh ! Gagnière ! hurla-t-on en chœur.

Gagnière, petit, vague, avec sa figure poupine et étonnée, qu'une barbe follette blondissait, demeura un instant sur le seuil à cligner ses yeux verts. Il était de
Melun, fils de gros bourgeois qui venaient de lui laisser
là-bas deux maisons, et il avait appris la peinture tout
seul dans la forêt de Fontainebleau, il peignait des paysages consciencieux, d'intentions excellentes ; mais sa
vraie passion était la musique, une folie de musique, une
flambée cérébrale qui le mettait de plain-pied avec les
plus exaspérés de la bande.

— Est-ce que je suis de trop ? demanda-t-il doucement.

— Non, non, entre donc ! cria Sandoz.

Déjà, la femme de ménage apportait un couvert.

— Si l'on ajoutait tout de suite une assiette pour
Dubuche ? dit Claude. Il m'a dit qu'il viendrait sans
doute.

Mais on conspua Dubuche, qui fréquentait des femmes
du monde. Jory raconta qu'il l'avait rencontré en voiture
avec une vieille dame et sa demoiselle, dont il tenait les
ombrelles sur les genoux.

— D'où sors-tu, pour être si en retard ? reprit Fagerolles, en s'adressant à Gagnière.

Celui-ci, qui allait avaler sa première cuillerée de soupe, la reposa dans son assiette.

— J'étais rue de Lancry, tu sais, où ils font de la musique de chambre... Oh! mon cher, des machines de Schumann, tu n'as pas idée! Ça vous prend là, derrière la tête, c'est comme si une femme vous soufflait dans le cou. Oui, oui, quelque chose de plus immatériel qu'un baiser, l'effleurement d'une haleine... Parole d'honneur, on se sent mourir...

Ses yeux se mouillaient, il pâlissait comme dans une jouissance trop vive.

— Mange ta soupe, dit Mahoudeau, tu nous raconteras ça après.

La raie fut servie, et l'on fit apporter la bouteille de vinaigre sur la table, pour corser le beurre noir, qui semblait fade. On mangeait dur, les morceaux de pain disparaissaient. D'ailleurs, aucun raffinement, du vin au litre, que les convives mouillaient beaucoup, par discrétion, pour ne pas pousser à la dépense. On venait de saluer le gigot d'un hourra, et le maître de la maison s'était mis à le découper, lorsque de nouveau la porte s'ouvrit. Mais, cette fois, des protestations furieuses s'élevèrent.

— Non, non, plus personne!... A la porte, le lâcheur!

Dubuche, essoufflé d'avoir couru, ahuri de tomber au milieu de ces hurlements, avançait sa grosse face pâle, en bégayant des explications.

— Vrai, je vous assure, c'est la faute de l'omnibus... J'en ai attendu cinq aux Champs-Elysées.

— Non, non, il ment!... Qu'il s'en aille, il n'aura pas de gigot!... A la porte, à la porte!

Pourtant, il avait fini par entrer, et l'on remarqua alors qu'il était très correctement mis, tout en noir, pantalon noir, redingote noire, cravaté, chaussé, épinglé, avec la raideur cérémonieuse d'un bourgeois qui dîne en ville.

— Tiens! il a raté son invitation, cria plaisamment Fagerolles. Vous ne voyez pas que ses femmes du monde l'ont laissé partir, et qu'il accourt manger notre gigot, parce qu'il ne sait plus où aller!

Il devint rouge, il balbutia :

— Oh! quelle idée! Etes-vous méchants!... Fichez-moi la paix à la fin!

Sandoz et Claude, placés côte à côte, souriaient et le premier appela Dubuche d'un signe, pour lui dire :

— Mets ton couvert toi-même, prends là un verre et

une assiette, et assieds-toi entre nous deux... Ils te laisseront tranquille.

Mais, tout le temps qu'on mangea le gigot, les plaisanteries continuèrent. Lui-même, quand la femme de ménage lui eut retrouvé une assiettée de soupe et une part de raie, se blagua, en bon enfant. Il affectait d'être affamé, torchait goulûment son assiette, et il racontait une histoire, une mère qui lui avait refusé sa fille, parce qu'il était architecte. La fin du dîner fut ainsi très bruyante, tous parlaient à la fois. Un morceau de brie, l'unique dessert, eut un succès énorme. On n'en laissa pas. Le pain faillit manquer. Puis, comme le vin manquait réellement, chacun avala une claire lampée d'eau, en faisant claquer sa langue, au milieu des grands rires. Et, la face fleurie, le ventre rond, avec la béatitude de gens qui viennent de se nourrir très richement, ils passèrent dans la chambre à coucher.

C'étaient les bonnes soirées de Sandoz. Même aux heures de misère, il avait toujours eu un pot-au-feu à partager avec les camarades. Cela l'enchantait, d'être en bande, tous amis, tous vivant de la même idée. Bien qu'il fût de leur âge, une paternité l'épanouissait, une bonhomie heureuse, quand il les voyait chez lui, autour de lui, la main dans la main, ivres d'espoir. Comme il n'avait qu'une pièce, sa chambre à coucher était à eux; et, la place manquant, deux ou trois devaient s'asseoir sur le lit. Par ces chaudes soirées d'été, la fenêtre restait ouverte au grand air du dehors, on apercevait dans la nuit claire deux silhouettes noires, dominant les maisons, la tour de Saint-Jacques du Haut-Pas et l'arbre des Sourds-Muets. Les jours de richesse, il y avait de la bière. Chacun apportait son tabac, la chambre s'emplissait vite de fumée, on finissait par causer sans se voir, très tard dans la nuit, au milieu du grand silence mélancolique de ce quartier perdu.

Ce jour-là, dès neuf heures, la femme de ménage vint dire :

— Monsieur, j'ai fini, puis-je m'en aller ?

— Oui, allez-vous-en... Vous avez laissé de l'eau au feu, n'est-ce pas ? Je ferai le thé moi-même.

Sandoz s'était levé. Il disparut derrière la femme de ménage, et ne rentra qu'au bout d'un quart d'heure. Sans doute, il était allé embrasser sa mère, dont il bordait le lit chaque soir, avant qu'elle s'endormît.

Mais le bruit des voix montait déjà, Fagerolles racontait une histoire.

— Oui, mon vieux, à l'Ecole, ils corrigent le modèle...
L'autre jour, Mazel s'approche et me dit : « Les deux
cuisses ne sont pas d'aplomb. » Alors, je lui dis : « Voyez,
monsieur, elle les a comme ça. » C'était la petite Flore
Beauchamp, vous savez. Et il me dit, furieux : « Si elle
les a comme ça, elle a tort. »

On se roula. Claude surtout, à qui Fagerolles contait
l'histoire, pour lui faire sa cour. Depuis quelque temps,
il subissait son influence; et, bien qu'il continuât de
peindre avec une adresse d'escamoteur, il ne parlait plus
que de peinture grasse et solide, que de morceaux de
nature, jetés sur la toile, vivants, grouillants, tels qu'ils
étaient; ce qui ne l'empêchait pas de blaguer ailleurs
ceux du plein air, qu'il accusait d'empâter leurs études
avec une cuiller à pot.

Dubuche, qui n'avait pas ri, froissé dans son honnêteté, osa répondre :

— Pourquoi restes-tu à l'Ecole, si tu trouves qu'on vous
y abrutit ? C'est bien simple, on s'en va... Oh! je
sais, vous êtes tous contre moi, parce que je défends
l'Ecole. Voyez-vous, mon idée est que, lorsqu'on veut
faire un métier, il n'est pas mauvais d'abord de l'apprendre.

Des cris féroces s'élevèrent, et il fallut à Claude toute
son autorité pour dominer les voix.

— Il a raison, on doit apprendre son métier. Seulement, ce n'est guère bon de l'apprendre sous la férule de
professeurs qui vous entrent de force dans la caboche
leur vision à eux... Ce Mazel, quel idiot! dire que les
cuisses de Flore Beauchamp ne sont pas d'aplomb!
Et des cuisses si étonnantes, hein ? vous les connaissez,
des cuisses qui la disent jusqu'au fond, cette enragée
noceuse-là!

Il se renversa sur le lit, où il se trouvait; et, les yeux
en l'air, il continua d'une voix ardente :

— Ah! la vie, la vie! la sentir et la rendre dans sa
réalité, l'aimer pour elle, y voir la seule beauté vraie,
éternelle et changeante, ne pas avoir l'idée bête de l'ano-
blir en la châtrant, comprendre que les prétendues laideurs ne sont que les saillies des caractères, et faire vivre,
et faire des hommes, la seule façon d'être Dieu!

Sa foi revenait, la course à travers Paris l'avait fouetté,
il était repris de sa passion de la chair vivante. On l'écoutait en silence. Il eut un geste fou, puis il se calma.

— Mon Dieu! chacun ses idées; mais l'embêtant,

c'est qu'ils sont encore plus intolérants que nous, à l'Institut... Le jury du Salon est à eux, je suis sûr que cet idiot de Mazel va me refuser mon tableau.

Et, là-dessus, tous partirent en imprécations, car cette question du jury était un éternel sujet de colère. On exigeait des réformes, chacun avait une solution prête, depuis le suffrage universel appliqué à l'élection d'un jury largement libéral, jusqu'à la liberté entière, le Salon libre pour tous les exposants.

Devant la fenêtre ouverte, pendant que les autres discutaient, Gagnière avait attiré Mahoudeau, et il murmurait d'une voix éteinte, les regards perdus dans la nuit :

— Oh! ce n'est rien, vois-tu, quatre mesures, une impression jetée. Mais ce qu'il y a là-dedans!... Pour moi, d'abord, c'est un paysage qui fuit, un coin de route mélancolique, avec l'ombre d'un arbre qu'on ne voit pas; et puis, une femme passe, à peine un profil; et puis, elle s'en va, et on ne la rencontrera jamais, jamais plus...

A ce moment, Fagerolles cria :

— Dis donc, Gagnière, qu'est-ce que tu envoies au Salon, cette année ?

Il n'entendit pas, il poursuivait, extasié :

— Dans Schumann, il y a tout, c'est l'infini... Et Wagner qu'ils ont encore sifflé dimanche!

Mais un nouvel appel de Fagerolles le fit sursauter.

— Hein ? quoi ? ce que j'enverrai au Salon ?... Un petit paysage peut-être, un coin de Seine. C'est si difficile, il faut avant tout que je sois content.

Il était redevenu brusquement timide et inquiet. Ses scrupules de conscience artistique le tenaient pendant des mois sur une toile grande comme la main. A la suite des paysagistes français, ces maîtres qui ont les premiers conquis la nature, il se préoccupait de la justesse du ton, de l'exacte observation des valeurs, en théoricien dont l'honnêteté finissait par alourdir la main. Et, souvent, il n'osait plus risquer une note vibrante, d'une tristesse grise qui étonnait, au milieu de sa passion révolutionnaire.

— Moi, dit Mahoudeau, je me régale à l'idée de les faire loucher, avec ma bonne femme.

Claude haussa les épaules.

— Oh! toi, tu seras reçu : les sculpteurs sont plus larges que les peintres. Et, du reste, tu sais très bien ton affaire, tu as dans les doigts quelque chose qui plaît... Elle sera pleine de jolies choses, ta Vendangeuse.

Ce compliment laissa Mahoudeau sérieux, car il posait pour la force, il s'ignorait et méprisait la grâce, une grâce invincible qui repoussait, quand même de ses gros doigts d'ouvrier sans éducation, comme une fleur qui s'entête dans le dur terrain où un coup de vent l'a semée.

Fagerolles, très malin, n'exposait pas, de peur de mécontenter ses maîtres; et il tapait sur le Salon, un bazar infect où la bonne peinture tournait à l'aigre avec la mauvaise. En secret, il rêvait le prix de Rome, qu'il plaisantait d'ailleurs comme le reste.

Mais Jory se planta au milieu de la chambre, son verre de bière au poing. Tout en le vidant à petits coups, il déclara :

— A la fin, il m'embête, le jury!... Dites donc, voulez-vous que je le démolisse ? Dès le prochain numéro, je commence, je le bombarde. Vous me donnerez des notes, n'est-ce pas ? et nous le flanquons par terre... Ce sera rigolo.

Claude acheva de se monter, ce fut un enthousiasme général. Oui, oui, il fallait faire campagne! Tous en étaient, tous se pressaient pour se mieux sentir les coudes et marcher au feu ensemble. Il n'y en avait pas un, à cette minute, qui réservât sa part de gloire, car rien ne les séparait encore, ni leurs profondes dissemblances qu'ils ignoraient, ni les rivalités qui devaient les heurter un jour. Est-ce que le succès de l'un n'était pas le succès des autres ? Leur jeunesse fermentait, ils débordaient de dévouement, ils recommençaient l'éternel rêve de s'enrégimenter pour la conquête de la terre, chacun donnant son effort, celui-ci poussant celui-là, la bande arrivant d'un bloc, sur le même rang. Déjà Claude, en chef accepté, sonnait la victoire, distribuait des couronnes. Fagerolles lui-même, malgré sa blague de Parisien, croyait à la nécessité d'être une armée; tandis que, plus épais d'appétits, mal débarbouillé de sa province, Jory se dépensait en camaraderie utile, prenant au vol des phrases, préparant là ses articles. Et Mahoudeau exagérait ses brutalités voulues, les mains convulsées, ainsi qu'un geindre dont les poings pétriraient un monde; et Gagnière, pâmé, dégagé du gris de sa peinture, raffinait la sensation jusqu'à l'évanouissement final de l'intelligence; et Dubuche, de conviction pesante, ne jetait que des mots, mais des mots pareils à des coups de massue, en plein milieu des obstacles. Alors, Sandoz, bien heureux, riant d'aise à les voir si unis, tous dans la même chemise, comme il disait, déboucha une nouvelle bouteille de bière. Il aurait vidé la maison, il cria :

— Hein ? nous y sommes, ne lâchons plus... Il n'y a que ça de bon, s'entendre quand on a des choses dans la caboche, et que le tonnerre de Dieu emporte les imbéciles !

Mais, à ce moment, un coup de sonnette le stupéfia. Au milieu du silence brusque des autres, il reprit :

— A onze heures ! qui diable est-ce donc ?

Il courut ouvrir, on l'entendit jeter une exclamation joyeuse. Déjà, il revenait, ouvrant la porte toute grande, disant :

— Ah ! que c'est gentil, de nous aimer un peu et de nous surprendre !... Bongrand, messieurs !

Le grand peintre, que le maître de la maison annonçait ainsi, avec une familiarité respectueuse, s'avança, les mains tendues. Tous se levèrent vivement, émotionnés, heureux de cette poignée de main si large et si cordiale. C'était un gros homme de quarante-cinq ans, la face tourmentée, sous de longs cheveux gris. Il venait d'entrer à l'Institut, et le simple veston d'alpaga qu'il portait, avait à la boutonnière une rosette d'officier de la Légion d'honneur. Mais il aimait la jeunesse, ses meilleures escapades étaient de tomber là, de loin en loin, pour fumer une pipe, au milieu de ces débutants, dont la flamme le réchauffait.

— Je vais faire le thé, cria Sandoz.

Et, quand il revint de la cuisine avec la théière et des tasses, il trouva Bongrand installé, à califourchon sur une chaise, fumant sa courte pipe de terre, dans le vacarme qui avait repris. Bongrand lui-même parlait d'une voix de tonnerre, petit-fils d'un fermier beauceron, fils d'un père bourgeois, de sang paysan, affiné par une mère très artiste. Il était riche, n'avait pas besoin de vendre, et gardait des goûts et des opinions de bohème.

— Leur jury, ah bien ! j'aime mieux crever que d'en être ! disait-il avec de grands gestes. Est-ce que je suis un bourreau pour flanquer dehors de pauvres diables, qui ont souvent leur pain à gagner ?

— Cependant, fit remarquer Claude, vous pourriez nous rendre un fameux service, en y défendant nos tableaux.

— Moi, laissez donc ! je vous compromettrai... Je ne compte pas, je ne suis personne.

Il y eut une clameur de protestation, Fagerolles lança d'une voix aiguë :

— Alors, si le peintre de *la Noce au village* ne compte pas!

Mais Bongrand s'emportait, debout, le sang aux joues.

— Fichez-moi la paix, hein! avec *la Noce*. Elle commence à m'embêter, *la Noce*, je vous en avertis... Vraiment, elle tourne pour moi au cauchemar, depuis qu'on l'a mise au musée du Luxembourg.

Cette *Noce au village* restait jusque-là son chef-d'œuvre : une noce débandée à travers les blés, des paysans étudiés de près, et très vrais, qui avaient une allure épique de héros d'Homère. De ce tableau datait une évolution, car il avait apporté une formule nouvelle. A la suite de Delacroix, et parallèlement à Courbet, c'était un romantisme tempéré de logique, avec plus d'exactitude dans l'observation, plus de perfection dans la facture, sans que la nature y fût encore abordée de front, sous les crudités du plein air. Pourtant, toute la jeune école se réclamait de cet art.

— Il n'y a rien de beau, dit Claude, comme les deux premiers groupes, le joueur de violon, puis la mariée avec le vieux paysan.

— Et la grande paysanne donc, s'écria Mahoudeau, celle qui se retourne et qui appelle d'un geste!... J'avais envie de la prendre pour une statue.

— Et le coup de vent dans les blés, ajouta Gagnière, et les deux taches si jolies de la fille et du garçon qui se poussent, très loin!

Bongrand écoutait d'un air gêné, avec un sourire de souffrance. Comme Fagerolles lui demandait ce qu'il faisait en ce moment, il répondit avec un haussement d'épaules :

— Mon Dieu! rien, des petites choses... Je n'exposerai pas, je voudrais trouver un coup... Ah! que vous êtes heureux, vous autres, d'être encore au pied de la montagne! On a de si bonnes jambes, on est si brave, quand il s'agit de monter là-haut! Et puis, lorsqu'on y est, va te faire fiche! les embêtements commencent. Une vraie torture, et des coups de poing et des efforts sans cesse renaissants, dans la crainte d'en dégringoler trop vite!... Ma parole! on préférerait être en bas, pour avoir encore tout à faire. Riez, vous verrez, vous verrez un jour!

La bande riait en effet, croyant à un paradoxe, à une pose d'homme célèbre, qu'elle excusait d'ailleurs. Est-ce que la suprême joie n'était pas d'être salué comme lui du nom de maître ? Les deux bras appuyés au dossier de sa chaise, il renonça à se faire comprendre, il les écouta, silencieux, en tirant de sa pipe de lentes fumées.

Cependant, Dubuche, qui avait des qualités d'homme de ménage, aidait Sandoz à servir le thé. Et le vacarme continua. Fagerolles racontait une histoire impayable du père Malgras, une cousine à sa femme, qu'il prêtait, quand on voulait bien lui en faire une académie. Puis, la conversation tomba sur les modèles, Mahoudeau était furieux, parce que les beaux ventres s'en allaient : impossible d'avoir une fille avec un ventre propre. Mais, brusquement, le tumulte grandit, on félicitait Gagnière au sujet d'un amateur qu'il avait connu à la musique du Palais-Royal, un petit rentier maniaque dont l'unique débauche était d'acheter de la peinture. En riant, les autres demandaient l'adresse. Tous les marchands furent conspués, il était vraiment fâcheux que l'amateur se défiât du peintre, au point de vouloir absolument passer par un intermédiaire, dans l'espoir d'obtenir un rabais. Cette question du pain les excitait encore. Claude montrait un beau mépris : on était volé, eh bien ! qu'est-ce que ça fichait, si l'on avait fait un chef-d'œuvre, et que l'on eût seulement de l'eau à boire ? Jory, ayant de nouveau exprimé des idées basses de lucre, souleva une indignation. A la porte, le journaliste ! On lui posait des questions sévères : est-ce qu'il vendrait sa plume ? est-ce qu'il ne se couperait pas le poignet, plutôt que d'écrire le contraire de sa pensée ? Du reste, on n'écouta pas sa réponse, la fièvre montait toujours, c'était maintenant la belle folie des vingt ans, le dédain du monde entier, la seule passion de l'œuvre, dégagée des infirmités humaines, mise en l'air comme un soleil. Quel désir ! se perdre, se consumer dans ce brasier qu'ils allumaient !

Bongrand, jusque-là immobile, eut son geste vague de souffrance, devant cette confiance illimitée, cette joie bruyante de l'assaut. Il oubliait les cent toiles qui avaient fait sa gloire, il pensait à l'accouchement de l'œuvre dont il venait de laisser l'ébauche sur son chevalet. Et, retirant de la bouche sa petite pipe, il murmura, les yeux mouillés d'attendrissement :

— Oh ! jeunesse, jeunesse !

Jusqu'à deux heures du matin, Sandoz, qui se multipliait, remit de l'eau chaude dans la théière. On n'entendait plus monter du quartier, anéanti de sommeil, que les jurements d'une chatte en folie. Tous divaguaient,

grisés de paroles, la gorge arrachée, les yeux brûlés; et
lui, lorsqu'ils se décidèrent enfin à partir, prit la lampe,
les éclaira par-dessus la rampe de l'escalier, en disant
très bas :

— Ne faites pas de bruit, ma mère dort.

La dégringolade assourdie des souliers le long des
marches alla en s'affaiblissant, et la maison retomba dans
un grand silence.

Quatre heures sonnaient. Claude, qui accompagnait
Bongrand, causait toujours, à travers les rues désertes.
Il ne voulait pas se coucher, il attendait le soleil avec
une rage d'impatience, pour se remettre à son tableau.
Cette fois, il était certain de faire un chef-d'œuvre,
exalté par cette bonne journée de camaraderie, la tête
douloureuse et grosse d'un monde. Enfin, il avait trouvé
la peinture, il se voyait rentrant dans son atelier comme
on retourne chez une femme adorée, le cœur battant à
grands coups, désespéré maintenant de cette absence
d'un jour, qui lui semblait un abandon sans fin; et il
allait droit à sa toile, et en une séance il réalisait son
rêve. Cependant, tous les vingt pas, à la clarté vacillante
des becs de gaz, Bongrand l'arrêtait par un bouton de
son paletot, en lui répétant que cette sacrée peinture était
un métier du tonnerre de Dieu. Ainsi, lui, Bongrand,
avait beau être un malin, il n'y entendait rien encore.
A chaque œuvre nouvelle, il débutait, c'était à se casser
la tête contre les murs. Le ciel s'éclairait, des maraîchers
commençaient à descendre vers les Halles. Et l'un et
l'autre continuaient à vaguer, chacun parlant pour lui,
très haut, sous les étoiles pâlissantes.

IV

Six semaines plus tard, Claude peignait un matin, dans un flot de soleil, qui tombait par la baie vitrée de l'atelier. Des pluies continues avaient attristé le milieu d'août, et le courage au travail lui revenait avec le ciel bleu. Son grand tableau n'avançait guère, il s'y appliquait pendant de longues matinées silencieuses, en artiste combattu et obstiné.

On frappa. Il crut que c'était Mme Joseph, la concierge, qui lui montait son déjeuner; et, comme la clef restait toujours sur la porte, il cria simplement :

— Entrez!

La porte s'était ouverte, il y eut un remuement léger, puis tout cessa. Lui, continuait de peindre, sans même tourner la tête. Mais ce silence frissonnant, une vague haleine qui palpitait, finirent par l'inquiéter. Il regarda, il demeura stupéfait : une femme était là, vêtue d'une robe claire, le visage à demi caché sous une voilette blanche; et il ne la connaissait point, et elle tenait une botte de roses, qui achevait de l'ahurir.

Tout d'un coup, il la reconnut.

— Vous, mademoiselle!... Ah bien! si je songeais à vous!

C'était Christine. Il n'avait pu rattraper à temps ce cri peu aimable, qui était le cri même de la vérité. D'abord, elle l'avait préoccupé de son souvenir; ensuite, à mesure que les jours s'écoulaient, depuis près de deux mois qu'elle ne donnait pas signe de vie, elle était passée à l'état de vision fuyante et regrettée, de profil charmant qui se perd et qu'on ne doit jamais revoir.

— Oui, c'est moi, monsieur... J'ai pensé que c'était mal de ne pas vous remercier...

Elle rougissait, elle balbutiait, ne pouvant trouver les

mots. Sans doute, la montée de l'escalier l'avait essoufflée, car son cœur battait très fort. Eh quoi ? était-ce donc
déplacé, cette visite, raisonnée si longtemps, et qui avait
fini par lui sembler toute naturelle ? Le pis était qu'en
passant sur le quai, elle venait d'acheter cette botte de
roses, dans l'intention délicate de témoigner sa gratitude
à ce garçon; et ces fleurs la gênaient horriblement. Comment les lui donner ? Qu'allait-il penser d'elle ? L'inconvenance de toutes ces choses ne lui était apparue qu'en
ouvrant la porte.

Mais Claude, plus troublé encore, se jetait à une exagération de politesse. Il avait lâché sa palette, il bouleversait
l'atelier pour débarrasser une chaise.

— Mademoiselle, je vous en prie, asseyez-vous...
Vraiment, c'est une surprise... Vous êtes trop charmante...

Alors, quand elle fut assise, Christine se calma. Il
était si drôle avec ses grands gestes éperdus, elle le sentait
lui-même si timide, qu'elle eut un sourire. Et elle lui tendit les roses, bravement.

— Tenez! c'est pour que vous sachiez que je ne suis
pas une ingrate.

Il ne dit rien d'abord, la contempla, saisi. Lorsqu'il eut
vu qu'elle ne se moquait pas, il lui serra les deux mains,
à les briser; puis, il mit tout de suite le bouquet dans son
pot à eau, en répétant :

— Ah! par exemple, vous êtes un bon garçon, vous!...
C'est la première fois que je fais ce compliment à une
femme, parole d'honneur!

Il revint, il lui demanda, ses yeux dans les siens.

— Vrai, vous ne m'avez pas oublié ?

— Vous le voyez bien, répondit-elle en riant.

— Pourquoi alors avez-vous attendu deux mois ?

De nouveau, elle rougit. Le mensonge qu'elle faisait,
lui rendit un instant son embarras.

— Mais je ne suis pas libre, vous le savez... Oh!
Mme Vanzade est très bonne pour moi; seulement, elle
est impotente, elle ne sort jamais; et il a fallu qu'elle-
même, inquiète de ma santé, me forçât à prendre l'air.

Elle ne disait pas la honte où son aventure du quai de
Bourbon l'avait jetée, les premiers jours. En se retrouvant
à l'abri, dans la maison de la vieille dame, le souvenir de la
nuit passée chez un homme l'avait tracassée de remords,
comme une faute; et elle croyait être parvenue à chasser
cet homme de sa mémoire, ce n'était plus qu'un mauvais
rêve, dont les contours s'effaçaient. Puis, sans qu'elle sût

comment, au milieu du grand calme de son existence nouvelle, l'image était ressortie de l'ombre, en se précisant, en s'accentuant, jusqu'à devenir l'obsession de toutes ses heures. Pourquoi donc l'aurait-elle oublié ? elle ne trouvait à lui faire aucun reproche au contraire, ne lui devait-elle pas de la gratitude ? La pensée de le revoir, repoussée d'abord, longtemps combattue ensuite, avait ainsi tourné en elle à l'idée fixe. Chaque soir, la tentation la reprenait dans la solitude de sa chambre, un malaise dont elle s'irritait, un désir ignoré d'elle-même; et elle ne s'était apaisée un peu qu'en s'expliquant ce trouble par son besoin de reconnaissance. Elle était si seule, si étouffée, dans cette demeure somnolente! le flot de sa jeunesse bouillonnait si fort, son cœur avait une si grosse envie d'amitié!

— Alors, continua-t-elle, j'ai profité de ma première sortie... Et puis, il faisait tellement beau, ce matin, après toutes ces averses maussades!

Claude, heureux, debout devant elle, se confessa lui aussi, mais sans avoir rien à cacher.

— Moi, je n'osais plus songer à vous... N'est-ce pas ? vous êtes comme ces fées des contes qui sortent du plancher et qui rentrent dans les murs, toujours au moment où l'on ne s'y attend pas. Je me disais : C'est fini, ce n'est peut-être pas vrai, qu'elle a traversé cet atelier... Et vous voilà, et ça me fait un plaisir, oh! un fier plaisir!.

Souriante et gênée, Christine tournait la tête, affectait maintenant de regarder autour d'elle. Son sourire disparut, la peinture féroce qu'elle retrouvait là, les flamboyantes esquisses du Midi, l'anatomie terriblement exacte des études, la glaçaient comme la première fois. Elle fut reprise d'une véritable crainte, elle dit, sérieuse, la voix changée :

— Je vous dérange, je m'en vais.

— Mais non! mais non! cria Claude en l'empêchant de quitter sa chaise. Je m'abrutissais au travail, ça me fait du bien de causer avec vous... Ah! ce sacré tableau, il me torture assez déjà!

Et Christine, levant les yeux, regarda le grand tableau, cette toile, tournée l'autre fois contre le mur, et qu'elle avait eu en vain le désir de voir.

Les fonds, la clairière sombre trouée d'une nappe de soleil, n'étaient toujours qu'indiqués à larges coups. Mais les deux petites lutteuses, la blonde et la brune, presque terminées, se détachaient dans la lumière, avec leurs deux notes si fraîches. Au premier plan, le monsieur, recommencé trois fois, restait en détresse. Et c'était surtout à la figure centrale, à la femme couchée que le peintre travaillait : il n'avait plus repris la tête, il s'acharnait sur le corps, changeant de modèle chaque semaine, si désespéré de ne pas se satisfaire, que, depuis deux jours, lui qui se flattait de ne pouvoir inventer, il cherchait sans document, en dehors de la nature.

Christine, tout de suite, se reconnut. C'était elle, cette fille, vautrée dans l'herbe, un bras sous la nuque, souriant sans regard, les paupières closes. Cette fille nue avait son visage, et une révolte la soulevait, comme si elle avait eu son corps, comme si, brutalement, l'on eût déshabillé là toute sa nudité de vierge. Elle était surtout blessée par l'emportement de la peinture, si rude, qu'elle s'en trouvait violentée, la chair meurtrie. Cette peinture, elle ne la comprenait pas, elle la jugeait exécrable, elle se sentait contre elle une haine, la haine instinctive d'une ennemie.

Elle se mit debout, elle répéta d'une voix brève :

— Je m'en vais.

Claude la suivait des yeux, étonné et chagrin de ce changement brusque.

— Comment, si vite ?

— Oui, l'on m'attend. Adieu !

Et elle était à la porte déjà, lorsqu'il put lui prendre la main. Il osa lui demander :

— Quand vous reverrai-je ?

Sa petite main mollissait dans la sienne. Un moment, elle parut hésitante.

— Mais je ne sais pas. Je suis si occupée !

Puis, elle se dégagea, elle s'en alla, en disant très vite :

— Quand je le pourrai, un de ces jours... Adieu !

Claude était resté planté sur le seuil. Quoi ? qu'avait-elle eu encore, cette subite réserve, cette irritation sourde ? Il referma la porte, il marcha, les bras ballants, sans comprendre, cherchant en vain la phrase, le geste qui avait pu la blesser. La colère le prenait à son tour, un juron jeté dans le vide, un terrible haussement d'épaules, comme pour se débarrasser de cette préoccupation imbécile. Est-ce qu'on savait jamais, avec les femmes ! Mais la vue du bouquet de roses, débordant du pot à eau, l'apaisa, tant il sentait bon. Toute la pièce en était embaumée ; et, silencieux, il se remit au travail, dans ce parfum.

Deux nouveaux mois se passèrent. Claude, les premiers
jours, au moindre bruit, le matin, lorsque Mme Joseph
lui apportait son déjeuner ou des lettres, tournait vivement la tête, avait un geste involontaire de désappointe-
ment. Il ne sortait plus avant quatre heures, et la
concierge lui ayant dit, un soir, comme il rentrait,
qu'une jeune fille était venue le demander vers
cinq heures, il ne s'était calmé qu'en reconnaissant un
modèle, Zoé Piédefer, dans la visiteuse. Puis, les jours
suivant les jours, il avait eu une crise furieuse de travail,
inabordable pour tous, d'une violence de théories telle,
que ses amis eux-mêmes n'osaient le contrarier. Il balayait
le monde d'un geste, il n'y avait plus que la peinture, on
devait égorger les parents, les camarades, les femmes surtout! De cette fièvre chaude, il était tombé dans un abominable désespoir, une semaine d'impuissance et de
doute, toute une semaine de torture à se croire frappé de
stupidité. Et il se remettait, il avait repris son train habituel, sa lutte résignée et solitaire contre son tableau,
lorsque, par une matinée brumeuse de la fin d'octobre, il
tressaillit et posa rapidement sa palette. On n'avait pas
frappé, mais il venait de reconnaître un pas qui montait.
Il ouvrit, et elle entra. C'était elle enfin.

Christine, ce jour-là, portait un large manteau de laine
grise qui l'enveloppait tout entière. Son petit chapeau de
velours était sombre, et le brouillard du dehors avait
emperlé sa voilette de dentelle noire. Mais il la trouva très
gaie, dans ce premier frisson de l'hiver. Elle s'excusa
d'avoir tardé si longtemps à revenir; et elle souriait de son
air franc, elle avouait qu'elle avait hésité, qu'elle avait
bien failli ne plus vouloir : oui, des idées à elle, des
choses qu'il devait comprendre. Il ne comprenait pas, il
ne demandait pas à comprendre, puisqu'elle était là. Cela
suffisait qu'elle ne fût point fâchée, qu'elle consentît à
monter ainsi de temps à autre, en bonne camarade. Il n'y
eut pas d'explication, chacun garda le tourment et le combat des jours passés. Pendant près d'une heure, ils causèrent, très d'accord, sans rien de caché ni d'hostile
désormais, comme si l'entente s'était faite à leur insu,
loin l'un de l'autre. Elle ne sembla même pas voir les
esquisses et les études des murs. Un instant, elle regarda
fixement la grande toile, la figure de femme nue, couchée
dans l'herbe, sous l'or flambant du soleil. Non, ce n'était
pas elle, cette fille n'avait ni son visage ni son corps :
comment avait-elle pu se reconnaître, dans cet épouvan-

table gâchis de couleurs ? Et son amitié s'attendrit d'une pointe de pitié pour ce brave garçon, qui ne faisait pas même ressemblant. Au départ, sur le seuil, ce fut elle qui lui tendit cordialement la main.

— Vous savez, je reviendrai.

— Oui, dans deux mois.

— Non, la semaine prochaine... Vous verrez bien. A jeudi.

Le jeudi, elle reparut, très exacte. Et, dès lors, elle ne cessa plus de venir, une fois par semaine, d'abord sans date régulière, au hasard de ses jours libres; puis, elle choisit le lundi, Mme Vanzade lui ayant accordé ce jour-là, pour marcher et respirer au plein air du Bois de Boulogne. Elle devait être rentrée à onze heures, elle se hâtait à pied, elle arrivait toute rose d'avoir couru, car il y avait une bonne course de Passy au quai de Bourbon. Pendant quatre mois d'hiver, d'octobre à février, elle s'en vint ainsi sous les pluies battantes, sous les brouillards de la Seine, sous les pâles soleils qui attiédissaient les quais. Même, dès le deuxième mois, elle arriva parfois à l'improviste, un autre jour de la semaine, profitant d'une course dans Paris pour monter; et elle ne pouvait s'attarder plus de deux minutes, on avait tout juste le temps de se dire bonjour : déjà, elle redescendait l'escalier, en criant bonsoir.

Maintenant, Claude commençait à connaître Christine. Dans son éternelle méfiance de la femme, un soupçon lui était resté, l'idée d'une aventure galante en province; mais les yeux doux, le rire clair de la jeune fille, avaient tout emporté, il la sentait d'une innocence de grande enfant. Dès qu'elle arrivait, sans un embarras, à l'aise comme chez un ami, c'était pour bavarder, d'un flot intarissable. Vingt fois, elle lui avait raconté son enfance à Clermont, et elle y revenait toujours. Le soir où son père, le capitaine Hallegrain, avait eu sa dernière attaque, foudroyé, tombé de son fauteuil ainsi qu'une masse, sa mère et elle étaient à l'église. Elle se rappelait parfaitement leur retour, puis la nuit affreuse, le capitaine très gros, très fort, allongé sur un matelas, avec sa mâchoire inférieure qui avançait; si bien que, dans sa mémoire de gamine, elle ne pouvait le revoir autrement. Elle aussi avait cette mâchoire-là, sa mère lui criait, quand elle ne savait de quelle façon la dompter : « Ah! menton de galoche, tu te mangeras le sang comme ton père! » Pauvre mère! l'avait-elle assez étourdie de ses jeux vio-

lents, de ses crises folles de tapage! Aussi loin qu'elle
pouvait remonter, elle la trouvait devant la même
fenêtre, petite, fluette, peignant sans bruit ses éventails,
avec des yeux doux, tout ce qu'elle tenait d'elle aujour-
d'hui. On le lui disait parfois, à la chère femme, voulant
lui faire plaisir : « Elle a vos yeux. » Et elle souriait, elle
était heureuse d'être au moins pour ce coin de douceur,
dans le visage de sa fille. Depuis la mort de son mari, elle
travaillait si tard, que sa vue se perdait. Comment vivre ?
la pension de veuve, les six cents francs qu'elle touchait,
suffisait à peine aux besoins de l'enfant. Pendant cinq
années, celle-ci avait vu sa mère pâlir et maigrir, s'en
aller un peu chaque jour, jusqu'à n'être plus qu'une
ombre; et elle gardait le remords de n'avoir pas été très
sage, la désespérant par son manque d'application au
travail, recommençant tous les lundis de beaux projets,
jurant de l'aider bientôt à gagner de l'argent; mais ses
jambes et ses bras partaient malgré son effort, elle tombait
malade, dès qu'elle restait tranquille. Alors, un matin, sa
mère n'avait pu se lever, et elle était morte, la voix éteinte,
les yeux pleins de grosses larmes. Toujours, elle l'avait
ainsi présente, morte déjà, les yeux grands ouverts et pleurant encore, fixés sur elle.

D'autres fois, Christine, questionnée par Claude sur
Clermont, oubliait tout ce deuil, pour lâcher les gais souvenirs. Elle riait à belles dents de leur campement, rue de
l'Eclache, elle née à Strasbourg, le père Gascon, la mère
Parisienne, tous les trois jetés dans cette Auvergne, qu'ils
abominaient. La rue de l'Eclache, qui descend au jardin
des Plantes, étroite et humide, était d'une mélancolie de
caveau; pas une boutique, jamais un passant, rien que les
façades mornes, aux volets toujours fermés; mais, vers le
midi, dominant des cours intérieures, les fenêtres de leur
logement avaient la joie du grand soleil. Même la salle à
manger ouvrait sur un large balcon, une sorte de galerie
de bois, dont les arcades étaient garnies d'une glycine
géante, qui les enfouissait dans sa verdure. Et elle y avait
grandi, d'abord près de son père infirme, ensuite cloîtrée
avec sa mère que la moindre sortie épuisait; elle ignorait si
complètement la ville et les environs, qu'elle et Claude
finissaient par s'égayer, lorsqu'elle accueillait ses questions d'un éternel : Je ne sais pas. Les montagnes ? oui, il
y avait des montagnes d'un côté, on les apercevait au bout
des rues. Tandis que, de l'autre côté, en enfilant d'autres
rues, on voyait des champs plats, à l'infini; mais on n'y

allait pas, c'était trop loin. Elle reconnaissait seulement le
Puy de Dôme, tout rond, pareil à une bosse. Dans la ville,
elle se serait rendue à la cathédrale, les yeux fermés : on
faisait le tour par la place de Jaude, on prenait la rue des
Gras ; et il ne fallait point lui en demander davantage, le
reste s'enchevêtrait, des ruelles et des boulevards en
pente, une cité de lave noire qui dévalait, où les pluies
d'orage roulaient comme des fleuves, sous de formidables
éclats de foudre. Oh ! les orages de là-bas, elle en frissonnait encore ! Devant sa chambre, au-dessus des toits,
le paratonnerre du Musée était toujours en feu. Elle
avait, dans la salle à manger qui servait aussi de salon, une
fenêtre à elle, une profonde embrasure, grande comme
une pièce, où se trouvaient sa table de travail et ses
petites affaires. C'était là que sa mère lui avait appris à
lire ; c'était là que, plus tard, elle s'endormait en écoutant
ses professeurs, tellement la fatigue des leçons l'étourdissait. Aussi, maintenant, se moquait-elle de son ignorance :
ah ! une demoiselle bien instruite, qui n'aurait pas su dire
seulement tous les noms des rois de France, avec les
dates ! une musicienne fameuse qui en était restée aux
« Petits bateaux » ! une aquarelliste prodige, qui ratait les
arbres, parce que les feuilles étaient trop difficiles à imi-
ter ! Brusquement, elle sautait aux quinze mois qu'elle
avait passés à la Visitation, après la mort de sa mère, un
grand couvent, hors de la ville, avec des jardins magnifiques ; et les histoires de bonnes sœurs ne tarissaient plus,
des jalousies, des niaiseries, des innocences à faire trembler. Elle devait entrer en religion, elle suffoquait à
l'église. Tout lui semblait fini, lorsque la supérieure qui
l'aimait beaucoup, l'avait elle-même détournée du cloître,
en lui procurant cette place, chez Mme Vanzade. Une
surprise lui en restait, comment la mère des Saints-
Anges avait-elle lu si clairement en elle ? car, depuis
qu'elle habitait Paris, elle était en effet tombée à une
complète indifférence religieuse.

Alors, quand les souvenirs de Clermont se trouvaient
épuisés, Claude voulait savoir quelle était sa vie chez
Mme Vanzade ; et, chaque semaine, elle lui donnait de
nouveaux détails. Dans le petit hôtel de Passy, silencieux
et fermé, l'existence passait régulière, avec le tic-tac affai-
bli des vieilles horloges. Deux serviteurs antiques, une
cuisinière et un valet de chambre, depuis quarante ans
dans la famille, traversaient seuls les pièces vides, sans
un bruit de leurs pantoufles, d'un pas de fantômes. Par-

fois, de loin en loin, venait une visite, quelque général octogénaire, si desséché, qu'il pesait à peine sur les tapis. C'était la maison des ombres, le soleil s'y mourait en lueurs de veilleuse, à travers les lames des persiennes. Depuis que Madame, prise par les genoux et devenue aveugle, ne quittait plus sa chambre, elle n'avait d'autre distraction que de se faire lire des livres de piété, interminablement. Ah! ces lectures sans fin, comme elles pesaient à la jeune fille! Si elle avait su un métier, avec quelle joie elle aurait coupé des robes, épinglé des chapeaux, gaufré des pétales de fleurs! Dire qu'elle n'était capable de rien, qu'elle avait tout appris, et qu'il n'y avait en elle que l'étoffe d'une fille à gages, d'une demi-domestique! Et puis, elle souffrait de cette demeure close, rigide, qui sentait la mort; elle était reprise des étourdissements de son enfance, quand jadis elle voulait se forcer au travail, pour faire plaisir à sa mère; une rébellion de son sang la soulevait, elle aurait crié et sauté, ivre du besoin de vivre. Mais Madame la traitait si doucement, la renvoyant de sa chambre, lui ordonnant de longues promenades, qu'elle était pleine de remords, lorsque, au retour du quai de Bourbon, elle devait mentir, parler du Bois de Boulogne, inventer une cérémonie à l'église, où elle ne mettait plus les pieds. Chaque jour, Madame semblait éprouver pour elle une tendresse plus grande, c'étaient sans cesse des cadeaux, une robe de soie, une petite montre ancienne, jusqu'à du linge; et elle-même aimait beaucoup Madame, elle avait pleuré un soir que celle-ci l'appelait sa fille, elle jurait de ne la quitter jamais maintenant, le cœur noyé de pitié, à la voir si vieille et si infirme.

— Bah! dit Claude un matin, vous serez récompensée, elle vous fera son héritière.

Christine demeura saisie.

— Oh! pensez-vous?... On dit qu'elle a trois millions... Non, non, je n'y ai jamais songé, je ne veux pas, qu'est-ce que je deviendrais?

Claude s'était détourné, et il ajouta d'une voix brusque :

— Vous deviendriez riche, parbleu!... D'abord sans doute, elle vous mariera.

Mais, à ce mot, elle l'interrompit d'un éclat de rire.

— Avec un de ses vieux amis, le général qui a un menton en argent... Ah! la bonne folie!

Tous deux en restaient à une camaraderie de vieilles connaissances. Il était presque aussi neuf qu'elle en

toutes choses, n'ayant connu que des filles de hasard,
vivant au-dessus du réel, dans des amours romantiques.
Cela leur semblait naturel et très simple, à elle comme à
lui, de se voir de la sorte en secret, par amitié, sans autre
galanterie qu'une poignée de main à l'arrivée et qu'une
poignée de main au départ. Lui, ne se questionnait même
plus sur ce qu'elle pouvait savoir de la vie et de l'homme,
dans ses ignorances de demoiselle honnête; et c'était elle
qui le sentait timide, qui le regardait fixement parfois,
avec le vacillement des yeux, le trouble étonné de la passion qui s'ignore. Mais rien encore de brûlant ni d'agité
ne gâtait le plaisir qu'ils éprouvaient d'être ensemble.
Leurs mains demeuraient fraîches, ils parlaient de tout
gaiement, ils se disputaient parfois, en amis certains de
ne jamais se fâcher. Seulement, cette amitié devenait si
vive, qu'ils ne pouvaient plus vivre l'un sans l'autre.

Dès que Christine était là, Claude enlevait la clef de
la porte. Elle-même l'exigeait : de cette façon, personne
ne viendrait les déranger. Au bout de quelques visites,
elle avait pris possession de l'atelier, elle y semblait chez
elle. Une idée d'y mettre un peu d'ordre la tourmentait,
car elle souffrait nerveusement, au milieu d'un pareil
abandon; mais ce n'était point besogne facile, le peintre
défendait à Mme Joseph de balayer, de peur que la poussière ne couvrît ses toiles fraîches; et, les premières fois,
lorsque son amie tentait un bout de nettoyage, il la suivait d'un regard inquiet et suppliant. A quoi bon changer les choses de place ? est-ce qu'il ne suffisait pas de
les avoir sous la main ? Pourtant, elle montrait une obstination si gaie, elle paraissait si heureuse de jouer à la
ménagère, qu'il avait fini par la laisser libre. Maintenant,
à peine arrivée, dégantée, la jupe épinglée pour ne pas
la salir, elle bousculait tout, elle rangeait la vaste pièce
en trois tours. Devant le poêle, on ne voyait plus un tas
de cendre accumulée; le paravent cachait le lit et la toilette; le divan était brossé, l'armoire frottée et luisante,
la table de sapin désencombrée de la vaisselle, nette de
taches de couleurs; et au-dessus des chaises posées en
belle symétrie, des chevalets boiteux appuyés aux murs,
le coucou énorme, épanouissant ses fleurs de carmin,
avait l'air de battre d'un tic-tac plus sonore. C'était
magnifique, on n'aurait pas reconnu la pièce. Lui, stupéfait, la regardait aller, venir, tourner en chantant.
Etait-ce donc cette paresseuse qui avait des migraines
intolérables, au moindre travail ? Mais elle riait : le tra-

vail de tête, oui; tandis que le travail des pieds et des mains, au contraire, lui faisait du bien, la redressait comme un jeune arbre. Elle avouait, ainsi qu'une dépravation, son goût pour les soins bas du ménage, ce goût qui désespérait sa mère, dont l'idéal d'éducation était l'art d'agrément, l'institutrice aux mains fines, ne touchant à rien. Aussi que de remontrances, quand on la surprenait, toute petite, balayant, torchonnant, jouant à la cuisinière avec délices! Encore aujourd'hui, si elle avait pu se battre contre la poussière, chez Mme Vanzade, elle se serait moins ennuyée. Seulement, qu'aurait-on dit? Du coup, elle n'aurait plus été une dame. Et elle venait se satisfaire quai de Bourbon, essoufflée de tant d'exercice, avec des yeux de pécheresse qui mord au fruit défendu.

Claude, à cette heure, sentait autour de lui les bons soins d'une femme. Pour la faire asseoir et causer tranquillement, il lui demandait, parfois, de recoudre un poignet arraché, un pan de veston déchiré. D'elle-même, elle avait bien offert de visiter son linge. Mais ce n'était plus sa belle flamme de ménagère qui s'agite. D'abord, elle ne savait pas, elle tenait son aiguille en fille élevée dans le mépris de la couture. Puis, cette immobilité, cette attention, ces petits points à soigner un par un, l'exaspéraient. L'atelier reluisait de propreté, comme un salon; mais Claude restait en guenilles; et tous les deux en plaisantaient, ils trouvaient ça drôle.

Quels mois heureux ils passèrent, ces quatre mois de gelée et de pluie, dans l'atelier où le poêle rouge ronflait comme un tuyau d'orgue! L'hiver semblait les isoler encore. Quand la neige couvrait les toits voisins, que des moineaux venaient battre de l'aile contre la baie vitrée, ils souriaient d'avoir chaud et d'être perdus ainsi, au milieu de la grande ville muette. Et ils n'eurent pas toujours que ce coin étroit, elle finit par lui permettre de la reconduire. Longtemps, elle avait voulu s'en aller seule, tourmentée de la honte d'être vue dehors au bras d'un homme. Puis, un jour qu'une averse brusque tombait, il fallut bien qu'elle le laissât descendre avec un parapluie; et, l'averse ayant cessé tout de suite, de l'autre côté du pont Louis-Philippe, elle l'avait renvoyé, ils étaient seulement restés quelques minutes devant le parapet, à regarder le Mail, heureux de se trouver ensemble, sous le ciel libre. En bas, contre les pavés du port, les grandes toues pleines de pommes s'alignaient sur quatre rangs,

si serrées, que des planches, entre elles, faisaient des
sentiers, où couraient des enfants et des femmes; et ils
s'amusèrent de cet écroulement de fruits, des tas énormes
qui encombraient la berge, des paniers ronds qui voya-
geaient; tandis qu'une odeur forte, presque puante, une
odeur de cidre en fermentation, s'exhalait avec le souffle
humide de la rivière. La semaine suivante, comme le
soleil avait reparu et qu'il lui vantait la solitude des
quais, autour de l'île Saint-Louis, elle consentit à une
promenade. Ils remontèrent le quai de Bourbon et le
quai d'Anjou, s'arrêtant à chaque pas, intéressés par la
vie de la Seine, la dragueuse dont les seaux grinçaient,
le bateau-lavoir secoué d'un bruit de querelles, une grue,
là-bas, en train de décharger un chaland. Elle, surtout,
s'étonnait : était-ce possible que ce quai des Ormes, si
vivant en face, que ce quai Henri-IV, avec sa berge
immense, sa plage où des bandes d'enfants et de chiens
se culbutaient sur des tas de sable, que tout cet horizon
de ville peuplée et active fût l'horizon de cité maudite,
aperçu dans un éclaboussement de sang, la nuit de son
arrivée ? Ensuite, ils tournèrent la pointe, ralentissant
encore leur marche, pour jouir du désert et du silence
que de vieux hôtels semblent mettre là : ils regardèrent
l'eau bouillonner à travers la forêt des charpentes de
l'Estacade, ils revinrent en suivant le quai de Béthune et
le quai d'Orléans, rapprochés par l'élargissement du
fleuve, se serrant l'un contre l'autre devant cette coulée
énorme, les yeux au loin sur le Port-au-Vin et le jardin
des Plantes. Dans le ciel pâle, des dômes de monuments
bleuissaient. Comme ils arrivaient au pont Saint-Louis,
il dut lui nommer Notre-Dame qu'elle ne reconnaissait
pas, vue ainsi du chevet, colossale et accroupie entre ses
arcs-boutants, pareils à des pattes au repos, dominée par
la double tête de ses tours, au-dessus de sa longue échine
de monstre. Mais leur trouvaille, ce jour-là, ce fut la
pointe occidentale de l'île, cette proue de navire continuellement à l'ancre, qui, dans la fuite des deux courants,
regarde Paris sans jamais l'atteindre. Ils descendirent un
escalier très raide, ils découvrirent une berge solitaire,
plantée de grands arbres; et c'était un refuge délicieux,
un asile en pleine foule, Paris grondant alentour, sur les
quais, sur les ponts, pendant qu'ils goûtaient au bord de
l'eau la joie d'être seuls, ignorés de tous. Dès lors, cette
berge fut leur coin de campagne, le pays de plein air où
ils profitaient des heures de soleil, quand la grosse cha-

leur de l'atelier, où le poêle rouge ronflait, les suffoquait et commençait à chauffer leurs mains d'une fièvre dont ils avaient peur.

Cependant, jusque-là, Christine refusait de se laisser accompagner plus loin que le Mail. Au quai des Ormes, elle congédiait toujours Claude, comme si Paris, avec sa foule et ses rencontres possibles, eût commencé à cette longue file de quais, qu'il lui fallait suivre. Mais Passy était si loin, et elle s'ennuyait tant à faire seule une course pareille, que peu à peu elle céda, lui permettant d'abord de pousser jusqu'à l'Hôtel de Ville, puis jusqu'au Pont-Neuf, puis jusqu'aux Tuileries. Elle oubliait le danger, tous deux s'en allaient maintenant bras dessus bras dessous, comme un jeune ménage; et cette promenade sans cesse répétée, cette marche lente sur le même trottoir, du côté de l'eau, avait pris un charme infini, une jouissance de bonheur telle, qu'ils ne devaient jamais en éprouver de plus vive. Ils étaient l'un à l'autre, profondément, sans s'être donnés encore. Il semblait que l'âme de la grande ville, montant du fleuve, les enveloppât de toutes les tendresses qui avaient battu dans ces vieilles pierres, au travers des âges.

Depuis les grands froids de décembre, Christine ne venait plus que l'après-midi; et c'était vers quatre heures, lorsque le soleil déclinait, que Claude la reconduisait à son bras. Par les jours de ciel clair, dès qu'ils débouchaient du pont Louis-Philippe, toute la trouée des quais, immense, à l'infini, se déroulait. D'un bout à l'autre, le soleil oblique chauffait d'une poussière d'or les maisons de la rive droite; tandis que la rive gauche, les îles, les édifices, se découpaient en une ligne noire, sur la gloire enflammée du couchant. Entre cette marge éclatante et cette marge sombre, la Seine pailletée luisait, coupée des barres minces de ses ponts, les cinq arches du pont Notre-Dame sous l'arche unique du pont d'Arcole, puis le pont au Change, puis le Pont-Neuf, de plus en plus fins, montrant chacun, au-delà de son ombre, un vif coup de lumière, une eau de satin bleu, blanchissant dans un reflet de miroir; et, pendant que les découpures crépusculaires de gauche se terminaient par la silhouette des tours pointues du Palais de Justice, charbonnées durement sur le vide, une courbe molle s'arrondissait à droite dans la clarté, si allongée et si perdue, que le pavillon de Flore, tout là-bas, qui s'avançait comme une citadelle, à l'extrême pointe, semblait un

château du rêve, bleuâtre, léger et tremblant, au milieu
des fumées roses de l'horizon. Mais eux, baignés de
soleil sous les platanes sans feuilles, détournaient les
yeux de cet éblouissement, s'égayaient à certains coins,
toujours les mêmes, un surtout, le pâté de maisons très
vieilles, au-dessus du Mail : en bas, de petites boutiques
de quincaillerie et d'articles de pêche à un étage, surmon-
tées de terrasses, fleuries de lauriers et de vignes vierges,
et, par-derrière, des maisons plus hautes, délabrées, étalant des linges aux fenêtres, tout un entassement de
constructions baroques, un enchevêtrement de planches
et de maçonneries, de murs croulants et de jardins sus-
pendus, où des boules de verre allumaient des étoiles.
Ils marchaient, ils délaissaient bientôt les grands bâtiments qui suivaient, la Caserne, l'Hôtel de Ville, pour
s'intéresser, de l'autre côté du fleuve, à la Cité, serrée
dans ses murailles droites et lisses, sans berge. Au-dessus des maisons assombries, les tours de Notre-Dame,
resplendissantes, étaient comme dorées à neuf. Des
boîtes de bouquinistes commençaient à envahir les parapets ; une péniche, chargée de charbon, luttait contre le
courant terrible, sous une arche du pont Notre-Dame.
Et là, les jours de marché aux fleurs, malgré la rudesse
de la saison, ils s'arrêtaient à respirer les premières vio-
lettes et les giroflées hâtives. Sur la gauche, cependant,
la rive se découvrait et se prolongeait : au-delà des poivrières du Palais de Justice, avaient paru les petites
maisons blafardes du quai de l'Horloge, jusqu'à la touffe
d'arbres du terre-plein ; puis, à mesure qu'ils avançaient,
d'autres quais sortaient de la brume, très loin, le quai
Voltaire, le quai Malaquais, la coupole de l'Institut, le
bâtiment carré de la Monnaie, une longue barre grise de
façades dont on ne distinguait même pas les fenêtres,
un promontoire de toitures que les poteries des cheminées faisaient ressembler à une falaise rocheuse, s'enfonçant au milieu d'une mer phosphorescente. En face, au
contraire, le pavillon de Flore sortait du rêve, se solidi-
fiait dans la flambée dernière de l'astre. Alors, à droite,
à gauche, aux deux bords de l'eau, c'étaient les profondes perspectives du boulevard Sébastopol et du boulevard du Palais ; c'étaient les bâtisses neuves du quai de
la Mégisserie, la nouvelle Préfecture de police en face,
le vieux Pont-Neuf, avec la tache d'encre de sa statue ;
c'étaient le Louvre, les Tuileries, puis, au fond, par-
dessus Grenelle, les lointains sans borne, les coteaux

de Sèvres, la campagne noyée d'un ruissellement de rayons. Jamais Claude n'allait plus loin, Christine toujours l'arrêtait avant le Pont-Royal, près des grands arbres des bains Vigier; et, quand ils se retournaient pour échanger encore une poignée de main, dans l'or du soleil devenu rouge, ils regardaient en arrière, ils retrouvaient à l'autre horizon l'île Saint-Louis, d'où ils venaient, une fin confuse de capitale, que la nuit gagnait déjà, sous le ciel ardoisé de l'orient.

Ah! que de beaux couchers de soleil ils eurent, pendant ces flâneries de chaque semaine! Le soleil les accompagnait dans cette gaieté vibrante des quais, la vie de la Seine, la danse des reflets au fil du courant, l'amusement des boutiques chaudes comme des serres, et les fleurs en pot des grainetiers, et les cages assourdissantes des oiseliers, tout ce tapage de sons et de couleurs qui fait du bord de l'eau l'éternelle jeunesse des villes. Tandis qu'ils avançaient, la braise ardente du couchant s'empourprait à leur gauche, au-dessus de la ligne sombre des maisons; et l'astre semblait les attendre, s'inclinait à mesure, roulait lentement vers les toits lointains, dès qu'ils avaient dépassé le pont Notre-Dame, en face du fleuve élargi. Dans aucune futaie séculaire, sur aucune route de montagne, par les prairies d'aucune plaine, il n'y aura jamais des fins de jour aussi triomphales que derrière la coupole de l'Institut. C'est Paris qui s'endort dans sa gloire. A chacune de leurs promenades, l'incendie changeait, des fournaises nouvelles ajoutaient leurs brasiers à cette couronne de flammes. Un soir qu'une averse venait de les surprendre, le soleil, reparaissant derrière la pluie, alluma la nuée tout entière, et il n'y eut plus sur leurs têtes que cette poussière d'eau embrasée, qui s'irisait de bleu et de rose. Les jours de ciel pur, au contraire, le soleil, pareil à une boule de feu, descendait majestueusement dans un lac de saphir tranquille; un instant, la coupole noire de l'Institut l'écornait, comme une lune à son déclin; puis, la boule se violaçait, se noyait au fond du lac devenu sanglant. Dès février, elle agrandit sa courbe, elle tomba droit dans la Seine, qui semblait bouillonner à l'horizon, sous l'approche de ce fer rouge. Mais les grands décors, les grandes féeries de l'espace ne flambaient que les soirs de nuages. Alors, suivant le caprice du vent, c'étaient des mers de soufre battant des rochers de corail, c'étaient des palais et des tours, des architectures entassées, brû-

lant, s'écroulant, lâchant par leurs brèches des torrents
de lave; ou encore, tout d'un coup, l'astre, disparu déjà,
couché derrière un voile de vapeurs, perçait ce rempart
d'une telle poussée de lumière, que des traits d'étincelles
jaillissaient, partaient d'un bout du ciel à l'autre, visibles,
ainsi qu'une volée de flèches d'or. Et le crépuscule se
faisait, et ils se quittaient avec ce dernier éblouissement
dans les yeux, ils sentaient ce Paris triomphal complice
de la joie qu'ils ne pouvaient épuiser, à toujours recommencer ensemble cette promenade, le long des vieux
parapets de pierre.

Un jour enfin, il arriva ce que Claude redoutait, sans
le dire. Christine semblait ne plus croire qu'on pût les
rencontrer. Qui, du reste, la connaissait ? Elle passerait
ainsi, éternellement inconnue. Lui, songeait aux camarades, avait parfois un petit frisson, en croyant distinguer
au loin quelque dos de sa connaissance. Il était travaillé
d'une pudeur, l'idée qu'on pourrait dévisager la jeune
fille, l'aborder, plaisanter peut-être, lui causait un insupportable malaise. Et, ce jour-là, justement, comme elle
se serrait à son bras, et qu'ils approchaient du pont des
Arts, il tomba sur Sandoz et Dubuche, qui descendaient
les marches du pont. Impossible de les éviter, on était
presque face à face; d'ailleurs, ses amis l'avaient aperçu
sans doute car ils souriaient. Très pâle, il avançait toujours; et il pensa tout perdu, en voyant Dubuche faire
un mouvement vers lui; mais déjà Sandoz le retenait,
l'emmenait. Ils passèrent d'un air indifférent, ils dispa-
rurent dans la cour du Louvre, sans même se retourner.
Tous deux venaient de reconnaître l'original de cette
tête au pastel, que le peintre cachait avec une jalousie
d'amant. Christine, très gaie, n'avait rien remarqué.
Claude, le cœur battant à grands coups, lui répondait
par des mots étranglés, touché aux larmes, débordant de
gratitude pour la discrétion de ses deux vieux compagnons.

A quelques jours de là, il eut encore une secousse. Il
n'attendait pas Christine, et il avait donné rendez-vous
à Sandoz; puis, comme elle était montée en courant passer une heure, dans une de ces surprises qui les ravissaient, ils venaient à leur habitude de retirer la clef,
lorsqu'on frappa du poing, familièrement. Tout de suite,
lui reconnut cette façon de s'annoncer, si bouleversé de
l'aventure, qu'il en renversa une chaise : impossible
maintenant de ne pas répondre. Mais elle était devenue

blême, elle le suppliait d'un geste éperdu, et il demeura
immobile, l'haleine coupée. Les coups continuaient dans
la porte. Une voix cria : « Claude! Claude! » Lui, ne
bougeait toujours point, combattu pourtant, les lèvres
blanches, les yeux à terre. Un grand silence régna, des
pas descendirent, en faisant craquer les marches de bois.
Sa poitrine s'était gonflée d'une tristesse immense, il la
sentait éclater de remords, à chacun de ces pas qui s'en
allaient, comme s'il eût renié l'amitié de toute sa jeunesse.

Cependant, un après-midi, on frappa encore, et Claude
n'eut que le temps de murmurer avec désespoir :

— La clef est restée sur la porte!

En effet, Christine avait oublié de la retirer. Elle s'effara, s'élança derrière le paravent, tomba assise au bord
du lit, son mouchoir sur la bouche, pour étouffer le bruit
de sa respiration.

On tapait plus fort, des rires éclataient, le peintre dut
crier :

— Entrez!

Et son malaise augmenta, en apercevant Jory, qui,
galamment, introduisait Irma Bécot. Depuis quinze jours,
Fagerolles la lui avait cédée; ou plutôt il s'était résigné
à ce caprice, par crainte de la perdre tout à fait. Elle
jetait alors sa jeunesse aux quatre coins des ateliers, dans
une telle folie de son corps, que chaque semaine elle
déménageait ses trois chemises, quitte à revenir pour une
nuit, si le cœur lui en disait.

— C'est elle qui a voulu visiter ton atelier, et je te
l'amène, expliqua le journaliste.

Mais, sans attendre, elle se promenait, elle s'exclamait,
très libre.

— Oh! que c'est drôle, ici!... Oh! quelle drôle de peinture!... Hein ? soyez aimable, montrez-moi tout, je veux
tout voir... Et où couchez-vous ?

Claude, anxieux d'inquiétude, eut peur qu'elle n'écar-
tât le paravent. Il s'imaginait Christine là derrière, il était
désolé déjà de ce qu'elle entendait.

— Tu sais ce qu'elle vient te demander ? reprit gaiement Jory. Comment, tu ne te rappelles pas ? tu lui as
promis de faire quelque chose d'après elle... Elle te
posera tout ce que tu voudras, n'est-ce pas ma chère ?

— Pardi, tout de suite!

— C'est que, dit le peintre embarrassé, mon tableau me
prendra jusqu'au Salon... Il y a là une figure qui me donne
un mal! Impossible de m'en tirer, avec ces sacrés modèles!

Elle s'était plantée devant la toile, elle levait son petit nez d'un air entendu.

— Cette femme nue, dans l'herbe... Eh bien! dites donc, si je pouvais vous être utile ?

Du coup, Jory s'enflamma.

— Tiens! mais c'est une idée! Toi qui cherchais une belle fille, sans la trouver!... Elle va se défaire. Défais-toi, ma chérie, défais-toi un peu, pour qu'il voie.

D'une main, Irma dénoua vivement son chapeau, et elle cherchait de l'autre les agrafes de son corsage, malgré les refus énergiques de Claude, qui se débattait, comme si on l'eût violenté.

— Non, non, c'est inutile... Madame est trop petite... Ce n'est pas du tout ça, pas du tout!

— Qu'est-ce que ça fiche ? dit-elle, vous verrez toujours.

Et Jory s'obstinait.

— Laisse donc! c'est à elle que tu fais plaisir... Elle ne pose pas d'habitude, elle n'en a pas besoin; mais ça la régale, de se montrer. Elle vivrait sans chemise... Défais-toi, ma chérie. Rien que la gorge, puisqu'il a peur que tu ne le manges!

Enfin, Claude l'empêcha de se déshabiller. Il bégayait des excuses : plus tard, il serait très heureux, en ce moment, il craignait qu'un document nouveau n'achevât de l'embrouiller; et elle se contenta de hausser les épaules, en le regardant fixement de ses jolis yeux de vice, d'un air de souriant mépris.

Alors, Jory causa de la bande. Pourquoi donc Claude n'était-il pas venu, l'autre jeudi, chez Sandoz ? On ne le voyait plus, Dubuche l'accusait d'être entretenu par une actrice. Oh! il y avait eu un attrapage entre Fagerolles et Mahoudeau, à propos de l'habit noir en sculpture! Gagnière, le dimanche d'auparavant, était sorti d'une audition de Wagner, avec un œil en compote. Lui, Jory, avait manqué d'avoir un duel, au café Baudequin, pour un de ses derniers articles du *Tambour*. C'est qu'il les menait raide, les peintres de quatre sous, les réputations volées! La campagne contre le jury du Salon faisait un vacarme du diable, il ne resterait pas un morceau de ces gabelous de l'idéal, qui empêchaient la nature d'entrer.

Claude l'écoutait, dans une impatience irritée. Il avait repris sa palette, il piétinait devant son tableau. L'autre finit par comprendre.

— Tu désires travailler, nous te laissons.

Irma continuait à regarder le peintre, avec son vague
sourire, étonnée de la bêtise de ce nigaud qui ne voulait
pas d'elle, tourmentée maintenant du caprice de l'avoir,
malgré lui. C'était laid, son atelier, et lui-même n'avait
rien de beau; mais pourquoi posait-il pour la vertu?
Elle le plaisanta un instant, fine, intelligente, portant
déjà sa fortune, dans le débraillé de sa jeunesse. Et, à la
porte, elle s'offrit une dernière fois, en lui chauffant la
main d'une pression longue et enveloppante.

— Quand vous voudrez.

Ils étaient partis, et Claude dut aller écarter le paravent; car, derrière, Christine restait au bord du lit, comme
sans force pour se lever. Elle ne parla pas de cette fille,
elle déclara simplement qu'elle avait eu bien peur; et elle
voulut s'en aller tout de suite, tremblant d'entendre frapper encore, emportant au fond de ses yeux inquiets le
trouble des choses qu'elle ne disait point.

Longtemps, d'ailleurs, ce milieu d'art brutal, cet atelier empli de tableaux violents, était demeuré pour elle
un malaise. Elle ne pouvait s'habituer aux nudités vraies
des académies, à la réalité crue des études faites en Provence, blessée, répugnée. Surtout elle n'y comprenait
rien, grandie dans la tendresse et l'admiration d'un autre
art, ces fines aquarelles de sa mère, ces éventails d'une
délicatesse de rêve, où des couples lilas flottaient au milieu de jardins bleuâtres. Souvent encore, elle-même
s'amusait à de petits paysages d'écolière, deux ou trois
motifs toujours répétés, un lac avec une ruine, un mou-
lin battant l'eau d'une rivière, un chalet et des sapins
blancs de neige. Et elle s'étonnait : était-ce possible qu'un
garçon intelligent peignît d'une façon si déraisonnable,
si laide, si fausse? car elle ne trouvait pas seulement ces
réalités d'une hideur de monstres, elle les jugeait aussi
en dehors de toute vérité permise. Enfin, il fallait
être fou.

Un jour, Claude voulut absolument voir un petit
album, son ancien album de Clermont, dont elle lui
avait parlé. Après s'en être longtemps défendu, elle
l'apporta, flattée au fond, ayant la vive curiosité de savoir
ce qu'il dirait. Lui, le feuilleta en souriant et, comme il se
taisait, elle murmura la première, :

— Vous trouvez ça mauvais, n'est-ce pas?

— Mais non, répondit-il, c'est innocent.

Le mot la froissa, malgré le ton bonhomme qui le
rendait aimable.

— Dame! j'ai eu si peu de leçons de maman!... Moi, j'aime que ce soit bien fait et que ça plaise.

Alors, il éclata franchement de rire.

— Avouez que ma peinture vous rend malade. Je l'ai remarqué, vous pincez les lèvres, vous arrondissez des yeux de terreur... Ah! certes, ce n'est pas de la peinture pour les dames, encore moins pour les jeunes filles... Mais vous vous y accoutumerez, il n'y a là qu'une éducation de l'œil; et vous verrez que c'est très sain et très honnête, ce que je fais là.

En effet, peu à peu, Christine s'accoutuma. La conviction artistique n'y entra pour rien d'abord, d'autant plus que Claude, avec son dédain des jugements de la femme, ne l'endoctrinait pas, évitant au contraire de parler art avec elle, comme s'il eût voulu se réserver cette passion de sa vie, en dehors de la passion nouvelle qui l'envahissait. Seulement, elle glissait à l'habitude, elle finissait par éprouver de l'intérêt pour ces toiles abominables, en voyant quelle place souveraine elles tenaient dans l'existence du peintre. Ce fut sa première étape, elle s'attendrit de cette rage de travail, de ce don absolu de tout un être : n'était-ce pas touchant ? n'y avait-il pas là quelque chose de très bien ? Puis, lorsqu'elle remarqua les joies et les douleurs qui le bouleversaient, à la suite d'une bonne séance ou d'une mauvaise, elle arriva d'elle-même à se mettre de moitié dans son effort. Elle s'attristait, si elle le trouvait triste; elle s'égayait, quand il l'accueillait gaiement; et, dès lors, ce fut sa préoccupation : avait-il beaucoup travaillé ? était-il content de ce qu'il avait fait, depuis leur dernière entrevue ? Au bout du deuxième mois, elle était conquise, elle se plantait devant les toiles, n'en avait plus peur, n'approuvait toujours pas beaucoup cette façon de peindre, mais commençait à répéter des mots d'artiste, déclarait ça « vigoureux, crânement bâti, bien dans la lumière ». Il lui semblait si bon, elle l'aimait tant, qu'après l'avoir excusé de barbouiller de pareilles horreurs, elle en venait à leur découvrir des qualités, pour les aimer aussi un peu.

Cependant, il était un tableau, le grand, celui du prochain Salon, qu'elle fut longue à accepter. Déjà elle regardait sans déplaisir les académies de l'atelier Boutin et les études de Plassans, qu'elle s'irritait encore contre la femme nue, couchée dans l'herbe. C'était une rancune personnelle, la honte d'avoir cru un instant se reconnaître, une sourde gêne en face ce grand corps, qui conti-

nuait à la blesser, bien qu'elle y retrouvât de moins en
moins ses traits. D'abord, elle avait protesté en détournant les yeux. Maintenant, elle restait des minutes
entières, les regards fixes, dans une contemplation
muette. Comment donc sa ressemblance avait-elle disparu ainsi ? A mesure que le peintre s'acharnait, jamais
content, revenant cent fois sur le même morceau, cette
ressemblance s'évanouissait un peu chaque fois. Et, sans
qu'elle pût analyser cela, sans qu'elle osât même se
l'avouer, elle dont la pudeur s'était révoltée le premier
jour, elle éprouvait un chagrin croissant à voir que rien
d'elle ne demeurait plus. Leur amitié lui paraissait en
pâtir, elle se sentait moins près de lui, à chaque trait qui
s'effaçait. Ne l'aimait-il pas, qu'il la laissait ainsi sortir
de son œuvre ? et quelle était cette femme nouvelle, cette
face inconnue et vague qui perçait sous la sienne ?

Claude, désolé d'avoir gâté la tête, ne savait justement
de quelle manière lui demander quelques heures de pose.
Elle se serait simplement assise, il n'aurait pris que des
indications. Mais il l'avait vue si fâchée, qu'il craignait de
l'irriter encore. Après s'être promis de la supplier gaiement, il ne trouvait pas les mots, tout d'un coup honteux, comme s'il se fût agi d'une inconvenance.

Un après-midi, il la bouleversa par un de ces accès de
colère, dont il n'était pas le maître, même devant elle.
Rien n'avait marché, cette semaine-là. Il parlait de gratter sa toile, il se promenait furieusement, en lâchant des
ruades dans les meubles. Tout d'un coup, il la saisit
par les épaules et la posa sur le divan.

— Je vous en prie, rendez-moi ce service, ou j'en crève,
parole d'honneur !

Effarée, elle ne comprenait pas.

— Quoi, que voulez-vous ?

Puis, lorsqu'elle le vit prendre ses brosses, elle ajouta
étourdiment :

— Ah! oui... Pourquoi ne me l'avez-vous pas demandé
plus tôt ?

D'elle-même, elle se renversa sur un coussin, elle glissa
le bras sous la nuque. Mais une surprise et une confusion
d'avoir consenti si vite, l'avaient rendue grave; car elle ne
se savait pas décidée à cette chose, elle aurait bien juré
que jamais plus elle ne lui servirait de modèle.

Ravi, il cria :

— Vrai! vous consentez!... Nom d'un chien! la sacrée
bonne femme que je vais bâtir avec vous !

De nouveau, sans réfléchir, elle dit :

— Oh! la tête seulement!

Et lui, bredouilla, dans une hâte d'homme qui craint d'être allé trop loin :

— Bien sûr, bien sûr, seulement la tête!

Une gêne les rendit muets, il se mit à peindre, tandis que les yeux en l'air, immobile, elle restait troublée d'avoir lâché une pareille phrase. Déjà, sa complaisance l'emplissait d'un remords, comme si elle entrait dans quelque chose de coupable, en laissant donner sa ressemblance à cette nudité de femme, éclatante sous le soleil.

Claude, en deux séances, campa la tête. Il exultait de joie, il criait que c'était son meilleur morceau de peinture; et il avait raison, jamais il n'avait baigné dans de la vraie lumière un visage plus vivant. Heureuse de le voir si heureux, Christine s'était égayée, elle aussi, au point de trouver sa tête très bien, pas très ressemblante toujours, mais d'une expression étonnante. Ils restèrent longtemps devant le tableau, à cligner les yeux, à se reculer jusqu'au mur.

— Maintenant, dit-il enfin, je vais la bâcler avec un modèle... Ah! cette gueuse, je la tiens donc!

Et, dans un accès de gaminerie, il empoigna la jeune fille, ils dansèrent ensemble ce qu'il appelait « le pas du triomphe ». Elle riait très fort, adorant le jeu, n'éprouvant plus rien de son trouble, ni scrupules ni malaise.

Mais, dès la semaine suivante, Claude redevint sombre. Il avait choisi Zoé Piédefer, pour poser le corps, et elle ne lui donnait pas ce qu'il voulait : la tête, si fine, disait-il, ne s'emmanchait point sur ces épaules canailles. Il s'obstina pourtant, gratta, recommença. Vers le milieu de janvier, pris de désespoir, il lâcha le tableau, le retourna contre le mur; puis, quinze jours plus tard, il s'y remit, avec un autre modèle, la grande Judith, ce qui le força à changer les tonalités. Les choses se gâtèrent encore, il fit revenir Zoé, ne sut plus où il allait, malade d'incertitude et d'angoisse. Et le pis était que la figure centrale seule l'enrageait ainsi, car le reste de l'œuvre, les arbres, les deux petites femmes, le monsieur en veston, terminés, solides, le satisfaisaient pleinement. Février s'achevait, il ne lui restait que quelques jours pour l'envoi au Salon, c'était un désastre.

Un soir, devant Christine, il jura, il lâcha ce cri de colère :

— Aussi, tonnerre de Dieu! est-ce qu'on plante la tête d'une femme sur le corps d'une autre!... Je devrais me couper la main.

Au fond de lui, maintenant, une pensée unique montait : obtenir d'elle qu'elle consentît à poser la figure entière. Cela, lentement, avait germé, d'abord un simple souhait vite écarté comme absurde, puis une discussion muette sans cesse reprise, enfin le désir net, aigu, sous le fouet de la nécessité. Cette gorge qu'il avait entrevue quelques minutes, le hantait d'un souvenir obsédant. Il la revoyait dans sa fraîcheur de jeunesse, rayonnante, indispensable. S'il ne l'avait pas, autant valait-il renoncer au tableau, car aucune autre ne le contenterait. Lorsque, pendant des heures, tombé sur une chaise, il se dévorait d'impuissance à ne plus savoir où donner un coup de pinceau, il prenait des résolutions héroïques : dès qu'elle entrerait, il lui dirait son tourment, en paroles si touchantes, qu'elle céderait peut-être. Mais elle arrivait, avec son rire de camarade, sa robe chaste qui ne livrait rien de son corps, et il perdait tout courage, il détournait les yeux, de peur qu'elle ne le surprît à chercher, sous le corsage, la ligne souple du torse. On ne pouvait exiger d'une amie un service pareil, jamais il n'en aurait l'audace.

Et, pourtant, un soir, comme il s'apprêtait à la reconduire et qu'elle remettait son chapeau, les bras en l'air, ils restèrent deux secondes les yeux dans les yeux, lui frémissant devant les pointes des seins relevés qui crevaient l'étoffe, elle si brusquement sérieuse, si pâle, qu'il se sentit deviné. Le long des quais, ils parlèrent à peine : cette chose demeura entre eux, pendant que le soleil se couchait, dans un ciel couleur de vieux cuivre. A deux autres reprises, il lut, au fond de son regard, qu'elle savait sa continuelle pensée. En effet, depuis qu'il y songeait, elle s'était mise à y songer aussi, malgré elle, l'attention éveillée par des allusions involontaires. Elle en fut effleurée d'abord, elle dut s'y arrêter ensuite; mais elle ne croyait pas avoir à s'en défendre, car cela lui semblait hors de la vie, une de ces imaginations du sommeil dont on a honte. La peur même qu'il osât le demander, ne lui vint pas : elle le connaissait bien à présent, elle l'aurait fait taire d'un souffle, avant qu'il eût bégayé les premiers mots, malgré les éclats subits de ses colères. C'était fou, simplement. Jamais, jamais!

Des jours s'écoulèrent; et, entre eux, l'idée fixe gran-

dissait. Dès qu'ils se trouvaient ensemble, ils ne pouvaient plus ne pas y penser. Ils n'en ouvraient point la
bouche, mais leurs silences en étaient pleins ; ils ne risquaient plus un geste, ils n'échangeaient plus un sourire,
sans retrouver au fond cette chose impossible à dire
tout haut, et dont ils débordaient. Bientôt, rien autre ne
resta dans leur vie de camarades. S'il la regardait, elle
croyait se sentir déshabillée par son regard ; les mots inno-
cents retentissaient en significations gênantes ; chaque
poignée de main allait au-delà du poignet, faisait couler
un léger frisson le long du corps. Et ce qu'ils avaient évité
jusque-là, le trouble de leur liaison, l'éveil de l'homme et
de la femme dans leur bonne amitié, éclatait enfin, sous
l'évocation constante de cette nudité de vierge. Peu à peu,
ils se découvraient une fièvre secrète, ignorée d'eux-
mêmes. Des chaleurs leur montaient aux joues, ils rou-
gissaient pour s'être frôlé du doigt. C'était désormais
comme une excitation de chaque minute, fouettant leur
sang ; tandis que, dans cet envahissement de tout leur
être, le tourment de ce qu'ils taisaient ainsi, sans pouvoir
se le cacher, s'exagérait au point qu'ils en étouffaient, la
poitrine gonflée de grands soupirs.

Vers le milieu de mars, Christine, à une de ses
visites, trouva Claude assis devant son tableau, écrasé de
chagrin. Il ne l'avait pas même entendue, il restait immobile, les yeux vides et hagards sur l'œuvre inachevée.
Dans trois jours expiraient le délais pour l'envoi au
Salon.

— Eh bien ? lui demanda-t-elle doucement, désespérée de son désespoir.

Il tressaillit, il se retourna.

— Eh bien ! c'est fichu, je n'exposerai pas cette année...
Ah ! moi qui avais tant compté sur ce Salon !

Tous deux retombèrent dans leur accablement, où
s'agitaient de grandes choses confuses. Puis, elle reprit,
pensant à voix haute :

— On aurait le temps encore.

— Le temps ? eh non ! Il faudrait un miracle. Ou
voulez-vous que je trouve un modèle, à cette heure ?...
Tenez ! depuis ce matin, je me débats, et j'ai cru un
moment avoir une idée : oui, ce serait d'aller chercher
cette fille, cette Irma qui est venue comme vous étiez ici.
Je sais bien qu'elle est petite et ronde, qu'il faudrait tout
changer peut-être ; mais elle est jeune, elle doit être possible... Décidément, je vais en essayer...

Il s'interrompit. Les yeux brûlants dont il la regardait, disaient clairement : « Ah! il y a vous, ah! ce serait le miracle attendu, le triomphe certain, si vous me faisiez ce suprême sacrifice! Je vous implore, je vous le demande, comme à une amie adorée, la plus belle, la plus chaste! »

Elle, toute droite, très blanche, entendait chaque mot; et ces yeux d'ardente prière exerçaient sur elle une puissance. Sans hâte, elle ôta son chapeau et sa pelisse; puis, simplement, elle continua du même geste calme, dégrafa le corsage, le retira ainsi que le corset, abattit les jupons, déboutonna les épaulettes de la chemise, qui glissa sur les hanches. Elle n'avait pas prononcé une parole, elle semblait autre part, comme les soirs, où, enfermée dans sa chambre perdue au fond de quelque rêve, elle se déshabillait machinalement, sans y prêter attention. Pourquoi donc laisser une rivale donner son corps, quand elle avait déjà donné sa face ? Elle voulait être là tout entière, chez elle, dans sa tendresse, en comprenant enfin quel malaise jaloux ce monstre bâtard lui causait depuis longtemps. Et, toujours muette, nue et vierge, elle se coucha sur le divan, prit la pose, un bras sous la tête, les yeux fermés.

Saisi, immobile de joie, lui la regarda se dévêtir. Il la retrouvait. La vision rapide, tant de fois évoquée, redevenait vivante. C'était cette enfance, grêle encore, mais si souple, d'une jeunesse si fraîche; et il s'étonnait de nouveau : où cachait-elle cette gorge épanouie, qu'on ne soupçonnait point sous la robe ? Il ne parla pas non plus, il se mit à peindre, dans le silence recueilli qui s'était fait. Durant trois longues heures, il se rua au travail, d'un effort si viril, qu'il acheva d'un coup une ébauche superbe du corps entier. Jamais la chair de la femme ne l'avait grisé de la sorte, son cœur battait comme devant une nudité religieuse. Il ne s'approchait point, il restait surpris de la transfiguration du visage, dont les mâchoires un peu massives et sensuelles s'étaient noyées sous l'apaisement tendre du front et des joues. Pendant les trois heures, elle ne remua pas, elle ne souffla pas, faisant le don de sa pudeur, sans un frisson, sans une gêne. Tous deux sentaient que, s'ils disaient une seule phrase, une grande honte leur viendrait. Seulement, de temps à autre, elle ouvrait ses yeux clairs, les fixait sur un point vague de l'espace, restait ainsi un instant sans qu'il pût rien y lire de ses pensées, puis les refermait, retombait dans son néant de beau marbre, avec le sourire mystérieux et figé de la pose.

Claude, d'un geste, dit qu'il avait fini; et, redevenu gauche, il bouscula une chaise pour tourner le dos plus vite; tandis que, très rouge, Christine quittait le divan. En hâte, elle se rhabilla, dans un grelottement brusque, prise d'un tel émoi, qu'elle s'agrafait de travers, tirant ses manches, remontant son col, pour ne plus laisser un seul coin de sa peau nue. Et elle était enfouie au fond de sa pelisse, que lui, le nez toujours contre le mur, ne se décidait pas à risquer un regard. Pourtant, il revint vers elle, ils se contemplèrent, hésitants, étranglés d'une émotion, qui les empêcha encore de parler. Etait-ce donc de la tristesse, une tristesse infinie, inconsciente et innomée? car leurs paupières se gonflèrent de larmes, comme s'ils venaient de gâter leur existence, de toucher le fond de la misère humaine. Alors, attendri et navré, ne trouvant rien, pas même un remerciement, il la baisa au front.

V

Le 15 mai, Claude, qui était rentré la veille de chez Sandoz à trois heures du matin, dormait encore, vers neuf heures, lorsque Mme Joseph lui monta un gros bouquet de lilas blancs, qu'un commissionnaire venait d'apporter. Il comprit, Christine lui fêtait à l'avance le succès de son tableau; car c'était un grand jour pour lui, l'ouverture du Salon des Refusés, créé de cette année-là, et où allait être exposée son œuvre, repoussée par le jury du Salon officiel.

Cette pensée tendre, ces lilas frais et odorants, qui l'éveillaient, le touchèrent beaucoup, comme s'ils étaient le présage d'une bonne journée. En chemise, nu-pieds, il les mit dans son pot-à-eau, sur la table. Puis, les yeux enflés de sommeil, effaré, il s'habilla, en grondant d'avoir dormi si tard. La veille, il avait promis à Dubuche et à Sandoz de les prendre, dès huit heures, chez ce dernier, pour se rendre tous les trois ensemble au Palais de l'Industrie, où l'on trouverait le reste de la bande. Et il était déjà en retard d'une heure!

Mais, justement, il ne pouvait plus mettre la main sur rien, dans son atelier, en déroute depuis le départ de la grande toile. Pendant cinq minutes, il chercha ses souliers, à genoux parmi de vieux châssis. Des parcelles d'or s'envolaient; car, ne sachant où se procurer l'argent d'un cadre, il avait fait ajuster quatre planches par un menuisier du voisinage, et il les avait dorées lui-même, avec son amie, qui s'était révélée comme une doreuse très maladroite. Enfin vêtu, chaussé, son chapeau de feutre constellé d'étincelles jaunes, il s'en allait, lorsqu'une pensée superstitieuse le ramena vers les fleurs, qui restaient seules au milieu de la table. S'il ne baisait point ces lilas, il aurait un affront. Il les baisa, embaumé par leur odeur forte de printemps.

Sous la voûte, il donna sa clef à la concierge comme
d'habitude.

— Madame Joseph, je n'y serai pas de la journée.

En moins de vingt minutes, Claude fut rue d'Enfer
chez Sandoz. Mais celui-ci, qu'il craignait de ne plus rencontrer, se trouvait également en retard, à la suite d'une
indisposition de sa mère. Ce n'était rien, simplement une
mauvaise nuit, qui l'avait bouleversé d'inquiétude. Ras-
suré à présent, il lui conta que Dubuche avait écrit de ne
pas l'attendre, en leur donnant rendez-vous là-bas. Tous
les deux partirent et, comme il était près d'onze heures,
ils se décidèrent à déjeuner, au fond d'une petite crème-
rie déserte de la rue Saint-Honoré, longuement, envahis
d'une paresse dans leur ardent désir de voir, goûtant une
sorte de tristesse attendrie à s'attarder parmi de vieux
souvenirs d'enfance.

Une heure sonna, lorsqu'ils traversèrent les Champs-
Elysées. C'était par une journée exquise, au grand ciel
limpide, dont une brise, froide encore, semblait aviver
le bleu. Sous le soleil, couleur de blé mûr, les rangées
de marronniers, avaient des feuilles neuves, d'un vert
tendre fraîchement verni ; et les bassins avec leurs gerbes
jaillissantes, les pelouses correctement tenues, la pro-
fondeur des allées et la largeur des espaces, donnaient
au vaste horizon un air de grand luxe. Quelques équipages, rares à cette heure, montaient ; pendant qu'un
flot de foule, perdu et mouvant comme une fourmilière,
s'engouffrait sous l'arcade énorme du Palais de l'Industrie.

Quand ils furent entrés, Claude eut un léger frisson,
dans le vestibule géant, d'une fraîcheur de cave, et dont
le pavé humide sonnait sous les pieds, ainsi qu'un dallage
d'église. Il regarda, à droite et à gauche, les deux escaliers monumentaux, et il demanda avec mépris :

— Dis donc, est-ce que nous allons traverser leur
saleté de Salon ?

— Ah ! non, fichtre ! répondit Sandoz. Filons par le
jardin. Il y a, là-bas, l'escalier de l'Ouest qui mène aux
Refusés.

Et ils passèrent dédaigneusement entre les petites
tables des vendeuses de catalogues. Dans l'écartement
d'immenses rideaux de velours rouge, le jardin vitré
apparaissait, au-delà d'un porche d'ombre.

A ce moment de la journée, le jardin était presque vide,
il n'y avait du monde qu'au buffet, sous l'horloge, la

cohue des gens en train de déjeuner là. Toute la foule se
trouvait au premier étage, dans les salles; et, seules, les
statues blanches bordaient les allées de sable jaune, qui
découpaient crûment le dessin vert des gazons. C'était un
peuple de marbre immobile, que baignait la lumière diffuse, descendue comme en poussière des vitres hautes.
Au midi, des stores de toile barraient une moitié de la nef,
blonde sous le soleil, tachée aux deux bouts par les rouges
et les bleus éclatants des vitraux. Quelques visiteurs,
harassés déjà, occupaient les chaises et les bancs tout
neufs, luisants de peinture; tandis que les vols des moineaux qui habitaient, en l'air, la forêt des charpentes de
fonte, s'abattaient avec des petits cris de poursuite, ras-
surés et fouillant le sable.

Claude et Sandoz affectèrent de marcher vite, sans un
coup d'œil autour d'eux. Un bronze raide et noble, la
Minerve d'un membre de l'Institut, les avait exaspérés
dès la porte. Mais, comme ils pressaient le pas le long
d'une interminable ligne de bustes, ils reconnurent Bongrand, seul, faisant lentement le tour d'une figure couchée, colossale et débordante.

— Tiens! c'est vous! cria-t-il, lorsqu'ils lui eurent
tendu la main. Je regardais justement la figure de notre
ami Mahoudeau, qu'ils ont eu au moins l'intelligence de
recevoir et de bien placer...

Et, s'interrompant :

— Vous venez de là-haut ?

— Non, nous arrivons, dit Claude.

Alors, très chaudement, il leur parla du Salon des
Refusés. Lui, qui était de l'Institut, mais qui vivait à
l'écart de ses collègues, s'égayait sur l'aventure : l'éternel
mécontentement des peintres, la campagne menée par les
petits journaux comme *le Tambour*, les protestations, les
réclamations continues qui avaient enfin troublé l'Empereur; et le coup d'État artistique de ce rêveur silencieux,
car la mesure venait uniquement de lui; et l'effarement,
le tapage de tous, à la suite de ce pavé tombé dans la mare
aux grenouilles.

— Non, continua-t-il, vous n'avez pas idée des indignations, parmi les membres du jury!... Et encore on se
méfie de moi, on se tait, quand je suis là!... Toutes les
rages sont contre les affreux réalistes. C'est devant eux
qu'on fermait systématiquement les portes du temple;
c'est à cause d'eux que l'Empereur a voulu permettre
au public de réviser le procès; ce sont eux enfin qui

triomphent... Ah! j'en entends de belles, je ne donnerais pas cher de vos peaux, jeunes gens!

Il riait de son grand rire, les bras ouverts, comme pour embrasser toute la jeunesse qu'il sentait monter du sol.

— Vos élèves poussent, dit Claude simplement.

D'un geste, Bongrand le fit taire, pris d'une gêne. Il n'avait rien exposé, et toute cette production, au travers de laquelle il marchait, ces tableaux, ces statues, cet effort de création humaine, l'emplissait d'un regret. Ce n'était pas jalousie, car il n'y avait point d'âme plus haute ni meilleure, mais retour sur lui-même, peur sourde d'une lente déchéance, cette peur inavouée qui le hantait.

— Et aux Refusés, lui demanda Sandoz, comment ça marche-t-il?

— Superbe! vous allez voir.

Puis, se tournant vers Claude, lui gardant les deux mains dans les siennes:

— Vous, mon bon, vous êtes un fameux... Ecoutez! moi, que l'on dit un malin, je donnerais dix ans de ma vie, pour avoir peint votre grande coquine de femme.

Cet éloge, sorti d'une telle bouche, toucha le jeune peintre aux larmes. Enfin, il tenait donc un succès! Il ne trouva pas un mot de gratitude, il parla brusquement d'autre chose, voulant cacher son émotion.

— Ce brave Mahoudeau! mais elle est très bien, sa figure... Un sacré tempérament, n'est-ce pas?

Sandoz et lui s'étaient mis à tourner autour du plâtre. Bongrand répondit avec un sourire:

— Oui, oui, trop de cuisses, trop de gorge. Mais regardez les attaches des membres, c'est fin et joli comme tout... Allons, adieu, je vous laisse. Je vais m'asseoir un peu, j'ai les jambes cassées.

Claude avait levé la tête et prêtait l'oreille. Un bruit énorme, qui ne l'avait pas frappé d'abord, roulait dans l'air, avec un fracas continu: c'était une clameur de tempête battant la côte, le grondement d'un assaut infatigable, se ruant de l'infini.

— Tiens! murmura-t-il, qu'est-ce donc?

— Ça, dit Bongrand qui s'éloignait, c'est la foule, là-haut, dans les salles.

Et les deux jeunes gens, après avoir traversé le jardin, montèrent au Salon des Refusés.

On l'avait fort bien installé, les tableaux reçus n'étaient pas logés plus richement: hautes tentures de vieilles

L'ŒUVRE

tapisseries aux portes, cimaises garnies de serge verte,
banquettes de velours rouge, écrans de toile blanche sous
les baies vitrées des plafonds; et, dans l'enfilade des
salles, le premier aspect était le même, le même or des
cadres, les mêmes taches vives des toiles. Mais une gaieté
particulière y régnait, un éclat de jeunesse, dont on ne se
rendait pas nettement compte d'abord. La foule, déjà
compacte, augmentait de minute en minute, car on déser-
tait le Salon officiel, on accourait, fouetté de curiosité,
piqué du désir de juger les juges, amusé enfin dès le seuil
par la certitude qu'on allait voir des choses extrêmement
plaisantes. Il faisait très chaud, une poussière fine montait du plancher, on étoufferait sûrement vers quatre
heures.

— Fichtre! dit Sandoz en jouant des coudes, ça ne va
pas être commode de manœuvrer là-dedans et de trouver
ton tableau.

Il se hâtait, dans une fièvre de fraternité. Ce jour-là, il
ne vivait que pour l'œuvre et la gloire de son vieux camarade.

— Laisse donc! s'écria Claude, nous arriverons bien.
Il ne s'envolera pas, mon tableau!

Et lui, au contraire, affecta de ne pas se presser, malgré
l'irrésistible envie qu'il avait de courir. Il levait la tête,
regardait. Bientôt, dans la voix haute de la foule qui l'avait
étourdi, il distingua des rires légers, contenus encore, que
couvraient le roulement des pieds et le bruit des conversations. Devant certaines toiles, des visiteurs plaisantaient. Cela l'inquiéta, car il était d'une crédulité et d'une
sensibilité de femme, au milieu de ses rudesses révolutionnaires, s'attendant toujours au martyre, et toujours
saignant, toujours stupéfait d'être repoussé et raillé. Il
murmura :

— Ils sont gais, ici!

— Dame! c'est qu'il y a de quoi, fit remarquer Sandoz. Regarde donc ces rosses extravagantes.

Mais, à ce moment, comme ils s'attardaient dans la
première salle, Fagerolles, sans les voir, tomba sur eux.
Il eut un sursaut, contrarié sans doute de la rencontre.
Du reste, il se remit tout de suite, très aimable.

— Tiens! je songeais à vous... Je suis là depuis une
heure.

— Où ont-ils donc fourré le tableau de Claude?
demanda Sandoz.

Fagerolles, qui venait de rester vingt minutes planté

devant ce tableau, l'étudiant et étudiant l'impression du
public, répondit sans une hésitation :

— Je ne sais pas... Nous allons le chercher ensemble,
voulez-vous ?

Et il se joignit à eux. Le terrible farceur qu'il était,
n'affectait plus autant des allures de voyou, déjà correctement vêtu, toujours d'une moquerie à mordre le monde,
mais les lèvres désormais pincées en une moue sérieuse
de garçon qui veut arriver. Il ajouta, l'air convaincu :

— C'est moi qui regrette de n'avoir rien envoyé, cette
année! Je serais ici avec vous autres, j'aurais ma part du
succès... Et il y a des machines étonnantes, mes enfants!
Par exemple, ces chevaux...

Il montrait, en face d'eux, la vaste toile, devant laquelle
la foule s'attroupait en riant. C'était, disait-on, l'œuvre
d'un ancien vétérinaire, des chevaux grandeur nature
lâchés dans un pré, mais des chevaux fantastiques, bleus,
violets, roses, et dont la stupéfiante anatomie perçait la
peau.

— Dis donc, si tu ne te fichais pas de nous! déclara
Claude, soupçonneux.

Fagerolles joua l'enthousiasme.

— Comment! mais c'est plein de qualités, ça! Il
connaît joliment son cheval, le bonhomme! Sans doute,
il peint comme un salaud. Qu'est-ce que ça fait, s'il est
original et s'il apporte un document ?

Son fin visage de fille restait grave. A peine, au fond
de ses yeux clairs, luisait une étincelle jaune de moquerie. Et il ajouta cette allusion méchante, dont lui seul put
jouir :

— Ah bien! si tu te laisses influencer par les imbéciles
qui rient, tu vas en voir bien d'autres, tout à l'heure!

Les trois camarades, qui s'étaient remis en marche,
avançaient avec une peine infinie, au milieu de la houle
des épaules. En entrant dans la seconde salle, ils parcoururent les murs d'un coup d'œil; mais le tableau cherché
ne s'y trouvait pas. Et ce qu'ils virent, ce fut Irma Bécot
au bras de Gagnière, écrasés tous les deux contre une
cimaise, lui en train d'examiner une petite toile, tandis
qu'elle, ravie de la bousculade, levait son museau rose et
riait à la cohue.

— Comment! dit Sandoz étonné, elle est avec
Gagnière, maintenant ?

— Oh! une passade, expliqua Fagerolles d'un air
tranquille. L'histoire est si drôle... Vous savez qu'on

vient de lui meubler un appartement très chic; oui, ce
jeune crétin de marquis, celui dont on parle dans les
journaux, vous vous souvenez ? Une gaillarde qui ira
loin, je l'ai toujours dit!... Mais on a beau la mettre dans
des lits armoriés, elle a des rages de lits de sangle, il y a
des soirs où il lui faut la soupente d'un peintre. Et c'est
ainsi que, lâchant tout, elle est tombée au café Baudequin
dimanche, vers une heure du matin. Nous venions de
partir, il n'y avait plus là que Gagnière, endormi sur sa
chope... Alors, elle a pris Gagnière.

Irma les avait aperçus et leur faisait de loin des gestes
tendres. Ils durent s'approcher. Lorsque Gagnière se
retourna, avec ses cheveux pâles et sa petite face imberbe,
l'air plus falot encore que de coutume, il ne marqua
aucune surprise de les trouver dans son dos.

— C'est inouï, murmura-t-il.

— Quoi donc ? demanda Fagerolles.

— Mais ce petit chef-d'œuvre... Et honnête, et naïf, et
convaincu!

Il désignait la toile minuscule devant laquelle il s'était
absorbé, une toile absolument enfantine, telle qu'un
gamin de quatre ans aurait pu la peindre, une petite maison au bord d'un petit chemin, avec un petit arbre à
côté, le tout de travers, cerné de traits noirs, sans oublier
le tire-bouchon de fumée qui sortait du toit.

Claude avait eu un geste nerveux, tandis que Fagerolles répétait avec flegme :

— Très fin, très fin... Mais ton tableau, Gagnière, où
est-il donc ?

— Mon tableau ? il est là.

En effet, la toile envoyée par lui se trouvait justement
près du petit chef-d'œuvre. C'était un paysage d'un gris
perlé, un bord de Seine soigneusement peint, joli de ton
quoiqu'un peu lourd, et d'un parfait équilibre, sans
aucune brutalité révolutionnaire.

— Sont-ils assez bêtes d'avoir refusé ça! dit Claude,
qui s'était approché avec intérêt. Mais pourquoi, pourquoi, je vous le demande ?

En effet, aucune raison n'expliquait le refus du jury.

— Parce que c'est réaliste, dit Fagerolles, d'une voix
si tranchante, qu'on ne pouvait savoir s'il blaguait le
jury ou le tableau.

Cependant, Irma, dont personne ne s'occupait, regardait fixement Claude, avec le sourire inconscient que la
sauvagerie godiche de ce grand garçon lui mettait aux

lèvres. Dire qu'il n'avait même pas eu l'idée de la revoir!
Elle le trouvait si différent, si drôle, pas en beauté ce
jour-là, hérissé, le teint brouillé comme après une grosse
fièvre! Et, peinée de son peu d'attention, elle lui toucha
le bras, d'un geste familier.

— Dites, n'est-ce pas, en face, un de vos amis qui vous
cherche?

C'était Dubuche, qu'elle connaissait, pour l'avoir rencontré une fois au café Baudequin. Il fendait péniblement
la foule, les yeux vagues sur le flot des têtes. Mais, tout
d'un coup, au moment où Claude tâchait de se faire voir,
en gesticulant, l'autre lui tourna le dos et salua très bas
un groupe de trois personnes, le père gras et court, la face
cuite d'un sang trop chaud, la mère très maigre, couleur
de cire, mangée d'anémie, la fille si chétive à dix-huit ans,
qu'elle avait encore la pauvreté grêle de la première
enfance.

— Bon! murmura le peintre, le voilà pincé... A-t-il de
laides connaissances, cet animal-là! Où a-t-il pêché ces
horreurs?

Gagnière, paisiblement, dit les connaître de nom. Le
père Margaillan était un gros entrepreneur de maçon-
nerie, déjà cinq ou six fois millionnaire, et qui faisait sa
fortune dans les grands travaux de Paris, bâtissant à lui
seul des boulevards entiers. Sans doute Dubuche s'était
trouvé en rapport avec lui par un des architectes dont il
redressait les plans.

Mais Sandoz, que la maigreur de la jeune fille api-
toyait, la jugea d'un mot.

— Ah! le pauvre petit chat écorché! Quelle tristesse!

— Laisse donc! déclara Claude avec férocité, ils ont
sur la face tous les crimes de la bourgeoisie, ils suent la
scrofule et la bêtise. C'est bien fait... Tiens! notre
lâcheur file avec eux. Est-ce assez plat, un architecte?
Bon voyage, qu'il nous retrouve!

Dubuche, qui n'avait pas aperçu ses amis, venait
d'offrir son bras à la mère et s'en allait, en expliquant
les tableaux, le geste débordant d'une complaisance exagérée.

— Continuons, nous autres, dit Fagerolles.

Et, s'adressant à Gagnière:

— Sais-tu où ils ont fourré la toile de Claude, toi?

— Moi, non, je la cherchais... Je vais avec vous.

Il les accompagna, il oublia Irma Bécot contre la
cimaise. C'était elle qui avait eu le caprice de visiter le

Salon à son bras, et il avait si peu l'habitude de promener ainsi une femme, qu'il la perdait sans cesse en chemin, stupéfait de la retrouver toujours près de lui, ne
sachant plus comment ni pourquoi ils étaient ensemble.
Elle courut, elle lui reprit le bras, pour suivre Claude,
qui passait déjà dans une autre salle, avec Fagerolles et
Sandoz.

Alors, ils vaguèrent tous les cinq, le nez en l'air, coupés par une poussée, réunis par une autre, emportés au
fil du courant. Une abomination de Chaîne les arrêta,
un Christ pardonnant à la femme adultère, de sèches
figures taillées dans du bois, d'une charpente osseuse
violaçant la peau, et peintes avec de la boue. Mais, à
côté, ils admirèrent une très belle étude de femme, vue
de dos, les reins saillants, la tête tournée. C'était, le long
des murs, un mélange de l'excellent et du pire, tous les
genres confondus, les gâteux de l'école historique cou-
doyant les jeunes fous du réalisme, les simples niais
restés dans le tas avec les fanfarons de l'originalité, une
Jézabel morte qui semblait avoir pourri au fond des
caves de l'Ecole des Beaux-Arts, près de la Dame en
blanc, très curieuse vision d'un œil de grand artiste, un
immense Berger regardant la mer, fable en face d'une
petite toile, des Espagnols jouant à la paume, un coup
de lumière d'une intensité splendide. Rien ne manquait
dans l'exécrable, ni les tableaux militaires aux soldats de
plomb, ni l'antiquité blafarde, ni le Moyen Age sabré de
bitume. Mais, de cet ensemble incohérent, des paysages
surtout, presque tous d'une note sincère et juste, des
portraits encore, la plupart très intéressants de facture,
il sortait une bonne odeur de jeunesse, de bravoure et
de passion. S'il y avait moins de mauvaises toiles au
Salon officiel, la moyenne y était à coup sûr plus banale
et plus médiocre. On se sentait là dans une bataille, et
une bataille gaie, livrée de verve, quand le petit jour naît,
que les clairons sonnent, que l'on marche à l'ennemi
avec la certitude de le battre avant le coucher du soleil.

Claude, ragaillardi par ce souffle de lutte, s'animait,
se fâchait, écoutait maintenant monter les rires du public,
l'air provocant, comme s'il eût entendu siffler des balles.
Discrets à l'entrée, les rires sonnaient plus haut; à mesure
qu'il avançait. Dans la troisième salle les femmes
ne les étouffaient plus sous leurs mouchoirs, les hommes
tendaient le ventre, afin de se soulager mieux. C'était
l'hilarité contagieuse d'une foule venue pour s'amuser,

s'excitant peu à peu, éclatant à propos d'un rien, égayée autant par les belles choses que par les détestables. On riait moins devant le Christ de Chaîne que devant l'étude de femme, dont la croupe saillante, comme sortie de la toile, paraissait d'un comique extraordinaire. La Dame en blanc, elle aussi, récréait le monde : on se poussait du coude, on se tordait, il se formait toujours là un groupe, la bouche fendue. Et chaque toile avait son succès, des gens s'appelaient de loin pour s'en montrer une bonne, continuellement des mots d'esprit circulaient de bouche en bouche; si bien que Claude, en entrant dans la quatrième salle, manqua gifler une vieille dame dont les gloussements l'exaspéraient.

— Quels idiots! dit-il en se tournant vers les autres. Hein ? on a envie de leur flanquer des chefs-d'œuvre à la tête!

Sandoz s'était enflammé, lui aussi; et Fagerolles continuait à louer très haut les pires peintures, ce qui augmentait la gaieté; tandis que Gagnière, vague au milieu de la bousculade, tirait à sa suite Irma ravie, dont les jupes s'enroulaient aux jambes de tous les hommes.

Mais, brusquement, Jory parut devant eux. Son grand nez rose, sa face blonde de beau garçon resplendissait. Il fendait violemment la foule, gesticulait, exultait comme d'un triomphe personnel. Dès qu'il aperçut Claude, il cria :

— Ah! c'est toi, enfin! Il y a une heure que je te cherche... Un succès, mon vieux, oh! un succès...

— Quel succès ?

— Le succès de ton tableau donc!... Viens, il faut que je te montre ça. Non, tu vas voir, c'est épatant.

Claude pâlit, une grosse joie l'étranglait, tandis qu'il feignait d'accueillir la nouvelle avec flegme. Le mot de Bongrand lui revint, il se crut du génie.

— Tiens, bonjour! continuait Jory, en donnant des poignées de main aux autres.

Et, tranquillement, lui, Fagerolles et Gagnière, entouraient Irma qui leur souriait, dans un partage bon enfant, en famille, comme elle disait elle-même.

— Où est-ce à la fin ? demanda Sandoz impatient. Conduis-nous.

Jory prit la tête, suivi de la bande. Il fallut faire le coup de poing à la porte de la dernière salle, pour entrer. Mais Claude, resté en arrière, entendait toujours monter les rires, une clameur grandissante, le roulement d'une

marée qui allait battre son plein. Et comme il pénétrait
enfin dans la salle, il vit une masse énorme, grouillante,
confuse, en tas, qui s'écrasait devant son tableau. Tous
les rires s'enflaient, s'épanouissaient, aboutissaient là.
C'était de son tableau qu'on riait.

— Hein? répéta Jory, triomphant, en voilà un succès!

Gagnière, intimidé, honteux comme si on l'eût giflé
lui-même, murmura :

— Trop de succès... J'aimerais mieux autre chose.

— Es-tu bête! reprit Jory dans un élan de conviction
exaltée. C'est le succès, ça... Qu'est-ce que ça fiche qu'ils
rient! Nous voilà lancés, demain tous les journaux parle-
ront de nous.

— Crétins! lâcha seulement Sandoz, la voix étranglée
de douleur.

Fagerolles se taisait, avec la tenue désintéressée et
digne d'un ami de la famille qui suit un convoi. Et, seule,
Irma restait souriante, trouvant ça drôle; puis, d'un geste
caressant, elle s'appuya contre l'épaule du peintre hué,
elle le tutoya et lui souffla doucement dans l'oreille :

— Faut pas te faire de la bile, mon petit. C'est des
bêtises, on s'amuse tout de même.

Mais Claude demeurait immobile. Un grand froid le
glaçait. Son cœur s'était arrêté un moment, tant la déception venait d'être cruelle. Et, les yeux élargis, attirés et
fixés par une force invincible, il regardait son tableau, il
s'étonnait, le reconnaissait à peine, dans cette salle. Ce
n'était certainement pas la même œuvre que dans son
atelier. Elle avait jauni sous la lumière blafarde de
l'écran de toile; elle semblait également diminuée, plus
brutale et plus laborieuse à la fois; et, soit par l'effet des
voisinages, soit à cause du nouveau milieu, il en voyait
du premier regard tous les défauts, après avoir vécu des
mois aveuglé devant elle. En quelques coups, il la refaisait, reculait les plans, redressait un membre, changeait
la valeur d'un ton. Décidément, le monsieur au veston
de velours ne valait rien, empâté, mal assis; la main
seule était belle. Au fond, les deux petites lutteuses, la
blonde, la brune, restées trop à l'état d'ébauche, manquaient de solidité, amusantes uniquement pour des
yeux d'artiste. Mais il était content des arbres, de la
clairière ensoleillée, et la femme nue, la femme couchée
sur l'herbe, lui apparaissait supérieure à son talent même,
comme si un autre l'avait peinte et qu'il ne l'eût pas
connue encore, dans ce resplendissement de vie.

Il se tourna vers Sandoz, il dit simplement :

— Ils ont raison de rire, c'est incomplet... N'importe, la femme est bien! Bongrand ne s'est pas fichu de moi.

Son ami s'efforçait de l'emmener, mais il s'entêtait, il se rapprocha au contraire. Maintenant qu'il avait jugé son œuvre, il écoutait et regardait la foule. L'explosion continuait, s'aggravait dans une gamme ascendante de fous rires. Dès la porte, il voyait se fendre les mâchoires des visiteurs, se rapetisser les yeux, s'élargir le visage; et c'étaient des souffles tempétueux d'hommes gras, des grincements rouillés d'hommes maigres, dominés par les petites flûtes aiguës des femmes. En face, contre la cimaise, des jeunes gens se renversaient, comme si on leur avait chatouillé les côtes. Une dame venait de se laisser tomber sur une banquette, les genoux serrés, étouffant, tâchant de reprendre haleine dans son mouchoir. Le bruit de ce tableau si drôle devait se répandre, on se ruait des quatre coins du Salon, des bandes arrivaient, se poussaient, voulaient en être. « Où donc ? — Là-bas! — Oh! cette farce! » Et les mots d'esprit pleuvaient plus drus qu'ailleurs, c'était le sujet surtout qui fouettait la gaieté : on ne comprenait pas, on trouvait ça insensé, d'une cocasserie à se rendre malade. « Voilà, la dame a trop chaud, tandis que le monsieur a mis sa veste de velours, de peur d'un rhume. — Mais non, elle est déjà bleue, le monsieur l'a retirée d'une mare, et il se repose à distance, en se bouchant le nez. — Pas poli, l'homme! il pourrait nous montrer son autre figure. — Je vous dis que c'est un pensionnat de jeunes filles en promenade : regardez les deux qui jouent à saute-mouton. — Tiens! un savonnage : les chairs sont bleues, les arbres sont bleus, pour sûr qu'il l'a passé au bleu, son tableau! » Ceux qui ne riaient pas, entraient en fureur : ce bleuissement, cette notation nouvelle de la lumière, semblaient une insulte. Est-ce qu'on laisserait outrager l'art ? De vieux messieurs brandissaient des cannes. Un personnage grave s'en allait, vexé, en déclarant à sa femme qu'il n'aimait pas les mauvaises plaisanteries. Mais un autre, un petit homme méticuleux, ayant cherché dans le catalogue l'explication du tableau, pour l'instruction de sa demoiselle, et lisant à voix haute le titre : *Plein Air*, ce fut autour de lui une reprise formidable, des cris, des huées. Le mot courait, on le répétait, on le commentait : plein air, oh! oui, plein air, le ventre à l'air, tout en l'air, tra la la laire! Cela tournait au scandale, la foule grossissait encore, les faces se congestionnaient dans la chaleur croissante, chacune avec la bouche ronde et bête des ignorants qui jugent de la peinture, exprimant à elles toutes la somme d'âneries, de réflexions saugrenues, de ricanements stupides et mauvais, que la vue d'une œuvre originale peut tirer à l'imbécillité bourgeoise.

Et, à ce moment, comme dernier coup, Claude vit reparaître Dubuche, qui traînait les Margaillan. Dès qu'il arriva devant le tableau, l'architecte, embarrassé, pris d'une honte lâche, voulut presser le pas, emmener son monde, en affectant de n'avoir aperçu ni la toile ni ses amis. Mais déjà l'entrepreneur s'était planté sur ses courtes jambes, écarquillant les yeux, lui demandant très haut, de sa grosse voix rauque :

— Dites donc, quel est le sabot qui a fichu ça ?

Cette brutalité bonne enfant, ce cri d'un parvenu millionnaire qui résumait la moyenne de l'opinion redoubla l'hilarité ; et lui, flatté de son succès, les côtes chatouillées par l'étrangeté de cette peinture, partit à son tour, mais d'un rire tel, si démesuré, si ronflant, au fond de sa poitrine grasse, qu'il dominait tous les autres. C'était l'alleluia, l'éclat final des grandes orgues.

— Emmenez ma fille, dit la pâle Mme Margaillan à l'oreille de Dubuche.

Il se précipita, dégagea Régine, qui avait baissé les paupières ; et il déploya des muscles vigoureux comme s'il eût sauvé ce pauvre être d'un danger de mort. Puis, ayant quitté les Margaillan à la porte, après des poignées de main et des saluts d'homme du monde, il revint vers ses amis, il dit carrément à Sandoz, à Fagerolles et à Gagnière :

— Que voulez-vous ? ce n'est pas ma faute... Je l'avais prévenu que le public ne comprendrait pas. C'est cochon, oui, vous aurez beau dire, c'est cochon !

— Ils ont hué Delacroix, interrompit Sandoz, blanc de rage, les poings serrés. Ils ont hué Courbet. Ah ! race ennemie, stupidité de bourreaux !

Gagnière, qui partageait maintenant cette rancune d'artiste, se fâchait au souvenir de ses batailles des concerts Pasdeloup, chaque dimanche, pour la vraie musique.

— Et ils sifflent Wagner, ce sont les mêmes, je les reconnais... Tenez ! ce gros, là-bas...

Il fallut que Jory le retînt. Lui, aurait excité la foule. Il répétait que c'était fameux, qu'il y avait là pour cent mille francs de publicité. Et Irma, lâchée encore, venait de retrouver dans la cohue deux amis à elle, deux jeunes boursiers, qui étaient parmi les plus acharnés blagueurs, et qu'elle endoctrinait, qu'elle forçait à trouver ça très bien, en leur donnant des tapes sur les doigts.

Mais Fagerolles n'avait pas desserré les dents. Il examinait toujours la toile, il jetait des coups d'œil sur le public. Avec son flair de Parisien et sa conscience souple de gaillard adroit, il se rendait compte du malentendu; et, vaguement, il sentait déjà ce qu'il faudrait pour que cette peinture fît la conquête de tous, quelques tricheries peut-être, des atténuations, un arrangement du sujet, un adoucissement de la facture. L'influence que Claude avait eue sur lui, persistait : il en restait pénétré, à jamais marqué. Seulement, il le trouvait archi-fou d'exposer une pareille chose. N'était-ce pas stupide de croire à l'intelligence du public ? A quoi bon cette femme nue avec ce monsieur habillé ? Que voulaient dire les deux petites lutteuses du fond ? Et les qualités d'un maître, un morceau de peinture comme il n'y en avait pas deux dans le Salon ! Un grand mépris lui venait de ce peintre admirablement doué, qui faisait rire tout Paris comme le dernier des barbouilleurs.

Ce mépris devint si fort, qu'il ne put le cacher davantage. Il dit, dans un accès d'invincible franchise :

— Ah ! écoute, mon cher, tu l'as voulu, c'est toi qui es trop bête.

Claude, en silence, détournant les yeux de la foule, le regarda. Il n'avait point faibli, pâle seulement sous les rires, les lèvres agitées d'un léger tic nerveux : personne ne le connaissait, son œuvre seule était souffletée. Puis, il reporta un instant les regards sur le tableau, parcourut de là les autres toiles de la salle, lentement. Et, dans le désastre de ses illusions, dans la douleur vive de son orgueil, un souffle de courage, une bouffée de santé et d'enfance, lui vinrent de toute cette peinture si gaiement brave, montant à l'assaut de l'antique routine, avec une passion si désordonnée. Il en était consolé et raffermi, sans remords, sans contrition, poussé au contraire à heurter le public davantage. Certes, il y avait là bien des maladresses, bien des efforts puérils, mais quel joli ton général, quel coup de lumière apporté, une lumière gris d'argent, fine, diffuse, égayée de tous les reflets dansants du plein air ! C'était comme une fenêtre brusquement ouverte dans la vieille cuisine au bitume, dans les jus

recuits de la tradition, et le soleil entrait, et les murs
riaient de cette matinée de printemps ! La note claire de
son tableau, ce bleuissement dont on se moquait, éclatait
parmi les autres. N'était-ce pas l'aube attendue, un jour
nouveau qui se levait pour l'art ? Il aperçut un critique
qui s'arrêtait sans rire, des peintres célèbres, surpris, la
mine grave, le père Malgras, très sale, allant de tableau
en tableau avec sa moue de fin dégustateur, tombant en
arrêt devant le sien, immobile, absorbé. Alors, il se
retourna vers Fagerolles, il l'étonna par cette réponse
tardive :

— On est bête comme on peut, mon cher, et il est à
croire que je resterai bête... Tant mieux pour toi, si tu
es un malin !

Tout de suite, Fagerolles lui tapa sur l'épaule, en
camarade qui plaisante, et Claude se laissa prendre le
bras par Sandoz. On l'emmenait enfin, la bande entière
quitta le Salon des Refusés, en décidant qu'on allait passer par la salle de l'architecture ; car, depuis un instant,
Dubuche, dont on avait reçu un projet de Musée, piétinait et les suppliait d'un regard si humble, qu'il semblait
difficile de ne pas lui donner cette satisfaction.

— Ah ! dit plaisamment Jory, en entrant dans la salle,
quelle glacière ! On respire ici.

Tous se découvrirent et s'essuyèrent le front avec soulagement, comme s'ils arrivaient sous la fraîcheur de
grands ombrages, au bout d'une longue course en plein
soleil. La salle était vide. Du plafond, tendu d'un écran
de toile blanche, tombait une clarté égale, douce et
morne, qui se reflétait, pareille à une eau de source
immobile, dans le miroir du parquet fortement ciré. Aux
quatre murs, d'un rouge déteint, les projets, les grands
et les petits châssis, bordés de bleu pâle, mettaient les
taches lavées de leurs teintes d'aquarelle. Et seul, absolument seul au milieu de ce désert, un monsieur barbu
se tenait debout devant un projet d'Hospice, plongé dans
une contemplation profonde. Trois dames parurent,
s'effarèrent, traversèrent en fuyant à petits pas pressés.

Déjà Dubuche montrait et expliquait son œuvre aux
camarades. C'était un seul châssis, une pauvre petite
salle de Musée, qu'il avait envoyée par hâte ambitieuse,
en dehors des usages, et contre la volonté de son patron,
qui pourtant la lui avait fait recevoir, se croyant engagé
d'honneur.

— Est-ce que c'est pour loger les tableaux de l'école

du plein air, ton Musée ? demanda Fagerolles sans rire.

Gagnière admirait, d'un branle de la tête, en songeant à autre chose; tandis que Claude et Sandoz, par amitié, examinaient et s'intéressaient sincèrement.

— Eh! ce n'est pas mal, mon vieux, dit le premier. Les ornements sont encore d'une tradition joliment bâtarde... N'importe, ça va!

Jory, impatient, finit par l'interrompre.

— Ah! filons, voulez-vous ? Moi, je m'enrhume.

La bande reprit sa marche. Mais le pis était que, pour couper au plus court, il leur fallait traverser tout le Salon officiel; et ils s'y résignèrent, malgré le serment qu'ils avaient fait de n'y pas mettre les pieds, par protestation. Fendant la foule, avançant avec raideur, ils suivirent l'enfilade des salles, en jetant à droite et à gauche des regards indignés. Ce n'était plus le gai scandale de leur Salon à eux, les tons clairs, la lumière exagérée du soleil. Des cadres d'or pleins d'ombre se succédaient, des choses gourmées et noires, des nudités d'atelier jaunissant sous des jours de cave, toute la défroque classique, l'histoire, le genre, le paysage, trempés ensemble au fond du même cambouis de la convention. Une médiocrité uniforme suintait des œuvres, la salissure boueuse du ton qui les caractérisait, dans cette bonne tenue d'un art au sang pauvre et dégénéré. Et ils pressaient le pas, et ils galopaient pour échapper à ce règne encore debout du bitume, condamnant tout en bloc avec leur belle injustice de sectaires, criant qu'il n'y avait là rien, rien, rien!

Enfin, ils s'échappèrent, et ils descendaient au jardin, lorsqu'ils rencontrèrent Mahoudeau et Chaîne. Le premier se jeta dans les bras de Claude.

— Ah! mon cher, ton tableau, quel tempérament!

Le peintre, tout de suite, loua la Vendangeuse.

— Et toi, dis donc, tu leur en as fichu par la tête, un morceau!

Mais la vue de Chaîne, auquel personne ne parlait de sa Femme adultère, et qui errait silencieux, l'apitoya. Il trouvait une mélancolie profonde à l'exécrable peinture, à la vie manquée de ce paysan, victime des admirations bourgeoises. Toujours il lui donnait la joie d'un éloge. Il le secoua amicalement, il cria :

— Très bien aussi, votre machine... Ah! mon gaillard, le dessin ne vous fait pas peur!

— Non, bien sûr! déclara Chaîne, dont la face s'était empourprée de vanité, sous les broussailles noires de sa barbe.

Mahoudeau et lui se joignirent à la bande; et le premier demanda aux autres s'ils avaient vu le *Semeur*, de Chambouvard. C'était inouï, le seul morceau de sculpture du Salon. Tous les suivirent dans le jardin, que la foule envahissait maintenant.

— Tiens! reprit Mahoudeau, en s'arrêtant au milieu de l'allée centrale, il est justement devant son semeur, Chambouvard.

En effet, un homme obèse était là, campé fortement sur ses grosses jambes, et s'admirant. La tête dans les épaules, il avait une face épaisse et belle d'idole hindoue. On le disait fils d'un vétérinaire des environs d'Amiens. A quarante-cinq ans, il était déjà l'auteur de vingt chefs-d'œuvre, des statues simples et vivantes, de la chair bien moderne, pétrie par un ouvrier de génie, sans raffinement; et cela au hasard de la production, donnant ses œuvres comme un champ donne son herbe, bon un jour, mauvais le lendemain, dans l'ignorance absolue de ce qu'il créait. Il poussait le manque de sens critique jusqu'à ne pas faire de distinction, entre les fils les plus glorieux de ses mains, et les détestables magots qu'il lui arrivait de bâcler parfois. Sans fièvre nerveuse, sans un doute, toujours solide et convaincu, il avait un orgueil de dieu.

— Etonnant, le *Semeur*! murmura Claude, quelle bâtisse, et quel geste!

Fagerolles, qui n'avait pas regardé la statue, s'amusait beaucoup du grand homme et de la queue de jeunes disciples béants, qu'il traînait d'ordinaire à sa suite.

— Regardez-les donc, ils communient, ma parole!... Et lui, hein? quelle bonne tête de brute, transfigurée dans la contemplation de son nombril!

Seul et à l'aise au milieu de la curiosité de tous Chambouvard s'ébahissait, de l'air foudroyé d'un homme qui s'étonne d'avoir enfanté une pareille œuvre. Il semblait la voir pour la première fois, n'en revenait point. Puis, un ravissement noya sa large face, il dodelina de la tête, il éclata d'un rire doux et invincible, en répétant à dix reprises :

— C'est comique... c'est comique...

Toute sa queue, derrière lui, se pâmait, tandis qu'il n'imaginait rien d'autre, pour dire l'adoration où il était de lui-même.

Mais il y eut un léger émoi : Bongrand, qui se promenait, les mains derrière le dos, les yeux vagues, venait de tomber sur Chambouvard; et le public, s'écartant, chuchotait, s'intéressait à la poignée de main échangée par les deux artistes célèbres, l'un court et sanguin, l'autre grand et frissonnant. On entendit des mots de bonne camaraderie : « Toujours des merveilles ! — Parbleu ! Et vous, rien cette année ? — Non, rien. Je me repose, je cherche. — Allons donc ! farceur, ça vient tout seul. — Adieu ! — Adieu ! » Déjà, Chambouvard, accompagné de sa cour, s'en allait lentement au travers de la foule, avec des regards de monarque heureux de vivre; pendant que Bongrand, qui avait reconnu Claude et ses amis s'approchait d'eux, les mains fébriles, et leur désignait le sculpteur d'un mouvement nerveux du menton, en disant :

— En voilà un gaillard que j'envie ! Toujours croire qu'on fait des chefs-d'œuvre !

Il complimenta Mahoudeau de sa Vendangeuse, se montra paternel pour tous, avec sa large bonhomie, son abandon de vieux romantique rangé, décoré. Puis, s'adressant à Claude. :

— Eh bien ! qu'est-ce que je vous disais ? Vous avez vu, là-haut... Vous voici passé chef d'école.

— Ah ! oui, répondit Claude, ils m'arrangent... C'est vous, notre maître à tous.

Bongrand eut son geste de vague souffrance, et il se sauva, en disant :

— Taisez-vous donc ! je ne suis pas même mon maître !

Un moment encore, la bande erra dans le jardin. On était retourné voir la Vendangeuse, lorsque Jory s'aperçut que Gagnière n'avait plus Irma Bécot à son bras. Ce dernier fut stupéfait : où diable pouvait-il l'avoir perdue ? Mais quand Fagerolles lui eut conté qu'elle s'en était allée dans la foule, avec deux messieurs, il se tranquillisa; et il suivit les autres, plus léger, soulagé de cette bonne fortune qui l'ahurissait.

Maintenant, on ne circulait qu'avec peine. Tous les bancs étaient pris d'assaut, des groupes barraient les allées, où la marche lente des promeneurs s'arrêtait, refluait sans cesse autour des bronzes et des marbres à succès. Du buffet encombré sortait un gros murmure, un bruit de soucoupes et de cuillers, qui s'ajoutait au frisson vivant de l'immense nef. Les moineaux étaient remontés dans la forêt des charpentes de fonte, on entendait leurs petits cris aigus, le piaillement dont ils saluaient le soleil à son déclin, sous les vitres chaudes, il faisait lourd, une tiédeur humide de serre, un air immobile, affadi d'une odeur de terreau fraîchement remué. Et, dominant cette houle du jardin, le fracas des salles du premier étage, le roulement des pieds sur les planchers de fer, ronflait toujours, avec sa clameur de tempête battant la côte.

Claude, qui percevait nettement ce grondement d'orage finissait par n'avoir que lui, déchaîné et hurlant, dans les oreilles. C'étaient les gaietés de la foule, dont les huées et les rires soufflaient en ouragan devant son tableau. Il eut un geste énervé, il s'écria :

— Ah ! çà, qu'est-ce que nous fichons, ici ? Moi, je ne prends rien au buffet, ça pue l'Institut... Allons boire une chope dehors, voulez-vous ?

Tous sortirent, les jambes cassées, la face tirée et méprisante. Dehors, ils respirèrent bruyamment, d'un air de délices, en rentrant dans la bonne nature printanière. Quatre heures sonnaient à peine, le soleil oblique enfilait les Champs-Elysées ; et tout flambait, les queues serrées des équipages, les feuillages neufs des arbres, les gerbes des bassins qui jaillissaient et s'envolaient en une poussière d'or. D'un pas de flânerie, ils descendirent, hésitèrent, s'échouèrent enfin dans un petit café, le Pavillon de la Concorde, à gauche, avant la place. La salle était si étroite, qu'ils s'attablèrent au bord de la contre-allée, malgré le froid tombant de la voûte des feuilles, déjà touffue et noire. Mais, après les quatre rangées de marronniers, au-delà de cette bande d'ombre verdâtre, ils avaient devant eux la chaussée ensoleillée de l'avenue, ils y voyaient passer Paris à travers une gloire, les voitures aux roues rayonnantes comme des astres, les grands omnibus jaunes plus dorés que des chars de triomphe, des cavaliers dont les montures semblaient jeter des étincelles, des piétons qui se transfiguraient et resplendissaient dans la lumière.

Et, durant près de trois heures, en face de sa chope restée pleine, Claude parla, discuta, dans une fièvre croissante, le corps brisé, la tête grosse de toute la peinture qu'il venait de voir. C'était, avec les camarades, l'habituelle sortie du Salon, que, cette année-là, passionnait encore la mesure libérale de l'Empereur ; un flot montant de théories, une griserie d'opinions extrêmes qui rendait les langues pâteuses, toute la passion de l'art dont brûlait leur jeunesse.

— Eh bien! quoi ? criait-il, le public rit, il faut faire
l'éducation du public... Au fond, c'est une victoire.
Enlevez deux cents toiles grotesques, et notre Salon
enfonce le leur. Nous avons de la bravoure et l'audace, nous
sommes l'avenir... Oui, oui, on verra plus tard, nous le
tuerons, leur Salon. Nous y entrerons en conquérants, à
coups de chef-d'œuvre... Ris donc, ris donc, grande bête
de Paris, jusqu'à ce que tu tombes à nos genoux!

Et, s'interrompant, il montrait d'un geste prophétique
l'avenue triomphale, où roulaient dans le soleil le luxe et
la joie de la ville. Son geste s'élargissait, descendait
jusqu'à la place de la Concorde, qu'on apercevait en
écharpe, sous les arbres, avec une de ses fontaines dont
les nappes ruisselaient, un bout fuyant de ses balustrades,
et deux de ses statues, Rouen aux mamelles géantes,
Lille qui avance l'énormité de son pied nu.

— Le plein air, ça les amuse! reprit-il. Soit! puisqu'ils
le veulent, le plein air, l'école du plein air!... Hein ? c'était
entre nous, ça n'existait pas, hier, en dehors de quelques
peintres. Et voilà qu'ils lancent le mot, ce sont eux qui
fondent l'école... Oh! je veux bien, moi. Va pour l'école
du plein air!

Jory s'allongeait des claques sur les cuisses.

— Quand je te disais! J'étais sûr, avec mes articles,
de les forcer à mordre, ces crétins! Ce que nous allons les
embêter, maintenant!

Mahoudeau chantait victoire, lui aussi, en ramenant
continuellement sa Vendangeuse, dont il expliquait les
hardiesses à Chaîne silencieux, qui seul écoutait : tandis
que Gagnière, avec la raideur des timides lâchés au
travers de la théorie pure, parlait de guillotiner l'Institut;
et Sandoz, par sympathie enflammée de travailleur, et
Dubuche, cédant à la contagion de ses amitiés révolutionnaires, s'exaspéraient, tapaient sur la table, avalaient
Paris, dans chaque gorgée de bière. Très calme, Fagerolles
gardait son sourire. Il les avait suivis par amusement, par
le singulier plaisir qu'il trouvait à pousser les camarades
dans des farces qui tourneraient mal. Pendant qu'il
fouettait leur esprit de révolte, il prenait justement la
ferme résolution de travailler désormais à obtenir le prix
de Rome : cette journée le décidait, il jugeait imbécile de
compromettre son talent davantage.

Le soleil baissait à l'horizon, il n'y avait plus qu'un
flot descendant de voitures, le retour du Bois, dans l'or
pâli du couchant. Et la sortie du Salon devait s'achever,

une queue défilait, des messieurs à tête de critique, ayant chacun un catalogue sous le bras.

Gagnière s'enthousiasma brusquement.

— Ah! Courajod, en voilà un qui a inventé le paysage! Avez-vous vu sa *Mare de Gagny*, au Luxembourg?

— Une merveille! cria Claude. Il y a trente ans que c'est fait, et on n'a encore rien fichu de plus solide... Pourquoi laisse-t-on ça au Luxembourg? Ça devrait être au Louvre.

— Mais Courajod n'est pas mort, dit Fagerolles.

— Comment! Courajod n'est pas mort! On ne le voit plus, on n'en parle plus.

Et ce fut une stupeur, lorsque Fagerolles affirma que le maître paysagiste, âgé de soixante-dix ans, vivait quelque part, du côté de Montmartre, retiré dans une petite maison, au milieu de poules, de canards et de chiens. Ainsi, on pouvait se survivre, il y avait des mélancolies de vieux artistes, disparus avant leur mort. Tous se taisaient, un frisson les avait pris, lorsqu'ils aperçurent, passant au bras d'un ami, Bongrand, la face congestionnée, le geste inquiet, qui leur envoya un salut; et, presque derrière lui, au milieu de ses disciples, Chambouvard se montra, riant très haut, tapant les talons, en maître absolu, certain de l'éternité.

— Tiens! tu nous lâches? demanda Mahoudeau à Chaîne, qui se levait.

L'autre mâchonna dans sa barbe des paroles sourdes; et il partit, après avoir distribué des poignées de main.

— Tu sais qu'il va encore se payer ta sage-femme, dit Jory à Mahoudeau. Oui, l'herboriste, la femme aux herbes qui puent... Ma parole! j'ai vu ses yeux flamber tout d'un coup; ça le prend comme une rage de dents; ce garçon; et regarde-le courir, là-bas.

Le sculpteur haussa les épaules, au milieu des rires.

Mais Claude n'entendait point. Maintenant, il entreprenait Dubuche sur l'architecture. Sans doute, ce n'était pas mal, cette salle de Musée, qu'il exposait; seulement, ça n'apportait rien, on y retrouvait une patiente marqueterie des formules de l'Ecole. Est-ce que tous les arts ne marchaient pas de front? est-ce que l'évolution qui transformait la littérature, la peinture, la musique même, n'allait pas renouveler l'architecture. Si jamais l'architecture d'un siècle devait avoir un style à elle, c'était

assurément celle du siècle où l'on entrerait bientôt, un
siècle neuf, un terrain balayé, prêt à la reconstruction de
tout, un champ fraîchement ensemencé, dans lequel
pousserait un nouveau peuple. Par terre, les temples
grecs qui n'avaient plus leurs raisons d'être sous notre
ciel, au milieu de notre société! par terre, les cathédrales
gothiques, puisque la foi aux légendes était morte! par
terre, les colonnades fines, les dentelles ouvragées de la
Renaissance, ce renouveau antique greffé sur le Moyen
Age, des bijoux d'art où notre démocratie ne pouvait se
loger! Et il voulait, il réclamait avec des gestes violents la
formule architecturale de cette démocratie, l'œuvre de
pierre qui l'exprimerait, l'édifice où elle serait chez elle,
quelque chose d'immense et de fort, de simple et de
grand, ce quelque chose qui s'indiquait déjà dans nos
gares, dans nos halles, avec la solide élégance de leurs
charpentes de fer, mais épuré encore, haussé jusqu'à la
beauté, disant la grandeur de nos conquêtes.

— Eh! oui, eh! oui! répétait Dubuche, gagné par sa
fougue. C'est ce que je veux faire, tu verras un jour...
Donne-moi le temps d'arriver, et quand je serai libre, ah!
quand je serai libre!

La nuit venait, Claude s'animait de plus en plus, dans
l'énervement de sa passion, d'une abondance, d'une
éloquence que les camarades ne lui connaissaient pas.
Tous s'excitaient à l'écouter, finissaient par s'égayer
bruyamment des mots extraordinaires qu'il lançait; et
lui-même, étant revenu sur son tableau, en parlait avec
une gaieté énorme, faisait la charge des bourgeois qui
regardaient, imitait la gamme bête des rires. Sur l'avenue,
couleur de cendre, on ne voyait plus filer que les ombres
de rares voitures. La contre-allée était toute noire, un
froid de glace tombait des arbres. Seul, un chant perdu
sortait d'un massif de verdure, derrière le café, quelque
répétition au Concert de l'Horloge, la voix sentimentale
d'une fille s'essayant à la romance.

— Ah! m'ont-ils amusé, les idiots! cria Claude dans
un dernier éclat. Entendez-vous, pour cent mille francs,
je ne donnerais pas ma journée!

Il se tut, épuisé. Personne n'avait plus de salive. Un
silence régna, tous grelottèrent sous l'haleine glacée qui
passait. Et ils se séparèrent avec des poignées de main
lasses, dans une sorte de stupeur. Dubuche dînait en
ville. Fagerolles avait un rendez-vous. Vainement, Jory,
Mahoudeau et Gagnière voulurent entraîner Claude chez

Foucart, un restaurant à vingt-cinq sous : déjà Sandoz
l'emmenait à son bras, inquiet de le voir si gai.

— Allons, viens, j'ai promis à ma mère de rentrer.
Tu mangeras un morceau avec nous, et ce sera gentil,
nous finirons la journée ensemble.

Tous deux descendirent le quai, le long des Tuileries,
serrés l'un contre l'autre, fraternellement. Mais, au pont
des Saints-Pères, le peintre s'arrêta net.

— Comment, tu me quittes! s'écria Sandoz. Puisque
tu dînes avec moi!

— Non, merci, j'ai trop mal à la tête... Je rentre me
coucher.

Et il s'obstina sur cette excuse.

— Bon! bon! finit par dire l'autre en souriant, on ne
te voit plus, tu vis dans le mystère... Va, mon vieux, je ne
veux pas te gêner.

Claude retint un geste d'impatience, et, laissant son
ami passer le pont, il continua de filer tout seul par les
quais. Il marchait les bras ballants, le nez à terre, sans
rien voir, à longues enjambées de somnambule que
l'instinct conduit. Quai de Bourbon, devant sa porte, il
leva les yeux, étonné qu'un fiacre attendît là, arrêté au
bord du trottoir, lui barrant le chemin. Et ce fut du
même pas mécanique qu'il entra chez la concierge, pour
prendre sa clef.

— Je l'ai donnée à cette dame, cria Mme Joseph du
fond de sa loge. Cette dame est là-haut.

— Quelle dame ? demanda-t-il effaré.

— Cette jeune personne... Voyons, vous savez bien ?
celle qui vient toujours.

Il ne savait plus, il se décida à monter, dans une
confusion extrême d'idées. La clef se trouvait sur la porte,
qu'il ouvrit, puis qu'il referma, sans hâte.

Claude resta un moment immobile. L'ombre avait
envahi l'atelier, une ombre violâtre qui pleuvait de la baie
vitrée en un mélancolique crépuscule, noyant les choses.
Il ne voyait plus nettement le parquet, où les meubles,
les toiles, tout ce qui traînait vaguement, semblait se
fondre, comme dans l'eau dormante d'une mare. Mais,
assise au bord du divan, se détachait une forme sombre,
raidie par l'attente, anxieuse et désespérée au milieu
de cette agonie du jour. C'était Christine, il l'avait
reconnue.

Elle tendit les mains, elle murmura d'une voix basse et
entrecoupée :

— Il y a trois heures, oui, trois heures que je suis là, toute seule, à écouter... Au sortir de là-bas, j'ai pris une voiture, et je ne voulais que venir, puis rentrer vite... Mais je serais restée la nuit entière, je ne pouvais pas m'en aller, sans vous avoir serré les mains.

Elle continua, elle dit son désir violent de voir le tableau, son escapade au Salon, et comment elle était tombée dans la tempête des rires, sous les huées de tout ce peuple. C'était elle qu'on sifflait ainsi, c'était sur sa nudité que crachaient les gens, cette nudité dont le brutal étalage, devant la blague de Paris, l'avait étranglée dès la porte. Et, prise d'une terreur folle, éperdue de souffrance et de honte, elle s'était sauvée, comme si elle avait senti ces rires s'abattre sur sa peau nue, la cingler au sang de coups de fouet. Mais elle s'oubliait maintenant, elle ne songeait qu'à lui, bouleversée par l'idée du chagrin qu'il devait avoir, grossissant l'amertume de cet échec de toute sa sensibilité de femme, débordant d'un besoin de charité immense.

— O mon ami, ne vous faites pas de peine!... Je voulais vous voir et vous dire que ce sont des jaloux, que je le trouve très bien, ce tableau, que je suis très fière et très heureuse de vous avoir aidé, d'en être un peu, moi aussi...

Il l'écoutait bégayer ardemment ces tendresses, toujours immobile; et, brusquement, il s'abattit devant elle, il laissa tomber la tête sur ses genoux, en éclatant en larmes. Toute son excitation de l'après-midi, sa bravoure d'artiste sifflé, sa gaieté et sa violence, crevaient là, en une crise de sanglots qui le suffoquait. Depuis la salle où les rires l'avaient souffleté, il les entendait le poursuivre comme une meute aboyante, là-bas aux Champs-Elysées, puis le long de la Seine, puis à présent encore chez lui, derrière son dos. Sa force entière s'en était allée, il se sentait plus débile qu'un enfant; et il répéta, roulant sa tête, la voix éteinte, le geste vague :

— Mon Dieu! que je souffre!

Alors, elle, des deux poings, le remonta jusqu'à sa bouche, dans un emportement de passion. Elle le baisa, elle lui souffla jusqu'au cœur, d'une haleine chaude :

— Tais-toi, tais-toi, je t'aime!

Ils s'adoraient, leur camaraderie devait aboutir à ces noces, sur ce divan, dans l'aventure de ce tableau qui peu à peu les avait unis. Le crépuscule les enveloppa, ils

restèrent aux bras l'un de l'autre, anéantis, en larmes sous
cette première joie d'amour. Près d'eux, au milieu de la
table, les lilas qu'elle avait envoyés le matin, embaumaient
la nuit : et les parcelles d'or éparses, envolées du cadre,
luisaient seules d'un reste de jour, pareilles à un four-
millement d'étoiles.

VI

Le soir, comme il la tenait encore dans ses bras, il lui avait dit :

— Reste !

Mais elle s'était dégagée d'un effort.

— Je ne peux pas, il faut que je rentre.

— Alors, demain... Je t'en prie, reviens demain.

— Demain, non, c'est impossible... Adieu, à bientôt !

Et, le lendemain, dès sept heures, elle était là, rouge du mensonge qu'elle avait fait à Mme Vanzade : une amie de Clermont qu'elle devait aller chercher à la gare, et avec qui elle passerait la journée.

Claude, ravi de la posséder ainsi tout un jour, voulut l'emmener à la campagne, par un besoin de l'avoir à lui seul, très loin, sous le grand soleil. Elle fut enchantée, ils partirent comme des fous, arrivèrent à la gare Saint-Lazare juste pour sauter dans un train du Havre. Lui, connaissait après Mantes un petit village, Bennecourt, où était une auberge d'artistes, qu'il avait envahie parfois avec des camarades ; et, sans s'inquiéter des deux heures de chemin de fer, il la conduisit déjeuner là, comme il l'aurait menée à Asnières. Elle s'égaya beaucoup de ce voyage qui n'en finissait plus. Tant mieux, si c'était au bout du monde ! Il leur semblait que le soir ne devait jamais venir.

A dix heures, ils descendirent à Bonnières ; ils prirent le bac, un vieux bac craquant et filant sur sa chaîne ; car Bennecourt se trouve de l'autre côté de la Seine. La journée de mai était splendide, les petits flots se pailletaient d'or au soleil, les jeunes feuillages verdissaient tendrement, dans le bleu sans tache. Et au-delà des îles, dont la rivière est peuplée en cet endroit, quelle joie que cette auberge de campagne avec son petit commerce d'épicerie, sa grande salle qui sentait la lessive, sa vaste cour pleine de fumier où barbotaient des canards!

— Hé! père Faucheur, nous venons déjeuner. Une omelette, des saucisses, du fromage.

— Est-ce que vous coucherez, monsieur Claude?

— Non, non, une autre fois... Et du vin blanc, hein! du petit rose qui gratte la gorge.

Déjà, Christine avait suivi la mère Faucheur dans la basse-cour; et, quand cette dernière revint avec des œufs, elle demanda au peintre, avec son rire sournois de paysanne:

— C'est donc que vous êtes marié, à cette heure?

— Dame! répondit-il rondement, il le faut bien, puisque je suis avec ma femme.

Le déjeuner fut exquis, l'omelette trop cuite, les saucisses trop grasses, le pain d'une telle dureté qu'il dut lui couper des mouillettes, pour qu'elle ne s'abîmât pas le poignet. Ils burent deux bouteilles, en entamèrent une troisième, si gais, si bruyants qu'ils s'étourdissaient eux-mêmes, dans la grande salle où ils mangeaient seuls. Elle, les joues ardentes, affirmait qu'elle était grise; et jamais ça ne lui était arrivé, et elle trouvait ça drôle, oh! si drôle, riant à ne plus pouvoir se retenir.

— Allons prendre l'air, dit-elle enfin.

— C'est ça, marchons un peu... Nous repartons à quatre heures, nous avons trois heures devant nous.

Ils remontèrent Bennecourt, qui aligne ses maisons jaunes, le long de la berge, sur près de deux kilomètres. Tout le village était aux champs, ils ne rencontrèrent que trois vaches, conduites par une petite fille. Lui, du geste, expliquait le pays, semblait savoir où il allait; et, quand ils furent arrivés à la dernière maison, une vieille bâtisse, plantée sur le bord de la Seine, en face des coteaux de Jeufosse, il en fit le tour, entra dans un bois de chênes, très touffu. C'était le bout du monde qu'ils cherchaient l'un et l'autre, un gazon d'une douceur de velours, un abri de feuilles, où le soleil seul pénétrait, en minces flèches de flamme. Tout de suite, leurs lèvres s'unirent dans un baiser avide, et elle s'était abandonnée, et il l'avait prise, au milieu de l'odeur fraîche des herbes foulées. Longtemps, ils restèrent à cette place, attendris maintenant, avec des paroles rares et basses, occupés de la seule caresse de leur haleine, comme en extase devant les points d'or qu'ils regardaient luire au fond de leurs yeux bruns.

Puis, deux heures plus tard, quand ils sortirent du bois, ils tressaillirent : un paysan était là, sur la porte grande ouverte de la maison, et qui paraissait les avoir guettés de ses yeux rapetissés de vieux loup. Elle devint toute rose, tandis que lui criait, pour cacher sa gêne :

— Tiens! le père Poirette... C'est donc à vous la cambuse ?

Alors, le vieux raconta avec des larmes que ses locataires étaient partis sans le payer, en lui laissant leurs meubles. Et il les invita à entrer.

— Vous pouvez toujours voir, peut-être que vous connaissez du monde... Ah! il y en a, des Parisiens qui seraient contents!... Trois cents francs par an avec les meubles, n'est-ce pas que c'est pour rien ?

Curieusement, ils le suivirent. C'était une grande lanterne de maison, qui semblait taillée dans un hangar : en bas, une cuisine immense et une salle où l'on aurait pu faire danser; en haut, deux pièces également, si vastes qu'on s'y perdait. Quant aux meubles, ils consistaient en un lit de noyer, dans l'une des chambres, et en une table et des ustensiles de ménage, qui garnissaient la cuisine. Mais, devant la maison, le jardin abandonné, planté d'abricotiers magnifiques, se trouvait envahi de rosiers géants, couverts de roses; tandis que, derrière, allant jusqu'au bois de chênes, il y avait un petit champ de pommes de terre, enclos d'une haie vive.

— Je laisserai les pommes de terre, dit le père Poirette.

Claude et Christine s'étaient regardés, dans un de ces brusques désirs de solitude et d'oubli qui alanguissent les amants. Ah! que ce serait bon de s'aimer, là, au fond de ce trou, si loin des autres! Mais ils sourirent, est-ce qu'ils pouvaient ? ils avaient à peine le temps de reprendre le train, pour rentrer à Paris. Et le vieux paysan, qui était le père de Mme Faucheur, les accompagna le long de la berge; puis, comme ils montaient dans le bac, il leur cria, après tout un combat intérieur :

— Vous savez, ce sera deux cent cinquante francs... Envoyez-moi du monde.

A Paris, Claude accompagna Christine jusqu'à l'hôtel de Mme Vanzade. Ils étaient devenus très tristes, ils échangèrent une longue poignée de main, désespérée et muette, n'osant s'embrasser.

Une vie de tourment commença. En quinze jours, elle ne put venir que trois fois; et elle accourait, essoufflée, n'ayant que quelques minutes à elle, car justement la vieille dame se montrait exigeante. Lui, la questionnait, inquiet de la voir pâlie, énervée, les yeux brillants de fièvre. Jamais elle n'avait tant souffert de cette maison pieuse, de ce caveau, sans air et sans jour, où elle se mourait d'ennui. Ses étourdissements l'avaient reprise, le manque d'exercice faisait battre le sang à ses tempes. Elle lui avoua qu'elle s'était évanouie, un soir, dans sa chambre, comme tout d'un coup étranglée par une main de plomb. Et elle n'avait pas de paroles mauvaises contre sa maîtresse, elle s'attendrissait au contraire : une pauvre créature si vieille, si infirme, si bonne, qui l'appelait sa fille ! Cela lui coûtait comme une vilaine action, chaque fois qu'elle l'abandonnait, pour courir chez son amant.

Deux semaines encore se passèrent. Les mensonges dont elle devait payer chaque heure de liberté, lui devinrent intolérables. Maintenant, c'était frémissante de honte qu'elle rentrait dans cette maison rigide, où son amour lui semblait une tache. Elle s'était donnée, elle l'aurait crié tout haut, et son honnêteté se révoltait à cacher cela comme une faute, à mentir bassement, ainsi qu'une servante qui craint un renvoi.

Enfin, un soir, dans l'atelier, au moment où elle partait une fois encore, Christine se jeta entre les bras de Claude, éperdument, sanglotant de souffrance et de passion.

— Ah ! je ne peux pas, je ne peux pas... Garde-moi donc, empêche-moi de retourner là-bas !

Il l'avait saisie, il l'embrassait à l'étouffer.

— Bien vrai ? tu m'aimes ! Oh ! cher amour !... Mais je n'ai rien, moi, et tu perdrais tout. Est-ce que je puis tolérer que tu te dépouilles ainsi ?

Elle sanglota plus fort, ses paroles bégayées se brisaient dans ses larmes.

— Son argent, n'est-ce pas ? ce qu'elle me laisserait... Tu crois donc que je calcule ? Jamais je n'y ai songé, je te le jure. Ah ! qu'elle garde tout et que je sois libre !... Moi, je ne tiens à rien ni à personne, je n'ai aucun parent, ne m'est-il pas permis de faire ce que je veux ? Je ne demande point que tu m'épouses, je demande seulement à vivre avec toi...

Puis, dans un dernier sanglot de torture :

— Ah ! tu as raison, c'est mal de l'abandonner, cette pauvre femme ! Ah ! je me méprise, je voudrais avoir la force... Mais je t'aime trop, je souffre trop, je ne peux pourtant pas en mourir.

— Reste! reste! cria-t-il. Et que ce soient les autres qui meurent, il n'y a que nous deux!

Il l'avait assise sur ses genoux, tous deux pleuraient et riaient, en jurant au milieu de leurs baisers qu'ils ne se sépareraient jamais, jamais plus.

Ce fut une folie. Christine quitta brutalement Mme Vanzade, emporta sa malle, dès le lendemain. Tout de suite, Claude et elle avaient évoqué la vieille maison déserte de Bennecourt, les rosiers géants, les pièces immenses. Ah! partir, partir sans perdre une heure, vivre au bout de la terre, dans la douceur de leur jeune ménage! Elle, joyeuse, battait des mains. Lui, saignant encore de son échec du Salon, ayant le besoin de se reprendre, aspirait à ce grand repos de la bonne nature; et il aurait là-bas le vrai plein air, il travaillerait dans l'herbe jusqu'au cou, il rapporterait des chefs-d'œuvre. En deux jours, tout fut prêt, le congé de l'atelier donné, les quatre meubles portés au chemin de fer. Une chance heureuse leur était advenue, une fortune, cinq cents francs payés par le père Malgras, pour un lot d'une vingtaine de toiles, qu'il avait triées au milieu des épaves du déménagement. Ils allaient vivre comme des princes, Claude avait sa rente de mille francs, Christine apportait quelques économies, un trousseau, des robes. Et ils se sauvèrent, une véritable fuite, les amis évités, pas même prévenus par une lettre, Paris dédaigné et lâché avec des rires de soulagement.

Juin s'achevait, une pluie torrentielle tomba pendant la semaine de leur installation; et ils découvrirent que le père Poirette, avant de signer avec eux, avait enlevé la moitié des ustensiles de cuisine. Mais la désillusion restait sans prise, ils pataugeaient avec délices sous les averses, ils faisaient des voyages de trois lieues, jusqu'à Vernon, pour acheter des assiettes et des casseroles, qu'ils rapportaient en triomphe. Enfin, ils furent chez eux, n'occupant en haut qu'une des deux chambres, abandonnant l'autre aux souris, transformant en bas la salle à manger en un vaste atelier, surtout heureux, amusés comme des enfants, de manger dans la cuisine, sur une table de sapin, près de l'âtre où chantait le pot-au-feu. Ils avaient pris pour les servir une fille du village, qui venait le matin et s'en allait le soir, Mélie, une nièce des Faucheur, dont la stupidité les enchantait. Non, on n'en aurait pas trouvé une plus bête dans tout le département!

Le soleil ayant reparu, des journées adorables se suivirent, des mois coulèrent dans une félicité monotone.
Jamais ils ne savaient la date, et ils confondaient tous les
jours de la semaine. Le matin, ils s'oubliaient très tard au
lit, malgré les rayons qui ensanglantaient les murs blan-
chis de la chambre, à travers les fentes des volets. Puis,
après le déjeuner, c'étaient des flâneries sans fin, de
grandes courses sur le plateau planté de pommiers, par
des chemins herbus de campagne, des promenades le
long de la Seine, au milieu des prés, jusqu'à la Roche-
Guyon, des explorations plus lointaines, de véritables
voyages de l'autre côté de l'eau, dans les champs de blé
de Bonnières et de Jeufosse. Un bourgeois, forcé de quitter le pays, leur avait vendu un vieux canot
trente francs; et ils avaient aussi la rivière, ils s'étaient
pris pour elle d'une passion de sauvages, y vivant des
jours entiers, naviguant, découvrant des terres nouvelles,
restant cachés sous les saules des berges, dans les petits
bras noirs d'ombre. Entre les îles semées au fil de l'eau,
il y avait toute une cité mouvante et mystérieuse, un lacis
de ruelles par lesquelles ils filaient doucement frôlés de la
caresse des branches basses, seuls au monde avec les
ramiers et les martins-pêcheurs. Lui, parfois, devait sauter sur le sable, les jambes nues, pour pousser le canot.
Elle, vaillante, maniait les rames, voulait remonter les
courants les plus durs, glorieuse de sa force. Et, le soir,
ils mangeaient des soupes aux choux dans la cuisine, ils
riaient de la bêtise de Mélie dont ils avaient ri la veille;
puis, dès neuf heures, ils étaient au lit, dans le vieux lit
de noyer, vaste à y loger une famille, et où ils faisaient
leurs douze heures, jouant dès l'aube à se jeter les oreil-
lers, puis se rendormant, leurs bras à leurs cous.

Chaque nuit, Christine disait :

— Maintenant, mon chéri, tu vas me promettre une
chose : c'est que tu travailleras demain.

— Oui, demain, je te le jure.

— Et tu sais, je me fâche, cette fois... Est-ce que c'est
moi qui t'empêche ?

— Toi, quelle idée!... Puisque je suis venu pour
travailler, que diable! Demain, tu verras.

Le lendemain, ils repartaient en canot; elle-même le
regardait avec un sourire gêné, quand elle le voyait n'emporter ni toile ni couleurs; puis, elle l'embrassait en
riant, fière de sa puissance, touchée de ce continuel sacrifice qu'il lui faisait. Et c'étaient de nouvelles remon-

trances attendries : demain, oh! demain, elle l'attacherait
plutôt devant sa toile!

Claude, cependant, fit quelques tentatives de travail.
Il commença une étude du coteau de Jeufosse, avec la
Seine au premier plan; mais, dans l'île où il s'était installé, Christine le suivait, s'allongeait sur l'herbe, près de
lui, les lèvres entrouvertes, les yeux noyés au fond du
bleu; et elle était si désirable dans ces verdures, dans ce
désert où seules passaient les voix murmurantes de l'eau,
qu'il lâchait sa palette à chaque minute, couché près
d'elle, tous les deux anéantis et bercés par la terre. Une
autre fois, au-dessus de Bennecourt, une vieille ferme le
séduisit, abritée de pommiers antiques, qui avaient grandi
comme des chênes. Deux jours de suite, il y vint; seulement, le troisième, elle l'emmena au marché de Bonnières, pour acheter des poules; la journée suivante fut
encore perdue, la toile avait séché, il s'impatienta à la
reprendre, et finalement l'abandonna. Pendant toute la
saison chaude, il n'eut ainsi que des velléités, des bouts
de tableau ébauchés à peine, quittés au moindre prétexte,
sans un effort de persévérance. Sa passion de travail,
cette fièvre de jadis qui le mettait debout dès l'aube,
bataillant contre la peinture rebelle, semblait s'en être
allée, dans une réaction d'indifférence et de paresse; et,
délicieusement, comme après les grandes maladies, il
végétait, il goûtait la joie unique de vivre par toutes les
fonctions de son corps.

Aujourd'hui, Christine seule existait. C'était elle qui
l'enveloppait de cette haleine de flamme, où s'évanouissaient ses volontés d'artiste. Depuis le baiser ardent, irré-
fléchi, qu'elle lui avait posé aux lèvres la première, une
femme était née de la jeune fille, l'amante qui se débattait
chez la vierge, qui gonflait sa bouche grande et l'avançait,
dans la carrure du menton. Elle se révélait ce qu'elle
devait être, malgré sa longue honnêteté : une chair de
passion, une de ces chairs sensuelles, si troublantes,
quand elles se dégagent de la pudeur où elles dorment.
D'un coup et sans maître, elle savait l'amour, elle y apportait l'emportement de son innocence; et, elle ignorante
jusque-là, lui presque neuf encore, faisant ensemble les
découvertes de la volupté, s'exaltaient dans le ravissement
de cette initiation commune. Il s'accusait de son ancien
mépris : fallait-il être sot, de dédaigner en enfant des
félicités qu'on n'avait pas vécues! Désormais, toute sa
tendresse de la chair de la femme, cette tendresse dont il

épuisait autrefois le désir dans ses œuvres, ne le brûlait plus que pour ce corps vivant, souple et tiède, qui était son bien. Il avait cru aimer les jours frisant sur les gorges de soie, les beaux tons d'ambre pâle qui dorent la rondeur des hanches, le modelé douillet des ventres purs. Quelle illusion de rêveur! A cette heure seulement, il le tenait à pleins bras, ce triomphe de posséder son rêve, toujours fuyant jadis sous sa main impuissante de peintre. Elle se donnait entière, il la prenait, depuis sa nuque jusqu'à ses pieds, il la serrait d'une étreinte à la faire sienne, à l'entrer au fond de sa propre chair. Et elle, ayant tué la peinture, heureuse d'être sans rivale, prolongeait les noces. Au lit, le matin, c'étaient ses bras ronds, ses jambes douces qui le gardaient si tard, comme lié par des chaînes, dans la fatigue de leur bonheur; en canot, lorsqu'elle ramait, il se laissait emporter sans force, ivre, rien qu'à regarder le balancement de ses reins; sur l'herbe des îles, les yeux au fond de ses yeux, il restait en extase des journées, absorbé par elle, vidé de son cœur et de son sang. Et toujours, et partout, ils se possédaient, avec le besoin inassouvi de se posséder encore.

Une des surprises de Claude était de la voir rougir pour le moindre gros mot qui lui échappait. Les jupes rattachées, elle souriait d'un air de gêne, détournait la tête, aux allusions gaillardes. Elle n'aimait pas ça. Et, à ce propos, un jour, ils se fâchèrent presque.

C'était, derrière leur maison, dans le petit bois de chênes, où ils allaient parfois, en souvenir du baiser qu'ils y avaient échangé, lors de leur première visite à Bennecourt. Lui, travaillé d'une curiosité, l'interrogeait sur sa vie de couvent. Il la tenait à la taille, la chatouillait de son souffle, derrière l'oreille, en tâchant de la confesser. Que savait-elle de l'homme, là-bas? qu'en disait-elle avec ses amies? quelle idée se faisait-elle de ça?

— Voyons, mon mimi, conte-moi un peu... Est-ce que tu te doutais?

Mais elle avait son rire mécontent, elle essayait de se dégager.

— Es-tu bête! laisse-moi donc!... A quoi ça t'avance-t-il?

— Ça m'amuse... Alors, tu savais?

Elle eut un geste de confusion, les joues envahies de rougeur.

— Mon Dieu! comme les autres, des choses...

Puis, en se cachant la face contre son épaule:

— On est bien étonnée tout de même.

Il éclata de rire, la serra follement, la couvrit d'une pluie de baisers. Mais, quand il crut l'avoir conquise et qu'il voulut obtenir ses confidences, ainsi que d'un camarade qui n'a rien à cacher, elle s'échappa en phrases fuyantes, elle finit par bouder, muette, impénétrable. Et jamais elle n'en avoua plus long, même à lui qu'elle adorait. Il y avait là ce fond que les plus franches gardent, cet éveil de leur sexe dont le souvenir demeure enseveli et comme sacré. Elle était très femme, elle se réservait, en se donnant toute.

Pour la première fois, ce jour-là, Claude sentit qu'ils restaient étrangers. Une impression de glace, le froid d'un autre corps, l'avait saisi. Est-ce que rien de l'un ne pouvait donc pénétrer dans l'autre, quand ils s'étouffaient, entre leurs bras éperdus, avides d'étreindre toujours davantage, au-delà même de la possession ?

Les jours passaient cependant, et ils ne souffraient point de la solitude. Aucun besoin d'une distraction, d'une visite à faire ou à recevoir, ne les avait encore sortis d'eux-mêmes. Les heures qu'elle ne vivait pas près de lui, à son cou, elle les employait en ménagère bruyante, bouleversant la maison par de grands nettoyages que Mélie devait exécuter sous ses yeux, ayant des fringales d'activité qui la faisaient se battre en personne contre les trois casseroles de la cuisine. Mais le jardin surtout l'occupait : elle abattait des moissons de roses sur les rosiers géants, armée d'un sécateur, les mains déchirées par les épines ; elle s'était donné une courbature à vouloir cueillir les abricots, dont elle avait vendu la récolte deux cents francs aux Anglais qui battent le pays chaque année ; et elle en tirait une vanité extraordinaire, elle rêvait de vivre des produits du jardin. Lui, mordait moins à la culture. Il avait mis son divan dans la vaste salle transformée en atelier, il s'y allongeait pour la regarder semer et planter, par la fenêtre grande ouverte. C'était une paix absolue, la certitude qu'il ne viendrait personne, que pas un coup de sonnette ne le dérangerait, à aucun moment de la journée. Il poussait si loin cette peur du dehors, qu'il évitait de passer devant l'auberge des Faucheur, dans la continuelle crainte de tomber sur une bande de camarades, débarqués de Paris. De tout l'été, pas une âme ne se montra. Il répétait chaque soir, en montant se coucher, que tout de même c'était une rude chance.

Une seule plaie secrète saignait au fond de cette joie.

Après la fuite de Paris, Sandoz ayant su l'adresse et ayant écrit, demandant s'il pouvait aller le voir, Claude n'avait pas répondu. Une brouille s'en était suivie, et cette vieille amitié semblait morte. Christine s'en désolait, car elle sentait bien qu'il avait rompu pour elle. Continuellement, elle en parlait, ne voulant pas le fâcher avec ses amis, exigeant qu'il les rappelât. Mais, s'il promettait d'arranger les choses, il n'en faisait rien. C'était fini, à quoi bon revenir sur le passé ?

Vers les derniers jours de juilllet, l'argent devenant rare, il dut se rendre à Paris, pour vendre au père Malgras une demi-douzaine d'anciennes études, et, en l'accompagnant à la gare, elle lui fit jurer d'aller serrer la main à Sandoz. Le soir, elle était là de nouveau, devant la station de Bonnières, qui l'attendait.

— Eh bien ! l'as-tu vu, vous êtes-vous embrassés ?

Il se mit à marcher près d'elle, muet d'embarras. Puis, d'une voix sourde :

— Non, je n'ai pas eu le temps.

Alors, elle dit, navrée, tandis que deux grosses larmes noyaient ses yeux :

— Tu me fais beaucoup de peine.

Et, comme ils étaient sous les arbres, il la baisa au visage, en pleurant lui aussi, en la suppliant de ne pas augmenter son chagrin. Est-ce qu'il pouvait changer la vie ? N'était-ce point assez déjà d'être heureux ensemble ?

Pendant ces premiers mois, ils firent une seule rencontre. C'était au-dessus de Bennecourt, en remontant du côté de la Roche-Guyon. Ils suivaient un chemin désert et boisé, un de ces délicieux chemins creux, lorsque, à un détour, ils tombèrent sur trois bourgeois en promenade, le père, la mère et la fille. Justement, se croyant bien seuls, ils s'étaient pris à la taille, en amoureux qui s'oublient derrière les haies : elle, ployée, abandonnait ses lèvres ; lui, rieur, avançait les siennes ; et la surprise fut si vive, qu'ils ne se dérangèrent point, toujours liés dans une étreinte, marchant du même pas ralenti. Saisie, la famille restait collée contre un des talus, le père gros et apoplectique, la mère d'une maigreur de couteau, la fille réduite à rien, déplumée comme un oiseau malade, tous les trois laids et pauvres du sang vicié de leur race. Ils étaient une honte, en pleine vie de la terre, sous le grand soleil ! Et, soudain, la triste enfant qui regardait passer l'amour avec des yeux stupéfaits, fut poussée par son père, emmenée par sa mère, hors d'eux,

exaspérés de ce baiser libre, demandant s'il n'y avait
donc plus de police dans nos campagnes ; tandis que,
toujours sans hâte, les deux amoureux s'en allaient
triomphants, dans leur gloire.

Claude pourtant s'interrogeait, la mémoire hésitante.
Où diable avait-il vu ces têtes-là, cette déchéance bourgeoise, ces faces déprimées et tassées, qui suaient les
millions gagnés sur le pauvre monde ? C'était assurément
dans une circonstance grave de sa vie. Et il se souvint,
il reconnut les Margaillan, cet entrepreneur que Dubuche
promenait au Salon des Refusés, et qui avait ri devant
son tableau, d'un rire tonnant d'imbécile. Deux cents
pas plus loin, comme il débouchait avec Christine du
chemin creux, et qu'ils se trouvaient en face d'une vaste
propriété, une grande bâtisse blanche entourée de beaux
arbres, ils apprirent d'une vieille paysanne que la Richaudière, comme on la nommait, appartenait aux Margaillan
depuis trois années. Ils l'avaient payée quinze cent mille
francs et ils venaient d'y faire des embellissements pour
plus d'un million.

— Voilà un coin du pays où l'on ne nous reprendra
guère, dit Claude en redescendant vers Bennecourt. Ils
gâtent le paysage, ces monstres !

Mais, dès le milieu d'août, un gros événement changea
leur vie : Christine était enceinte, et elle ne s'en apercevait qu'au troisième mois, dans son insouciance d'amoureuse. Ce fut d'abord une stupeur pour elle et pour lui,
jamais ils n'avaient songé que cela pût arriver. Puis, ils
se raisonnèrent, sans joie pourtant, lui troublé de ce
petit être qui allait venir compliquer l'existence, elle saisie d'une angoisse qu'elle ne s'expliquait pas, comme si
elle eût craint que cet accident-là ne fût la fin de leur
grand amour. Elle pleura longtemps à son cou, il tâchait
vainement de la consoler, étranglé de la même tristesse
sans nom. Plus tard, quand ils se furent habitués, ils
s'attendrirent sur le pauvre petit, qu'ils avaient fait sans
le vouloir, le jour tragique où elle s'était livrée à lui, dans
les larmes, sous le crépuscule navré qui noyait l'atelier :
les dates y étaient, ce serait l'enfant de la souffrance et
de la pitié, souffleté à sa conception du rire bête des
foules. Et, dès lors, comme ils n'étaient pas méchants,
ils l'attendirent, le souhaitèrent même, s'occupant déjà
de lui et préparant tout pour sa venue.

L'hiver eut des froids terribles, Christine fut retenue
par un gros rhume dans la maison mal close, qu'on ne

parvenait pas à chauffer. Sa grossesse lui causait de fré-
quents malaises, elle restait accroupie devant le feu, elle
était obligée de se fâcher, pour que Claude sortît sans
elle, fît de longues marches sur la terre gelée et sonore
des routes. Et lui, pendant ces promenades, en se retrouvant seul après des mois de continuelle existence à deux,
s'étonnait de la façon dont avait tourné sa vie, en dehors
de sa volonté. Jamais il n'avait voulu ce ménage, même
avec elle; il en aurait eu l'horreur, si on l'avait consulté;
et ça s'était fait cependant, et ça n'était plus à défaire;
car, sans parler de l'enfant, il était de ceux qui n'ont
point le courage de rompre. Evidemment, cette destinée
l'attendait, il devait s'en tenir à la première qui n'aurait
pas honte de lui. La terre dure sonnait sous ses galoches,
le vent glacial figeait sa rêverie, attardée à des pensées
vagues, à sa chance d'être tombé au moins sur une fille
honnête, à tout ce qu'il aurait souffert de cruel et de sale,
s'il s'était mis avec un modèle, las de rouler les ateliers; et
il était repris de tendresse, il se hâtait de rentrer pour
serrer Christine de ses deux bras tremblants, comme s'il
avait failli la perdre, déconcerté seulement lorsqu'elle se
dégageait, en poussant un cri de douleur.

— Oh! pas si fort! tu me fais du mal!

Elle portait les mains à son ventre, et lui regardait ce
ventre, toujours avec la même surprise anxieuse.

L'accouchement eut lieu vers le milieu de février. Une
sage-femme était venue de Vernon, tout marcha très
bien : la mère fut sur pied au bout de trois semaines,
l'enfant, un garçon, très fort, têtait si goulûment, qu'elle
devait se lever jusqu'à cinq fois la nuit, pour l'empêcher
de crier et de réveiller son père. Dès lors, le petit être
révolutionna la maison, car elle, si active ménagère, se
montra nourrice très maladroite. La maternité ne poussait pas en elle, malgré son bon cœur et ses désolations
au moindre bobo; elle se lassait, se rebutait tout de suite,
appelait Mélie, qui aggravait les embarras par sa stupidité béante; et il fallait que le père accourût l'aider, plus
gêné encore que les deux femmes. Son ancien malaise à
coudre, son inaptitude aux travaux de son sexe, reparaissait dans les soins que réclamait l'enfant. Il fut assez
mal tenu, il s'éleva un peu à l'aventure, au travers du
jardin et des pièces laissées en désordre de désespoir,
encombrées de langes, de jouets cassés, de l'ordure et du
massacre d'un petit monsieur qui fait ses dents. Et,
quand les choses se gâtaient par trop, elle ne savait que

se jeter aux bras de son cher amour : c'était son refuge, cette poitrine de l'homme qu'elle aimait, l'unique source de l'oubli et du bonheur. Elle n'était qu'amante, elle aurait donné vingt fois le fils pour l'époux. Une ardeur même l'avait reprise après la délivrance, une sève remontante d'amoureuse qui se retrouve, avec sa taille libre, sa beauté refleurie. Jamais sa chair de passion ne s'était offerte dans un tel frisson de désir.

Ce fut l'époque cependant où Claude se remit un peu à peindre. L'hiver finissait, il ne savait à quoi employer les gaies matinées de soleil, depuis que Christine ne pouvait sortir avant midi, à cause de Jacques, le gamin qu'ils avaient nommé ainsi, du nom de son grand-père maternel, en négligeant du reste de le faire baptiser. Il travailla dans le jardin, d'abord par désœuvrement, fit une pochade de l'allée d'abricotiers, ébaucha les rosiers géants, composa des natures mortes, quatre pommes, une bouteille et un pot de grès, sur une serviette. C'était pour se distraire. Puis, il s'échauffa, l'idée de peindre une figure habillée en plein soleil, finit par le hanter; et, dès ce moment, sa femme fut sa victime, d'ailleurs complaisante, heureuse de lui faire un plaisir, sans comprendre encore quelle rivale terrible elle se donnait. Il la peignit à vingt reprises, vêtue de blanc, vêtue de rouge au milieu des verdures, debout ou marchant, à demi allongée sur l'herbe, coiffée d'un grand chapeau de campagne, tête nue sous une ombrelle, dont la soie cerise baignait sa face d'une lumière rose. Jamais il ne se contentait pleinement, il grattait les toiles au bout de deux ou trois séances, recommençait tout de suite, s'entêtant au même sujet. Quelques études, incomplètes, mais d'une notation charmante dans la vigueur de leur facture, furent sauvées du couteau à palette et pendues aux murs de la salle à manger.

Et, après Christine, ce fut Jacques qui dut poser. On le mettait nu comme un petit Saint-Jean, on le couchait, par les journées chaudes, sur une couverture; et il ne fallait plus qu'il bougeât. Mais c'était le diable. Egayé, chatouillé par le soleil, il riait et gigotait, ses petits pieds roses en l'air, se roulant, culbutant, le derrière par-dessus la tête. Le père, après avoir ri, se fâchait, jurait contre ce sacré mioche qui ne pouvait pas être sérieux une minute. Est-ce qu'on plaisantait avec la peinture ? Alors, la mère, à son tour, faisait les gros yeux, maintenait le petit pour que le peintre attrapât au vol le dessin

d'un bras ou d'une jambe. Pendant des semaines, il
s'obstina, tellement les tons si jolis de cette chair d'enfance le tentaient. Il ne le couvait plus que de ses yeux
d'artiste, comme un motif à chef-d'œuvre, clignant les
paupières, rêvant le tableau. Et il recommençait l'expérience, il le guettait des jours entiers, exaspéré que ce
polisson-là ne voulût même pas dormir, aux heures où
l'on aurait pu le peindre.

Un jour que Jacques sanglotait, en refusant de tenir
la pose, Christine dit doucement :

— Mon ami, tu le fatigues, ce pauvre mignon.

Alors, Claude s'emporta, plein de remords.

— Tiens! c'est vrai, je suis stupide, avec ma peinture!... Les enfants, ce n'est pas fait pour ça.

Le printemps et l'été se passèrent encore, dans une
grande douceur. On sortait moins, on avait presque
délaissé le canot, qui achevait de se pourrir contre la
berge; car c'était toute une histoire que d'emmener le
petit dans les îles. Mais on descendait souvent à pas
ralentis le long de la Seine, sans jamais s'écarter à plus
d'un kilomètre. Lui, fatigué des éternels motifs du jardin, tentait maintenant des études au bord de l'eau; et,
ces jours-là, elle allait le chercher avec l'enfant, s'asseyait pour le regarder peindre, en attendant de rentrer
languissamment tous les trois, sous la cendre fine du
crépuscule. Un après-midi, il fut surpris de la voir apporter son ancien album de jeune fille. Elle en plaisanta,
elle expliqua que ça réveillait des choses en elle, d'être
là, derrière lui. Sa voix tremblait un peu, la vérité était
qu'elle éprouvait le besoin de se mettre de moitié dans
sa besogne, depuis que cette besogne le lui enlevait
davantage chaque jour. Elle dessina, risqua deux ou trois
aquarelles, d'une main soigneuse de pensionnaire. Puis,
découragée par ses sourires, sentant bien que la communion ne se faisait pas sur ce terrain, elle lâcha de nouveau son album, en le forçant à promettre qu'il lui donnerait des leçons de peinture, plus tard, quand il aurait
le temps.

D'ailleurs, elle trouvait très jolies ses dernières toiles.
Après cette année de repos en pleine campagne, en pleine
lumière, il peignait avec une vision nouvelle, comme
éclaircie, d'une gaieté de tons chantante. Jamais encore
il n'avait eu cette science des reflets, cette sensation si
juste des êtres et des choses, baignant dans la clarté diffuse. Et, désormais, elle aurait déclaré cela absolument

bien, gagnée par ce régal de couleurs, s'il avait voulu
finir davantage, et si elle n'était restée interdite parfois,
devant un terrain lilas ou devant un arbre bleu, qui
déroutaient toutes ses idées arrêtées de coloration. Un
jour qu'elle osait se permettre une critique, précisément
à cause d'un peuplier lavé d'azur, il lui avait fait constat-
ter, sur la nature même, ce bleuissement délicat des
feuilles. C'était vrai pourtant, l'arbre était bleu; mais,
au fond, elle ne se rendait pas, condamnait la réalité : il
ne pouvait y avoir des arbres bleus dans la nature.

Elle ne parla plus que gravement des études qu'il
accrochait aux murs de la salle. L'art rentrait dans leur
vie, et elle en demeurait toute songeuse. Quand elle le
voyait partir avec son sac, sa pique et son parasol, il lui
arrivait de se pendre d'un élan à son cou.

— Tu m'aimes, dis ?

— Es-tu bête! pourquoi veux-tu que je ne t'aime pas ?

— Alors, embrasse-moi comme tu m'aimes, bien fort,
bien fort!

Puis, l'accompagnant jusque sur la route :

— Et travaille, tu sais que je ne t'ai jamais empêché
de travailler... Va, va, je suis contente, lorsque tu travailles.

Une inquiétude parut s'emparer de Claude, lorsque
l'automne de cette seconde année fit jaunir les feuilles et
ramena les premiers froids. La saison fut justement abominable, quinze jours de pluies torrentielles le retinrent
oisif à la maison; ensuite, des brouillards vinrent à
chaque instant contrarier ses séances. Il restait assombri
devant le feu, il ne parlait jamais de Paris, mais la ville se
dressait là-bas, à l'horizon, la ville d'hiver avec son gaz
qui flambait dès cinq heures, ses réunions d'amis se
fouettant d'émulation, sa vie de production ardente que
même les glaces de décembre ne ralentissaient pas. En un
mois, il s'y rendit à trois reprises, sous le prétexte de
voir Malgras, auquel il avait encore vendu quelques
petites toiles. Maintenant, il n'évitait plus de passer
devant l'auberge des Faucheur, il se laissait même arrêter par le père Poirette, acceptait un verre de vin blanc;
et ses regards fouillaient la salle, comme s'il eût cherché,
malgré la saison, des camarades d'autrefois, tombés là
du matin. Il s'attardait, dans l'attente; puis, désespéré
de solitude, il rentrait, étouffant de tout ce qui bouillonnait en lui, malade de n'avoir personne pour crier ce
dont éclatait son crâne.

L'hiver s'écoula pourtant, et Claude eut la consolation de peindre quelques beaux effets de neige. Une
troisième année commençait, lorsque, dans les derniers
jours de mai, une rencontre inattendue l'émotionna. Il
était, ce matin-là, monté sur le plateau, pour chercher
un motif, les bords de la Seine ayant fini par le lasser;
et il resta stupide, au détour d'un chemin, devant
Dubuche qui s'avançait entre deux haies de sureau,
coiffé d'un chapeau noir, pincé correctement dans sa
redingote.

— Comment! c'est toi!

L'architecte bégaya de contrariété.

— Oui, je vais faire une visite... Hein ? c'est joliment
bête, à la campagne! Mais, que veux-tu ? on est forcé à
des ménagements... Et toi, tu habites par ici ? Je le
savais... C'est-à-dire, non! on m'avait bien appris quelque
chose comme ça, mais je croyais que c'était de l'autre
côté, plus loin.

Claude, très remué, le tira d'embarras.

— Bon, bon, mon vieux, tu n'as pas à t'excuser, c'est
moi le plus coupable... Ah! qu'il y a donc longtemps
qu'on ne s'est vu! Si je te disais le coup que j'ai reçu
au cœur, quand ton nez a débouché des feuilles!

Alors, il lui prit le bras, il l'accompagna en ricanant
de plaisir; et l'autre, dans la continuelle préoccupation
de sa fortune, qui le faisait parler de lui sans cesse, se
mit tout de suite à causer de son avenir. Il venait de
passer élève de première classe à l'Ecole, après avoir
décroché avec une peine infinie les mentions réglemen-
taires. Mais ce succès le laissait perplexe. Ses parents ne
lui envoyaient plus un sou, pleurant misère, pour qu'il
les soutînt à son tour; il avait renoncé au prix de Rome,
certain d'être battu, pressé de gagner sa vie; et il était
las déjà, écœuré de faire la place, de gagner un franc
vingt-cinq de l'heure chez des architectes ignorants, qui
le traitaient en manœuvre. Quelle route choisir ? où
prendre le plus court chemin ? Il quitterait l'Ecole, il
aurait un bon coup d'épaule de son patron, le puissant
Dequersonnière, dont il était aimé pour sa docilité
d'élève piocheur. Seulement, que de peine encore, que
d'inconnu devant lui! Et il se plaignait avec amertume
de ces Ecoles du gouvernement, où l'on trimait tant
d'années, et qui n'assuraient pas même une position à
tous ceux qu'elles jetaient sur le pavé.

Brusquement, il s'arrêta au milieu du sentier. Les

haies de sureau débouchaient en plaine rase, et la Richaudière apparaissait, au milieu de ses grands arbres.

— Tiens! c'est vrai, s'écria Claude, je n'avais pas compris... Tu vas dans cette baraque. Ah! les magots, ont-ils de sales têtes!

Dubuche, l'air vexé de ce cri d'artiste, protesta d'un air gourmé.

— N'empêche que le père Margaillan, tout crétin qu'il te semble, est un fier homme dans sa partie. Il faut le voir sur ses chantiers, au milieu de ses bâtisses : une activité du diable, un sens étonnant de la bonne administration, un flair merveilleux des rues à construire et des matériaux à acheter. Du reste, on ne gagne pas des millions sans être un monsieur... Et puis, pour ce que je veux faire de lui, moi! Je serais bien bête de n'être pas poli à l'égard d'un homme qui peut m'être utile.

Tout en parlant, il barrait l'étroit chemin, il empêchait son ami d'avancer, sans doute par crainte d'être compromis, si on les voyait ensemble, et pour lui faire entendre qu'ils devaient se séparer là.

Claude allait l'interroger sur les camarades de Paris; mais il se tut. Pas un mot de Christine ne fut même prononcé. Et il se résignait à le quitter, il tendait la main, lorsque cette question sortit malgré lui de ses lèvres tremblantes :

— Sandoz va bien ?

— Oui, pas mal. Je le vois rarement... Il m'a encore parlé de toi, le mois dernier. Il est toujours désolé que tu nous aies mis à la porte.

— Mais je ne vous ai pas mis à la porte! cria Claude hors de lui; mais, je vous en supplie, venez me voir! Je serais si heureux!

— Alors, c'est ça, nous viendrons. Je lui dirai de venir, parole d'honneur!... Adieu, adieu, mon vieux. Je suis pressé.

Et Dubuche s'en alla vers la Richaudière, et Claude le regarda qui se rapetissait au milieu des cultures, avec la soie luisante de son chapeau et la tache noire de sa redingote. Il rentra lentement, le cœur gros d'une tristesse sans cause. Il ne dit rien à sa femme de cette rencontre.

Huit jours plus tard, Christine était allée chez les Faucheur acheter une livre de vermicelle, et elle s'attardait au retour, elle causait avec une voisine, son enfant au bras, lorsqu'un monsieur, qui descendait du bac, s'approcha et lui demanda :

— Monsieur Claude Lantier ? c'est par ici, n'est-ce pas ?

Elle resta saisie, elle répondit simplement :

— Oui, monsieur. Si vous voulez bien me suivre...

Pendant une centaine de mètres, ils marchèrent côte à côte. L'étranger, qui semblait la connaître, l'avait regardée avec un bon sourire; mais comme elle hâtait le pas, cachant son trouble sous un air grave, il se taisait. Elle ouvrit la porte, elle l'introduisit dans la salle, en disant :

— Claude, une visite pour toi.

Il y eut une grande exclamation, les deux hommes étaient déjà dans les bras l'un de l'autre.

— Ah! mon vieux Pierre, ah! que tu es gentil d'être venu!... Et Dubuche ?

— Au dernier moment, une affaire l'a retenu, et il m'a envoyé une dépêche pour que je parte sans lui.

— Bon! je m'y attendais un peu... Mais te voilà, toi! Ah! tonnerre de Dieu, que je suis content!

Et, se tournant vers Christine, qui souriait, gagnée par leur joie :

— C'est vrai, je ne t'ai pas conté. J'ai rencontré l'autre jour Dubuche, qui se rendait là-haut, à la propriété de ces monstres...

Mais il s'interrompit de nouveau, pour crier avec un geste fou :

— Je perds la tête, décidément! Vous ne vous êtes jamais parlé, et je vous laisse là... Ma chérie, tu vois ce monsieur : c'est mon vieux camarade Pierre Sandoz, que j'aime comme un frère... Et toi, mon brave, je te présente ma femme. Et vous allez vous embrasser tous les deux!

Christine se mit à rire franchement, et elle tendit la joue, de grand cœur. Tout de suite, Sandoz lui avait plu, avec sa bonhomie, sa solide amitié, l'air de sympathie paternelle dont il la regardait. Une émotion mouilla ses yeux, lorsqu'il lui retint les mains entre les siennes, en disant :

— Vous êtes bien gentille d'aimer Claude, et il faut vous aimer toujours, car c'est encore ce qu'il y a de meilleur.

Puis, se penchant pour baiser le petit, qu'elle avait au bras :

— Alors, en voilà déjà un ?

Le peintre eut un geste vague d'excuse.

— Que veux-tu ? ça pousse sans qu'on y songe!

Claude garda Sandoz dans la salle, pendant que Christine révolutionnait la maison pour le déjeuner. En deux mots, il lui conta leur histoire, qui elle était, comment il l'avait connue, quelles circonstances les avaient fait se mettre en ménage; et il parut s'étonner, lorsque son ami voulut savoir pourquoi ils ne se mariaient pas. Mon Dieu! pourquoi ? parce qu'ils n'en avaient même jamais causé, parce qu'elle ne semblait pas y tenir, et qu'ils n'en seraient certainement ni plus ni moins heureux. Enfin, c'était une chose sans conséquence.

— Bon! dit l'autre. Moi, ça ne me gêne point... Tu l'as eue honnête, tu devrais l'épouser.

— Mais quand elle voudra, mon vieux! Bien sûr que je ne songe pas à la planter là, avec un enfant.

Ensuite, Sandoz s'émerveilla des études pendues aux murs. Ah! le gaillard avait joliment employé son temps! Quelle justesse de ton, quel coup de vrai soleil! Et Claude, qui l'écoutait, ravi, avec des rires d'orgueil, allait le questionner sur les camarades, sur ce qu'ils faisaient tous, lorsque Christine rentra, en criant :

— Venez vite, les œufs sont sur la table.

On déjeuna dans la cuisine, un déjeuner extraordinaire, une friture de goujons après les œufs à la coque, puis le bouilli de la veille assaisonné en salade, avec des pommes de terre et un hareng saur. C'était délicieux, l'odeur forte et appétissante du hareng que Mélie avait culbuté sur la braise, la chanson du café qui passait goutte à goutte dans le filtre, au coin du fourneau. Et, quand le dessert parut, des fraises cueillies à l'instant, un fromage qui sortait de la laiterie d'une voisine, on causa sans fin, les coudes carrément sur la table. A Paris ? mon Dieu! à Paris, les camarades ne faisaient rien de bien neuf. Pourtant, dame! ils jouaient des coudes, ils se poussaient à qui se caserait le premier. Naturellement, les absents avaient tort, il était bon d'y être, lorsqu'on ne voulait pas se laisser trop oublier. Mais est-ce que le talent n'était pas le talent? est-ce qu'on n'arrivait pas toujours, lorsqu'on en avait la volonté et la force ? Ah! oui, c'était le rêve, vivre à la campagne, y entasser des chefs-d'œuvre, puis, un beau jour écraser Paris, en ouvrant ses malles!

Le soir, lorsque Claude accompagna Sandoz à la gare, ce dernier lui dit :

— A propos, je comptais te faire une confidence. Je crois que je vais me marier.

Du coup, le peintre éclata de rire.

— Ah! farceur, je comprends pourquoi tu me sermonnais ce matin!

En attendant le train, ils causèrent encore. Sandoz expliqua ses idées sur le mariage, qu'il considérait bourgeoisement comme la condition même de bon travail, de la besogne réglée et solide, pour les grands producteurs modernes. La femme dévastatrice, la femme qui tue l'artiste, lui broie le cœur et lui mange le cerveau, était une idée romantique, contre laquelle les faits protestaient. Lui, d'ailleurs, avait le besoin d'une affection gardienne de sa tranquillité, d'un intérieur de tendresse où il pût se cloîtrer, afin de consacrer sa vie entière à l'œuvre énorme dont il promenait le rêve. Et il ajoutait que tout dépendait du choix, il croyait avoir trouvé celle qu'il cherchait, une orpheline, la simple fille de petits commerçants sans un sou, mais belle, intelligente. Depuis six mois, après avoir donné sa démission d'employé, il s'était lancé dans le journalisme, où il gagnait plus largement sa vie. Il venait d'installer sa mère dans une petite maison des Batignolles, il y voulait l'existence à trois, deux femmes pour l'aimer, et lui des reins assez forts pour nourrir tout son monde.

— Marie-toi, mon vieux, dit Claude. On doit faire ce que l'on sent... Et adieu, voici ton train. N'oublie pas ta promesse de revenir nous voir.

Sandoz, revint très souvent. Il tombait au hasard quand son journal le lui permettait, libre encore, ne devant se mettre en ménage qu'à l'automne. C'étaient des journées heureuses, des après-midi entiers de confidences, les anciennes volontés de gloire reprises en commun.

Un jour, seul avec Claude, dans une île, étendus côte à côte, les yeux perdus au ciel, il lui conta sa vaste ambition, il se confessa tout haut.

— Le journal, vois-tu, ce n'est qu'un terrain de combat. Il faut vivre et il faut se battre pour vivre... Puis, cette gueuse de presse, malgré les dégoûts du métier, est une sacrée puissance, une arme invincible aux mains d'un gaillard convaincu... Mais, si je suis forcé de m'en servir, je n'y vieillirai pas, ah! non! Et je tiens mon affaire, oui, je tiens ce que je cherchais, une machine à crever de travail, quelque chose où je vais m'engloutir pour n'en pas ressortir peut-être.

Un silence tomba des feuillages, immobiles dans la grosse chaleur. Il reprit d'une voix ralentie, en phrases sans suite :

— Hein ? étudier l'homme tel qu'il est, non plus leur pantin métaphysique, mais l'homme physiologique, déterminé par le milieu, agissant sous le jeu de tous ses organes... N'est-ce pas une farce que cette étude continue et exclusive de la fonction du cerveau, sous le prétexte que le cerveau est l'organe noble ?... La pensée, la pensée, eh! tonnerre de Dieu! la pensée est le produit du corps entier. Faites donc penser un cerveau tout seul, voyez donc ce que devient la noblesse du cerveau, quand le ventre est malade!... Non! c'est imbécile, la philosophie n'y est plus, la science n'y est plus, nous sommes des positivistes, des évolutionnistes, et nous garderions le mannequin littéraire des temps classiques, et nous continuerons à dévider les cheveux emmêlés de la raison pure! Qui dit psychologue dit traître à la vérité. D'ailleurs, physiologie, psychologie, cela ne signifie rien : l'une a pénétré l'autre, toutes deux ne sont qu'une aujourd'hui, le mécanisme de l'homme aboutissant à la somme totale de ses fonctions... Ah! la formule est là, notre révolution moderne n'a pas d'autre base, c'est la mort fatale de l'antique société, c'est la naissance d'une société nouvelle, et c'est nécessairement la poussée d'un nouvel art, dans ce nouveau terrain... Oui, on verra, on verra la littérature qui va germer pour le prochain siècle de science et de démocratie!

Son cri monta, se perdit au fond du ciel immense. Pas un souffle ne passait, il n'y avait, le long des saules, que le glissement muet de la rivière. Et il se tourna brusquement vers son compagnon, il lui dit dans la face :

— Alors, j'ai trouvé ce qu'il me fallait, à moi. Oh! pas grand-chose, un petit coin seulement, ce qui suffit pour une vie humaine, même quand on a des ambitions trop vastes... Je vais prendre une famille, et j'en étudierai les membres, un à un, d'où ils viennent, où ils vont, comment ils réagissent les uns sur les autres; enfin, une humanité en petit, la façon dont l'humanité pousse et se comporte... D'autre part, je mettrai mes bonshommes dans une période historique déterminée, ce qui me donnera le milieu et les circonstances, un morceau d'histoire... Hein ? tu comprends, une série de bouquins, quinze, vingt bouquins, des épisodes qui se tiendront, tout en

ayant chacun son cadre à part, une suite de romans à
me bâtir une maison pour mes vieux jours, s'ils ne
m'écrasent pas!

Il retomba sur le dos, il élargit les bras dans l'herbe,
parut vouloir entrer dans la terre, riant, plaisantant.

— Ah! bonne terre, prends-moi, toi qui es la mère
commune, l'unique source de la vie! toi l'éternelle,
l'immortelle, où circule l'âme du monde, cette sève
épandue jusque dans les pierres, et qui fait des arbres
nos grands frères immobiles!... Oui, je veux me perdre
en toi, c'est toi que je sens là, sous mes membres, m'étrei-
gnant et m'enflammant, c'est toi seule qui seras dans mon
œuvre comme la force première, le moyen et le but,
l'arche immense, où toutes les choses s'animent du
souffle de tous les êtres!

Mais, commencée en blague, avec l'enflure de son
emphase lyrique, cette invocation s'acheva en un cri de
conviction ardente, que faisait trembler une émotion
profonde de poète; et ses yeux se mouillèrent; et, pour
cacher cet attendrissement, il ajouta d'une voix brutale,
avec un vaste geste qui embrassait l'horizon :

— Est-ce bête, une âme à chacun de nous, quand il y
a cette grande âme!

Claude n'avait pas bougé, disparu au fond de l'herbe.
Après un nouveau silence, il conclut :

— Ça y est, mon vieux! crève-les tous!... Mais tu vas
te faire assommer.

— Oh! dit Sandoz qui se leva et s'étira, j'ai les os
trop durs. Ils se casseront les poignets... Rentrons, je ne
veux pas manquer le train.

Christine s'était prise pour lui d'une vive amitié, en le
voyant droit et robuste dans la vie; et elle osa enfin lui
demander un service, celui d'être le parrain de Jacques.
Sans doute, elle ne mettait plus les pieds à l'église; mais
à quoi bon laisser ce gamin en dehors de l'usage ? Puis, ce
qui surtout la décidait, c'était de lui donner un soutien,
ce parrain qu'elle sentait si pondéré, si raisonnable, dans
les éclats de sa force. Claude s'étonna, consentit avec un
haussement d'épaules. Et le baptême eut lieu, on trouva
une marraine, la fille d'une voisine. Ce fut une fête, on
mangea un homard, apporté de Paris.

Justement, ce jour-là, comme on se séparait, Christine
prit Sandoz à part, et lui dit, d'une voix suppliante :

— Revenez bientôt, n'est-ce pas ? Il s'ennuie.

Claude, en effet, tombait dans des tristesses noires.

Il abandonnait ses études, sortait seul, rôdait malgré lui devant l'auberge des Faucheur, à l'endroit où le bac abordait, comme s'il eût toujours compté voir Paris débarquer. Paris le hantait, il y allait chaque mois, en revenait désolé, incapable de travail. L'automne arriva, puis l'hiver, un hiver humide, trempé de boue; et il le passa dans un engourdissement maussade, amer pour Sandoz lui-même, qui, marié d'octobre, ne pouvait plus faire si souvent le voyage de Bennecourt. Il ne semblait s'éveiller qu'à chacune de ces visites, il en gardait une excitation pendant une semaine, ne tarissait pas en paroles fiévreuses sur les nouvelles de là-bas. Lui, qui, auparavant, cachait son regret de Paris, étourdissait maintenant Christine, l'entretenait du matin au soir, à propos d'affaires qu'elle ignorait et de gens qu'elle n'avait jamais vus. C'était, au coin du feu, lorsque Jacques dormait, des commentaires sans fin. Il se passionnait, et il fallait encore qu'elle donnât son opinion, qu'elle se prononçât dans les histoires.

Est-ce que Gagnière n'était pas idiot, à s'abrutir avec sa musique, lui qui aurait pu avoir un talent si consciencieux de paysagiste ? Maintenant, disait-on, il prenait chez une demoiselle des leçons de piano, à son âge! Hein ? qu'en pensait-elle ? une vraie toquade! Et Jory qui cherchait à se remettre avec Irma Bécot, depuis que celle-ci avait un petit hôtel, rue de Moscou! Elle les connaissait, ces deux-là, deux bonnes rosses qui faisaient la paire, n'est-ce pas ? Mais le malin des malins, c'était Fagerolles, auquel il flanquerait ses quatre vérités, quand il le verrait. Comment! ce lâcheur venait de concourir pour le prix de Rome, qu'il avait raté, du reste! Un gaillard qui blaguait l'Ecole, qui parlait de tout démolir! Ah! décidément, la démangeaison du succès, le besoin de passer sur le ventre des camarades et d'être salué par les crétins, poussait à faire de bien grandes saletés. Voyons, elle ne le défendait pas, peut-être ? elle n'était pas assez bourgeoise pour le défendre ? Et, quand, elle avait dit comme lui, il retombait toujours avec de grands rires nerveux sur la même histoire, qu'il trouvait d'un comique extraordinaire : l'histoire de Mahoudeau et de Chaîne, qui avaient tué le petit Jabouille, le mari de Mathilde, la terrible herboriste : oui! tué, un soir que ce cocu phtisique avait eu une syncope, et que tous deux, appelés par la femme, s'étaient mis à le frictionner si dur, qu'il leur était resté dans les mains!

Alors, si Christine ne s'égayait pas, Claude se levait et disait d'une voix bourrue :

— Oh! toi, rien ne te fait rire... Allons nous coucher, ça vaudra mieux.

Il l'adorait encore, il la possédait avec l'emportement désespéré d'un amant qui demande à l'amour l'oubli de tout, la joie unique. Mais il ne pouvait aller au-delà du baiser, elle ne suffisait plus, un autre tourment l'avait repris, invincible.

Au printemps, Claude, qui avait juré de ne plus exposer, par une affectation de dédain, s'inquiéta beaucoup du Salon. Quand il voyait Sandoz, il le questionnait sur les envois des camarades. Le jour de l'ouverture, il y alla, et revint le soir même, frémissant, très sévère. Il n'y avait qu'un buste de Mahoudeau, bien, sans importance; un petit paysage de Gagnière, reçu dans le tas, était aussi d'une jolie note blonde; puis, rien autre, rien que le tableau de Fagerolles, une actrice devant sa glace, faisant sa figure. Il ne l'avait pas cité d'abord, il en parla ensuite avec des rires indignés. Ce Fagerolles, quel truqueur! Maintenant qu'il avait raté son prix, il ne craignait plus d'exposer, il lâchait décidément l'Ecole, mais il fallait voir avec quelle adresse, pour quel compromis, une peinture qui jouait l'audace du vrai, sans une seule qualité originale! Et ça aurait du succès, les bourgeois aimaient trop qu'on les chatouillât, en ayant l'air de les bousculer. Ah! comme il était temps qu'un véritable peintre parût dans ce désert morne du Salon, au milieu de ces malins et de ces imbéciles! Quelle place à prendre, tonnerre de Dieu!

Christine, qui l'écoutait se fâcher, finit par dire en hésitant :

— Si tu voulais, nous rentrerions à Paris.

— Qui te parle de ça? cria-t-il. On ne peut causer avec toi, sans que tu cherches midi à quatorze heures.

Six semaines plus tard, il apprit une nouvelle qui l'occupa huit jours : son ami Dubuche épousait Mlle Régine Margaillan, la fille du propriétaire de la Richaudière; et c'était une histoire compliquée, dont les détails l'étonnaient et l'égayaient énormément. D'abord, cet animal de Dubuche venait de décrocher une médaille, pour un projet de Pavillon au milieu d'un parc, qu'il avait exposé; ce qui était déjà très amusant, car le projet, disait-on, avait dû être remis debout par son patron Dequersonnière, lequel, tranquillement, l'avait fait médailler par le jury, qu'il présidait. Ensuite, le comble était que cette récompense attendue avait décidé le mariage. Hein ? un joli trafic, si, maintenant, les médailles servaient à caser les bons élèves nécessiteux au sein des familles riches ! Le père Margaillan, comme tous les parvenus, rêvait de trouver un gendre qui l'aidât, qui lui apportât, dans sa partie, des diplômes authentiques et d'élégantes redingotes : et, depuis quelque temps, il couvait des yeux ce jeune homme, cet élève de l'École des Beaux-Arts, dont les notes étaient excellentes, si appliqué, si recommandé par ses maîtres. La médaille l'enthousiasma, du coup il donna sa fille, il prit cet associé qui déculperait les millions en caisse, puisqu'il savait ce qu'il était nécessaire de savoir pour bien bâtir. D'ailleurs, la pauvre Régine, toujours triste, d'une santé chancelante, aurait là un mari bien portant.

— Crois-tu ? répétait Claude à sa femme, faut-il aimer l'argent, pour épouser ce malheureux petit chat écorché !

Et, comme Christine, apitoyée, la défendait :

— Mais je ne tape pas sur elle. Tant mieux si le mariage ne l'achève pas ! Elle est certainement innocente de ce que son maçon de père a eu l'ambition stupide d'épouser une fille de bourgeois, et de ce qu'ils l'ont si mal fichue à eux deux, lui le sang gâté par des générations d'ivrognes, elle épuisée, la chair mangée de tous les virus des races finissantes. Ah ! une jolie dégringolade, au milieu des pièces de cent sous ! Gagnez, gagnez donc des fortunes, pour mettre vos fœtus dans des bocaux d'esprit-de-vin !

Il tournait à la férocité, sa femme devait l'étreindre, le garder entre ses bras, et le baiser, et rire, pour qu'il redevînt le bon enfant des premiers jours. Alors, plus calme, il comprenait, il approuvait les mariages de ses deux vieux compagnons. C'était vrai, pourtant, que tous les trois avaient pris femme ! Comme la vie était drôle !

Une fois encore, l'été s'acheva, le quatrième qu'ils passaient à Bennecourt. Jamais ils ne devaient être plus heureux, l'existence leur était douce et à bon compte, au fond de ce village. Depuis qu'ils y habitaient, l'argent ne leur avait pas manqué, les mille francs de rente et les quelques toiles vendues suffisaient à leurs besoins ; même ils faisaient des économies, ils avaient acheté du linge. De son côté, le petit Jacques, âgé de deux ans et demi, se trouvait admirablement de la campagne. Du matin au soir, il se traînait dans la terre, en loques et barbouillé,

poussant à sa guise, d'une belle santé rougeaude. Souvent,
sa mère ne savait plus par quel bout le prendre, pour
le nettoyer un peu; et, lorsqu'elle le voyait bien manger,
bien dormir, elle ne s'en préoccupait pas autrement,
elle réservait ses tendresses inquiètes pour son autre
grand enfant d'artiste, son cher homme, dont les humeurs
noires l'emplissaient d'angoisse. Chaque jour, la situation
empirait, ils avaient beau vivre tranquilles, sans cause de
chagrin aucune, ils n'en glissaient pas moins à une tristesse, à un malaise qui se traduisait par une exaspération
de toutes les heures.

Et c'en était fait, des joies premières de la campagne.
Leur barque pourrie, défoncée, avait coulé au fond de la
Seine. Du reste, ils n'avaient même plus l'idée de se
servir du canot que les Faucheur mettaient à leur dispo-
sition. La rivière les ennuyait, une paresse leur était venue
de ramer, ils répétaient sur certains coins délicieux des
îles les exclamations enthousiastes d'autrefois, sans
jamais être tentés d'y retourner voir. Même, les promenades le long des berges avaient perdu de leur charme;
on y était grillé l'été, on s'y enrhumait l'hiver; et, quant
au plateau, à ces vastes terres plantées de pommiers qui
dominaient le village, elles devenaient comme un pays
lointain, quelque chose de trop reculé, pour qu'on eût la
folie d'y risquer ses jambes. Leur maison aussi les irritait,
cette caserne où il fallait manger dans le graillon de la
cuisine, où leur chambre était le rendez-vous des quatre
vents du ciel. Par un surcroît de malchance, la récolte des
abricots avait manqué, cette année-là, et les plus beaux
des rosiers géants, très vieux, envahis d'une lèpre,
étaient morts. Ah! quelle usure mélancolique de l'habitude! comme l'éternelle nature avait l'air de se faire
vieille, dans cette satiété lasse des mêmes horizons! Mais
le pis était que, en lui, le peintre se dégoûtait de la contrée,
ne trouvant plus un seul motif qui l'enflammât, battant
les champs d'un pas morne, ainsi qu'un domaine vide
désormais, dont il aurait épuisé la vie, sans y laisser
l'intérêt d'un arbre ignoré, d'un coup de lumière imprévu.
Non, c'était fini, c'était glacé, il ne ferait plus rien de bon,
dans ce pays de chien!

Octobre arriva, avec son ciel noyé d'eau. Un des
premiers soirs de pluie. Claude s'emporta, parce que le
dîner n'était pas prêt. Il flanqua cette oie de Mélie à la
porte, il gifla Jacques qui se roulait dans ses jambes.
Alors, Christine, pleurante, l'embrassa, en disant :

— Allons-nous-en, oh! retournons à Paris!

Il se dégagea, il cria d'une voix de colère :

— Encore cette histoire!... Jamais, entends-tu!

— Fais-le pour moi, reprit-elle ardemment. C'est moi qui te le demande, c'est à moi que tu feras plaisir.

— Tu t'ennuies donc ici ?

— Oui, j'y mourrai, si nous restons... Et puis, je veux que tu travailles, je sens bien que ta place est là-bas. Ce serait un crime, de t'enterrer davantage.

— Non, laisse-moi!

Il frémissait, Paris l'appelait à l'horizon, le Paris d'hiver qui s'allumait de nouveau. Il y entendait le grand effort des camarades, il y rentrait pour qu'on ne triomphât pas sans lui, pour redevenir le chef, puisque pas un n'avait la force ni l'orgueil de l'être. Et, dans cette hallucination, dans le besoin qu'il éprouvait de courir là-bas, il s'obstinait à refuser d'y aller, par une contradiction involontaire, qui montait du fond de ses entrailles, sans qu'il se l'expliquât lui-même. Etait-ce la peur dont tremble la chair des plus braves, le débat sourd du bonheur contre la fatalité du destin ?

— Ecoute, dit violemment Christine, je fais les malles et je t'emmène.

Cinq jours plus tard, ils partaient pour Paris, après avoir tout emballé et tout envoyé au chemin de fer.

Claude était déjà sur la route, avec le petit Jacques, lorsque Christine s'imagina qu'elle oubliait quelque chose. Elle revint seule dans la maison, elle la trouva complètement vide et se mit à pleurer : c'était une sensation d'arrachement, quelque chose d'elle-même qu'elle laissait, sans pouvoir dire quoi. Comme elle serait volontiers restée! quel ardent désir elle avait de vivre toujours là, elle qui venait d'exiger ce départ, ce retour dans la ville de passion, où elle sentait une rivale! Pourtant, elle continuait à chercher ce qui lui manquait, elle finit par cueillir une rose, devant la cuisine, une dernière rose, rouillée par le froid. Puis, elle ferma la porte sur le jardin désert.

VII

Lorsqu'il se retrouva sur le pavé de Paris, Claude fut pris d'une fièvre de vacarme et de mouvement, du besoin de sortir, de battre la ville, d'aller voir les camarades. Il filait dès son réveil, il laissait Christine installer seule l'atelier qu'ils avaient loué rue de Douai, près du boulevard de Clichy. Ce fut de la sorte que, le surlendemain de sa rentrée, il tomba chez Mahoudeau, à huit heures du matin, par un petit jour gris et glacé de novembre, qui se levait à peine.

Pourtant, la boutique de la rue du Cherche-Midi que le sculpteur occupait toujours, était ouverte; et celui-ci, la face blanche, mal réveillé, enlevait les volets en grelottant.

— Ah! c'est toi!... Fichtre! tu étais matinal, à la campagne... Est-ce fait? es-tu de retour?

— Oui, depuis avant-hier.

— Bon! on va se voir... Entre donc, ça commence à piquer, ce matin.

Mais Claude, dans la boutique, eut plus froid que dans la rue. Il garda le collet de son paletot relevé, et fourra les mains au fond de ses poches, saisi d'un frisson devant l'humidité ruisselante des murailles nues, la boue des tas d'argile et les continuelles flaques d'eau qui trempaient le sol. Un vent de misère avait soufflé là, vidant les planches des moulages antiques, cassant les selles et les baquets, raccommodés avec des cordes. C'était un coin de gâchis et de désordre, une cave de maçon tombé en déconfiture. Et, sur la vitre de la porte, barbouillée de craie, il y avait, comme par dérision, un grand soleil rayonnant, dessiné à coups de pouce, agrémenté d'un visage au centre, dont la bouche en demi-cercle éclatait de rire.

— Attends, reprit Mahoudeau, on allume du feu.

Ces sacrés ateliers, avec l'eau des linges, ça se refroidit tout de suite.

Alors, en se retournant, Claude aperçut Chaîne agenouillé près du poêle, achevant de dépailler un vieux tabouret pour enflammer le charbon. Il lui dit bonjour; mais il n'en tira qu'un sourd grognement, sans le décider à lever la tête.

— Et que fais-tu, en ce moment, mon vieux ? demanda-t-il au sculpteur.

— Oh! pas grand-chose de propre, va! Une fichue année, plus mauvaise encore que la dernière, qui n'avait rien valu!... Tu sais que les bons dieux traversent une crise. Oui, il y a baisse sur la sainteté; et, dame! j'ai dû me serrer le ventre... Tiens! en attendant, j'en suis réduit à ça.

Il débarrassait un buste de ses linges, il montra une figure longue, allongée encore par des favoris, monstrueuse de prétention et d'infinie bêtise.

— C'est un avocat d'à côté... Hein ? est-il assez répugnant, le coco! Et ce qu'il m'embête à vouloir que je soigne sa bouche!... Mais il faut manger, n'est-ce pas ?

Il avait bien une idée pour le Salon, une figure debout, une Baigneuse, tâtant l'eau de son pied, dans cette fraîcheur dont le frisson rend si adorable la chair de la femme; et il en montra une maquette déjà fendillée à Claude, qui la regarda en silence, surpris et mécontent des concessions qu'il y remarquait : un épanouissement du joli sous l'exagération persistante des formes, une envie naturelle de plaire, sans trop lâcher encore le parti pris du colossal. Seulement, il se désolait, car c'était une histoire qu'une figure debout. Il fallait des armatures de fer, qui coûtaient bon, et une selle qu'il n'avait pas, et tout un attirail. Aussi allait-il sans doute se décider à la coucher au bord de l'eau.

— Hein ? qu'en dis-tu ?... Comment la trouves-tu ?

— Pas mal, répondit enfin le peintre. Un peu romance, malgré ses cuisses de bouchère; mais ça ne se jugera qu'à l'exécution... Et debout, mon vieux, debout, autrement tout fiche le camp!

Le poêle ronflait, et Chaîne, muet, se releva. Il rôda un instant, entra dans l'arrière-boutique noire, où se trouvait le lit qu'il partageait avec Mahoudeau; puis, il reparut, le chapeau sur la tête, plus silencieux encore, d'un silence volontaire, accablant. Sans hâte, de ses doigts gourds de paysan, il prit un morceau de fusain, il écrivit sur le mur : « Je vais acheter du tabac, remets du charbon dans le poêle. » Et il sortit.

Stupéfait, Claude l'avait regardé faire. Il se tourna vers l'autre.

— Quoi donc ?

— Nous ne nous parlons plus, nous nous écrivons, dit tranquillement le sculpteur.

— Depuis quand ?

— Trois mois.

— Et vous couchez ensemble ?

— Oui.

Claude éclata d'un grand rire. Ah! par exemple, il fallait des caboches joliment dures! Et à propos de quoi cette brouille ? Mais, vexé, Mahoudeau s'emportait contre cette brute de Chaîne. Est-ce qu'un soir, rentrant à l'improviste, il ne l'avait pas surpris avec Mathilde, l'herboriste d'à côté, en chemise tous les deux, mangeant un pot de confiture! Ce n'était pas l'affaire de la trouver sans jupon : ça, il s'en fichait; seulement, le pot de confiture était de trop. Non! jamais il ne pardonnerait qu'on se payât salement des douceurs en cachette, lorsque lui mangeait son pain sec! Que diable, on fait comme pour la femme, on partage!

Et il y avait bientôt trois mois que la rancune durait, sans une détente, sans une explication. La vie s'était organisée, ils réduisaient les rapports strictement nécessaires aux courtes phrases, charbonnées le long des murs. D'ailleurs, ils continuaient à n'avoir qu'une femme comme ils n'avaient qu'un lit, après être tacitement tombés d'accord sur les heures de chacun d'eux, l'un sortant quand venait le tour de l'autre. Mon Dieu! on n'avait pas besoin de tant parler dans l'existence, on s'entendait tout de même.

Cependant, Mahoudeau, qui achevait de charger le poêle, se soulagea de tout ce qu'il amassait.

— Eh bien! tu me croiras si tu veux, mais quand on crève la faim, ce n'est pas désagréable de ne jamais s'adresser la parole. Oui, on s'abrutit dans le silence, c'est comme un empâtement qui calme un peu les maux d'estomac... Ah! ce Chaîne, tu n'as pas idée de son fond paysan! Lorsqu'il a eu mangé son dernier sou, sans arriver à gagner avec la peinture la fortune attendue, il s'est lancé dans le négoce, un petit négoce qui devait lui permettre d'achever ses études. Hein ? très fort, le bonhomme! et tu vas voir son plan : il se faisait envoyer de l'huile d'olive de Saint-Firmin, son village, puis il battait le pavé, il plaçait

l'huile dans les riches familles provençales, qui ont des
positions à Paris. Malheureusement, ça n'a pas duré, il
est trop rustre, il s'est fait mettre à la porte de partout...
Alors, mon vieux, comme il reste une jarre d'huile dont
personne ne veut, ma foi! nous vivons dessus. Oui, les
jours où nous avons du pain, nous trempons notre pain
dedans.

Et il montra la jarre, dans un coin de la boutique.
L'huile avait coulé, la muraille et le sol étaient noirs de
larges taches grasses.

Claude cessa de rire. Ah! cette misère, quel découragement! comment en vouloir à ceux qu'elle écrase? Il se
promenait par l'atelier, ne se fâchait plus contre les
maquettes aveulies de concessions, tolérait l'affreux buste
lui-même. Et il tomba ainsi sur une copie que Chaîne
avait faite au Louvre, un Mantegna, rendu avec une sécheresse d'exactitude extraordinaire.

— L'animal! murmura-t-il, c'est presque ça, jamais
il n'a fait mieux... Peut-être n'a-t-il que le tort d'être né
quatre siècles trop tard.

Puis, la chaleur devenant forte, il ôta son paletot en
ajoutant :

— Il est bien long à aller chercher son tabac.

— Oh! son tabac, je le connais, dit Mahoudeau, qui
s'était mis à son buste, fouillant les favoris. Il est là, derrière le mur, son tabac... Quand il me voit occupé, il file
trouver Mathilde, parce qu'il croit voler sur ma part...
Idiot, va!

— Ça dure donc toujours, les amours avec elle ?

— Oui, une habitude! Elle ou une autre! Et puis,
c'est elle qui revient... Ah! grand Dieu! elle m'en donne
encore de trop!

Du reste, il parlait de Mathilde sans colère, en disant
simplement qu'elle devait être malade. Depuis la mort
du petit Jabouille, elle était retombée à la dévotion, ce
qui ne l'empêchait pas de scandaliser le quartier. Malgré
les quelques dames pieuses qui continuaient à acheter
chez elle des objets délicats et intimes, pour éviter à leur
pudeur le premier embarras de les demander autre part,
l'herboristerie périclitait, la faillite semblait imminente.
Un soir, la Compagnie du Gaz lui ayant fermé son comp-
teur, pour défaut de paiement, elle était venue emprunter
chez ses voisins de l'huile d'olive, qui d'ailleurs avait
refusé de brûler dans les lampes. Elle ne payait plus personne, elle en arrivait à s'éviter les frais d'un ouvrier, en

L'ŒUVRE

confiant à Chaîne la réparation des injecteurs et des seringues que les dévotes lui rapportaient, soigneusement dissimulés dans des journaux. On prétendait même, chez le marchand de vin d'en face, qu'elle revendait à des couvents des canules qui avaient servi. Enfin, c'était un désastre, la boutique mystérieuse, avec ses ombres fuyantes de soutanes, ses chuchotements discrets de confessionnal, son encens refroidi de sacristie, tout ce qu'on y remuait de petits soins dont on ne pouvait parler à voix haute, glissait à un abandon de ruine. Et la misère en était à ce point, que les herbes séchées du plafond grouillaient d'araignées, et que des sangsues, crevées, déjà vertes, surnageaient dans les bocaux.

— Tiens! le voilà, le sculpteur. Tu vas la voir arriver derrière lui.

Chaîne, en effet, rentrait. Il sortit avec affectation un cornet de tabac, bourra sa pipe, se mit à fumer devant le poêle, dans un redoublement de silence, comme s'il n'y avait eu personne là. Et, tout de suite, Mathilde parut, en voisine qui vient dire un petit bonjour. Claude la trouva maigrie encore, la face éclaboussée de sang sous la peau, avec ses yeux de flamme, sa bouche élargie par la perte de deux autres dents. Les odeurs d'aromates qu'elle portait toujours dans ses cheveux dépeignés, semblaient rancir; ce n'était plus la douceur des camomilles, la fraîcheur des anis; et elle emplit la pièce de cette menthe poivrée, qui paraissait être son haleine, mais tournée, comme gâtée par la chair meurtrie qui la soufflait.

— Déjà au travail! cria-t-elle. Bonjour, mon bibi.

Sans s'inquiéter de Claude, elle embrassa Mahoudeau. Puis, elle vint serrer la main du premier, avec cette impudeur, cette façon de jeter le ventre en avant, qui la faisait s'offrir à tous les hommes. Et elle continua :

— Vous ne savez pas, j'ai retrouvé une boîte de guimauve, et nous allons nous la payer pour déjeuner... Hein? c'est gentil, partageons!

— Merci, dit le sculpteur, ça m'empâte, j'aime mieux fumer une pipe.

Et, voyant Claude remettre son paletot :

— Tu pars?

— Oui, j'ai hâte de me dérouiller, de respirer un peu l'air de Paris.

Pourtant, il s'attarda quelques minutes encore à regarder Chaîne et Mathilde qui se gavaient de guimauve, prenant chacun son morceau, l'un après l'autre. Et, bien qu'averti, il fut de nouveau stupéfié, lorsqu'il vit Mahoudeau saisir le fusain et écrire sur le mur : « Donne-moi le tabac que tu as fourré dans ta poche. »

Sans une parole, Chaîne tira le cornet, le tendit au sculpteur, qui bourra sa pipe.

— Alors, à bientôt.

— Oui, à bientôt... En tout cas, à jeudi prochain, chez Sandoz.

Dehors, Claude eut une exclamation, en se heurtant contre un monsieur, planté devant l'herboristerie, très occupé à fouiller du regard l'intérieur de la boutique, entre les bandages maculés et poussiéreux de la vitrine.

— Tiens, Jory ! qu'est-ce que tu fais là ?

Le grand nez rose de Jory remua, effaré.

— Moi, rien... Je passais, je regardais...

Il se décida à rire, il baissa la voix pour demander, comme si l'on avait pu l'entendre :

— Elle est chez les camarades, à côté, n'est-ce pas ?... Bon ! filons vite. Ce sera pour un autre jour.

Et il emmena le peintre, il lui apprit des abominations. Maintenant, toute la bande venait chez Mathilde ; ça s'était dit de l'un à l'autre, on y défilait chacun à son tour, plusieurs même à la fois, si l'on trouvait ça plus drôle ; et il se passait de vraies horreurs, des choses épatantes, qu'il lui conta dans l'oreille, en l'arrêtant sur le trottoir, au milieu des bousculades de la foule. Hein ? c'était renouvelé des Romains ! voyait-il le tableau, derrière le rempart des bandages et des clysopompes, sous les fleurs à tisane qui pleuvaient du plafond ! Une boutique très chic, une débauche à curés, avec son empoisonnement de parfumeuse louche, installée dans le recueillement d'une chapelle.

— Mais, dit Claude en riant, tu la déclarais affreuse, cette femme.

Jory eut un geste d'insouciance.

— Oh ! pour ce qu'on en fait !... Ainsi, moi, ce matin, je reviens de la gare de l'Ouest, où j'ai accompagné quelqu'un. Et c'est en passant dans la rue, que l'idée m'a pris de profiter de l'occasion... Tu comprends, on ne se dérange pas exprès.

Il donnait ces explications d'un air d'embarras. Puis, soudain, la franchise de son vice lui arracha ce cri de vérité, à lui qui mentait toujours :

— Et, zut ! d'ailleurs, je la trouve extraordinaire, si tu veux le savoir... Pas belle, c'est possible, mais ensorce-

·lante! Enfin, une de ces femmes qu'on affecte de ne pas
ramasser avec des pincettes, et pour qui on fait des
bêtises à en crever.

Alors, seulement, il s'étonna de voir Claude à Paris, et
quand il fut au courant, qu'il le sut réinstallé, il reprit,
tout d'un coup :

— Ecoute donc! je t'enlève, tu vas venir déjeuner avec
moi chez Irma.

Violemment, le peintre, intimidé, refusa, prétexta qu'il
n'avait pas même de redingote.

— Qu'est-ce que ça fiche ? Au contraire, c'est plus
drôle, elle sera enchantée... Je crois que tu lui as tapé dans
l'œil, elle nous parle toujours de toi... Voyons, ne fais pas
la bête, je te dis qu'elle m'attend ce matin et que nous
allons être reçus comme des princes.

Il ne lui lâchait plus le bras, tous deux continuèrent à
remonter vers la Madeleine, en causant. D'ordinaire, il se
taisait sur ses amours, comme les ivrognes se taisent sur
le vin. Mais, ce matin-là, il débordait, il se plaisantait,
avoua des histoires. Depuis longtemps, il avait rompu
avec la chanteuse de café-concert, amenée par lui de sa
petite ville, celle qui lui dépouillait la face à coups d'ongle.
Et c'était, d'un bout de l'année à l'autre, un furieux galop
de femmes traversant son existence, les femmes les plus
extravagantes, les plus inattendues : la cuisinière d'une
maison bourgeoise où il dînait; l'épouse légitime d'un
sergent de ville, dont il devait guetter les heures de fac-
tion; la jeune employée d'un dentiste, qui gagnait
soixante francs par mois à se laisser endormir, puis
réveiller, devant chaque client, pour donner confiance;
d'autres, d'autres encore, les filles vagues des bastringues,
les dames comme il faut en quête d'aventures, les petites
blanchisseuses qui rapportaient son linge, les femmes de
ménage qui retournaient ses matelas, toutes celles qui
voulaient bien, toute la rue avec ses hasards, ses raccrocs,
ce qui s'offre et ce qu'on vole; et cela au petit bonheur, les
jolies, les laides, les jeunes, les vieilles, sans choix, uniquement pour la satisfaction de ses gros appétits de
mâle, sacrifiant la qualité à la quantité. Chaque nuit,
quand il rentrait seul, la terreur de son lit froid le jetait
en chasse, battant les trottoirs jusqu'aux heures où l'on
assassine, n'allant se coucher que lorsqu'il en avait bra-
conné une, si myope d'ailleurs, que cela l'exposait à des
méprises : ainsi, il raconta qu'un matin, à son réveil, il
avait trouvé sur l'oreiller la tête blanche d'une misérable

de soixante ans, qu'il avait crue blonde, dans sa hâte.

Au demeurant, il était enchanté de la vie, ses affaires marchaient. Son avare de père lui avait bien coupé les vivres de nouveau, en le maudissant de s'entêter à suivre une voie de scandale; mais il s'en moquait maintenant, il gagnait sept ou huit mille francs dans le journalisme, où il faisait son travail comme chroniqueur et comme critique d'art. Les jours tapageurs du *Tambour*, les articles à un louis étaient loin; il se rangeait, collaborait à deux journaux très lus; et, bien qu'il restât au fond le jouisseur sceptique, l'adorateur du succès quand même lui prenait une importance bourgeoise et commençait à rendre des arrêts. Chaque mois, travaillé de sa ladrerie héréditaire, il plaçait déjà de l'argent dans d'infimes spéculations, connues de lui seul; car jamais ses vices ne lui avaient moins coûté, il ne payait les matins de grande largesse, qu'une tasse de chocolat aux femmes dont il était très content.

On arrivait rue de Moscou. Claude demanda:

— Alors, c'est toi qui l'entretiens, cette petite Bécot?

— Moi! cria Jory, révolté. Mais, mon vieux, elle a un loyer de vingt mille francs, elle parle de faire bâtir un hôtel qui en coûtera cinq cent mille... Non, non, je déjeune et je dîne parfois chez elle, c'est bien assez.

— Et tu couches?

Il se mit à rire, sans répondre directement.

— Bête! on couche toujours... Allons, nous y sommes, entre vite.

Mais Claude se débattit encore. Sa femme l'attendait pour déjeuner, il ne pouvait pas. Et il fallut que Jory sonnât, puis le poussât dans le vestibule, en répétant que ce n'était pas une excuse, qu'on allait envoyer le valet de chambre prévenir rue de Douai. Une porte s'ouvrit, ils se trouvèrent devant Irma Bécot, qui s'exclama, lorsqu'elle aperçut le peintre.

— Comment! c'est vous, sauvage!

Elle le mit tout de suite à l'aise, en l'accueillant comme un ancien camarade, et il vit, en effet, qu'elle ne remarquait même pas son vieux paletot. Lui, s'étonnait, car il la reconnaissait à peine. En quatre ans, elle était devenue autre, la tête faite avec un art de cabotine, le front diminué par la frisure des cheveux, la face tirée en longueur, grâce à un effort de sa volonté sans doute, rousse ardente de blonde pâle qu'elle était, si bien qu'une courtisane du Titien semblait maintenant s'être levée du petit voyou de jadis. Ainsi qu'elle le disait parfois, dans ses heures d'abandon : ça, c'était sa tête pour les jobards. L'hôtel, étroit, avait encore des trous, au milieu de son luxe. Ce qui frappa le peintre, ce fut quelques bons tableaux pendus aux murs, un Courbet, une ébauche de Delacroix surtout. Elle n'était donc pas bête, cette fille, malgré un chat en biscuit colorié, affreux, qui se prélassait sur une console du salon ?

Lorsque Jory parla d'envoyer le valet de chambre prévenir chez son ami, elle s'écria, pleine de surprise :

— Comment ! vous êtes marié ?

— Mais oui, répondit Claude simplement.

Elle regarda Jory qui souriait, elle comprit et ajouta :

— Ah ! vous vous êtes collé... Que me disait-on que vous aviez horreur des femmes ?... Et vous savez que me voilà vexée joliment, moi qui vous ai fait peur, rappelez-vous ! Hein ? vous me trouvez donc bien laide, que vous vous reculez encore ?

Des deux mains, elle avait pris les siennes, et elle avançait le visage, souriante et vraiment blessée au fond, le regardant de tout près, dans les yeux, avec la volonté aiguë de plaire. Il eut un petit frisson sous cette haleine de fille qui lui chauffait la barbe ; tandis qu'elle le lâchait, en disant :

— Enfin, nous recauserons de ça.

Ce fut le cocher qui alla rue de Douai porter une lettre de Claude, car le valet de chambre avait ouvert la porte de la salle à manger, pour annoncer que Madame était servie. Le déjeuner, très délicat se passa correctement, sous l'œil froid du domestique : on parla des grands travaux qui bouleversaient Paris, on discuta ensuite le prix des terrains ainsi que des bourgeois ayant de l'argent à placer. Mais, au dessert, lorsque tous trois furent seuls devant le café et les liqueurs, qu'ils avaient décidé de prendre là, sans quitter la table, peu à peu ils s'animèrent, ils s'oublièrent, comme s'ils s'étaient retrouvés au café Baudequin.

— Ah ! mes enfants, dit Irma, il n'y a que ça de bon, rigoler ensemble et se ficher du monde !

Elle roulait des cigarettes, elle venait de prendre le flacon de chartreuse près d'elle, et elle le vida, très rouge, les cheveux envolés, retombée sur son trottoir de drôlerie canaille.

— Alors, continua Jory qui s'excusait de ne pas lui avoir envoyé le matin un livre qu'elle désirait, alors j'allais donc l'acheter, hier soir, vers dix heures lorsque j'ai rencontré Fagerolles...

— Tu mens, dit-elle en l'interrompant d'une voix nette.

Et, pour couper court aux protestations :

— Fagerolles était ici, tu vois bien que tu mens.

Puis, elle se tourna vers Claude :

— Non, c'est dégoûtant, vous n'avez pas idée d'un menteur pareil!... Il ment comme une femme, pour le plaisir, pour des petites saletés sans conséquence. Ainsi, au fond de toute son histoire, il n'y a qu'une chose : ne pas dépenser trois francs à m'acheter ce livre. Chaque fois qu'il a dû m'envoyer un bouquet, une voiture a passé dessus, ou bien il n'y avait plus de fleurs dans Paris. Ah! en voilà un qu'il faut aimer pour lui!

Jory, sans se fâcher, renversait sa chaise, se balançait en suçant son cigare. Il se contenta de dire avec un ricanement :

— Du moment que tu as renoué avec Fagerolles...

— Je n'ai pas renoué du tout! cria-t-elle, furieuse. Et puis, est-ce que ça te regarde ?... Je m'en moque, entends-tu! de ton Fagerolles. Il sait bien, lui, qu'on ne se fâche pas avec moi. Oh! nous nous connaissons tous les deux, nous avons poussé dans la même fente de pavé... Tiens! regarde, quand je voudrai, je n'aurai qu'à faire ça, rien qu'un signe du petit doigt, et il sera là, par terre, à me lécher les pieds... Il m'a dans le sang, ton Fagerolles!

Elle s'animait, il crut prudent de battre en retraite.

— Mon Fagerolles, murmura-t-il, mon Fagerolles...

— Oui, ton Fagerolles! Est-ce que tu t'imagines que je ne vous vois pas, lui toujours à te passer la main dans le dos, parce qu'il espère des articles, et toi faisant le bon prince, calculant le bénéfice que tu en tireras, si tu appuies un artiste aimé du public ?

Jory, cette fois, bégaya, très ennuyé devant Claude. Il ne se défendit pas d'ailleurs, il préféra tourner la querelle au plaisant. Hein ? était-elle amusante, quand elle s'allumait ainsi ? l'œil en coin luisant de vice, la bouche tordue pour l'engueulade!

— Seulement, ma chère, tu fais craquer ton Titien.

Elle se mit à rire, désarmée.

Claude, noyé de bien-être, buvait des petits verres de cognac, sans savoir. Depuis deux heures qu'on était là, une griserie montait, cette griserie hallucinante des liqueurs, au milieu de la fumée de tabac. On causait d'autre chose, il était question des grands prix que commençait à atteindre la peinture. Irma, qui ne parlait plus, gardait un bout éteint de cigarette aux lèvres, les yeux fixés sur le peintre. Et elle l'interrogea brusquement, le tutoyant comme dans un songe.

— Où l'as-tu prise, ta femme ?

Cela ne parut pas le surprendre, ses idées s'en allaient à l'abandon.

— Elle arrivait de province, elle était chez une dame, et honnête pour sûr.

— Jolie ?

— Mais oui, jolie.

Un instant, Irma retomba dans son rêve ; puis, avec un sourire :

— Fichtre ! quelle veine ! Il n'y en avait plus, on en a fait une pour toi, alors !

Mais elle se secoua, elle cria, en quittant la table :

— Bientôt trois heures... Ah ! mes enfants, je vous flanque à la porte. Oui, j'ai rendez-vous avec un architecte, je vais visiter un terrain près du parc Monceau, vous savez, dans ce quartier neuf, qu'on bâtit. J'ai flairé un coup par là.

On était revenu au salon, elle s'arrêta devant une glace, fâchée de se voir si rouge.

— C'est pour cet hôtel, n'est-ce pas ? demanda Jory. Tu as donc trouvé l'argent ?

Elle rabattait ses cheveux sur son front, elle semblait effacer de la main le sang de ses joues, rallongeait l'ovale de sa figure, se refaisait sa tête de courtisane fauve, d'un charme intelligent d'œuvre d'art ; et, se tournant, elle lui jeta pour toute réponse :

— Regarde ! le revoilà, mon Titien !

Déjà, au milieu des rires, elle les poussait vers le vestibule, où elle reprit les deux mains de Claude, sans parler, en lui plantant de nouveau son regard de désir au fond des yeux. Dans la rue, il éprouva un malaise. L'air froid le dégrisait, un remords le torturait maintenant, d'avoir parlé de Christine à cette fille. Il fit le serment de ne jamais remettre les pieds chez elle.

— Hein ? n'est-ce pas ? une bonne enfant, disait Jory, en allumant un cigare, qu'il avait pris dans la boîte, avant de partir. Tu sais, d'ailleurs, ça n'engage à rien : on déjeune, on dîne, on couche ; et bonjour, bonsoir, on va chacun à ses affaires.

Mais une sorte de honte empêchait Claude de rentrer tout de suite, et lorsque son compagnon, excité par le déjeuner, mis en appétit de flâne, parla de monter serrer la main à Bongrand, il fut ravi de l'idée, tous deux gagnèrent le boulevard de Clichy.

Bongrand occupait là, depuis vingt ans, un vaste atelier, où il n'avait point sacrifié au goût du jour, à cette magnificence de tentures et de bibelots dont commençaient à s'entourer les jeunes peintres. C'était l'ancien atelier nu et gris, orné des seules études du maître, accrochées sans cadre, serrées comme les ex-voto d'une chapelle. Le seul luxe consistait en une psyché empire, une vaste armoire normande, deux fauteuils de velours d'Utrecht, limés par l'usage. Dans un coin, une peau d'ours, qui avait perdu tous ses poils, recouvrait un large divan. Mais l'artiste gardait, de sa jeunesse romantique, l'habitude d'un costume de travail spécial, et ce fut en culotte flottante, en robe nouée d'une cordelière, le sommet du crâne coiffé d'une calotte ecclésiastique, qu'il reçut les visiteurs.

Il était venu ouvrir lui-même, sa palette et ses pinceaux à la main.

— Vous voilà! ah, la bonne idée!... Je pensais à vous, mon cher. Oui, je ne sais plus qui m'avait annoncé votre retour, et je me disais que je ne tarderais pas à vous voir.

Sa main libre était allée d'abord à Claude, dans un élan de vive affection. Il serra ensuite celle de Jory, en ajoutant :

— Et vous, jeune pontife, j'ai lu votre dernier article, je vous remercie du mot aimable qui s'y trouvait pour moi... Entrez, entrez donc tous les deux! Vous ne me dérangez pas, je profite du jour jusqu'à la dernière minute, car on n'a le temps de rien faire, par ces sacrées journées de novembre.

Il s'était remis au travail, debout devant un chevalet où se trouvait une petite toile, deux femmes, la mère et la fille, cousant dans l'embrasure d'une fenêtre ensoleillée. Derrière lui, les jeunes gens regardaient.

— C'est exquis, finit par murmurer Claude.

Bongrand haussa les épaules, sans se retourner.

— Bah! une petite bêtise. Il faut bien s'occuper, n'est-ce pas ?... J'ai fait ça sur nature, chez des amies, et je le nettoie un peu.

— Mais c'est complet, c'est un bijou de vérité et de lumière, reprit Claude qui s'échauffait. Ah! la simplicité

de ça, voyez-vous, la simplicité, c'est ce qui me bouleverse, moi!

Du coup, le peintre se recula, cligna les yeux, d'un
air plein de surprise.

— Vous trouvez? ça vous plaît, vraiment?... Eh
bien! quand vous êtes entrés, j'étais en train de la juger
infecte, cette toile... Parole d'honneur! je broyais du
noir, j'étais convaincu que je n'avais plus pour deux
sous de talent.

Ses mains tremblaient, tout son grand corps était dans
le tressaillement douloureux de la création. Il se débar-
rassa de sa palette, il revint vers eux, avec des gestes qui
battaient le vide; et cet artiste vieilli au milieu du succès,
dont la place était assurée dans l'Ecole française, leur
cria:

— Ça vous étonne, mais il y a des jours où je me
demande si je vais savoir dessiner un nez... Oui, à chacun de mes tableaux, j'ai encore une grosse émotion de
débutant, le cœur qui bat, une angoisse qui sèche la
bouche, enfin un trac abominable. Ah! le trac, jeunes
gens, vous croyez le connaître, et vous ne vous en dou-
tez même pas, parce que, mon Dieu! vous autres, si
vous ratez une œuvre, vous en êtes quittes pour vous
efforcer d'en faire une meilleure, personne ne vous
accable; tandis que nous, les vieux, nous qui avons
donné notre mesure, qui sommes forcés d'être égaux à
nous-mêmes, sinon de progresser, nous ne pouvons faiblir, sans culbuter dans la fosse commune... Va donc,
homme célèbre, grand artiste, mange-toi la cervelle,
brûle ton sang, pour monter encore, toujours plus haut,
toujours plus haut; et, si tu piétines sur place, au sommet, estime-toi heureux, use tes pieds à piétiner le plus
longtemps possible; et, si tu sens que tu déclines, eh
bien! achève de te briser, en roulant dans l'agonie de ton
talent qui n'est plus de l'époque, dans l'oubli où tu es de
tes œuvres immortelles, éperdu de ton effort impuissant
à créer davantage!

Sa voix forte s'était enflée avec un éclat final de tonnerre; et sa grande face rouge exprimait une angoisse.
Il marcha, il continua, emporté comme malgré lui par
un souffle de violence:

— Je vous l'ai dit vingt fois qu'on débutait toujours,
que la joie n'était pas d'être arrivé là-haut, mais de monter, d'en être encore aux gaietés de l'escalade. Seulement,
vous ne comprenez pas, vous ne pouvez pas comprendre,

il faut y passer soi-même... Songez donc! on espère tout,
on rêve tout. C'est l'heure des illusions sans bornes :
on a de si bonnes jambes, que les plus durs chemins
paraissent courts; on est dévoré d'un tel appétit de
gloire, que les premiers petits succès emplissent la
bouche d'un goût délicieux. Quel festin, quand on va
pouvoir rassasier son ambition! et l'on y est presque, et
l'on s'écorche avec bonheur! Puis, c'est fait, la cime est
conquise, il s'agit de la garder. Alors, l'abomination
commence, on a épuisé l'ivresse, on la trouve courte,
amère au fond, ne valant pas la lutte qu'elle a coûtée.
Plus d'inconnu à connaître, de sensations à sentir. L'orgueil a eu sa ration de renommée, on sait qu'on a donné
ses grandes œuvres, on s'étonne qu'elles n'aient pas
apporté des jouissances plus vives. Dès ce moment, l'horizon se vide, aucun espoir nouveau ne vous appelle là-
bas, il ne reste qu'à mourir. Et pourtant on se cramponne,
on ne veut pas être fini, on s'entête à la création comme
les vieillards à l'amour, péniblement, honteusement...
Ah! l'on devrait avoir le courage et la fierté de s'étrangler, devant son dernier chef-d'œuvre!

Il s'était grandi, ébranlant le haut plafond de l'atelier,
secoué d'une émotion si forte, que des larmes parurent
dans ses yeux. Et il revint tomber sur une chaise, en face
de sa toile, il demanda de l'air inquiet d'un élève qui a
besoin d'être encouragé :

— Alors, vraiment, ça vous paraît bien ?... Moi, je
n'ose plus croire. Mon malheur doit être que j'ai à la
fois trop et pas assez de sens critique. Dès que je me
mets à une étude, je l'exalte; puis, si elle n'a pas de succès, je me torture. Il vaudrait mieux ne pas y voir du
tout, comme cet animal de Chambouvard, ou bien y voir
très clair et ne plus peindre... Franchement, vous aimez
cette petite toile ?

Claude et Jory restaient immobiles, étonnés, embar-
rassés devant ce sanglot de grande douleur, dans l'enfantement. A quel instant de crise étaient-ils donc venus,
pour que ce maître hurlât de souffrance, en les consultant
comme des camarades ? Et le pis était qu'ils n'avaient pu
cacher une hésitation, sous les gros yeux ardents dont il
les suppliait, des yeux où se lisait la peur cachée de sa
décadence. Eux, connaissaient bien le bruit courant, ils
partageaient l'opinion que le peintre, depuis sa *Noce au
village*, n'avait rien fait qui valût ce tableau fameux.
Même, après s'être maintenu dans quelques toiles, il

glissait désormais à une facture plus savante et plus sèche. L'éclat s'en allait, chaque œuvre semblait déchoir. Mais c'étaient là des choses qu'on ne pouvait dire, et Claude, lorsqu'il se fut remis, s'exclama :

— Vous n'avez jamais rien peint de si puissant !

Bongrand le regarda encore, droit dans les yeux. Puis, il se retourna vers son œuvre, s'absorba, eut un mouvement de ses deux bras d'hercule, comme s'il eût fait craquer ses os, pour soulever cette petite toile, si légère. Et il murmura, se parlant à lui-même :

— Nom de Dieu ! que c'est lourd ! N'importe, j'y laisserai la peau, plutôt que de dégringoler !

Il reprit sa palette, se calma dès le premier coup de pinceau, arrondissant ses épaules de brave homme, avec sa nuque large, où il restait de la carrure obstinée du paysan, dans le croisement de finesse bourgeoise dont il était le produit.

Un silence s'était fait. Jory, les yeux toujours sur le tableau, demanda :

— C'est vendu ?

Le peintre répondit sans hâte, en artiste qui travaillait à ses heures et qui n'avait pas le souci du gain.

— Non... Ça me paralyse, quand j'ai un marchand dans le dos.

Et, sans cesser de travailler, il continua, mais goguenard à présent.

— Ah ! on commence à en faire un négoce, avec la peinture !... Positivement, je n'ai jamais vu ça, moi qui tourne à l'ancêtre... Ainsi, vous, l'aimable journaliste, leur en avez-vous flanqué des fleurs aux jeunes, dans cet article où vous me nommiez ! Ils étaient deux ou trois cadets là-dedans qui avaient tout bonnement du génie.

Jory se mit à rire.

— Dame ! quand on a un journal, c'est pour en user. Et puis, le public aime ça, qu'on lui découvre des grands hommes.

— Sans doute, la bêtise du public est infinie, je veux bien que vous l'exploitiez... Seulement, je me rappelle nos débuts, à nous autres. Fichtre ! nous n'étions pas gâtés, nous avions devant nous dix ans de travail et de lutte, avant de pouvoir imposer grand comme ça de peinture... Tandis que, maintenant, le premier godelureau sachant camper un bonhomme, fait retentir toutes les trompettes de la publicité. Et quelle publicité ! un charivari d'un bout de la France à l'autre, de soudaines renommées qui poussent du soir au matin, et qui éclatent en coups de foudre, au milieu des populations béantes. Sans parler des œuvres, ces pauvres œuvres annoncées par des salves d'artillerie, attendues dans un délire d'impatience, enrageant Paris pendant huit jours, puis tombant à l'éternel oubli!

— C'est le procès à la presse d'informations que vous faites là, déclara Jory, qui était allé s'allonger sur le divan, en allumant un nouveau cigare. Il y a du bien et du mal à en dire, mais il faut être de son temps, que diable!

Bongrand secouait la tête; et il repartit, dans une charité énorme :

— Non! non! on ne peut plus lâcher la moindre croûte, sans devenir un jeune maître... Moi, voyez-vous, ce qu'ils m'amusent, vos jeunes maîtres!

Mais, comme si une association d'idées s'était produite en lui, il s'apaisa, il se tourna vers Claude, pour poser cette question :

— A propos, et Fagerolles, avez-vous vu son tableau?

— Oui, répondit simplement le jeune homme.

Tous deux continuaient de se regarder, un sourire invincible était monté à leurs lèvres, et Bongrand ajouta enfin :

— En voilà un qui vous pille!

Jory, pris d'un embarras, avait baissé les yeux, se demandant s'il défendrait Fagerolles. Sans doute, il lui sembla profitable de le faire, car il loua le tableau, cette actrice dans sa loge, dont une reproduction gravée avait alors un grand succès aux étalages. Est-ce que le sujet n'était pas moderne? est-ce que ce n'était pas joliment peint, dans la gamme claire de l'école nouvelle? Peut-être aurait-on pu désirer plus de force; seulement, il fallait laisser sa nature à chacun; puis, ça ne traînait pas dans les rues, le charme et la distinction.

Penché sur sa toile, Bongrand, qui d'habitude ne lâchait que des éloges paternels sur les jeunes, frémissait, faisait un visible effort pour ne pas éclater. Mais l'explosion eut lieu malgré lui.

— Fichez-nous la paix, hein! avec votre Fagerolles! Vous nous croyez donc plus bêtes que nature!... Tenez! vous voyez le grand peintre ici présent. Oui, ce jeune monsieur-là, qui est devant vous! Eh bien! tout le truc consiste à lui voler son originalité et à l'accommoder à la sauce veule de l'Ecole des Beaux-Arts. Parfaitement!

on prend du moderne, on peint clair, mais on garde le
dessin banal et correct, la composition agréable de tout
le monde, enfin la formule qu'on enseigna là-bas, pour
l'agrément des bourgeois. Et l'on noie ça de facilité, oh!
de cette facilité exécrable des doigts, qui sculpteraient
aussi bien des noix de coco, de cette facilité coulante,
plaisante, qui fait le succès et qui devrait être punie du
bagne, entendez-vous!

Il brandissait en l'air sa palette et ses brosses, dans ses
deux poings fermés.

— Vous êtes sévère, dit Claude gêné. Fagerolles a
vraiment des qualités de finesse.

— On m'a conté, murmura Jory, qu'il venait de passer un traité très avantageux avec Naudet.

Ce nom, jeté ainsi dans la conversation, détendit une
fois encore Bongrand, qui répéta, en dodelinant des
épaules :

— Ah! Naudet... ah! Naudet...

Et il les amusa beaucoup, avec Naudet, qu'il connaissait bien. C'était un marchand, qui, depuis quelques
années, révolutionnait le commerce des tableaux. Il ne
s'agissait plus du vieux jeu, la redingote crasseuse et le
goût si fin du père Malgras, les toiles des débutants
guettées, achetées dix francs pour être revendues quinze,
tout ce petit train-train de connaisseur, faisant la moue
devant l'œuvre convoitée pour la déprécier, adorant au
fond la peinture, gagnant sa pauvre vie à renouveler
rapidement ses quelques sous de capital, dans des opérations prudentes. Non, le fameux Naudet avait des
allures de gentilhomme, jaquette de fantaisie, brillant
à la cravate, pommadé, astiqué, verni ; grand train
d'ailleurs, voiture au mois, fauteuil à l'Opéra, table
réservée chez Bignon, fréquentant partout où il était
décent de se montrer. Pour le reste, un spéculateur, un
boursier, qui se moquait radicalement de la bonne peinture. Il apportait l'unique flair du succès, il devinait
l'artiste à lancer, non pas celui qui promettait le génie
discuté d'un grand peintre, mais celui dont le talent menteur, enflé de fausses hardiesses, allait faire prime sur le
marché bourgeois. Et c'était ainsi qu'il bouleversait ce
marché, en écartant l'ancien amateur de goût et en ne
traitant plus qu'avec l'amateur riche, qui ne se connaît
pas en art, qui achète un tableau comme une valeur de
Bourse, par vanité ou dans l'espoir qu'elle montera.

Là, Bongrand, très farceur, avec un vieux fond de

cabotin, se mit à jouer la scène. Naudet arrive chez Fagerolles. — Vous avez du génie, mon cher. Ah! votre tableau de l'autre jour est vendu. Combien? — Cinq cents francs. — Mais vous êtes fou! il en valait douze cents. Et celui-ci, qui vous reste, combien? — Mon Dieu! je ne sais pas, mettons douze cents. — Allons donc, douze cents! Vous ne m'entendez donc pas, mon cher? il en vaut deux mille. Je le prends à deux mille. Et, dès aujourd'hui, vous ne travaillez plus que pour moi, Naudet! Adieu, adieu, mon cher, ne vous prodiguez pas, votre fortune est faite, je m'en charge. — Le voilà parti, il emporte le tableau dans sa voiture, il le promène chez ses amateurs, parmi lesquels il a répandu la nouvelle qu'il venait de découvrir un peintre extraordinaire. Un de ceux-ci finit par mordre et demande le prix. — Cinq mille. — Comment! cinq mille! le tableau d'un inconnu, vous vous moquez de moi! — Ecoutez, je vous propose une affaire : je vous le vends cinq mille et je vous signe l'engagement de le reprendre à six mille dans un an, s'il a cessé de vous plaire. — Du coup, l'amateur est tenté : que risque-t-il? bon placement au fond, et il achète. Alors, Naudet ne perd pas de temps, il en case de la sorte neuf ou dix dans l'année. La vanité se mêle à l'espoir du gain, les prix montent, une cote s'établit, si bien que, lorsqu'il retourne chez son amateur, celui-ci, au lieu de rendre le tableau, en paie un autre huit mille. Et la hausse va toujours son train, et la peinture n'est plus qu'un terrain louche, des mines d'or aux buttes Montmartre, lancées par des banquiers, et autour desquelles on se bat à coups de billets de banque!

Claude s'indignait, Jory trouvait ça très fort, lorsqu'on frappa. Bongrand, qui alla ouvrir, eut une exclamation.

— Tiens! Naudet!... Justement, nous parlions de vous.

Naudet, très correct, sans une moucheture de boue, malgré le temps atroce, saluait, entrait avec la politesse recueillie d'un homme du monde, qui pénètre dans une église.

— Très heureux, très flatté, cher maître... Et vous ne disiez que du bien, j'en suis sûr.

— Mais pas du tout, Naudet, pas du tout! reprit Bongrand d'une voix tranquille. Nous disions que votre façon d'exploiter la peinture était en train de nous donner une jolie génération de peintres calqueurs, doublés d'hommes d'affaires malhonnêtes.

Sans s'émouvoir, Naudet souriait.

— Le mot est dur, mais si charmant! Allez, allez, cher maître, rien ne me blesse de vous.

Et, tombant en extase devant le tableau, les deux petites femmes qui cousaient :

— Ah! mon Dieu! je ne le connaissais pas, c'est une merveille!... Ah! cette lumière, cette facture si solide et si large! Il faut remonter à Rembrandt, oui, à Rembrandt!... Ecoutez, cher maître, je suis venu simplement pour vous rendre mes devoirs, mais c'est ma bonne étoile qui m'a conduit. Faisons enfin une affaire, cédez-moi ce bijou... Tout ce que vous voudrez, je le couvre d'or.

On voyait le dos de Bongrand s'irriter à chaque phrase. Il l'interrompit rudement.

— Trop tard, c'est vendu.

— Vendu, mon Dieu! et vous ne pouvez vous dégager?... Dites-moi au moins à qui, je ferai tout, je donnerai tout... Ah! quel coup terrible! vendu, en êtes-vous bien sûr? Si l'on vous offrait le double?

— C'est vendu, Naudet, et en voilà assez, hein!

Pourtant, le marchand continua à se lamenter. Il resta quelques minutes encore, se pâma devant d'autres études, fit le tour de l'atelier avec les coups d'œil aigus d'un parieur qui cherche la chance. Lorsqu'il comprit que l'heure était mauvaise et qu'il n'emporterait rien, il s'en alla, saluant d'un air de gratitude, s'exclamant d'admiration jusque sur le palier.

Dès qu'il ne fut plus là, Jory, qui avait écouté avec surprise, se permit une question.

— Mais vous nous aviez dit, il me semble... Ce n'est pas vendu, n'est-ce pas?

Bongrand, sans répondre d'abord, revint devant sa toile. Puis, de sa voix tonnante, mettant dans ce cri toute la souffrance cachée, tout le combat naissant qu'il n'avouait pas :

— Il m'embête! jamais il n'aura rien!... Qu'il achète à Fagerolles!

Un quart d'heure plus tard, Claude et Jory prirent eux-mêmes congé, en le laissant au travail, acharné dans le jour qui tombait. Et, dehors, quand le premier se fut séparé de son compagnon, il ne rentra pas tout de suite rue de Douai, malgré sa longue absence. Un besoin de marcher encore, de s'abandonner à ce Paris, où les rencontres d'une seule journée lui emplissaient le crâne, le

fit errer jusqu'à la nuit noire, dans la boue glacée des
rues, sous la clarté des becs de gaz, qui s'allumaient un
à un, pareils à des étoiles fumeuses au fond du brouillard.

Claude attendit impatiemment le jeudi, pour dîner
chez Sandoz; car ce dernier, immuable, recevait toujours les camarades, une fois par semaine. Venait qui
voulait, le couvert était mis. Il avait eu beau se marier,
changer son existence, se jeter en pleine lutte littéraire :
il gardait son jour, ce jeudi qui datait de sa sortie du collège, au temps des premières pipes. Ainsi qu'il le répétait lui-même, en faisant allusion à sa femme, il n'y avait
qu'un camarade de plus.

— Dis donc, mon vieux, avait-il dit franchement à
Claude, ça m'ennuie beaucoup...

— Quoi donc ?

— Tu n'es pas marié... Oh! moi, tu sais, je recevrais
bien volontiers ta femme... Mais ce sont les imbéciles,
un tas de bourgeois qui me guettent et qui raconteraient
des abominations...

— Mais certainement, mon vieux, mais Christine elle-
même refuserait d'aller chez toi!... Oh! nous compre-
nons très bien, j'irai seul, compte là-dessus!

Dès six heures, Claude se rendit chez Sandoz, rue
Nollet, au fond des Batignolles; et il eut toutes les
peines du monde à découvrir le petit pavillon que son
ami occupait. D'abord, il entra dans une grande maison
bâtie sur la rue, s'adressa au concierge, qui lui fit traverser trois cours; puis, il fila le long d'un couloir entre
deux autres bâtisses, descendit un escalier de quelques
marches, buta contre la grille d'un étroit jardin : c'était
là, le pavillon se trouvait au bout d'une allée. Mais il
faisait si noir, il avait si bien failli se rompre les jambes
dans l'escalier, qu'il n'osait se risquer davantage, d'autant plus qu'un chien énorme aboyait furieusement.
Enfin, il entendit la voix de Sandoz, qui s'avançait en
calmant le chien.

— Ah! c'est toi... Hein ? nous sommes à la campagne.
On va mettre une lanterne, pour que notre monde ne se
casse pas la tête... Entre, entre... Sacré Bertrand, veux-tu
te taire! Tu ne vois donc pas que c'est un ami, imbécile!

Alors, le chien les accompagna vers le pavillon, la
queue haute, en sonnant une fanfare d'allégresse. Une
jeune bonne avait paru avec une lanterne, qu'elle vint
accrocher à la grille, pour éclairer le terrible escalier.

Dans le jardin, il n'y avait qu'une petite pelouse centrale, plantée d'un immense prunier, dont l'ombrage
pourrissait l'herbe; et, devant la maison, très basse,
de trois fenêtres de façade seulement, régnait une ton-
nelle de vigne vierge, où luisait un banc tout neuf, installé là comme ornement sous les pluies d'hiver, en
attendant le soleil.

— Entre, répéta Sandoz.

Il l'introduisit, à droite du vestibule, dans le salon,
dont il avait fait son cabinet de travail. La salle à manger et la cuisine étaient à gauche. En haut, sa mère, qui
ne quittait plus le lit, occupait la grande chambre; tandis
que le ménage se contentait de l'autre et du cabinet de
toilette, placé entre les deux pièces. Et c'était tout, une
vraie boîte de carton, des compartiments de tiroir, que
séparaient des cloisons minces comme des feuilles de
papier. Petite maison de travail et d'espoir cependant,
vaste à côté des greniers de jeunesse, égayée déjà d'un
commencement de bien-être et de luxe.

— Hein ? cria-t-il, nous en avons, de la place! Ah!
c'est joliment plus commode que rue d'Enfer! Tu vois,
j'ai une pièce à moi tout seul. Et j'ai acheté une table
de chêne pour écrire, et ma femme m'a donné ce pal-
mier, dans ce vieux pot de Rouen... Hein ? c'est chic!

Justement, sa femme entrait. Grande, le visage calme
et gai, avec de beaux cheveux bruns, elle avait par-dessus
sa robe de popeline noire, très simple, un large tablier
blanc; car, bien qu'ils eussent pris une servante à
demeure, elle s'occupait de la cuisine, était fière de certains de ses plats, mettait le ménage sur un pied de propreté et de gourmandise bourgeoises.

Tout de suite, Claude et elle furent d'anciennes
connaissances.

— Appelle-le Claude, chérie... Et toi, vieux, appelle-la
Henriette... Pas de madame, pas de monsieur, ou je vous
flanque chaque fois une amende de cinq sous.

Ils rirent, et elle s'échappa, réclamée à la cuisine par
un plat du Midi, une bouillabaisse, dont elle voulait
faire la surprise aux amis de Plassans. Elle en tenait la
recette de son mari lui-même, elle y avait acquis un tour
de main extraordinaire, disait-il.

— Elle est charmante, ta femme, dit Claude, et elle
te gâte.

Mais Sandoz, assis devant sa table, les coudes parmi
les pages du livre en train, écrites dans la matinée, se mit

à parler du premier roman de sa série, qu'il avait publié
en octobre. Ah! on le lui arrangeait, son pauvre bouquin! C'était un égorgement, un massacre, toute la critique hurlant à ses trousses, une bordée d'imprécations,
comme s'il eût assassiné les gens, à la corne d'un bois.
Et il en riait, excité plutôt, les épaules solides, avec la
tranquille carrure du travailleur qui sait où il va. Un
étonnement seul lui restait, la profonde inintelligence
de ces gaillards, dont les articles bâclés sur des coins de
bureau, le couvraient de boue, sans paraître soupçonner
la moindre de ses intentions. Tout se trouvait jeté dans
le baquet aux injures : son étude nouvelle de l'homme
physiologique, le rôle tout-puissant rendu aux milieux,
la vaste nature éternellement en création, la vie enfin, la
vie totale, universelle, qui va d'un bout de l'animalité à
l'autre, sans haut ni bas, sans beauté ni laideur; et les
audaces de langage, la conviction que tout doit se dire,
qu'il y a des mots abominables nécessaires comme des
fers rouges, qu'une langue sort enrichie de ces bains de
force; et surtout l'acte sexuel, l'origine et l'achèvement
continu du monde, tiré de la honte où on le cache,
remis dans sa gloire, sous le soleil. Qu'on se fâchât,
il l'admettait aisément; mais il aurait voulu au moins
qu'on lui fît l'honneur de comprendre et de se fâcher pour
ses audaces, non pour les saletés imbéciles qu'on lui
prêtait.

— Tiens! continua-t-il, je crois qu'il y a encore plus
de niais que de méchants... C'est la forme qui les
enrage en moi, la phrase écrite, l'image, la vie du style.
Oui, la haine de la littérature, toute la bourgeoisie en
crève!

Il se tut, envahi d'une tristesse.

— Bah! dit Claude après un silence, tu es heureux, tu
travailles, tu produis, toi!

Sandoz s'était levé, il eut un geste de brusque douleur.

— Ah! oui, je travaille, je pousse mes livres jusqu'à
la dernière page... Mais si tu savais! si je te disais dans
quels désespoirs, au milieu de quels tourments! Est-ce
que ces crétins ne vont pas s'aviser aussi de m'accuser
d'orgueil! moi que l'imperfection de mon œuvre poursuit jusque dans le sommeil! moi qui ne relis jamais mes
pages de la veille de crainte de les juger si exécrables, que
je ne puisse trouver ensuite la force de continuer!... Je
travaille, eh! sans doute, je travaille! je travaille comme

je vis, parce que je suis né pour ça; mais, va, je n'en suis
pas plus gai, jamais je ne me contente, et il y a toujours
la grande culbute au bout!

Un éclat de voix l'interrompit, et Jory parut, enchanté
de l'existence, racontant qu'il venait de retaper une
vieille chronique, pour avoir sa soirée libre. Presque
aussitôt, Gagnière et Mahoudeau, qui s'étaient rencontrés
à la porte, arrivèrent en causant. Le premier, enfoncé
depuis quelques mois dans une théorie des couleurs,
expliquait à l'autre son procédé.

— Je pose mon ton, continuait-il. Le rouge du drapeau s'éteint et jaunit, parce qu'il se détache sur le bleu
du ciel, dont la couleur complémentaire, l'orangé, se
combine avec le rouge.

Claude, intéressé, le questionnait déjà, lorsque la
bonne apporta un télégramme.

— Bon! dit Sandoz, c'est Dubuche qui s'excuse, il
promet de nous surprendre vers onze heures.

A ce moment, Henriette ouvrit la porte toute grande,
et annonça elle-même le dîner. Elle n'avait plus son
tablier de cuisinière, elle serrait gaiement, en maîtresse
de maison, les mains qui se tendaient. A table! à table! il
était sept heures et demie, la bouillabaisse n'attendait
pas. Jory ayant fait remarquer que Fagerolles lui avait
juré qu'il viendrait, on ne voulut rien entendre : il
devenait ridicule, Fagerolles, à poser pour le jeune
maître, accablé de travaux!

La salle à manger où l'on passa, était si petite, que,
voulant y installer le piano, on avait dû percer une sorte
d'alcôve, dans un cabinet noir, réservé jusque-là à la
vaisselle. Pourtant, les grands jours, on tenait encore une
dizaine autour de la table ronde, sous la suspension de
porcelaine blanche, mais à la condition de condamner le
buffet, si bien que la bonne ne pouvait plus y aller
chercher une assiette. D'ailleurs, c'était la maîtresse de
maison qui servait : et le maître, lui, se plaçait en face,
contre le buffet bloqué, pour y prendre et passer ce dont
on avait besoin.

Henriette avait mis Claude à sa droite, Mahoudeau à
sa gauche; tandis que Jory et Gagnière s'étaient assis
aux deux côtés de Sandoz.

— Françoise! appela-t-elle. Donnez-moi donc les
rôties, elles sont sur le fourneau.

Et, la bonne lui ayant apporté les rôties, elle les distribuait deux par deux dans les assiettes, puis commen-

çait à verser dessus le bouillon de la bouillabaisse, lorsque
la porte s'ouvrit.

— Fagerolles, enfin! dit-elle. Placez-vous là, près de
Claude.

Il s'excusa d'un air de galante politesse, allégua un
rendez-vous d'affaires. Très élégant maintenant, pincé
dans des vêtements de coupe anglaise, il avait une tenue
d'homme de cercle, relevée par la pointe de débraillé
artiste qu'il gardait. Tout de suite, en s'asseyant, il
secoua la main de son voisin, il affecta une vive joie.

— Ah! mon vieux Claude! Il y a si longtemps que je
voulais te voir! Oui, j'ai eu vingt fois l'idée d'aller là-bas;
et puis, tu sais, la vie...

Claude, pris de malaise devant ces protestations,
tâchait de répondre avec une cordialité pareille. Mais
Henriette, qui continuait de servir, le sauva, en s'im-
patientant.

— Voyons, Fagerolles, répondez-moi... Est-ce deux
rôties que vous désirez?

— Certainement, madame, deux rôties... Je l'adore,
la bouillabaisse. D'ailleurs, vous la faites si bonne! une
merveille!

Tous, en effet, se pâmaient. Mahoudeau et Jory surtout, qui déclaraient n'en avoir jamais mangé de meilleure
à Marseille; si bien que la jeune femme, ravie, rose encore
de la chaleur du fourneau, la grande cuiller en main, ne
suffisait que juste à remplir les assiettes qui lui revenaient;
et même elle quitta sa chaise, courut en personne chercher à la cuisine le reste du bouillon, car la servante perdait la tête.

— Mange donc! lui cria Sandoz. Nous attendrons
bien que tu aies mangé.

Mais elle s'entêtait, demeurait debout.

— Laisse... Tu ferais mieux de passer le pain. Oui,
derrière toi, sur le buffet... Jory préfère les tartines, la
mie qui trempe.

Sandoz se leva à son tour, aida au service, pendant
qu'on plaisantait Jory sur les pâtées qu'il aimait.

Et Claude, pénétré par cette bonhomie heureuse,
comme réveillé d'un long sommeil, les regardait tous, se
demandait s'il les avait quittés la veille, ou s'il y avait
bien quatre années qu'il n'eut dîné là, un jeudi. Ils
étaient autres pourtant, il les sentait changés, Mahoudeau, aigri de misère, Jory enfoncé dans sa jouissance,
Gagnière plus lointain, envolé ailleurs; et, surtout, il lui

semblait que Fagerolles, près de lui, dégageait du froid,
malgré l'exagération de sa cordialité. Sans doute, leurs
visages avaient vieilli un peu, à l'usure de l'existence;
mais ce n'était pas cela seulement, des vides paraissaient
se faire entre eux, il les voyait à part, étrangers, bien qu'ils
fussent coude à coude, trop serrés autour de cette table.
Puis, le milieu était nouveau : une femme aujourd'hui,
apportait son charme, les calmait par sa présence. Alors,
pourquoi, devant ce cours fatal des choses qui meurent
et se renouvellent, avait-il donc cette sensation de
recommencement ? pourquoi aurait-il juré qu'il s'était
assis à cette place, le jeudi de la semaine précédente ? et
il crut comprendre enfin : c'était Sandoz qui, lui, n'avait
pas bougé, aussi entêté dans ses habitudes de cœur que
dans ses habitudes de travail, radieux de les recevoir à
la table de son jeune ménage, ainsi qu'il l'était jadis de
partager avec eux son maigre repas de garçon. Un rêve
d'éternelle amitié l'immobilisait, des jeudis pareils se
succédaient à l'infini, jusqu'aux derniers lointains de
l'âge. Tous éternellement ensemble! tous partis à la même
heure et arrivés dans la même victoire!
   Il dut deviner la pensée qui rendait Claude muet, il
lui dit au travers de la nappe, avec son bon rire de
jeunesse :
   — Hein ? vieux, t'y voilà encore! Ah! nom d'un
chien! que tu nous as manqué!... Mais, tu vois, rien ne
change, nous sommes tous les mêmes... N'est-ce pas ?
vous autres!
   Ils répondirent par des hochements de tête. Sans
doute, sans doute!
   — Seulement, continua-t-il épanoui, la cuisine est
un peu meilleure que rue d'Enfer... Vous en ai-je fait
mangé, des ratatouilles!
   Après la bouillabaisse, un civet de lièvre avait paru; et
une volaille rôtie, accompagnée d'une salade termina le
dîner. Mais on resta longtemps à table, le dessert traîna,
bien que la conversation n'eût pas la fièvre ni les vio-
lences d'autrefois : chacun parlait de lui, finissait par se
taire, en voyant que personne ne l'écoutait. Au fromage,
cependant, lorsqu'on eut goûté d'un petit vin de Bourgogne, un peu aigrelet, dont le ménage s'était risqué à
faire venir une pièce, sur les droits d'auteur du premier
roman, les voix s'élevèrent, on s'anima.
   — Alors, tu as traité avec Naudet ? demanda Mahoudeau, dont le visage osseux d'affamé s'était creusé encore.

Est-ce vrai qu'il t'assure cinquante mille francs la première année ?

Fagerolles répondit du bout des lèvres :

— Oui, cinquante mille... Mais rien n'est fait, je me
tâte, c'est raide de s'engager ainsi. Ah ! c'est moi qui ne
m'emballe pas !

— Fichtre ! murmura le sculpteur, tu es difficile. Pour
vingt francs par jour, moi je signe ce qu'on voudra.

Tous, maintenant, écoutaient Fagerolles, qui jouait
l'homme excédé par le succès naissant. Il avait toujours
sa jolie figure inquiétante de gueuse ; mais un certain
arrangement des cheveux, la coupe de la barbe, lui donnaient une gravité. Bien qu'il vînt encore de loin en
loin chez Sandoz, il se séparait de la bande, se lançait sur
les boulevards, fréquentait les cafés, les bureaux de
rédaction, tous les lieux de publicité où il pouvait faire
des connaissances utiles. C'était une tactique, une volonté
de se tailler son triomphe à part, cette idée maligne que,
pour réussir, il ne fallait plus avoir rien de commun avec
ces révolutionnaires, ni un marchand, ni les relations, ni
les habitudes. Et l'on disait même qu'il mettait les
femmes de deux ou trois salons dans sa chance, non pas
en mâle brutal comme Jory, mais en vicieux supérieur
à ses passions, en simple chatouilleur de baronnes sur
le retour.

Justement, Jory lui signala un article, dans l'unique
but de se donner une importance, car il avait la prétention d'avoir fait Fagerolles, comme il prétendait jadis
avoir fait Claude.

— Dis donc, as-tu lu l'étude de Vernier sur toi ? En
voilà un encore qui me répète !

— Ah ! il en a, lui, des articles ! soupira Mahoudeau.

Fagerolles eut un geste insouciant de la main ; mais il
souriait, avec le mépris caché de ces pauvres diables si
peu adroits, s'entêtant à une rudesse de niais, lorsqu'il
était si facile de conquérir la foule. Ne lui suffisait-il pas de
rompre, après les avoir pillés ? Il bénéficiait de toute la
haine qu'on avait contre eux, on couvrait d'éloges ses
toiles adoucies, pour achever de tuer leurs œuvres obstinément violentes.

— As-tu lu, toi, l'article de Vernier ? répéta Jory à
Gagnière. N'est-ce pas qu'il dit ce que j'ai dit ?

Depuis un instant, Gagnière s'absorbait dans la
contemplation de son verre sur la nappe blanche, que le
reflet du vin tachait de rouge. Il sursauta.

— Hein! l'article de Vernier ?

— Oui, enfin tous ces articles qui paraissent sur Fagerolles.

Stupéfait, il se tourna vers celui-ci.

— Tiens! on écrit des articles sur toi... Je n'en sais rien, je ne les ai pas vus... Ah! on écrit des articles sur toi! pourquoi donc ?

Un fou rire s'éleva, Fagerolles seul ricanait de mauvaise grâce, croyant à une farce méchante. Mais Gagnière était d'une absolue bonne foi : il s'étonnait qu'on pût faire un succès à un peintre qui n'observait pas la loi des valeurs. Un succès à ce truqueur-là, jamais de la vie! Que devenait la conscience ?

Cette gaieté bruyante échauffa la fin du dîner. On ne mangeait plus, seule la maîtresse de maison voulait encore remplir les assiettes.

— Mon ami, veille donc, répétait-elle à Sandoz, très excité au milieu du bruit. Allonge la main, les biscuits sont sur le buffet.

On se récria, tous se levèrent. Comme on passait ensuite la soirée là, autour de la table, à prendre du thé, ils se tinrent debout, continuant de causer contre les murs, pendant que la bonne ôtait le couvert. Le ménage aidait, elle remettant les salières dans un tiroir, lui donnant un coup de main pour plier la nappe.

— Vous pouvez fumer, dit Henriette. Vous savez que ça ne me gêne nullement.

Fagerolles, qui avait attiré Claude dans l'embrasure de la fenêtre, lui offrit un cigare, que celui-ci refusa.

— Ah! c'est vrai, tu ne fumes pas... Et, dis donc, j'irai voir ce que tu rapportes. Hein ? des choses très intéressantes. Tu sais, moi, ce que je pense de ton talent. Tu es le plus fort...

Il se montrait très humble, sincère au fond, laissant remonter son admiration d'autrefois, marqué pour toujours à l'empreinte de ce génie d'un autre, qu'il reconnaissait, malgré les calculs compliqués de sa malice. Mais son humilité s'aggravait d'une gêne, bien rare chez lui, du trouble où le jetait le silence que le maître de sa jeunesse gardait sur son tableau. Et il se décida, les lèvres tremblantes.

— Est-ce que tu as vu mon actrice, au Salon ? Aimes-tu ça, franchement ?

Claude hésita une seconde, puis en bon camarade :

— Oui, il y a des choses très bien.

Déjà, Fagerolles saignait d'avoir posé cette question stupide; et il achevait de perdre pied, il s'excusait maintenant, tâchait d'innocenter ses emprunts et de plaider ses compromis. Lorsqu'il s'en fut tiré à grand-peine, exaspéré contre sa maladresse, il redevint un instant le farceur de jadis, fit rire aux larmes Claude lui-même, les amusa tous. Puis, il tendit la main à Henriette, pour prendre congé.

— Comment! vous nous quittez si vite?

— Hélas! oui, chère madame. Mon père traite ce soir un chef de bureau, qu'il travaille pour la décoration... Et, comme je suis un de ses titres, j'ai dû jurer de paraître.

Lorsqu'il fut parti, Henriette, qui avait échangé quelques mots tout bas avec Sandoz, disparut; et l'on entendit le bruit léger de ses pas au premier étage: depuis le mariage, c'était elle qui soignait la vieille mère infirme, s'absentant ainsi à plusieurs reprises dans la soirée, comme le fils autrefois.

Du reste, pas un des convives n'avait remarqué sa sortie. Mahoudeau et Gagnière causaient de Fagerolles, se montraient d'une aigreur sourde, sans attaque directe. Ce n'était encore que des regards ironiques de l'un à l'autre, des haussements d'épaules, tout le muet mépris de garçons qui ne veulent pas exécuter un camarade. Et ils se rabattirent sur Claude, ils se prosternèrent, l'accablèrent des espérances qu'ils mettaient en lui. Ah! il était temps qu'il revînt, car lui seul, avec ses dons de grand peintre, sa poigne solide, pouvait être le maître, le chef reconnu. Depuis le Salon des Refusés, l'école du plein air s'était élargie, toute une influence croissante se faisait sentir; malheureusement, les efforts s'éparpillaient, les nouvelles recrues se contentaient d'ébauches, d'impressions bâclées en trois coups de pinceau; et l'on attendait l'homme de génie nécessaire, celui qui incarnerait la formule en chefs-d'œuvre. Quelle place à prendre! dompter la foule, ouvrir un siècle, créer un art! Claude les écoutait, les yeux à terre, la face envahie d'une pâleur. Oui, c'était bien là son rêve inavoué, l'ambition qu'il n'osait se confesser à lui-même. Seulement, il se mêlait à la joie de la flatterie une étrange angoisse, une peur de cet avenir, en l'entendant le hausser à ce rôle de dictateur, comme s'il eût triomphé déjà.

— Laissez donc! finit-il par crier, il y en a qui me valent, je me cherche encore!

Jory, agacé, fumait en silence. Brusquement, comme les
deux autres s'entêtaient, il ne put retenir cette phrase :

— Tout ça, mes petits, c'est parce que vous êtes
embêtés du succès de Fagerolles.

Ils se récrièrent, éclatèrent en protestations. Fagerolles!
le jeune maître! quelle bonne farce!

— Oh! tu nous lâches, nous le savons, dit Mahoudeau.
Il n'y a pas de danger que tu écrives deux lignes sur
nous, maintenant.

— Dame! mon cher, répondit Jory vexé, tout ce que
j'écris sur vous, on me le coupe. Vous vous faites exécrer
partout... Ah! si j'avais un journal à moi!

Henriette reparut, et les yeux de Sandoz ayant cherché
les siens, elle lui répondit d'un regard, elle eut ce sourire
tendre et discret, qu'il avait lui-même jadis, quand il
sortait de la chambre de sa mère. Puis, elle les appela
tous, ils se rassirent autour de la table, tandis qu'elle faisait le thé et qu'elle le versait dans les tasses. Mais la
soirée s'attrista, engourdie d'une lassitude. On eut beau
laisser entrer Bertrand, le grand chien, qui se livra à des
bassesses devant le sucre, et qui alla se coucher contre le
poêle, où il ronfla comme un homme. Depuis la discussion sur Fagerolles, des silences régnaient, une sorte
d'ennui irrité s'alourdissait dans la fumée épaissie des
pipes. Même Gagnière, à un moment, quitta la table,
pour se mettre au piano, où il estropia en sourdine des
phrases de Wagner, avec les doigts raides d'un amateur
qui fait ses premières gammes à trente ans.

Vers onze heures, Dubuche, arrivant enfin, acheva de
glacer la réunion. Il s'était échappé d'un bal, désireux de
remplir envers ses anciens camarades ce qu'il regardait
comme un dernier devoir; et son habit, sa cravate
blanche, sa grosse face pâle exprimaient à la fois la
contrariété d'être venu, l'importance qu'il donnait à ce
sacrifice, la peur qu'il avait de compromettre sa fortune
nouvelle. Il évitait de parler de sa femme, pour ne pas
avoir à l'amener chez Sandoz. Quand il eut serré la main
de Claude, sans plus d'émotion que s'il l'avait rencontré
la veille, il refusa une tasse de thé, il parla lentement, en
gonflant les joues, des tracas de son installation dans une
maison neuve dont il essuyait les plâtres, du travail qui
l'accablait, depuis qu'il s'occupait des constructions de
son beau-père, toute une rue à bâtir près du parc
Monceau.

Alors, Claude sentit nettement quelque chose se

rompre. La vie avait-elle donc emporté déjà les soirées
d'autrefois, si fraternelles dans leur violence, où rien ne
les séparait encore, où pas un d'eux ne réservait sa part
de gloire ? Aujourd'hui, la bataille commençait, chaque
affamé donnait son coup de dents. La fissure était là,
la fente à peine visible, qui avait fêlé les vieilles amitiés
jurées, et qui devait les faire craquer, un jour, en
mille pièces.

Mais Sandoz, dans son besoin d'éternité, ne s'apercevait toujours de rien, les voyait tels que rue d'Enfer, aux
bras les uns des autres, partis en conquérants. Pourquoi
changer ce qui était bon ? est-ce que le bonheur n'était
pas dans une joie choisie entre toutes, puis éternellement
goûtée ? Et, une heure plus tard, lorsque les camarades
se décidèrent à s'en aller, somnolents sous l'égoïsme
morne de Dubuche qui parlait sans fin de ses affaires,
lorsqu'on eut arraché du piano Gagnière hypnotisé,
Sandoz, suivi de sa femme, malgré la nuit froide, voulut
absolument les accompagner jusqu'au bout du jardin, à
la grille. Il distribuait des poignées de main, il criait :

— A jeudi, Claude !... A jeudi, tous !... Hein ? venez
tous !

— A jeudi ! répéta Henriette, qui avait pris la lanterne
et qui la haussait, pour éclairer l'escalier.

Et, au milieu des rires, Gagnière et Mahoudeau
répondirent en plaisantant :

— A jeudi, jeune maître !... Bonne nuit, jeune maître !

Dehors, dans la rue Nollet, Dubuche appela tout de
suite un fiacre, qui l'emporta. Les quatre autres remontèrent ensemble jusqu'au boulevard extérieur, presque
sans échanger un mot, l'air étourdi d'être depuis si
longtemps ensemble. Sur le boulevard, une fille ayant
passé, Jory se lança derrière ses jupes, après avoir pré-
texté des épreuves, qui l'attendaient au journal. Et,
comme Gagnière arrêtait machinalement Claude devant
le café Baudequin, dont le gaz flambait encore, Mahoudeau refusa d'entrer, s'en alla seul, roulant des idées
tristes, là-bas, jusqu'à la rue du Cherche-Midi.

Claude se trouva, sans l'avoir voulu, assis à leur
ancienne table, en face de Gagnière silencieux. Le café
n'avait pas changé, on s'y réunissait toujours le dimanche,
une ferveur s'était déclarée même, depuis que Sandoz
habitait le quartier; mais la bande s'y noyait dans un
flot de nouveaux venus, on était peu à peu submergé par
la banalité montante des élèves du plein air. A cette

heure, du reste, le café se vidait; trois jeunes peintres, que Claude ne connaissait pas, vinrent, en se retirant, lui serrer la main; et il n'y eut plus qu'un petit rentier du voisinage, endormi devant une soucoupe.

Gagnière, très à l'aise, comme chez lui, indifférent aux bâillements de l'unique garçon qui s'étirait dans la salle, regardait Claude sans le voir, les yeux vagues.

— A propos, demanda ce dernier, qu'expliquais-tu donc à Mahoudeau, ce soir? Oui, le rouge du drapeau qui tourne au jaune, dans le bleu du ciel... Hein? tu pioches la théorie des couleurs complémentaires.

Mais l'autre ne répondit pas. Il prit sa chope, la reposa sans avoir bu, finit par murmurer, avec un sourire d'extase:

— Haydn, c'est la grâce rhétoricienne, une petite musique chevrotante de vieille aïeule poudrée... Mozart, c'est le génie précurseur, le premier qui ait donné à l'orchestre une voix individuelle... Et ils existent surtout, ces deux-là, parce qu'ils ont fait Beethoven... Ah! Beethoven, la puissance, la force dans la douleur sereine, Michel-Ange au tombeau des Médicis! Un logicien héroïque, un pétrisseur de cervelles, car ils sont tous partis de la symphonie avec chœurs, les grands d'aujourd'hui!

Le garçon, las d'attendre, se mit à éteindre les becs de gaz, d'une main paresseuse, en traînant les pieds. Une mélancolie envahissait la salle déserte, salie de crachats et de bouts de cigare, exhalant l'odeur de ses tables poissées par les consommations; tandis que, du boulevard assoupi, ne venaient plus que les sanglots perdus d'un ivrogne.

Gagnière, au loin, continuait à suivre la chevauchée de ses rêves.

— Weber passe dans un paysage romantique, conduisant la ballade des morts, au milieu des saules éplorés et des chênes qui tordent leurs bras... Schubert le suit, sous la lune pâle, le long des lacs d'argent... Et voilà Rossini, le don en personne, si gai, si naturel, sans souci de l'expression, se moquant du monde, qui n'est pas mon homme, ah! non, certes! mais si étonnant tout de même par l'abondance de son invention, par les effets énormes qu'il tire de l'accumulation des voix et de la répétition enflée du même thème... Ces trois-là, pour aboutir à Meyerbeer, un malin qui a profité de tout, mettant après Weber la symphonie dans l'opéra, donnant l'expression dramatique à la formule inconsciente de Rossini. Oh!

des souffles superbes, la pompe féodale, le mysticisme militaire, le frisson des légendes fantastiques, un cri de passion traversant l'histoire! Et des trouvailles, la personnalité des instruments, le récitatif dramatique accompagné symphoniquement à l'orchestre, la phrase typique sur laquelle toute l'œuvre est construite... Un grand bonhomme, un très grand bonhomme!

— Monsieur, vint dire le garçon, je ferme.

Et, comme Gagnière ne tournait même pas la tête, il alla réveiller le petit rentier, toujours endormi devant sa soucoupe.

— Je ferme, monsieur.

Frissonnant, le consommateur attardé se leva, tâtonna dans le coin d'ombre où il se trouvait, pour avoir sa canne; et, quand le garçon la lui eut ramassée sous les chaises, il sortit.

— Berlioz a mis de la littérature dans son affaire. C'est l'illustrateur musical de Shakespeare, de Virgile et de Gœthe. Mais quel peintre! le Delacroix de la musique, qui a fait flamber les sons, dans des oppositions fulgurantes de couleurs. Avec ça, la fêlure romantique au crâne, une religiosité qui l'emporte, des extases par-dessus les cimes. Mauvais constructeur d'opéra, merveilleux dans le morceau, exigeant trop parfois de l'orchestre qu'il torture, ayant poussé à l'extrême la personnalité des instruments, dont chacun pour lui représente un personnage. Ah! ce qu'il a dit des clarinettes : « Les clarinettes sont les femmes aimées », ah! cela m'a toujours fait couler un frisson sur la peau... Et Chopin, si dandy dans son byronisme, le poète envolé des névroses! Et Mendelssohn, ce ciseleur impeccable, Shakespeare en escarpins de bal, dont les romances sans paroles sont des bijoux pour les dames intelligentes!... Et puis, et puis, il faut se mettre à genoux...

Il n'y avait plus qu'un bec de gaz allumé au-dessus de sa tête, et le garçon, derrière son dos, attendait, dans le vide noir et glacé de la salle. Sa voix avait pris un tremblement religieux, il en arrivait à ses dévotions, au tabernacle reculé, au saint des saints.

— Oh! Schumann, le désespoir, la jouissance du désespoir! Oui, la fin de tout, le dernier chant d'une pureté triste, planant sur les ruines du monde!... Oh! Wagner, le dieu, en qui s'incarnent des siècles de musique! Son œuvre est l'arche immense, tous les arts en un seul, l'humanité vraie des personnages exprimée enfin, l'or-

chestre vivant à part la vie du drame; et quel massacre
des conventions, des formules ineptes! quel affranchis-
sement révolutionnaire dans l'infini!... L'ouverture du
Tannhäuser, ah! c'est l'alleluia sublime du nouveau siècle:
d'abord, le chant des pèlerins, le motif religieux, calme,
profond, à palpitations lentes; puis, les voix des sirènes
qui l'étouffent peu à peu, les voluptés de Vénus pleines
d'énervantes délices, d'assoupissantes langueurs, de plus
en plus hautes et impérieuses, désordonnées; et, bientôt,
le thème sacré qui revient graduellement comme une
aspiration de l'espace, qui s'empare de tous les chants et
les fond en une harmonie suprême, pour les emporter
sur les ailes d'un hymne triomphal!

— Je ferme, monsieur, répéta le garçon.

Claude, qui n'écoutait plus, enfoncé lui aussi dans
sa passion, acheva sa chope et dit très haut:

— Hé! mon vieux, on ferme!

Alors, Gagnière tressaillit. Sa face enchantée eut une
contraction douloureuse, et il grelotta, comme s'il retombait d'un astre. Goulûment, il but sa bière; puis, sur le
trottoir, après avoir serré en silence la main de son compagnon, il s'éloigna, s'effaça au fond des ténèbres.

Il était près de deux heures, lorsque Claude rentra
rue de Douai. Depuis une semaine qu'il battait de nouveau Paris, il y rapportait ainsi chaque soir les fièvres de sa
journée. Mais jamais encore il n'était revenu si tard, la
tête si chaude et si fumante. Christine, vaincue par la
fatigue, dormait sous la lampe éteinte, le front tombé au
bord de la table.

VIII

Enfin, Christine donna un dernier coup de plumeau, et ils furent installés. Cet atelier de la rue de Douai, petit et incommode, était accompagné seulement d'une étroite chambre et d'une cuisine grande comme une armoire : il fallait manger dans l'atelier, le ménage y vivait, avec l'enfant toujours en travers des jambes. Et elle avait eu bien du mal à tirer parti de leurs quatre meubles, car elle voulait éviter la dépense. Pourtant, elle dut acheter un vieux lit d'occasion, elle céda même au besoin luxueux d'avoir des rideaux de mousseline blanche, à sept sous le mètre. Dès lors, ce trou lui parut charmant, elle se mit à le tenir sur un pied de propreté bourgeoise, ayant résolu de faire tout en personne et de se passer de servante, pour ne pas trop charger leur vie, qui allait être difficile.

Claude vécut ces premiers mois dans une excitation croissante. Les courses au milieu des rues tumultueuses, les visites chez les camarades enfiévrées de discussions, toutes les colères, toutes les idées chaudes qu'il rapportait ainsi du dehors, le faisaient se passionner à voix haute, jusque dans son sommeil. Paris l'avait repris aux moelles, violemment; et, en pleine flambée de cette fournaise, c'était une seconde jeunesse, un enthousiasme et une ambition à désirer tout voir, tout faire, tout conquérir. Jamais il ne s'était senti une telle rage de travail, ni un tel espoir, comme s'il lui avait suffi s'étendre la main, pour créer les chefs-d'œuvre qui le mettraient à son rang, au premier. Quand il traversait Paris, il découvrait des tableaux partout, la ville entière, avec ses rues, ses carrefours, ses ponts, ses horizons vivants, se déroulait en fresques immenses, qu'il jugeait toujours trop petites, pris de l'ivresse des besognes colossales. Et il rentrait frémissant, le crâne bouillonnant de projets, jetant des croquis sur des bouts de papier, le soir, à la lampe, sans pouvoir décider par où il entamerait la série des grandes pages qu'il rêvait.

Un obstacle sérieux lui vint de la petitesse de son atelier. S'il avait eu seulement l'ancien comble du quai de Bourbon, ou bien même la vaste salle à manger de Bennecourt! Mais que faire, dans cette pièce en longueur, un couloir, que le propriétaire avait l'effronterie de louer quatre cents francs à des peintres, après l'avoir couvert d'un vitrage? Et le pis était que ce vitrage, tourné au nord, resserré entre deux murailles hautes, ne laissait tomber qu'une lumière verdâtre de cave. Il dut donc remettre à plus tard ses grandes ambitions, il résolut de s'attaquer d'abord à des toiles moyennes, en se disant que la dimension des œuvres ne fait point le génie.

Le moment lui paraissait si bon pour le succès d'un artiste brave, qui apporterait enfin une note d'originalité et de franchise, dans la débâcle des vieilles écoles! Déjà, les formules de la veille se trouvaient ébranlées, Delacroix était mort sans élèves, Courbet avait à peine derrière lui quelques imitateurs maladroits; leurs chefs-d'œuvre n'allaient plus être que des morceaux de musée, noircis par l'âge, simples témoignages de l'art d'une époque; et il semblait aisé de prévoir la formule nouvelle qui se dégagerait des leurs, cette poussée du grand soleil, cette aube limpide qui se levait dans les récents tableaux, sous l'influence commençante de l'école du plein air. C'était indéniable, les œuvres blondes dont on avait tant ri au Salon des Refusés, travaillaient sourdement bien des peintres, éclaircissaient peu à peu toutes les palettes. Personne n'en convenait encore, mais le branle était donné, une évolution se déclarait, qui devenait de plus en plus sensible à chaque Salon. Et quel coup, si, au milieu de ces copies inconscientes des impuissants, de ces tentatives peureuses et sournoises des habiles, un maître se révélait, réalisant la formule avec l'audace de la force, sans ménagements, telle qu'il fallait la planter, solide et entière, pour qu'elle fût la vérité de cette fin de siècle!

Dans cette première heure de passion et d'espoir, Claude, si ravagé par le doute d'habitude, crut en son génie. Il n'avait plus de ces crises, dont l'angoisse le lançait pendant des jours sur le pavé, en quête de son courage perdu. Une fièvre le raidissait, il travaillait avec l'obstination aveugle de l'artiste qui s'ouvre la chair, pour en tirer le fruit dont il est tourmenté. Son long repos à la

campagne lui avait donné une fraîcheur de vision singulière, une joie ravie d'exécution; il lui semblait renaître
à son métier, dans une facilité et un équilibre qu'il
n'avait jamais eus; et c'était aussi une certitude de progrès, un profond contentement, devant des morceaux
réussis, où aboutissaient enfin d'anciens efforts stériles.
Comme il le disait à Bennecourt, il tenait son plein air,
cette peinture d'une gaieté de tons chantante, qui étonnait les camarades, quand ils le venaient voir. Tous admi-
raient, convaincus qu'il n'aurait qu'à se produire, pour
prendre sa place, très haut, avec des œuvres d'une notation si personnelle, où pour la première fois la nature
baignait dans de la vraie lumière, sous le jeu des reflets
et la continuelle décomposition des couleurs.

Et, durant trois années, Claude lutta sans faiblir,
fouetté par les échecs, n'abandonnant rien de ses idées,
marchand droit devant lui, avec la rudesse de la foi.

D'abord, la première année, il alla, pendant les neiges
de décembre, se planter quatre heures chaque jour derrière la butte Montmartre, à l'angle d'un terrain vague,
d'où il peignait un fond de misère, des masures basses,
dominées par des cheminées d'usine; et, au premier plan,
il avait mis dans la neige une fillette et un voyou en loques,
qui dévoraient des pommes volées. Son obstination à
peindre sur nature compliquait terriblement son travail,
l'embarrassait de difficultés presque insurmontables.
Pourtant, il termina cette toile dehors, il ne se permit à
son atelier qu'un nettoyage. L'œuvre, quand elle fut
posée sous la clarté morte du vitrage, l'étonna lui-même
par sa brutalité : c'était comme une porte ouverte sur la
rue, la neige aveuglait, les deux figures se détachaient,
lamentables, d'un gris boueux. Tout de suite, il sentit
qu'un pareil tableau ne serait pas reçu; mais il n'essaya
point de l'adoucir, il l'envoya quand même au Salon.
Après avoir juré qu'il ne tenterait jamais plus d'exposer,
il établissait maintenant en principe qu'on devait toujours
présenter quelque chose au jury, uniquement pour le
mettre dans son tort; et il reconnaissait du reste l'utilité
du Salon, le seul terrain de bataille où un artiste pouvait
se révéler d'un coup. Le jury refusa le tableau.

La seconde année, il chercha une opposition. Il choisit
un bout du square des Batignolles, en mai : de gros marronniers jetant leur ombre, une fuite de pelouse, des maisons à six étages, au fond; tandis que, au premier plan,
sur un banc d'un vert cru, s'alignaient des bonnes et des

petits bourgeois du quartier, regardant trois gamines en
train de faire des pâtés de sable. Il lui avait fallu de
l'héroïsme, la permission obtenue, pour mener à bien
son travail, au milieu de la foule goguenarde. Enfin, il
s'était décidé à venir, dès cinq heures du matin, peindre
les fonds ; et, réservant les figures, il avait dû se résoudre
à n'en prendre que des croquis, puis à finir dans l'atelier.
Cette fois, le tableau lui parut moins rude, la facture avait
un peu de l'adoucissement morne qui tombait du vitrage.
Il le crut reçu, tous les amis crièrent au chef-d'œuvre,
répandirent le bruit que le Salon allait en être révolu-
tionné. Et ce fut de la stupeur, de l'indignation, lorsqu'une rumeur annonça un nouveau refus du jury. Le
parti pris n'était plus niable, il s'agissait de l'étranglement
systématique d'un artiste original. Lui, après le premier
emportement, tourna sa colère contre son tableau, qu'il
déclarait menteur, déshonnête, exécrable. C'était une
leçon méritée, dont il se souviendrait : est-ce qu'il aurait
dû retomber dans ce jour de cave de l'atelier ? est-ce qu'il
retournerait à la sale cuisine bourgeoise des bonshommes
faits de chic ? Quand la toile lui revint, il prit un couteau
et la fendit.

Aussi, la troisième année, s'enragea-t-il sur une œuvre
de révolte. Il voulut le plein soleil, ce soleil de Paris, qui,
certains jours, chauffe à blanc le pavé, dans la réverbération éblouissante des façades : nulle part il ne fait plus
chaud, les gens des pays brûlés s'épongent eux-mêmes,
on dirait une terre d'Afrique, sous la pluie lourde d'un
ciel en feu. Le sujet qu'il traita, fut un coin de la place
du Carrousel, à une heure, lorsque l'astre tape d'aplomb.
Un fiacre cahotait, au cocher somnolent, au cheval en eau,
la tête basse, vague dans la vibration de la chaleur ; des
passants semblaient ivres, pendant que, seule, une jeune
femme, rose et gaillarde sous son ombrelle, marchait à
l'aise d'un pas de reine, comme dans l'élément de
flamme où elle devait vivre. Mais ce qui, surtout, rendait
ce tableau terrible, c'était l'étude nouvelle de la lumière,
cette décomposition, d'une observation très exacte, et
qui contrecarrait toutes les habitudes de l'œil, en accentuant des bleus, des jaunes, des rouges, où personne
n'était accoutumé d'en voir. Les Tuileries, au fond,
s'évanouissaient en nuée d'or ; les pavés saignaient, les
passants n'étaient plus que des indications, des taches
sombres mangées par la clarté trop vive. Cette fois, les
camarades, tout en s'exclamant encore, restèrent gênés,

saisis d'une même inquiétude : le martyre était au bout
d'une peinture pareille. Lui, sous leurs éloges, comprit
très bien la rupture qui s'opérait; et, quand le jury, de
nouveau, lui eut fermé le Salon, il s'écria douloureusement, dans une minute de lucidité :

— Allons! c'est entendu... j'en crèverai!

Peu à peu, si la bravoure de son obstination paraissait
grandir, il retombait pourtant à ses doutes d'autrefois,
ravagé par la lutte qu'il soutenait contre la nature. Toute
toile qui revenait, lui semblait mauvaise, incomplète surtout, ne réalisant pas l'effort tenté. C'était cette impuissance qui l'exaspérait, plus encore que les refus du jury.
Sans doute, il ne pardonnait pas à ce dernier : ses œuvres,
même embryonnaires, valaient cent fois les médiocrités
reçues; mais quelle souffrance de ne jamais se donner
entier, dans le chef-d'œuvre dont il ne pouvait accoucher
son génie! Il y avait toujours des morceaux superbes, il
était content de celui-ci, de celui-là, de cet autre. Alors,
pourquoi de brusques trous ? pourquoi des parties
indignes, inaperçues pendant le travail, tuant le tableau
ensuite d'une tare ineffaçable ? Et il se sentait incapable
de correction, un mur se dressait à un moment, un obstacle
infranchissable, au-delà duquel il lui était défendu d'aller.
S'il reprenait vingt fois le morceau, vingt fois il aggravait
le mal, tout se brouillait et glissait au gâchis. Il s'énervait,
ne se voyait plus, n'exécutait plus, en arrivait à une véritable paralysie de la volonté. Etaient-ce donc ses yeux,
étaient-ce ses mains qui cessaient de lui appartenir,
dans le progrès des lésions anciennes, qui l'avait inquiété
déjà ? Les crises se multipliaient, il recommençait à
vivre des semaines abominables, se dévorant, éternellement secoué de l'incertitude à l'espérance; et l'unique
soutien, pendant ces heures mauvaises, passées à s'acharner sur l'œuvre rebelle, c'était le rêve consolateur de
l'œuvre future, celle où il se satisferait enfin, où ses mains
se délieraient pour la création. Par un phénomène constant, son besoin de créer allait ainsi plus vite que ses
doigts, il ne travaillait jamais à une toile, sans concevoir
la toile suivante. Une seule hâte lui restait, se débarrasser
du travail en train, dont il agonisait; sans doute, ça ne
vaudrait rien encore, il en était aux concessions fatales,
aux tricheries, à tout ce qu'un artiste doit abandonner de
sa conscience; mais ce qu'il ferait ensuite, ah! ce qu'il
ferait, il le voyait superbe et héroïque, inattaquable, indestructible. Perpétuel mirage qui fouette le courage des

damnés de l'art, mensonge de tendresse et de pitié sans lequel la production serait impossible, pour tous ceux qui se meurent de ne pouvoir faire de la vie!

Et, en dehors de cette lutte sans cesse renaissante avec lui-même, les difficultés matérielles s'accumulaient. N'était-ce donc point assez de ne pas arriver à sortir ce qu'on avait dans le ventre? Il fallait en outre se battre contre les choses! Bien qu'il refusât de le confesser, la peinture sur nature, au plein air, devenait impossible, dès que la toile dépassait certaines dimensions. Comment s'installer dans les rues, au milieu des foules? comment obtenir, pour chaque personnage? les heures de pose suffisantes. Cela, évidemment, n'admettait que certains sujets déterminés, des paysages, des coins restreints de ville, où les figures ne sont que des silhouettes faites après coup. Puis, il y avait les mille contrariétés du temps, le vent qui emportait le chevalet, la pluie qui arrêtait les séances. Ces jours-là, il rentrait hors de lui, menaçant du poing le ciel, accusant la nature de se défendre, pour ne pas être prise et vaincue. Il se plaignait amèrement de n'être pas riche, car il rêvait d'avoir des ateliers mobiles, une voiture à Paris, un bateau sur la Seine, dans lesquels il aurait vécu comme un bohémien de l'art. Mais rien ne l'aidait, tout conspirait contre son travail.

Christine, alors, souffrit avec Claude. Elle avait partagé ses espoirs, très brave, égayant l'atelier de son activité de ménagère; et, maintenant, elle s'asseyait, découragée quand elle le voyait sans force. A chaque tableau refusé, elle montrait une douleur plus vive, blessée dans son amour-propre de femme, ayant cet orgueil du succès qu'elles ont toutes. L'amertume du peintre l'aigrissait aussi, elle épousait ses passions, identifiée à ses goûts, défendant sa peinture qui était devenue comme une dépendance d'elle-même, la grande affaire de leur vie, la seule importante désormais, celle dont elle espérait son bonheur. Chaque jour, elle devinait bien que cette peinture lui prenait son amant davantage; et elle n'en était pas encore à la lutte, elle cédait, se laissait emporter avec lui, pour ne faire qu'un, au fond du même effort. Mais une tristesse montait de ce commencement d'abdication, une crainte de ce qui l'attendait là-bas. Parfois, un frisson de recul la glaçait jusqu'au cœur. Elle se sentait vieillir, tandis qu'une pitié immense la bouleversait, une envie de pleurer sans cause, qu'elle contentait dans l'atelier lugubre, pendant des heures, quand elle y était seule.

A cette époque, son cœur s'ouvrit, plus large, et une mère se dégagea de l'amante. Cette maternité pour son grand enfant d'artiste était faite de la pitié vague et infinie qui l'attendrissait, de la faiblesse illogique où elle le voyait tomber à chaque heure, des pardons continuels qu'elle était forcée de lui accorder. Il commençait à la rendre malheureuse, elle n'avait plus de lui que ces caresses d'habitude, données ainsi qu'une aumône aux femmes dont on se détache ; et, comment l'aimer encore, quand il s'échappait de ses bras, qu'il montrait un air d'ennui dans les étreintes ardentes dont elle l'étouffait toujours ? comment l'aimer, si elle ne l'aimait pas de cette autre affection de chaque minute, en adoration devant lui, s'immolant sans cesse ? Au fond d'elle, l'insatiable amour grondait, elle demeurait la chair de passion, la sensuelle aux lèvres fortes dans la saillie têtue des mâchoires. C'était une douceur triste, alors, après les chagrins secrets de la nuit, de n'être plus qu'une mère jusqu'au soir, de goûter une dernière et pâle jouissance dans la bonté, dans le bonheur qu'elle tâchait de lui faire, au milieu de leur vie gâtée maintenant.

Seul, le petit Jacques eut à pâtir de ce déplacement de tendresse. Elle le négligeait davantage, la chair, restée muette pour lui, ne s'étant éveillée à la maternité que par l'amour. C'était l'homme adoré, désiré, qui devenait son enfant ; et l'autre, le pauvre être, demeurait un simple témoignage de leur grande passion d'autrefois. A mesure qu'elle l'avait vu grandir et ne plus demander autant de soins, elle s'était mise à le sacrifier, sans dureté au fond, simplement parce qu'elle sentait ainsi. A table, elle ne lui donnait que les seconds morceaux ; la meilleure place, près du poêle, n'était pas pour sa petite chaise ; si la peur d'un accident la secouait, le premier cri, le premier geste de protection n'allait jamais vers sa faiblesse. Et sans cesse elle le reléguait, le supprimait : « Jacques, tais-toi, tu fatigues ton père ! Jacques, ne remue donc pas, tu vois bien que ton père travaille ! »

L'enfant s'accommodait mal de Paris. Lui, qui avait eu la campagne vaste pour se rouler en liberté, étouffait dans l'espace étroit où il devait se tenir sage. Ses belles couleurs rouges pâlissaient, il ne poussait plus que chétif, sérieux comme un petit homme, les yeux élargis sur les choses. Il venait d'avoir cinq ans, sa tête avait démesurément grossi, par un phénomène singulier, qui faisait dire à son père : « Le gaillard a la caboche d'un grand homme ! »

Mais, au contraire, il semblait que l'intelligence diminuât,
à mesure que le crâne augmentait. Très doux, craintif,
l'enfant s'absorbait pendant des heures, sans savoir
répondre, l'esprit en fuite ; et, s'il sortait de cette immobilité, c'était dans des crises folles de sauts et de cris,
comme une jeune bête joueuse que l'instinct emporte.
Alors, les « tiens-toi tranquille ! » pleuvaient, car la mère
ne pouvait comprendre ces vacarmes subits, bouleversée
de voir le père s'irriter à son chevalet, se fâchant elle-
même, courant vite rasseoir le petit dans son coin. Calmé
tout d'un coup, avec le frisson peureux d'un réveil trop
brusque, il se rendormait, les yeux ouverts, si paresseux à
vivre, que les jouets, des bouchons, des images, de vieux
tubes de couleur, lui tombaient des mains. Déjà, elle
avait essayé de lui apprendre ses lettres. Il s'était débattu
avec des larmes, et l'on attendait un an ou deux encore
pour le mettre à l'école, où les maîtres sauraient bien le
faire travailler.

Christine, enfin, commençait à s'effrayer, devant la
misère menaçante. A Paris, avec cet enfant qui poussait,
la vie était plus chère, et les fins de mois devenaient terribles, malgré ses économies de toutes sortes. Le ménage
n'avait d'assurés que les mille francs de rente ; et comment vivre avec cinquante francs par mois, lorsqu'on
avait prélevé les quatre cents francs du loyer ? D'abord,
ils s'étaient tirés d'embarras, grâce à quelques toiles
vendues, Claude ayant retrouvé l'ancien amateur de
Gagnière, un de ces bourgeois détestés, qui ont des âmes
ardentes d'artistes, dans les habitudes maniaques où ils
s'enferment ; celui-ci, M. Hue, un ancien chef de bureau,
n'était malheureusement pas assez riche pour acheter
toujours, et il ne pouvait que se lamenter sur l'aveuglement du public, qui laissait une fois de plus le génie
mourir de faim ; car lui, convaincu, frappé par la grâce
dès le premier coup d'œil, avait choisi les œuvres les plus
rudes, qu'il pendait à côté de ses Delacroix, en leur pro-
phétisant une fortune égale. Le pis était que le père Malgras venait de se retirer, après fortune faite : une très
modeste aisance d'ailleurs, une rente d'une dizaine de
mille francs, qu'il s'était décidé à manger dans une petite
maison de Bois-Colombes, en homme prudent. Aussi
fallait-il l'entendre parler du fameux Naudet, avec le
dédain des millions que remuait cet agioteur, des millions
qui lui retomberaient sur le nez, disait-il. Claude, à la
suite d'une rencontre, ne réussit qu'à lui vendre une der-

nière toile, pour lui, une de ses académies de l'atelier Boutin, la superbe étude de ventre que l'ancien marchand n'avait pu revoir sans un regain de passion au cœur. C'était donc la misère prochaine, les débouchés se fermaient au lieu de s'ouvrir, une légende inquiétante se créait peu à peu autour de cette peinture continuellement repoussée du Salon; sans compter qu'il aurait suffi, pour effrayer l'argent, d'un art si incomplet et si révolutionnaire, où l'œil effaré ne retrouvait aucune des conventions admises. Un soir, ne sachant comment acquitter une note de couleurs, le peintre s'était écrié qu'il vivrait sur le capital de sa rente, plutôt que de descendre à la production basse des tableaux de commerce. Mais Christine, violemment, s'était opposée à ce moyen extrême : elle rognerait encore sur les dépenses, enfin elle préférait tout à cette folie, qui les jetterait ensuite au pavé, sans pain.

Après le refus de son troisième tableau, l'été fut si miraculeux, cette année-là, que Claude sembla y puiser une nouvelle force. Pas un nuage, des journées limpides sur l'activité géante de Paris. Il s'était remis à courir la ville, avec la volonté de chercher un coup, comme il le disait : quelque chose d'énorme, de décisif, il ne savait pas au juste. Et, jusqu'à septembre, il ne trouva rien, se passionnant pendant une semaine pour un sujet, puis déclarant que ce n'était pas encore ça. Il vivait dans un continuel frémissement, aux aguets, toujours à la minute de mettre la main sur cette réalisation de son rêve, qui fuyait toujours. Au fond, son intransigeance de réaliste cachait des superstitions de femme nerveuse, il croyait à des influences compliquées et secrètes : tout allait dépendre de l'horizon choisi, néfaste ou heureux.

Un après-midi, par un des derniers beaux jours de la saison, Claude avait emmené Christine, laissant le petit Jacques à la garde de la concierge, une vieille brave femme, comme ils le faisaient d'ordinaire, quand ils sortaient ensemble. C'était une envie soudaine de promenade, un besoin de revoir avec elle des coins chéris autrefois, derrière lequel se cachait le vague espoir qu'elle lui porterait chance. Et ils descendirent ainsi jusqu'au pont Louis-Philippe, restèrent un quart d'heure sur le quai aux Ormes, silencieux, debout contre le parapet, à regarder en face, de l'autre côté de la Seine, le vieil hôtel du Martoy, où ils s'étaient aimés. Puis, toujours sans une parole, ils refirent leur ancienne course, faite tant de fois; ils filèrent le long des quais, sous les platanes, voyant à

chaque pas se lever le passé ; et tout se déroulait, les ponts
avec la découpure de leurs arches sur le satin de l'eau, la
Cité dans l'ombre que dominaient les tours jaunissantes
de Notre-Dame, la courbe immense de la rive droite,
noyée de soleil, terminée par la silhouette perdue du
pavillon de Flore, et les larges avenues, les monuments
des deux rives, et la vie de la rivière, les lavoirs, les bains,
les péniches. Comme jadis, l'astre à son déclin les suivait,
roulant sur les toits des maisons lointaines, s'écornant
derrière la coupole de l'Institut : un coucher éblouissant, tel qu'ils n'en avaient pas eu de plus beau, une lente
descente au milieu de petits nuages, qui se changèrent
en un treillis de pourpre, dont toutes les mailles lâchaient
des flots d'or. Mais, de ce passé qui s'évoquait, rien ne
venait qu'une mélancolie invincible, la sensation de l'éternelle fuite, l'impossibilité de remonter et de revivre. Ces
antiques pierres demeuraient froides, ce continuel courant sous les ponts, cette eau qui avait coulé, leur semblait avoir emporté un peu d'eux-mêmes, le charme du
premier désir, la joie de l'espoir. Maintenant qu'ils s'appartenaient, ils ne goûtaient plus ce simple bonheur de
sentir la pression tiède de leurs bras, pendant qu'ils marchaient doucement, comme enveloppés dans la vie énorme
de Paris.

Au pont des Saints-Pères, Claude, désespéré, s'arrêta.
Il avait quitté le bras de Christine, il s'était retourné
vers la pointe de la Cité. Elle sentait le détachement qui
s'opérait, elle devenait très triste ; et, le voyant s'oublier
là, elle voulut le reprendre.

— Mon ami, rentrons, il est l'heure... Jacques nous
attend, tu sais.

Mais il s'avança jusqu'au milieu du pont. Elle dut le
suivre. De nouveau, il demeurait immobile, les yeux toujours fixés là-bas, sur l'île continuellement à l'ancre, sur
ce berceau et ce cœur de Paris, où depuis des siècles
vient battre tout le sang de ses artères, dans la perpétuelle poussée des faubourgs qui envahissent la plaine.
Une flamme était montée à son visage, ses yeux s'allumaient, il eut enfin un geste large.

— Regarde ! regarde !

D'abord, au premier plan, au-dessous d'eux, c'était le
port Saint-Nicolas, les cabines basses des bureaux de la
navigation, la grande berge pavée qui descend, encombrée
de tas de sable, de tonneaux et de sacs, bordée d'une file
de péniches encore pleines, où grouillait un peuple de

débardeurs, que dominait le bras gigantesque d'une grue
de fonte; tandis que, de l'autre côté de l'eau, un bain
froid, égayé par les éclats des derniers baigneurs de la
saison, laissait flotter au vent les drapeaux de toile grise
qui lui servaient de toiture. Puis, au milieu, la Seine vide
montait, verdâtre, avec des petits flots dansants, fouettée de blanc, de bleu et de rose. Et le pont des Arts établissait un second plan, très haut sur ses charpentes de
fer, d'une légèreté de dentelle noire, animé du perpétuel
va-et-vient des piétons, une chevauchée de fourmis, sur
la mince ligne de son tablier. En dessous, la Seine continuait, au loin; on voyait les vieilles arches du Pont-Neuf,
bruni de la rouille des pierres; une trouée s'ouvrait à
gauche, jusqu'à l'île Saint-Louis, une fuite de miroir
d'un raccourci aveuglant; et l'autre bras tournait court,
l'écluse de la Monnaie semblait boucher la vue de sa
barre d'écume. Le long du Pont-Neuf, de grands omnibus jaunes, des tapissières bariolées, défilaient avec une
régularité mécanique de jouets d'enfant. Tout le fond
s'encadrait là, dans les perspectives des deux rives : sur
la rive droite, les maisons des quais, à demi cachées par
un bouquet de grands arbres, d'où émergeaient, à l'horizon, une encoignure de l'Hôtel de Ville et le clocher
carré de Saint-Gervais, perdus dans une confusion de
faubourg; sur la rive gauche, une aile de l'Institut, la
façade plate de la Monnaie, des arbres encore, en enfilade. Mais ce qui tenait le centre de l'immense tableau,
ce qui montait du fleuve, se haussait, occupait le ciel,
c'était la Cité, cette proue de l'antique vaisseau, éternellement dorée par le couchant. En bas, les peupliers du
terre-plein verdissaient en une masse puissante, cachant
la statue. Plus haut, le soleil opposait les deux faces,
éteignant dans l'ombre les maisons grises du quai de
l'Horloge, éclairant d'une flambée les maisons vermeilles
du quai des Orfèvres, des files de maisons irrégulières, si
nettes, que l'œil en distinguait les moindres détails, les
boutiques, les enseignes, jusqu'aux rideaux des fenêtres.
Plus haut, parmi la dentelure des cheminées, derrière
l'échiquier oblique des petits toits, les poivrières du
Palais et les combles de la Préfecture étendaient des
nappes d'ardoises, coupées d'une colossale affiche bleue,
peinte sur un mur, dont les lettres géantes, vues de tout
Paris, étaient comme l'efflorescence de la fièvre moderne
au front de la ville. Plus haut, plus haut encore, par-
dessus les tours jumelles de Notre-Dame, d'un ton de

vieil or, deux flèches s'élançaient, en arrière la flèche de la
cathédrale, sur la gauche la flèche de la Sainte-Chapelle,
d'une élégance si fine, qu'elles semblaient frémir à la
brise, hautaine mâture du vaisseau séculaire, plongeant
dans la clarté, en plein ciel.

— Viens-tu, mon ami ? répéta Christine doucement.

Claude ne l'écoutait toujours pas, ce cœur de Paris
l'avait pris tout entier. La belle soirée élargissait l'horizon. C'étaient des lumières vives, des ombres franches,
une gaieté dans la précision des détails, une transparence
de l'air vibrante d'allégresse. Et la vie de la rivière, l'activité des quais, cette humanité dont le flot débouchait
des rues, roulait sur les ponts, venait de tous les bords de
l'immense cuve, fumait là en une onde visible, en un
frisson qui tremblait dans le soleil. Un vent léger soufflait, un vol de petits nuages roses traversait très haut
l'azur pâlissant, tandis qu'on entendait une palpitation
énorme et lente, cette âme de Paris épandue autour de
son berceau.

Alors, Christine s'empara du bras de Claude, inquiète
de le voir si absorbé, saisie d'une sorte de peur religieuse ;
et elle l'entraîna, comme si elle l'avait senti en grand
péril.

— Rentrons, tu te fais du mal... Je veux rentrer.

Lui, à son contact, avait eu le tressaillement d'un
homme qu'on réveille. Puis, tournant la tête, dans un
dernier regard :

— Ah! mon Dieu! murmura-t-il, ah! mon Dieu! que
c'est beau!

Il se laissa emmener. Mais, toute la soirée, à table,
près du poêle ensuite, et jusqu'en se couchant, il resta
étourdi, si préoccupé, qu'il ne prononça pas quatre
phrases, et que sa femme, ne pouvant tirer de lui une
réponse, finit également par se taire. Elle le regardait,
anxieuse : était-ce donc l'envahissement d'une maladie
grave, quelque mauvais air qu'il aurait pris au milieu de
ce pont ? Ses yeux vagues se fixaient sur le vide, son
visage s'empourprait d'un effort intérieur, on aurait dit
le travail sourd d'une germination, un être qui naissait
en lui, cette exaltation et cette nausée que les femmes
connaissent. D'abord, cela parut pénible, confus, obs-
trué de mille liens ; puis, tout se dégagea, il cessa de se
retourner dans le lit, il s'endormit du sommeil lourd des
grandes fatigues.

Le lendemain, dès qu'il eut déjeuné, il se sauva. Et

elle passa une journée douloureuse, car si elle s'était rassurée un peu, en l'entendant siffler au réveil des airs du Midi, elle avait une autre préoccupation, qu'elle venait de lui cacher, dans la crainte de l'abattre encore. Ce jour-là, pour la première fois, ils allaient manquer de tout; une semaine entière les séparait du jour où ils touchaient la petite rente; et elle avait dépensé son dernier sou le matin, il ne lui restait rien pour le soir, pas même de quoi mettre un pain sur la table. A quelle porte frapper? comment lui mentir davantage, quand il rentrerait ayant faim? Elle se décida à engager la robe de soie noire dont Mme Vanzade lui avait fait cadeau, autrefois; mais cela lui coûta beaucoup, elle tremblait de peur et de honte, à l'idée de ce Mont-de-Piété, cette maison publique des pauvres, où elle n'était jamais entrée. Une telle crainte de l'avenir la tourmentait maintenant, que, sur les dix francs qu'on lui prêta, elle se contenta de faire une soupe à l'oseille et un ragoût de pommes de terre. Au sortir du bureau d'engagement, une rencontre l'avait achevée.

Claude, justement, rentra très tard, avec des gestes gais, des yeux clairs, toute une excitation de joie secrète; et il avait une grosse faim, il cria, parce que le couvert n'était pas mis. Puis, quand il fut attablé, entre Christine et le petit Jacques, il avala la soupe, dévora une assiettée de pommes de terre.

— Comment! c'est tout? demanda-t-il ensuite. Tu aurais bien pu ajouter un peu de viande... Est-ce qu'il a fallu encore acheter des bottines?

Elle balbutia, n'osa dire la vérité, blessée au cœur de cette injustice. Mais lui, continuait, la plaisantait sur les sous qu'elle faisait disparaître pour se payer des choses; et, de plus en plus surexcité, dans cet égoïsme des sensations vives qu'il semblait vouloir garder pour lui, il s'emporta tout d'un coup contre Jacques.

— Tais-toi donc, sacré mioche! C'est agaçant à la fin!

Jacques, oubliant de manger, tapait sa cuiller au bord de son assiette, les yeux rieurs, l'air ravi de cette musique.

— Jacques, tais-toi! gronda la mère à son tour. Laisse ton père manger tranquille!

Et le petit, effrayé, tout de suite très sage, retomba dans son immobilité morne, les yeux ternes sur ses pommes de terre, qu'il ne mangeait toujours pas.

Claude affecta de se bourrer de fromage, tandis que Christine, désolée, parlait d'aller chercher un morceau

de viande froide chez le charcutier; mais il refusait, il la
retenait, par des paroles qui la chagrinaient davantage.
Puis, quand la table fut desservie et qu'ils se retrouvèrent
tous les trois autour de la lampe pour la soirée, elle cousant, le petit muet devant un livre d'images, lui tambou-
rina longtemps de ses doigts, l'esprit perdu, retourné là-
bas, d'où il venait. Brusquement, il se leva, se rassit avec
une feuille de papier et un crayon, se mit à jeter des
traits rapides, sous la clarté ronde et vive qui tombait
de l'abat-jour. Et ce croquis, fait de souvenir, dans le
besoin qu'il avait de traduire au-dehors le tumulte d'idées
battant son crâne, ne suffit même bientôt plus à le soulager. Cela le fouettait au contraire, toute la rumeur dont
il débordait lui sortait des lèvres, il finit par dégonfler son
cerveau en un flot de paroles. Il aurait parlé aux murs,
il s'adressait à sa femme, parce qu'elle était là.

— Tiens! c'est ce que nous avons vu hier... Oh!
superbe! J'y ai passé trois heures aujourd'hui, je tiens
mon affaire, oh! quelque chose d'étonnant, un coup à
tout démolir... Regarde! je me plante sous le pont, j'ai
pour premier plan le port Saint-Nicolas, avec sa grue,
ses péniches qu'on décharge, son peuple de débardeurs.
Hein? tu comprends, c'est Paris qui travaille, ça! des
gaillards solides, étalant le nu de leur poitrine et de leurs
bras... Puis, de l'autre côté, j'ai le bain froid, Paris qui
s'amuse, et une barque sans doute, là, pour occuper le
centre de la composition; mais ça, je ne sais pas bien
encore, il faut que je cherche... Naturellement, la Seine
au milieu, large, immense...

Du crayon, à mesure qu'il parlait, il indiquait les
contours fortement, reprenant à dix fois les traits hâtifs,
crevant le papier, tant il y mettait d'énergie. Elle, pour
lui être agréable, se penchait, affectait de s'intéresser
vivement à ses explications. Mais le croquis s'embrouil-
lait d'un tel écheveau de lignes, se chargeait d'une si
grande confusion de détails sommaires, qu'elle n'y distinguait rien.

— Tu suis, n'est-ce pas?

— Oui, oui, très beau!

— Enfin, j'ai le fond, les deux trouées de la rivière
avec les quais, la Cité triomphale au milieu, s'enlevant
sur le ciel... Ah! ce fond, quel prodige! On le voit tous
les jours, on passe devant sans s'arrêter; mais il vous
pénètre, l'admiration s'amasse; et, un bel après-midi, il
apparaît. Rien au monde n'est plus grand, c'est Paris

lui-même, glorieux sous le soleil... Dis? étais-je bête de
n'y pas songer? Que de fois j'ai regardé sans voir! Il m'a
fallu tomber là, après cette course le long des quais...
Et, tu te rappelles, il y a un coup d'ombre de ce côté,
le soleil ici tape droit, les tours sont là-bas, la flèche de
la Sainte-Chapelle s'amincit, d'une légèreté d'aiguille
dans le ciel... Non, elle est plus à droite, attends que je
te montre...

Il recommença, il ne se lassait point, reprenait sans
cesse le dessin, se répandait en mille petites notes carac-
téristiques, que son œil de peintre avait retenues : à cet
endroit, l'enseigne rouge d'une boutique lointaine qui
vibrait; plus près, un coin verdâtre de la Seine, où semblaient nager des plaques d'huile; et le ton fin d'un arbre,
et la gamme des gris pour les façades, et la qualité lumi-
neuse du ciel. Elle, complaisamment, l'approuvait toujours, tâchait de s'émerveiller.

Mais Jacques, une fois encore, s'oubliait. Après être
resté longtemps silencieux devant son livre, absorbé sur
une image qui représentait un chat noir, il s'était mis à
chantonner doucement des paroles de sa composition :
« Oh! gentil chat! oh! vilain chat! oh! gentil et vilain
chat! » et cela à l'infini, du même ton lamentable.

Claude, agacé par ce bourdonnement, n'avait pas
compris d'abord ce qui l'énervait ainsi, pendant qu'il
parlait. Puis, la phrase obsédante de l'enfant lui était nettement entrée dans les oreilles.

— As-tu fini de nous assommer avec ton chat! cria-t-il,
furieux.

— Jacques, tais-toi, quand ton père cause! répéta
Christine.

— Non, ma parole! il devient idiot... Vois-moi sa tête,
s'il n'a pas l'air d'un idiot. C'est désespérant... Réponds,
qu'est-ce que tu veux dire, avec ton chat qui est gentil
et qui est vilain?

Le petit, blême, dodelinant sa tête trop grosse, répondit d'un air de stupeur :

— Sais pas.

Et, comme son père et sa mère se regardaient, décou-
ragés, il appuya une de ses joues dans son livre ouvert,
il ne bougea plus, ne parla plus, les yeux tout grands.

La soirée s'avançait, Christine voulut le coucher; mais
Claude avait déjà repris ses explications. Maintenant, il
annonçait qu'il irait, dès le lendemain, faire un croquis
sur nature, simplement pour fixer ses idées. Il en vint

ainsi à dire qu'il s'achèterait un petit chevalet de campagne, une emplette rêvée depuis des mois. Il insista,
parla d'argent. Elle se troublait, elle finit par avouer
tout, le dernier sou mangé le matin, la robe de soie
engagée pour le dîner du soir. Et il eut alors un accès
de remords et de tendresse, il l'embrassa en lui demandant pardon de s'être plaint, à table. Elle devait l'excuser, il aurait tué père et mère, comme il le répétait,
lorsque cette sacrée peinture le tenait aux entrailles.
D'ailleurs, le Mont-de-Piété le fit rire, il défiait la
misère.

— Je te dis que ça y est! s'écria-t-il. Ce tableau-là,
vois-tu, c'est le succès.

Elle se taisait, elle songeait à la rencontre qu'elle avait
faite et qu'elle voulait lui cacher; mais, invinciblement,
cela sortit de ses lèvres, sans cause apparente, sans transition, dans la sorte de torpeur qui l'avait envahie.

— Mme Vanzade est morte.

Lui, s'étonna. Ah! vraiment! Comment le savait-elle?

— J'ai rencontré l'ancien valet de chambre... Oh! un
monsieur à cette heure, très gaillard, malgré ses soixante-
dix ans. Je ne le reconnaissais pas, c'est lui qui m'a
parlé... Oui, elle est morte, il y a six semaines. Ses millions ont passé aux hospices, sauf une rente que les
deux vieux serviteurs mangent aujourd'hui en petits
bourgeois.

Il la regardait, il murmura enfin d'une voix triste :

— Ma pauvre Christine, tu as des regrets, n'est-ce
pas? Elle t'aurait dotée, elle t'aurait mariée, je te le
disais bien jadis. Tu serais peut-être son héritière, et tu
ne crèverais pas la faim avec un toqué comme moi.

Mais elle parut alors s'éveiller. Elle rapprocha violemment sa chaise, elle le saisit d'un bras, s'abandonna
contre lui, dans une protestation de tout son être.

— Qu'est-ce que tu dis ? Oh! non, oh! non... Ce serait
une honte, si j'avais songé à son argent. Je te l'avouerais,
tu sais que je ne suis pas menteuse; mais j'ignore moi-
même ce que j'ai eu, un bouleversement, une tristesse,
ah! vois-tu, une tristesse à croire que tout allait finir pour
moi... C'est le remords sans doute, oui, le remords de
l'avoir quittée brutalement, cette pauvre infirme, cette
femme si vieille, qui m'appelait sa fille. J'ai mal agi, ça
ne me portera pas chance. Va, ne dis pas non, je le sens
bien, que c'est fini pour moi désormais.

Et elle pleura, suffoquée par ces regrets confus, où elle

ne pouvait lire, sous cette sensation unique que son existence était gâtée, qu'elle n'avait plus que du malheur à attendre de la vie.

— Voyons, essuie tes yeux, reprit-il, devenu tendre. Toi qui n'étais pas nerveuse, est-ce possible que tu te forges des chimères et que tu te tourmentes de la sorte?... Que diable, nous nous en tirerons! Et, d'abord, tu sais que c'est toi qui m'as fait trouver mon tableau... Hein? tu n'es pas si maudite, puisque tu portes chance!

Il riait, elle hocha la tête, en voyant bien qu'il voulait la faire sourire. Son tableau, elle en souffrait déjà; car, là-bas, sur le pont, il l'avait oubliée, comme si elle eût cessé d'être à lui; et, depuis la veille, elle le sentait de plus en plus loin d'elle, ailleurs, dans un monde où elle ne montait pas. Mais elle se laissa consoler, ils échangèrent un de leurs baisers d'autrefois, avant de quitter la table, pour se mettre au lit.

Le petit Jacques n'avait rien entendu. Engourdi d'immobilité, il venait de s'endormir, la joue dans son livre d'images; et sa tête trop grosse d'enfant manqué du génie, si lourde parfois qu'elle lui pliait le cou, blémissait sous la lampe. Lorsque sa mère le coucha, il n'ouvrit même pas les yeux.

Ce fut à cette époque seulement que Claude eut l'idée d'épouser Christine. Tout en cédant aux conseils de Sandoz, qui s'étonnait d'une irrégularité inutile, il obéit surtout à un sentiment de pitié, au besoin de se montrer bon pour elle et de se faire ainsi pardonner ses torts. Depuis quelque temps, il la voyait si triste, si inquiète de l'avenir, qu'il ne savait de quelle joie l'égayer. Lui-même s'aigrissait, retombait dans ses anciennes colères, la traitait parfois en servante à qui l'on donne ses huit jours. Sans doute, d'être sa femme légitime, elle se sentirait plus chez elle et souffrirait moins de ses brusqueries. Du reste, elle n'avait pas reparlé de mariage, comme détachée du monde, d'une discrétion qui s'en remettait à lui seul; mais il comprenait qu'elle se chagrinait de n'être pas reçue chez Sandoz; et, d'autre part, ce n'était plus la liberté ni la solitude de la campagne, c'était Paris, avec les mille méchancetés du voisinage, des liaisons forcées, tout ce qui blesse une femme vivant chez un homme. Lui, au fond, n'avait contre le mariage que ses anciennes préventions d'artiste débridé dans la vie. Puisqu'il ne devait jamais la quitter, pourquoi ne pas lui faire ce plaisir? Et, en effet, quand il lui en parla, elle

eut un grand cri, elle se jeta à son cou, surprise elle-
même d'en éprouver une si grosse émotion. Pendant une
semaine, elle en fut profondément heureuse. Ensuite,
cela se calma, longtemps avant la cérémonie.

D'ailleurs, Claude ne hâta aucune des formalités, et
l'attente des papiers nécessaires fut longue. Il continuait
à réunir des études pour son tableau, elle semblait ainsi
que lui sans impatience. A quoi bon ? Cela n'apporterait certainement rien de nouveau dans leur existence.
Ils avaient résolu de se marier seulement à la mairie, non
par un mépris affiché de la religion, mais pour faire vite
et simple. La question des témoins les embarrassa un
instant. Comme elle ne connaissait personne, il lui donna
Sandoz et Mahoudeau; d'abord, au lieu de ce dernier,
il avait bien songé à Dubuche; seulement, il ne le voyait
plus, et il craignit de le compromettre. Pour lui-même,
il se contenta de Jory et de Gagnière. La chose resterait
ainsi entre camarades, personne n'en causerait.

Des semaines s'étaient passées, on se trouvait en
décembre, par un froid terrible. La veille du mariage,
bien qu'il leur restât trente-cinq francs à peine, ils se
dirent qu'ils ne pouvaient renvoyer leurs témoins, avec
une simple poignée de main; et, voulant éviter un gros
dérangement chez eux, ils résolurent de leur offrir à
déjeuner, dans un petit restaurant du boulevard de Clichy. Puis, chacun rentrerait chez soi.

Le matin, comme Christine mettait un col à une robe
de laine grise, qu'elle avait eu la coquetterie de se faire
pour la circonstance, Claude, déjà en redingote, piéti-
nant d'ennui, eut l'idée d'aller prendre Mahoudeau, en
prétextant que ce gaillard était bien capable d'oublier le
rendez-vous. Depuis l'automne, le sculpteur habitait
Montmartre, un petit atelier de la rue des Tilleuls, à la
suite d'une série de drames qui avaient bouleversé son
existence : d'abord, faute de paiement, une expulsion de
l'ancienne boutique de fruitière qu'il occupait rue du
Cherche-Midi; ensuite, une rupture définitive avec
Chaîne, que le désespoir de ne pas vivre de ses pinceaux venait de jeter dans une aventure commerciale,
faisant les foires de la banlieue de Paris, tenant un jeu
de tournevire pour le compte d'une veuve; et enfin, un
envolement brusque de Mathilde, l'herboristerie vendue,
l'herboriste disparue, enlevée sans doute, cachée au fond
d'un logement discret par quelque monsieur à passions.
Maintenant donc, il vivait seul, dans un redoublement

de misère, mangeant lorsqu'il avait des ornements de
façade à gratter ou quelque figure d'un confrère plus
heureux à mettre au point.

— Tu entends, je vais le chercher, c'est plus sûr, répéta
Claude à Christine. Nous avons encore deux heures
devant nous... Et, si les autres arrivent, fais-les attendre.
Nous descendrons tous ensemble à la mairie.

Dehors, Claude hâta le pas, dans le froid cuisant, qui
chargeait ses moustaches de glaçons. L'atelier de Mahoudeau se trouvait au fond d'une cité; et il dut traverser
une suite de petits jardins, blancs de givre, d'une tristesse nue et raidie de cimetière. De loin, il reconnut la
porte, au plâtre colossal de la Vendangeuse, l'ancien succès du Salon, qu'on n'avait pu loger dans le rez-de-
chaussée étroit : elle achevait de se pourrir là, pareille
à un tas de gravats déchargés d'un tombereau, rongée,
lamentable, le visage creusé par les grandes larmes noires
de la pluie. La clef était sur la porte, il entra.

— Tiens! tu viens me prendre ? dit Mahoudeau surpris. Je n'ai que mon chapeau à mettre... Mais, attends,
j'étais à me demander si je ne devrais pas faire un peu
de feu. J'ai peur pour ma bonne femme.

L'eau d'un baquet était prise, il gelait dans l'atelier
aussi fort que dehors; car, depuis huit jours, sans un sou,
il économisait un petit reste de charbon, en n'allumant
le poêle qu'une heure ou deux le matin. Cet atelier était
une sorte de caveau tragique, près duquel la boutique
d'autrefois éveillait des souvenirs de tiède bien-être, tellement les murs nus, le plafond lézardé, jetaient aux
épaules une glace de suaire. Dans les coins, d'autres statues, moins encombrantes, des plâtres faits avec passion,
exposés, puis revenus là, faute d'acheteurs, grelottaient,
le nez contre la muraille, rangés en une file lugubre d'infirmes, plusieurs déjà cassés, étalant des moignons, tous
encrassés de poussière, éclaboussés de terre glaise; et ces
misérables nudités traînaient ainsi des années leur agonie, sous les yeux de l'artiste qui leur avait donné de son
sang, conservées d'abord avec une passion jalouse, malgré le peu de place, tombées ensuite à une horreur grotesque de choses mortes, jusqu'au jour où, prenant un
marteau, il les achevait lui-même, les écrasait en plâtras,
pour en débarrasser son existence.

— Hein ? tu dis que nous avons deux heures, reprit
Mahoudeau. Eh bien! je vais faire une flambée, ce sera
plus prudent.

Alors, en allumant le poêle, il se plaignit, d'une voix de colère. Ah! quel chien de métier que cette sculpture! Les derniers des maçons étaient plus heureux. Une figure que l'administration achetait trois mille francs, en avait coûté près de deux mille, le modèle, la terre, le marbre ou le bronze, toutes sortes de frais; et cela pour rester emmagasinée dans quelque cave officielle, sous le prétexte que la place manquait : les niches des monuments étaient vides, des socles attendaient dans les jardins publics, n'importe! la place manquait toujours. Pas de travaux possibles chez les particuliers, à peine quelques bustes, une statue bâclée au rabais de loin en loin, pour une souscription. Le plus noble des arts, le plus viril, oui! mais l'art dont on crevait le plus sûrement de faim.

— Ta machine avance ? demanda Claude.

— Sans ce maudit froid, elle serait terminée, répondit-il. Tu vas la voir.

Il se releva, après avoir écouté ronfler le poêle. Au milieu de l'atelier, sur une selle faite d'une caisse d'emballage, consolidée de traverses, se dressait une statue que de vieux linges emmaillottaient; et, gelés fortement, d'une dureté cassante de plis, ils la dessinaient, comme sous la blancheur d'un linceul. C'était enfin son ancien rêve, irréalisé jusque-là, faute d'argent : une figure debout, la Baigneuse dont plus de dix maquettes traînaient chez lui, depuis des années. Dans une heure de révolte impatiente, il avait fabriqué lui-même une armature avec des manches à balai, se passant du fer nécessaire, espérant que le bois serait assez solide. De temps à autre, il la secouait, pour voir; mais elle n'avait pas encore bougé.

— Fichtre! murmura-t-il, un air de feu lui fera du bien... C'est collé sur elle, une vraie cuirasse.

Les linges craquaient sous ses doigts, se brisaient en morceaux de glace. Il dut attendre que la chaleur les eût dégelés un peu; et, avec mille précautions, il la désemmaillotait, la tête d'abord, puis la gorge, puis les hanches, heureux de la revoir intacte, souriant en amant à sa nudité de femme adorée.

— Hein? qu'en dis-tu ?

Claude, qui ne l'avait vue qu'en ébauche, hocha la tête, pour ne pas répondre tout de suite. Décidément, ce bon Mahoudeau trahissait, en arrivait à la grâce malgré lui, par les jolies choses qui fleurissaient de ses gros doigts d'ancien tailleur de pierres. Depuis sa Vendangeuse colossale, il était allé en rapetissant ses œuvres, sans

paraître s'en douter lui-même, lançant toujours le mot
féroce de tempérament, mais cédant à la douceur dont
se noyaient ses yeux. Les gorges géantes devenaient
enfantines, les cuisses s'allongaient en fuseaux élégants,
c'était enfin la nature vraie qui perçait sous le dégonfle-
ment de l'ambition. Exagérée encore, sa Baigneuse était
déjà d'un grand charme, avec son frissonnement des
épaules, ses deux bras serrés qui remontaient les seins,
des seins amoureux, pétris dans le désir de la femme,
qu'exaspérait sa misère ; et, forcément chaste, il en avait
ainsi fait une chair sensuelle, qui le troublait.

— Alors, ça ne te va pas ? reprit-il, l'air fâché.

— Oh ! si, si... Je crois que tu as raison d'adoucir un
peu ton affaire, puisque tu sens de la sorte. Et tu auras
du succès avec ça. Oui, c'est évident, ça plaira beaucoup.

Mahoudeau, que des éloges pareils auraient consterné
autrefois, sembla ravi. Il expliqua qu'il voulait conquérir
le public, sans rien lâcher de ses convictions.

— Ah ! nom d'un chien ! ça me soulage, que tu sois
content, car je l'aurais démolie, si tu m'avais dit de la
démolir, parole d'honneur !... Encore quinze jours de
travail, et je vendrai ma peau à qui la voudra, pour payer
le mouleur... Dis ? ça va me faire un fameux salon. Peut-
être une médaille !

Il riait, s'agitait ; et, s'interrompant :

— Puisque nous ne sommes pas pressés, assieds-toi
donc... J'attends que les linges soient dégelés complètement.

Le poêle commençait à rougir, une grosse chaleur se
dégageait. Justement, la Baigneuse, placée très près,
semblait revivre, sous le souffle tiède qui lui montait le
long de l'échine, des jarrets à la nuque. Et tous les deux,
assis maintenant, continuaient à la regarder de face et à
causer d'elle, la détaillant, s'arrêtant à chaque partie de
son corps. Le sculpteur surtout s'excitait dans sa joie, la
caressait de loin d'un geste arrondi. Hein ? le ventre en
coquille, et ce joli pli à la taille, qui accusait le renflement
de la hanche gauche !

A ce moment, Claude, les yeux sur le ventre, crut avoir
une hallucination. La Baigneuse bougeait, le ventre avait
frémi d'une onde légère, la hanche gauche s'était tendue
encore, comme si la jambe droite allait se mettre en marche.

— Et les petits plans qui filent vers les reins, continuait
Mahoudeau, sans rien voir. Ah ! c'est ça que j'ai soigné !
Là, mon vieux, la peau, c'est du satin.

Peu à peu, la statue s'animait tout entière. Les reins roulaient, la gorge se gonflait dans un grand soupir, entre les bras desserrés. Et, brusquement, la tête s'inclina, les cuisses fléchirent, elle tombait d'une chute vivante, avec l'angoisse effarée, l'élan de douleur d'une femme qui se jette.

Claude comprenait enfin, lorsque Mahoudeau eut un cri terrible.

— Nom de Dieu! ça casse, elle se fout par terre!

En dégelant, la terre avait rompu le bois trop faible de l'armature. Il y eut un craquement, on entendit des os se fendre. Et lui, du même geste d'amour dont il s'enfiévrait à la caresser de loin, ouvrit les deux bras, au risque d'être tué sous elle. Une seconde, elle oscilla, puis s'abattit d'un coup, sur la face, coupée aux chevilles, laissant ses pieds collés à la planche.

Claude s'était élancé pour le retenir.

— Bougre! tu vas te faire écraser!

Mais, tremblant de la voir s'achever sur le sol, Mahoudeau restait les mains tendues. Et elle sembla lui tomber au cou, il la reçut dans son étreinte, serra les bras sur cette grande nudité vierge, qui s'animait comme sous le premier éveil de la chair. Il y entra, la gorge amoureuse s'aplatit contre son épaule, les cuisses vinrent battre les siennes, tandis que la tête, détachée, roulait par terre. La secousse fut si rude, qu'il se trouva emporté, culbuté jusqu'au mur; et, sans lâcher ce tronçon de femme, il demeura étourdi, gisant près d'elle.

— Ah! bougre! répétait furieusement Claude, qui le croyait mort.

Péniblement, Mahoudeau s'agenouilla, et il éclata en gros sanglots. Dans sa chute, il s'était seulement meurtri le visage. Du sang coulait d'une de ses joues, se mêlant à ses larmes.

— Chienne de misère, va! Si ce n'est pas à se ficher à l'eau, que de ne pouvoir seulement acheter deux tringles!... Et la voilà, et la voilà...

Ses sanglots redoublaient, une lamentation d'agonie, une douleur hurlante d'amant devant le cadavre mutilé de ses tendresses. De ses mains égarées, il en touchait les membres, épars autour de lui, la tête, le torse, les bras qui s'étaient rompus; mais surtout la gorge défoncée, ce sein aplati, comme opéré d'un mal affreux, le suffoquait, le faisait revenir toujours là, sondant la plaie, cherchant la fente par laquelle la vie s'en était allée; et ses larmes sanglantes ruisselaient, tachaient de rouge les blessures.

— Aide-moi donc, bégaya-t-il. On ne peut pas la laisser comme ça.

L'émotion avait gagné Claude, dont les yeux se mouillaient, eux aussi, dans sa fraternité d'artiste. Il s'empressa, mais le sculpteur, après avoir réclamé son aide, voulait être le seul à ramasser ces débris, comme s'il eût craint pour eux la brutalité de tout autre. Lentement, il se traînait à genoux, prenait les morceaux un à un, les couchait, les rapprochait sur une planche. Bientôt, la figure fut de nouveau entière, pareille à une de ces suicidées d'amour, qui se sont fracassées du haut d'un monument, et qu'on recolle, comiques et lamentables, pour les porter à la Morgue. Lui, retombé sur le derrière, devant elle, ne la quittait pas du regard, s'oubliait dans une contemplation navrée. Pourtant, ses sanglots se calmaient, il dit enfin avec un grand soupir :

— Je la ferai couchée, que veux-tu !... Ah ! ma pauvre bonne femme, j'avais eu tant de peine à la mettre debout, et je la trouvais si grande !

Mais, tout d'un coup, Claude s'inquiéta. Et son mariage ? Il fallut que Mahoudeau changeât de vêtements. Comme il n'avait pas d'autre redingote, il dut se contenter d'un veston. Puis, lorsque la figure fut couverte de linges, ainsi qu'une morte sur laquelle on a tiré le drap, tous deux s'en allèrent en courant. Le poêle ronflait, un dégel emplissait d'eau l'atelier, où les vieux plâtres poussiéreux ruisselaient de boue.

Rue de Douai, il n'y avait plus que le petit Jacques, laissé en garde chez la concierge. Christine, lasse d'attendre, venait de partir avec les trois autres témoins, croyant à un malentendu : peut-être Claude lui avait-il dit qu'il irait directement là-bas, en compagnie de Mahoudeau. Et ceux-ci se remirent vivement en marche, ne rattrapèrent la jeune femme et les camarades que rue Drouot, devant la mairie. On monta tous ensemble, on fut très mal reçu par l'huissier de service, à cause du retard. D'ailleurs, le mariage se trouva bâclé en quelques minutes, dans une salle absolument vide. Le maire ânonnait, les deux époux dirent le « oui » sacramentel d'une voix brève; tandis que les témoins s'émerveillaient du mauvais goût de la salle. Dehors, Claude reprit le bras de Christine, et ce fut tout.

Il faisait bon marcher, par cette gelée claire. La bande revint tranquillement à pied, gravit la rue des

Martyrs, pour se rendre au restaurant du boulevard de
Clichy. Un petit salon était retenu, le déjeuner fut très
amical ; et on ne dit pas un mot de la simple formalité
qu'on venait de remplir, on parla d'autre chose tout le
temps, comme à une de leurs réunions ordinaires, entre
camarades.

Ce fut ainsi que Christine, très émue au fond, sous son
affectation d'indifférence, entendit pendant trois heures
son mari et les témoins s'enfiévrer au sujet de la bonne
femme à Mahoudeau. Depuis que les autres savaient
l'histoire, ils en remâchaient les moindres détails. Sandoz
trouvait ça d'une allure étonnante. Jory et Gagnière
discutaient la solidité des armatures, le premier sensible
à la perte d'argent, le second démontrant avec une
chaise qu'on aurait pu maintenir la statue. Quant à
Mahoudeau, encore ébranlé, envahi d'une stupeur, il
se plaignait d'une courbature, qu'il n'avait pas sentie
d'abord : tous ses membres s'endolorissaient, il avait les
muscles froissés, la peau meurtrie, comme au sortir des
bras d'une amante de pierre. Et Christine lui lava
l'écorchure de sa joue de nouveau saignante, et il lui
semblait que cette statue de femme mutilée s'asseyait à
la table avec eux, que c'était elle seule qui importait ce
jour-là, elle seule qui passionnait Claude, dont le récit,
répété à vingt reprises, ne tarissait pas sur son émotion,
devant cette gorge et ces hanches d'argile broyées à ses
pieds.

Pourtant, au dessert, il y eut une diversion. Gagnière
demanda soudain à Jory :

— A propos, toi, je t'ai vu avec Mathilde, dimanche...
Oui, oui, rue Dauphine.

Jory, devenu très rouge, tâcha de mentir ; mais son nez
remuait, sa bouche se fronçait, il se mit à rire d'un air
bête.

— Oh ! une rencontre... Parole d'honneur ! je ne sais
pas où elle loge, je vous l'aurais dit.

— Comment ! c'est toi qui la caches ? s'écria Mahoudeau. Va, tu peux la garder, personne ne te la redemande.

La vérité était que Jory, rompant avec toutes ses
habitudes de prudence et d'avarice, cloîtrait maintenant Mathilde dans une petite chambre. Elle le tenait par
son vice, il glissait au ménage avec cette goule, lui qui,
pour ne pas payer, vivait autrefois des raccrocs de la rue.

— Bah ! on prend son plaisir où on le trouve, dit
Sandoz, plein d'une indulgence philosophique.

— C'est bien vrai, répondit-il simplement, en allumant un cigare.

On s'attarda, la nuit tombait, quand on reconduisit Mahoudeau, qui, décidément, voulait se mettre au lit. Et, en rentrant, Claude et Christine, après avoir repris Jacques chez la concierge, trouvèrent l'atelier tout froid, noyé d'une ombre si épaisse, qu'ils tâtonnèrent long-temps, avant de pouvoir allumer la lampe. Il fallut aussi rallumer le poêle, sept heures sonnaient, lorsqu'ils respirèrent enfin à l'aise. Mais ils n'avaient pas faim, ils achevèrent un reste de bouilli, plutôt pour engager l'enfant à manger sa soupe ; et, quand ils l'eurent couché, ils s'installèrent sous la lampe, ainsi que tous les soirs.

Cependant, Christine n'avait pas mis d'ouvrage devant elle, trop remuée pour travailler. Elle restait là, les mains oisives sur la table, regardant Claude, qui, lui, s'était tout de suite enfoncé dans un dessin, un coin de son tableau, des ouvriers du port Saint-Nicolas déchargeant du plâtre. Une songerie invincible, des souvenirs, des regrets, passaient en elle, au fond de ses yeux vagues ; et, peu à peu, ce fut une tristesse croissante, une grande douleur muette qui parut l'envahir tout entière, au milieu de cette indifférence, de cette solitude sans borne, où elle tombait, si près de lui. Il était bien toujours avec elle, de l'autre côté de la table ; mais comme elle le sen-tait loin, là-bas, devant la pointe de la Cité, plus loin encore, dans l'infini inaccessible de l'art, si loin main-tenant, que jamais plus elle ne le rejoindrait ! Plusieurs fois, elle avait tenté de causer, sans le décider à répondre. Les heures passaient, elle s'engourdissait à ne rien faire, elle finit par tirer son porte-monnaie et par compter son argent.

— Tu sais ce que nous avons pour entrer en ménage ?

Claude ne leva même pas la tête.

— Nous avons neuf sous... Ah ! quelle misère !

Il haussa les épaules, il gronda enfin :

— Nous serons riches, laisse donc !

Et le silence recommença, elle n'essaya même plus de le rompre, contemplant les neuf sous alignés sur la table. Minuit sonnèrent, elle eut un frisson, malade d'attente et de froid.

— Couchons-nous, dis ? murmura-t-elle. Je n'en puis plus.

Il s'enrageait tellement à son travail, qu'il n'entendit pas.

— Dis ? le poêle s'est éteint, nous allons prendre du mal. Couchons-nous.

Cette voix suppliante le pénétra, le fit tressaillir d'une brusque exaspération.

— Eh! couche-toi, si tu veux!... Tu vois bien que je veux achever quelque chose.

Un instant, elle demeura encore, saisie devant cette colère, la face douloureuse. Puis, se sentant importune, comprenant que sa seule présence de femme inoccupée le mettait hors de lui, elle quitta la table et alla se coucher, en laissant la porte grande ouverte. Une demi-heure, trois quarts d'heure s'écoulèrent; aucun bruit, pas même un souffle, ne sortait de la chambre : mais elle ne dormait point, allongée sur le dos, les yeux ouverts dans l'ombre; et elle se risqua timidement à jeter un dernier appel, du fond de l'alcôve ténébreuse.

— Mon mimi, je t'attends... De grâce, mon mimi, viens te coucher.

Un juron seul répondit. Rien ne bougea plus, elle s'était assoupie peut-être. Dans l'atelier, le froid de glace augmentait, la lampe charbonnée brûlait avec une flamme rouge; tandis que lui, penché sur son dessin, ne paraissait pas avoir conscience de la marche lente des minutes.

A deux heures, pourtant, Claude se leva, furieux de ce que la lampe s'éteignait, faute d'huile. Il n'eut que le temps de l'apporter dans la chambre, pour ne pas s'y déshabiller à tâtons. Mais son mécontentement grandit encore, en apercevant Christine, sur le dos, les yeux ouverts.

— Comment! tu ne dors pas ?

— Non, je n'ai pas sommeil.

— Ah! je sais, c'est un reproche... Je t'ai dit vingt fois combien ça me contrarie que tu m'attendes.

Et, la lampe morte, il s'allongea près d'elle, dans l'obscurité. Elle ne bougeait toujours pas, il bâilla deux fois, écrasé de fatigue. Tous deux restaient éveillés; mais ils ne trouvaient rien, ils ne se disaient rien. Lui, refroidi, les jambes gourdes, glaçait les draps. Enfin, au bout de réflexions vagues, comme le sommeil le prenait, il s'écria en sursaut :

— Ce qu'il y a d'étonnant, c'est qu'elle ne se soit pas abîmé le ventre, oh! un ventre d'un joli!

— Qui donc ? demanda Christine, effarée.

— Mais la bonne femme à Mahoudeau.

Elle eut une secousse nerveuse, elle se retourna,

enfouit la tête dans l'oreiller; et il fut stupéfait de
l'entendre éclater en larmes.

— Quoi ? tu pleures!

Elle étouffait, elle sanglotait si fort, que le matelas en
était secoué.

— Voyons, qu'est-ce que tu as ? Je ne t'ai rien dit...
Ma chérie, voyons!

A mesure qu'il parlait, il devinait à présent la cause de
ce gros chagrin. Certes, un jour comme celui-là, il aurait
dû se coucher en même temps qu'elle; mais il était bien
innocent, il n'avait pas seulement songé à ces histoires.
Elle le connaissait, il devenait une vraie brute, quand il
était au travail.

— Voyons, ma chérie, nous ne sommes pas d'hier
ensemble... Oui, tu avais arrangé ça, dans ta petite tête.
Tu voulais être la mariée, hein ?... Voyons, ne pleure plus,
tu sais bien que je ne suis pas méchant.

Il l'avait prise, elle s'abandonna. Mais ils eurent beau
s'étreindre, la passion était morte. Ils le comprirent,
quand ils se lâchèrent et qu'ils se retrouvèrent étendus
côte à côte, étrangers désormais, avec cette sensation
d'un obstacle entre eux, d'un autre corps, dont le froid les
avait déjà effleurés, certains jours, dès le début ardent
de leur liaison. Jamais plus, maintenant, ils ne se péné-
treraient. Il y avait là quelque chose d'irréparable, une
cassure, un vide qui s'était produit. L'épouse diminuait
l'amante, cette formalité du mariage semblait avoir tué
l'amour.

IX

Claude, qui ne pouvait peindre son grand tableau dans le petit atelier de la rue de Douai, résolut de louer autre part quelque hangar, d'espace suffisant : et il trouva son affaire, en flânant sur la butte Montmartre, à mi-côte de la rue Tourlaque, cette rue qui dévale derrière le cimetière, et d'où l'on domine Clichy, jusqu'aux marais de Gennevilliers. C'était un ancien séchoir de teinturier, une baraque de quinze mètres de long sur dix de large, dont les planches et le plâtre laissaient passer tous les vents du ciel. On lui louait ça trois cents francs. L'été allait venir, il abattrait vite son tableau, puis donnerait congé.

Dès lors, il se décida à tous les frais nécessaires, dans sa fièvre de travail et d'espoir. Puisque la fortune était certaine, pourquoi l'entraver par des prudences inutiles ? Usant de son droit, il entama le capital de sa rente de mille francs, il s'habitua à prendre sans compter. D'abord, il s'était caché de Christine, car elle l'en avait empêché deux fois déjà ; et, lorsqu'il dut le dire, elle aussi, après huit jours de reproches et d'alarmes, s'y accoutuma, heureuse du bien-être où elle vivait, cédant à la douceur d'avoir toujours de l'argent dans la poche. Ce furent quelques années de tiède abandon.

Bientôt, Claude ne vécut plus que pour son tableau. Il avait meublé le grand atelier sommairement : des chaises, son ancien divan du quai de Bourbon, une table de sapin, payée cent sous chez une fripière. La vanité d'une installation luxueuse lui manquait, dans la pratique de son art. Sa seule dépense fut une échelle roulante, à plate-forme et à marchepied mobile. Ensuite, il s'occupa de sa toile, qu'il voulait longue de huit mètres, haute de cinq ; et il s'entêta à la préparer lui-même, commanda le

châssis, acheta la toile sans couture, que deux camarades et lui eurent toutes les peines du monde à tendre
avec des tenailles; puis, il se contenta de la couvrir au
couteau d'une couche de céruse, refusant de la coller,
pour qu'elle restât absorbante, ce qui, disait-il, rendait
la peinture claire et solide. Il ne fallait pas songer à un
chevalet, on n'aurait pu y manœuvrer une telle pièce.
Aussi imagina-t-il un système de madriers et de cordes,
qui la tenait contre le mur, un peu penchée, sous un
jour frisant. Et, le long de cette vaste nappe blanche,
l'échelle roulait : c'était toute une construction, une
charpente de cathédrale, devant l'œuvre à bâtir.

Mais, lorsque tout se trouva prêt, il fut pris de scrupules. L'idée qu'il n'avait peut-être pas choisi, là-bas,
sur nature, le meilleur éclairage, le tourmentait. Peut-
être un effet de matin aurait-il mieux valu ? peut-être
aurait-il dû choisir un temps gris ? Il retourna au pont des
Saints-Pères, il y vécut trois mois encore.

A toutes les heures, par tous les temps, la Cité se leva
devant lui, entre les deux bras troués du fleuve. Sous une
tombée de neige tardive, il la vit fourrée d'hermine, au-
dessus de l'eau couleur de boue, se détachant sur un ciel
d'ardoise claire. Il la vit, aux premiers soleils, s'essuyer de
l'hiver, retrouver une enfance, avec les pousses vertes des
grands arbres du terre-plein. Il la vit, un jour de fin
brouillard, se reculer, s'évaporer, légère et tremblante
comme un palais des songes. Puis, ce furent des pluies
battantes qui la submergeaient, la cachaient derrière
l'immense rideau tiré du ciel à la terre; des orages, dont les
éclairs la montraient fauve, d'une lumière louche de
coupe-gorge, à demi détruite par l'écroulement des
grands nuages de cuivre; des vents qui la balayaient d'une
tempête, aiguisant les angles, la découpant sèchement,
nue et flagellée, dans le bleu pâli de l'air. D'autres fois
encore, quand le soleil se brisait en poussière parmi les
vapeurs de la Seine, elle baignait au fond de cette clarté
diffuse, sans une ombre, également éclairée partout, d'une
délicatesse charmante de bijou taillé en plein or fin. Il
voulut la voir sous le soleil levant, se dégageant des brumes
matinales, lorsque le quai de l'Horloge rougeoie et que
le quai des Orfèvres reste appesanti de ténèbres, toute
vivante déjà dans le ciel rose par le réveil éclatant de ses
tours et de ses flèches, tandis que, lentement, la nuit
descend des édifices, ainsi qu'un manteau qui tombe.
Il voulut la voir à midi, sous le soleil frappant d'aplomb,

mangée de clarté crue, décolorée et muette comme une
ville morte, n'ayant plus que la vie de la chaleur, le
frisson dont remuaient les toitures lointaines. Il voulut la
voir sous le soleil à son déclin, se laissant reprendre par
la nuit montée peu à peu de la rivière, gardant aux arêtes
des monuments les franges de braise d'un charbon près
de s'éteindre, avec de derniers incendies qui se rallu-
maient dans des fenêtres, de brusques flambées de vitres
qui lançaient des flammèches et trouaient les façades.
Mais, devant ces vingt Cités différentes, quelles que
fussent les heures, quel que fût le temps, il en revenait
toujours à la Cité qu'il avait vue la première fois, vers
quatre heures, un beau soir de septembre, cette Cité
sereine sous le vent léger, ce cœur de Paris battant dans
la transparence de l'air, comme élargi par le ciel immense,
que traversait un vol de petits nuages.

Claude passait là ses journées, dans l'ombre du pont
des Saints-Pères. Il s'y abritait, en avait fait sa demeure,
son toit. Le fracas continu des voitures, semblable à un
roulement éloigné de foudre, ne le gênait plus. Installé
contre la première culée, au-dessous des énormes cintres
de fonte, il prenait des croquis, peignait des études.
Jamais il ne se trouvait assez renseigné, il dessinait le
même détail à dix reprises. Les employés de la navigation,
dont les bureaux étaient là, avaient fini par le connaître ;
et même la femme d'un surveillant, qui habitait une
sorte de cabine goudronnée, avec son mari, deux enfants
et un chat, lui gardait ses toiles fraîches, afin qu'il n'eût
pas la peine de les promener chaque jour à travers les rues.
C'était une joie pour lui, ce refuge, sous ce Paris qui
grondait en l'air, dont il sentait la vie ardente couler sur
sa tête. Le port Saint-Nicolas le passionna d'abord de sa
continuelle activité de lointain port de mer, en plein
quartier de l'Institut : la grue à vapeur, la *Sophie*,
manœuvrait, hissait des blocs de pierre ; des tombereaux
venaient s'emplir de sable ; des bêtes et des hommes
tiraient, s'essoufflaient, sur les gros pavés en pente qui
descendaient jusqu'à l'eau, à ce bord de granit où
s'amarrait une double rangée de chalands et de péniches,
et, pendant des semaines, il s'était appliqué à une étude,
des ouvriers déchargeant un bateau de plâtre, portant sur
l'épaule les sacs blancs, laissant derrière eux un chemin
blanc, poudrés de blanc eux-mêmes, tandis que, près de
là, un autre bateau, vide de son chargement de charbon,
avait maculé la berge d'une large tache d'encre. Ensuite,

il prit le profil du bain froid, sur la rive gauche, ainsi qu'un lavoir à l'autre plan, les châssis vitrés ouverts, les blanchisseuses alignées, agenouillées au ras du courant, tapant leur linge. Dans le milieu, il étudia une barque menée à la godille par un marinier, puis un remorqueur plus au fond, un vapeur du touage qui se halait sur sa chaîne et remontait un train de tonneaux et de planches. Les fonds, il les avait depuis longtemps, il en recommença pourtant des morceaux, les deux trouées de la Seine, un grand ciel tout seul où ne s'élevaient que les flèches et les tours dorées de soleil. Et, sous le pont hospitalier, dans ce coin aussi perdu qu'un creux lointain de roches, rarement un curieux le dérangeait, les pêcheurs à la ligne passaient avec le mépris de leur indifférence, il n'avait guère pour compagnon que le chat du surveillant, faisant sa toilette au soleil, paisible dans le tumulte du monde d'en haut.

Enfin, Claude eut tous ses cartons. Il jeta en quelques jours une esquisse d'ensemble, et la grande œuvre fut commencée. Mais, durant tout l'été, il s'engagea, rue Tourlaque, entre lui et sa toile immense, une première bataille; car il s'était obstiné à vouloir mettre lui-même sa composition au carreau, et il ne s'en tirait pas, empêtré dans de continuelles erreurs, pour la moindre déviation de ce tracé mathématique, dont il n'avait point l'habitude. Cela l'indignait. Il passa outre, quitte à corriger plus tard, il couvrit la toile violemment, pris d'une telle fièvre, qu'il vivait sur son échelle les journées entières, maniant des brosses énormes, dépensant une force musculaire à remuer des montagnes. Le soir, il chancelait comme un homme ivre, il s'endormait à la dernière bouchée, foudroyé; et il fallait que sa femme le couchât, ainsi qu'un enfant. De ce travail héroïque, il sortit une ébauche magistrale, une de ces ébauches où le génie flambe, dans le chaos encore mal débrouillé des tons. Bongrand, qui vint la voir, saisit le peintre dans ses grands bras et le baisa à l'étouffer, les yeux aveuglés de larmes. Sandoz, enthousiaste, donna un dîner; les autres, Jory, Mahoudeau, Gagnière, colportèrent de nouveau l'annonce d'un chef-d'œuvre; quant à Fagerolles, il resta un instant immobile, puis éclata en félicitations, trouvant ça trop beau.

Et Claude, en effet, comme si cette ironie d'un habile homme lui eût porté malheur, ne fit ensuite que gâter son ébauche. C'était sa continuelle histoire, il se dépensait

d'un coup, en un élan magnifique; puis, il n'arrivait pas
à faire sortir le reste, il ne savait pas finir. Son impuissance recommença, il vécut deux années sur cette toile,
n'ayant d'entrailles que pour elle, tantôt ravi en plein ciel
par des joies folles, tantôt retombé à terre, si misérable, si
déchiré de doutes, que les moribonds râlant dans des lits
d'hôpital étaient plus heureux que lui. Déjà deux fois, il
n'avait pu être prêt pour le Salon; car toujours, au dernier
moment, lorsqu'il espérait terminer en quelques séances,
des trous se déclaraient, il sentait la composition craquer
et crouler sous ses doigts. A l'approche du troisième
Salon, il eut une crise terrible, il resta quinze jours sans
aller à son atelier de la rue Tourlaque; et, quand il y
rentra, ce fut comme on rentre dans une maison vidée par
la mort : il tourna la grande toile contre le mur, il roula
l'échelle dans un coin, il aurait tout cassé, tout brûlé, si
ses mains défaillantes en avaient trouvé la force. Mais rien
n'existait plus, un vent de colère venait de balayer le
plancher, il parlait de se mettre à de petites choses, puisqu'il était incapable des grands labeurs.

Malgré lui, son premier projet de petit tableau le
ramena là-bas, devant la Cité. Pourquoi n'en ferait-il pas
simplement une vue, sur une toile moyenne. Seulement,
une sorte de pudeur, mêlée d'une étrange jalousie, l'empêcha d'aller s'asseoir sous le pont des Saints-Pères : il lui
semblait que cette place fût sacrée maintenant, qu'il ne
devait pas déflorer la virginité de la grande œuvre, même
morte. Et il s'installa au bout de la berge, en amont du
port Saint-Nicolas. Cette fois, au moins, il travaillait
directement sur la nature, il se réjouissait de n'avoir pas à
tricher, comme cela était fatal pour les toiles de dimensions démesurées. Le petit tableau, très soigné, plus
poussé que de coutume, eut cependant le sort des autres
devant le jury, indigné par cette peinture de balai ivre,
selon la phrase qui courut alors les ateliers. Ce fut un
soufflet d'autant plus sensible, qu'on avait parlé de
concessions, d'avances faites à l'École pour être reçu; et
le peintre, ulcéré, pleurant de rage, arracha la toile par
minces lambeaux et la brûla dans son poêle, lorsqu'elle lui
revint. Celle-ci, il ne suffisait pas de la tuer d'un coup de
couteau, il fallait l'anéantir.

Une autre année se passa pour Claude à des besognes
vagues. Il travaillait par habitude, ne finissait rien, disait
lui-même, avec un rire douloureux, qu'il s'était perdu et
qu'il se cherchait. Au fond, la conscience tenace de son

génie lui laissait un espoir indestructible, même pendant les plus longues crises d'abattement. Il souffrait comme un damné roulant l'éternelle roche qui retombait et l'écrasait ; mais l'avenir lui restait, la certitude de la soulever de ses deux poings, un jour, et de la lancer dans les étoiles. On vit enfin ses yeux se rallumer de passion, on sut qu'il se cloîtrait de nouveau rue Tourlaque. Lui qui, autrefois, était toujours emporté, au-delà de l'œuvre présente, par le rêve élargi de l'œuvre future, se heurtait le front maintenant à ce sujet de la Cité. C'était l'idée fixe, la barre qui fermait sa vie. Et, bientôt, il en reparla librement, dans une nouvelle flambée d'enthousiasme, criant avec des gaietés d'enfant qu'il avait trouvé et qu'il était certain du triomphe.

Un matin, Claude, qui jusque-là n'avait pas rouvert sa porte, voulut bien laisser entrer Sandoz. Celui-ci tomba sur une esquisse, faite de verve, sans modèle, admirable encore de couleur. D'ailleurs, le sujet restait le même : le port Saint-Nicolas à gauche, l'école de natation à droite, la Seine et la Cité au fond. Seulement, il demeura stupéfait en apercevant, à la place de la barque conduite par un marinier, une autre barque, très grande, tenant tout le milieu de la composition, et que trois femmes occupaient : une, en costume de bain, ramant ; une autre, assise au bord, les jambes dans l'eau, son corsage à demi arraché montrant l'épaule ; la troisième, toute droite, toute nue à la proue, d'une nudité éclatante, qu'elle rayonnait comme un soleil.

— Tiens ! quelle idée ! murmura Sandoz. Que font-elles là, ces femmes ?

— Mais elles se baignent, répondit tranquillement Claude. Tu vois bien qu'elles sont sorties du bain froid, ça me donne un motif de nu, une trouvaille, hein ?... Est-ce que ça te choque ?

Son vieil ami, qui le connaissait, trembla de le rejeter dans ses doutes.

— Moi, oh ! non !... Seulement, j'ai peur que le public ne comprenne pas, cette fois encore. Ce n'est guère vraisemblable, cette femme nue, au beau milieu de Paris.

Il s'étonna naïvement.

— Ah ! tu crois... Eh bien ! tant pis ! Qu'est-ce que ça fiche, si elle est bien peinte, ma bonne femme ! J'ai besoin de ça, vois-tu, pour me monter.

Les jours suivants, Sandoz revint avec douceur sur cette étrange composition, plaidant, par un besoin de sa nature, la cause de la logique outragée. Comment un peintre moderne, qui se piquait de ne peindre que des réalités, pouvait-il abâtardir une œuvre, en y introduisant des imaginations pareilles. Il était si aisé de prendre d'autres sujets, où s'imposait la nécessité du nu! Mais Claude s'entêtait, donnait des explications mauvaises et violentes, car il ne voulait pas avouer la vraie raison, une idée à lui si peu claire, qu'il n'aurait pu la dire avec netteté, le tourment d'un symbolisme secret, ce vieux regain de romantisme qui lui faisait incarner dans cette nudité la chair même de Paris, la ville nue et passionnée, resplendissante d'une beauté de femme. Et il y mettait encore sa propre passion, son amour des beaux ventres, des cuisses et des gorges fécondes, comme il brûlait d'en créer à pleines mains, pour les enfantements continus de son art.

Devant l'argumentation pressante de son ami, il feignit pourtant d'être ébranlé.

— Eh bien! je verrai, je l'habillerai plus tard, ma bonne femme, puisqu'elle te gêne... Mais je vais toujours la faire comme ça. Hein ? tu comprends, elle m'amuse.

Jamais il n'en reparla, d'une obstination sourde, se contentant de gonfler le dos et de sourire d'un air embarrassé, lorsqu'une allusion disait l'étonnement de tous, à voir cette Vénus naître de l'écume de la Seine, triomphale, parmi les omnibus des quais et les débardeurs du port Saint-Nicolas.

On était au printemps, Claude allait se remettre à son grand tableau, lorsqu'une décision, prise en un jour de prudence, changea la vie du ménage. Parfois, Christine s'inquiétait de tout cet argent dépensé si vite, des sommes dont ils écornaient sans cesse le capital. On ne comptait plus, depuis que la source paraissait inépuisable. Puis, après quatre années, ils s'étaient épouvantés un matin, lorsque, ayant demandé des comptes, ils avaient appris que, sur les vingt mille francs, il en restait à peine trois mille. Tout de suite, ils se jetèrent à une réaction d'économie excessive, rognant sur le pain, projetant de couper court même aux besoins nécessaires; et ce fut ainsi que, dans ce premier élan de sacrifice, ils quittèrent le logement de la rue de Douai. A quoi bon deux loyers ? il y avait assez de place dans l'ancien séchoir de la rue Tourlaque, encore éclaboussé des eaux de teinture, pour qu'on y pût caser l'existence de trois personnes. Mais l'installation n'en fut pas moins laborieuse, car cette halle de quinze mètres sur dix ne leur donnait qu'une pièce, un

hangar de bohémiens faisant tout en commun. Il fallut
que le peintre lui-même, devant la mauvaise grâce du
propriétaire, la coupa, dans un bout, d'une cloison de
planches, derrière laquelle il ménagea une cuisine et une
chambre à coucher. Cela les enchanta, malgré les cre-
vasses de la toiture, où soufflait le vent : les jours de gros
orages, ils étaient obligés de mettre des terrines sous les
fentes trop larges. C'était d'un vide lugubre, leurs
quatre meubles dansaient le long des murailles nues. Et
ils se montraient fiers d'être logés si à l'aise, ils disaient
aux amis que le petit Jacques aurait au moins de l'espace,
pour courir un peu. Ce pauvre Jacques, malgré ses
neuf ans sonnés, ne poussait guère vite; sa tête seule
continuait de grossir, on ne pouvait l'envoyer plus de
huit jours de suite à l'école, d'où il revenait hébété,
malade d'avoir voulu apprendre, si bien que, le plus souvent, ils le laissaient vivre à quatre pattes autour d'eux,
se traînant dans les coins.

Alors, Christine, qui, depuis longtemps, n'était plus
mêlée au travail quotidien de Claude, vécut de nouveau
avec lui chaque heure des longues séances. Elle l'aida à
gratter et à poncer l'ancienne toile, elle lui donna des
conseils pour la rattacher au mur plus solidement. Mais
ils constatèrent un désastre, l'échelle roulante s'était
détraquée sous l'humidité du toit; et, de crainte d'une
chute, il dut la consolider par une traverse de chêne,
pendant que, un à un, elle lui passait les clous. Tout, une
seconde fois, était prêt. Elle le regarda mettre au carreau
la nouvelle esquisse, debout derrière lui, jusqu'à défaillir
de fatigue, se laissant ensuite glisser par terre, restant là,
accroupie, à regarder encore.

Ah! comme elle aurait voulu le reprendre à cette peinture qui le lui avait pris! C'était pour cela qu'elle se faisait sa servante, heureuse de se rabaisser à des travaux de
manœuvre. Depuis qu'elle rentrait dans son travail, côte
à côte ainsi tous les trois, lui, elle et cette toile, un espoir la
ranimait. S'il lui avait échappé, lorsqu'elle pleurait toute
seule rue de Douai, et qu'il s'attardait rue Tourlaque,
acoquiné et épuisé comme chez une maîtresse, peut-être
allait-elle le reconquérir, maintenant qu'elle était là, elle
aussi, avec sa passion. Ah! cette peinture, de quelle haine
jalouse elle l'exécrait! Ce n'était plus son ancienne
révolte de petite bourgeoise peignant l'aquarelle, contre
cet art libre, superbe et brutal. Non, elle l'avait compris
peu à peu, rapprochée d'abord par sa tendresse pour le

peintre, gagnée ensuite par le régal de la lumière, le charme original des notes blondes. Aujourd'hui, elle avait tout accepté, les terrains lilas, les arbres bleus. Même un respect commençait à la faire trembler devant ces œuvres qui lui avaient paru si abominables jadis. Elle les voyait puissantes, elle les traitait en rivales dont on ne pouvait plus rire. Et sa rancune grandissait avec son admiration, elle s'indignait d'assister à cette diminution d'elle-même, à cet autre amour qui la souffletait dans son ménage.

Ce fut d'abord une lutte sourde, de toutes les minutes. Elle s'imposait, glissait à chaque instant ce qu'elle pouvait de son corps, une épaule, une main, entre le peintre et son tableau. Toujours, elle demeurait là, à l'envelopper de son haleine, à lui rappeler qu'il était sien. Puis, son ancienne idée repoussa, peindre elle aussi, l'aller retrouver au fond même de sa fièvre d'art : pendant un mois, elle mit une blouse, travailla ainsi qu'une élève près du maître, dont elle copiait docilement une étude ; et elle ne lâcha qu'en voyant sa tentative tourner contre son but, car il achevait d'oublier la femme en elle, comme trompé par cette besogne commune, sur un pied de simple camaraderie, d'homme à homme. Aussi revint-elle à son unique force.

Souvent, déjà, pour camper les petites figures de ses derniers tableaux, Claude avait pris d'après Christine des indications, une tête, un geste des bras, une allure du corps. Il lui jetait un manteau aux épaules, il la saisissait dans un mouvement et lui criait de ne plus bouger. C'étaient des services qu'elle se montrait heureuse de lui rendre, répugnant pourtant à se dévêtir, blessée de ce métier de modèle, maintenant qu'elle était sa femme. Un jour qu'il avait besoin de l'attache d'une cuisse, elle refusa, puis consentit à retrousser sa robe, honteuse, après avoir fermé la porte à double tour, de peur que, sachant le rôle où elle descendait, on ne la cherchât nue dans tous les tableaux de son mari. Elle entendait encore les rires insultants des camarades et de Claude lui-même, leurs plaisanteries grasses, lorsqu'ils parlaient des toiles d'un peintre qui se servait ainsi uniquement de sa femme, d'aimables nudités proprement léchées pour les bourgeois, et dans lesquelles on la retrouvait sous toutes les faces, avec des particularités bien connues, la chute des reins un peu longue, le ventre trop haut : ce qui la promenait sans chemise au travers de Paris goguenard, quand elle passait habillée, cuirassée, serrée jusqu'au menton par des robes sombres, qu'elle portait justement très montantes.

Mais, depuis que Claude avait établi largement, au fusain, la grande figure de femme debout, qui allait tenir le milieu de son tableau, Christine regardait cette vague silhouette, songeuse, envahie d'une pensée obsédante, devant laquelle s'en allaient un à un ses scrupules. Et, quand il parla de prendre un modèle, elle s'offrit.

— Comment, toi! Mais tu te fâches, dès que je te demande le bout de ton nez!

Elle souriait, pleine d'embarras.

— Oh! le bout de mon nez! Avec ça que je ne t'ai pas posé la figure de ton *Plein air*, autrefois, et lorsqu'il n'y avait rien eu encore entre nous!... Un modèle va te coûter sept francs par séance. Nous ne sommes pas si riches, autant économiser cet argent.

Cette idée d'économie le décida tout de suite.

— Je veux bien, c'est même très gentil à toi d'avoir ce courage, car tu sais que ce n'est pas un amusement de fainéante, avec moi... N'importe! avoue-le donc, grande bête! tu as peur qu'une autre femme n'entre ici, tu es jalouse.

Jalouse! oui, elle l'était, et à en agoniser de souffrance. Mais elle se moquait bien des autres femmes, tous les modèles de Paris pouvaient retirer là leurs jupons! Elle n'avait qu'une rivale, cette peinture préférée, qui lui volait son amant. Ah! jeter sa robe, jeter jusqu'au dernier linge, et se donner nue à lui pendant des jours, des semaines, vivre nue sous ses regards, et le reprendre ainsi, et l'emporter, lorsqu'il retomberait dans ses bras! Avait-elle donc à offrir autre chose qu'elle-même? N'était-ce pas légitime, ce dernier combat où elle payait de son corps, quitte à n'être plus rien, rien qu'une femme sans charmes, si elle se laissait vaincre?

Claude, enchanté, fit d'abord d'après elle une étude, une simple académie pour son tableau, dans la pose. Ils attendaient que Jacques fût parti à l'école, ils s'enfermaient, et la séance durait des heures. Les premiers jours, Christine souffrit beaucoup de l'immobilité; puis, elle s'accoutuma, n'osant se plaindre, de peur de le fâcher, retenant ses larmes, quand il la bousculait. Et, bientôt, l'habitude en fut prise, il la traita en simple modèle, plus exigeant que s'il l'eût payée, sans jamais craindre d'abuser de son corps, puisqu'elle était sa femme. Il l'employait pour tout, la faisait se déshabiller à chaque minute, pour un bras, pour un pied, pour le moindre

détail dont il avait besoin. C'était un métier où il la ravalait, un emploi de mannequin vivant qu'il plantait là et
qu'il copiait, comme il aurait copié la cruche ou le chau-
dron d'une nature morte.

Cette fois, Claude procéda sans hâte ; et, avant d'ébaucher la grande figure, il avait déjà lassé Christine pendant
des mois, à l'essayer de vingt façons, voulant se bien
pénétrer de la qualité de sa peau, disait-il. Enfin, un jour,
il attaqua l'ébauche. C'était un matin d'automne, par
une bise déjà aigre ; il ne faisait pas chaud, dans le vaste
atelier, malgré le poêle qui ronflait. Comme le petit
Jacques, malade d'une de ses crises de stupeur souffrante, n'avait pu aller à l'école, on s'était décidé à l'enfermer au fond de la chambre, en lui recommandant
d'être bien sage. Et, frissonnante, la mère se déshabilla, se
planta près du poêle, immobile, tenant la pose.

Pendant la première heure, le peintre, du haut de son
échelle, lui jeta des coups d'œil qui la sabraient des
épaules aux genoux, sans lui adresser une parole. Elle,
envahie d'une tristesse lente, craignait de défaillir, ne
sachant plus si elle souffrait du froid ou d'un désespoir,
venu de loin, dont elle sentait monter l'amertume. Sa
fatigue était si grande, qu'elle trébucha et marcha péniblement, de ses jambes engourdies.

— Comment, déjà ! cria Claude. Mais il y a un
quart d'heure au plus que tu poses ! Tu ne veux donc pas
gagner tes sept francs ?

Il plaisantait d'un air bourru, ravi de son travail. Et
elle avait à peine retrouvé l'usage de ses membres, sous le
peignoir dont elle s'était couverte, qu'il dit violemment :

— Allons, allons, pas de paresse ! C'est un grand jour,
aujourd'hui. Il faut avoir du génie ou en crever !

Puis, lorsqu'elle eut repris la pose, nue sous la lumière
blafarde, et qu'il se fut remis à peindre, il continua de
lâcher des phrases, de loin en loin, par ce besoin qu'il avait
de faire du bruit, dès que sa besogne le contentait.

— C'est curieux comme tu as une drôle de peau ! Elle
absorbe la lumière, positivement... Ainsi, on ne le croirait
pas, tu es toute grise, ce matin. Et l'autre jour, tu étais
rose, oh ! d'un rose qui n'avait pas l'air vrai... Moi, ça
m'embête, on ne sait jamais.

Il s'arrêta, il cligna les yeux.

— Très épatant tout de même, le nu... Ça fiche une
note sur le fond... Et ça vibre, et ça prend une sacrée vie,
comme si l'on voyait couler le sang dans les muscles...

Ah! un muscle bien dessiné, un membre peint solidement, en pleine clarté, il n'y a rien de plus beau, rien de meilleur, c'est le bon Dieu!... Moi, je n'ai pas d'autre religion, je me collerais à genoux! là devant, pour toute l'existence.

Et, comme il était obligé de descendre chercher un tube de couleur, il s'approcha d'elle, il la détailla avec une passion croissante, en touchant du bout de son doigt chacune des parties qu'il voulait désigner.

— Tiens! là, sous le sein gauche, eh bien! c'est joli comme tout. Il y a des petites veines qui bleuissent, qui donnent à la peau une délicatesse de ton exquise... Et là, au renflement de la hanche, cette fine fossette où l'ombre se dore, un régal!... Et là, sous le modelé si gras du ventre, ce trait pur par des aines, une pointe à peine de carmin dans de l'or pâle... Le ventre, moi, ça m'a toujours exalté. Je ne puis en voir un, sans vouloir manger le monde. C'est si beau à peindre, un vrai soleil de chair!

Puis, remonté sur son échelle, il cria dans sa fièvre de création :

— Nom de Dieu! si je ne fiche pas un chef-d'œuvre avec toi, il faut que je sois un cochon!

Christine se taisait, et son angoisse grandissait, dans la certitude qui se faisait en elle. Immobile, sous la brutalité des choses, elle sentait le malaise de sa nudité. A chaque place où le doigt de Claude l'avait touchée, il lui était resté une impression de glace, comme si le froid dont elle frissonnait, entrait par là maintenant. L'expérience était faite, à quoi bon espérer davantage ? Ce corps, couvert partout de ses baisers d'amant, il ne le regardait plus, il ne l'adorait plus qu'en artiste. Un ton de la gorge l'enthousiasmait, une ligne du ventre l'agenouillait de dévotion, lorsque, jadis, aveuglé de désir, il l'écrasait toute contre sa poitrine, sans la voir, dans des étreintes où l'un et l'autre auraient voulu se fondre. Ah! c'était bien la fin, elle n'était plus, il n'aimait plus en elle que son art, la nature, la vie. Et, les yeux au loin, elle gardait la rigidité d'un marbre, elle retenait les larmes dont se gonflait son cœur, réduite à cette misère de ne pouvoir même pleurer.

Une voix vint de la chambre, tandis que des petits poings tapaient contre la porte.

— Maman, maman, je ne dors pas, je m'ennuie... Ouvre-moi, dis, maman ?

C'était Jacques qui s'impatientait. Claude se fâcha, grondant qu'on n'avait pas une minute de repos.

— Tout à l'heure! cria Christine. Dors, laisse ton père travailler.

Mais une inquiétude nouvelle parut la prendre, elle lançait des coups d'œil vers la porte, elle finit par quitter un instant la pose, pour aller accrocher sa jupe à la clef, de façon à boucher le trou de la serrure. Puis, sans rien dire, elle vint se remettre près du poêle, la tête droite, la taille un peu renversée, enflant les seins.

Et la séance s'éternisa, des heures, des heures se passèrent. Toujours elle était là, à s'offrir, avec son mouvement de baigneuse qui se jette; pendant que lui, sur son échelle, à des lieues, brûlait pour cette autre femme qu'il peignait. Il avait même cessé de lui parler, elle retombait à son rôle d'objet, beau de couleur. Il ne regardait qu'elle depuis le matin, et elle ne se voyait plus dans ses yeux, étrangère désormais, chassée de lui.

Enfin, il s'interrompit de fatigue, il remarqua qu'elle tremblait.

— Tiens! est-ce que tu as froid?

— Oui, un peu.

— C'est drôle, moi je brûle... Je ne veux pas que tu t'enrhumes. A demain.

Comme il descendait, elle crut qu'il venait l'embrasser. D'habitude, par une dernière galanterie de mari, il payait d'un baiser rapide l'ennui de la séance. Mais, plein de son travail, il oublia, il lava tout de suite ses pinceaux, qu'il trempait, agenouillé, dans un pot de savon noir. Et elle, qui attendait, restait nue, debout, espérant encore. Une minute se passa, il fut étonné de cette ombre immobile, il la regarda d'un air de surprise, puis recommença à frotter énergiquement. Alors, les mains tremblantes de hâte, elle se rhabilla, dans une confusion affreuse de femme dédaignée. Elle enfilait sa chemise, se battait avec ses jupes, agrafait son corsage de travers, comme si elle eût voulu échapper à la honte de cette nudité impuissante, bonne désormais à vieillir sous les linges. Et c'était un mépris d'elle-même, un dégoût d'en être descendue à ce moyen de fille, dont elle sentait la bassesse charnelle, maintenant qu'elle était vaincue.

Mais, dès le lendemain, Christine dut se remettre nue, dans l'air glacé, sous la lumière brutale. N'était-ce pas son métier, désormais? Comment se refuser, à présent que l'habitude en était prise? Jamais elle n'aurait causé un chagrin à Claude; et elle recommençait chaque jour cette défaite de son corps. Lui, n'en parlait même plus, de ce

corps brûlant et humilié. Sa passion de la chair s'était
reportée dans son œuvre, sur les amantes peintes qu'il se
donnait. Elles faisaient seules battre son sang, celles dont
chaque membre naissait d'un de ses efforts. Là-bas, à la
campagne, lors de son grand amour, s'il avait cru tenir le
bonheur, en en possédant une enfin, vivante, à pleins
bras, ce n'était encore que l'éternelle illusion, puisqu'ils
étaient restés quand même étrangers; et il préférait l'illusion de son art, cette poursuite à la beauté jamais
atteinte, ce désir fou que rien ne contentait. Ah! les vouloir toutes, les créer selon son rêve, des gorges de satin,
des hanches couleur d'ambre, des ventres douillets de
vierges, et ne les aimer que pour les beaux tons, et les
sentir qui fuyaient, sans pouvoir les étreindre! Christine
était la réalité, le but que la main atteignait, et Claude en
avait eu le dégoût en une saison, lui le soldat de l'incréé,
ainsi que Sandoz l'appelait parfois en riant.

Pendant des mois, la pose fut ainsi pour elle une torture. La bonne vie à deux avait cessé, un ménage à trois
semblait se faire, comme s'il eût introduit dans la maison
une maîtresse, cette femme qu'il peignait d'après elle. Le
tableau immense se dressait entre eux, les séparait d'une
muraille infranchissable; et c'était au-delà qu'il vivait,
avec l'autre. Elle en devenait folle, jalouse de ce dédoublement de sa personne, comprenant la misère d'une telle
souffrance, n'osant avouer son mal dont il l'aurait plaisantée. Et pourtant elle ne se trompait pas, elle sentait
bien qu'il préférait sa copie à elle-même, que cette copie
était l'adorée, la préoccupation unique, la tendresse de
toutes les heures. Il la tuait à la pose pour embellir
l'autre, il ne tenait plus que de l'autre sa joie ou sa tristesse, selon qu'il la voyait vivre ou languir sous son pinceau. N'était-ce donc pas de l'amour, cela? et quelle
souffrance de prêter sa chair, pour que l'autre naquît,
pour que le cauchemar de cette rivale les hantât, fût toujours entre eux, plus puissant que le réel, dans l'atelier, à
table, au lit, partout! Une poussière, un rien, de la couleur sur de la toile, une simple apparence qui rompait
tout leur bonheur, lui, silencieux, indifférent, brutal parfois, elle, torturée de son abandon, désespérée de ne pouvoir chasser de son ménage cette concubine, si envahis-
sante et si terrible dans son immobilité d'image!

Et ce fut dès lors que Christine, décidément battue,
sentit peser sur elle toute la souveraineté de l'art. Cette
peinture, qu'elle avait déjà acceptée sans restrictions, elle

la haussa encore, au fond d'un tabernacle farouche, devant
lequel elle demeurait écrasée, comme devant ces puis-
sants dieux de colère, que l'on honore, dans l'excès de
haine et d'épouvante qu'ils inspirent. C'était une peur
sacrée, la certitude qu'elle n'avait plus à lutter, qu'elle
serait broyée ainsi qu'une paille, si elle s'entêtait davantage. Les toiles grandissaient comme des blocs, les plus
petites lui semblaient triomphales, les moins bonnes
l'accablaient de leur victoire ; tandis qu'elle ne les jugeait
plus, à terre, tremblante, les trouvant toutes formidables,
répondant toujours aux questions de son mari :

— Oh ! très bien !... Oh ! superbe !... Oh ! extraordinaire, extraordinaire, celle-là !

Cependant, elle était sans colère contre lui, elle l'adorait d'une tendresse en pleurs, tellement elle le voyait se
dévorer lui-même. Après quelques semaines d'heureux
travail, tout s'était gâté, il ne pouvait se sortir de sa grande
figure de femme. C'était pourquoi il tuait son modèle de
fatigue, s'acharnant pendant des journées, puis lâchant
tout pour un mois. A dix reprises, la figure fut commencée, abandonnée, refaite complètement. Une année,
deux années s'écoulèrent, sans que le tableau aboutît,
presque terminé parfois, et le lendemain gratté, entièrement à reprendre.

Ah ! cet effort de création dans l'œuvre d'art, cet effort
de sang et de larmes dont il agonisait, pour créer de la
chair, souffler de la vie ! Toujours en bataille avec le réel,
et toujours vaincu, la lutte contre l'Ange ! Il se brisait à
cette besogne impossible de faire tenir toute la nature sur
une toile, épuisé à la longue dans les perpétuelles douleurs
qui tendaient ses muscles, sans qu'il pût jamais accoucher
de son génie. Ce dont les autres se satisfaisaient, l'à-peu-
près du rendu, les tricheries nécessaires, le tracassaient
de remords, l'indignaient comme une faiblesse lâche ; et
il recommençait, et il gâtait le bien pour le mieux, trouvant que ça ne « parlait » pas, mécontent de ses bonnes
femmes, ainsi que le disaient plaisamment les camarades,
tant qu'elles ne descendaient pas coucher avec lui. Que
lui manquait-il donc, pour les créer vivantes ? Un rien
sans doute. Il était un peu en deçà, un peu au-delà peut-
être. Un jour, le mot de génie incomplet, entendu derrière son dos, l'avait flatté et épouvanté. Oui, ce devait
être cela, le saut trop court ou trop long, le déséquilibrement des nerfs, dont il souffrait, le détraquement héréditaire qui, pour quelques grammes de substance en

plus ou en moins, au lieu de faire un grand homme, allait faire un fou. Quand un désespoir le chassait de son atelier, et qu'il fuyait son œuvre, il emportait maintenant cette idée d'une impuissance fatale, il l'écoutait battre contre son crâne, comme le glas obstiné d'une cloche.

Son existence devint misérable. Jamais le doute de lui-même ne l'avait traqué ainsi. Il disparaissait des journées entières; même il découcha une nuit, rentra hébété le lendemain, sans pouvoir dire d'où il revenait : on pensa qu'il avait battu la banlieue, plutôt que de se retrouver en face de son œuvre manquée. C'était son unique soulagement, fuir dès que cette œuvre l'emplissait de honte et de haine, ne reparaître que lorsqu'il se sentait le courage de l'affronter encore. Et, à son retour, sa femme elle-même n'osait le questionner, trop heureuse de le revoir, après l'anxiété de l'attente. Il courait furieusement Paris, les faubourgs surtout, par un besoin de s'encanailler, vivant avec des manœuvres, exprimant à chaque crise son ancien désir d'être le goujat d'un maçon. Est-ce que le bonheur n'était pas d'avoir des membres solides, abattant vite et bien le travail pour lequel ils étaient taillés ? Il avait raté son existence, il aurait dû se faire embaucher autrefois, quand il déjeunait chez Gomard, au *Chien de Montargis*, où il avait eu pour ami un Limousin, un grand gaillard très gai, dont il enviait les gros bras. Puis, lorsqu'il rentrait rue Tourlaque, les jambes brisées, le crâne vide, il jetait sur sa peinture le regard navré et peureux qu'on risque sur une morte, dans une chambre de deuil; jusqu'à ce qu'un nouvel espoir de la ressusciter, de la créer vivante enfin, lui fît remonter une flamme au visage.

Un jour, Christine posait, et la figure de femme, une fois de plus, allait être finie. Mais, depuis une heure, Claude s'assombrissait, perdait de la joie d'enfant qu'il avait montrée, au début de la séance. Aussi n'osait-elle souffler, sentant à son propre malaise que tout se gâtait encore, craignant de précipiter la catastrophe, si elle bougeait un doigt. Et, en effet, il eut brusquement un cri de douleur, il jura dans un éclat de tonnerre.

— Ah! nom de Dieu de nom de Dieu!

Il avait jeté sa poignée de brosses du haut de l'échelle. Puis, aveuglé de rage, d'un coup de poing terrible, il creva la toile.

Christine tendait ses mains tremblantes.

— Mon ami, mon ami...

Mais, quand elle eut couvert ses épaules d'un peignoir, et qu'elle se fût approchée, elle éprouva au cœur une joie aiguë, un grand élancement de rancune satisfaite. Le point avait tapé en plein dans la gorge de l'autre, un trou béant se creusait là. Enfin, elle était donc tuée !

Immobile, saisi de son meurtre, Claude regardait cette poitrine ouverte sur le vide. Un immense chagrin lui venait de la blessure, par où le sang de son œuvre lui semblait couler. Etait-ce possible ? était-ce lui qui avait assassiné ainsi ce qu'il aimait le plus au monde ? Sa colère tombait à une stupeur, il se mit à promener ses doigts sur la toile, tirant les bords de la déchirure, comme s'il avait voulu rapprocher les lèvres d'une plaie. Il étranglait, il bégayait, éperdu d'une douleur douce, infinie :

— Elle est crevée... elle est crevée...

Alors, Christine fut remuée jusqu'aux entrailles, dans sa maternité pour son grand enfant d'artiste. Elle pardonnait comme toujours, elle voyait bien qu'il n'avait plus qu'une idée, raccommoder à l'instant la déchirure, guérir le mal ; et elle l'aida, ce fut elle qui tint les lambeaux, pendant que, par-derrière, il collait un morceau de toile. Quand elle se rhabilla, l'autre était là de nouveau, immortelle, ne gardant à la place du cœur qu'une mince cicatrice, qui acheva de passionner le peintre.

Dans ce déséquilibrement qui s'aggravait, Claude en arrivait à une sorte de superstition, à une croyance dévote aux procédés. Il proscrivait l'huile, en parlait comme d'une ennemie personnelle. Au contraire, l'essence faisait mat et solide ; et il avait des secrets à lui qu'il cachait, des solutions d'ambre, du copal liquide, d'autres résines encore, qui séchaient vite et empêchaient la peinture de craquer. Seulement, il devait ensuite se battre contre des embus terribles, car ses toiles absorbantes buvaient du coup le peu d'huile des couleurs. Toujours la question des pinceaux l'avait préoccupé : il les voulait d'un emmanchement spécial, dédaignant la marte, exigeant du crin séché au four. Puis, la grosse affaire était le couteau à palette, car il l'employait pour les fonds, comme Courbet ; il en possédait une collection, de longs et flexibles, de larges et trapus, un surtout, triangulaire, pareil à celui des vitriers, qu'il avait fait fabriquer exprès, le vrai couteau de Delacroix. Du reste, il n'usait jamais du grattoir, ni du rasoir, qu'il trouvait déshonorants. Mais il se permettait toutes sortes de pratiques mystérieuses dans l'application du ton, il se forgeait des recettes, en changeait

chaque mois, croyait avoir brusquement découvert la
bonne peinture, parce que, répudiant le flot d'huile, la
coulée ancienne, il procédait par des touches successives,
béjoitées, jusqu'à ce qu'il fût arrivé à la valeur exacte.
Une de ses manies avait longtemps été de peindre de
droite à gauche : sans le dire, il était convaincu que cela
lui portait bonheur. Et le cas terrible, l'aventure où il
s'était détraqué encore, venait d'être sa théorie envahis-
sante des couleurs complémentaires. Gagnière, le premier,
lui en avait parlé, très enclin également aux spéculations techniques. Après quoi, lui-même, par la continuelle outrance de sa passion, s'était mis à exagérer ce
principe scientifique qui fait découler des trois couleurs
primaires, le jaune, le rouge, le bleu, les trois couleurs
secondaires, l'orange, le vert, le violet, puis toute une
série de couleurs complémentaires et similaires, dont les
composés s'obtiennent mathématiquement les uns des
autres. Ainsi, la science entrait dans la peinture, une
méthode était créée pour l'observation logique, il n'y
avait qu'à prendre la dominante d'un tableau, à en établir
la complémentaire ou la similaire, pour arriver d'une
façon expérimentale aux variations qui se produisent, un
rouge se transformant en un jaune près d'un bleu, par
exemple, tout un paysage changeant de ton, et par les
reflets, et par la décomposition même de la lumière, selon
les nuages qui passent. Il en tirait cette conclusion vraie,
que les objets n'ont pas de couleur fixe, qu'ils se colorent
suivant les circonstances ambiantes ; et le grand mal était
que, lorsqu'il revenait maintenant à l'observation directe,
la tête bourdonnante de cette science, son œil prévenu
forçait les nuances délicates, affirmait en notes trop vives
l'exactitude de la théorie ; de sorte que son originalité de
notation, si claire, si vibrante de soleil, tournait à la
gageure, à un renversement de toutes les habitudes de
l'œil, les chairs violâtres sous des cieux tricolores. La
folie semblait au bout.

La misère acheva Claude. Elle avait grandi peu à peu,
à mesure que le ménage puisait sans compter ; et, lorsque
plus un sou ne resta des vingt mille francs, elle s'abattit,
affreuse, irréparable. Christine, qui voulut chercher du
travail, ne savait rien faire, pas même coudre : elle se
désolait, les mains inertes, s'irritait contre son éducation
imbécile de demoiselle, qui lui laissait la seule ressource
de se placer un jour domestique, si leur vie continuait à
se gâter. Lui, tombé dans la moquerie parisienne, ne

vendait absolument plus rien. Une exposition indépendante, où il avait montré quelques toiles, avec des camarades, venait de l'achever près des amateurs, tant le
public s'était égayé de ces tableaux bariolés de tous les
tons de l'arc-en-ciel. Les marchands étaient en fuite,
M. Hue seul faisait le voyage de la rue Tourlaque, restait
là, extasié, devant les morceaux excessifs, ceux qui éclataient en fusées imprévues, se désespérant de ne pas les
couvrir d'or; et le peintre avait beau dire qu'il les lui
donnait, qu'il le suppliait de les accepter, le petit bourgeois y mettait une délicatesse extraordinaire, rognait sur
sa vie pour amasser une somme de loin en loin, puis
emportait alors avec religion la toile délirante, qu'il pendait à côté de ses tableaux de maître. Cette aubaine était
trop rare, Claude avait dû se résigner à des travaux de
commerce, si répugné, si désespéré de culbuter à ce
bagne où il jurait de ne jamais descendre, qu'il aurait
préféré mourir de faim, sans les deux pauvres êtres qui
agonisaient avec lui. Il connut les chemins de croix
bâclés au rabais, les saints et les saintes à la grosse, les
stores dessinés d'après des poncifs, toutes les besognes
basses encanaillant la peinture dans une imagerie bête
et sans naïveté. Même il eut la honte de se faire refuser
des portraits à vingt-cinq francs, parce qu'il ratait la
ressemblance; et il en arriva au dernier degré de la misère,
il travailla « au numéro » : des petits marchands infimes,
qui vendent sur les ponts et qui expédient chez les sauvages, lui achetèrent tant par toile, ´deux francs,
trois francs, selon la dimension réglementaire. C'était
pour lui comme une déchéance physique, il en dépérissait, il en sortait malade, incapable d'une séance sérieuse,
regardant son grand tableau en détresse, avec des yeux
de damné, sans y toucher d'une semaine parfois, comme
s'il s'était senti les mains encrassées et déchues. A peine
avait-on du pain, la vaste baraque devenait inhabitable
l'hiver, cette halle dont Christine s'était montrée glorieuse, en s'y installant. Aujourd'hui, elle, si active
ménagère autrefois, s'y traînait, n'avait plus de cœur à
la balayer; et tout coulait à l'abandon dans le désastre, et
le petit Jacques débilité de mauvaise nourriture, et leurs
repas faits debout d'une croûte, et leur vie entière, mal
conduite, mal soignée, glissée à la saleté des pauvres qui
perdent jusqu'à l'orgueil d'eux-mêmes.

Après une année encore, Claude, dans un de ces jours
de défaite où il fuyait son tableau manqué, fit une ren-

contre. Cette fois, il s'était juré de ne rentrer jamais, il courait Paris depuis midi, comme s'il avait entendu galoper derrière ses talons le spectre blafard de la grande figure nue, ravagée de continuelles retouches, toujours laissée informe, le poursuivant de son désir douloureux de naître. Un brouillard fondait en une petite pluie jaune, salissant les rues boueuses. Et, vers cinq heures, il traversait la rue Royale de son pas de somnambule, au risque d'être écrasé, les vêtements en loques, crotté jusqu'à l'échine, quand un coupé s'arrêta brusquement.

— Claude, eh! Claude!... Vous ne reconnaissez donc pas vos amies ?

C'était Irma Bécot, délicieusement vêtue d'une toilette de soie grise, recouverte de chantilly. Elle avait abaissé la glace d'une main vive, elle souriait, elle rayonnait dans l'encadrement de la portière.

— Où allez-vous ?

Lui, béant, répondit qu'il n'allait nulle part. Elle s'égaya plus haut, en le regardant de ses yeux de vice, avec le retroussis de lèvres pervers d'une dame, que tourmente l'envie subite d'une crudité, aperçue chez une fruitière borgne.

— Montez alors, il y a si longtemps qu'on ne s'est vu!... Montez donc, vous allez être renversé!

En effet, les cochers s'impatientaient, poussaient leurs chevaux, au milieu d'un vacarme; et il monta, étourdi; et elle l'emporta, ruisselant, avec son hérissement farouche de pauvre, dans le petit coupé de satin bleu, assis à moitié sur les dentelles de sa jupe; tandis que les fiacres rigolaient de l'enlèvement en prenant la queue, pour rétablir la circulation.

Irma Bécot avait enfin réalisé son rêve d'un hôtel à elle, sur l'avenue de Villiers. Mais elle y avait mis des années, le terrain d'abord acheté par un amant, puis les cinq cent mille francs de la bâtisse, les trois cent mille francs des meubles, fournis par d'autres, au petit bonheur des coups de passion. C'était une demeure princière, d'un luxe magnifique, surtout d'un extrême raffinement dans le bien-être voluptueux, une grande alcôve de femme sensuelle, un grand lit d'amour qui commençait aux tapis du vestibule, pour monter et s'étendre jusqu'aux murs capitonnés des chambres. Aujourd'hui, après avoir beaucoup coûté, l'auberge rapportait davantage, car on y payait le renom de ses matelas de pourpre, les nuits y étaient chères.

En rentrant avec Claude, Irma défendit sa porte. Elle aurait mis le feu à toute cette fortune, pour un caprice satisfait. Comme ils passaient ensemble dans la salle à manger, monsieur, l'amant qui payait alors, tenta d'y pénétrer quand même ; mais elle le fit renvoyer, très haut, sans craindre d'être entendue. Puis, à table, elle eut des rires d'enfant, mangea de tout, elle qui n'avait jamais faim ; et elle couvait le peintre d'un regard ravi, l'air amusé de sa forte barbe mal tenue, de son veston de travail aux boutons arrachés. Lui, dans un rêve, se laissait faire, mangeait aussi avec l'appétit glouton des grandes crises. Le dîner fut silencieux, le maître d'hôtel servait avec une dignité hautaine.

— Louis, vous porterez le café et les liqueurs dans ma chambre.

Il n'était guère plus de huit heures, et Irma voulut s'y enfermer tout de suite avec Claude. Elle poussa le verrou, plaisanta : bonsoir, madame est couchée !

— Mets-toi à ton aise, je te garde... Hein ? il y a assez longtemps qu'on en cause ! A la fin, c'est trop bête !

Alors, lui, tranquillement, enleva son veston dans la chambre somptueuse, aux murs de soie mauve, garnis d'une dentelle d'argent, au lit colossal, drapé de broderies anciennes, pareil à un trône. Il avait l'habitude d'être en manches de chemise, il se crut chez lui. Autant dormir là que sous un pont, puisqu'il avait juré de ne rentrer jamais plus. Son aventure ne l'étonnait même pas, dans le détraquement de sa vie. Et elle, ne pouvant comprendre cet abandon brutal, le trouvait drôle à mourir, se récréait comme une fille échappée, à moitié dévêtue elle-même, le pinçant, le mordant, jouant à des jeux de mains, en vrai petit voyou du pavé.

— Tu sais, ma tête pour les jobards, mon Titien comme ils disent, ce n'est pas pour toi... Ah ! tu me changes, vrai ! tu es différent !

Et elle l'empoignait, lui disait combien elle avait eu envie de lui, parce qu'il était mal peigné. De grands rires étranglaient les mots dans sa gorge. Il lui semblait si laid, si comique, qu'elle le baisait partout avec rage.

Vers trois heures du matin, au milieu des draps froissés, arrachés, Irma s'allongea, nue, la chair gonflée de sa débauche, bégayante de lassitude.

— Et ton collage à propos, tu l'as donc épousé ?

Claude, qui s'endormait, rouvrit des yeux hébétés.

— Oui.

— Et tu couches toujours avec ?

— Mais oui.

Elle se remit à rire, elle ajouta simplement :

— Ah! mon pauvre gros, mon pauvre gros, ce que vous devez vous embêter!

Le lendemain, quand Irma laissa partir Claude, toute rose comme après une nuit de grand repos, correcte dans son peignoir, coiffée déjà et calmée, elle garda un instant ses mains entre les siennes; et, très affectueuse, elle le contemplait d'un air à la fois attendri et blagueur.

— Mon pauvre gros, ça ne t'a pas fait plaisir. Non! ne jure pas, nous le sentons, nous autres femmes... Mais, à moi, ça m'en a fait beaucoup, oh! beaucoup... Merci, merci bien!

Et c'était fini, il aurait fallu qu'il la payât très cher, pour qu'elle recommençât.

Claude, directement, rentra rue Tourlaque, dans la secousse de cette bonne fortune. Il en éprouvait un singulier mélange de vanité et de remords, qui pendant deux jours le rendit indifférent à la peinture, rêvassant qu'il avait peut-être bien manqué sa vie. D'ailleurs, il était si étrange à son retour, si débordant de sa nuit, que, Christine l'ayant questionné, il balbutia d'abord, puis avoua tout. Il y eut une scène, elle pleura longtemps, pardonna encore, pleine d'une indulgence infinie pour ses fautes, s'inquiétant maintenant, comme si elle eût craint qu'une pareille nuit ne l'eût trop fatigué. Et, du fond de son chagrin, montait une joie inconsciente, l'orgueil qu'on ait pu l'aimer, l'égaiement passionné de le voir capable d'une escapade, l'espoir aussi qu'il lui reviendrait, puisqu'il était allé chez une autre. Elle frissonnait dans l'odeur de désir qu'il rapportait, elle n'avait toujours au cœur qu'une jalousie, cette peinture exécrée, à ce point qu'elle l'aurait plutôt jeté à une femme.

Mais, vers le milieu de l'hiver, Claude eut une nouvelle poussée de courage. Un jour, rangeant de vieux châssis, il retrouva, tombé derrière, un ancien bout de toile. C'était la figure nue, la femme couchée de *Plein air*, qu'il avait seule gardée, en la coupant dans le tableau, lorsque celui-ci lui était revenu du Salon des Refusés. Et, comme il la déroulait, il lâcha un cri d'admiration.

— Nom de Dieu! que c'est beau!

Tout de suite, il la fixa au mur par quatre clous; et, dès lors, il passa des heures à la contempler. Ses mains tremblaient, un flot de sang lui montait au visage.

Etait-ce possible qu'il eût peint un tel morceau de maître ? Il avait donc du génie, en ce temps-là ? On lui avait donc changé le crâne, et les yeux, et les doigts ? Une telle fièvre l'exaltait, un tel besoin de s'épancher, qu'il finissait par appeler sa femme.

— Viens donc voir !... Hein ? est-elle plantée ? en a-t-elle, des muscles emmanchés finement ?... Cette cuisse-là, tiens ! baignée de soleil. Et l'épaule, ici, jusqu'au renflement du sein... Ah ! mon Dieu ! c'est de la vie, je la sens vivre, moi, comme si je la touchais, la peau souple et tiède, avec son odeur.

Christine, debout près de lui, regardait, répondait par des paroles brèves. Cette résurrection d'elle-même, après des années, telle qu'elle était à dix-huit ans, l'avait d'abord flattée et surprise. Mais, depuis qu'elle le voyait se passionner ainsi, elle ressentait un malaise grandissant, une vague irritation sans cause avouée.

— Comment ! tu ne la trouves pas d'une beauté à s'agenouiller devant elle ?

— Si, si... Seulement, elle a noirci.

Claude protestait avec violence. Noirci, allons donc ! Jamais elle ne noircirait, elle avait l'immortelle jeunesse. Un véritable amour s'était emparé de lui, il parlait d'elle ainsi que d'une personne, avait de brusques besoins de la revoir, qui lui faisaient tout quitter, comme pour courir à un rendez-vous.

Puis, un matin, il fut pris d'une fringale de travail.

— Mais, nom d'un chien ! puisque j'ai fait ça, je puis bien le refaire... Ah ! cette fois, si je ne suis pas une brute, nous allons voir !

Et Christine, immédiatement, dut lui donner une séance de pose, car il était déjà sur son échelle, brûlant de se remettre à son grand tableau. Pendant un mois, il la tint huit heures par jour, nue, les pieds malades d'immobilité, sans pitié pour l'épuisement où il la sentait, de même qu'il se montrait d'une dureté féroce pour sa propre fatigue. Il s'entêtait à un chef-d'œuvre, il exigeait que sa figure debout valût cette figure couchée, qu'il voyait sur le mur rayonner de vie. Continuellement, il la consultait, il la comparait, désespéré et fouetté par la peur de ne l'égaler jamais plus. Il lui jetait un coup d'œil, un autre à Christine, un autre à sa toile, s'emportait en jurons, quand il ne se contentait pas. Enfin, il tomba sur sa femme.

— Aussi, ma chère, tu n'es plus comme là-bas, quai

de Bourbon. Ah! mais, plus du tout!... C'est très drôle, tu as eu la poitrine mûre de bonne heure. Je me souviens de ma surprise, quand je t'ai vue avec une gorge de vraie femme, tandis que le reste gardait la finesse grêle de l'enfance... Et si souple, et si frais, une éclosion de bouton, un charme de printemps... Certes, oui, tu peux t'en flatter, ton corps a été bigrement bien!

Il ne disait pas ces choses pour la blesser, il parlait simplement en observateur, fermant les yeux à demi, causant de son corps comme d'une pièce d'étude qui s'abîmait.

— Le ton est toujours splendide, mais le dessin, non, non, ce n'est plus ça!... Les jambes, oh! les jambes, très bien encore : c'est ce qui s'en va en dernier, chez la femme... Seulement, le ventre et les seins, dame! ça se gâte. Ainsi, regarde-toi dans la glace : il y a là, près des aisselles, des poches qui se gonflent, et ça n'a rien de beau. Va, tu peux chercher sur son corps, à elle, ces poches n'y sont pas.

D'un regard tendre, il désignait la figure couchée; et il conclut :

— Ce n'est point ta faute, mais c'est évidemment ça qui me fiche dedans... Ah! pas de chance!

Elle écoutait, elle chancelait, dans son chagrin. Ces heures de pose, dont elle avait déjà tant souffert, tournaient maintenant à un supplice intolérable. Quelle était donc cette nouvelle invention, de l'accabler avec sa jeunesse, de souffler sur sa jalousie, en lui donnant le regret empoisonné de sa beauté disparue ? Voilà qu'elle devenait sa propre rivale, qu'elle ne pouvait plus regarder son ancienne image, sans être mordue au cœur d'une envie mauvaise! Ah! que cette image, cette étude faite d'après elle, avait pesé sur son existence! Tout son malheur était là : sa gorge montrée d'abord dans son sommeil; puis, son corps vierge dévêtu librement, en une minute de tendresse charitable; puis, ce don d'elle-même, après les rires de la foule, huant sa nudité; puis, sa vie entière, son abaissement à ce métier de modèle, où elle avait perdu jusqu'à l'amour de son mari. Et elle renaissait, cette image, elle ressuscitait, plus vivante qu'elle, pour achever de la tuer; car il n'y avait désormais qu'une œuvre, c'était la femme couchée de l'ancienne toile qui se relevait à présent, dans la femme debout du nouveau tableau.

Alors, à chaque séance, Christine se sentit vieillir. Elle abaissait sur elle des regards troubles, elle croyait voir se

creuser des rides, se déformer les lignes pures. Jamais
elle ne s'était étudiée ainsi, elle avait la honte et le dégoût
de son corps, ce désespoir infini des femmes ardentes,
lorsque l'amour les quitte avec leur beauté. Etait-ce donc
pour cela qu'il ne l'aimait plus, qu'il allait passer les
nuits chez d'autres, et qu'il se réfugiait dans la passion
hors nature de son œuvre ? Elle en perdait l'intelligence
nette des choses, elle en tombait à une déchéance, vivant
en camisole et en jupe sales, n'ayant plus la coquetterie
de sa grâce, découragée par cette idée qu'il devenait inutile de lutter, puisqu'elle était vieille.

Un jour, Claude, enragé par une mauvaise séance, eut
un cri terrible dont elle ne devait plus guérir. Il avait
failli crever de nouveau sa toile, hors de lui, secoué d'une
de ces colères, où il semblait irresponsable. Et, se soula-
geant sur elle, le poing tendu :

— Non, décidément, je ne puis rien faire avec ça...
Ah ! vois-tu, quand on veut poser, il ne faut pas avoir
d'enfant !

Révoltée sous l'outrage, pleurante, elle courut se rhabiller. Mais ses mains s'égaraient, elle ne trouvait pas ses
vêtements pour se couvrir assez vite. Tout de suite, lui,
plein de remords, était descendu la consoler.

— Voyons, j'ai eu tort, je suis un misérable... De
grâce, pose, pose encore un peu, pour me prouver que
tu ne m'en veux point.

Il la rattrapait, nue entre ses bras, il lui disputait sa
chemise, qu'elle avait déjà passée à moitié. Et elle pardonna une fois de plus, elle reprit la pose, si frémissante,
que des ondes douloureuses passaient le long de ses
membres ; tandis que, dans son immobilité de statue, de
grosses larmes muettes continuaient de tomber de ses
joues sur sa gorge, où elles ruisselaient. Son enfant,
ah ! certes, oui, il aurait mieux fait de ne pas naître !
C'était lui peut-être la cause de tout. Elle ne pleura
plus, elle excusait déjà le père, elle se sentait une
colère sourde contre le pauvre être, pour qui sa maternité ne s'était jamais éveillée, et qu'elle haïssait maintenant, à cette idée qu'il avait pu, en elle, détruire
l'amante.

Pourtant, Claude s'obstinait cette fois, et il acheva le
tableau, il jura qu'il l'enverrait quand même au Salon.
Il ne quittait plus son échelle, il nettoyait les fonds jusqu'à la nuit noire. Enfin, épuisé, il déclara qu'il n'y tou-
cherait pas davantage ; et, ce jour-là, comme Sandoz

montait le voir, vers quatre heures, il ne le trouva point.
Christine répondit qu'il venait de sortir, pour prendre
l'air un moment sur la butte.

La lente rupture s'était aggravée entre Claude et les
amis de l'ancienne bande. Chacun de ces derniers avait
écourté et espacé ses visites, mal à l'aise devant cette
peinture troublante, de plus en plus bousculée par le
détraquage de cette admiration de jeunesse; et, maintenant, tous étaient en fuite, pas un n'y retournait. Gagnière,
lui, avait même quitté Paris, pour aller habiter l'une de
ses maisons de Melun, où il vivait chichement de la loca-
tion de l'autre, après s'être marié, à la stupéfaction des
camarades, avec sa maîtresse de piano, une vieille demoiselle qui lui jouait du Wagner, le soir. Quant à Mahoudeau, il alléguait son travail, car il commençait à gagner
quelque argent, grâce à un fabricant de bronzes d'art qui
lui faisait retoucher ses modèles. C'était une autre histoire pour Jory, que personne ne voyait, depuis que
Mathilde le tenait cloîtré, despotiquement : elle le nourrissait à crever de petits plats, l'abêtissait de pratiques
amoureuses, le gorgeait de tout ce qu'il aimait, à un tel
point, que lui, l'ancien coureur de trottoirs, l'avare qui
ramassait ses plaisirs au coin des bornes pour ne pas les
payer, en était tombé à une domesticité de chien fidèle,
donnant les clefs de son argent, ayant en poche de quoi
acheter un cigare, les jours seulement où elle voulait bien
lui laisser vingt sous; on racontait même qu'en fille autrefois dévote, afin de consolider sa conquête, elle le jetait
dans la religion et lui parlait de la mort, dont il avait une
peur atroce. Seul, Fagerolles affectait une vive cordialité
à l'égard de son vieil ami, lorsqu'il le rencontrait, pro-
mettant toujours d'aller le voir, ce qu'il ne faisait jamais
du reste : il avait tant d'occupations, depuis son grand
succès, tambouriné, affiché, célébré, en marche pour
toutes les fortunes et tous les honneurs! Et Claude ne
regrettait guère que Dubuche, par une lâcheté tendre
des vieux souvenirs d'enfance, malgré les froissements
que la différence de leurs natures avait amenés plus tard.
Mais Dubuche, semblait-il, n'était pas heureux non plus
de son côté, comblé de millions sans doute, et cependant
misérable, en continuelle dispute avec son beau-père qui
se plaignait d'avoir été trompé sur ses capacités d'architecte, obligé de vivre dans les potions de sa femme
malade et de ses deux enfants, des fœtus venus avant
terme, que l'on élevait sous de la ouate.

De toutes ces amitiés mortes, il n'y avait donc que
Sandoz qui parût connaître encore le chemin de la rue
Tourlaque. Il y revenait pour le petit Jacques, son filleul,
pour cette triste femme aussi, cette Christine dont le
visage de passion, au milieu de cette misère, le remuait
profondément, comme une de ces visions de grandes
amoureuses qu'il aurait voulu faire passer dans ses livres.
Et, surtout, sa fraternité d'artiste augmentait, depuis
qu'il voyait Claude perdre pied, sombrer au fond de la
folie héroïque de l'art. D'abord, il en était resté plein
d'étonnement, car il avait cru à son ami plus qu'à lui-
même, il se mettait le second depuis le collège, en le
plaçant très haut, au rang des maîtres qui révolutionnent
une époque. Ensuite, un attendrissement douloureux lui
était venu de cette faillite du génie, une amère et saignante pitié, devant ce tourment effroyable de l'impuissance. Est-ce qu'on savait jamais, en art, où était le fou ?
Tous les ratés le touchaient aux larmes, et plus le tableau
ou le livre tombait à l'aberration, à l'effort grotesque et
lamentable, plus il frémissait de charité, avec le besoin
d'endormir pieusement dans l'extravagance de leurs
rêves, ces foudroyés de l'œuvre.

Le jour où Sandoz était monté sans trouver le peintre,
il ne s'en alla pas, il insista, en voyant les yeux de Christine rougis de larmes.

— Si vous pensez qu'il doive rentrer bientôt, je vais
l'attendre.

— Oh! il ne peut tarder.

— Alors, je reste, à moins que je ne vous dérange.

Jamais elle ne l'avait ému à ce point, avec son affais-
sement de femme délaissée, ses gestes las, sa parole
lente, son insouciance de tout ce qui n'était pas la passion dont elle brûlait. Depuis une semaine peut-être,
elle ne rangeait plus une chaise, n'essuyait plus un
meuble, laissant s'accomplir la débâcle du ménage, ayant
à peine la force de se mouvoir elle-même. Et c'était à
serrer le cœur, sous la lumière crue de la grande baie,
cette misère culbutant dans la saleté, cette sorte de hangar mal crépi, nu et encombré de désordre, où l'on
grelottait de tristesse, malgré le clair après-midi de
février.

Christine, pesamment, était allée se rasseoir près d'un
lit de fer, que Sandoz n'avait pas remarqué en entrant.

— Tiens! demanda-t-il, est-ce que Jacques est malade ?

Elle recouvrait l'enfant, dont les mains, sans cesse, repoussaient le drap.

— Oui, il ne se lève plus depuis trois jours. Nous avons apporté là son lit, pour qu'il soit avec nous... Oh! il n'a jamais été solide. Mais il va de moins en moins bien, c'est désespérant.

Les regards fixes, elle parlait d'une voix monotone, et il s'effraya, quand il se fut approché. Blême, la tête de l'enfant semblait avoir grossi encore, si lourde de crâne maintenant, qu'il ne pouvait plus la porter. Elle reposait inerte, on l'aurait cru déjà morte, sans le souffle fort qui sortait des lèvres décolorées.

— Mon petit Jacques, c'est moi, c'est ton parrain... Est-ce que tu ne veux pas me dire bonjour ?

Péniblement, la tête fit un vain effort pour se soulever, les paupières s'entrouvrirent, montrant le blanc des yeux, puis se refermèrent.

— Mais avez-vous vu un médecin ?

Elle eut un haussement d'épaules.

— Oh! les médecins! est-ce qu'ils savent ?... Il en est venu un, il a dit qu'il n'y avait rien à faire... Espérons que ce sera une alerte encore. Le voilà qui a douze ans. C'est la croissance.

Sandoz, glacé, se tut, pour ne pas augmenter son inquiétude, puisqu'elle ne paraissait pas voir la gravité du mal. Il se promena en silence, il s'arrêta devant le tableau.

— Ah! ah! ça marche, il est en bonne route, cette fois.

— Il est fini.

— Comment, fini!

Et, quand elle eut ajouté que la toile devait partir la semaine suivante pour le Salon, il resta gêné, il s'assit sur le divan, en homme qui désirait la juger sans hâte. Les fonds, les quais, la Seine, d'où montait la pointe triomphale de la Cité, demeuraient à l'état d'ébauche, mais d'ébauche magistrale, comme si le peintre avait eu peur de gâter le Paris de son rêve, en le finissant davantage. A gauche, se trouvait aussi un groupe excellent, les débardeurs qui déchargeaient les sacs de plâtre, des morceaux très travaillés ceux-là, d'une belle puissance de facture. Seulement, la barque des femmes, au milieu, trouait le tableau d'un flamboiement de chairs qui n'étaient pas à leur place; et la grande figure nue surtout peinte dans la fièvre, avait un éclat, un grandisse-

ment d'hallucination d'une fausseté étrange et déconcer-
tante, au milieu des réalités voisines.

Sandoz, silencieux, se désespérait, en face de cet avortement superbe. Mais il rencontra les yeux de Christine
fixés sur lui, et il eut la force de murmurer :

— Etonnante, oh! la femme, étonnante!

D'ailleurs, Claude rentra au même moment. Il eut
une exclamation de joie en apercevant son vieil ami, il
lui serra vigoureusement la main. Puis, il s'approcha de
Christine, baisa le petit Jacques, qui avait de nouveau
rejeté la couverture.

— Comment va-t-il ?

— Toujours la même chose.

— Bon! bon! il grandit trop, le repos le remettra. Je
te disais bien de ne pas t'inquiéter.

Et Claude alla s'asseoir sur le divan, près de Sandoz.
Tous deux s'abandonnaient, se renversaient, couchés à
demi, les regards en l'air, parcouraient le tableau; tandis
que Christine, à côté du lit, ne regardait rien, ne semblait penser à rien, dans la désolation continue de son
cœur. Peu à peu, la nuit venait, la vive lumière de la
baie vitrée pâlissait déjà, se décolorait en une tombée de
crépuscule, uniforme et lente.

— Alors, c'est décidé, ta femme m'a dit que tu l'en-
voyais ?

— Oui.

— Tu as raison, il faut en sortir, de cette machine...
Oh! il y a des morceaux, là-dedans! Cette fuite du quai,
à gauche; et l'homme qui soulève un sac, en bas... Seulement...

Il hésitait, il osa enfin.

— Seulement, c'est drôle que tu te sois entêté à laisser ces baigneuses nues... Ça ne s'explique guère, je
t'assure, et tu m'avais promis de les habiller, te souviens-
tu ?... Tu y tiens donc bien, à ces femmes ?

— Oui.

Claude répondait sèchement, avec l'obstination de
l'idée fixe, qui dédaigne même de donner des raisons.
Il avait croisé les deux bras sous sa nuque, il se mit à
parler d'autre chose, sans quitter des yeux son tableau,
que le crépuscule commençait à obscurcir d'une ombre
fine.

— Tu ne sais pas d'où je viens ? Je viens de chez
Courajod... Hein ? le grand paysagiste, le peintre de la
Mare de Gagny, qui est au Luxembourg! Tu te rap-

pelles, je le croyais mort, et nous avons su qu'il habitait
une maison près d'ici, de l'autre côté de la butte, rue de
l'Abreuvoir... Eh bien! mon vieux, il me tracassait, Courajod. En allant prendre l'air parfois, j'avais découvert
sa baraque, je ne pouvais plus passer devant, sans avoir
l'envie d'entrer. Pense donc! un maître, un gaillard qui
a inventé notre paysage d'à présent, et qui vit là, inconnu,
fini, terré comme une taupe!... Puis, tu n'as pas idée de
la rue ni de la cambuse : une rue de campagne, emplie
de volailles, bordée de talus gazonnés; une cambuse
pareille à un jouet d'enfant, avec de petites fenêtres, une
petite porte, un petit jardin, oh! le jardin, une lichette
de terre en pente raide, plantée de quatre poiriers,
encombrée de toute une basse-cour faite de planches
verdies, de vieux plâtres, de grillages en fer consolidés
de ficelles...

Sa voix se ralentissait, il clignait les paupières, comme
si la préoccupation de son tableau fût invinciblement
rentrée en lui, l'envahissant peu à peu, au point de le
gêner dans ce qu'il disait.

— Aujourd'hui, voilà que j'aperçois justement Courajod sur sa porte... Un vieux de quatre-vingts ans passés, ratatiné, rapetissé à la taille d'un gamin. Non! il
faut l'avoir rencontré avec ses sabots, son tricot de paysan, sa marmotte de vieille femme... Et, bravement, je
m'approche, je lui dis : « Monsieur Courajod, je vous
connais bien, vous avez au Luxembourg un tableau qui
est un chef-d'œuvre, permettez à un peintre de vous serrer la main, ainsi qu'à un maître. » Ah! du coup, si tu
l'avais vu prendre peur, bégayer, reculer, comme si je
voulais le battre. Une fuite... Je l'avais suivi, il s'est calmé,
m'a montré ses poules, ses canards, ses lapins, ses chiens,
une ménagerie extraordinaire, jusqu'à un corbeau! Il vit
au milieu de ça, il ne parle plus qu'à des bêtes. Quant à
l'horizon, superbe! toute la plaine Saint-Denis, des lieues
et des lieues, avec des rivières, des villes, des fabriques
qui fument, des trains qui soufflent. Enfin, un vrai trou
d'ermite sur la montagne, le dos tourné à Paris, les yeux
là-bas, dans la campagne sans bornes... Naturellement,
je suis revenu à mon affaire. « Oh! monsieur Courajod,
quel talent! Si vous saviez l'admiration que nous avons
pour vous! Vous êtes une de nos gloires, vous resterez
comme notre père à tous. » Ses lèvres s'étaient remises à
trembler, il me regardait de son air d'épouvante stupide,
il ne m'aurait pas repoussé d'un geste plus suppliant, si

j'avais déterré devant lui quelque cadavre de sa jeunesse ;
et il mâchonnait des paroles sans suite, entre ses gen-
cives, un zézaiement de vieillard retombé en enfance,
impossible à comprendre : « Sais pas... si loin... trop
vieux... m'en fiche bien... » Bref, il m'a flanqué dehors,
je l'ai entendu qui tournait sa clef violemment, qui se
barricadait avec ses bêtes, contre les tentatives d'admiration de la rue... Ah! ce grand homme finissant en épicier retiré, ce retour volontaire au néant, avant la mort!
Ah! la gloire, la gloire pour qui nous mourrons, nous
autres!

De plus en plus étouffée, sa voix s'éteignit en un grand
soupir douloureux. La nuit continuait à se taire, une
nuit dont le flot peu à peu amassé dans les coins, montait d'une crue lente, inexorable, submergeant les pieds
de la table et des chaises, toute la confusion des choses
traînant sur le carreau. Déjà, le bas de la toile se noyait ;
et lui, les yeux désespérément fixés, semblait étudier le
progrès des ténèbres, comme s'il eût enfin jugé son
œuvre, dans cette agonie du jour ; pendant que, au
milieu du profond silence, on n'entendait plus que le
souffle rauque du petit malade, près de qui apparaissait
encore la silhouette noire de la mère, immobile.

Sandoz, alors, parla à son tour, les bras également
noués sous la nuque, le dos renversé sur un coussin du
divan.

— Est-ce qu'on sait ? est-ce qu'il ne vaudrait pas
mieux vivre et mourir inconnu ? Quelle duperie, si cette
gloire de l'artiste n'existait pas plus que le paradis du
catéchisme, dont les enfants eux-mêmes se moquent
désormais! Nous qui ne croyons plus à Dieu, nous
croyons à notre immortalité... Ah! misère!

Et, pénétré par la mélancolie du crépuscule, il se
confessa, il dit ses propres tourments, que réveillait tout
ce qu'il sentait là de souffrance humaine.

— Tiens! moi que tu envies peut-être, mon vieux, oui!
moi qui commence à faire mes affaires, comme
disent les bourgeois, qui publie des bouquins et qui
gagne quelque argent, eh bien! moi, j'en meurs... Je
te l'ai répété souvent, mais tu ne me crois pas, parce
que le bonheur pour toi qui produis avec tant de peine,
qui ne peux arriver au public, ce serait naturellement de
produire beaucoup, d'être vu, loué ou éreinté... Ah! sois
reçu au prochain Salon, entre dans le vacarme, fais
d'autres tableaux, et tu me diras ensuite si cela te suffit,

si tu es heureux enfin... Ecoute, le travail a pris mon
existence. Peu à peu, il m'a volé ma mère, ma femme,
tout ce que j'aime. C'est le germe apporté dans le crâne,
qui mange la cervelle, qui envahit le tronc, les membres,
qui ronge le corps entier. Dès que je saute du lit, le
matin, le travail m'empoigne, me cloue à ma table, sans
me laisser respirer une bouffée de grand air; puis, il me
suit au déjeuner, je remâche sourdement mes phrases
avec mon pain; puis, il m'accompagne quand je sors,
rentre dîner dans mon assiette, se couche le soir sur mon
oreiller, si impitoyable, que jamais je n'ai le pouvoir
d'arrêter l'œuvre en train, dont la végétation continue,
jusqu'au fond de mon sommeil... Et plus un être n'existe
en dehors, je monte embrasser ma mère, tellement dis-
trait, que dix minutes après l'avoir quittée, je me demande
si je lui ai réellement dit bonjour. Ma pauvre femme n'a
pas de mari, je ne suis plus avec elle, même lorsque nos
mains se touchent. Parfois, la sensation aiguë me vient
que je leur rends les journées tristes, et j'en ai un grand
remords, car le bonheur est uniquement fait de bonté,
de franchise et de gaieté, dans un ménage; mais est-ce
que je puis m'échapper des pattes du monstre! Tout de
suite, je retombe au somnambulisme des heures de création, aux indifférences et aux maussaderies de mon idée
fixe. Tant mieux si les pages du matin ont bien marché,
tant pis si une d'elles est restée en détresse! La maison
rira ou pleurera, selon le bon plaisir du travail dévorateur... Non! non! plus rien n'est à moi, j'ai rêvé des
repos à la campagne, des voyages lointains, dans mes
jours de misère; et, aujourd'hui que je pourrais me
contenter, l'œuvre commencée est là qui me cloître : pas
une sortie au soleil matinal, pas une escapade chez un
ami, pas une folie de paresse! Jusqu'à ma volonté qui y
passe, l'habitude est prise, j'ai fermé la porte du monde
derrière moi, et j'ai jeté la clef par la fenêtre... Plus rien,
plus rien dans mon trou que le travail et moi, et il me
mangera, et il n'y aura plus rien, plus rien!

Il se tut, un nouveau silence régna dans l'ombre croissante. Puis, il recommença péniblement.

— Encore si l'on se contentait, si l'on tirait quelque
joie de cette existence de chien!... Ah! je ne sais pas
comment ils font, ceux qui fument des cigarettes et qui
se chatouillent béatement la barbe en travaillant. Oui,
il y en a, paraît-il, pour lesquels la production est un plaisir facile, bon à prendre, bon à quitter, sans fièvre aucune.

Ils sont ravis, ils s'admirent, ils ne peuvent écrire deux
lignes qui ne soient pas deux lignes d'une qualité rare,
distinguée, introuvable... Eh bien! moi, je m'accouche
avec les fers, et l'enfant, quand même, me semble une
horreur. Est-il possible qu'on soit assez dépourvu de
doute, pour croire en soi ? Cela me stupéfie de voir des
gaillards qui nient furieusement les autres, perdre toute
critique, tout bon sens, lorsqu'il s'agit de leurs enfants
bâtards. Eh! c'est toujours très laid, un livre! il faut ne
pas en avoir fait la sale cuisine, pour l'aimer... Je ne
parle pas des potées d'injures qu'on reçoit. Au lieu de
m'incommoder, elles m'excitent plutôt. J'en vois que les
attaques bouleversent, qui ont le besoin peu fier de se
créer des sympathies. Simple fatalité de nature, certaines
femmes en mourraient, si elles ne plaisaient pas. Mais
l'insulte est saine, c'est une mâle école que l'impopula-
rité, rien ne vaut, pour vous entretenir en souplesse et
en force, la huée des imbéciles. Il suffit de se dire qu'on
a donné sa vie à une œuvre, qu'on n'attend ni justice
immédiate, ni même examen sérieux, qu'on travaille
enfin sans espoir d'aucune sorte, uniquement parce que
le travail bat sous votre peau comme le cœur, en dehors
de la volonté; et on arrive très bien à en mourir, avec
l'illusion consolante qu'on sera aimé un jour... Ah! si les
autres savaient de quelle gaillarde façon je porte leurs
colères! Seulement, il y a moi, et moi, je m'accable, je
me désole à ne plus vivre une minute heureux. Mon
Dieu! que d'heures terribles, dès le jour où je commence
un roman! Les premiers chapitres marchent encore, j'ai
de l'espace pour avoir du génie; ensuite, me voilà éperdu,
jamais satisfait de la tâche quotidienne, condamnant
déjà le livre en train, le jugeant inférieur aux aînés, me
forgeant des tortures de pages, de phrases, de mots, si
bien que les virgules elles-mêmes prennent des laideurs
dont je souffre. Et, quand il est fini, ah! quand il est fini,
quel soulagement! non pas cette jouissance du monsieur
qui s'exalte dans l'adoration de son fruit, mais le juron
du portefaix qui jette bas le fardeau dont il a l'échine
cassée... Puis, ça recommence; puis, ça recommencera
toujours; puis, j'en crèverai, furieux contre moi, exaspéré de n'avoir pas eu plus de talent, enragé de ne pas
laisser une œuvre plus complète, plus haute, des livres
sur des livres, l'entassement d'une montagne; et j'aurai,
en mourant, l'affreux doute de la besogne faite, me
demandant si c'était bien ça, si je ne devais pas aller à

gauche, lorsque j'ai passé à droite; et ma dernière parole,
mon dernier râle sera pour vouloir tout refaire...

Une émotion l'avait pris, ses paroles s'étranglaient, il
dut souffler un instant, avant de jeter ce cri passionné, où
s'envolait tout son lyrisme impénitent :

— Ah! une vie, une seconde vie, qui me la donnera,
pour que le travail me la vole et pour que j'en meure
encore!

La nuit s'était faite, on n'apercevait plus la silhouette
raidie de la mère, il semblait que le souffle rauque de
l'enfant vînt des ténèbres, une détresse énorme et lointaine, montant des rues. De tout l'atelier, tombé à un
noir lugubre, la grande toile seule gardait une pâleur, un
dernier reste de jour qui s'effaçait. On voyait, pareille à
une vision agonisante, flotter la figure nue, mais sans
forme précise, les jambes déjà évanouies, un bras
mangé, n'ayant de net que la rondeur du ventre, dont la
chair luisait, couleur de lune.

Après un long silence, Sandoz demanda :

— Veux-tu que j'aille avec toi, lorsque tu accompagne-
ras là-bas ton tableau ?

Claude ne lui répondant pas, il crut l'entendre pleurer.
Etait-ce la tristesse infinie, le désespoir dont il venait
d'être secoué lui-même ? Il attendit, il répéta sa question;
et le peintre, alors, après avoir ravalé un sanglot, bégaya
enfin :

— Merci, mon vieux, le tableau reste, je ne l'enverrai
pas.

— Comment, tu étais décidé ?

— Oui, oui, j'étais décidé... Mais je ne l'avais pas
vu, et je viens de le voir, sous ce jour qui tombait...
Ah! c'est raté, raté encore, ah! ça m'a tapé dans les
yeux comme un coup de poing, j'en ai eu la secousse
au cœur!

Ses larmes, maintenant, ruisselaient lentes et tièdes,
dans l'obscurité qui le cachait. Il s'était contenu, et le
drame dont l'angoisse silencieuse l'avait ravagé, éclatait
malgré lui.

— Mon pauvre ami, murmura Sandoz bouleversé,
c'est dur à se dire, mais tu as peut-être raison tout de
même d'attendre, pour soigner des morceaux... Seulement, je suis furieux, car je vais croire que c'est moi qui
t'ai découragé, avec mon éternel et stupide mécontentement des choses.

Claude, simplement, répondit :

— Toi! quelle idée! je ne t'écoutais pas... Non, je regardais tout qui fichait le camp, dans cette sacrée toile. La lumière s'en allait, et il y a eu un moment, sous un petit jour gris, très fin, où j'ai brusquement vu clair : oui, rien ne tient, les fonds seuls sont jolis, la femme nue détonne comme un pétard, pas même d'aplomb, les jambes mauvaises... Ah! c'était à en crever du coup, j'ai senti que la vie se décrochait dans ma carcasse... Puis, les ténèbres ont coulé encore, encore : un vertige, un engouffrement, la terre roulée au néant du vide, la fin du monde! Je n'ai plus vu bientôt que ventre, décroissant comme une lune malade. Et tiens! tiens! à cette heure, il n'y a plus rien d'elle, plus une lueur, elle est morte, toute noire!

En effet, le tableau, à son tour, avait complètement disparu. Mais le peintre s'était levé, on l'entendit jurer dans la nuit épaisse.

— Nom de Dieu! ça ne fait rien... Je vais m'y remettre...

Christine, qui, elle aussi, avait quitté sa chaise, et contre laquelle il se heurtait, l'interrompit.

— Prends garde, j'allume la lampe.

Elle l'alluma, elle reparut très pâle, jetant vers le tableau un regard de crainte et de haine. Eh quoi! il ne partait pas, l'abomination recommençait!

— Je vais m'y remettre, répéta Claude, et il me tuera et il tuera ma femme, mon enfant, toute la baraque, mais ce sera un chef-d'œuvre, nom de Dieu!

Christine alla se rasseoir, on revint près de Jacques, qui s'était découvert une fois encore, du tâtonnement égaré de ses petites mains. Il soufflait toujours, inerte, la tête enfoncée dans l'oreiller, pareille à un poids dont le lit craquait. En partant, Sandoz dit ses craintes. La mère semblait hébétée, le père retournait déjà devant sa toile, l'œuvre à créer, dont l'illusion passionnée combattait en lui la réalité douloureuse de son enfant, cette chair vivante de sa chair.

Le lendemain matin, Claude achevait de s'habiller, lorsqu'il entendit la voix effarée de Christine. Elle aussi venait de s'éveiller en sursaut, du lourd sommeil qui l'avait engourdie sur la chaise, pendant qu'elle gardait le malade.

— Claude! Claude! vois donc... Il est mort.

Il accourut, les yeux gros, trébuchant, sans comprendre répétant d'un air de profonde surprise :

— Comment, il est mort?

Un instant, ils restèrent béants au-dessus du lit. Le
pauvre être, sur le dos, avec sa tête trop grosse d'enfant
du génie, exagérée jusqu'à l'enflure des crétins, ne
paraissait pas avoir bougé depuis la veille; seulement, sa
bouche élargie, décolorée, ne soufflait plus, et ses yeux
vides s'étaient ouverts. Le père le toucha, le trouva d'un
froid de glace.

— C'est vrai, il est mort.

Et leur stupeur était telle, qu'un instant encore ils
demeurèrent les yeux secs, uniquement frappés de la
brutalité de l'aventure, qu'ils jugeaient incroyable.

Puis, les genoux cassés, Christine s'abattit devant le
lit et elle pleurait à grands sanglots, qui la secouaient
toute, les bras tordus, le front au bord du matelas. Dans
ce premier moment terrible, son désespoir s'aggravait
surtout d'un poignant remords, celui de ne l'avoir pas
aimé assez, le pauvre enfant. Une vision rapide déroulait
les jours, chacun d'eux lui apportait un regret, des
paroles mauvaises, des caresses différées, des rudesses
même parfois. Et c'était fini, jamais plus elle ne le
dédommagerait du vol qu'elle lui avait fait de son cœur.
Lui qu'elle trouvait si désobéissant, il venait de trop
obéir. Elle lui avait tant de fois répété, quand il jouait :
« Tiens-toi tranquille, laisse travailler ton père! » qu'à
la fin il était sage, pour longtemps. Cette idée la suffoqua,
chaque sanglot lui arrachait un cri sourd.

Claude s'était mis à marcher, dans un besoin nerveux
de changer de place. La face convulsée, il ne pleurait que
de grosses larmes rares, qu'il essuyait régulièrement, d'un
revers de main. Et, quand il passait devant le petit
cadavre, il ne pouvait s'empêcher de lui jeter un regard.
Les yeux fixes, grands ouverts, semblaient exercer sur
lui une puissance. D'abord, il résista, l'idée confuse se
précisait, finissait par être une obsession. Il céda enfin,
alla prendre une petite toile, commença une étude de
l'enfant mort. Pendant les premières minutes, ses larmes
l'empêchèrent de voir, noyant tout d'un brouillard : il
continuait de les essuyer, s'entêtait d'un pinceau tremblant. Puis, le travail sécha ses paupières, assura sa main;
et, bientôt, il n'y eut plus là son fils glacé, il n'y eut qu'un
modèle, un sujet dont l'étrange intérêt le passionna. Ce
dessin exagéré de la tête, ce ton de cire des chairs, ces
yeux pareils à des trous sur le vide, tout l'excitait, le
chauffait d'une flamme. Il se reculait, se complaisait,
souriait vaguement à son œuvre.

Lorsque Christine se releva, elle le trouva ainsi à la besogne. Alors, reprise d'un accès de larmes, elle dit seulement :

— Ah ! tu peux le peindre, il ne bougera plus !

Durant cinq heures, Claude travailla. Et le surlendemain, lorsque Sandoz le ramena du cimetière, après l'enterrement, il frémit de pitié et d'admiration devant la petite toile. C'était un des bons morceaux de jadis, un chef-d'œuvre de clarté et de puissance, avec une immense tristesse en plus, la fin de tout, la vie mourant de la mort de cet enfant.

Mais Sandoz, qui se récriait, plein d'éloges, resta saisi d'entendre Claude lui dire :

— Vrai, tu aimes ça ?... Alors, tu me décides. Puisque l'autre machine n'est pas prête, je vais envoyer ça au Salon.

X

La veille, Claude avait porté *l'Enfant mort* au Palais de l'Industrie, lorsqu'il rencontra Fagerolles, un matin qu'il vaguait du côté du parc Monceau.

— Comment! c'est toi, mon vieux! s'écria cordialement ce dernier. Et qu'est-ce que tu deviens, qu'est-ce que tu fais ? On se voit si peu!

Puis, lorsque l'autre lui eut parlé de son envoi au Salon, de cette petite toile, dont il était plein, il ajouta :

— Ah! tu as envoyé, mais alors je vais te faire recevoir ça. Tu sais que, cette année, je suis candidat au jury.

En effet, dans le tumulte et l'éternel mécontentement des artistes, après des tentatives de réformes vingt fois reprises, puis abandonnées, l'administration venait de confier aux exposants le droit d'élire eux-mêmes les membres du jury d'admission; et cela bouleversait le monde de la peinture et de la sculpture, une véritable fièvre électorale s'était déclarée, les ambitions, les coteries, les intrigues, toute la basse cuisine qui déshonore la politique.

— Je t'emmène, continua Fagerolles. Il faut que tu visites mon installation, mon petit hôtel, où tu n'as pas encore mis les pieds, malgré tes promesses... C'est là, tout près, au coin de l'avenue de Villiers.

Et Claude, dont il avait pris gaiement le bras, dut le suivre. Il était envahi d'une lâcheté, cette idée que son ancien camarade pourrait le faire recevoir, l'emplissait à la fois de honte et de désir. Sur l'avenue, devant le petit hôtel, il s'arrêta, pour en regarder la façade, un découpage coquet et précieux d'architecte, la reproduction exacte d'une maison renaissance de Bourges, avec les fenêtres à meneaux, la tourelle d'escalier, le toit

historié de plomb. C'était un vrai bijou de fille ; et il
demeura surpris, lorsque, en se retournant, il aperçut,
à l'autre bord de la chaussée, l'hôtel royal d'Irma Bécot,
où il avait passé une nuit dont le souvenir lui restait
comme un rêve. Vaste, solide, presque sévère, ce dernier
gardait une importance de palais, en face de son voisin,
l'artiste, réduit à une fantaisie de bibelot.

— Hein ? cette Irma, dit Fagerolles, avec une nuance
de respect, elle en a, une cathédrale !... Ah ! dame, moi,
je ne vends que de la peinture !... Entre donc.

L'intérieur était d'un luxe magnifique et bizarre : de
vieilles tapisseries, de vieilles armes, un amas de meubles
anciens, de curiosités de la Chine et du Japon, dès le
vestibule ; une salle à manger à gauche, toute en panneaux
de laque, tendue au plafond d'un dragon rouge ; un
escalier de bois sculpté, où flottaient des bannières, où
montaient en panaches des plantes vertes. Mais, en haut,
l'atelier surtout était une merveille, assez étroit, sans un
tableau, entièrement recouvert de portières d'Orient,
occupé d'un bout par une cheminée énorme, dont des
chimères portaient la hotte, empli à l'autre bout par un
vaste divan sous une tente, tout un monument, des lances
soutenant en l'air le dais somptueux des tentures, au-
dessus d'un entassement de tapis, de fourrures et de
coussins, presque au ras du parquet.

Claude examinait, et une question lui venait aux lèvres,
qu'il retint. Est-ce que cela était payé ? Décoré de
l'année précédente, Fagerolles exigeait, assurait-on, dix
mille francs d'un portrait. Naudet, qui, après l'avoir
lancé, exploitait maintenant son succès par coupes
réglées, ne lâchait pas un de ses tableaux à moins de
vingt, trente, quarante mille francs. Les commandes
seraient tombées chez lui dru comme grêle, si le peintre
n'avait pas affecté le dédain, l'accablement de l'homme
dont on se disputait les moindres ébauches. Et, cependant,
ce luxe étalé sentait la dette, il n'y avait que des acomptes
donnés aux fournisseurs, tout l'argent, cet argent gagné
comme à la Bourse, dans des coups de hausse, filait
entre les doigts, se dépensait sans qu'on en retrouvât la
trace. Du reste, Fagerolles, encore en pleine flamme de
cette brusque fortune, ne comptait pas, ne s'inquiétait
pas, fort de l'espoir de vendre toujours, de plus en plus
cher, glorieux de la grande situation qu'il prenait dans
l'art contemporain.

A la fin, Claude remarqua une petite toile sur un che-

valet de bois noir, drapé de peluche rouge. C'était tout
ce qui traînait du métier, avec un casier à couleurs de
palissandre et une boîte de pastel, oubliée sur un meuble.

— Très fin, dit Claude devant la petite toile, pour
être aimable. Et ton Salon, il est envoyé ?

— Ah! oui, Dieu merci! Ce que j'ai eu de monde! Un
vrai défilé qui m'a tenu huit jours sur les jambes, du
matin au soir... Je ne voulais pas exposer, ça déconsidère.
Naudet, lui aussi, s'y opposait. Mais, que veux-tu ? on
m'a tant sollicité, tous les jeunes gens désirent me mettre
du jury, pour que je les défende... Oh! mon tableau est
bien simple, *Un Déjeuner*, comme j'ai nommé ça, deux
messieurs et trois dames sous des arbres, les invités d'un
château qui ont emporté une collation et qui la mangent
dans une clairière... Tu verras, c'est assez original.

Sa voix hésitait, et quand il rencontra les yeux de
Claude qui le regardait fixement, il acheva de se troubler, il plaisanta la petite toile, posée sur le chevalet.

— Ça, c'est une cochonnerie que Naudet m'a
demandée. Va, je n'ignore pas ce qui me manque, un
peu de ce que tu as de trop, mon vieux... Moi, tu sais,
je t'aime toujours, je t'ai encore défendu hier chez des
peintres.

Il lui tapait sur les épaules, il avait senti le mépris
secret de son ancien maître, et il voulait le reprendre, par
ses caresses d'autrefois, des câlineries de gueuse disant :
« Je suis une gueuse », pour qu'on l'aime. Ce fut très
sincèrement, dans une sorte de déférence inquiète, qu'il
lui promit encore de s'employer de tout son pouvoir à
la réception de son tableau.

Mais du monde arrivait, plus de quinze personnes
entrèrent et sortirent en moins d'une heure : des pères
qui amenaient de jeunes élèves, des exposants qui
venaient se recommander, des camarades qui avaient à
échanger des influences, jusqu'à des femmes qui mettaient leur talent sous la protection de leur charme. Et il
fallait voir le peintre faire son métier de candidat, pro-
diguer les poignées de main, dire à l'un : « C'est si joli
votre tableau de cette année, ça me plaît tant! » s'étonner
devant un autre : « Comment! vous n'avez pas encore eu
de médaille! » répéter à tous : « Ah! si j'en étais, ce que je
les ferais marcher! » Il renvoyait les gens ravis, il poussait
la porte sur chaque visite d'un air d'amabilité extrême,
où perçait le ricanement secret de l'ancien rouleur de
trottoirs.

— Hein ? crois-tu! dit-il à Claude, dans un moment
où ils se retrouvèrent seuls, en ai-je, du temps à perdre
avec ces crétins!

Mais, comme il s'approchait de la baie vitrée, il en
ouvrit brusquement un des panneaux, et l'on distingua,
de l'autre côté de l'avenue, à un des balcons de l'hôtel
d'en face, une forme blanche, une femme vêtue d'un
peignoir de dentelle, qui levait son mouchoir. Lui-même
agita la main, à trois fois. Puis, les deux fenêtres se
refermèrent.

Claude avait reconnu Irma; et, dans le silence qui
s'était fait, Fagerolles s'expliqua tranquillement.

— Tu vois, c'est commode, on peut correspondre...
Nous avons une télégraphie complète. Elle m'appelle, il
faut que j'y aille... Ah! mon vieux, en voilà une qui nous
donnerait des leçons!

— Des leçons, de quoi ?

— Mais de tout! Un vice, un art, une intelligence!...
Si je te disais que c'est elle qui me fait peindre! oui,
parole d'honneur, elle a un flair du succès extraordinaire!... Et, avec ça, toujours voyou au fond, oh! d'une
drôlerie, d'une rage si amusante, quand ça la prend de
vous aimer!

Deux petites flammes rouges lui étaient montées aux
joues, tandis qu'une sorte de vase remuée troublait un
instant ses yeux. Ils s'étaient remis ensemble, depuis
qu'ils habitaient l'avenue; on disait même que lui, si
adroit, rompu à toutes les farces du pavé parisien, se
laissait manger par elle, saigné à chaque instant de
quelque somme ronde, qu'elle envoyait sa femme de
chambre demander, pour un fournisseur, pour un caprice,
pour rien souvent, pour l'unique plaisir de lui vider les
poches; et cela expliquait en partie la gêne où il était, sa
dette grandissante, malgré le mouvement continu qui
enflait la cote de ses toiles. D'ailleurs, il n'ignorait pas
qu'il était chez elle le luxe inutile, une distraction de
femme aimant la peinture, prise derrière le dos des messieurs sérieux, payant en maris. Elle en plaisantait, il y
avait entre eux comme le cadavre de leur perversité, un
ragoût de bassesse, qui le faisait rire et s'exciter lui-
même de ce rôle d'amant de cœur, oublieux de tout l'argent qu'il donnait.

Claude avait remis son chapeau. Fagerolles piétinait,
jetant des regards d'inquiétude vers l'hôtel d'en face.

— Je ne te renvoie pas, mais tu vois, elle m'attend...

Eh bien! c'est convenu, ton affaire est faite, à moins qu'on ne me nomme pas... Viens donc au Palais de l'Industrie, le soir du dépouillement. Oh! une bousculade, un vacarme! et, du reste, tu saurais tout de suite si tu dois compter sur moi.

D'abord, Claude jura qu'il ne se dérangerait point. Cette protection de Fagerolles lui était lourde; et il n'avait pourtant qu'une peur, au fond, celle que le terrible gaillard ne tînt pas sa promesse, par lâcheté devant l'insuccès. Puis, le jour du vote, il ne put demeurer en place, il s'en alla rôder aux Champs-Elysées, en se donnant le prétexte d'une longue promenade. Autant là qu'ailleurs; car il avait cessé tout travail, dans l'attente inavouée du Salon, et il recommençait ses interminables courses à travers Paris. Lui, ne pouvait voter, puisqu'il fallait avoir été reçu au moins une fois. Mais, à plusieurs reprises, il passa devant le Palais de l'Industrie, dont le trottoir l'intéressait, avec sa turbulence, son défilé d'artistes électeurs, que s'arrachaient des hommes en bourgerons sales, criant les listes, une trentaine de listes, de toutes les coteries, de toutes les opinions, la liste des ateliers de l'Ecole, la liste libérale, intransigeante, de conciliation, des jeunes, des dames. On eût dit, au lendemain d'une émeute, la folie du scrutin, à la porte d'une section.

Le soir, dès quatre heures, lorsque le vote fut terminé, Claude ne résista pas à la curiosité de monter voir. Maintenant, l'escalier était libre, entrait qui voulait. En haut, il tomba dans l'immense salle du jury, dont les fenêtres donnent sur les Champs-Elysées. Une table de douze mètres en occupait le centre; tandis que, dans la cheminée monumentale, à l'un des bouts, brûlaient des arbres entiers. Et il y avait là quatre ou cinq cents électeurs, restés pour le dépouillement, mêlés à des amis, à de simples curieux, parlant fort, riant, déchaînant sous le haut plafond un grondement d'orage. Déjà, autour de la table, des bureaux s'installaient, fonctionnaient, une quinzaine en tout, composés chacun d'un président et de deux scrutateurs. Mais il restait à en organiser trois ou quatre, et personne ne se présentait plus, tous fuyaient, par crainte de l'écrasante besogne qui clouait les gens de zèle une partie de la nuit.

Justement, Fagerolles, sur la brèche depuis le matin, s'agitait, criait, pour dominer le vacarme.

— Voyons, messieurs, il nous manque un homme!... Voyons, un homme de bonne volonté par ici!

Et, à ce moment, ayant aperçu Claude, il se précipita, l'amena de force.

— Ah! toi, tu vas me faire le plaisir de t'asseoir à cette place et de nous aider! C'est pour la bonne cause, que diable!

Claude, du coup, se trouva président d'un bureau, et il remplit sa fonction avec une gravité de timide, émotionné au fond, ayant l'air de croire que la réception de sa toile allait dépendre de sa conscience à cette besogne. Il appelait tout haut les noms inscrits sur les listes, qu'on lui passait par petits paquets égaux; pendant que ses deux scrutateurs les inscrivaient. Et cela dans le plus effroyable des charivaris, dans le bruit cinglant de grêle de ces vingt, trente noms criés ensemble par des voix différentes, au milieu du ronflement continu de la foule. Comme il ne pouvait rien faire sans passion, il s'animait, désespéré quand une liste ne contenait pas le nom de Fagerolles, heureux dès qu'il avait à lancer ce nom une fois de plus. Du reste, il goûtait souvent cette joie, car le camarade s'était rendu populaire, se montrant partout, fréquentant les cafés où se tenaient des groupes influents, risquant même des professions de foi, s'engageant vis-à-vis des jeunes, sans négliger de saluer très bas les membres de l'Institut. Une sympathie générale montait, Fagerolles était là comme l'enfant gâté de tous.

Vers six heures, par cette pluvieuse journée de mars, la nuit tomba. Les garçons apportèrent les lampes; et des artistes méfiants, des profils muets et sombres qui surveillaient le dépouillement d'un œil oblique, se rapprochèrent. D'autres commençaient les farces, risquaient des cris d'animaux, lâchaient un essai de tyrolienne. Mais ce fut à huit heures seulement, lorsqu'on servit la collation, des viandes froides et du vin, que la gaieté déborda. On vidait violemment les bouteilles, on s'empiffrait au petit bonheur des plats attrapés, c'était une kermesse en goguette, dans cette salle géante, que les bûches de la cheminée éclairaient d'un reflet de forge. Puis, tous fumèrent, la fumée brouilla d'une vapeur la lumière jaune des lampes; tandis que, sur le parquet, traînaient les bulletins jetés pendant le vote, une couche épaisse de papiers, salis encore des bouchons, des miettes de pain, des quelques assiettes cassées, tout un fumier où s'enfonçaient les talons des bottes. On se lâchait, un petit sculpteur pâle monta sur une chaise pour haranguer le peuple, un peintre à la moustache raide, sous un nez crochu, enfourcha une chaise et galopa autour de la table, saluant, faisant l'Empereur.

Peu à peu, cependant, beaucoup se lassaient, s'en allaient. Vers onze heures, on n'était plus que deux cents. Mais, après minuit, il revint du monde, des flâneurs en habit noir et en cravate blanche qui sortaient du théâtre ou de soirée, piqués du désir de connaître avant Paris les résultats du scrutin. Il arriva aussi des reporters ; et on les voyait s'élancer hors de la salle, un à un, dès qu'une addition partielle leur était communiquée.

Claude, enroué, appelait toujours. La fumée et la chaleur devenaient intolérables, une odeur d'étable montait de la jonchée boueuse du sol. Une heure du matin, puis deux heures, sonnèrent. Il dépouillait, il dépouillait, et la conscience qu'il y mettait, l'attardait tellement, que les autres bureaux avaient depuis longtemps fini leur travail, quand le sien se trouvait empêtré encore dans des colonnes de chiffres. Enfin, toutes les additions furent centralisées, on proclama les résultats définitifs. Fagerolles était nommé le quinzième sur quarante, de cinq places avant Bongrand, porté sur la même liste, mais dont le nom avait dû être souvent rayé. Et le jour pointait, lorsque Claude rentra rue Tourlaque, brisé et ravi.

Alors, pendant deux semaines, il vécut anxieux. Dix fois, il eut l'idée d'aller aux nouvelles, chez Fagerolles ; mais une honte le retenait. D'ailleurs, comme le jury procédait par ordre alphabétique, rien peut-être n'était décidé. Et, un soir, il eut un coup au cœur, sur le boulevard de Clichy, en voyant venir deux larges épaules, dont le dandinement lui était bien connu.

C'était Bongrand, qui parut embarrassé. Le premier, il lui dit :

— Vous savez, là-bas, avec ces bougres, ça ne marche guère... Mais tout n'est pas perdu, nous veillons, Fagerolles et moi. Et comptez sur Fagerolles, car moi, mon bon, j'ai une peur de chien de vous compromettre.

La vérité était que Bongrand se trouvait en continuelle hostilité avec Mazel, nommé président du jury, un maître célèbre de l'Ecole, le dernier rempart de la convention élégante et beurrée. Bien qu'ils se traitassent de chers collègues, en échangeant de grandes poignées de main, cette hostilité avait éclaté dès le premier jour, l'un ne pouvait demander l'admission d'un tableau, sans que

l'autre votât un refus. Au contraire, Fagerolles, élu
secrétaire, s'était fait l'amuseur, le vice de Mazel, qui
lui pardonnait sa défection d'ancien élève, tant ce rénégat
l'adulait aujourd'hui. Du reste, le jeune maître, très rosse,
comme disaient les camarades, se montrait pour les
débutants, les audacieux, plus dur que les membres de
l'Institut ; et il ne s'humanisait que lorsqu'il voulait
faire recevoir un tableau, abondant alors en inventions
drôles, intriguant, enlevant le vote avec des souplesses
d'escamoteur.

   Ces travaux du jury étaient une rude corvée, où Bongrand lui-même usait ses fortes jambes. Tous les jours, le
travail se trouvait préparé par les gardiens, un interminable rang de grands tableaux posés à terre, appuyés
contre la cimaise, fuyant à travers les salles du premier
étage, faisant le tour entier du Palais ; et, chaque après-
midi, dès une heure, les quarante, ayant à leur tête le
président, armé d'une sonnette, recommençaient la même
promenade, jusqu'à l'épuisement de toutes les lettres de
l'alphabet. Les jugements étaient rendus debout, on
bâclait le plus possible la besogne, rejetant sans vote les
pires toiles ; pourtant, des discussions arrêtaient parfois le
groupe, on se querellait pendant dix minutes, on réservait l'œuvre en cause pour la révision du soir ; tandis que
deux hommes, tenant une corde de dix mètres, la rai-
dissaient, à quatre pas de la ligne des tableaux, afin de
maintenir à bonne distance le flot des jurés, qui poussaient dans le feu de la dispute, et dont les ventres, malgré
tout, creusaient la corde. Derrière le jury, marchaient les
soixante-dix gardiens en blouse blanche, évoluant sous
les ordres d'un brigadier, faisant le tri à chaque décision
communiquée par les secrétaires, les reçus séparés des
refusés qu'on emportait à l'écart, comme des cadavres
après la bataille. Et le tour durait deux grandes heures,
sans un répit, sans un siège pour s'asseoir, tout le temps
sur les jambes, dans un piétinement de fatigue, au milieu
des courants d'air glacés, qui forçaient les moins frileux
à s'enfouir au fond de paletots de fourrure.

   Aussi la collation de trois heures était-elle la bienvenue : un repos d'une demi-heure à un buffet, où l'on
trouvait du bordeaux, du chocolat, des sandwiches. C'était
là que s'ouvrait le marché aux concessions mutuelles, les
échanges d'influences et de voix. La plupart avait de
petits carnets, pour n'oublier personne, dans la grêle de
recommandations qui s'abattait sur eux ; et ils le consul-

taient, ils s'engageaient à voter pour les protégés d'un collègue, si celui-ci votait pour les leurs. D'autres, au contraire, détachés de ces intrigues, austères ou insouciants, achevaient une cigarette, le regard perdu.

Puis, la besogne reprenait, mais plus douce, dans une salle unique, où il y avait des chaises, même des tables, avec des plumes, du papier, de l'encre. Tous les tableaux qui n'atteignaient pas un mètre cinquante, étaient jugés là, « passaient au chevalet », rangés par dix ou douze le long d'une sorte de tréteau, recouvert de serge verte. Beaucoup de jurés s'oubliaient béatement sur les sièges, plusieurs faisaient leur correspondance, il fallait que le président se fâchât, pour avoir des majorités présentables. Parfois, un coup de passion soufflait, tous se bousculaient, le vote à main levée était rendu dans une telle fièvre, que des chapeaux et des cannes s'agitaient en l'air, au-dessus du flot tumultueux des têtes.

Et ce fut là, au chevalet, que l'Enfant mort parut enfin. Depuis huit jours, Fagerolles, dont le carnet débordait de notes, se livrait à des marchandages compliqués pour trouver des voix en faveur de Claude; mais l'affaire était dure, elle ne s'emmanchait pas avec ses autres engagements, il n'essuyait que des refus, dès qu'il prononçait le nom de son ami; et il se plaignait de ne tirer aucune aide de Bongrand, qui, lui, n'avait pas de carnet, d'une telle maladresse d'ailleurs, qu'il gâtait les meilleures causes, par des éclats de franchise inopportuns. Vingt fois, Fagerolles aurait lâché Claude, sans l'obstination qu'il mettait à vouloir essayer sa puissance, sur cette admission réputée impossible. On verrait bien s'il n'était pas de taille déjà à violenter le jury. Peut-être y avait-il en outre, au fond de sa conscience, un cri de justice, le sourd respect pour l'homme dont il volait le talent.

Justement, ce jour-là, Mazel était d'une humeur détestable. Dès le début de la séance, le brigadier venait d'accourir.

— Monsieur Mazel, il y a eu une erreur, hier. On a refusé un hors-concours... Vous savez le numéro 2530, une femme nue sous un arbre.

En effet, la veille, on avait jeté ce tableau à la fosse commune, dans le mépris unanime, sans remarquer qu'il était d'un vieux peintre classique, respecté de l'Institut; et l'effarement du brigadier, cette bonne farce d'une exécution involontaire, égayait les jeunes du jury, qui se mirent à ricaner, d'un air provocant.

Mazel abominait ces histoires, qu'il sentait désastreuses pour l'autorité de l'Ecole. Il avait eu un geste de colère, il dit sèchement :

— Eh bien! repêchez-le, portez-le aux reçus... Aussi, on faisait hier un bruit insupportable. Comment veut-on qu'on juge de la sorte, au galop, si je ne puis pas même obtenir le silence!

Il donna un terrible coup de sonnette.

— Allons, messieurs, nous y sommes... Un peu de bonne volonté, je vous prie.

Par malheur, dès les premiers tableaux posés sur le chevalet, il eut encore une mésaventure. Entre autres, une toile attira son attention, tellement il la trouvait mauvaise, d'un ton aigre à agacer les dents; et, comme sa vue baissait, il se pencha pour voir la signature, en murmurant :

— Quel est donc le cochon... ?

Mais il se releva vivement, tout secoué d'avoir lu le nom d'un de ses amis, un artiste qui était, lui aussi, le rempart des saines doctrines. Espérant qu'on ne l'avait pas entendu, il cria :

— Superbe!... Le numéro un, n'est-ce pas, messieurs ?

On accorda le numéro un, l'admission qui donnait droit à la cimaise. Seulement, on riait, on se poussait du coude. Il en fut très blessé et devint farouche.

Et ils en étaient tous là, beaucoup s'épanchaient au premier regard, puis rattrapaient leurs phrases, dès qu'ils avaient déchiffré la signature; ce qui finissait par les rendre prudents, gonflant le dos, s'assurant du nom, l'œil furtif, avant de se prononcer. D'ailleurs, lorsque passait l'œuvre d'un collègue, quelque toile suspecte d'un membre du jury, on avait la précaution de s'avertir d'un signe, derrière les épaules du peintre : « Prenez garde, pas de gaffe, c'est de lui! »

Malgré l'énervement de la séance, Fagerolles enleva une première affaire. C'était un épouvantable portrait, peint par un de ses élèves, dont la famille, très riche, le recevait. Il avait dû emmener Mazel à l'écart, pour l'attendrir, en lui contant une histoire sentimentale, un malheureux père de trois filles, qui mourait de faim; et le président s'était longtemps fait prier : que diable! on lâchait la peinture, quand on avait faim! on n'abusait pas à ce point de ses trois filles! Il leva la main pourtant, seul avec Fagerolles. On protestait, on se fâchait, deux autres membres de l'Institut se révoltaient eux-mêmes, lorsque Fagerolles leur souffla très bas :

— C'est pour Mazel, c'est Mazel qui m'a supplié de voter... Un parent, je crois. Enfin, il y tient.

Et les deux académiciens levèrent promptement la main, et une grosse majorité se déclara.

Mais des rires, des mots d'esprit, des cris indignés éclatèrent : on venait de placer sur le chevalet *l'Enfant mort*. Est-ce qu'on allait, maintenant, leur envoyer la Morgue ? Et les jeunes blaguaient la grosse tête, un singe crevé d'avoir avalé une courge, évidemment ; et les vieux, effarés, reculaient.

Fagerolles, tout de suite, sentit la partie perdue. D'abord, il tâcha d'escamoter le vote en plaisantant, selon sa manœuvre adroite.

— Voyons, messieurs, un vieux lutteur...

Des paroles furieuses l'interrompirent. Ah ! non, pas celui-là ! On le connaissait, le vieux lutteur ! Un fou qui s'entêtait depuis quinze ans, un orgueilleux qui posait pour le génie, qui avait parlé de démolir le Salon, sans jamais y envoyer une toile possible ! Toute la haine de l'originalité déréglée, de la concurrence d'en face dont on a eu peur, de la force invincible qui triomphe, même battue, grondait dans l'éclat des voix. Non, non, à la porte !

Alors, Fagerolles eut le tort de s'irriter, lui aussi, cédant à la colère de constater son peu d'influence sérieuse.

— Vous êtes injustes, soyez justes au moins !

Du coup, le tumulte fut à son comble. On l'entourait, on le poussait, des bras s'agitaient menaçants, des phrases partaient comme des balles.

— Monsieur, vous déshonorez le jury.

— Si vous défendez ça, c'est pour qu'on mette votre nom dans les journaux.

— Vous ne vous y connaissez pas.

Et, Fagerolles, hors de lui, perdant jusqu'à la souplesse de sa blague, répondit lourdement :

— Je m'y connais autant que vous.

— Tais-toi donc ! reprit un camarade, un petit peintre blond très rageur, tu ne vas pas vouloir nous faire avaler un pareil navet !

Oui, oui, un navet ! tous répétaient le nom avec conviction, ce mot qu'ils jetaient d'habitude aux dernières des croûtes, à la peinture pâle, froide et glate des barbouilleurs.

— C'est bon, dit enfin Fagerolles, les dents serrées, je demande le vote.

Depuis que la discussion s'aggravait, Mazel agitait sa sonnette sans relâche, très rouge de voir son autorité méconnue.

— Messieurs, allons, messieurs... C'est extraordinaire, qu'on ne puisse s'entendre sans crier... Messieurs, je vous en prie...

Enfin, il obtint un peu de silence. Au fond, il n'était pas mauvais homme. Pourquoi ne recevrait-on pas ce petit tableau, bien qu'il le jugeât exécrable ? On en recevait tant d'autres !

— Voyons, messieurs, on demande le vote.

Lui-même allait peut-être lever la main, lorsque Bongrand, muet jusque-là, le sang aux joues, dans une colère qu'il contenait, partit brusquement, hors de propos, lâcha ce cri de sa conscience révoltée :

— Mais, nom de Dieu ! il n'y en a pas quatre parmi nous capables de foutre un pareil morceau !

Des grognements coururent, le coup de massue était si rude, que personne ne répondit.

— Messieurs, on demande le vote, répéta Mazel, devenu pâle, la voix sèche.

Et le ton suffit, c'était la haine latente, les rivalités féroces sous la bonhomie des poignées de main. Rarement, on en arrivait à ces querelles. Presque toujours, on s'entendait. Mais, au fond des vanités ravagées, il y avait des blessures à jamais saignantes, des duels au couteau dont on agonisait en souriant.

Bongrand et Fagerolles levèrent seuls la main, et *l'Enfant mort*, refusé, n'eut plus que la chance d'être repris, lors de la révision générale.

C'était la besogne terrible, cette révision générale. Le jury, après ses vingt jours de séances quotidiennes, avait beau s'accorder deux journées de repos, afin de permettre aux gardiens de préparer le travail, il éprouvait un frisson, l'après-midi où il tombait au milieu de l'étalage des trois mille tableaux refusés, parmi lesquels il devait repêcher un appoint, pour compléter le chiffre réglementaire de deux mille cinq cents œuvres reçues. Ah ! ces trois mille tableaux placés bout à bout, contre les cimaises de toutes les salles, autour de la galerie extérieure, partout enfin, jusque sur les parquets, étendus en mares stagnantes, entre lesquelles on ménageait de petits sentiers filant le long des cadres, une inondation, un débor-

dement qui montait, envahissait le Palais de l'Industrie,
le submergeait sous le flot trouble de tout ce que l'art
peut rouler de médiocrité et folie! Et ils n'avaient qu'une
séance, d'une heure à sept, six heures de galop désespéré,
au travers de ce dédale! D'abord, ils tenaient bon contre
la fatigue, les regards clairs; mais, bientôt, leurs jambes
se cassaient à cette marche forcée, leurs yeux s'irritaient
à ces couleurs dansantes; et il fallait marcher toujours,
voir et juger toujours, jusqu'à défaillir de lassitude. Dès
quatre heures, c'était une déroute, une débâcle d'armée
battue. En arrière, très loin, des jurés se traînaient, hors
d'haleine. D'autres, un à un, perdus entre les cadres,
suivaient les sentiers étroits, renonçant à en sortir,
tournant sans espoir de trouver jamais le bout. Comment
être justes, grand Dieu! Que reprendre dans ce tas
d'épouvante? Au petit bonheur, sans bien distinguer un
paysage d'un portrait, on complétait le nombre. Deux
cents, deux cent quarante, encore huit, il en manquait
encore huit. Celui-là? Non, cet autre! Comme vous
voudrez. Sept, huit, c'était fait! Enfin, ils avaient trouvé
le bout, ils s'en allaient en béquillant, sauvés, libres!

Une nouvelle scène les avait arrêtés dans une salle,
autour de *l'Enfant mort*, étalé à terre, parmi d'autres
épaves. Mais, cette fois, on plaisantait, un farceur feignait
de trébucher et de mettre le pied au milieu de la toile,
d'autres couraient le long des petits sentiers, comme pour
chercher le vrai sens du tableau, déclarant qu'il était
beaucoup mieux à l'envers.

Fagerolles se mit à blaguer, lui aussi.

— Un peu de courage à la poche, messieurs. Voyez le
tour, examinez, vous en aurez pour votre argent... De
grâce, messieurs, soyez gentils, reprenez-le, faites cette
bonne action.

Tous s'égayaient à l'entendre, mais ils refusaient plus
rudement, dans la cruauté de leur rire. Non, non, jamais!

— Le prends-tu pour ta charité? cria la voix d'un
camarade.

C'était un usage, les jurés avaient droit à une « charité »,
chacun d'eux pouvait choisir dans le tas une toile, si
exécrable qu'elle fût, et qui, dès lors, se trouvait reçue
sans examen. D'ordinaire, on faisait l'aumône de cette
admission à des pauvres. Ces quarante repêchés de la
dernière heure étaient les mendiants de la porte, ceux
qu'on laissait se glisser au bas bout de la table, le ventre
vide.

— Pour ma charité, répéta Fagerolles plein d'embarras, c'est que j'en ai un autre, pour ma charité... Oui, des fleurs, d'une dame...

Des ricanements l'interrompirent. Etait-elle jolie ? Ces messieurs, devant la peinture de femme, se montraient goguenards, sans galanterie aucune. Et lui, demeurait perplexe, car la dame en question était une protégée d'Irma. Il tremblait à l'idée de la terrible scène, s'il ne tenait pas sa promesse. Un expédient lui vint.

— Tiens ! et vous, Bongrand ?... Vous pouvez bien le prendre pour votre charité, ce petit rigolo d'enfant mort ?

Bongrand, le cœur crevé, indigné de ce négoce, agita ses grands bras.

— Moi ! je ferais cette injure à un vrai peintre !... Qu'il soit donc plus fier, nom de Dieu ! qu'il ne foute jamais rien au Salon !

Alors, comme on ricanait toujours, Fagerolles, voulant que la victoire lui restât, se décida, l'air superbe, en gaillard très fort qui ne craignait pas d'être compromis.

— C'est bon, je le prends pour ma charité.

On cria bravo, on lui fit une ovation railleuse, de grands saluts, des poignées de main. Honneur au brave qui avait le courage de son opinion ! Et un gardien emporta entre ses bras la pauvre toile huée, cahotée, souillée ; et ce fut de la sorte qu'un tableau du peintre de *Plein air* se trouva enfin reçu par le jury.

Dès le lendemain matin, un billet de Fagerolles apprit à Claude, en deux lignes, qu'il avait réussi à faire passer *l'Enfant mort*, mais que cela n'avait pas été sans peine. Claude, malgré la joie de la nouvelle, éprouva un serrement de cœur : cette brièveté, quelque chose de bienveillant, de pitoyable, toute l'humiliation de l'aventure sortait de chaque mot. Un instant, il fut malheureux de cette victoire, à un point tel, qu'il aurait voulu reprendre son œuvre et la cacher. Puis, cette délicatesse s'émoussa, il retomba aux défaillances de sa fierté d'artiste, tant sa misère humaine saignait de la longue attente du succès. Ah ! être vu, arriver quand même ! Il en était aux capitulations dernières, il se remit à souhaiter l'ouverture du Salon, avec l'impatience fébrile d'un débutant, vivant dans une illusion qui lui montrait une foule, un flot de têtes moutonnant et acclamant sa toile.

Peu à peu, Paris avait décrété à la mode le jour du vernissage, cette journée accordée aux seuls peintres

autrefois, pour venir faire la toilette suprême de leurs
tableaux. Maintenant, c'était une primeur, une de ces
solennités qui mettent la ville debout, qui la font se
ruer dans un écrasement de cohue. Depuis une semaine,
la presse, la rue, le public appartenaient aux artistes. Ils
tenaient Paris, il était uniquement question d'eux, de
leurs envois, de leurs faits, de leurs gestes, de tout ce qui
touchait à leurs personnes : un de ces engouements en
coup de foudre, dont l'énergie soulève les pavés, jusqu'à
des bandes de campagnards, de tourlourous et de bonnes
d'enfant poussées les jours gratuits au travers des salles,
jusqu'à ce chiffre effrayant de cinquante mille visiteurs,
par certains beaux dimanches, toute une armée, les
arrière-bataillons du menu peuple ignorant, suivant le
monde, défilant les yeux arrondis, dans cette grande
boutique d'images.

D'abord, Claude eut peur de ce jour fameux du vernissage, intimidé par la bousculade de beau monde dont
on parlait, résolu à attendre le jour plus démocratique de
la véritable ouverture. Il refusa même à Sandoz de l'accompagner. Puis, une telle fièvre le brûla, qu'il partit brusquement, dès huit heures, en se donnant à peine le temps
d'avaler un morceau de pain et de fromage. Christine,
qui ne s'était pas senti le courage d'aller avec lui, le
rappela, l'embrassa encore, émue, inquiète.

— Et, surtout, mon chéri, ne te fais pas de chagrin,
quoi qu'il arrive.

Claude étouffa un peu en entrant dans le salon d'honneur, le cœur battant d'avoir monté vite le grand escalier.
Il faisait dehors un limpide ciel de mai, le velum de toile,
tendu sous les vitres du plafond, tamisait le soleil en une
vive lumière blanche ; et, par des portes voisines, ouvertes
sur la galerie du jardin, venaient des souffles humides,
d'une fraîcheur frissonnante. Lui, un moment, reprit
haleine, dans cet air qui s'alourdissait déjà, gardant une
vague odeur de vernis, au milieu du musc discret des
femmes. Il parcourut d'un coup d'œil les tableaux des
murs, une immense scène de massacre en face, ruisselant
de rouge, une colossale et pâle sainteté à gauche, une
commande de l'Etat, la banale illustration d'une fête
officielle à droite, puis des portraits, des paysages, des
intérieurs, tous éclatant en notes aigres, dans l'or trop
neuf des cadres. Mais la peur, qu'il gardait du public
fameux de cette solennité, lui fit ramener ses regards sur
la foule peu à peu grossie. Le pouf circulaire, placé au

centre, et d'où jaillissait une gerbe de plantes vertes, n'était occupé que par trois dames, trois monstres, abominablement mises, installées pour une journée de médisances. Derrière lui, il entendit une voix rauque broyer de dures syllabes : c'était un Anglais en veston à carreaux, expliquant la scène de massacre à une femme jaune, enfouie au fond d'un cache-poussière de voyage. Des espaces restaient vides, des groupes se formaient, s'émiettaient, allaient se reformer plus loin; toutes les têtes étaient levées, les hommes avaient des cannes, des paletots sur le bras, les femmes marchaient doucement, s'arrêtaient en profil perdu; et son œil de peintre était surtout accroché par les fleurs de leurs chapeaux, très aiguës de ton, parmi les vagues sombres des hauts chapeaux de soie noire. Il aperçut trois prêtres, deux simples soldats tombés là on ne savait d'où, des queues ininterrompues de messieurs décorés, des cortèges de jeunes filles et de mères barrant la circulation. Cependant, beaucoup se connaissaient, il y avait, de loin, des sourires, des saluts, parfois une poignée de main rapide, au passage. Les voix demeuraient discrètes, couvertes par le roulement continu des pieds.

Alors, Claude se mit à chercher son tableau. Il tâcha de s'orienter d'après les lettres, se trompa, suivit les salles de gauche. Toutes les portes s'ouvraient à la file, c'était une profonde perspective de portières en vieille tapisserie, avec des angles de tableaux entrevus. Il alla jusqu'à la grande salle de l'Ouest, revint par l'autre enfilade, sans trouver sa lettre. Et, quand il retomba dans le salon d'honneur, la cohue y avait grandi rapidement, on commençait à y marcher avec peine. Cette fois, ne pouvant avancer, il reconnut des peintres, le peuple des peintres, chez lui ce jour-là, et qui faisait les honneurs de la maison : un surtout, un ancien ami de l'atelier Boutin, jeune, dévoré d'un besoin de publicité, travaillant pour la médaille, racolant tous les visiteurs de quelque influence et les amenant de force voir ses tableaux; puis, le peintre, célèbre, riche, qui recevait devant son œuvre, un sourire de triomphe aux lèvres, d'une galanterie affichante avec les femmes, dont il avait une cour sans cesse renouvelée; puis, les autres, les rivaux qui s'exècrent en se criant à pleine voix des éloges, les farouches guettant d'une porte les succès des camarades, les timides qu'on ne ferait pas pour un empire passer dans leurs salles, les blagueurs cachant sous un mot drôle la plaie saignante de leur défaite, les sincères absorbés, tâchant de comprendre, distribuant déjà les médailles; et il y avait aussi les familles des peintres, une jeune femme, charmante, accompagnée d'un enfant coquettement pomponné, une bourgeoise revêche, maigre, flanquée de deux laiderons en noir, une grosse mère, échouée sur une banquette au milieu de toute une tribu de mioches mal mouchés, une dame mûre, belle encore, qui regardait, avec sa grande fille, passer une gueuse, la maîtresse du père, toutes deux au courant, très calmes, échangeant un sourire; et il y avait encore les modèles, des femmes qui se tiraient par les bras, qui se montraient leurs corps les unes aux autres, dans les nudités des tableaux, parlant haut, habillées sans goût, gâtant leurs chairs superbes sous de telles robes, qu'elles semblaient bossues, à côté des poupées bien mises, des Parisiennes dont rien ne serait resté, au déballage.

Quand il se fut dégagé, Claude enfila les portes de droite. Sa lettre était de ce côté. Il visita les salles marquées d'un L, ne trouva rien. Peut-être sa toile, égarée, confondue, avait-elle servi à boucher un trou ailleurs. Alors, comme il était arrivé dans la grande salle de l'Est, il se lança au travers des autres petites salles en retour, cette queue reculée, moins fréquentée, où les tableaux semblent se rembrunir d'ennui, et qui est la terreur des peintres. Là encore, il ne découvrit rien. Ahuri, désespéré, il vagabonda, sortit sur la galerie du jardin, continua de chercher parmi le trop-plein des numéros débordant au-dehors, blafards et grelottants sous la lumière crue : puis, après d'autres courses lointaines, il retomba pour la troisième fois dans le salon d'honneur. On s'y écrasait, maintenant. Le Paris célèbre, riche, adoré, tout ce qui éclate en vacarme, le talent, le million, la grâce, les maîtres du roman, du théâtre et du journal, les hommes de cercle, de cheval ou de Bourse, les femmes de tous les rangs, catins, actrices, mondaines, affichées ensemble, montaient en une houle accrue sans cesse; et, dans la colère de ses vaines recherches, il s'étonnait de la vulgarité des visages, vus de la sorte en masse, du disparate des toilettes, peu d'élégantes pour beaucoup de communes, du manque de majesté de ce monde, à tel point, que la peur dont il avait tremblé se changeait en mépris. Etait-ce donc ces gens qui allaient encore huer son tableau, si on le retrouvait ? Deux petits reporters blonds complétaient une liste des personnes à citer. Un critique affectait de prendre des notes sur les marges de

son catalogue; un autre professait, au centre d'un groupe
de débutants; un autre, les mains derrière le dos, solitaire, demeurait planté, accablait chaque œuvre d'une
impassibilité auguste. Et ce qui le frappait surtout, c'était
cette bousculade de troupeau, cette curiosité en bande
sans jeunesse ni passion, l'aigreur des voix, la fatigue des
visages, un air de souffrance mauvaise. Déjà, l'envie
était à l'œuvre : le monsieur qui fait de l'esprit avec les
dames; celui qui, sans un mot, regarde, hausse terriblement les épaules, puis s'en va; les deux qui restent un
quart d'heure, coude à coude, appuyés à la planchette de
la cimaise, le nez sur une petite toile, chuchotant très
bas, avec des regards torves de conspirateurs.

Mais Fagerolles venait de paraître; et, au milieu du
flux continuel des groupes, il n'y avait plus que lui, la
main tendue, se montrant partout à la fois, se prodiguant
dans son double rôle de jeune maître et de membre
influent du jury. Accablé d'éloges, de remerciements, de
réclamations, il avait une réponse pour chacun, sans rien
perdre de sa bonne grâce. Depuis le matin, il supportait
l'assaut des petits peintres de sa clientèle qui se trouvaient
mal placés. C'était le galop ordinaire de la première heure,
tous se cherchant, courant se voir, éclatant en récrimi-
nations, en fureurs bruyantes, interminables : on était
trop haut, le jour tombait mal, les voisinages tuaient
l'effet, on parlait de décrocher son tableau et l'emporter.
Un surtout s'acharnait, un grand maigre, relançant de
salle en salle Fagerolles, qui avait beau lui expliquer son
innocence : il n'y pouvait rien, on suivait l'ordre des
numéros de classement, les panneaux de chaque mur
étaient disposés par terre, puis accrochés, sans qu'on
favorisât personne. Et il poussa l'obligeance jusqu'à
promettre son intervention, lors du remaniement des
salles, après les médailles, sans arriver à calmer le grand
maigre, qui continua de le poursuivre.

Un instant, Claude fendit la foule pour lui demander où
l'on avait mis sa toile. Mais une fierté l'arrêta, à le voir
si entouré. N'était-ce pas imbécile et douloureux, ce
continuel besoin d'un autre ? Du reste, il réfléchissait
brusquement qu'il devait avoir sauté toute une file de
salons, à droite; et, en effet, il y avait là des lieues nouvelles de peinture. Il finit par déboucher dans une salle,
où la foule s'étouffait, en tas devant un grand tableau qui
occupait le panneau d'honneur, au milieu. D'abord, il
ne put le voir, tant le flot des épaules moutonnait, une

muraille épaissie de têtes, un rempart de chapeaux. On se
ruait, dans une admiration béante. Enfin, à force de se
hausser sur la pointe des pieds, il aperçut la merveille,
il reconnut le sujet, d'après ce qu'on lui en avait dit.

C'était le tableau de Fagerolles. Et il retrouvait son
Plein air, dans ce *Déjeuner*, la même note blonde, la
même formule d'art, mais combien adoucie, truquée,
gâtée, d'une élégance d'épiderme, arrangée avec une
adresse infinie pour les satisfactions basses du public.
Fagerolles n'avait pas commis la faute de mettre ses
trois femmes nues ; seulement, dans leurs toilettes osées
de mondaines, il les avait déshabillées, l'une montrant
sa gorge sous la dentelle transparente du corsage, l'autre
découvrant sa jambe droite jusqu'au genou, en se ren-
versant pour prendre une assiette, la troisième qui ne
livrait pas un coin de sa peau, vêtue d'une robe si étroitement ajustée, qu'elle en était troublante d'indécence,
avec sa croupe tendue de cavale. Quant aux deux messieurs, galants, en vestons de campagne, ils réalisaient
le rêve du distingué ; tandis qu'un valet, au loin, tirait
encore un panier du landau, arrêté derrière les arbres.
Tout cela, les figures, les étoffes, la nature morte du
déjeuner, s'enlevait gaiement en plein soleil, sur les verdures assombries du fond ; et l'habileté suprême était
dans cette forfanterie d'audace, dans cette force menteuse
qui bousculait juste assez la foule, pour la faire se pâmer.
Une tempête dans un pot de crème.

Claude, ne pouvant s'approcher, écoutait des mots,
autour de lui. Enfin, en voilà un qui faisait de la vraie
vérité ! Il n'appuyait pas comme ces goujats de l'école
nouvelle, il savait tout mettre sans rien mettre. Ah ! les
nuances, l'art des sous-entendus, le respect du public,
les suffrages de la bonne compagnie ! Et avec ça une
finesse, un charme, un esprit ! Ce n'était pas lui qui se
lâchait incongrument en morceaux passionnés, d'une
création débordante ; non, quand il avait pris trois notes
sur nature, il donnait les trois notes, pas une de plus.
Un chroniqueur qui arrivait, s'extasia, trouva le mot :
une peinture bien parisienne. On le répéta, on ne passa
plus sans déclarer ça bien parisien.

Ces dos enflés, ces admirations montant en une marée
d'échines, finissaient par exaspérer Claude ; et, pris du
besoin de voir les têtes dont se composait un succès, il
tourna le tas, il manœuvra de façon à s'adosser contre la
cimaise. Là, il avait le public de face, dans le jour gris

que filtrait la toile du plafond, éteignant le milieu de la
salle; tandis que la lumière vive, glissée des bords de
l'écran, éclairait les tableaux des murs, d'une nappe
blanche, où l'or des cadres prenait le ton chaud du
soleil. Tout de suite, il reconnut les gens qui l'avaient
hué, autrefois : si ce n'était ceux-là, c'étaient leurs frères;
mais sérieux, extasiés, embellis de respectueuse attention. L'air mauvais des figures, cette fatigue de la lutte,
cette bile de l'envie tirant et jaunissant la peau, qu'il
avait remarquées d'abord, s'attendrissaient ici, dans l'unanime régal d'un mensonge aimable. Deux grosses dames,
la bouche ouverte, bâillaient d'aise. De vieux messieurs
arrondissaient les yeux, d'un air entendu. Un mari expliquait tout bas le sujet à sa jeune femme, qui hochait le
menton dans un joli mouvement du col. Il y avait des
émerveillements béats, étonnés, profonds, gais, austères,
des sourires inconscients, des airs mourants de tête. Les
chapeaux noirs se renversaient à demi, les fleurs des
femmes coulaient sur leurs nuques. Et tous ces visages
s'immobilisaient une minute, étaient poussés, remplacés
par d'autres qui leur ressemblaient, continuellement.

Alors, Claude s'oublia, stupide devant ce triomphe.
La salle devenait trop petite, toujours des bandes nouvelles s'y entassaient. Ce n'étaient plus les vides de la
première heure, les souffles froids montés du jardin,
l'odeur de vernis errante encore; maintenant, l'air
s'échauffait, s'aigrissait du parfum des toilettes. Bientôt, ce qui domina, ce fut l'odeur de chien mouillé. Il
devait pleuvoir, une de ces averses brusques de printemps, car les derniers venus apportaient une humidité,
des vêtements lourds qui semblaient fumer, dès qu'ils
entraient dans la chaleur de la salle. En effet, des coups
de ténèbres passaient, depuis un instant, sur l'écran du
plafond. Claude, qui leva les yeux, devina un galop de
grandes nuées fouettées de bise, des trombes d'eau battant les vitres de la baie. Une moire d'ombres courait le
long des murs, tous les tableaux s'obscurcissaient, le
public se noyait de nuit; jusqu'à ce que, la nuée emportée, le peintre revît sortir les têtes de ce crépuscule, avec
les mêmes bouches rondes, les mêmes yeux ronds de
ravissement imbécile.

Mais une autre amertume était réservée à Claude. Il
aperçut, sur le panneau de gauche, le tableau de Bongrand, en pendant avec celui de Fagerolles. Et, devant
celui-là, personne ne se bousculait, les visiteurs défilaient

avec indifférence. C'était pourtant l'effort suprême, le
coup que le grand peintre cherchait à porter depuis des
années, une dernière œuvre enfantée dans le besoin de
se prouver la virilité de son déclin. La haine qu'il nourrissait contre *la Noce au village*, ce premier chef-d'œuvre
dont on avait écrasé sa vie de travailleur, venait de le
pousser à choisir le sujet contraire et symétrique : *l'Enterrement au village*, un convoi de jeune fille, débandé
parmi des champs de seigle et d'avoine. Il luttait contre
lui-même, on verrait bien s'il était fini, si l'expérience
de ses soixante ans ne valait pas la fougue heureuse de
sa jeunesse ; et l'expérience était battue, l'œuvre allait
être un insuccès morne, une de ces chutes sourdes de
vieil homme, qui n'arrêtent même pas les passants. Des
morceaux de maître s'indiquaient toujours, l'enfant de
chœur tenant la croix, le groupe des filles de la Vierge
portant la bière, et dont les robes blanches, plaquées sur
des chairs rougeaudes, faisaient un joli contraste avec
l'endimanchement noir du cortège, au travers des verdures ; seulement, le prêtre en surplis, la fille à la ban-
nière, la famille derrière le corps, toute la toile d'ailleurs
était d'une facture sèche, désagréable de science, raidie
par l'obstination. Il y avait là un retour inconscient, fatal,
au romantisme tourmenté, d'où était parti l'artiste, autrefois. Et c'était bien le pis de l'aventure, l'indifférence du
public avait sa raison dans cet art d'une autre époque,
dans cette peinture cuite et un peu terne, qui ne l'accrochait plus au passage, depuis la vogue des grands éblouis-
sements de lumière.

Justement, Bongrand, avec l'hésitation d'un débutant
timide, entra dans la salle, et Claude eut le cœur serré,
en le voyant jeter un coup d'œil à son tableau solitaire,
puis un autre à celui de Fagerolles, qui faisait émeute.
En cette minute, le peintre dut avoir la conscience aiguë
de sa fin. Si, jusque-là, la peur de sa lente déchéance
l'avait dévoré, ce n'était qu'un doute ; et, maintenant, il
avait une brusque certitude, s'il survivait, son talent
était mort, jamais plus il n'enfanterait des œuvres vivantes.
Il devint très pâle, il eut un mouvement pour fuir, lorsque
le sculpteur Chambouvard, qui arrivait par l'autre porte
avec sa queue ordinaire de disciples, l'interpella, de sa
voix grasse, sans se soucier des personnes présentes.

— Ah ! farceur, je vous y prends, à vous admirer !

Lui, cette année-là, avait une Moissonneuse exécrable,
une de ces figures stupidement ratée, qui semblaient des

gageures, sorties de ses puissantes mains; et il n'en était
pas moins rayonnant, certain d'un chef-d'œuvre de plus,
promenant son infaillibilité de dieu, au milieu de la
foule, qu'il n'entendait pas rire.

Sans répondre, Bongrand le regarda de ses yeux brûlés de fièvre.

— Et ma machine, en bas, continua l'autre, l'avez-
vous vue ?... Qu'ils y viennent donc, les petits d'à présent! Il n'y a que nous, la vieille France!

Déjà, il s'en allait, suivi de sa cour, saluant le public
étonné.

— Brute! murmura Bongrand, étranglé de chagrin,
révolté comme de l'éclat d'un rustre dans la chambre
d'un mort.

Il avait aperçu Claude, il s'approcha. N'était-ce pas
lâche de fuir cette salle ? Et il voulait montrer son courage, son âme haute, où l'envie n'était jamais entrée.

— Dites donc, notre ami Fagerolles en a, un succès!...
Je mentirais, si je m'extasiais sur son tableau, que je
n'aime guère; mais lui est très gentil, vraiment... Et puis,
vous savez qu'il a été tout à fait bien pour vous.

Claude s'efforçait de trouver un mot d'admiration sur
l'Enterrement.

— Le petit cimetière, au fond, est si joli!... Est-il possible que le public...

D'une voix rude, Bongrand l'arrêta.

— Hein! mon ami, pas de condoléances... Je vois
clair.

A ce moment, quelqu'un les salua d'un geste familier,
et Claude reconnut Naudet, un Naudet grandi, enflé,
doré par le succès des affaires colossales qu'il brassait à
présent. L'ambition lui tournant la tête, il parlait de
couler tous les autres marchands de tableaux, il avait fait
bâtir un palais, où il se posait en roi du marché, centra-
lisant les chefs-d'œuvre, ouvrant les grands magasins
modernes de l'art. Des bruits de millions sonnaient dès
son vestibule, il installait chez lui des expositions, montait au-dehors des galeries, attendait en mai l'arrivée des
amateurs américains, auxquels il vendait cinquante mille
francs ce qu'il avait acheté dix mille; et il menait un
train de prince, femme, enfants, maîtresse, chevaux,
domaine en Picardie, grandes chasses. Ses premiers
gains venaient de la hausse des morts illustres, niés de
leur vivant, Courbet, Millet, Rousseau; ce qui avait fini
par lui donner le mépris de toute œuvre signée du nom

d'un peintre encore dans la lutte. Cependant, d'assez mauvais bruits couraient déjà. Le nombre des toiles connues étant limité, et celui des amateurs ne pouvant guère s'étendre, l'époque arrivait où les affaires allaient devenir difficiles. On parlait d'un syndicat, d'une entente avec des banquiers pour soutenir les hauts prix; à la salle Drouot, on en était à l'expédient des ventes fictives, des tableaux rachetés très cher par le marchand lui-même; et la faillite semblait être fatalement au bout de ces opérations de Bourse, une culbute dans l'outrance et les mensonges de l'agio.

— Bonjour, cher maître, dit Naudet, qui s'était avancé. Hein ? vous venez, comme tout le monde, admirer mon Fagerolles.

Son attitude n'avait plus pour Bongrand l'humilité câline et respectueuse d'autrefois. Et il causa de Fagerolles comme d'un peintre à lui, d'un ouvrier à ses gages, qu'il gourmandait souvent. C'était lui qui l'avait installé avenue de Villiers, le forçant à avoir un hôtel, le meublant ainsi qu'une fille, l'endettant par des fournitures de tapis et de bibelots, pour le tenir ensuite à sa merci; et, maintenant, il commençait à l'accuser de manquer d'ordre, de se compromettre en garçon léger. Par exemple, ce tableau, jamais un peintre sérieux ne l'aurait envoyé au Salon; sans doute, cela faisait du tapage, on parlait même de la médaille d'honneur; mais rien n'était plus mauvais pour les hauts prix. Quand on voulait avoir les Américains, il fallait savoir rester chez soi, comme un bon dieu au fond de son tabernacle.

— Mon cher, vous me croirez si vous voulez, j'aurais donné vingt mille francs de ma poche pour que ces imbéciles de journaux ne fissent pas tout ce vacarme autour de mon Fagerolles de cette année.

Bongrand, qui écoutait bravement, malgré sa souffrance, eut un sourire.

— En effet, ils ont peut-être poussé les indiscrétions un peu loin... Hier, j'ai lu un article, où j'ai appris que Fagerolles mangeait tous les matins deux œufs à la coque.

Il riait de ce coup brutal de publicité, qui, depuis une semaine, occupait Paris du jeune maître, à la suite d'un premier article sur son tableau, que personne encore n'avait vu. Toute la bande des reporters s'était mise en campagne, on le déshabillait, son enfance, son père le fabricant de zinc d'art, ses études, où il logeait, comment il vivait, jusqu'à la couleur de ses chaussettes, jusqu'à une manie qu'il avait de se pincer le bout du nez. Et il était la passion du moment, le jeune maître selon le goût du jour, ayant eu la chance de rater le prix de Rome et de rompre avec l'Ecole, dont il gardait les procédés : fortune d'une saison que le vent apporte et remporte, caprice nerveux de la grande détraquée de ville, succès de l'à-peu-près, de l'audace gris perle, de l'accident qui bouleverse la foule le matin, pour se perdre le soir dans l'indifférence de tous.

Mais Naudet remarqua *l'Enterrement au village*.

— Tiens! c'est votre tableau ?... Et, alors, vous avez voulu donner un pendant à *la Noce* ? Moi, je vous en aurais détourné... Ah! *la Noce! la Noce!*

Bongrand l'écoutait toujours, sans cesser de sourire; et, seul, un pli douloureux coupait ses lèvres tremblantes. Il oubliait ses chefs-d'œuvre, l'immortalité assurée à son nom, il ne voyait plus que la vogue immédiate, sans effort, venant à ce galopin indigne de nettoyer sa palette, le poussant à l'oubli, lui qui avait lutté dix années avant d'être connu. Ces générations nouvelles, quand elles vous enterrent, si elles savaient quelles larmes de sang elles vous font pleurer dans la mort!

Puis, comme il se taisait, la peur le prit d'avoir laissé deviner son mal. Est-ce qu'il tomberait à cette bassesse de l'envie ? Une colère contre lui-même le redressa, on devait mourir debout. Et, au lieu de la réponse violente qui lui montait aux lèvres, il dit familièrement :

— Vous avez raison, Naudet, j'aurais mieux fait d'aller me coucher, le jour où j'ai eu l'idée de cette toile.

— Ah! c'est lui, pardon! cria le marchand, qui s'échappa.

C'était Fagerolles, qui se montrait à l'entrée de la salle. Il n'entra pas, discret, souriant, portant sa fortune avec son aisance de garçon d'esprit. Du reste, il cherchait quelqu'un, il appela d'un signe un jeune homme et lui donna une réponse, heureuse sans doute, car ce dernier déborda de reconnaissance. Deux autres se précipitèrent pour le congratuler; une femme le retint, en lui montrant avec des gestes de martyre une nature morte, placée dans l'ombre d'une encoignure. Puis, il disparut, après avoir jeté, sur le peuple en extase devant son tableau, un seul coup d'œil.

Claude, qui regardait et écoutait, sentit alors sa tristesse lui noyer le cœur. La bousculade augmentait toujours, il n'avait plus en face de lui que des figures béantes

et suantes, dans la chaleur devenue intolérable. Par-dessus les épaules, d'autres épaules montaient, jusqu'à la
porte, d'où ceux qui ne pouvaient rien voir, se signalaient
le tableau, du bout de leurs parapluies, ruisselant des
averses du dehors. Et Bongrand restait là par fierté, tout
droit dans sa défaite, solide sur ses vieilles jambes de
lutteur, les regards clairs sur Paris ingrat. Il voulait finir
en brave homme, dont la bonté est large. Claude, qui lui
parla sans recevoir de réponse, vit bien que, derrière
cette face calme et gaie, l'âme était absente, envolée dans
le deuil, saignante d'un affreux tourment; et, saisi d'un
respect effrayé, il n'insista pas, il partit, sans même que
Bongrand s'en aperçût, de ses yeux vides.

De nouveau, au travers de la foule, une idée venait de
pousser Claude. Il s'ébahissait de n'avoir pu découvrir
son tableau. Rien n'était plus simple. N'y avait-il donc
pas une salle où l'on riait, un coin de blague et de
tumulte, un attroupement de public farceur injuriant
une œuvre ? Cette œuvre serait la sienne, à coup sûr. Il
avait encore dans les oreilles les rires du Salon des
Refusés, autrefois. Et, de chaque porte, il écoutait maintenant, pour entendre si ce n'était pas là qu'on le huait.

Mais, comme il se retrouvait dans la salle de l'Est,
cette halle où agonise le grand art, le dépotoir où l'on
empile les vastes compositions historiques et religieuses,
d'un froid sombre, il eut une secousse, il demeura
immobile, les yeux en l'air. Cependant, il avait passé
deux fois déjà. Là-haut, c'était bien sa toile, si haut, si
haut, qu'il hésitait à la reconnaître, toute petite, posée
en hirondelle, sur le coin d'un cadre, le cadre monumen-
tal d'un immense tableau de dix mètres, représentant le
Déluge, le grouillement d'un peuple jaune, culbuté dans
de l'eau lie de vin. A gauche, il y avait encore le pitoyable
portrait en pied d'un général couleur de cendre; à droite,
une nymphe colosse, dans un paysage lunaire, le cadavre
exsangue d'une assassinée, qui se gâtait sur l'herbe; et,
alentour, partout, des choses rosâtres, violâtres, des
images tristes, jusqu'à une scène comique de moines
se grisant, jusqu'à une ouverture de la Chambre, avec
toute une page écrite sur un cartouche doré, où les têtes
des députés connus étaient reproduites au trait, accom-
pagnées des noms. Et, là-haut, là-haut, au milieu de ces
voisinages blafards, la petite toile, trop rude, éclatait
férocement, dans une grimace douloureuse de monstre.

Ah! *l'Enfant mort*, le misérable petit cadavre, qui

n'était plus, à cette distance, qu'une confusion de chairs, la carcasse échouée de quelque bête informe! Etait-ce un crâne, était-ce un ventre, cette tête phénoménale, enflée et blanchie ? et ces pauvres mains tordues sur les linges, comme des pattes retractées d'oiseau tué par le froid! et le lit lui-même, cette pâleur des draps, sous la pâleur des membres, tout ce blanc si triste, un évanouissement du ton, la fin dernière! Puis, on distinguait les yeux clairs et fixes, on reconnaissait une tête d'enfant, le cas de quelque maladie de la cervelle, d'une profonde et affreuse pitié.

Claude s'approcha, se recula, pour mieux voir. Le jour était si mauvais, que des reflets dansaient dans la toile, de partout. Son petit Jacques, comme on l'avait placé! sans doute par dédain, ou par honte plutôt, afin de se débarrasser de sa laideur lugubre. Lui, pourtant, l'évoquait, le retrouvait, là-bas, à la campagne, frais et rose, quand il se roulait dans l'herbe, puis rue de Douai, peu à peu pâli et stupide, puis rue Tourlaque, ne pouvant plus porter son front, mourant une nuit tout seul, pendant que sa mère dormait; et il la revoyait, elle aussi, la mère, la triste femme, restée à la maison, pour y pleurer sans doute, ainsi qu'elle pleurait maintenant les journées entières. N'importe, elle avait bien fait de ne pas venir : c'était trop triste, leur petit Jacques, déjà froid dans son lit, jeté à l'écart en paria, si brutalisé par la lumière, que le visage semblait rire, d'un rire abominable.

Et Claude souffrait plus encore de l'abandon de son œuvre. Un étonnement, une déception, le faisait chercher des yeux la foule, la poussée à laquelle il s'attendait. Pourquoi ne le huait-on pas ? Ah! les insultes de jadis, les moqueries, les indignations, ce qui l'avait déchiré et fait vivre! Non, plus rien, pas même un crachat au passage : c'était la mort. Dans la salle immense, le public défilait rapidement, pris d'un frisson d'ennui. Il n'y avait du monde que devant l'image de l'ouverture de la Chambre, où sans cesse un groupe se renouvelait, lisant la légende, se montrant les têtes des députés. Des rires ayant éclaté derrière lui, il se retourna; mais on ne se moquait point, on s'égayait simplement des moines en goguette, le succès comique du Salon que des messieurs expliquaient à des dames, en déclarant ça étourdissant d'esprit. Et tous ces gens passaient sous le petit Jacques, et pas un ne levait la tête, pas un ne savait même qu'il fût là-haut!

Le peintre, cependant, eut un espoir. Sur le pouf central, deux personnages, un gros et un mince, décorés tous les deux, causaient, renversés contre le dossier de velours, regardant les tableaux, en face. Il s'approcha, il les écouta.

— Et je les ai suivis, disait le gros. Ils ont pris la rue Saint-Honoré, la rue Saint-Roch, la rue de la Chaussée-d'Antin, la rue La Fayette...

— Enfin, vous leur avez parlé ? demanda le mince, d'un air de profond intérêt.

— Non, j'ai eu peur de me mettre en colère.

Claude s'en alla, revint à trois reprises, le cœur battant, chaque fois qu'un rare visiteur stationnait et promenait un lent regard de la cimaise au plafond. Un besoin maladif l'enrageait d'entendre une parole, une seule. Pourquoi exposer ? comment savoir ? tout, plutôt que cette torture du silence ! Et il étouffa, lorsqu'il vit s'approcher un jeune ménage, l'homme gentil avec de petites moustaches blondes, la femme ravissante, l'allure délicate et fluette d'une bergère en Saxe. Elle avait aperçu le tableau, elle en demandait le sujet, stupéfiée de n'y rien comprendre ; et, quand son mari, feuilletant le catalogue, eut trouvé le titre : l'*Enfant mort*, elle l'entraîna, frissonnante, avec ce cri d'effroi :

— Oh ! l'horreur ! est-ce que la police devrait permettre une horreur pareille !

Alors, Claude demeura là, debout, inconscient et hanté, les yeux cloués en l'air, au milieu du troupeau continu de la foule qui galopait, indifférente, sans un regard à cette chose unique et sacrée, visible pour lui seul ; et ce fut là, dans ces coudoiements, que Sandoz finit par le reconnaître.

Flânant en garçon, lui aussi, sa femme étant restée près de sa mère souffrante, Sandoz venait de s'arrêter, le cœur fendu, en bas de la petite toile, rencontrée par hasard. Ah ! quel dégoût de cette misérable vie ! Il revécut brusquement leur jeunesse, le collège de Plassans, les longues escapades au bord de la Viorne, les courses libres sous le brûlant soleil, toute cette flambée de leurs ambitions naissantes ; et, plus tard, dans leur existence commune, il se rappelait leurs efforts, leurs certitudes de gloire, la belle fringale, d'appétit démesuré, qui parlait d'avaler Paris d'un coup. A cette époque, que de fois il avait vu en Claude le grand homme, celui dont le génie débridé devait laisser en arrière, très loin, le talent des

autres! C'était d'abord l'atelier de l'impasse des Bourdonnais, plus tard l'atelier du quai de Bourbon, des toiles
immenses rêvées, des projets à faire éclater le Louvre;
c'était une lutte incessante, un travail de dix heures par
jour, un don entier de son être. Et puis, quoi? après
vingt années de cette passion, aboutir à ça, à cette pauvre
chose sinistre, toute petite, inaperçue, d'une navrante
mélancolie dans son isolement de pestiférée! Tant d'espoirs, de tortures, une vie usée au dur labeur de l'enfantement, et ça, et ça, mon Dieu!

Sandoz, près de lui, reconnut Claude. Une fraternelle
émotion fit trembler sa voix.

— Comment! tu es venu?... Pourquoi as-tu refusé de
passer me prendre?

Le peintre ne s'excusa même pas. Il semblait très fatigué, sans révolte, frappé d'une stupeur douce et som-
meillante.

— Allons, ne reste pas là. Il est midi sonné, tu vas
déjeuner avec moi... Des gens m'attendaient chez Ledoyen. Mais je les lâche, descendons au buffet, cela nous
rajeunira, n'est-ce pas? vieux!

Et Sandoz l'emmena, un bras sous le sien, le serrant,
le réchauffant, tâchant de le tirer de son silence morne.

— Voyons, sapristi! il ne faut pas te démonter de la
sorte. Ils ont beau l'avoir mal placé, ton tableau est
superbe, un fameux morceau de peintre!... Oui, je sais,
tu avais rêvé autre chose. Que diable! tu n'es pas mort,
ce sera pour plus tard... Et, regarde! tu devrais être fier,
car c'est toi le véritable triomphateur du Salon, cette
année. Il n'y a pas que Fagerolles qui te pille, tous maintenant t'imitent, tu les as révolutionnés, depuis ton *Plein
air*, dont ils ont tant ri... Regarde, regarde! en voilà
encore un de *Plein air*, en voilà un autre, et ici, et là-bas,
tous, tous!

De la main, au travers des salles, il désignait des toiles.
En effet, le coup de clarté, peu à peu introduit dans la
peinture contemporaine, éclatait enfin. L'ancien Salon
noir, cuisiné au bitume, avait fait place à un Salon enso-
leillé, d'une gaieté de printemps. C'était l'aube, le jour
nouveau qui avait pointé jadis au Salon des Refusés, et qui,
à cette heure, grandissait, rajeunissant les œuvres d'une
lumière fine, diffuse, décomposée en nuances infinies.
Partout, ce bleuissement se retrouvait, jusque dans les
portraits et dans les scènes de genre, haussées aux dimensions et au sérieux de l'histoire. Eux aussi, les vieux sujets

académiques, s'en étaient allés, avec les jus recuits de la
tradition, comme si la doctrine condamnée emportait son
peuple d'ombres; les imaginations devenaient rares, les
cadavéreuses nudités des mythologies et du catholi-
cisme, les légendes sans foi, les anecdotes sans vie, le
bric-à-brac de l'Ecole, usé par des générations de malins
ou d'imbéciles; et, chez les attardés des antiques recettes,
même chez les maîtres vieillis, l'influence était évidente, le
coup de soleil avait passé là. De loin, à chaque pas, on
voyait un tableau trouer le mur, ouvrir une fenêtre sur le
dehors. Bientôt, les murs tomberaient, la grande nature
entrerait, car la brèche était large, l'assaut avait emporté
la routine, dans cette gaie bataille de témérité et de jeunesse.

— Ah! ta part est belle encore, mon vieux! continua
Sandoz. L'art de demain sera le tien, tu les as tous faits.

Claude, alors, desserra les dents, dit très bas, avec une
brutalité sombre:

— Qu'est-ce que ça me fout de les avoir faits, si je ne
me suis pas fait moi-même?... Vois-tu, c'était trop gros
pour moi, et c'est ça qui m'étouffe.

D'un geste, il acheva sa pensée, son impuissance à être
le génie de la formule qu'il apportait, son tourment de
précurseur qui sème l'idée sans récolter la gloire, sa désolation de se voir volé, dévoré par des bâcleurs de besogne,
toute une nuée de gaillards souples, éparpillant leurs
efforts, encanaillant l'art nouveau, avant que lui ou un
autre ait eu la force de planter le chef-d'œuvre qui date-
rait cette fin de siècle.

Sandoz protesta, l'avenir restait libre. Puis, pour le
distraire, il l'arrêta, en traversant le salon d'honneur.

— Oh! cette dame en bleu, devant ce portrait! Quelle
claque la nature fiche à la peinture!... Tu te souviens,
quand nous regardions le public autrefois, les toilettes,
la vie des salles. Pas un tableau ne tenait le coup. Et,
aujourd'hui, il y en a qui ne se démolissent pas trop. J'ai
même remarqué, là-bas, un paysage dont la tonalité jaune
éteignait complètement les femmes qui s'en approchaient.

Mais Claude eut un tressaillement d'indicible souffrance.

— Je t'en prie, allons-nous-en, emmène-moi... Je
n'en puis plus.

Au buffet, ils eurent toutes les peines du monde à
trouver une table libre. C'était un étouffement, un empi-
lement, dans le vaste trou d'ombre, que des draperies

de serge brune ménageaient, sous les travées du haut
plancher de fer. Au fond, à demi noyés de ténèbres, trois
dressoirs étageaient symétriquement leurs compotiers
de fruits ; tandis que, plus en avant, occupant les comp-
toirs de droite et de gauche, deux dames, une blonde, une
brune, surveillaient la mêlée, d'un regard militaire ; et,
des profondeurs obscures de cet antre, un flot de petites
tables de marbre, une marée de chaises, serrées, enche-
vêtrées, moutonnait, s'enflait, venait déborder et s'étaler
jusque dans le jardin, sous la grande clarté pâle qui tombait des vitres.

Enfin, Sandoz vit des personnes se lever. Il s'élança,
il conquit la table de haute lutte, au milieu du tas.

— Ah ! fichtre ! nous y sommes... Que veux-tu manger ?

Claude eut un geste insouciant. Le déjeuner d'ailleurs
fut exécrable, de la truite amollie par le court-bouillon,
un filet desséché au four, des asperges sentant le linge
humide ; et encore fallut-il se battre pour être servi, car
les garçons, bousculés, perdant la tête, restaient en
détresse dans les passages trop étroits, que le flux des
chaises resserrait toujours, jusqu'à les boucher complètement. Derrière la draperie de gauche, on entendait un
tintamarre de casseroles et de vaisselle, la cuisine installée là, sur le sable, ainsi que ces fourneaux de kermesse
qui campent au plein air des routes.

Sandoz et Claude devaient manger de biais, étranglés
entre deux sociétés, dont les coudes peu à peu entraient
dans leurs assiettes ; et, chaque fois que passait un garçon,
il ébranlait les chaises d'un violent coup de hanche. Mais
cette gêne, ainsi que l'abominable nourriture, égayait. On
plaisantait les plats, une familiarité s'établissait de table
à table, dans la commune infortune qui se changeait en
partie de plaisir. Des inconnus finissaient par sympathi-
ser, des amis soutenaient des conversations à trois rangs
de distance, la tête tournée, gesticulant par-dessus les
épaules des voisins. Les femmes surtout s'animaient,
d'abord inquiètes de cette cohue, puis se dégantant, relevant leurs voilettes, riant au premier doigt de vin pur. Et
ce qui était le ragoût de ce jour du vernissage, c'était justement la promiscuité où se coudoyaient là tous les
mondes, des filles, des bourgeoises, de grands artistes, de
simples imbéciles, une rencontre de hasard, un mélange
dont le louche imprévu allumait les yeux des plus hon-
nêtes.

Cependant, Sandoz, qui avait renoncé à finir sa viande, haussait la voix, au milieu du terrible vacarme des conversations et du service.

— Un morceau de fromage, hein ?... Et tâchons d'avoir du café.

Les yeux vagues, Claude n'entendait pas. Il regardait dans le jardin. De sa place, il voyait le massif central, de grands palmiers qui se détachaient sur les draperies brunes, dont tout le pourtour était orné. Là, s'espaçait un cercle de statues : le dos d'une faunesse, à la croupe enflée ; le joli profil d'une étude de jeune fille, une rondeur de joue, une pointe de petit sein rigide ; la face d'un Gaulois en bronze, une colossale romance, irritante de patriotisme bête ; le ventre laiteux d'une femme pendue par les poignets, quelque Andromède du quartier Pigalle ; et d'autres, d'autres encore, des files d'épaules et de hanches qui suivaient les tournants des allées, des fuites de blancheurs au travers des verdures, des têtes, des gorges, des jambes, des bras, confondus et envolés dans l'éloignement de la perspective. A gauche se perdait une ligne de bustes, la joie des bustes, l'extraordinaire comique d'une enfilade de nez, un prêtre à nez énorme et pointu, une soubrette à petit nez retroussé, une Italienne du XVe siècle au beau nez classique, un matelot au nez de simple fantaisie, tous les nez, le nez magistrat, le nez industriel, le nez décoré, immobiles et sans fin.

Mais Claude ne voyait rien, ce n'étaient que des taches grises dans le jour brouillé et verdi. Sa stupeur continuait, il eut une seule sensation, le grand luxe des toilettes, qu'il avait mal jugé au milieu de la poussée des salles, et qui là se développait librement, ainsi que sur le gravier de quelque serre de château. Toute l'élégance de Paris défilait, les femmes venues pour se montrer, les robes méditées, destinées à être dans les journaux du lendemain. On regardait beaucoup une actrice marchant d'un pas de reine, au bras d'un monsieur qui prenait des airs complaisants de prince époux. Les mondaines avaient des allures de gueuses, toutes se dévisageaient de ce lent coup d'œil dont elles se déshabillent, estimant la soie, aunant les dentelles, fouillant de la pointe des bottines à la plume du chapeau. C'était comme un salon neutre, des dames assises avaient rapproché leurs chaises, ainsi qu'aux Tuileries, uniquement occupées de celles qui passaient. Deux amies hâtaient le pas, en riant. Une autre, solitaire, allait et revenait, muette, avec un regard noir.

D'autres encore, qui s'étaient perdues, se retrouvaient, s'exclamaient de l'aventure. Et la masse mouvante et assombrie des hommes stationnait, se remettait en marche, s'arrêtait en face d'un marbre, refluait devant un bronze; tandis que, parmi les rares bourgeois égarés là, circulaient des noms célèbres, tout ce que Paris comptait d'illustrations, le nom d'une gloire retentissante, au passage d'un gros monsieur mal mis, le nom ailé d'un poète, à l'approche d'un homme blême, qui avait la face plate d'un portier. Une onde vivante montait de cette foule dans la lumière égale et décolorée, lorsque, brusquement, derrière les nuages d'une dernière averse, un coup de soleil enflamma les vitres hautes, fit resplendir le vitrail du couchant, plut en gouttes d'or, à travers l'air immobile; et tout se chauffa, la neige des statues dans les verdures luisantes, les pelouses tendres que découpait le sable jaune des allées, les toilettes riches aux vifs réveils de satin et de perles, les voix elles-mêmes, dont le grand murmure nerveux et rieur sembla pétiller comme une claire flambée de sarments. Des jardiniers, en train d'achever la plantation des corbeilles, tournaient les robinets des bouches d'arrosage, promenaient des arrosoirs dont la pluie s'exhalait des gazons trempés en une fumée tiède. Un moineau très hardi, descendu des charpentes de fer, malgré le monde, piquait le sable devant le buffet, mangeant les miettes de pain qu'une jeune femme s'amusait à lui jeter.

Alors, Claude, de tout ce tumulte, n'entendit au loin que le bruit de mer, le grondement du public roulant en haut, dans les salles. Et un souvenir lui revint, il se rappela ce bruit, qui avait soufflé en ouragan devant son tableau. Mais, à cette heure, on ne se riait plus : c'était Fagerolles, là-haut, que l'haleine géante de Paris acclamait.

Justement, Sandoz, qui se retournait, dit à Claude :

— Tiens! Fagerolles!

En effet, Fagerolles et Jory, sans les voir, venaient de s'emparer d'une table voisine. Le dernier continuait une conversation de sa grosse voix.

— Oui, j'ai vu son enfant crevé. Ah! le pauvre bougre, quelle fin!

Fagerolles lui donna un coup de coude; et, tout de suite, l'autre, ayant aperçu les deux camarades, ajouta :

— Ah! ce vieux Claude!... Comment va, hein?... Tu

sais que je n'ai pas encore vu ton tableau. Mais on m'a dit
que c'était superbe.

— Superbe! appuya Fagerolles.

Ensuite, il s'étonna.

— Vous avez mangé ici, quelle idée! on y est si mal!...
Nous autres, nous revenons de chez Ledoyen. Oh! un
monde, une bousculade, une gaieté!... Approchez donc
votre table, que nous causions un peu.

On réunit les deux tables. Mais déjà des flatteurs, des
solliciteurs relançaient le jeune maître triomphant. Trois
amis se levèrent, le saluèrent bruyamment de loin. Une
dame tomba dans une contemplation souriante, lorsque
son mari le lui eut nommé à l'oreille. Et le grand maigre,
l'artiste mal placé qui ne dérageait pas et le poursuivait
depuis le matin, quitta une table du fond où il se trouvait,
accourut de nouveau se plaindre, en exigeant la cimaise,
immédiatement.

— Eh! fichez-moi la paix! finit par crier Fagerolles,
à bout d'amabilité et de patience.

Puis, lorsque l'autre s'en fut allé, en mâchonnant de
sourdes menaces :

— C'est vrai, on a beau vouloir être obligeant, ils vous
rendraient enragés!... Tous sur la cimaise! des lieues de
cimaise!... Ah! quel métier que d'être du jury! On s'y
casse les jambes et l'on n'y récolte que des haines!

De son air accablé, Claude le regardait. Il sembla
s'éveiller un instant, il murmura d'une langue pâteuse :

— Je t'ai écrit, je voulais aller te voir pour te remercier... Bongrand m'a dit la peine que tu as eue... Merci
encore, n'est-ce pas ?

Mais Fagerolles, vivement, l'interrompit.

— Que diable! je devais bien ça à notre vieille
amitié... C'est moi qui suis content de t'avoir fait ce
plaisir.

Et il avait cet embarras qui le reprenait toujours devant
le maître inavoué de sa jeunesse, cette sorte d'humilité
invincible, en face de l'homme dont le muet dédain suffisait en ce moment à gâter son triomphe.

— Ton tableau est très bien, ajouta Claude lentement,
pour être bon et courageux.

Ce simple éloge gonfla le cœur de Fagerolles d'une
émotion exagérée, irrésistible, montée il ne savait d'où;
et le gaillard, sans foi, brûlé à toutes les farces, répondit
d'une voix tremblante :

— Ah! mon brave, ah! tu es gentil de me dire ça!

Sandoz venait enfin d'obtenir deux tasses de café, et comme le garçon avait oublié le sucre, il dut se contenter des morceaux laissés par une famille voisine. Quelques tables se vidaient, mais la liberté avait grandi, un rire de femme sonna si haut que, toutes les têtes se retournèrent. On fumait, une lente vapeur bleue s'exhalait au-dessus de la débandade des nappes, tachées de vin, encombrées de vaisselle grasse. Lorsque Fagerolles eut également réussi à se faire apporter deux chartreuses, il se mit à causer avec Sandoz, qu'il ménageait, devinant là une force. Et Jory, alors, s'empara de Claude, redevenu morne et silencieux.

— Dis donc, mon cher, je ne t'ai pas envoyé de lettre, pour mon mariage... Tu sais, à cause de notre position, nous avons fait ça entre nous, sans personne... Mais, tout de même, j'aurais voulu te prévenir. Tu m'excuses, n'est-ce pas ?

Il se montra expansif, donna des détails, heureux de vivre, dans la joie égoïste de se sentir gras et victorieux, en face de ce pauvre diable vaincu. Tout lui réussissait, disait-il. Il avait lâché la chronique, flairant la nécessité d'installer sérieusement sa vie; puis, il s'était haussé à la direction d'une grande revue d'art; et l'on assurait qu'il y touchait trente mille francs par an, sans compter tout un obscur trafic dans les ventes de collections. La rapacité bourgeoise qu'il tenait de son père, cette hérédité du gain qui l'avait jeté secrètement à des spéculations infimes, dès les premiers sous gagnés, s'étalait aujourd'hui, finissait par faire de lui un terrible monsieur saignant à blanc les artistes et les amateurs qui lui tombaient sous la main.

Et c'était au milieu de cette fortune que Mathilde, toute-puissante, venait de l'amener à la supplier en pleurant d'être sa femme, ce qu'elle avait fièrement refusé pendant six mois.

— Lorsqu'on doit vivre ensemble, continuait-il, le mieux est encore de régler la situation. Hein ? toi qui as passé par là, mon cher, tu en sais quelque chose... Si je te disais qu'elle ne voulait pas, oui! par crainte d'être mal jugée et de me faire du tort. Oh! une âme d'une grandeur, d'une délicatesse!... Non, vois-tu, on n'a pas idée des qualités de cette femme-là. Dévouée, toujours aux petits soins, économe, et fine, et de bon conseil... Ah! c'est une rude chance que je l'aie rencontrée! Je n'entreprends plus rien sans elle, je la laisse aller, elle mène tout, ma parole!

La vérité était que Mathilde avait achevé de le réduire à une obéissance peureuse de petit garçon, que la seule menace d'être privé de confiture rend sage. Une épouse autoritaire, affamée de respect, dévorée d'ambition et de lucre, s'était dégagée de l'ancienne goule impudique. Elle ne le trompait même pas, d'une vertu aigre de femme honnête, en dehors des pratiques d'autrefois, qu'elle avait gardées avec lui seul, pour en faire l'instrument conjugal de sa puissance. On disait les avoir vus communier tous les deux à Notre-Dame de Lorette. Ils s'embrassaient devant le monde, ils s'appelaient de petits noms tendres. Seulement, le soir, il devait raconter sa journée, et si l'emploi d'une heure restait louche, s'il ne rapportait pas jusqu'aux centimes des sommes qu'il touchait, elle lui faisait passer une telle nuit, à le menacer de maladies graves, à refroidir le lit de ses refus dévots, que, chaque fois, il achetait plus chèrement son pardon.

— Alors, répéta Jory, se complaisant dans son histoire, nous avons attendu la mort de mon père, et je l'ai épousée.

Claude, l'esprit perdu jusque-là, hochant la tête sans écouter, fut seulement frappé par la dernière phrase.

— Comment, tu l'as épousée ?... Mathilde !

Il mit dans cette exclamation son étonnement de l'aventure, tous les souvenirs qui lui revenaient de la boutique à Mahoudeau. Ce Jory, il l'entendait encore parler d'elle en termes abominables, il se rappelait ses confidences, un matin, sur un trottoir, des orgies romantiques, des horreurs, au fond de l'herboristerie empestée par l'odeur forte des aromates. Toute la bande y avait passé, lui s'était montré plus insultant que les autres, et il l'épousait ! Vraiment, un homme était bête de mal parler d'une maîtresse, même de la plus basse, car il ne savait jamais s'il ne l'épouserait pas, un jour.

— Eh! oui, Mathilde, répondit l'autre souriant. Va, ces vieilles maîtresses, ça fait encore les meilleures femmes.

Il était plein de sérénité, la mémoire morte, sans une allusion, sans un embarras sous les regards des camarades. Elle semblait venir d'ailleurs, il la leur présentait, comme s'ils ne l'avaient pas connue aussi bien que lui.

Sandoz, qui suivait d'une oreille la conversation, très intéressé par ce beau cas, s'écria, quand ils se turent :

— Hein ? filons... J'ai les jambes engourdies.

Mais, à ce moment, Irma Bécot parut et s'arrêta devant le buffet. Elle était en beauté, les cheveux dorés à neuf,

dans son éclat truqué de courtisane fauve, descendue d'un
vieux cadre de la Renaissance ; et elle portait une tunique
de brocart bleu pâle, sur une jupe de satin couverte
d'Alençon, d'une telle richesse, qu'une escorte de messieurs l'accompagnait. Un instant, en apercevant Claude
parmi les autres, elle hésita, saisie d'une honte lâche, en
face de ce misérable mal vêtu, laid et méprisé. Puis, elle
eut la vaillance de son ancien caprice, ce fut à lui qu'elle
serra la main le premier, au milieu de tous ces hommes
corrects, arrondissant des yeux surpris. Elle riait d'un air
de tendresse, avec une amicale moquerie qui pinçait un
peu les coins de sa bouche.

— Sans rancune, lui dit-elle gaiement.

Et ce mot, qu'ils furent les seuls à comprendre, redoubla son rire. C'était toute leur histoire. Le pauvre garçon
qu'elle avait dû violenter, et qui n'y avait pris aucun plaisir !

Déjà, Fagerolles payait les deux chartreuses et s'en
allait avec Irma, que Jory se décida également à suivre.
Claude les regarda s'éloigner tous les trois, elle entre les
deux hommes, marchant royalement parmi la foule, très
admirés, très salués.

— On voit bien que Mathilde n'est pas là, dit simplement Sandoz. Ah ! mes amis, quelle paire de gifles en
rentrant !

Lui-même demanda l'addition. Toutes les tables se
dégarnissaient, il n'y avait plus qu'un saccage d'os et de
croûtes. Deux garçons lavaient les marbres à l'éponge,
tandis qu'un autre, armé d'un râteau, grattait le sable,
trempé de crachats, sali de miettes. Et, derrière la draperie de serge brune, c'était maintenant le personnel qui
déjeunait, des bruits de mâchoires, des rires empâtés,
toute la mastication forte d'un campement de bohémiens,
en train de torcher les marmites.

Claude et Sandoz firent le tour du jardin, et ils découvrirent une figure de Mahoudeau, très mal placée, dans
un coin, près du vestibule de l'Est. C'était enfin la Baigneuse debout, mais rapetissée encore, à peine grande
comme une fillette de dix ans, et d'une élégance charmante, les cuisses fines, la gorge toute petite, une hésitation exquise de bouton naissant. Un parfum s'en dégageait, la grâce que rien ne donne et qui fleurit où elle
veut, la grâce invincible, entêtée et vivace, repoussant
quand même de ces gros doigts d'ouvrier, qui s'ignoraient
au point de l'avoir si longtemps méconnue.

Sandoz ne put s'empêcher de sourire.

— Et dire que ce gaillard a tout fait pour gâter son talent!... S'il était mieux placé, il aurait un gros succès.

— Oui, un gros succès, répéta Claude. C'est très joli.

Justement, ils aperçurent Mahoudeau, déjà sous le vestibule, se dirigeant vers l'escalier. Ils l'appelèrent, ils coururent, et tous trois restèrent à causer quelques minutes. La galerie du rez-de-chaussée s'étendait, vide, sablée, éclairée d'une clarté blafarde par ses grandes fenêtres rondes; et l'on aurait pu se croire sous un pont de chemin de fer : de forts piliers soutenaient les charpentes métalliques, un froid de glace soufflait de haut, mouillant le sol, où les pieds enfonçaient. Au loin, derrière un rideau déchiré, s'alignaient des statues, les envois refusés de la sculpture, les plâtres que les sculpteurs pauvres ne retiraient même pas, une Morgue blême, d'un abandon lamentable. Mais ce qui surprenait, ce qui faisait lever la tête, c'était le fracas continu, le piétinement énorme du public sur le plancher des salles. Là, on en était assourdi, cela roulait démesurément, comme si des trains interminables, lancés à toute vapeur, avaient ébranlé sans fin les solives de fer.

Quand on l'eut complimenté, Mahoudeau dit à Claude qu'il avait vainement cherché sa toile : au fond de quel trou l'avait-on fourrée ? Puis, il s'inquiéta de Gagnière et de Dubuche, dans un attendrissement du passé. Où étaient les Salons d'autrefois, lorsqu'on y débarquait en bande, les courses rageuses à travers les salles, comme en pays ennemi, les violents dédains de la sortie ensuite, les discussions qui enflaient les langues et vidaient les crânes! Personne ne voyait plus Dubuche. Deux ou trois fois par mois, Gagnière arrivait de Melun, effaré, pour un concert; et il se désintéressait tellement de la peinture, qu'il n'était même pas venu au Salon, où il avait pourtant son paysage ordinaire, le bord de Seine qu'il envoyait depuis quinze ans, d'un joli ton gris, consciencieux et si discret, que le public ne l'avait jamais remarqué.

— J'allais monter, reprit Mahoudeau. Montez-vous avec moi ?

Claude, pâli d'un malaise, levait les yeux, à chaque seconde. Ah! ce grondement terrible, ce galop dévorateur du monstre, dont il sentait la secousse jusque dans ses membres!

Il tendit la main sans parler.

— Tu nous quittes ? s'écria Sandoz. Fais encore un tour avec nous, et nous partirons ensemble.

Puis, une pitié lui serra le cœur, en le voyant si las. Il le sentait à bout de courage, désireux de solitude, pris du besoin de fuir seul, pour cacher sa blessure.

— Alors, adieu, mon vieux... Demain, j'irai chez toi.

Claude, chancelant, poursuivi par la tempête d'en haut, disparut derrière les massifs du jardin.

Et, deux heures plus tard, dans la salle de l'Est, Sandoz, qui, après avoir perdu Mahoudeau, venait de le retrouver avec Jory et Fagerolles, aperçut Claude, debout devant sa toile, à la place même où il l'avait rencontré la première fois. Le misérable, au moment de partir, était remonté là, malgré lui, attiré, obsédé.

C'était l'étouffement embrasé de cinq heures, lorsque la cohue, épuisée de tourner le long des salles, saisie du vertige des troupeaux lâchés dans un parc, s'effare et s'écrase, sans trouver la sortie. Depuis le petit froid du matin, la chaleur des corps, l'odeur des haleines avaient alourdi l'air d'une vapeur rousse ; et la poussière des parquets, volante, montait en un fin brouillard, dans cette exhalaison de litière humaine. Des gens s'emmenaient encore devant des tableaux, dont les sujets seuls frappaient et retenaient le public. On s'en allait, on revenait, on piétinait sans fin. Les femmes surtout s'entêtaient à ne pas lâcher pied, à en être jusqu'au moment où les gardiens les pousseraient dehors, dès le premier coup de six heures. De grosses dames s'étaient échouées. D'autres, n'ayant pas découvert le moindre petit coin pour s'asseoir, s'appuyaient fortement sur leurs ombrelles, défaillantes, obstinées quand même. Tous les yeux, inquiets et suppliants, guettaient les banquettes chargées de monde. Et il n'y avait plus, flagellant ces milliers de têtes, que ce dernier coup de la fatigue, qui délabrait les jambes, tirait la face, ravageait le front de migraine, cette migraine spéciale des Salons, faite de la cassure continuelle de la nuque et de la danse aveuglante des couleurs.

Seuls, sur le pouf où ils se contaient déjà leurs histoires, dès midi, les deux messieurs décorés causaient toujours tranquillement, à cent lieues. Peut-être y étaient-ils revenus, peut-être n'en avaient-ils pas même bougé.

— Et, comme ça, disait le gros, vous êtes entré, en affectant de ne pas comprendre ?

— Parfaitement, répondait le mince, je les ai regardés et j'ai ôté mon chapeau... Hein ? c'était clair.

— Étonnant! vous êtes étonnant, mon cher ami!

Mais Claude n'entendait que les sourds battements de son cœur, ne voyait que *l'Enfant mort*, en l'air, près du plafond. Il ne le quittait pas des yeux, il subissait la fascination qui le clouait là, en dehors de son vouloir. La foule, dans sa nausée de lassitude, tournoyait autour de lui; des pieds écrasaient les siens, il était heurté, emporté; et, comme une chose inerte, il s'abandonnait, flottait, se retrouvait à la même place, sans baisser la tête, ignorant ce qui se passait en bas, ne vivant plus que là-haut, avec son œuvre, son petit Jacques, enflé dans la mort. Deux grosses larmes, immobiles entre ses paupières, l'empêchaient de bien voir. Il lui semblait que jamais il n'aurait le temps de voir assez.

Alors, Sandoz, dans sa pitié profonde, feignit de ne pas avoir aperçu son vieil ami, comme s'il eût voulu le laisser seul, sur la tombe de sa vie manquée. De nouveau, les camarades passaient en bande, Fagerolles et Jory filaient en avant; et, justement, Mahoudeau lui ayant demandé où était le tableau de Claude, Sandoz mentit, l'écarta, l'emmena. Tous s'en allèrent.

Le soir, Christine n'obtint de Claude que des paroles brèves : tout marchait bien, le public ne se fâchait pas, le tableau faisait bon effet, un peu haut peut-être. Et, malgré cette tranquillité froide, il était si étrange, qu'elle fut prise de peur.

Après le dîner, comme elle revenait de porter des assiettes à la cuisine, elle ne le trouva plus devant la table. Il avait ouvert une fenêtre qui donnait sur un terrain vague, il était là, tellement penché, qu'elle ne le voyait pas. Puis, terrifiée, elle se précipita, elle le tira violemment par son veston.

— Claude! Claude! que fais-tu?

Il s'était retourné, d'une pâleur de linge, les yeux fous.

— Je regarde.

Mais elle ferma la fenêtre de ses mains tremblantes, et elle en garda une telle angoisse, qu'elle ne dormait plus la nuit.

XI

Dès le lendemain, Claude s'était remis au travail, et les jours s'écoulèrent, l'été se passa, dans une tranquillité lourde. Il avait trouvé une besogne, des petits tableaux de fleurs pour l'Angleterre, dont l'argent suffisait au pain quotidien. Toutes ses heures disponibles étaient de nouveau consacrées à sa grande toile : il n'y montrait plus les mêmes éclats de colère, il semblait se résigner à ce labeur éternel, l'air calme, d'une application entêtée et sans espoir. Mais ses yeux restaient fous, on y voyait comme une mort de la lumière, quand ils se fixaient sur l'œuvre manquée de sa vie.

Vers cette époque, Sandoz, lui aussi, eut un grand chagrin. Sa mère mourut, toute son existence fut bouleversée, cette existence à trois, si intime, où ne pénétraient que quelques amis. Il avait pris en haine le pavillon de la rue Nollet. D'ailleurs, un brusque succès s'était déclaré, dans la vente jusque-là pénible de ses livres ; et le ménage, comblé de cette richesse, venait de louer rue de Londres un vaste appartement, dont l'installation l'occupa pendant des mois. Son deuil avait encore rapproché Sandoz de Claude, dans un dégoût commun des choses. Après le coup terrible du Salon, il s'était inquiété de son vieux camarade, devinant en lui une cassure irréparable, quelque plaie par où la vie coulait, invisible. Puis, à le voir si froid, si sage, il avait fini par se rassurer un peu.

Souvent, Sandoz montait rue Tourlaque, et quand il lui arrivait de n'y rencontrer que Christine, il la questionnait, comprenant qu'elle aussi vivait dans l'effroi d'un malheur, dont elle ne parlait jamais. Elle avait la face tourmentée, les tressaillements nerveux d'une mère qui veille son enfant et qui tremble de voir la mort entrer, au moindre bruit.

Un matin de juillet, il lui demanda :

— Eh bien ! vous êtes contente ? Claude est tranquille, il travaille bien.

Elle jeta vers le tableau son regard accoutumé, un regard oblique de terreur et de haine.

— Oui, oui, il travaille... Il veut tout finir, avant de se remettre à la femme...

Et, sans avouer la crainte qui l'obsédait, elle ajouta plus bas :

— Mais ses yeux, avez-vous remarqué ses yeux ?... Il a toujours ses mauvais yeux. Moi, je sais bien qu'il ment, avec son air de ne pas se fâcher... Je vous en prie, venez le prendre, emmenez-le pour le distraire. Il n'a plus que vous, aidez-moi, aidez-moi !

Dès lors, Sandoz inventa des motifs de promenade, arriva dès le matin chez Claude et l'enleva de force au travail. Presque toujours, il fallait l'arracher de son échelle, où il restait assis, même quand il ne peignait pas. Des lassitudes l'arrêtaient, une torpeur qui l'engourdissait pendant de longues minutes, sans qu'il donnât un coup de pinceau. A ces moments de contemplation muette, son regard revenait avec une ferveur religieuse sur la figure de femme, à laquelle il ne touchait plus : c'était comme le désir hésitant d'une volupté mortelle, l'infinie tendresse et l'effroi sacré d'un amour qu'il se refusait, dans la certitude d'y laisser la vie. Puis, il se remettait aux autres figures, aux fonds du tableau, la sachant toujours là pourtant, l'œil vacillant lorsqu'il la rencontrait, seulement maître de son vertige, tant qu'il ne retournerait point à sa chair et qu'elle ne refermerait pas les bras sur lui.

Un soir, Christine, qui était reçue maintenant chez Sandoz, et qui ne manquait plus un jeudi, dans l'espérance de voir s'y égayer son grand enfant malade d'artiste, prit à part le maître de la maison, en le suppliant de tomber le lendemain chez eux. Et, le lendemain, Sandoz, ayant justement des notes à chercher pour un roman, de l'autre côté de la butte Montmartre, alla violenter Claude, l'emporta, le débaucha jusqu'à la nuit.

Ce jour-là, comme ils étaient descendus à la porte de Clignancourt, où se tenait une fête perpétuelle, des chevaux de bois, des tirs, des guinguettes, ils eurent la stupeur de se trouver brusquement en face de Chaîne, trônant au milieu d'une vaste et riche baraque. C'était une sorte de chapelle très ornée : quatre jeux de tournevire s'y

alignaient, des ronds chargés de porcelaines, de verreries,
de bibelots dont le vernis et les dorures luisaient dans un
éclair, avec des tintements d'harmonica, quand la main
d'un joueur lançait le plateau, qui grinçait contre la
plume ; même un lapin vivant, le gros lot, noué de faveurs
roses, valsait, tournait sans fin, ivre d'épouvante. Et ces
richesses s'encadraient dans des tentures rouges, des lam-
brequins, des rideaux, entre lesquels, au fond de la boutique, comme au saint des saints d'un tabernacle, on voyait
pendus trois tableaux, les trois chefs-d'œuvre de Chaîne,
qui le suivaient de foire en foire, d'un bout à l'autre de
Paris : la Femme adultère au centre, la copie du Mantegna à gauche, le poêle de Mahoudeau à droite. Le soir,
quand les lampes à pétrole flambaient, que les tournevires ronflaient et rayonnaient comme des astres, rien
n'était plus beau que ces peintures, dans la pourpre saignante des étoffes ; et le peuple béant s'attroupait.

Une pareille vue arracha une exclamation à Claude.

— Ah ! mon Dieu !... Mais elles sont très bien, ces
toiles ! elles étaient faites pour ça.

Le Mantegna surtout, d'une sécheresse si naïve, avait
l'air d'une image d'Epinal décolorée, clouée là pour le
plaisir des gens simples ; tandis que le poêle minutieux et
de guingois, en pendant avec le Christ de pain d'épices,
prenait une gaieté inattendue.

Mais Chaîne, qui venait d'apercevoir les deux amis,
leur tendit la main, comme s'il les avait quittés la veille.
Il était calme, sans orgueil ni honte de sa boutique, et il
n'avait pas vieilli, toujours en cuir, le nez complètement
disparu entre les deux joues, la bouche empâtée de
silence, enfoncée dans la barbe.

— Hein ? on se retrouve ! dit gaiement Sandoz. Vous
savez qu'ils font rudement de l'effet, vos tableaux.

— Ce farceur ! ajouta Claude, il a son petit Salon à lui
tout seul. C'est très malin, ça !

La face de Chaîne resplendit, et il lâcha son mot :

— Bien sûr !

Puis, dans le réveil de son orgueil d'artiste, lui dont
on ne tirait guère que des grognements, il prononça toute
une phrase.

— Ah ! bien sûr que si j'avais eu de l'argent comme
vous, je serais arrivé comme vous, tout de même.

C'était sa conviction. Jamais il n'avait mis son talent
en doute, il lâchait simplement la partie, parce qu'elle ne
nourrissait pas son homme. Au Louvre, devant les chefs-

d'œuvre, il était uniquement persuadé qu'il fallait du temps.

— Allez, reprit Claude redevenu sombre, n'ayez point de regrets, vous seul avez réussi... Ça marche, n'est-ce pas ? le commerce.

Mais Chaîne mâchonna des paroles amères. Non, non, rien ne marchait, pas même les tournevires. Le peuple ne jouait plus, tout l'argent filait chez les marchands de vin. On avait beau acheter des rebuts et donner le coup de paume sur la table, pour que la plume ne s'arrêtât pas aux gros lots : c'était à peine s'il y avait désormais de l'eau à boire. Puis, comme du monde s'était approché, il s'interrompit, il cria d'une grosse voix que les deux autres ne lui connaissaient point, et qui les stupéfia.

— Voyez, voyez le jeu !... A tous les coups l'on gagne !

Un ouvrier, qui avait dans ses bras une petite fille souffreteuse, aux grands yeux avides, lui fit jouer deux coups. Les plateaux grinçaient, les bibelots dansaient dans un éblouissement, le lapin en vie tournait, tournait, les oreilles rabattues, si rapide, qu'il s'effaçait et n'était plus qu'un cercle blanchâtre. Il y eut une forte émotion, la fillette avait failli le gagner.

Alors, après avoir serré la main de Chaîne encore tremblant, les deux amis s'éloignèrent.

— Il est heureux, dit Claude au bout d'une cinquantaine de pas, faits en silence.

— Lui ! s'écria Sandoz, il croit qu'il a raté l'Institut, et il en meurt !

A quelque temps de là, vers le milieu d'août, Sandoz imagina la distraction d'un vrai voyage, toute une partie qui devait leur prendre une journée entière. Il avait rencontré Dubuche, un Dubuche ravagé, morne, qui s'était montré plaintif et affectueux, remuant le passé, invitant ses deux vieux camarades à déjeuner à la Richaudière, où il se trouvait seul pour quinze jours encore, avec ses deux enfants. Pourquoi n'irait-on pas le surprendre, puisqu'il semblait si désireux de renouer ? Mais Sandoz répétait en vain qu'il lui avait fait jurer d'amener Claude, celui-ci refusait obstinément, comme s'il était saisi de peur, à l'idée de revoir Bennecourt, la Seine, les îles, toute cette campagne où des années heureuses étaient défuntes et ensevelies. Il fallut que Christine s'en mêlât, et il finit par céder, plein de répugnance. Justement, la veille du jour convenu, il avait travaillé très tard à son tableau, repris de fièvre. Aussi, le matin, un dimanche, dévoré de l'envie de peindre, s'en alla-t-il avec peine, dans une sorte d'arrachement douloureux. A quoi bon retourner là-bas ? C'était mort, ça n'existait plus. Rien n'existait que Paris, et encore, dans Paris, il n'existait qu'un horizon, la pointe de la Cité, cette vision qui le hantait toujours et partout, ce coin unique où il laissait son cœur.

Dans le wagon, Sandoz, en le voyant nerveux, les yeux à la portière, comme s'il eût quitté pour des années la ville peu à peu décrue et noyée de vapeurs, s'efforça de l'occuper et lui conta ce qu'il savait de la situation vraie de Dubuche. D'abord, le père Margaillan, glorieux de son gendre médaillé, l'avait promené, présenté en tous lieux, à titre d'associé et de successeur. En voilà un qui allait mener les affaires rondement, construire moins cher et plus beau, car le gaillard avait pâli sur les livres ! Mais la première idée de Dubuche fut déplorable : il inventa un four à briques et l'installa en Bourgogne, sur des terrains à son beau-père, dans des conditions si désastreuses, d'après un plan si défectueux, que la tentative se solda par une perte sèche de deux cent mille francs. Il se rabattit alors sur les constructions, où il prétendait vouloir appliquer des vues personnelles, un ensemble très mûri, qui renouvellerait l'art de bâtir. C'étaient les anciennes théories qu'il tenait des camarades révolutionnaires de sa jeunesse, tout ce qu'il avait promis de réaliser quand il serait libre, mais mal digéré, appliqué hors de propos, avec la lourdeur du bon élève sans flamme créatrice : les décorations de terres cuites et de faïences, les grands dégagements vitrés, surtout l'emploi du fer, les solives de fer, les escaliers de fer, les combles de fer ; et, comme ces matériaux augmentent les frais, il avait de nouveau abouti à une catastrophe, d'autant plus qu'il était un administrateur pitoyable et qu'il perdait la tête depuis sa fortune, épaissi encore par l'argent, gâté, désorienté, ne retrouvant même pas son application au travail. Cette fois, le père Margaillan se fâcha, lui qui, depuis trente ans, achetait les terrains, bâtissait, revendait, en établissant d'un coup d'œil les devis des maisons de rapport : tant de mètres de construction, à tant le mètre, devant donner tant d'appartements, à tant de loyer. Qui est-ce qui lui avait fichu un gaillard qui se trompait sur la chaux, la brique, la meulière, qui mettait du chêne où le sapin devait suffire, qui ne se résignait pas à couper un étage, comme un pain bénit, en autant de petits carrés qu'il le fallait ! Non, non, pas

de ça! il se révoltait contre l'art, après avoir eu l'ambition d'en introduire un peu dans sa routine, pour satisfaire un vieux tourment d'ignorant. Et, dès lors, les
choses allèrent de mal en pis, des querelles terribles
éclatèrent entre le gendre et le beau-père, l'un dédaigneux, se retranchant derrière sa science, l'autre criant
que le dernier des manœuvres, décidément, en savait
davantage qu'un architecte. Les millions périclitaient.
Margaillan, un beau jour, jeta Dubuche à la porte de ses
bureaux, en lui défendant d'y remettre les pieds, puisqu'il n'était pas même bon à conduire un chantier de
quatre hommes. Un désastre, une faillite lamentable, la
banqueroute de l'Ecole devant un maçon!

Claude, qui s'était mis à écouter, demanda :

— Alors, que fait-il, maintenant ?

— Je ne sais pas, rien sans doute, répondit Sandoz.
Il m'a dit que la santé de ses enfants l'inquiétait et qu'il
les soignait.

Mme Margaillan, cette femme pâle, en lame de couteau, était morte phtisique ; et, c'était le mal héréditaire,
la dégénérescence, car sa fille, Régine, toussait elle-même
depuis son mariage. En ce moment, elle faisait une cure
aux eaux du Mont-Dore, où elle n'avait point osé emmener ses enfants, qui s'étaient trouvés très mal, l'année
précédente, d'une saison dans cet air trop vif pour leur
débilité. Cela expliquait l'éparpillement de la famille : la
mère là-bas, avec une seule femme de chambre ; le grand-
père à Paris, où il avait repris ses grands travaux, se
battant au milieu de ses quatre cents ouvriers, accablant
de son mépris les paresseux et les incapables ; et le père
réfugié à la Richaudière, commis à la garde de sa fille
et de son fils, interné là, dès la première lutte, ainsi qu'un
invalide de la vie. Dans un instant d'expansion, Dubuche
avait même laissé entendre que, sa femme ayant failli
mourir à ses secondes couches, et s'évanouissant d'ailleurs au moindre contact trop vif, il s'était fait un devoir
de cesser tous rapports conjugaux avec elle. Pas même
cette récréation.

— Un beau mariage, dit simplement Sandoz, pour
conclure.

Il était dix heures, quand les deux amis sonnèrent
à la grille de la Richaudière. La propriété, qu'ils ne
connaissaient point, les émerveilla : une futaie superbe,
un jardin français avec des rampes et des perrons qui se
déroulaient royalement, trois serres immenses, surtout

une cascade colossale, une folie de rocs rapportés, de ciment et de conduites d'eau, où le propriétaire avait englouti une fortune, par une vanité d'ancien gâcheur de plâtre. Et ce qui les frappa plus encore, ce fut le désert mélancolique de ce domaine, les avenues ratissées, sans une trace de pas, les lointains vides que traversaient les rares silhouettes des jardiniers, la maison morte dont toutes les fenêtres étaient closes, sauf deux, entrebâillées à peine.

Pourtant, un valet de chambre, qui s'était décidé à paraître, les interrogea; et, quand il sut qu'ils venaient pour Monsieur, il se montra insolent, il répondit que Monsieur était derrière la maison, au gymnase. Puis, il rentra.

Sandoz et Claude suivirent une allée, débouchèrent en face d'une pelouse, et ce qu'ils virent, les arrêta un instant. Dubuche, debout devant un trapèze, levait les bras, pour y maintenir son fils Gaston, un pauvre être malingre, qui avait, à dix ans, les petits membres mous de la première enfance; tandis que, assise dans une voiture, la fillette, Alice, attendait son tour, venue avant terme celle-là, si mal finie, qu'elle ne marchait pas encore, à six ans. Le père, absorbé, continua d'exercer les membres grêles du petit garçon, le balança, tâcha vainement de le faire se hausser sur les poignets; puis, comme ce léger effort avait suffi pour le mettre en sueur, il l'emporta et le roula dans une couverture : tout cela en silence, isolé sous le ciel large, d'une pitié navrée au milieu de ce beau parc. Mais, en se relevant, il aperçut les deux amis.

— Comment! c'est vous!... Un dimanche, et sans m'avoir prévenu!

Il avait eu un geste désolé, il expliqua tout de suite que, le dimanche, la femme de chambre, la seule femme à qui il osât confier les enfants, allait à Paris, et que, dès lors, il lui était impossible de quitter Alice et Gaston une minute.

— Je parie que vous veniez déjeuner ?

Sur un regard suppliant de Claude, Sandoz se hâta de répondre :

— Non, non. Justement, nous ne pouvions que te serrer la main... Claude a dû se rendre dans le pays, pour des affaires. Tu sais, il a vécu à Bennecourt. Et, comme je l'ai accompagné, nous avons eu l'idée de pousser jusqu'ici. Mais on nous attend, ne te dérange pas.

Alors, Dubuche, soulagé, affecta de les retenir. Ils

avaient bien une heure, que diable! Et tous trois causèrent. Claude le regardait, étonné de le retrouver si
vieux : le visage bouffi s'était ridé, d'un jaune veiné de
rouge, comme si la bile avait éclaboussé la peau; tandis
que les cheveux et les moustaches grisonnaient déjà. En
outre, le corps semblait s'être tassé, une lassitude amère
appesantissait chaque geste. Les défaites de l'argent
étaient donc aussi lourdes que celles de l'art ? La voix,
le regard, tout chez ce vaincu disait la dépendance honteuse où il devait vivre, la faillite de son avenir qu'on lui
jetait à la face, la continuelle accusation d'avoir mis au
contrat un talent qu'il n'avait point, l'argent de la famille
qu'il volait aujourd'hui, ce qu'il mangeait, les vêtements
qu'il portait, les sous de poche qu'il lui fallait, la continuelle aumône enfin qu'on lui faisait, comme à un vul-
gaire filou dont on ne pouvait se débarrasser.

— Attendez-moi, reprit Dubuche, j'en ai encore pour
cinq minutes avec l'un de mes pauvres mimis, et nous
rentrons.

Doucement, avec des précautions infinies de mère, il
tira la petite Alice de la voiture, la souleva jusqu'au trapèze; et là, en bégayant des chatteries, en lui faisant
risette, il l'encouragea, la laissa deux minutes accrochée,
pour développer ses muscles; mais il restait les bras
ouverts, à suivre chaque mouvement, dans la crainte de
la voir se briser, si elle lâchait de fatigue ses frêles mains
de cire. Elle ne disait rien, elle avait de grands yeux
pâles, obéissante pourtant malgré sa terreur de cet exercice, d'une telle légèreté pitoyable, qu'elle ne tendait pas
les cordes, pareille à un de ces petits oiseaux étiques qui
tombent des branches, sans les plier.

À ce moment, Dubuche, ayant jeté un coup d'œil sur
Gaston, s'affola, en remarquant que la couverture avait
glissé et que les jambes de l'enfant se trouvaient découvertes.

— Mon Dieu! mon Dieu! le voilà qui va prendre
froid, dans cette herbe! Et moi qui ne puis bouger!...
Gaston, mon mimi! Tous les jours, c'est la même chose :
tu attends que je sois occupé avec ta sœur... Sandoz,
recouvre-le, de grâce!... Ah! merci, rabats encore la couverture, n'aie pas peur!

C'était ça que son beau mariage avait fait de la chair
de sa chair, c'étaient ces deux êtres inachevés, vacillants,
que le moindre souffle du ciel menaçait de tuer comme
des mouches. De la fortune épousée, il ne lui restait que

ça, le continuel chagrin de voir son sang se gâter et s'endolorir, dans ce fils, dans cette fille lamentables, qui
allaient pourrir sa race, tombée à la déchéance dernière
de la scrofule et de la phtisie. Et, chez ce gros garçon
égoïste, un père s'était révélé, admirable, un cœur
enflammé d'une passion unique. Il n'avait plus que la
volonté de faire vivre ses enfants, il luttait heure par
heure, les sauvait chaque matin, avec l'effroi de les
perdre chaque soir. Maintenant, eux seuls existaient, au
milieu de son existence finie, dans l'amertume des
reproches insultants de son beau-père, des jours maussades et des nuits glacées que lui apportait sa triste
femme; et il s'acharnait, il achevait de les mettre au
monde, par un continuel miracle de tendresse.

— Là, mon mimi, c'est assez, n'est-ce pas ? Tu verras comme tu deviendras grande et belle!

Il replaça Alice dans la voiture, il prit Gaston, toujours enveloppé, sur l'un de ses bras; et, comme ses amis
voulaient l'aider, il refusa, il se mit à pousser la petite
fille de sa main restée libre.

— Merci, j'ai l'habitude. Ah! les pauvres mignons,
ils ne sont pas lourds... Et puis, avec les domestiques,
on n'est jamais sûr.

En entrant dans la maison, Sandoz et Claude revirent
le valet de chambre qui s'était montré insolent; et ils
s'aperçurent que Dubuche tremblait devant lui. L'office
et l'antichambre, épousant les mépris du beau-père qui
payait, traitait le mari de Madame en mendiant toléré
par charité. A chaque chemise qu'on lui préparait, à
chaque morceau de pain qu'il osait redemander, il sentait l'aumône dans le geste impoli des domestiques.

— Eh bien! adieu, nous te laissons, dit Sandoz qui
souffrait.

— Non, non, attendez un moment... Les enfants vont
déjeuner, et je vous accompagnerai avec eux. Il faut
qu'ils fassent leur promenade.

Chaque journée était ainsi réglée heure par heure. Le
matin, la douche, le bain, la séance de gymnastique, puis
le déjeuner, qui était toute une affaire, car il leur fallait
une nourriture spéciale, discutée, pesée, et l'on allait jusqu'à faire tiédir leur eau rougie, de crainte qu'une goutte
trop fraîche ne leur donnât un rhume. Ce jour-là, ils
eurent un jaune d'œuf délayé dans du bouillon, et une
noix de côtelette, que le père leur coupa en tout petits
morceaux. Ensuite, venait la promenade, avant la sieste.

Sandoz et Claude se retrouvèrent dehors, le long des
larges avenues, avec Dubuche, qui poussait de nouveau
la voiture d'Alice; tandis que Gaston, à présent, marchait près de lui. On causa de la propriété, en se dirigeant vers la grille. Le maître jetait sur le vaste parc des
yeux timides et inquiets, comme s'il ne se fût pas senti
chez lui. Du reste, il ne savait rien, il ne s'occupait de
rien. Il semblait avoir oublié jusqu'à son métier d'architecte qu'on l'accusait de ne pas connaître, dévoyé,
anéanti d'oisiveté.

— Et tes parents, comment vont-ils? demanda Sandoz.

Une flamme ralluma les yeux éteints de Dubuche.

— Oh! mes parents, ils sont heureux. Je leur ai
acheté une petite maison, où ils mangent la rente que
j'ai fait mettre au contrat... N'est-ce pas? maman avait
assez avancé pour mon instruction, il fallait bien tout
rendre, comme je l'avais promis... Ça, je peux le dire,
mes parents n'ont pas de reproches à m'adresser.

On était arrivé à la grille, on stationna quelques
minutes. Enfin, il serra de son air brisé les mains de
ses vieux camarades; puis, gardant un instant celle de
Claude, il conclut, dans une simple constatation, où il
n'y avait même pas de colère :

— Adieu, tâche de t'en sortir... Moi, j'ai raté ma vie.

Et ils le virent s'en retourner, poussant Alice, soutenant les pas déjà trébuchants de Gaston, lui-même avec
le dos voûté et la marche lourde d'un vieillard.

Une heure sonnait, tous deux se hâtèrent de descendre
vers Bennecourt, attristés, affamés. Mais d'autres mélancolies les y attendaient, un vent meurtrier avait passé là :
les Faucheur, le mari, la femme, le père Poirette, étaient
morts; et l'auberge, tombée aux mains de cette oie de
Mélie, devenait répugnante de saleté et de grossièreté.
On leur y servit un déjeuner abominable, des cheveux
dans l'omelette, des côtelettes sentant le suint, au milieu
de la salle grande ouverte à la pestilence du trou à
fumier, tellement remplie de mouches, que les tables
en étaient noires. La chaleur du brûlant après-midi
d'août entrait avec la puanteur, ils n'eurent pas le courage de commander du café, ils se sauvèrent.

— Et toi qui célébrais les omelettes de la mère Faucheur! dit Sandoz. Une maison finie... Nous faisons un
tour, n'est-ce pas?

Claude allait refuser. Depuis le matin, il n'avait qu'une
hâte, marcher plus vite, comme si chaque pas abrégeait

la corvée et le ramenait vers Paris. Son cœur, sa tête, son
être entier était resté là-bas. Il ne regardait ni à droite,
ni à gauche, filant sans rien distinguer des champs ni des
arbres, n'ayant au crâne que son idée fixe, dans une hallucination telle, que, par moments, la pointe de la Cité
lui semblait se dresser et l'appeler du milieu des vastes
chaumes. Pourtant, la proposition de Sandoz éveillait
en lui des souvenirs ; et, une mollesse l'envahissant, il
répondit :

— Oui, c'est ça, allons voir.

Mais, à mesure qu'il avançait le long de la berge, il se
révoltait de douleur. C'était à peine s'il reconnaissait le
pays. On avait construit un pont pour relier Bonnières
à Bennecourt : un pont, grand Dieu ! à la place de ce
vieux bac craquant sur sa chaîne, et dont la note noire,
coupant le courant, était si intéressante ! En outre, le barrage établi en aval, à Port-Villez, ayant remonté le niveau
de la rivière, la plupart des îles se trouvaient submergées,
les petits bras s'élargissaient. Plus de jolis coins, plus de
ruelles mouvantes, où se perdre, un désastre à étrangler
tous les ingénieurs de la marine.

— Tiens ! ce bouquet de saules qui émergent encore,
à gauche, c'était le Barreux, l'île où nous allions causer
dans l'herbe, tu te souviens ?... Ah ! les misérables !

Sandoz, qui ne pouvait voir couper un arbre sans montrer le poing au bûcheron, pâlissait de la même colère,
exaspéré qu'on se fût permis d'abîmer la nature.

Puis, Claude, lorsqu'il s'approcha de son ancienne
demeure, devint muet, les dents serrées. On avait vendu
la maison à des bourgeois, il y avait maintenant une
grille, à laquelle il colla son visage. Les rosiers étaient
morts, les abricotiers étaient morts, le jardin très propre,
avec ses petites allées, ses carrés de fleurs et de légumes
entourés de buis, se reflétait dans une grosse boule de
verre étamé, posée sur un pied, au beau milieu ; et la
maison, badigeonnée à neuf, peinturlurée aux angles et
aux encadrements en fausses pierres de taille, avait un
endimanchement gauche de rustre parvenu, qui enragea
le peintre. Non, non, il ne restait là rien de lui, rien de
Christine, rien de leur grand amour de jeunesse ! Il voulut voir encore, il monta derrière l'habitation, chercha le
petit bois de chênes, ce trou de verdure où ils avaient
laissé le vivant frisson de leur première étreinte ; mais le
petit bois était mort, mort avec le reste, abattu, vendu,
brûlé. Alors, il eut un geste de malédiction, il jeta son

chagrin à toute cette campagne, si changée, où il ne
retrouvait pas un vestige de leur existence. Quelques
années suffisaient donc pour effacer la place où l'on avait
travaillé, joui et souffert ? A quoi bon cette agitation
vaine, si le vent, derrière l'homme qui marche, balaye
et emporte la trace de ses pas ? Il l'avait bien senti qu'il
n'aurait point dû revenir, car le passé n'était que le
cimetière de nos illusions, on s'y brisait les pieds contre
les tombes.

— Allons-nous-en! cria-t-il, allons-nous-en vite! C'est
stupide, de se crever ainsi le cœur!

Sur le nouveau pont, Sandoz tenta de le calmer, en lui
faisant voir un motif qui n'existait pas autrefois, la coulée de la Seine élargie, roulant à pleins bords, dans une
lenteur superbe. Mais cette eau n'intéressait plus Claude.
Il fit une seule réflexion : c'était la même eau qui, en traversant Paris, avait ruisselé contre les vieux quais de la
Cité; et elle le toucha dès lors, il se pencha un instant,
il crut y apercevoir des reflets glorieux, les tours de
Notre-Dame et l'aiguille de la Sainte-Chapelle, que le courant emportait à la mer.

Les deux amis manquèrent le train de trois heures.
Ce fut un supplice que de passer deux grandes heures
encore, dans ce pays si lourd à leurs épaules. Heureusement, ils avaient prévenu chez eux qu'ils rentreraient par
un train de nuit, si on les retenait. Aussi résolurent-ils de
dîner en garçons, dans un restaurant de la place du Havre,
pour tâcher de se remettre, en causant au dessert, comme
jadis. Huit heures allaient sonner, lorsqu'ils s'attablèrent.

Claude, au sortir de la gare, les pieds sur le pavé de
Paris, avait cessé de s'agiter nerveusement, en homme
qui se retrouvait enfin chez lui. Et il écoutait, de l'air
froid et absorbé qu'il gardait maintenant, les paroles
bavardes dont Sandoz essayait de l'égayer. Celui-ci le
traitait comme une maîtresse qu'il aurait voulu étourdir :
des plats fins et épicés, des vins qui grisent. Mais la
gaieté restait rebelle, Sandoz lui-même finit pas s'assombrir. Cette campagne ingrate, ce Bennecourt tant
chéri et oublieux, dans lequel ils n'avaient pas rencontré
une pierre qui eût conservé leur souvenir, ébranlait en
lui tous ses espoirs d'immortalité. Si les choses, qui ont
l'éternité, oubliaient si vite, est-ce qu'on pouvait compter
une heure sur la mémoire des hommes ?

— Vois-tu, mon vieux, c'est ce qui me donne des
sueurs froides, parfois... As-tu jamais songé à cela, toi,

que la postérité n'est peut-être pas l'impeccable justi-
cière que nous rêvons ? On se console d'être injurié,
d'être nié, on compte sur l'équité des siècles à venir, on
est comme le fidèle qui supporte l'abomination de cette
terre, dans la ferme croyance à une autre vie, où chacun
sera traité selon ses mérites. Et s'il n'y avait pas plus de
paradis pour l'artiste que pour le catholique, si les générations futures se trompaient comme les contemporains,
continuaient le malentendu, préféraient aux œuvres fortes
les petites bêtises aimables!... Ah! quelle duperie, hein ?
quelle existence de forçat, cloué au travail, pour une chimère!... Remarque que c'est bien possible, après tout. Il
y a des admirations consacrées dont je ne donnerais pas
deux liards. Par exemple, l'enseignement classique a tout
déformé, nous a imposé comme génies des gaillards corrects et faciles, auxquels on peut préférer les tempéraments libres, de production inégale, connus des seuls
lettrés. L'immortalité ne serait donc qu'à la moyenne
bourgeoise, à ceux qu'on nous entre violemment dans le
crâne, quand nous n'avons pas encore la force de nous
défendre... Non, non, il ne faut pas se dire ces choses,
j'en frissonne, moi! Est-ce que je garderais le courage de
ma besogne, est-ce que je resterais debout sous les huées,
si je n'avais plus l'illusion consolante que je serai aimé
un jour!

Claude l'avait écouté, de son air d'accablement. Puis,
il eut un geste d'amère indifférence.

— Bah! qu'est-ce que ça fiche ? il n'y a rien... Nous
sommes plus fous encore que les imbéciles qui se tuent
pour une femme. Quand la terre claquera dans l'espace
comme une noix sèche, nos œuvres n'ajouteront pas un
atome à sa poussière.

— Ça, c'est bien vrai, conclut Sandoz très pâle. A quoi
bon vouloir combler le néant ?... Et dire que nous le
savons, et que notre orgueil s'acharne!

Ils quittèrent le restaurant, vaguèrent dans les rues,
s'échouèrent de nouveau au fond d'un café. Ils philoso-
phaient, ils en étaient venus aux souvenirs de leur
enfance, ce qui achevait de leur noyer le cœur de tristesse. Une heure du matin sonnait, quand ils se décidèrent à rentrer chez eux.

Mais Sandoz parla d'accompagner Claude jusqu'à la
rue Tourlaque. La nuit d'août était superbe, chaude,
criblée d'étoiles. Et, comme ils faisaient un détour,
remontant par le quartier de l'Europe, ils passèrent

devant l'ancien café Baudequin, sur le boulevard des
Batignolles. Le propriétaire avait changé trois fois; la
salle n'était plus la même, repeinte, disposée autrement,
avec deux billards à droite; et les couches de consommateurs s'y étaient succédé, les unes recouvrant les autres,
si bien que les anciennes avaient disparu comme des
peuples ensevelis. Pourtant la curiosité, l'émotion de
toutes les choses mortes qu'ils venaient de remuer
ensemble, leur firent traverser le boulevard, pour jeter
un coup d'œil dans le café, par la porte grande ouverte.
Ils voulaient revoir leur table d'autrefois, au fond, à
gauche.

— Oh! regarde! dit Sandoz, stupéfait.

— Gagnière! murmura Claude.

C'était Gagnière, en effet, tout seul à cette table, au
fond de la salle vide. Il avait dû venir de Melun pour
un de ces concerts du dimanche, dont il se donnait la
débauche; puis, le soir, perdu dans Paris, il était monté
au café Baudequin, par une vieille habitude des jambes.
Pas un des camarades n'y remettait les pieds, et lui,
témoin d'un autre âge, s'y entêtait, solitaire. Il n'avait
pas encore touché à sa chope, il la regardait, si pensif,
que les garçons commençaient à mettre les chaises sur les
tables pour le balayage du lendemain, sans qu'il bougeât.

Les deux amis hâtèrent le pas, inquiets de cette figure
vague, pris de la terreur enfantine des revenants. Et ils
se séparèrent rue Tourlaque.

— Ah! ce triste Dubuche! dit Sandoz en serrant la
main de Claude, c'est lui qui nous a gâté notre journée.

Dès novembre, lorsque tous les vieux amis furent ren-
trés, Sandoz songea à les réunir dans un de ses dîners
du jeudi, comme il en avait gardé la coutume. C'était
toujours la meilleure de ses joies : la vente de ses livres
augmentait, le faisait riche; l'appartement de la rue de
Londres prenait un grand luxe, à côté de la petite maison bourgeoise des Batignolles; et lui restait immuable.
En outre, cette fois, il complotait, dans sa bonhomie, de
donner à Claude une distraction certaine, par une de
leurs chères soirées de jeunesse. Aussi veilla-t-il aux
invitations : Claude et Christine naturellement; Jory et
sa femme, qu'il avait fallu recevoir depuis le mariage;
puis, Dubuche qui venait toujours seul; Fagerolles,
Mahoudeau, Gagnière enfin. On serait dix, et rien que
des camarades de l'ancienne bande, pas un gêneur, pour
que la bonne entente et la gaieté fussent complètes.

Henriette, plus méfiante, hésita, lorsqu'ils arrêtèrent cette liste de convives.

— Oh! Fagerolles? Tu crois, Fagerolles avec les autres? Ils ne l'aiment guère... Et Claude non plus d'ailleurs, j'ai cru remarquer un froid.

Mais il l'interrompit, ne voulant pas en convenir.

— Comment! un froid?... C'est drôle, les femmes ne peuvent comprendre qu'on se plaisante. Au fond, ça n'empêche pas d'avoir le cœur solide.

Ce jeudi-là, Henriette voulut soigner le menu. Elle avait maintenant tout un petit personnel à diriger, une cuisinière, un valet de chambre; et, si elle ne faisait plus des plats elle-même, elle continuait à tenir la maison sur un pied de chère très délicate, par tendresse pour son mari, dont la gourmandise était le seul vice. Elle accompagna la cuisinière à la halle, passa en personne chez les fournisseurs. Le ménage avait le goût des curiosités gastronomiques, venues des quatre coins du monde. Cette fois, on se décida pour un potage queue de bœuf, des rougets de roche grillés, un filet aux cèpes, des raviolis à l'italienne, des gelinottes de Russie, et une salade de truffes, sans compter du caviar et des kilkis en hors-d'œuvre, une glace pralinée, un petit fromage hongrois couleur d'émeraude, des fruits, des pâtisseries. Comme vin, simplement, du vieux bordeaux dans les carafes, du chambertin au rôti, et un vin mousseux de la Moselle au dessert, en remplacement du vin de champagne, jugé banal.

Dès sept heures, Sandoz et Henriette attendirent leurs convives, lui en simple jaquette, elle très élégante dans une robe de satin noir tout unie. On venait chez eux en redingote, librement. Le salon, qu'ils achevaient d'installer, s'encombrait de vieux meubles, de vieilles tapisseries, de bibelots de tous les peuples et de tous les siècles, un flot montant, débordant à cette heure, qui avait commencé aux Batignolles par le vieux pot de Rouen, qu'elle lui avait donné un jour de fête. Ils couraient ensemble les brocanteurs, ils avaient une rage joyeuse d'acheter; et lui contentait là d'anciens désirs de jeunesse, des ambitions romantiques, nées jadis de ses premières lectures; si bien que cet écrivain, si farouchement moderne, se logeait dans le Moyen Age vermoulu qu'il rêvait d'habiter à quinze ans. Comme excuse, il disait en riant que les beaux meubles d'aujourd'hui coûtaient trop cher, tandis qu'on arrivait tout de suite à de l'allure et à de la couleur, avec des vieilleries, même

communes. Il n'avait rien du collectionneur, il était tout
pour le décor, pour les grands effets d'ensemble; et le
salon, à la vérité, éclairé par deux lampes de vieux Delft,
prenait des tons fanés très doux et très chauds, les ors
éteints des dalmatiques réappliqués sur les sièges, les
incrustations jaunies des cabinets italiens et des vitrines
hollandaises, les teintes fondues des portières orientales,
les cent petites notes des ivoires, des faïences, des émaux,
pâlis par l'âge et se détachant contre la tenture neutre de
la pièce, d'un rouge sombre.

Claude et Christine arrivèrent les premiers. Cette dernière avait mis son unique robe de soie noire, une robe
usée, finie, qu'elle entretenait avec des soins extrêmes,
pour les occasions semblables. Tout de suite, Henriette
lui prit les deux mains, en l'attirant sur un canapé. Elle
l'aimait beaucoup, elle la questionna, en la voyant singulière, les yeux inquiets, dans sa pâleur touchante.
Qu'avait-elle donc? souffrait-elle? Non, non, elle répondit qu'elle était très gaie, très heureuse de venir; et ses
regards, à chaque minute, allaient vers Claude, comme
pour l'étudier, puis se détournaient. Lui, paraissait excité,
d'une fièvre de paroles et de gestes qu'il n'avait pas
montrée depuis plusieurs mois. Seulement, par instants,
cette agitation tombait, il demeurait silencieux, les yeux
larges et perdus, fixés là-bas, au loin dans le vide, sur
quelque chose qui semblait l'appeler.

— Ah! mon vieux, dit-il à Sandoz, j'ai achevé ton
bouquin cette nuit. C'est rudement fort, tu leur as cloué
le bec, cette fois.

Tous deux causèrent devant la cheminée, où des
bûches flambaient. L'écrivain, en effet, venait de publier
un nouveau roman; et, bien que la critique ne désarmât
pas, il se faisait enfin, autour de ce dernier, cette rumeur
du succès qui consacre un homme, sous les attaques per-
sistantes de ses adversaires. D'ailleurs, il n'avait aucune
illusion, il savait bien que la bataille, même gagnée,
recommencerait à chacun de ses livres. Le grand travail
de sa vie avançait, cette série de romans, ces volumes qu'il
lançait coup sur coup, d'une main obstinée et régulière,
marchant au but qu'il s'était donné, sans se laisser
vaincre par rien, obstacles, injures, fatigues.

— C'est vrai, répondit-il gaiement, ils faiblissent cette
fois? Il y en a même un qui a fait la fâcheuse concession
de reconnaître que je suis un honnête homme. Voilà
comment tout dégénère!... Mais, va! ils se rattraperont.

J'en sais dont le crâne est trop différent du mien, pour
qu'ils acceptent jamais ma formule littéraire, mes audaces
de langue, mes bonshommes physiologiques, évoluant
sous l'influence des milieux; et je parle des confrères qui
se respectent, je laisse de côté les imbéciles et les gredins...
Le mieux, vois-tu, pour travailler gaillardement, c'est de
n'attendre ni bonne foi ni justice. Il faut mourir pour
avoir raison.

Les yeux de Claude s'étaient brusquement dirigés
vers un coin du salon, trouant le mur, allant là-bas, où
quelque chose l'avait appelé. Puis, ils se troublèrent, ils
revinrent, tandis qu'il disait :

— Bah! tu parles pour toi. Si je crevais, moi, j'aurais
tort... N'importe, ton bouquin m'a fichu une sacrée fièvre.
J'ai voulu peindre aujourd'hui, impossible! Ah! ça va
bien que je ne puisse pas être jaloux de toi, autrement tu
me rendrais trop malheureux.

Mais la porte s'était ouverte, et Mathilde entra, suivie
de Jory. Elle avait une toilette riche, une tunique de
velours capucine, sur une jupe de satin paille, avec des
brillants aux oreilles et un gros bouquet de roses au corsage. Et ce qui étonnait Claude, c'était qu'il ne la reconnaissait pas, devenue très grasse, ronde et blonde, de
maigre et brûlée qu'elle était. Sa laideur inquiétante de
fille se fondait dans une enflure bourgeoise de la face, sa
bouche aux trous noirs montrait maintenant des dents
trop blanches, quand elle voulait bien sourire, d'un
retroussement dédaigneux des lèvres. On la sentait respec-
table avec exagération, ses quarante-cinq ans lui donnaient du poids, à côté de son mari plus jeune, qui semblait être son neveu. La seule chose qu'elle gardait était
une violence de parfums, elle se noyait des essences les
plus fortes, comme si elle eût tenté d'arracher de sa peau
les senteurs d'aromates dont l'herboristerie l'avait imprégnée; mais l'amertume de la rhubarbe, l'âpreté du sureau,
la flamme de la menthe poivrée persistaient; et le salon,
dès qu'elle le traversa, s'emplit d'une odeur indéfinis-
sable de pharmacie, corrigée d'une pointe aiguë de musc.

Henriette, qui s'était levée, la fit asseoir en face de
Christine.

— Vous vous connaissez, n'est-ce pas ? Vous vous
êtes déjà rencontrées ici.

Mathilde eut un regard froid sur la toilette modeste
de cette femme, qui, disait-on, avait vécu longtemps avec
un homme, avant d'être mariée. Elle était d'une rigidité

excessive sur ce point, depuis que la tolérance du monde littéraire et artistique l'avait fait admettre elle-même dans quelques salons. D'ailleurs, Henriette, qui l'exécrait, reprit sa conversation avec Christine, après les strictes politesses d'usage.

Jory avait serré les mains de Claude et de Sandoz. Et, debout avec eux, devant la cheminée, il s'excusait, auprès de ce dernier, d'un article paru le matin même dans sa revue, qui maltraitait le roman de l'écrivain.

— Mon cher, tu le sais, on n'est jamais le maître chez soi... Je devrais tout faire, mais j'ai si peu de temps! Imagine-toi que je ne l'avais même pas lu, cet article, me fiant à ce qu'on m'en avait dit. Aussi tu comprends ma colère, quand je l'ai parcouru tout à l'heure... Je suis désolé, désolé...

— Laisse donc, c'est dans l'ordre, répondit tranquillement Sandoz. Maintenant que mes ennemis se mettent à me louer, il faut bien que ce soient mes amis qui m'attaquent.

De nouveau, la porte s'entrebâilla, et Gagnière se glissa doucement, de son air vague d'ombre falotte. Il arrivait droit de Melun, et tout seul, car il ne montrait sa femme à personne. Quand il venait dîner ainsi, il gardait à ses souliers la poussière de la province, qu'il remportait le soir même, en reprenant un train de nuit. Du reste, il ne changeait pas, l'âge semblait le rajeunir, il blondissait en vieillissant.

— Tiens! mais Gagnière est là! s'écria Sandoz.

Alors, comme Gagnière se décidait à saluer les dames, Mahoudeau fit son entrée. Lui, avait blanchi déjà, avec sa face creusée et farouche, où vacillaient des yeux d'enfance. Il portait encore un pantalon trop court, une redingote qui plissait dans le dos, malgré l'argent qu'il gagnait à présent; car le marchand de bronzes, pour lequel il travaillait, avait lancé de lui des statuettes charmantes, que l'on commençait à voir sur les cheminées et les consoles bourgeoises.

Sandoz et Claude s'étaient tournés, curieux d'assister à cette rencontre de Mahoudeau avec Mathilde et Jory. Mais la chose se passa très simplement. Le sculpteur s'inclinait devant elle, respectueux, lorsque le mari, de son air d'inconscience sereine, crut devoir la lui présenter, pour la vingtième fois peut-être.

— Eh! c'est ma femme, camarade! Serrez-vous donc la main!

Alors, très graves, en gens du monde que l'on force à une familiarité un peu prompte, Mathilde et Mahoudeau se serrèrent la main. Seulement, dès que celui-ci se fut débarrassé de la corvée, et qu'il eut retrouvé Gagnière dans un coin du salon, tous deux se mirent à ricaner et à se rappeler en mots terribles les abominations d'autrefois. Hein ? elle avait des dents aujourd'hui, elle qui jadis ne pouvait pas mordre, heureusement !

On attendait Dubuche, car il avait formellement promis de venir.

— Oui, expliqua tout haut Henriette, nous ne serons que neuf. Fagerolles nous a écrit ce matin, pour s'excuser : un dîner officiel, où il a été brusquement forcé de paraître... Il s'échappera et nous rejoindra vers onze heures.

Mais, à ce moment, on apporta une dépêche. C'était Dubuche qui télégraphiait : « Impossible de bouger. Toux inquiétante d'Alice. »

— Eh bien! nous ne serons que huit, reprit Henriette, avec la résignation chagrine d'une maîtresse de maison qui voit s'émietter ses convives.

Et, le domestique ayant ouvert la porte de la salle à manger, en annonçant que Madame était servie, elle ajouta :

— Nous y sommes tous... Offrez-moi votre bras, Claude.

Sandoz avait pris celui de Mathilde, Jory se chargea de Christine, tandis que Mahoudeau et Gagnière suivaient, en continuant de plaisanter crûment ce qu'ils appelaient le rembourrage de la belle herboriste.

La salle à manger où l'on entra, très grande, était d'une vive gaieté de lumière, au sortir de la clarté discrète du salon. Les murs, couverts de vieilles faïences, avaient des tons amusants d'imagerie d'Epinal. Deux dressoirs, l'un de verrerie, l'autre d'argenterie, étincelaient comme des vitrines de joyaux. Et la table surtout braisillait au milieu, en chapelle ardente, sous la suspension garnie de bougies, avec la blancheur de sa nappe, qui détachait la belle ordonnance du couvert, les assiettes peintes, les verres taillés, les carafes blanches et rouges, les hors-d'œuvre symétriques, rangés autour du bouquet central, une corbeille de roses pourpre.

On s'asseyait, Henriette entre Claude et Mahoudeau, Sandoz ayant à ses côtés Mathilde et Christine, Jory et Gagnière aux deux bouts, et le domestique achevait à

peine de servir le potage, lorsque Mme Jory lâcha une
phrase malheureuse. Voulant être aimable, n'ayant pas
entendu les excuses de son mari, elle dit au maître de la
maison :

— Eh bien! vous avez été content de l'article de ce
matin, Edouard en a revu lui-même les épreuves avec
tant de soin!

Du coup, Jory se troubla, bégaya :

— Mais non! mais non! Il est très mauvais, cet article,
tu sais bien qu'il a passé pendant mon absence, l'autre
soir.

Au silence gêné qui s'était fait, elle comprit sa faute.
Mais elle aggrava la situation, elle lui jeta un regard aigu,
en répondant très haut, pour l'accabler et se mettre à
part :

— Encore un de tes mensonges! Je répète ce que tu
m'as dit... Tu entends, je ne veux pas que tu me rendes
ridicule!

Cela glaça le commencement du dîner. Vainement,
Henriette recommanda les kilkis, seule Christine les
trouva très bons. Sandoz, que l'embarras de Jory récréait,
lui rappela joyeusement, quand les rougets grillés
parurent, un déjeuner qu'ils avaient fait ensemble à
Marseille, autrefois. Ah! Marseille, la seule ville où l'on
mange!

Claude, absorbé depuis un instant, sembla sortir d'un
rêve, pour demander, sans transition :

— Est-ce que c'est décidé? est-ce qu'ils ont choisi les
artistes, pour les nouvelles décorations de l'Hôtel de
Ville?

— Non, dit Mahoudeau, ça va se faire... Moi, je n'aurai rien, je ne connais personne... Fagerolles lui-même est
très inquiet. S'il n'est point ici ce soir, c'est que ça ne
marche pas tout seul... Ah! il a mangé son pain blanc, ça
se gâte, ça craque, leur peinture à millions!

Il eut un rire de rancune enfin satisfaite, et Gagnière, à
l'autre bout de la table, laissa entendre le même ricanement. Alors, ils se soulagèrent en paroles mauvaises, ils
se réjouirent de la débâcle qui consternait le monde des
jeunes maîtres. C'était fatal, les temps prédits arrivaient,
la hausse exagérée sur les tableaux aboutissait à une
catastrophe. Depuis que la panique s'était mise chez les
amateurs, pris de l'affolement des gens de Bourse, sous
le vent de la baisse, les prix s'effondraient de jour en jour,
on ne vendait plus rien. Et il fallait voir le fameux Naudet

au milieu de la déroute! Il avait tenu bon d'abord, il avait
inventé le coup de l'Américain, le tableau unique caché
au fond d'une galerie, solitaire comme un dieu, le tableau
dont il ne voulait même pas dire le prix, avec la certitude
méprisante de ne pouvoir trouver un homme assez riche,
et qu'il vendait enfin deux ou trois cent mille francs à
un marchand de porcs de New York, glorieux d'emporter la toile la plus chère de l'année. Mais ces coups-là
ne se recommençaient pas, et Naudet, dont les dépenses
avaient grandi avec les gains, entraîné et englouti dans
le mouvement fou qui était son œuvre, entendait maintenant crouler sous lui son hôtel royal, qu'il devait
défendre contre l'assaut des huissiers.

— Mahoudeau, vous ne reprenez pas des cèpes,
interrompit obligeamment Henriette.

Le domestique présentait le filet, on mangeait, on
vidait les carafes de vin; mais l'aigreur était telle, que les
bonnes choses passaient sans être goûtées, ce qui désolait
la maîtresse et le maître de la maison.

— Hein? des cèpes? finit par répéter le sculpteur.
Non, merci.

Et il continua.

— Le drôle, c'est que Naudet poursuit Fagerolles.
Parfaitement! il est en train de le faire saisir... Ah! ce que
je rigole, moi! Nous allons en voir, un nettoyage, avenue
de Villiers, chez tous ces petits peintres à hôtel. La
bâtisse sera pour rien, au printemps... Donc, Naudet, qui
avait forcé Fagerolles à bâtir, et qui l'avait meublé
comme une catin, a voulu reprendre ses bibelots et ses
tentures. Mais l'autre a emprunté dessus, paraît-il...
Vous voyez l'histoire : le marchand l'accuse d'avoir
gâché son affaire en exposant, par une vanité d'étourdi;
le peintre répond qu'il entend ne plus être volé; et ils
vont se manger, j'espère bien!

La voix de Gagnière s'éleva, une voix inexorable et
douce de rêveur éveillé.

— Rasé, Fagerolles!... D'ailleurs, il n'a jamais eu de
succès.

On se récria. Et sa vente annuelle de cent mille francs,
et ses médailles, et sa croix? Mais lui, obstiné, souriait
d'un air mystérieux, comme si les faits ne pouvaient rien
contre sa conviction de l'au-delà. Il hochait la tête, plein
de dédain.

— Laissez-moi donc tranquille! Jamais il n'a su ce que
c'était qu'une valeur.

Jory allait défendre le talent de Fagerolles, qu'il regardait comme son œuvre, lorsque Henriette leur demanda un peu de recueillement pour les raviolis. Il y eut une courte détente, au milieu du bruit cristallin des verres et du léger cliquetis des fourchettes. La table, dont la belle symétrie se débandait déjà, semblait s'être allumée davantage, au feu âpre de la querelle. Et Sandoz, gagné d'une inquiétude, s'étonnait : qu'avaient-ils donc à l'attaquer si durement ? n'avait-on pas débuté ensemble, ne devait-on pas arriver dans la même victoire ? Un malaise, pour la première fois, troublait son rêve d'éternité, cette joie de ses jeudis qu'il voyait se succéder, tous pareils, tous heureux, jusqu'aux derniers lointains de l'âge. Mais ce ne fut encore qu'un frisson à fleur de peau. Il dit en riant :

— Claude, ménage-toi, voici les gelinottes... Eh ! Claude, où es-tu ?

Depuis qu'on se taisait, Claude était retourné dans son rêve, les regards perdus, reprenant des raviolis, sans savoir ; et Christine, qui ne disait rien, triste et charmante, ne le quittait pas des yeux. Il eut un sursaut, il choisit une cuisse parmi les morceaux de gelinottes, qu'on servait, et dont le fumet violent emplissait la pièce d'une odeur de résine.

— Hein ! sentez-vous ça ? cria Sandoz, amusé. On croirait qu'on avale toutes les forêts de la Russie.

Mais Claude revint à sa préoccupation.

— Alors, vous dites que Fagerolles aura la salle du Conseil municipal ?

Et cette parole suffit, Mahoudeau et Gagnière, remis sur la piste, repartirent. Ah ! un joli badigeonnage à l'eau claire, si on la lui donnait, cette salle ; et il faisait assez de vilenies pour l'avoir. Lui, qui, autrefois, affectait de cracher sur les commandes, en grand artiste débordé par les amateurs, il assiégeait l'administration de ses bassesses, depuis que sa peinture ne se vendait plus. Connaissait-on quelque chose d'aussi plat qu'un peintre devant un fonctionnaire, et les courbettes, et les concessions, et les lâchetés ? une honte, une école de domesticité, que cette dépendance de l'art, sous le bon vouloir imbécile d'un ministre ! Ainsi, Fagerolles, pour sûr, à ce dîner officiel, était en train de lécher consciencieusement les bottes de quelque chef de bureau, quelque crétin à empailler !

— Mon Dieu ! dit Jory, il fait ses affaires, et il a raison... Ce n'est pas vous qui paierez ses dettes.

— Des dettes, est-ce que j'en ai, moi qui ai crevé la faim ? répondit Mahoudeau d'un ton rogue. Est-ce qu'on se fait bâtir un palais, est-ce qu'on a des maîtresses comme cette Irma, qui la ruine ?

Gagnière, de nouveau, l'interrompit, de son étrange voix d'oracle, lointaine et fêlée.

— Irma, mais c'est elle qui le paie !

On se fâchait, on plaisantait, le nom d'Irma volait par-dessus la table, lorsque Mathilde, réservée et muette jusque-là, par une affectation de bon genre, s'indigna vivement, avec des gestes effarés, une bouche prude de dévote qu'on violente.

— Oh ! messieurs, oh ! messieurs... Devant nous, cette fille... Pas cette fille, de grâce !

Dès lors, Henriette et Sandoz, consternés, assistèrent à la déroute de leur menu. La salade de truffes, la glace, le dessert, tout fut avalé sans joie, dans la colère montante de la querelle ; et le chambertin, et le vin de la Moselle, passèrent comme de l'eau pure. Vainement, elle souriait, tandis que lui, bonhomme, s'efforçait de les calmer, en faisant la part des infirmités humaines. Pas un ne lâchait prise, un mot les rejetait les uns sur les autres, acharnés. Ce n'était plus l'ennui vague, la satiété somnolente qui attristait parfois les anciennes réunions ; c'était maintenant de la férocité dans la lutte, un besoin de se détruire. Les bougies de la suspension brûlaient très hautes, les faïences des murs épanouissaient leurs fleurs peintes, la table semblait s'être incendiée, avec la débâcle de son couvert, sa violence de causerie, ce saccage qui les enfiévrait là, depuis deux heures.

Et Claude, au milieu du bruit, dit enfin, lorsque Henriette se décida à se lever, pour les faire taire :

— Ah ! l'Hôtel de Ville, si je l'avais, moi, et si je pouvais !... C'était mon rêve, les murs de Paris à couvrir !

On retourna au salon, dont le petit lustre et les appliques venaient d'être allumés. On y eut presque froid, en comparaison de l'étuve d'où l'on sortait ; et le café calma un instant les convives. Personne, du reste, n'était attendu, en dehors de Fagerolles. C'était un salon très fermé, le ménage n'y racolait pas des clients littéraires, n'y muselait pas la presse à coups d'invitations. La femme exécrait le monde, le mari disait en riant qu'il lui fallait dix ans pour aimer quelqu'un, et l'aimer toujours. N'était-ce pas le bonheur, irréalisable ? quelques amitiés solides, un coin d'affection familiale. On n'y faisait jamais de musique, et jamais on n'y avait lu une page de littérature.

Ce jeudi-là, la soirée parut longue, dans la sourde irritation qui persistait. Les dames, devant le feu mourant, s'étaient mises à causer; et, comme le domestique, après avoir ôté le couvert, rouvrait la salle voisine, elles restèrent seules, les hommes allèrent y fumer, en buvant de la bière.

Sandoz et Claude, qui ne fumaient pas, revinrent bientôt s'asseoir côte à côte sur un canapé, près de la porte. Le premier, heureux de voir son vieil ami excité et bavard, lui rappelait des souvenirs de Plassans, à propos d'une nouvelle apprise la veille : oui, Pouillaud, l'ancien farceur du dortoir, devenu un avoué si grave, avait des ennuis, pour s'être laissé pincer avec des petites gueuses de douze ans. Ah! l'animal de Pouillaud! Mais Claude ne répondait plus, l'oreille aux aguets, ayant entendu prononcer son nom dans la salle à manger, et tâchant de comprendre.

C'étaient Jory, Mahoudeau et Gagnière, qui avaient recommencé le massacre, inassouvis, les dents longues. Leurs voix, d'abord chuchotantes, s'élevaient peu à peu. Ils en arrivaient à crier.

— Oh! l'homme, je vous abandonne l'homme, disait Jory en parlant de Fagerolles. Il ne vaut pas cher... Et il vous a roulés, c'est vrai, ah! ce qu'il vous a roulés, en rompant avec vous et en se faisant un succès sur votre dos! Aussi vous n'avez guère été malins.

Mahoudeau furieux répondit :

— Pardi! il suffisait d'être avec Claude pour être flanqué à la porte de partout.

— C'est Claude qui nous a tués, affirma carrément Gagnière.

Et ils continuèrent, abandonnant Fagerolles auquel ils reprochaient son aplatissement devant les journaux, son alliance avec leurs ennemis, ses câlineries à des baronnes sexagénaires, tapant désormais sur Claude devenu le grand coupable. Mon Dieu! l'autre après tout n'était qu'une simple gueuse, comme il y en a tant, parmi les artistes, qui raccrochent le public au coin des rues, qui lâchent et déchirent les camarades, pour faire monter le bourgeois chez eux. Mais Claude, ce grand peintre raté, cet impuissant incapable de mettre une figure debout, malgré son orgueil, les avait-il assez compromis, assez fichus dedans! Ah! oui, le succès était

dans la rupture! S'ils avaient pu recommencer, c'étaient
eux qui n'auraient pas eu la bêtise de s'entêter à des
histoires impossibles! Et ils l'accusaient de les avoir
paralysés, de les avoir exploités, parfaitement! exploités,
et d'une main si maladroite et si lourde, qu'il n'en avait
lui-même tiré aucun parti.

— Enfin, moi, reprit Mahoudeau, ne m'a-t-il pas
rendu idiot un moment? Quand je songe à ça, je me
tâte, je ne comprends plus pourquoi je m'étais mis de sa
bande. Est-ce que je lui ressemble? Est-ce qu'il y avait
quelque chose de commun entre nous?... Hein? c'est
exaspérant de s'en apercevoir si tard!

— Et à moi donc, continua Gagnière, il m'a bien volé
mon originalité! Croyez-vous que ça m'amuse, d'entendre, à chaque tableau, répéter derrière moi, depuis
quinze ans : C'est un Claude!... Ah! non, j'en ai assez,
j'aime mieux ne plus rien faire... N'empêche que si j'avais
vu clair, autrefois, je ne l'aurais pas fréquenté.

C'était le sauve-qui-peut, les derniers liens qui se
rompaient, dans la stupeur de se voir tout d'un coup
étrangers et ennemis, après une longue jeunesse de fraternité. La vie les avait débandés en chemin, et les profondes dissemblances apparaissaient, il ne leur restait
à la gorge que l'amertume de leur ancien rêve enthousiaste,
cet espoir de bataille et de victoire côte à côte, qui maintenant aggravait leur rancune.

— Le fait est, ricana Jory, que Fagerolles ne s'est
pas laissé piller comme un niais.

Mais, vexé, Mahoudeau se fâcha.

— Tu as tort de rire, toi, car tu es aussi un joli
lâcheur... Oui, tu nous disais toujours que tu nous donnerais un coup de main, quand tu aurais un journal à
toi...

— Ah! permets, permets...

Gagnière se joignit à Mahoudeau.

— C'est vrai, ça! Tu ne vas plus raconter qu'on te
coupe ce que tu écris sur nous, puisque tu es le maître...
Et jamais un mot, tu ne nous as pas seulement nommés,
dans ton dernier Salon.

Gêné et bégayant, Jory s'emporta à son tour.

— Eh! c'est la faute de ce bougre de Claude!... Je
n'ai pas envie de perdre mes abonnés, pour vous être
agréable. Vous êtes impossibles, là, comprenez-vous!
Toi, Mahoudeau, tu peux te décarcasser à faire des petites
choses gentilles; toi, Gagnière, tu auras beau même ne

plus rien faire du tout : vous avez une étiquette dans le dos, il vous faudra dix ans d'efforts avant de la décoller; et encore on en a vu qui ne se décollaient jamais... Le public s'amuse, vous savez! il n'y avait que vous pour croire au génie de ce grand toqué ridicule, qu'on enfermera un de ces quatre matins.

Alors, ce fut terrible, tous les trois parlèrent à la fois, en arrivèrent aux reproches abominables, avec des éclats tels, des coups si durs de mâchoires, qu'ils semblaient se mordre.

Sur le canapé, Sandoz, troublé dans les gais souvenirs qu'il évoquait, avait dû lui-même prêter l'oreille à ce tumulte, qui lui arrivait par la porte ouverte.

— Tu entends, lui dit Claude très bas, avec un sourire de souffrance, ils m'arrangent bien!... Non, non, reste là, je ne veux pas que tu les fasses taire. J'ai mérité ça, puisque je n'ai pas réussi.

Et Sandoz, pâlissant, continua d'écouter cet enragement dans la lutte pour la vie, cette rancune des personnalités aux prises, qui emportait sa chimère d'éternelle amitié.

Henriette, heureusement, s'inquiétait de la violence des voix. Elle se leva et alla faire honte aux fumeurs d'abandonner ainsi les dames, pour se quereller. Tous rentrèrent dans le salon, suant, soufflant, gardant la secousse de leur colère. Et, comme elle disait, les yeux sur la pendule, qu'ils n'auraient décidément pas Fagerolles ce soir-là, ils se remirent à ricaner, en échangeant un regard. Ah! il avait bon nez, lui! ce n'était pas lui qu'on prendrait à se rencontrer avec d'anciens amis devenus gênants, et qu'il exécrait!

En effet, Fagerolles ne vint pas. La soirée s'acheva péniblement. On était retourné dans la salle à manger, où le thé se trouvait servi sur une nappe russe, brodée en rouge d'une chasse au cerf; et il y avait, sous les bougies rallumées, une brioche, des assiettes de sucreries et de gâteaux, tout un luxe barbare de liqueurs, whisky, genièvre, kummel, raki de Chio. Le domestique apporta encore du punch, et il s'empressait autour de la table, pendant que la maîtresse de la maison remplissait la théière au samovar, bouillant en face d'elle. Mais ce bien-être, cette joie des yeux, cette odeur fine du thé, ne détendaient pas les cœurs. La conversation était retombée sur le succès des uns et la mauvaise chance des autres. Par exemple, n'était-ce pas une honte, ces médailles, ces

croix, toutes ces récompenses qui déshonoraient l'art,
tant on les distribuait mal ? Est-ce qu'on devait rester
d'éternels petits garçons en classe ? Toutes les platitudes
venaient de là, cette docilité et cette lâcheté devant les
pions, pour avoir des bons points !

Puis, dans le salon de nouveau, comme Sandoz désolé
en arrivait à souhaiter ardemment de les voir partir, il
remarqua Mathilde et Gagnière, assis côte à côte sur un
canapé, parlant musique avec langueur, au milieu des
autres exténués, sans salive, les mâchoires mortes.
Gagnière, en extase, philosophait et poétisait. Mathilde,
cette vieille gaupe engraissée, exhalant sa senteur louche
de pharmacie, faisait les yeux blancs, se pâmait sous le
chatouillement d'une aile invisible. Ils s'étaient aperçus,
le dernier dimanche, aux concerts du Cirque, et ils se
communiquaient leur jouissance, en phrases alternées,
envolées, lointaines.

— Ah ! monsieur, ce Meyerbeer, cette ouverture de
Struensée, cette phrase funèbre, et puis cette danse de
paysans si emportée, si colorée, et puis la phrase de
mort qui reprend, le duo des violoncelles... Ah ! monsieur,
les violoncelles, les violoncelles...

— Et, madame, Berlioz, l'air de fête de *Roméo*... Oh !
le solo des clarinettes, les femmes aimées, avec l'accom-
pagnement des harpes ! Un ravissement, une blancheur
qui monte... La fête éclate, un Véronèse, la magnificence
tumultueuse des Noces de Cana ; et le chant d'amour
recommence, oh ! combien doux ! oh ! toujours plus haut,
toujours plus bas...

— Monsieur, avez-vous entendu, dans la symphonie en *la* de Beethoven, ce glas qui revient toujours, qui
vous bat sur le cœur ?... Oui, je le vois bien, vous sentez
comme moi, c'est une communion que la musique...
Beethoven, mon Dieu ! qu'il est triste et bon d'être deux
à le comprendre, et de défaillir...

— Et Schumann, madame, et Wagner, madame... La
rêverie de Schumann, rien que les instruments à cordes,
une petite pluie tiède sur les feuilles des acacias, un rayon
qui les essuie, à peine une larme dans l'espace... Wagner,
ah ! Wagner, l'ouverture du *Vaisseau fantôme*, vous
l'aimez, dites que vous l'aimez ! Moi, ça m'écrase. Il n'y
a plus rien, plus rien, on meurt...

Leurs voix s'éteignaient, ils ne se regardaient même
pas, anéantis coude à coude, leur visage en l'air, noyé.
Surpris, Sandoz se demanda d'où Mathilde pouvait

tenir ce jargon. D'un article de Jory, peut-être. D'ailleurs,
il avait remarqué que les femmes causaient très bien
musique, sans en connaître une note. Et lui, que l'aigreur
des autres n'avait fait que chagriner, s'exaspéra de cette
pose langoureuse. Non, non, c'en était assez! qu'on se
déchirât, passe encore! mais quelle fin de soirée, cette
farceuse sur le retour, roucoulant et se chatouillant avec
du Beethoven et du Schumann!

Gagnière, heureusement, se leva tout d'un coup. Il
savait l'heure au fond de son extase, il n'avait que juste
le temps de reprendre son train de nuit. Et, après des
poignées de main molles et silencieuses, il s'en alla coucher
à Melun.

— Quel raté! murmura Mahoudeau. La musique a
tué la peinture, jamais il ne fichera rien.

Lui-même dut partir, et à peine la porte s'était-elle
refermée sur son dos, que Jory déclara :

— Avez-vous vu son dernier presse-papier? Il finira
par sculpter des boutons de manchette... En voilà un
qui a raté la puissance!

Mais déjà, Mathilde était debout, saluant Christine
d'un petit geste sec, affectant une familiarité mondaine
à l'égard d'Henriette, emmenant son mari, qui l'habilla
dans l'antichambre, humble et terrifié des yeux sévères
dont elle le regardait, ayant à régler un compte.

Alors, derrière eux, Sandoz cria, hors de lui :

— C'est la fin, c'est fatalement le journaliste qui traite
les autres de ratés, le bâcleur d'articles tombé dans
l'exploitation de la bêtise publique!... Ah! Mathilde la
Revanche!

Il ne restait que Christine et Claude. Ce dernier, depuis
que le salon se vidait, affaissé au fond d'un fauteuil,
ne parlait plus, repris par cette sorte de sommeil magné-
tique qui le raidissait, les regards fixes, très loin, au-delà
des murs. Sa face se tendait, une attention convulsée la
portait en avant : il voyait certainement l'invisible, il
entendait un appel du silence.

Christine s'étant levée à son tour, en s'excusant de
partir ainsi les derniers, Henriette lui avait saisi les
mains, et elle lui répétait combien elle l'aimait, elle la
suppliait de venir souvent, d'user d'elle en tout comme
d'une sœur; tandis que la triste femme, d'un charme si
douloureux dans sa robe noire, secouait la tête avec un
pâle sourire.

— Voyons, lui dit Sandoz à l'oreille, après avoir jeté

un coup d'œil vers Claude, il ne faut pas vous désoler ainsi... Il a beaucoup causé, il a été plus gai ce soir. Ça va très bien.

Mais elle, d'une voix de terreur :

— Non, non, regardez ses yeux... Tant qu'il aura ces yeux-là, je tremblerai... Vous avez fait ce que vous avez pu, merci. Ce que vous n'avez pas fait, personne ne le fera. Ah! que je souffre, de ne plus compter, moi! de ne rien pouvoir!

Et tout haut :

— Claude, viens-tu ?

Deux fois, elle dut répéter la phrase. Il ne l'entendait pas, il finit par tressaillir et par se lever, en disant, comme s'il avait répondu à l'appel lointain, là-bas, à l'horizon :

— Oui, j'y vais, j'y vais.

Lorsque Sandoz et sa femme se retrouvèrent seuls enfin, dans le salon où l'air s'étouffait, chauffé par les lampes, comme alourdi d'un silence mélancolique après l'éclat mauvais des querelles, tous les deux se regardèrent, et ils laissèrent tomber leurs bras, dans le navrement de leur malheureuse soirée. Elle, pourtant, tâcha d'en rire, murmurant :

— Je t'avais prévenu, j'avais bien compris...

Mais il l'interrompit encore d'un geste désespéré. Eh quoi! était-ce donc la fin de sa longue illusion, de ce rêve d'éternité, qui lui avait fait mettre le bonheur dans quelques amitiés choisies dès l'enfance, puis goûtées jusqu'à l'extrême vieillesse. Ah! la bande lamentable, quelle cassure dernière, quel bilan à pleurer, après cette banqueroute du cœur! Et il s'étonnait des amis qu'il avait semés le long de la route, des grandes affections perdues en chemin, du perpétuel changement des autres, autour de son être qu'il ne voyait pas changer. Ses pauvres jeudis l'emplissaient de pitié, tant de souvenirs en deuil, cette mort lente de ce qu'on aime! Est-ce qu'ils allaient se résigner sa femme et lui, à vivre au désert, cloîtrés dans la haine du monde ? Est-ce qu'ils ouvriraient la porte toute large, devant le flot des inconnus et des indifférents ? Peu à peu, une certitude se faisait au fond de son chagrin : tout finissait et rien ne recommençait, dans la vie. Il sembla se rendre à l'évidence, il dit avec un gros soupir :

— Tu avais raison... Nous ne les inviterons plus à dîner ensemble, ils se mangeraient.

Dehors, dès qu'ils débouchèrent sur la place de la Trinité, Claude lâcha le bras de Christine; et il bégaya qu'il avait une course, il la pria de rentrer sans lui. Elle l'avait senti trembler d'un grand frisson, elle resta effarée de surprise et de crainte : une course, à une pareille heure, à minuit passé! pour aller où, pour quoi faire ? Il tournait le dos, il s'échappait, quand elle le rattrapa, en le suppliant, en prétextant qu'elle avait peur, qu'il ne la laisserait pas, si tard, remonter ainsi à Montmartre. Cette considération parut seule le ramener. Il lui reprit le bras, ils gravirent la rue Blanche et la rue Lepic, se trouvèrent enfin rue Tourlaque. Et, devant leur porte, après avoir sonné, de nouveau il la quitta.

— Te voici chez nous... Moi, je vais faire ma course.

Déjà, il se sauvait, à grandes enjambées, en gesticulant comme un fou. La porte s'était ouverte, et elle ne la referma même pas, elle s'élança, pour le suivre. Rue Lepic, elle le rejoignit; mais, de crainte de l'exalter davantage, elle se contenta dès lors de ne pas le perdre de vue, marchant à une trentaine de mètres, sans qu'il la sût derrière ses talons. Après la rue Lepic, il redescendit la rue Blanche, puis il fila par la rue de la Chaussée-d'Antin et la rue du Quatre-Septembre, jusqu'à la rue Richelieu. Quand elle le vit s'engager dans cette dernière, un froid mortel l'envahit : il allait à la Seine, c'était l'affreuse peur qui la tenait, la nuit, éveillée d'angoisse. Et que faire, mon Dieu! Aller avec lui, se pendre à son cou, là-bas ? Elle n'avançait plus qu'en chancelant, et à chaque pas qui les rapprochait de la rivière, elle sentait la vie se retirer de ses membres. Oui, il s'y rendait tout droit : la place du Théâtre-Français, le Carrousel, enfin le pont des Saints-Pères. Il y marcha un instant, s'approcha de la rampe, au-dessus de l'eau; et elle crut qu'il se jetait, un grand cri s'étouffa dans l'étranglement de sa gorge.

Mais non, il demeurait immobile. N'était-ce donc que la Cité, en face, qui le hantait, ce cœur de Paris dont il emportait l'obsession partout, qu'il évoquait de ses yeux fixes au travers des murs, qui lui criait ce continuel appel, à des lieues, entendu de lui seul ? Elle n'osait l'espérer encore, elle s'était arrêtée en arrière, le surveillant dans un vertige d'inquiétude, le voyant toujours faire le terrible saut, et résistant au besoin de s'approcher, et redoutant de précipiter la catastrophe, si elle se montrait. Mon Dieu! être là, avec sa passion ravagée, sa

maternité saignante, être là, assister à tout, sans pouvoir
même risquer un mouvement pour le retenir !

Lui, debout, très grand, ne bougeait pas, regardait dans
la nuit.

C'était une nuit d'hiver, au ciel brouillé, d'un noir de
suie, qu'une bise, soufflant de l'ouest, rendait très froide.
Paris allumé s'était endormi, il n'y avait plus là que la
vie des becs de gaz, des taches rondes qui scintillaient,
qui se rapetissaient, pour n'être, au loin, qu'une poussière d'étoiles fixes. D'abord, les quais se déroulaient,
avec leur ¬double rang de perles lumineuses, dont la
réverbération éclairait d'une lueur les façades des premiers plans, à gauche les maisons du quai du Louvre,
à droite les deux ailes de l'Institut, masses confuses de
monuments et de bâtisses qui se perdaient ensuite, en
un redoublement d'ombre, piqué des étincelles lointaines.
Puis, entre ces cordons fuyant à perte de vue, les ponts
jetaient des barres de lumières, de plus en plus minces,
faites chacune d'une traînée de paillettes, par groupes
et comme suspendues. Et là, dans la Seine, éclatait la
splendeur nocturne de l'eau vivante des villes, chaque
bec de gaz reflétait sa flamme, un noyau qui s'allongeait
en une queue de comète. Les plus proches, se confon-
dant, incendiaient le courant de larges éventails de braise,
réguliers et symétriques ; les plus reculés, sous les ponts,
n'étaient que des petites touches de feu immobiles. Mais
les grandes queues embrasées vivaient, remuantes à
mesure qu'elles s'étalaient, noir et or, d'un continuel
frissonnement d'écailles, où l'on sentait la coulée infinie
de l'eau. Toute la Seine en était allumée comme d'une
fête intérieure, d'une féerie mystérieuse et profonde, faisant passer des valses derrière les vitres rougeoyantes du
fleuve. En haut, au-dessus de cet incendie, au-dessus
des quais étoilés, il y avait dans le ciel sans astres une
rouge nuée, l'exhalaison chaude et phosphorescente qui,
chaque nuit, met au sommeil de la ville une crête de
volcan.

Le vent soufflait, et Christine grelottante, les yeux
emplis de larmes, sentait le pont tourner sous elle,
comme s'il l'avait emportée dans une débâcle de tout
l'horizon. Claude n'avait-il pas bougé ? N'enjambait-il
pas la rampe ? Non, tout s'immobilisait de nouveau, elle
le retrouvait à la même place, dans sa raideur entêtée,
les yeux sur la pointe de la Cité, qu'il ne voyait pas.

Il était venu, appelé par elle, et il ne la voyait pas, au

fond des ténèbres. Il ne distinguait que les ponts, des
carcasses fines de charpentes se détachant en noir sur
l'eau braisillante. Puis, au-delà, tout se noyait, l'île tombait au néant, il n'en aurait pas même retrouvé la place,
si des fiacres attardés n'avaient promené, par moments,
le long du Pont-Neuf, ces étincelles filantes qui courent
encore dans les charbons éteints. Une lanterne rouge,
au ras du barrage de la Monnaie, jetait dans l'eau un
filet de sang. Quelque chose d'énorme et de lugubre,
un corps à la dérive, une péniche détachée sans doute,
descendait avec lenteur au milieu des reflets, parfois
entrevue, et reprise aussitôt par l'ombre. Où avait donc
sombré l'île triomphale ? Etait-ce au fond de ces flots
incendiés ? Il regardait toujours, envahi peu à peu par
le grand ruissellement de la rivière dans la nuit. Il se
penchait sur ce fossé si large, d'une fraîcheur d'abîme,
où dansait le mystère de ces flammes. Et le gros bruit
triste du courant l'attirait, il en écoutait l'appel, désespéré jusqu'à la mort.

Christine, cette fois, sentit, à un élancement de son
cœur, qu'il venait d'avoir la pensée terrible. Elle tendit
ses mains vacillantes, que flagellait la bise. Mais Claude
était resté tout droit, luttant contre cette douceur de
mourir; et il ne bougea pas d'une heure encore, n'ayant
plus la conscience du temps, les regards toujours là-bas,
sur la Cité, comme si, par un miracle de puissance, ses
yeux allaient faire de la lumière et l'évoquer pour la
revoir.

Lorsque enfin Claude quitta le pont d'un pas qui tré-
buchait, Christine dut le dépasser et courir, afin d'être
rentrée rue Tourlaque avant lui.

XII

Cette nuit-là, par cette bise aigre de novembre qui
soufflait au travers de leur chambre et du vaste atelier,
ils se couchèrent à près de trois heures. Christine, hale-
tante de sa course, s'était glissée vivement sous la couverture, pour cacher qu'elle venait de le suivre; et Claude,
accablé, avait quitté ses vêtements un à un, sans une
parole. Leur couche, depuis de longs mois, se glaçait; ils
s'y allongeaient côte à côte, en étrangers, après une lente
rupture des liens de leur chair : volontaire abstinence,
chasteté théorique, où il devait aboutir pour donner à la
peinture toute sa virilité, et qu'elle avait acceptée, dans
une douleur fière et muette, malgré le tourment de sa
passion. Et jamais encore, avant cette nuit-là, elle n'avait
senti entre eux un tel obstacle, un pareil froid, comme si
rien désormais ne pouvait les réchauffer et les remettre
aux bras l'un de l'autre.

Pendant près d'un quart d'heure, elle lutta contre le
sommeil envahissant. Elle était très lasse, une torpeur
l'engourdissait; et elle ne cédait pas, inquiète de le laisser
éveillé. Pour dormir elle-même tranquille, elle attendait
chaque soir qu'il s'endormît avant elle. Mais il n'avait
pas éteint la bougie, il restait les yeux ouverts, fixés sur
cette flamme qui l'aveuglait. A quoi songeait-il donc ?
était-il demeuré là-bas, dans la nuit noire, dans cette
haleine humide des quais, en face de Paris criblé d'étoiles,
comme un ciel d'hiver ? et quel débat intérieur, quelle
résolution à prendre convulsait ainsi son visage ? Puis,
invinciblement, elle succomba, elle tomba au néant des
grandes fatigues.

Une heure plus tard, la sensation d'un vide, l'angoisse
d'un malaise, l'éveilla dans un tressaillement brusque.
Tout de suite, elle avait tâté de la main la place déjà

froide, à côté d'elle : il n'était plus là, elle l'avait bien
senti en dormant. Et elle s'effarait, mal réveillée, la tête
lourde et bourdonnante, lorsqu'elle aperçut, par la porte
entrouverte de la chambre, une raie de lumière qui
venait de l'atelier. Elle se rassura, elle pensa qu'il y était
allé chercher quelque livre, pris d'insomnie. Ensuite,
comme il ne reparaissait pas, elle finit par se lever doucement, pour voir. Mais ce qu'elle vit la bouleversa,
la planta sur le carreau, pieds nus, dans une telle surprise qu'elle n'osa d'abord se montrer.

Claude, en manches de chemise malgré la rude tem-
pérature, n'ayant mis dans sa hâte qu'un pantalon et des
pantoufles, était debout sur sa grande échelle, devant
son tableau. Sa palette se trouvait à ses pieds, et d'une
main il tenait la bougie, tandis que de l'autre il peignait.
Il avait des yeux élargis de somnambule, des gestes précis
et raides, se baissant à chaque instant, pour prendre de
la couleur, se relevant, projetant contre le mur une
grande ombre fantastique, aux mouvements cassés
d'automate. Et pas un souffle, rien autre, dans l'immense
pièce obscure, qu'un effrayant silence.

Frissonnante, Christine devinait. C'était l'obsession,
l'heure passée là-bas, sur le pont des Saints-Pères, qui
lui rendait le sommeil impossible, et qui l'avait ramené
en face de sa toile, dévoré du besoin de la revoir, malgré
la nuit. Sans doute, il n'était monté sur l'échelle que
pour s'emplir les yeux de plus près. Puis, torturé de
quelque ton faux, malade de cette tare au point de ne
pouvoir attendre le jour, il avait saisi une brosse, d'abord
dans le désir d'une simple retouche, peu à peu emporté
ensuite de correction en correction, arrivant enfin à peindre
comme un halluciné, la bougie au poing, dans cette
clarté pâle que ses gestes effaraient. Sa rage impuissante
de création l'avait repris, il s'épuisait en dehors de
l'heure, en dehors du monde, il voulait souffler la vie
à son œuvre, tout de suite.

Ah! quelle pitié, et de quels yeux trempés de larmes
Christine le regardait! Un instant, elle eut la pensée de
le laisser à cette besogne folle, comme on laisse un
maniaque au plaisir de sa démence. Ce tableau, jamais
il ne le finirait, c'était bien certain maintenant. Plus il
s'y acharnait, et plus l'incohérence augmentait, un empâtement de tons lourds, un effort épaissi et fuyant du
dessin. Les fonds eux-mêmes, le groupe des débardeurs
surtout, autrefois solides, se gâtaient; et il se butait là,

il s'était obstiné à vouloir terminer tout, avant de repeindre
la figure centrale, la Femme nue, qui demeurait la peur
et le désir de ses heures de travail, la chair de vertige
qui l'achèverait, le jour où il s'efforcerait encore de la
faire vivante. Depuis des mois, il n'y donnait plus un
coup de pinceau; et c'était ce qui tranquillisait Christine, ce qui la rendait tolérante et pitoyable, dans sa
rancune jalouse : tant qu'il ne retournait pas à cette
maîtresse désirée et redoutée, elle se croyait moins
trahie.

Les pieds gelés par le carreau, elle faisait un mouvement pour regagner le lit, lorsqu'une secousse la ramena.
Elle n'avait pas compris d'abord, elle voyait enfin. De
sa brosse trempée de couleur, il arrondissait à grands
coups des formes grasses, le geste éperdu de caresse; et
il avait un rire immobile aux lèvres, et il ne sentait pas
la cire brûlante de la bougie qui lui coulait sur les doigts;
tandis que, silencieux, le va-et-vient passionné de son
bras remuait seul contre la muraille : une confusion
énorme et noire, une étreinte emmêlée de membres dans
un accouplement brutal. C'était à la Femme nue qu'il
travaillait.

Alors, Christine ouvrit la porte et s'avança. Une révolte
invincible, la colère d'une épouse souffletée chez elle,
trompée pendant son sommeil, dans la pièce voisine,
la poussait. Oui, il était bien avec l'autre, il peignait le
ventre et les cuisses en visionnaire affolé, que le tourment
du vrai jetait à l'exaltation de l'irréel; et ses cuisses se
doraient en colonnes de tabernacle, ce ventre devenait
un astre, éclatant de jaune et de rouge purs, splendide et
hors de la vie. Une si étrange nudité d'ostensoir, où
des pierreries semblaient luire, pour quelque adoration
religieuse, acheva de la fâcher. Elle avait trop souffert,
elle ne voulait plus tolérer cette trahison.

Pourtant, d'abord, elle se montra simplement désespérée et suppliante. Ce n'était que la mère qui sermon-
nait son grand fou d'artiste.

— Claude, que fais-tu là ?... Claude, est-ce raisonnable,
d'avoir des idées pareilles ? Je t'en prie, reviens te coucher, ne reste pas sur cette échelle, où tu vas prendre du
mal.

Il ne répondit pas, il se baissa encore pour tremper
son pinceau, et fit flamboyer les aines, qu'il accusa de
deux traits de vermillon vif.

— Claude, écoute-moi, reviens avec moi, de grâce...

Tu sais que je t'aime, tu vois l'inquiétude où tu m'as
mise... Reviens, oh! reviens, si tu ne veux pas que j'en
meure, moi aussi, d'avoir si froid et de t'attendre.

Hagard, il ne la regarda pas, il lâcha seulement d'une
voix étranglée, en fleurissant de carmin le nombril :

— Fous-moi la paix, hein! Je travaille.

Un instant, Christine resta muette. Elle se redressait,
ses yeux s'allumaient d'un feu sombre, toute une rébellion gonflait son être doux et charmant. Puis, elle éclata,
dans un grondement d'esclave poussée à bout.

— En bien! non, je ne te foutrai pas la paix!... En
voilà assez, je te dirai ce qui m'étouffe, ce qui me tue,
depuis que je te connais... Ah! cette peinture, oui! ta
peinture, c'est elle, l'assassine, qui a empoisonné ma
vie. Je l'avais pressenti, le premier jour; j'en avais eu
peur comme d'un monstre, je la trouvais abominable,
exécrable; et puis, on est lâche, je t'aimais trop pour ne
pas l'aimer, j'ai fini par m'y faire, à cette criminelle...
Mais, plus tard, que j'en ai souffert, comme elle m'a
torturée! En dix ans, je ne me souviens pas d'avoir vécu
une journée sans larmes... Non, laisse-moi, je me soulage, il faut que je parle, puisque j'en ai trouvé la force...
Dix années d'abandon, d'écrasement quotidien; ne plus
rien être pour toi, se sentir de plus en plus jetée à
l'écart, en arriver à un rôle de servante; et l'autre, la
voleuse, la voir s'installer entre toi et moi, et te prendre,
et triompher, et m'insulter... Car ose donc dire qu'elle
ne t'a pas envahi membre à membre, le cerveau, le cœur,
la chair, tout! Elle te tient comme un vice, elle te mange.
Enfin, elle est ta femme, n'est-ce pas ? Ce n'est plus
moi, c'est elle qui couche avec toi... Ah, maudite! ah,
gueuse!

Maintenant, Claude l'écoutait, dans l'étonnement de
ce grand cri de souffrance, mal éveillé de son rêve
exaspéré de créateur, ne comprenant pas bien encore
pourquoi elle lui parlait ainsi. Et, devant cet hébétement,
ce frissonnement d'homme surpris et dérangé dans sa
débauche, elle s'emporta davantage, elle monta sur
l'échelle, lui arracha la bougie du poing, la promena à
son tour devant le tableau.

— Mais regarde donc! mais dis-toi donc où tu en
es! C'est hideux, c'est lamentable et grotesque, il faut
que tu t'en aperçoives à la fin! Hein ? est-ce laid, est-ce
imbécile ?... Tu vois bien que tu es vaincu, pourquoi
t'obstiner encore ? Ça n'a pas de bon sens, voilà ce qui

me révolte... Si tu ne peux être un grand peintre, la vie nous reste, ah! la vie, la vie...

Elle avait posé la bougie sur la plate-forme de l'échelle, et comme il était descendu, trébuchant, elle sauta pour le rejoindre, ils se trouvèrent tous les deux en bas, lui tombé sur la dernière marche, elle accroupie, serrant avec force les mains inertes qu'il laissait pendre.

— Voyons, il y a la vie... Chasse ton cauchemar, et vivons, vivons ensemble... N'est-ce pas trop bête de n'être que deux, de vieillir déjà, et de nous torturer, de ne pas savoir nous faire du bonheur ? La terre nous prendra assez tôt, va! tâchons d'avoir un peu chaud, de vivre, de nous aimer. Rappelle-toi, à Bennecourt!... Ecoute mon rêve. Moi, je voudrais t'emporter demain. Nous irions loin de ce Paris maudit, nous trouverions quelque part un coin de tranquillité, et tu verrais comme je te rendrais l'existence douce, comme ce serait bon, d'oublier tout aux bras l'un de l'autre... Le matin, on dort dans son grand lit; puis, ce sont des flâneries au soleil, le déjeuner qui sent bon, l'après-midi paresseux, la soirée passée sous la lampe. Et plus de tourments pour des chimères, et rien que la joie de vivre!... Cela ne te suffit donc pas que je t'aime, que je t'adore, que je consente à être ta servante, à exister uniquement pour ton plaisir... Entends-tu, je t'aime, je t'aime, et il n'y a rien de plus, c'est assez, je t'aime!

Il avait dégagé ses mains, il dit d'une voix morne, avec un geste de refus:

— Non, ce n'est point assez... Je ne veux pas m'en aller avec toi, je ne veux pas être heureux, je veux peindre.

— Et que j'en meure, n'est-ce pas ? et que tu en meures, que nous achevions tous les deux d'y laisser notre sang et nos larmes!... Il n'y a que l'art, c'est le Tout-Puissant, le Dieu farouche qui nous foudroie et que tu honores. Il peut nous anéantir, il est le maître, tu diras merci.

— Oui, je lui appartiens, qu'il fasse de moi ce qu'il voudra... Je mourrais de ne plus peindre, je préfère peindre et en mourir... Et puis, ma volonté n'y est pour rien. C'est ainsi, rien n'existe en dehors, que le monde crève!

Elle se redressa, dans une nouvelle poussée de colère. Sa voix redevenait dure et emportée.

— Mais je suis vivante, moi! et elles sont mortes, les femmes que tu aimes... Oh! ne dis pas non, je sais bien que ce sont tes maîtresses, toutes ces femmes peintes. Avant d'être la tienne, je m'en étais aperçu déjà, il n'y avait qu'à voir de quelle main tu caressais leur nudité, de quels yeux tu les contemplais ensuite, pendant des heures. Hein ? était-ce malsain et stupide, un pareil désir chez un garçon ? brûler pour des images, serrer dans ses bras le vide d'une illusion! et tu en avais conscience, tu t'en cachais comme d'une chose inavouable... Puis, tu as paru m'aimer un instant. C'est à cette époque que tu m'as raconté ces bêtises, tes amours avec tes bonnes femmes, comme tu disais en te plaisantant toi-même. Souviens-toi ? tu prenais en pitié ces ombres, lorsque tu me tenais entre tes bras... Et ça n'a pas duré, tu es retourné à elles, oh! si vite! comme un maniaque retourne à sa manie. Moi qui existais, je n'étais plus, et c'étaient elles, les visions, qui redevenaient les seules réalités de ton existence... Ce que j'ai enduré alors, tu ne l'as jamais su, car tu nous ignores toutes, j'ai vécu près de toi, sans que tu me comprennes. Oui, j'étais jalouse d'elles. Quand je posais, là, toute nue, une idée seule m'en donnait le courage : je voulais lutter, j'espérais te reprendre; et rien, pas même un baiser sur mon épaule, avant de me laisser rhabiller! Mon Dieu! que j'ai été honteuse souvent! quel chagrin j'ai dû dévorer, de me sentir dédaignée et trahie!... Depuis ce moment, ton mépris n'a fait que grandir, et tu vois où nous en sommes, à nous allonger côte à côte toutes les nuits, sans nous toucher du doigt. Il y a huit mois et sept jours, je les ai comptés! Il y a huit mois et sept jours que nous n'avons rien eu ensemble.

Elle continua hardiment, elle parla en phrases libres, elle, la sensuelle pudique, si ardente à l'amour, les lèvres gonflées de cris, et si discrète ensuite, si muette sur ces choses, ne voulant pas en causer, détournant la tête avec des sourires confus. Mais le désir l'exaltait, c'était un outrage que cette abstinence. Et sa jalousie ne se trompait pas, accusait la peinture encore, car cette virilité qu'il lui refusait, il la réservait et la donnait à la rivale préférée. Elle savait bien pourquoi il la délaissait ainsi. Souvent d'abord, quand il avait le lendemain un gros travail, et qu'elle se serrait contre lui en se couchant, il lui disait que non, que ça le fatiguerait trop; ensuite, il avait prétendu qu'au sortir de ses bras, il en avait pour trois jours à se remettre, le cerveau ébranlé, incapable de rien faire de bon; et la rupture s'était

ainsi peu à peu produite, une semaine en attendant
l'achèvement d'un tableau, puis un mois pour ne pas
déranger la mise en train d'un autre, puis des dates
reculées encore, des occasions négligées, la déshabitude
lente, l'oubli final. Au fond, elle retrouvait la théorie
répétée cent fois devant elle : le génie devait être chaste,
il fallait ne coucher qu'avec son œuvre.

— Tu me repousses, acheva-t-elle violemment, tu
te recules de moi, la nuit, comme si je te répugnais, tu
vas ailleurs, et pour aimer quoi ? un rien, une apparence,
un peu de poussière, de la couleur sur de la toile !...
Mais, encore un coup, regarde-la donc, ta femme, là-
haut ! vois donc quel monstre tu viens d'en faire, dans
ta folie ! Est-ce qu'on est bâtie comme ça ? est-ce qu'on
a des cuisses en or et des fleurs sous le ventre ?... Réveille-
toi, ouvre les yeux, rentre dans l'existence.

Claude, obéissant au geste dominateur dont elle lui
montrait le tableau, s'était levé et regardait. La bougie,
restée sur la plate-forme de l'échelle, en l'air, éclairait
comme d'une lueur de cierge la Femme, tandis que
toute l'immense pièce demeurait plongée dans les ténèbres.
Il s'éveillait enfin de son rêve, et la Femme, vue ainsi
d'en bas, avec quelques pas de recul, l'emplissait de
stupeur. Qui donc venait de peindre cette idole d'une
religion inconnue ? qui l'avait fait de métaux, de marbres
et de gemmes, épanouissant la rose mystique de son
sexe, entre les colonnes précieuses des cuisses, sous la
voûte sacrée du ventre ? Était-ce lui qui, sans le savoir,
était l'ouvrier de ce symbole du désir insatiable, de cette
image extra-humaine de la chair, devenue de l'or et
du diamant entre ses doigts, dans son vain effort d'en
faire de la vie ? Et, béant, il avait peur de son œuvre,
tremblant de ce brusque saut dans l'au-delà, comprenant bien que la réalité elle-même ne lui était plus possible, au bout de sa longue lutte pour la vaincre et la
repétrir plus réelle, de ses mains d'homme.

— Tu vois ! tu vois ! répétait victorieusement Christine.

Et lui, très bas, balbutiait :

— Oh ! qu'ai-je fait ?... Est-ce donc impossible de
créer ? nos mains n'ont-elles donc pas la puissance de
créer des êtres ?

Elle le sentit faiblir, elle le saisit entre ses deux bras.

— Mais pourquoi ces bêtises, pourquoi autre chose
que moi, qui t'aime ?... Tu m'as pris pour modèle, tu
as voulu des copies de mon corps. A quoi bon, dis ?

est-ce que ces copies me valent ? elles sont affreuses, elles
sont raides et froides comme des cadavres... Et je t'aime,
et je veux t'avoir. Il faut tout te dire, tu ne comprends
pas, quand je rôde autour de toi, que je t'offre de poser,
que je suis là, à te frôler, dans ton haleine. C'est que
je t'aime, entends-tu ? c'est que je suis en vie, moi! et
que je te veux...

Eperdument, elle le liait de ses membres, de ses bras
nus, de ses jambes nues. Sa chemise, à moitié arrachée,
avait laissé jaillir sa gorge, qu'elle écrasait contre lui,
qu'elle voulait entrer en lui, dans cette dernière bataille
de sa passion. Et elle était la passion elle-même, débri-
dée enfin avec son désordre et sa flamme, sans les réserves
chastes d'autrefois, emportée à tout dire, à tout faire,
pour vaincre. Sa face s'était gonflée, les yeux doux et le
front limpide disparaissaient sous les mèches tordues des
cheveux, il n'y avait plus que les mâchoires saillantes,
le menton violent, les lèvres rouges.

— Oh! non laisse! murmura Claude. Oh! je suis trop
malheureux!

De sa voix ardente, elle continua :

— Tu me crois peut-être vieille. Oui, tu disais que
je me gâtais, et je l'ai cru moi-même, je m'examinais pendant la pose, pour chercher des rides... Mais ce n'était
pas vrai, ça! Je le sens bien, que je n'ai pas vieilli, que
je suis toujours jeune, toujours forte...

Puis, comme il se débattait encore :

— Regarde donc!

Elle s'était reculée de trois pas; et, d'un grand geste,
elle ôta sa chemise, elle se trouva toute nue, immobile,
dans cette pose qu'elle avait gardée durant de si longues
séances. D'un simple mouvement du menton, elle indi-
qua la figure du tableau.

— Va, tu peux comparer, je suis plus jeune qu'elle...
Tu as eu beau lui mettre des bijoux dans la peau, elle
est fanée comme une feuille sèche... Moi, j'ai toujours
dix-huit ans, parce que je t'aime.

Et, en effet, elle rayonnait de jeunesse sous la clarté
pâle. Dans ce grand élan d'amour, les jambes s'effilaient,
charmantes et fines, les hanches élargissaient leur rondeur soyeuse, la gorge ferme se redressait, gonflée du
sang de son désir.

Déjà, elle l'avait repris, collée à lui maintenant, sans
cette chemise gênante; et ses mains s'égaraient, le fouillaient partout, aux flancs, aux épaules, comme si elle

eût cherché son cœur, dans cette caresse tâtonnante, cette prise de possession, où elle semblait vouloir le faire sien; tandis qu'elle le baisait rudement, d'une bouche inassouvie, sur la peau, sur la barbe, sur les manches, dans le vide. Sa voix expirait, elle ne parlait plus que d'un souffle haletant, coupé de soupirs.

— Oh! reviens, oh! aimons-nous... Tu n'as donc pas de sang, que des ombres te suffisent? Reviens, et tu verras que c'est bon de vivre... Tu entends! vivre au cou l'un de l'autre, passer des nuits comme ça, serrés, confondus, et recommencer le lendemain, et encore, et encore...

Il frémissait, il lui rendait peu à peu son étreinte, dans la peur que lui avait faite l'autre, l'idole; et elle redoublait de séduction, elle l'amollissait et le conquérait.

— Ecoute, je sais que tu as une affreuse pensée, oui! je n'ai jamais osé t'en parler, parce qu'il ne faut pas attirer le malheur; mais je ne dors plus la nuit, tu m'épouvantes... Ce soir, je t'ai suivi, là-bas, sur ce pont que je hais, et j'ai tremblé, oh! j'ai cru que c'était fini, que je ne t'avais plus... Mon Dieu! qu'est-ce que je deviendrais? J'ai besoin de toi, tu ne vas pas me tuer peut-être!... Aimons-nous, aimons-nous...

Alors, il s'abandonna, dans l'attendrissement de cette passion infinie. C'était une immense tristesse, un évanouissement du monde entier où se fondait son être. Il la serra éperdument, lui aussi, sanglotant, bégayant:

— C'est vrai, j'ai eu la pensée affreuse... Je l'aurais fait, et j'ai résisté en songeant à ce tableau inachevé... Mais puis-je vivre encore, si le travail ne veut plus de moi? Comment vivre, après ça, après ce qui est là, ce que j'ai abîmé tout à l'heure?

— Je t'aimerai et tu vivras.

— Ah! jamais tu ne m'aimeras assez... Je me connais bien. Il faudrait une joie qui n'existe pas, quelque chose qui me fît oublier tout... Déjà tu as été sans force. Tu ne peux rien.

— Si, si, tu verras... Tiens! je te prendrai ainsi, je te baiserai sur les yeux, sur la bouche, sur toutes les places de ton corps. Je te réchaufferai contre ma gorge, je lierai mes jambes aux tiennes, je nouerai mes bras à tes reins, je serai ton souffle, ton sang, ta chair...

Cette fois, il fut vaincu, il brûla avec elle, se réfugia en elle, enfonçant la tête entre ses seins, la couvrant à son tour de ses baisers.

— Eh bien! sauve-moi, oui! prends-moi, si tu ne veux pas que je me tue... Et invente du bonheur, fais-m'en connaître un qui me retienne... Endors-moi, anéantis-moi, que je devienne ta chose, assez esclave, assez petit, pour me loger sous tes pieds, dans tes pantoufles... Ah! descendre là, ne vivre que de ton odeur, t'obéir comme un chien, manger, t'avoir et dormir, si je pouvais, si je pouvais!

Elle eut un cri de victoire.

— Enfin! tu es à moi, il n'y a plus que moi, l'autre est bien morte!

Et elle l'arracha de l'œuvre exécrée, elle l'emporta dans sa chambre à elle, dans son lit, grondante, triomphante. Sur l'échelle, la bougie qui s'achevait, clignota un instant derrière eux, puis se noya. Cinq heures sonnèrent au coucou, pas une lueur n'éclairait encore le ciel brumeux de novembre. Et tout retomba aux froides ténèbres.

Christine et Claude, à tâtons, avaient roulé en travers du lit. Ce fut une rage, jamais ils n'avaient connu un emportement pareil, même aux premiers jours de leur liaison. Tout ce passé leur remontait au cœur, mais dans un renouveau aigu qui les grisait d'une ivresse délirante. L'obscurité flambait autour d'eux, ils s'en allaient sur des ailes de flamme, très haut, hors du monde, à grands coups réguliers, continus, toujours plus haut. Lui-même poussait des cris, loin de sa misère, oubliant, renaissant à une vie de félicité. Elle le fit blasphémer ensuite, provocante, dominatrice, avec un rire d'orgueil sensuel. « Dis que la peinture est imbécile. — La peinture est imbécile. — Dis que tu ne travailleras plus, que tu t'en moques, que tu brûleras tes tableaux, pour me faire plaisir. — Je brûlerai mes tableaux, je ne travaillerai plus. — Et dis qu'il n'y a que moi, que de me tenir là, comme tu me tiens, est le bonheur unique, que tu craches sur l'autre, cette gueuse que tu as peinte. Crache donc, que je t'entende! — Tiens! je crache, il n'y a que toi. » Et elle le serrait à l'étouffer, c'était elle qui le possédait. Ils repartirent, dans le vertige de leur chevauchée à travers les étoiles. Leurs ravissements recommençaient, trois fois il leur sembla qu'ils volaient de la terre au bout du ciel. Quel grand bonheur! comment n'avait-il pas songé à se guérir dans ce bonheur certain? Et elle se donnait encore, et il vivrait heureux, sauvé, n'est-ce pas? maintenant qu'il avait cette ivresse.

Le jour allait naître, lorsque Christine, ravie, fou-
droyée de sommeil, s'endormit aux bras de Claude. Elle
le liait d'une cuisse, la jambe jetée en travers des siennes,
comme pour s'assurer qu'il ne lui échapperait plus ; et,
la tête roulée sur cette poitrine d'homme qui lui servait
de tiède oreiller, elle soufflait doucement, un sourire
aux lèvres. Lui, avait fermé les yeux ; mais, de nouveau,
malgré sa fatigue écrasante, il les rouvrit, il regarda
l'ombre. Le sommeil le fuyait, une sourde poussée d'idées
confuses remontait dans son hébétement, à mesure qu'il
se refroidissait et se dégageait de la griserie voluptueuse,
dont tous ses muscles restaient ébranlés. Quand le petit
jour parut, une salissure jaune, une tache de boue liquide
sur les vitres de la fenêtre, il tressaillit, il crut avoir
entendu une voix haute l'appeler du fond de l'atelier.
Ses pensées étaient revenues toutes, débordantes, tortu-
rantes, creusant son visage, contractant ses mâchoires
dans un dégoût humain, deux plis amers qui faisaient
de son masque la face ravagée d'un vieillard. Maintenant, cette cuisse de femme, allongée sur lui, prenait
une lourdeur de plomb ; il en souffrait comme d'un
supplice, d'une meule dont on lui broyait les genoux,
pour des fautes inexpiées ; et la tête également, posée
sur ses côtes, l'étouffait, arrêtait d'un poids énorme les
battements de son cœur. Mais, longtemps, il ne voulut pas la déranger, malgré l'exaspération lente de tout
son corps, une sorte de répugnance et de haine irrésis-
tibles qui le soulevait de révolte. L'odeur du chignon
dénoué, cette odeur forte de chevelure, surtout, l'irritait. Brusquement, la voix haute, au fond de l'atelier, l'appela une seconde fois, impérieuse. Et il se
décida, c'était fini, il souffrait trop, il ne pouvait plus
vivre, puisque tout mentait et qu'il n'y avait rien de
bon. D'abord, il laissa glisser la tête de Christine, qui
garda son vague sourire ; ensuite, il dut se mouvoir avec
des précautions infinies, pour sortir ses jambes du lien
de la cuisse, qu'il repoussa peu à peu, dans un mouvement naturel, comme si elle fléchissait d'elle-même. Il
avait rompu la chaîne enfin, il était libre. Un troisième
appel le fit se hâter, il passa dans la pièce voisine, en
disant :

— Oui, oui, j'y vais !

Le jour ne se débrouillait pas, sale et triste, un de
ces petits jours d'hiver lugubres ; et, au bout d'une heure,
Christine se réveilla dans un grand frisson glacé. Elle

ne comprit pas. Pourquoi donc se trouvait-elle seule ?
Puis, elle se souvint : elle s'était endormie, la joue contre
son cœur, les membres mêlés aux siens. Alors, comment
avait-il pu s'en aller ? où pouvait-il être ? Tout d'un
coup, dans son engourdissement, elle sauta du lit avec
violence, elle courut à l'atelier. Mon Dieu! est-ce qu'il
était retourné près de l'autre ? est-ce que l'autre venait
encore de le reprendre, lorsqu'elle croyait l'avoir conquis
à jamais ?

Au premier coup d'œil, elle ne vit rien, l'atelier lui
parut désert, sous le petit jour boueux et froid. Mais,
comme elle se rassurait en n'apercevant personne, elle
leva les yeux vers la toile, et un cri terrible jaillit de sa
gorge béante.

— Claude, oh! Claude...

Claude s'était pendu à la grande échelle, en face de
son œuvre manquée. Il avait simplement pris une des
cordes qui tenaient le châssis au mur, et il était monté
sur la plate-forme en attacher le bout à la traverse de
chêne, clouée par lui un jour, afin de consolider les
montants. Puis, de là-haut, il avait sauté dans le vide.
En chemise, les pieds nus, atroce avec sa langue noire
et ses yeux sanglants sortis des orbites, il pendait là,
grandi affreusement dans sa raideur immobile, la face
tournée vers le tableau, tout près de la Femme au sexe
fleuri d'une rose mystique, comme s'il lui eût soufflé
son âme à son dernier râle, et qu'il l'eût regardée encore,
de ses prunelles fixes.

Christine, pourtant, restait droite, soulevée de douleur, d'épouvante et de colère. Son corps en était gonflé,
sa gorge ne lâchait plus qu'un hurlement continu. Elle
ouvrit les bras, les tendit vers le tableau, ferma les deux
poings.

— Oh! Claude, oh! Claude... Elle t'a repris, elle t'a
tué, tué, tué, la gueuse!

Et ses jambes fléchirent, elle tourna et s'abattit sur
le carreau. L'excès de la souffrance avait retiré tout le
sang de son cœur, elle demeura évanouie par terre,
comme morte, pareille à une loque blanche, misérable
et finie, écrasée sous la souveraineté farouche de l'art.
Au-dessus d'elle, la Femme rayonnait avec son éclat
symbolique d'idole, la peinture triomphait, seule immortelle et debout, jusque dans sa démence.

Le lundi seulement, après les formalités et les retards
occasionnés par le suicide, lorsque Sandoz vint le matin,

à neuf heures, pour le convoi, il ne trouva qu'une vingtaine de personnes sur le trottoir de la rue Tourlaque.
Dans son gros chagrin, il courait depuis trois jours,
forcé de s'occuper de tout : d'abord, il avait dû faire
transporter à l'hôpital de Lariboisière Christine, ramassée mourante; ensuite, il s'était promené de la mairie
aux pompes funèbres et à l'église, payant partout, cédant
à l'usage, plein d'indifférence, puisque les prêtres voulaient bien de ce cadavre au cou cerclé de noir. Et,
parmi les gens qui attendaient, il n'aperçut encore que
des voisins, augmentés de quelques curieux; tandis que
des têtes s'allongeaient aux fenêtres, chuchotantes, exci-
tées par le drame. Sans doute les amis allaient venir.
Il n'avait pu écrire à la famille, ignorant les adresses;
et il s'effaça, dès qu'il vit arriver deux parents, que les
trois lignes sèches des journaux avaient tirés sans doute
de l'oubli où Claude lui-même les laissait : une cousine
âgée à tournure louche de brocanteuse, un petit cousin,
très riche, décoré, propriétaire d'un des grands magasins
de Paris, bon prince dans son élégance, désireux de
prouver son goût éclairé des arts. Tout de suite, la
cousine monta, fit le tour de l'atelier, flaira cette misère
nue, redescendit, la bouche dure, irritée d'une corvée
inutile. Au contraire, le petit cousin se redressa et marcha le premier derrière le corbillard, menant le deuil
avec une correction charmante et fière.

Comme le cortège partait, Bongrand accourut et resta
près de Sandoz, après lui avoir serré la main. Il était
assombri, il murmura, en jetant un coup d'œil sur les
quinze à vingt personnes qui suivaient :

— Ah! le pauvre bougre!... Comment! il n'y a que
nous deux ?

Dubuche était à Cannes avec ses enfants. Jory et
Fagerolles s'abstenaient, l'un exécrant la mort, l'autre
trop affairé. Seul, Mahoudeau rattrapa le convoi à la
montée de la rue Lepic, et il expliqua que Gagnière
devait avoir manqué le train.

Lentement, le corbillard gravissait la pente rude, dont
le lacet tourne sur le flanc de la butte Montmartre. Par
moments, des rues transversales qui dévalaient, des
trouées brusques, montraient l'immensité de Paris, profonde et large ainsi qu'une mer. Lorsqu'on déboucha
devant l'église Saint-Pierre, et qu'on transporta le cercueil, là-haut, il domina un instant la grande ville. C'était
par un ciel gris d'hiver, de grandes vapeurs volaient,

emportées au souffle d'un vent glacial; et elle semblait agrandie, sans fin dans cette brume, emplissant l'horizon de sa houle menaçante. Le pauvre mort qui l'avait voulu conquérir et qui s'en était cassé la nuque, passa en face d'elle, cloué sous le couvercle de chêne, retournant à la terre, comme un de ces flots de boue qu'elle roulait.

A la sortie de l'église, la cousine disparut, Mahoudeau également. Le petit cousin avait repris sa place derrière le corps. Sept autres personnes inconnues se décidèrent, et l'on partit pour le nouveau cimetière de Saint-Ouen, que le peuple a nommé du nom inquiétant et lugubre de Cayenne. On était dix.

— Allons, il n'y aura que nous deux, décidément, répéta Bongrand, en se remettant en marche près de Sandoz.

Maintenant, le convoi, précédé par la voiture de deuil où s'étaient assis le prêtre et l'enfant de chœur, descendait l'autre versant de la butte, le long de rues tournantes et escarpées comme des sentiers de montagne. Les chevaux du corbillard glissaient sur le pavé gras, on entendait les sourds cahots des roues. A la suite, les dix piétinaient, se retenaient parmi les flaques, si occupés de cette descente pénible, qu'ils ne causaient pas encore. Mais, au bas de la rue du Ruisseau, lorsqu'on tomba à la porte de Clignancourt, au milieu de ces vastes espaces, où se déroulent le boulevard de ronde, le chemin de fer de ceinture, les talus et les fossés des fortifications, il y eut des soupirs d'aise, on échangea quelques mots, on commença à se débander.

Sandoz et Bongrand, peu à peu, se trouvèrent à la queue, comme pour s'isoler de ces gens qu'ils n'avaient jamais vus. Au moment où le corbillard passait la barrière, le second se pencha.

— Et la petite femme, qu'en va-t-on faire ?

— Ah! quelle pitié! répondit Sandoz. Je suis allé la voir hier à l'hôpital. Elle a une fièvre cérébrale. L'interne prétend qu'on la sauvera, mais qu'elle en sortira vieillie de dix ans et sans force... Vous savez qu'elle en était venue à oublier jusqu'à son orthographe. Une déchéance, un écrasement, une demoiselle ravalée à une bassesse de servante! Oui, si nous ne prenons pas soin d'elle comme d'une infirme, elle finira laveuse de vaisselle quelque part.

— Et pas un sou, naturellement ?

— Pas un sou. Je croyais trouver les études qu'il avait faites sur nature pour son grand tableau, ces études superbes dont il tirait ensuite un si mauvais parti. Mais j'ai fouillé vainement, il donnait tout, des gens le volaient. Non, rien à vendre, pas une toile possible, rien que cette toile immense que j'ai démolie et brûlée moi-même, ah! de grand cœur, je vous assure, comme on se venge!

Ils se turent un instant. La route large de Saint-Ouen s'en allait toute droite, à l'infini; et, au milieu de la campagne rase, le petit convoi filait, pitoyable, perdu, le long de cette chaussée, où coulait un fleuve de boue. Une double clôture de palissades la bordait, de vagues terrains s'étalaient à droite et à gauche, il n'y avait au loin que des cheminées d'usine et quelques hautes maisons blanches, isolées, plantées de biais. On traversa la fête de Clignancourt : des baraques, des cirques, des chevaux de bois aux deux côtés de la route, grelottant sous l'abandon de l'hiver, des guinguettes vides, des balançoires verdies, une ferme d'opéra comique : *A la Ferme de Picardie*, d'une tristesse noire, entre ses treillages arrachés.

— Ah! ses anciennes toiles, reprit Bongrand, les choses qui étaient quai de Bourbon, vous vous souvenez ? Des morceaux extraordinaires! Hein ? les paysages rapportés du Midi, et les académies faites chez Boutin, des jambes de fillette, un ventre de femme, oh! ce ventre... C'est le père Malgras qui doit l'avoir, une étude magistrale, que pas un de nos jeunes maîtres n'est fichu de peindre... Oui, oui, le gaillard n'était pas une bête. Un grand peintre, simplement!

— Quand je pense, dit Sandoz, que ces petits fignoleurs de l'Ecole et du journalisme l'ont accusé de paresse et d'ignorance, en répétant les uns à la suite des autres qu'il avait toujours refusé d'apprendre son métier!... Paresseux, mon Dieu! lui que j'ai vu s'évanouir de fatigue, après des séances de dix heures, lui qui avait donné sa vie entière, qui s'est tué dans sa folie de travail!... Et ignorant, est-ce imbécile! Jamais ils ne comprendront que ce qu'on apporte, lorsqu'on a la gloire d'apporter quelque chose, déforme ce qu'on apprend. Delacroix, aussi, ignorait son métier, parce qu'il ne pouvait s'enfermer dans la ligne exacte. Ah! les niais, les bons élèves au sang pauvre, incapables d'une incorrection!

Il fit quelques pas en silence, puis il ajouta :

— Un travailleur héroïque, un observateur passionné dont le crâne s'était bourré de science, un tempérament de grand peintre admirablement doué... Et il ne laisse rien.

— Absolument rien, pas une toile, déclara Bongrand. Je ne connais de lui que des ébauches, des croquis, des notes jetées, tout ce bagage de l'artiste qui ne peut aller au public... Oui, c'est bien un mort, un mort tout entier que l'on va mettre dans la terre !

Mais ils durent presser le pas, ils s'attardaient en causant ; et, devant eux, après avoir roulé entre des commerces de vins mêlés à des entreprises de monuments funèbres, le corbillard tournait à droite, dans le bout d'avenue qui conduisait au cimetière. Ils le rejoignirent, ils franchirent la porte avec le petit cortège. Le prêtre en surplis, l'enfant de chœur armé du bénitier, tous les deux descendus de la voiture de deuil, marchaient en avant.

C'était un grand cimetière plat, jeune encore, tiré au cordeau dans ce terrain vide de banlieue, coupé en damier par de larges allées symétriques. De rares tombeaux bordaient les voies principales, toutes les sépultures, débordantes déjà, s'étendaient au ras du sol, dans l'installation bâclée et provisoire des concessions de cinq ans, les seules que l'on accordât ; et l'hésitation des familles à faire des frais sérieux, les pierres qui s'enfonçaient faute de fondations, les arbres verts qui n'avaient pas le temps de pousser, tout ce deuil passager et de pacotille se sentait, donnait au vaste champ une pauvreté, une nudité froide et propre, d'une mélancolie de caserne et d'hôpital. Pas un coin de ballade romantique, pas un détour feuillu, frissonnant de mystère, pas une grande tombe parlant d'orgueil et d'éternité. On était dans le cimetière nouveau, aligné, numéroté, le cimetière des capitales démocratiques, où les morts semblent dormir au fond de cartons administratifs, le flot de chaque matin délogeant et remplaçant le flot de la veille, tous défilant à la queue comme dans une fête, sous les yeux de la police, pour éviter les encombrements.

— Fichtre ! murmura Bongrand, ce n'est pas gai, ici.

— Pourquoi ? dit Sandoz, c'est commode, on a de l'air... Et, même sans soleil, voyez donc comme c'est joli de couleur.

En effet, sous le ciel gris de cette matinée de novembre, dans le frisson pénétrant de la bise, les tombes basses, chargées de guirlandes et de couronnes de perles, prenaient des tons très fins, d'une délicatesse charmante. Il y en avait de toutes blanches, il y en avait de toutes noires, selon les perles ; et cette opposition luisait doucement, au milieu de la verdure pâlie des arbres nains. Sur ces loyers de cinq ans, les familles épuisaient leur culte : c'était un entassement, un épanouissement que le récent jour des Morts venait d'étaler dans son neuf. Seules, les fleurs naturelles, entre leurs collerettes de papier, s'étaient fanées déjà. Quelques couronnes d'immortelles jaunes éclataient comme de l'or fraîchement ciselé. Mais il n'y avait que les perles, un ruissellement de perles cachant les inscriptions, recouvrant les pierres et les entourages, des perles en cœurs, en festons, en médaillons, des perles qui encadraient des sujets sous verre, des pensées, des mains enlacées, des nœuds de satin, jusqu'à des photographies de femme, de jaunes photographies de faubourg, de pauvres visages laids et touchants, avec leur sourire gauche.

Et, comme le corbillard suivait l'avenue du Rond-Point, Sandoz, ramené à Claude par son observation de peintre, se remit à causer.

— Un cimetière qu'il aurait compris, avec son enragement de modernité... Sans doute, il souffrait dans sa chair, ravagé par cette lésion trop forte du génie, trois grammes en moins ou trois grammes en plus, comme il le disait, lorsqu'il accusait ses parents de l'avoir si drôlement bâti. Mais son mal n'était pas en lui seulement, il a été la victime d'une époque... Oui, notre génération a trempé jusqu'au ventre dans le romantisme, et nous en sommes restés imprégnés quand même, et nous avons eu beau nous débarbouiller, prendre des bains de réalité violente, la tache s'entête, toutes les lessives du monde n'en ôteront pas l'odeur.

Bongrand souriait.

— Oh ! moi, j'en ai eu par-dessus la tête. Mon art en a été nourri, je suis même impénitent. S'il est vrai que ma paralysie dernière vienne de là, qu'importe ! Je ne puis renier la religion de toute ma vie d'artiste... Mais votre remarque est très juste : vous en êtes, vous autres, les fils révoltés. Ainsi, lui, avec sa grande Femme nue au milieu des quais, ce symbole extravagant...

— Ah ! cette Femme, interrompit Sandoz, c'est elle qui l'a étranglé. Si vous saviez comme il y tenait ! Jamais il ne m'a été possible de la chasser de lui... Alors, com-

ment voulez-vous qu'on ait la vue claire, le cerveau
équilibré et solide, quand de pareilles fantasmagories
repoussent dans le crâne ?... Même après la vôtre, notre
génération est trop encrassée de lyrisme pour laisser des
œuvres saines. Il faudra une génération, deux générations
peut-être, avant qu'on peigne et qu'on écrive logiquement
dans la haute et pure simplicité du vrai... Seule, la vérité,
la nature, est la base possible, la police nécessaire, en
dehors de laquelle la folie commence ; et qu'on ne craigne
pas d'aplatir l'œuvre, le tempérament est là, qui empor-
tera toujours le créateur. Est-ce que quelqu'un songe à
nier la personnalité, le coup de pouce involontaire qui
déforme et qui fait notre pauvre création à nous !

Mais il tourna la tête, il ajouta brusquement :

— Tiens ! qu'est-ce qui brûle ?... Ils allument donc
des feux de joie, ici ?

Le convoi venait de tourner, en arrivant au Rond-Point,
où était l'ossuaire, le caveau commun, peu à peu empli
de tous les débris enlevés des fosses, et dont la pierre,
au centre d'une pelouse ronde, disparaissait sous un
amoncellement de couronnes, déposées là au hasard par
la piété des parents qui n'avaient plus leurs morts à eux.
Et, comme le corbillard roulait doucement à gauche,
dans l'avenue transversale numéro 2, un crépitement
s'était fait entendre, une grosse fumée avait grandi,
au-dessus des petits platanes bordant le trottoir. On
approchait avec lenteur, on apercevait de loin un gros
tas de choses terreuses qui s'allumaient. Puis, on finit
par comprendre. Cela se trouvait au bord d'un vaste
carré, qu'on avait fouillé profondément de larges sil-
lons parallèles, pour en arracher les bières, afin de rendre
le sol à d'autres corps, de même que le paysan retourne
un chaume avant de l'ensemencer de nouveau. Les
longues fosses vides bâillaient, les buttes de terre grasse
se purgeaient sous le ciel ; et, dans ce coin du champ,
ce qu'on brûlait ainsi, c'étaient les planches pourries des
bières, un bûcher énorme de planches fendues, brisées,
mangées par la terre, tombées en un terreau rougeâtre.
Elles refusaient de flamber, humides de boue humaine,
éclatant en sourdes détonations, fumant seulement avec
une intensité croissante, de grandes fumées qui montaient
dans le ciel blafard, et que la bise de novembre rabattait,
déchirait en lanières rousses, volantes, au travers des
tombes basses de toute une moitié du cimetière.

Sandoz et Bongrand avaient regardé, sans une parole.

Puis, quand ils eurent dépassé le feu, le premier reprit :
— Non, il n'a pas été l'homme de la formule qu'il
apportait. Je veux dire qu'il n'a pas eu le génie assez net
pour le planter debout et l'imposer dans une œuvre
définitive... Et voyez, autour de lui, après lui, comme les
efforts s'éparpillent! Ils en restent tous aux ébauches,
aux impressions hâtives, pas un ne semble avoir la force
d'être le maître attendu. N'est-ce pas irritant, cette
notation nouvelle de la lumière, cette passion du vrai
poussée jusqu'à l'analyse scientifique, cette évolution
commencée si originalement, et qui s'attarde, et qui tombe
aux mains des habiles, et qui n'aboutit point, parce que
l'homme nécessaire n'est pas né ?... Bah! l'homme naî-
tra, rien ne se perd, il faut bien que la lumière soit.
— Qui sait ? pas toujours! dit Bongrand. La vie
avorte, elle aussi... Vous savez, je vous écoute, mais je
suis un désespéré, moi. Je crève de tristesse, et je sens
tout qui crève... Ah! oui, l'air de l'époque est mauvais,
cette fin de siècle encombrée de démolitions, aux monuments éventrés, aux terrains retournés cent fois, qui tous
exhalent une puanteur de mort! Est-ce qu'on peut se
bien porter, là-dedans ? Les nerfs se détraquent, la
grande névrose s'en mêle, l'art se trouble : c'est la bousculade, l'anarchie, la folie de la personnalité aux abois...
Jamais on ne s'est tant querellé et jamais on n'y a vu
moins clair que depuis le jour où l'on prétend tout savoir.
savoir.
Sandoz, devenu pâle, regardait au loin les grandes
fumées rousses rouler dans le vent.
— C'était fatal, songea-t-il à demi-voix, cet excès
d'activité et d'orgueil dans le savoir devait nous rejeter
au doute; ce siècle, qui a fait déjà tant de clarté, devait
s'achever sous la menace d'un nouveau flot de ténèbres...
Oui, notre malaise vient de là. On a trop promis, on a
trop espéré, on a attendu la conquête et l'explication de
tout; et l'impatience gronde. Comment! on ne marche
pas plus vite ? la science ne nous a pas encore donné,
en cent ans, la certitude absolue, le bonheur parfait ?
Alors, à quoi bon continuer, puisqu'on ne saura jamais
tout et que notre pain restera aussi amer ? C'est une faillite du siècle, le pessimisme tord les entrailles, le mysticisme embrume les cervelles; car nous avons eu beau
chasser les fantômes sous les grands coups de lumière
de l'analyse, le surnaturel a repris les hostilités, l'esprit
des légendes se révolte et veut nous reconquérir, dans

cette halte de fatigue et d'angoisse... Ah! certes! je,
n'affirme rien, je suis moi-même déchiré. Seulement, il
me semble que cette convulsion dernière du vieil effarement religieux était à prévoir. Nous ne sommes pas
une fin, mais une transition, un commencement d'autre
chose... Cela me calme, cela me fait du bien, de croire
que nous marchons à la raison et à la solidité de la
science...

Sa voix s'était altérée d'une émotion profonde, et il
ajouta :

— A moins que la folie ne nous fasse culbuter dans
le noir, et que nous ne partions tous, étranglés par l'idéal,
comme le vieux camarade qui dort là, entre ses quatre
planches.

Le corbillard quittait l'avenue transversale numéro 2,
pour tourner à droite dans l'avenue latérale numéro 3 ; et,
sans parler, le peintre montra du regard à l'écrivain un
carré de sépultures, que longeait le cortège.

Il y avait là un cimetière d'enfants, rien que des
tombes d'enfants, à l'infini, rangées avec ordre, régulièrement séparées par des sentiers étroits, pareilles à une
ville enfantine de la mort. C'étaient de toutes petites
croix blanches, de tous petits entourages blancs, qui
disparaissaient presque sous une floraison de couronnes
blanches et bleues, au ras du sol ; et le champ paisible,
d'un ton si doux, d'un bleuissement de lait, semblait
s'être fleuri de cette enfance couchée dans la terre. Les
croix disaient les âges : deux ans, seize mois, cinq mois.
Une pauvre croix, sans entourage, qui débordait et se
trouvait plantée de biais dans une allée, portait simplement : EUGÉNIE, TROIS JOURS. N'être pas encore et dormir déjà là, à part, comme les enfants que les familles,
aux soirs de fête, font dîner à la petite table !

Mais, enfin, le corbillard s'était arrêté, au milieu de
l'avenue. Lorsque Sandoz aperçut la fosse prête, à l'angle
du carré voisin, en face du cimetière des tout-petits, il
murmura tendrement :

— Ah! mon vieux Claude, grand cœur d'enfant, tu
seras bien à côté d'eux.

Les croque-morts descendaient le cercueil. Maussade
sous la bise, le prêtre attendait ; et des fossoyeurs étaient
là, avec des pelles. Trois voisins avaient lâché en route,
les dix n'étaient plus que sept. Le petit cousin, qui tenait
son chapeau à la main depuis l'église, malgré le temps
affreux, se rapprocha. Tous les autres se découvrirent, et

les prières allaient commencer, lorsqu'un coup de sifflet déchirant fit lever les têtes.

C'était, dans ce bout vide encore, à l'extrémité de l'avenue latérale numéro 3, un train qui passait sur le haut talus du chemin de fer de ceinture, dont la voie dominait le cimetière. La pente gazonnée montait, et des lignes géométriques se détachaient en noir sur le gris du ciel, les poteaux télégraphiques reliés par les minces fils, une guérite de surveillant, la plaque d'un signal, la seule tache rouge et vibrante. Quand le train roula, avec son fracas de tonnerre, on distingua nettement, comme sur un transparent d'ombres chinoises, les découpures des wagons, jusqu'aux gens assis dans les trous clairs des fenêtres. Et la ligne redevint nette, un simple trait à l'encre coupant l'horizon; tandis que, sans relâche, au loin, d'autres coups de sifflet appelaient, se lamentaient, aigus de colère, rauques de souffrance, étranglés de détresse. Puis, une corne d'appel résonna, lugubre.

— *Revertitur in terram suam unde erat...*, récitait le prêtre, qui avait ouvert un livre et qui se hâtait.

Mais on ne l'entendait plus, une grosse locomotive était arrivée en soufflant, et elle manœuvrait juste au-dessus de la cérémonie. Celle-là avait une voix énorme et grasse, un sifflet guttural, d'une mélancolie géante. Elle allait, venait, haletait, avec son profil de monstre lourd. Brusquement, elle lâcha sa vapeur, dans une haleine furieuse de tempête.

— *Requiescat in pace*, disait le prêtre.

— *Amen*, répondait l'enfant de chœur.

Et tout fut emporté, au milieu de cette détonation cinglante et assourdissante, qui se prolongeait avec une violence continue de fusillade.

Bongrand, exaspéré, se tournait vers la locomotive. Elle se tut, ce fut un soulagement. Des larmes étaient montées aux yeux de Sandoz, ému déjà des choses sorties involontairement de ses lèvres, derrière le corps de son vieux camarade, comme s'ils avaient eu ensemble une de leurs causeries grisantes d'autrefois; et, maintenant, il lui semblait qu'on allait mettre en terre sa jeunesse : c'était une part de lui-même, la* meilleure, celle des illusions et des enthousiasmes, que les fossoyeurs enlevaient, pour la faire glisser au fond du trou. Mais, à cette minute terrible, un accident vint encore augmenter son chagrin. Il avait tellement plu, les jours précé-

dents, et la terre était si molle, qu'un brusque éboulement se produisit. Un des fossoyeurs dut sauter dans la
fosse, pour la vider à la pelle, d'un jet lent et rythmique.
Cela n'en finissait pas, s'éternisait au milieu de l'impatience du prêtre et de l'intérêt des quatre voisins, qui
avaient suivi jusqu'au bout, sans qu'on sût pourquoi.
Et, là-haut, sur le talus, la locomotive avait repris ses
manœuvres, reculait en hurlant, à chaque tour de roue,
le foyer ouvert, incendiant le jour morne d'une pluie
de braise.

Enfin, la fosse fut vidée, on descendit le cercueil, on
se passa le goupillon. C'était fini. Debout, de son air
correct et charmant, le petit cousin fit les honneurs,
serra les mains de tous ces gens qu'il n'avait jamais vus,
en mémoire de ce parent dont il ne se rappelait pas le
nom la veille.

— Mais il est très bien, ce calicot, dit Bongrand, qui
ravalait ses larmes.

Sandoz, sanglotant, répondit :

— Très bien.

Tous s'en allaient, les surplis du prêtre et de l'enfant
de chœur disparaissaient entre les arbres verts, les voisins débandés flânaient, lisaient les inscriptions.

Et Sandoz, se décidant à quitter la fosse à demi
comblée, reprit :

— Nous seuls l'aurons connu... Plus rien, pas même
un nom!

— Il est bien heureux, dit Bongrand, il n'a pas de
tableau en train, dans la terre où il dort... Autant partir
que de s'acharner comme nous à faire des enfants
infirmes, auxquels il manque toujours des morceaux,
les jambes ou la tête, et qui ne vivent pas.

— Oui, il faut vraiment manquer de fierté, se résigner à l'à-peu-près et tricher avec la vie... Moi qui
pousse mes bouquins jusqu'au bout, je me méprise de
les sentir incomplets et mensongers, malgré mon effort.

La face pâle, ils s'en allaient lentement, côte à côte,
au bord des blanches tombes d'enfants, le romancier
alors dans toute la force de son labeur et de sa renommée,
le peintre déclinant et couvert de gloire.

— Au moins, en voilà un qui a été logique et brave,
continua Sandoz. Il a avoué son impuissance et il s'est tué.

— C'est vrai, dit Bongrand. Si nous ne tenions pas si
fort à nos peaux, nous ferions tous comme lui... N'est-ce
pas ?

— Ma foi, oui. Puisque nous ne pouvons rien créer, puisque nous ne sommes que des reproducteurs débiles, autant vaudrait-il nous casser la tête tout de suite.

Ils se retrouvaient devant le tas allumé des vieilles bières pourries. Maintenant, elles étaient en plein feu suantes et craquantes; mais on ne voyait toujours pas les flammes, la fumée seule avait augmenté, une fumée âcre, épaisse que le vent poussait en gros tourbillons, et qui couvrait le cimetière entier d'une nuée de deuil.

— Fichtre! onze heures! dit Bongrand en tirant sa montre. Il faut que je rentre.

Sandoz eut une exclamation de surprise.

— Comment! déjà onze heures!

Il promena sur les sépultures basses, sur le vaste champ fleuri de perles, si régulier et si froid, un long regard de désespoir, encore aveuglé de larmes. Puis il ajouta :

— Allons travailler.

— Ma foi, oui. Puisque nous ne pouvons rien créer,
puisque nous ne sommes que des reproducteurs débiles,
autant vaudrait-il nous casser la tête tout de suite.

Ils se retrouvaient devant le cas allumé des vieilles
blagues pourries. Maintenant, elles étaient en plein feu
sianrne et craquantes; mais on ne voyait toujours pas les
flammes, la fumée seule avait augmenté, une fumée
âcre, épaisse que le vent poussait en gros tourbillons,
et qui couvrait le cimetière entier d'une nuée de deuil.

— Fichtre! onze heures dit Bongrand en haut sa
montre. Il faut que je rentre.

Sandoz eut une exclamation de surprise.

— Comment! déjà onze heures!

Il promena sur les sépultures basses, sur le vaste
champ fleuri de perles, si régulier et si froid, un long
regard de désespoir, encore aveuglé de larmes. Puis il
ajouta:

— Allons travailler.

ARCHIVES DE L'ŒUVRE

I.— LA GENÈSE

Ebauche de *L'Œuvre* [recherche du titre du roman].

Faire un enfant — L'œuvre
Faire un monde — L'œuvre de chair
Faire de la vie — Le sang de l'œuvre
— L'œuvre humaine
Création. Créer. Procréer — l'Immortalité
Engrosser la nature — Immortel
La lutte contre l'ange — Les Maîtres
La défaite — le Vrai
Etre Dieu — La vie universelle
— L'œuvre vivante
Enfantement — Le travail
Accouchement — l'Impossible
Parturition — l'Inassouvi
Conception — La Force créatrice
Enfanter — L'Ame épandue
Fécondation — l'Ebauche
— l'âme des choses
— la Gloire

Du sang
De la vie
l'Idéal
l'Œuvre d'art
Œuvre vivante — l'œuvre
Chair vivante — Notre chair
le Génie — Créer
Créer — Enfanter
— L'angoisse de
Création — créer, d'enfanter
Enfanter — Nos œuvres

Faire de la vie	Le sang de
Les Couches saignantes	l'œuvre
Notre chair	Ceci est ma chair
L'œuvre	
Le chef-d'œuvre	Le siècle en couche
Les faiseurs d'homme	Fin de siècle
Les Créateurs de monde	Les couches du siècle

Bibliothèque Nationale, Département des Manuscrits, Nouvelles Acquisitions Françaises, 10316, ff. 317-318.

Lettre du peintre Léo Gausson à Zola [s.d.].

Je n'ai à proprement parler point eu de maîtres, que par raccrocs.

Les bribes de métier, trucs, procédés, appuis à droite et à gauche ne m'ayant point satisfait, j'ai dû me créer presque seul, devant la nature, une méthode de travail, d'observation tout au moins, une méthode de coloris que j'ai basée sur les travaux du savant Chevreul [...]. Nous entrons dans une logique, cela est fait de déductions qui s'emboîtent mécaniquement les unes dans les autres [...]. Ceci est en dehors de tout tempérament, c'est un outil d'analyse dont je me sers pour fouiller mes sensations et arriver à plus de vérité [...]. C'est là le principe mécanique, l'harmonie et les valeurs comparées. C'est l'art. Il reste encore le tempérament de l'artiste [...]. Je n'ai pas eu, comme vous voyez, d'études sérieuses à mes débuts. C'est un mal car je suis obligé aujourd'hui de remplacer l'acquis, l'habileté machinale des doigts par la volonté et le travail. En revanche, j'ai été sauvé de cette chose horrible : l'éducation artistique.

Je ne connais que les champs et la vérité.
(Dossier de *L'Œuvre*, Bibliothèque nationale, Manuscrits, N.A.F. 10316, ff. 343-346.)

Annonce publicitaire de *L'Œuvre*.

Le Voltaire, mercredi 14 avril 1886, *L'Evénement*, dimanche 18 avril 1886 :

L'ŒUVRE, le roman d'Emile Zola que la bibliothèque Charpentier publie aujourd'hui, est une histoire simple et poignante, le drame d'une intelligence aux prises avec la nature, le long combat de la passion d'une femme et de la passion de son art, chez un peintre original, qui apporte une formule nouvelle.

L'auteur a mis ce drame dans le milieu de sa jeunesse, il s'y est confessé lui-même, il y a raconté quinze ans de sa vie et de la vie de ses contemporains. Ce sont des sortes de mémoires qui vont du Salon des Refusés de 1863 jusqu'aux expositions de ces dernières années, un tableau de l'art moderne, pris en plein Paris, avec tous les épisodes qu'il comporte. Œuvre d'artiste, mais œuvre de romancier avant tout, et qui passionnera.

II.— LES RÉACTIONS PERSONNELLES

Lettre de Paul Alexis à Zola, 26 mars 1886 :

J'ai terminé L'ŒUVRE ce matin. Ce cimetière est une de vos plus belles pages et m'a remué. Le pauvre Duranty! Et Flaubert, et Cézanne, et moi, et nous tous! Notre jeunesse à tous est dans ce livre.
(Bibliothèque nationale, Manuscrits, N.A.F. 24510, f. 387.)

Lettre de Frantz Jourdain à Zola, 7 mars 1886 :

... Dans cet admirable ouvrage où vous décrivez avec votre puissance ordinaire toutes les tortures d'un cœur et d'un cerveau d'artiste, j'ai retrouvé, je vous l'ai dit, bien des côtés, bien des coins de mon pauvre frère, mort, lui aussi, inconnu et méconnu. C'est peut-être pour cela que L'ŒUVRE m'a causé une impression encore plus poignante et plus profonde que vos autres romans; j'ai ressenti une sorte de consolation amère à décalquer sur la silhouette de Claude celle de mon cher et malheureux frère, impuissant, comme votre peintre, à atteindre son idéal, et méprisant pour les médiocres et mortellement triste de ses espérances irréalisables.
(B.N., Manuscrits, N.A.F. 24520, ff. 458-459.)

Lettre d'Octave Mirbeau à Zola, s.d. [1886] :

Je viens de terminer L'ŒUVRE, et je veux vous dire toute mon émotion et toute mon admiration. Vous êtes un grand artiste et vous êtes aussi un brave homme. L'honnêteté déborde de ces pages superbes, avec le génie. Celui qui ne vous aimerait pas après un pareil livre ne peut être qu'un misérable. Pour moi, je vous l'avoue naïvement, j'ai été remué, au point que bien des fois,

j'ai pleuré devant ce malheureux Claude Lantier, en qui
vous avez synthétisé le plus épouvantable martyre qui
soit, le martyre de l'impuissance. Génie à part, j'ai
retrouvé en cette douloureuse figure beaucoup de mes
propres tristesses, toute l'inanité de mes efforts, les luttes
morales au milieu desquelles je me débats, et vous
m'avez donné la vision très nette et désespérante de ma
vie manquée, de ma vie perdue. Un moment je vous en
ai voulu de voir si clair dans le cœur et dans le cerveau
de l'homme. Mais vous avez entouré ce pauvre Lantier
d'une telle tendresse, d'un tel charme de pitié, il y a
dans votre génie si fier une bonté si simple, que j'ai pensé
que vous pourriez peut-être m'aimer, moi aussi, et me
plaindre.

Que vous êtes grand et fort, mon cher maître, à chaque
livre nouveau, malgré le succès, vous vous élevez plus
haut, et rien ne vous détourne de votre but. La bataille
vous a toujours trouvé debout, la fortune vous retrouve
fidèle à vos amitiés, à vos passions, à vos doctrines de
jeunesse. Vous avez donné un grand exemple à cette
génération d'écrivains cabotins, tartarins, qui vous pillent
en vous blaguant, comme Fagerolles pillait Claude, mais
les Fagerolles passent, et vous restez.

Je vous serre bien chaleureusement la main,

Octave MIRBEAU.

(B.N., Manuscrits, N.A.F. 24522, f. 191.)

Lettre d'Hector Giacomelli à Zola, s.d. [1886] :

Mon cher Zola, je ferme votre livre dont je ne pouvais
m'arracher, relisant sans cesse les pages déjà lues. Je le
ferme, remué jusqu'au fond de mon être, tout frémissant.

L'ŒUVRE a dû venir d'un seul jet de bronze et d'or —
rien n'y sent l'effort, le tâtonnement — la vérité vous
prend au cœur, au cerveau, ne vous lâche plus — on y
entre, dans ce livre qui contient toute notre vie, à tous,
on s'y absorbe, pour en sortir tout ébloui, mais brisé.

Le convoi de Claude! la causerie avec Bongrand! que
d'idées remuées et dans quel milieu! c'est superbe et
c'est désespérant.

Jamais, jamais je n'ai si bien senti combien ce doit
être bon de croire « que nous marchons à la raison, à la
solidité de la science » ... et je voudrais bien le pouvoir.

Une nouvelle crise de mon bête de mal me tient ici,
cloué... et je voudrais tant vous voir, vous dire tout ce

que j'ai pour vous dans le cœur, de profonde amitié, de tendresse et d'admiration.

Merci, merci, mon ami, vous avez plus que triplé ma puissance de sentir et d'aimer.

A vous de tout mon être,

votre GIACOMELLI.

(B.N., Manuscrits, N.A.F., 24520, ff. 318-319.)

Lettre de Claude Monet à Zola, s. d. [1886] :

Mon cher Zola,

Vous avez eu l'obligeance de m'envoyer L'ŒUVRE. Je vous en suis très reconnaissant. J'ai toujours un grand plaisir à lire vos livres et celui-ci m'intéressait doublement puisqu'il soulève des questions d'art pour lesquelles nous combattons depuis si longtemps. Je viens de le lire et je reste troublé, inquiet, je vous l'avoue.

Vous avez pris soin, avec intention, que pas un seul de vos personnages ne ressemble à l'un de nous, mais malgré cela, j'ai peur que dans la presse et le public, nos ennemis ne prononcent les noms de Manet ou tout au moins les nôtres pour en faire des ratés, ce qui n'est pas dans votre esprit, je ne veux pas le croire.

Excusez-moi de vous dire cela. Ce n'est pas une critique; j'ai lu L'ŒUVRE avec un très grand plaisir, retrouvant des souvenirs à chaque page. Vous savez du reste mon admiration fanatique, pour votre talent. Non; mais je lutte depuis un assez long temps et j'ai les craintes qu'au moment d'arriver, les ennemis ne se servent de votre livre pour nous assommer.

Excusez cette trop longue lettre, rappelez-moi au souvenir de Madame Zola, et merci encore.

Votre tout dévoué,

Claude MONET.

(B.N., Manuscrits, N.A.F., 24522, ff. 225-226.)

Lettres de Vincent Van Gogh à son frère Théo :
(*Correspondance complète de Vincent Van Gogh*, Paris, Gallimard-Grasset, 1960, 3 vol.)

J'ai lu ces jours-ci, pour la première fois, un fragment d'un nouveau livre de Zola : L'ŒUVRE qui, tu dois le savoir, paraît en feuilleton dans *Le Gil Blas*. Je considère que ce roman, s'il pénètre tant soit peu dans le monde des artistes, y fera peut-être du bien. Le fragment que j'ai lu, je l'ai trouvé très juste.

Si l'impressionnisme a déjà dit son dernier mot (pour garder ce terme d'impressionnisme) je me figure toujours que précisément dans la façon de peindre le personnage, il peut encore se produire beaucoup de neuf et, de plus en plus, je souhaite que, dans un temps difficile comme celui d'aujourd'hui, on cherche son salut dans une pénétration plus profonde de l'art, dans son acception la plus haute. Car il existe en art, un domaine relativement haut ou relativement bas; l'homme est plus intéressant que le reste, et aussi, d'ailleurs, bien plus difficile à peindre.
II — 533, 1886.

J'ai lu avec intérêt un chapitre de L'Œuvre de Zola dans *Gil Blas* : la description très remarquable d'une scène entre le peintre Manet, évidemment et une femme qui avait posé mais avait fini par en avoir assez.
II — 554 — s. d. (1886).

Ce qui me frappe le plus au cœur dans L'Œuvre de Zola, c'est cette figure de Bongrand-Jurget. C'est si vrai ce qu'il dit : « Vous croyez, malheureux que lorsque l'artiste a conquis son talent et sa réputation, qu'alors il est à l'abri ? Au contraire, alors il lui est défendu, désormais de produire une chose pas tout à fait bien.
III, 175, s.d. [1888].

III. — LES RÉACTIONS DE LA CRITIQUE.
XIXᵉ SIÈCLE

GONCOURT : *Journal, 10 avril 1886* :

Du moment qu'il y a un concert universel d'éloges dans la presse sur un livre, on peut presque affirmer que ce livre n'est pas bon — exemple : L'Œuvre de Zola — et par contre, affirmer également que, quand sur un livre l'éreintement de la presse est presque général, le livre n'est pas mauvais — exemple : les premiers livres du même.

LÉO TREZENECK, « *Deux livres* », *Lutèce, 1886* :

... Cette description radoteuse de la « coulée de la Seine », rajeunie seulement par les divagations apitoyantes sur l'Art.

Article signé « Vincent », Le XIXe siècle, 17 avril 1886 :

Zola à coup sûr s'y est peint lui-même avec la franchise la plus complète, ne nous cachant rien de ses hésitations ni de ses doutes ; il y a vingt pages, que je voudrais pouvoir citer ici, sur les nobles préoccupations de l'artiste, sur ses angoisses, sur ses tristesses, qui sont d'une magnifique éloquence et qui ont la valeur d'une confession. Et cette « œuvre », cette œuvre grandiose de Claude, dans laquelle, par une hantise singulière et malaisément explicable, le peintre veut toujours dresser une femme nue « aux cuisses énormes », qu'est-ce sinon l'œuvre même de Zola ? La femme nue « aux cuisses énormes », mais c'est Gervaise, c'est Nana, c'est Pauline, c'est la Mouquette, toutes ces gaillardes « à la nuque puissante » et « à la croupe rebondie », qui sont les mères, les filles ou les sœurs des Rougon-Macquart.

L'ŒUVRE est un livre triste, le plus poignant, peut-être le plus amer, des livres de Zola.

JULES LEMAITRE, *La Revue Politique et Littéraire,* *17 avril 1886 :*

... Le drame est aussi simple que s'il se passait dans un ménage d'ouvriers et si la cause du mal était le jeu ou la boisson. Christine et Claude sont bien des « bonshommes physiologiques » et ne sont que cela. Ici encore je n'ose pas dire que c'est dommage et je ne fais que constater.

Car voici éclater le génie particulier de M. Emile Zola, le don de la vision concrète et démesurée, le don de l'outrance expressive et l'abominable tristesse en face des choses. Tout se matérialise et s'exagère.

[...]

Mais plutôt vous trouverez, presque à chaque page, une tristesse affreuse, une violence de vision hyperbolique, qui accable et fait mal. Nul n'a jamais vu plus tragiquement tout l'extérieur du drame humain. Il y a du Michel-Ange dans M. Zola. Les figures font penser à la fresque du *Jugement dernier*. J'attends avec impatience son prochain cauchemar. S'il ne sort de Médan, il finira par des livres d'un naturalisme apocalyptique, qui pourront, d'ailleurs, être fort beaux.

PAUL D'ARMOR, *La France Libre, 24 avril 1886* :

Nous ne voulons pas dire qu'il soit possible de fournir la clé de L'ŒUVRE; nous ne nous soucions pas de
savoir si Manet est le type de Claude. Nous regardons
des artistes aux prises avec la vie, dans de certaines circonstances, sous des conditions d'hérédité, de santé et de
talent, et nous reconnaissons que leurs actes et leurs
pensées sont motivés par des nécessités rigoureuses. Le
milieu et le tempérament étant fixés, si le lecteur est
forcé de juger que ces hommes ne pouvaient pas se
comporter autrement, il doit en même temps être
convaincu de leur existence réelle.

MARCEL FOUQUIER, *La France, 2 mai 1886* :

*Germinal, L'Assommoir, Nana, Pot-Bouille, La Joie de
Vivre, L'Œuvre*, sont des épopées franchement « pessi-
mistes ». M. Zola ira-t-il plus loin dans cette voie aussi
lugubre que l'allée de cimetière où, dans L'ŒUVRE, le
peintre Bongrand et le romancier Sandoz devisent mélan-
coliquement de la vanité de toutes choses, tandis que le
vent disperse la fumée des vieilles bières pourries que les
gardiens font brûler sous un lourd ciel d'orage ? Rien
n'est plus probable.

GUSTAVE GEFFROY, *La Justice, 12 mai 1886* :

Ce n'est pas seulement, en effet, par Sandoz que Zola
s'est représenté. N'a-t-il pas aussi mis une partie de lui-
même en ce Claude Lantier, si courageux au travail, si
incertain de la portée de son effort ? Les deux hommes
ne se complètent-ils pas, celui qui se cherche et celui qui
s'explique ? Ne sont-ils pas à un égal degré les chercheurs
pleins d'angoisse, les passionnés à la besogne, les furieux
du désir de créer, les désespérés devant les résultats, les
« damnés de l'art » ? Les lamentations de l'un ne sont-
elles pas aussi douloureuses que les avortements de
l'autre ? N'est-il pas aussi triste, aussi revenu de tout,
que le suicidé, celui qui écrit cette forte parole : « On
débute toujours » — celui qui raconte la mélancolique
promenade à Bennecourt, où pas un vestige n'est resté
de ce qui a été la vie et le bonheur de deux êtres, — celui
qui se force à une croyance après avoir dit le doute empoi-
sonnant le savoir, dans cette conversation au cimetière
qui est la conclusion incertaine et mystérieuse du livre.

DANCOURT, *La Revue Générale*, mai *1886* :

... Jamais l'auteur n'a écrit livre plus sombre, plus complètement désespérant, ce qui ne veut pas dire que ce soit un livre de parti pris : au contraire, L'ŒUVRE, quoi qu'on en ait dit, est un tableau très actuel des tentatives, des efforts, des luttes de certains artistes contre l'impossible, car c'est tenter l'impossible que de vouloir inventer des sources d'inspirations nouvelles, et c'est folie que de chercher cette inspiration dans le matérialisme.
[...]
Pour bien comprendre L'ŒUVRE, c'est à ses dernières pages qu'il faut se reporter. M. Zola a résumé avec une mélancolie sinistre ses conclusions décevantes et sans issue.

XXᵉ SIÈCLE

PIERRE DAIX, « *Introduction* » à L'Œuvre, *E. Zola*, Œuvres complètes, *Tome V, Paris*, Cercle du Livre Précieux, 1967.

Le problème posé par L'ŒUVRE n'est pas de savoir ce que Zola y a mis de l'histoire réelle du naturalisme, de l'impressionnisme, de la vie de Cézanne, de celle de Manet, de l'œuvre de Courbet, du caractère de Flaubert, etc., tous éléments bien repérables et attendus. Le problème est de savoir pourquoi et comment le romancier qui a écrit : « J'ai l'hypertrophie du détail vrai », qui vient avec *Germinal* de maîtriser la réalité, pour lui la plus étrangère, du prolétariat minier, dès lors qu'il plonge dans son propre fond, sa vie, sa jeunesse, ses amis, son art, tourne le dos à la réalité. Quand je parle de réalité, j'entends la compréhension la plus exhaustive du réel, pris dans son devenir, la rencontre du socialisme dans *Germinal*. Rien de tel dans L'ŒUVRE qui refuse la réalité à ce niveau, pis, lui tourne le dos, en exprime le contre-pied. [...]
Cette condamnation de l'ébauche, c'est vraiment le thème, au sens musical, du roman. Ebauche parfois magistrale, concède Sandoz, mais ébauche, mais tableau pas fini, mais impuissance à finir. Et c'est cela la thèse contre Claude, mais où Claude est totalement Cézanne. La modernité de Cézanne, c'est très exactement la découverte que le tableau ne peut pas être fini, aussi

bien au sens académique qu'au sens fort, absolu. Aussi,
les autocritiques de Claude, parlant de figures restées
trop à l'état d'ébauches sont-elles mal venues. Mais Zola
n'est jamais effleuré par l'idée qu'il pourrait se trom-
per. [...]

On peut oublier le roman pour le journal indirect qui
lui donne chair et sang, un journal poignant, profond,
par tous personnages interposés, qui fait éclater le car-
can du feuilleton. Le journal qui a échappé au profes-
sionnel des lettres et balayé la mécanique de l'hérédité
comme le plastron pour la postérité, la voix du Zola qui
continue de croire en l'art et s'y met tout entier. L'ŒUVRE,
c'est de la sorte, la lutte de Zola contre l'ange.

PIERRE DAIX, *L'Aveuglement devant la peinture*, Paris,
Gallimard, 1971.

A travers Claude, Zola a écrit l'échec de la peinture
dont il avait rêvé. Ce qu'il exalte dans la peinture de
Claude, le plein air, la peinture claire, c'est précisément
ce qui plaît à Fromentin. Ce qu'il condamne : l'impuissance à finir, à sortir de l'ébauche, c'est ce que condamne
une critique traditionnelle qui ne comprend pas le fonctionnement de la nouvelle peinture et qui la juge à partir
du « fini » illusionniste.

Qu'il y ait derrière le ratage de Claude et son suicide
une transposition plus ou moins consciente des rapports
entre Zola et Cézanne, c'est vraisemblable. Une rivalité
depuis l'adolescence — peut-être même autour de
Gabrielle-Alexandrine, Mme Zola — et qui se noue
aux hantises intimes dans cette période où la crise du
mariage prend un tour aigu, le roman, la construction
imaginaire qui gouverne L'ŒUVRE, l'atteste assez vivement. Mais l'organisation de la vie de peintre de Claude
appartient au critique d'art. Zola n'a rien expérimenté
du tout. Il a illustré par la construction héréditaire de
Claude Lantier l'échec des peintres dont il avait soutenu
les débuts. Et cette conjugaison dont il s'imagine le
maître et le démiurge, non seulement se trouve refléter
un point de vue réactionnaire devant la mutation impressionniste de la peinture, mais encore elle appartient déjà
à l'explication « scientiste » qui fera de la nouvelle peinture un art dégénéré, un art de malade des nerfs.

HENRI MITTERAND, *Le regard d'Emile Zola*, Europe, mai-juin *1968* :

L'idée commune est que Zola travaille comme « un savant consciencieux et honnête », qu'il emploie pour composer ses romans, des procédés rationnels, scientifiques, selon une procédure parfaitement logique. « Tout se fait tranquillement, sans fièvre, comme la construction d'une maison ou la poursuite de recherches de laboratoire. La fantaisie artistique est maîtrisée et canalisée. »

J'ai essayé de montrer, en d'autres circonstances, en m'attachant à l'étude des ÉBAUCHES, que cela est trop simple, et traduit une illusion de Zola sur son art, sinon une franche méconnaissance de ses propres dons. Il rationalise de manière excessive et inacceptable sa propre activité créatrice, par souci de donner de lui-même un portrait où la figure du romancier et celle du théoricien ne forment qu'une seule image.

[...]

La vérité, il faut la chercher dans la matière même des textes, de tous les textes — ceux que Zola a publiés, et ceux qui les préfiguraient, dans ses notes préparatoires. Il faut la chercher dans une étude sur pièces de sa méthode de travail, afin de mieux connaître sa psychologie créatrice. Et je voudrais m'attacher ici à un aspect de son travail sur lequel il a trop peu insisté et qu'on a peut-être trop méconnu : LA RECHERCHE, LE REPORTAGE, et LA TRANSPOSITION de ce que Hugo a appelé quelque part les « choses vues ».

[...]

Si nous laissons de côté, comme étrangère à notre propos, la documentation tirée des livres, il reste deux sortes de choses vues. Celles qui viennent d'autrefois, et que Zola tire de sa mémoire; et celles qu'il va chercher sur place, pour les besoins du roman. Des premières, les dossiers des ROUGON-MACQUART gardent rarement la trace. Je pense par exemple à l'évocation du paysage provençal, dans LA FORTUNE DES ROUGON, ou plus tard, dans L'ŒUVRE. C'est le regard de la mémoire. Zola n'a qu'à fermer les yeux pour revivre dans tous leurs détails ses escapades au bord de l'Arc, sur la route de Nice, ou sur les pentes de la montagne Sainte-Victoire. Point besoin d'esquisses préalables.

Il n'en est pas de même pour les paysages étrangers

à son enfance, et qu'il lui faut observer de l'extérieur, les yeux sur l'objet même. C'est alors que le regard se fait actif, ou si l'on préfère prudent, dans la mesure où il se traduit immédiatement dans les mots que l'artiste jette sur son carnet, au fur et à mesure que surgissent les impressions.

Sous chacun des romans, il existe une œuvre primitive, ou plusieurs fragments d'œuvre, différents du roman achevé, et différents entre eux, mais dont les qualités ne sont pas moindres, à certains points de vue, que celles de l'œuvre définitive. Les plus frappants, parmi ces textes de fondations, sont d'un côté les ÉBAUCHES, dont je ne parle pas aujourd'hui, et, de l'autre, les carnets d'enquête, qui portent des titres très divers selon les romans. « MES NOTES SUR ANZIN », dans le dossier de GERMINAL, LE LOUVRE, ou « AU BON MARCHÉ » dans le dossier de AU BONHEUR DES DAMES, « LA BEAUCE », dans celui de LA TERRE, « PARIS QUI S'ALLUME », dans celui de L'ŒUVRE, « MON VOYAGE », dans celui de LA BÊTE HUMAINE, etc.

[...]

... c'est le dossier de *L'Œuvre* qui contient le plus grand nombre d'esquisses inspirées par les décors parisiens. Il fallait retracer les errances du jeune peintre Claude Lantier à la recherche du « motif ». Claude Lantier est attiré par la Seine, comme le sont tous les peintres qu'a connus Zola, comme il l'a été également lui-même au temps de sa jeunesse bohême, lorsqu'il habitait le quartier Latin. Zola parcourt les quais du fleuve, de l'île Saint-Louis jusqu'au Pont des Saints-Pères, et note tous les aspects du paysage, le long d'une sorte d'immense « travelling » verbal : la topographie des rues, des ponts, des demeures, des boutiques, l'agitation des quais des ports, la course du soleil au-dessus de l'horizon, les divers états du ciel, les effets d'éclairage, la succession des plans. Il regarde Paris qui s'allume peu à peu à la tombée du jour, avec les jeux d'ombres chinoises que font les silhouettes à travers les devantures éclairées, et les lignes de becs de gaz trouant l'obscurité des rues. Voici, comme unique exemple tiré d'un épais dossier, un aspect de la rue Vieille-du-Temple :

« Des fenêtres ouvrent sur la rue des Rosiers, étroite, plus calme, noire et humide. Le marché des Blancs-Manteaux, lourd et obscur, l'enfilade des dalles dans l'ombre. Boutiques voisines : coiffeur, tripier, échoppes à journaux avec images, boulanger, pharmacien, la rue pas alignée. Maisons plates avec enseignes jusqu'en haut, commerce, ouvriers en chambre. Ruisseau qui éclabousse, trottoir toujours mouillé, odeur fade et moisie, fraîcheur par soleil chaud. Une bouche d'égout. Omnibus, tapissière, camions, coudoiement, dans ce passage étranglé, menace d'être écrasé, la foule. Ouvriers, petites ouvrières. »

Il suit la descente du soleil « au-dessus des maisons, derrière Notre-Dame, puis derrière le palais, puis derrière l'Institut ».

[...]

Le rôle de ces explorations de Zola à travers la quotidienneté, et des observations qu'il griffonne, sur l'instant même, me paraît primordial pour expliquer la survie de son œuvre romanesque. Car c'est d'elles qu'est né le RENDU authentique des passages descriptifs, tandis que les sources livresques n'ont servi qu'à parfaire, en trompe-l'œil, la vraisemblance.

C'est d'elles que naît également la justesse profonde des symboles partout présents. Je ne sache pas que Gaston Bachelard se soit beaucoup intéressé à l'œuvre de Zola, dans sa symbolique générale de la matière. Il aurait pu y faire bien des découvertes à l'appui de ses propres rêveries. Il y aurait une grande enquête à conduire sur l'univers imaginaire et symbolique de Zola : images de l'eau, dans THÉRÈSE RAQUIN dans L'ŒUVRE, LA JOIE DE VIVRE ; images du feu dans GERMINAL et LA BÊTE HUMAINE, images de l'or et du feu mêlées, dans LA CURÉE, images de la terre partout ; et toute l'imagerie humaine et animale. D'où viennent-elles, quelles sont leurs transmutations successives, quelles sont leurs fonctions ? — Les carnets de choses vues révèlent que ce ne sont nullement des artifices décoratifs, mais que l'image et le symbole sont indissociables du premier coup d'œil jeté par Zola sur le réel ; implicites souvent, perceptibles par le seul jeu des connotations lexicales, mais présents toujours derrière les mots. Le symbole naît avec la sensation parce qu'il est dans les choses. La couleur n'est pas pure, mais comme imprégnée de signification. L'impressionnisme cède la place à l'expressionnisme.

GUY GAUTHIER, *Zola et les images*, *Europe*, mai-juin 1968 :

Zola a décrit maintes fois des paysages aux couleurs éclatantes, ce qui a contribué à reléguer à l'arrière-plan d'autres tendances, procédant pourtant d'un art visuel plus subtil. Des noirs, des blancs, des gris, des lignes sûres et austères : c'est un autre Zola, atteignant soudain la force de l'épure [...].

[...] C'est à la nuit tombante, dans le jeu des noirs et des gris que Zola va retrouver des lignes qui font penser quelquefois à des compositions abstraites, ou tout le moins décoratives. Il y a autour du thème de la dentelle noire sur fond gris de multiples variations.

« Puis, au milieu, la Seine vide montait, verdâtre, avec de petits flots dansants, fouettée de blanc, de bleu et de rose. Et le pont des Arts établissait un second plan, très haut sur ses charpentes de fer, d'une légèreté de dentelle noire, animé du perpétuel va-et-vient des piétons, une chevauchée de fourmis, sur la mince ligne de son tablier. » *(L'Œuvre)*.

Claude Lantier, le peintre de PLEIN AIR, le théoricien de la lumière libre retrouve, dehors, à son insu, et peut-être à celle de Zola ce même monde crépusculaire plus propice aux fantômes du nord qu'aux dieux méditerranéens.

« L'œuvre, quand elle fut posée sous la clarté morte du vitrage, l'étonna lui-même par sa brutalité : c'était comme une porte ouverte sur la rue, la neige aveuglait, les deux figures se détachaient, lamentables, d'un gris boueux. » *(L'Œuvre.)*

[...]

La description du mouvement garde, souvent, en littérature, un côté abstrait : on sait que quelqu'un, ou quelque chose bouge (parce qu'on nous le dit), on ne le voit pas. Il est à peu près impossible en effet de suivre mentalement, à l'aide de mots, une trajectoire un peu complexe. Le type de vision de Zola lui a permis de passer à côté de cette difficulté, car il a une prédilection pour les apparitions fulgurantes, les transformations brusques, dues la plupart du temps à des variations de lumière. [...] une lumière brusquement allumée, un éclair, des nuages qui passent, une arrivée en pleine lumière permettant à Zola de capturer l'instant, en respectant à la fois cette émotion soudaine qui anéantit le contexte, et l'indécision d'une vision trop rapide pour s'inscrire durablement dans la mémoire.

« Comme il tournait sur le quai de Bourbon, dans l'Ile Saint-Louis, un vif éclair illumina la ligne droite et plate des vieux hôtels rangés devant la Seine au bord de l'étroite chaussée. La réverbération alluma les vitres des hautes fenêtres sans persiennes, on vit le grand air triste des antiques façades avec des détails très nets, un balcon de pierre, une rampe de terrasse, la guirlande sculptée d'un fronton [...]. Une onde vivante montait de cette foule dans la lumière égale et décolorée lorsque, brusquement, derrière les nuages d'une dernière averse, un coup de soleil enflamma les vitres hautes, fit resplendir le vitrail du couchant, plut en gouttes d'or et à travers l'air immobile... » *(L'Œuvre.)*

Cela nous permet de noter que l'image a toujours plus ou moins chez Zola valeur de reflet, et entre elle et nous s'établit le même rapport qu'entre la vision qu'offrent les authentiques miroirs, et le modèle. Claude Lantier qui peint avec frénésie préfère l'image qui naît sous son pinceau à sa femme qui lui sert de modèle. De l'image tranquille de Miette dans l'eau glauque du puits à l'image démente de Christine dans le tableau de Claude, on peut déceler une remarquable constance.

« La bonne vie à deux avait cessé, un ménage à trois semblait se faire, comme s'il eût introduit dans la maison une maîtresse, cette femme qu'il peignait d'après elle. Le tableau immense se dressait entre eux, les séparait d'une muraille infranchissable ; et c'était au-delà qu'il vivait, avec l'autre. Elle en devenait folle, jalouse de ce dédoublement de sa personnalité, comprenant la misère d'une telle souffrance, n'osant avouer son mal dont il l'aurait plaisantée. Et pourtant elle ne se trompait pas, elle sentait bien qu'il préférait sa copie à elle-même, que cette copie était l'adorée, la préoccupation unique, la tendresse de toutes les heures. » *(L'Œuvre.)*

Nous sommes loin de la reproduction photographique du réel. Derrière cette vie autonome des images, un monde fantastique apparaît qui n'est rien d'autre que notre propre univers intérieur. C'est que les images de Zola viennent de derrière le miroir, de notre propre inconnu.

[...]

Il y a enfin un thème visuel qui n'a pas été évoqué jusqu'à présent malgré sa fréquence, peut-être parce qu'il résume tous les autres. La flamme qui troue le noir, le trait blanc qui le déchire, le mouvement brutal qui fait surgir les choses de l'ombre, l'image-miroir qui semble ouvrir sur la nuit, c'est tout cela qu'on retrouve sans doute dans le thème puissant, magnifique, de la trouée,

ou de la coulée qui paraît, à la réflexion, l'image définitive de l'œuvre de Zola.

« Ses paupières de nouveau, s'étaient closes, un frisson
pâlit son visage, elle revoyait la cité tragique, cette trouée
des quais s'enfonçant dans des rougeoiements de fournaise, ce fossé profond de la rivière roulant des eaux de
plomb, encombré de grands corps noirs, de chalands
pareils à des baleines mortes, hérissé de grues immobiles,
qui allongeaient des bras de potence. » *(L'Œuvre.)*

PATRICK BRADY, « *L'Œuvre* » *de Emile Zola, roman sur les
arts, manifeste, autobiographie, roman à clef*, Genève,
Droz, 1968. Conclusion.

Entre 1880 et 1885, Zola voit mourir les créateurs
qu'il admire le plus : Flaubert, Wagner, Manet. Il voit
aussi mourir sa mère; et Hugo, qui a inspiré sa jeunesse :
et Tourgueniev, qui l'a aidé à faire son chemin; et même
des hommes plus jeunes : Duranty, qui l'a tourné vers
le réalisme, et Vallès, et Gambetta... Les aînés s'en vont,
et même certains contemporains; c'est Zola maintenant
qui deviendra bientôt un des « vieux ». Le pis est que ses
amis, peintres impressionnistes, romanciers naturalistes,
séparés par des considérations esthétiques et financières,
ne sont plus unis par la solide amitié d'autrefois. Et voilà
que les jeunes qu'il croyait inspirer depuis quelque temps,
Huysmans, Bourget et Maupassant par exemple, commencent à se détourner du naturalisme, sous l'influence
de Mallarmé, de Goncourt, de Gustave Moreau, du
roman russe. On lui gâte même sa vieille admiration
pour Wagner, en faisant du compositeur allemand un
mystique féru de mythologie. Rien qui ne tourne mal.
Zola souffre d'obésité, sa femme elle aussi est souffrante,
aucun enfant n'égaie la grande maison de Médan. Zola
se console un peu en écrivant l'histoire de sa jeunesse,
histoire dont cependant la fin est tragique, fatalement
marquée qu'elle est par les déceptions de l'âge mûr.

Dans *L'Œuvre*, Zola prend position à l'égard de la
peinture (surtout la peinture impressionniste), de la littérature (en proie au romantisme, au symbolisme), des
arts en général (retour au rococo), de la condition humaine
(surtout celle de l'homme créateur).

Certains ont prétendu que Zola n'avait pas compris
l'impressionnisme; en fait, il le comprend, mais ce style
ne le satisfait pas. Zola (comme Manet et Cézanne, d'ail-

leurs) préfère un style plus solide, d'où sa préférence
pour Courbet et pour Michel-Ange [...].

Hemmings a signalé l'admiration que Zola manifeste
dans *Rome* à l'égard de Michel-Ange, qui a « le don
suprême, la simplicité dans la force ». C'est donc la peinture simple et forte de la Renaissance qui plaît à Zola,
et c'est pour cette raison qu'il rejette l'impressionnisme.
Est-ce qu'il suffit de comprendre l'impressionnisme pour
l'aimer ? Mais non : on aime souvent l'impressionnisme
à cause des qualités mêmes qui déplaisent à Zola —
grâce, élégance, charme féminin.

En littérature aussi, Zola veut la simplicité dans la
force, s'écarte de l'écriture artiste de Goncourt, condamne
la poésie « compliquée » de Mallarmé ainsi que les excès
du raffinement décadent (Huysmans), de la pure psychologie, de la sentimentalité. Dans *L'Œuvre*, il met en
garde contre un retour aux mensonges du romantisme...

Dans ce roman sur les arts qu'est *L'Œuvre*, à la fois
autobiographie et roman à clef, Zola, au lendemain de
la mort de Victor Hugo, renouvelle ses attaques contre
le romantisme, mais condamne aussi l'influence de
Goncourt et de Mallarmé, et dit sa déception devant la
peinture impressionniste. C'est un véritable manifeste
esthétique.

C'est aussi un livre tragique : élaboré au milieu de la
crise de pessimisme de 1885, il nous montre l'homme qui,
malgré l'absurdité de la condition humaine, continue à
lutter, désespérément mais courageusement, pour se réaliser. Dans Claude et Sandoz, nous voyons les deux seules
alternatives, désespérantes mais inéluctables : celle de
l'idéaliste qui rejette les compromis et finit par se tuer,
et celle du réaliste qui accepte les compromis et continue
à lutter dans l'angoisse de ce choix...

leurs) préfère un style plus solide, d'où sa préférence pour Courbet et pour Michel-Ange [...].

Hemmings a signalé l'admiration que Zola manifeste dans Rome à l'égard de Michel-Ange, qui a « le don suprême, la simplicité dans la force ». C'est donc la peinture simple et forte de la Renaissance qui plaît à Zola, et c'est pour cette raison qu'il rejette l'impressionnisme. Est-ce qu'il suffit de comprendre l'impressionnisme pour l'aimer ? Mais non : on aime souvent l'impressionnisme à cause des qualités mêmes qui déplaisent à Zola — grâce, élégance, charme féminin.

En littérature aussi, Zola voit la simplicité dans la force, s'écarte de l'écriture artiste de Goncourt, condamne la poésie « compliquée » de Mallarmé ainsi que les excès du raffinement décadent (Huysmans), de la pure psychologie, de la sentimentalité. Dans L'Œuvre, il met en garde contre un retour aux mensonges du romantisme...

Dans ce roman sur les arts qu'est L'Œuvre, à la fois autobiographie et roman à clef, Zola, au lendemain de la mort de Victor Hugo, renouvelle ses attaques contre le romantisme, mais condamne aussi l'influence de Goncourt et de Mallarmé, et dit sa déception devant la peinture impressionniste. C'est un véritable manifeste esthétique.

C'est aussi un livre tragique : élaboré au milieu de la crise de pessimisme de 1885, il nous montre l'homme qui, malgré l'absurdité de la condition humaine, continue à lutter, désespérément mais courageusement, pour se réaliser. Dans Claude et Sandoz, nous voyons les deux sortes alternatives, désespérantes mais inéluctables : celle de l'idéaliste qui rejette les compromis et finit par se tuer, et celle du réaliste qui accepte les compromis et continue à lutter dans l'angoisse de ce choix...

TABLE DES MATIÈRES

PUBLICATIONS NOUVELLES

AGEE
La Veillée du matin (508).

ANDERSEN
Les Habits neufs de l'Empereur (537).

BALZAC
Les Chouans (459). La Duchesse de Langeais (457). Ferragus. La Fille aux yeux d'or (458). Sarrasine (540).

BARRÈS
Le Jardin de Bérénice (494).

CHEDID
Nefertiti et le rêve d'Akhnaton (516) *** Le Code civil (523).

CONDORCET
Esquisse d'un tableau historique des progrès de l'esprit humain (484).

CONRAD
Au cœur des ténèbres (530)

CONSTANT
Adolphe (503).
*** Les Déclarations des Droits de l'Homme (532).

DEFOE
Robinson Crusoe (551).

DESCARTES
Correspondance avec Elisabeth et autres lettres (513).

FRANCE
Les Dieux ont soif (544) Crainquebille (533).

GENEVOIX
La Dernière Harde (519)

GOGOL
Le Revizor (497)

KAFKA
La Métamorphose (510) Amerika (501)

LA HALLE
Le Jeu de la Feuillée (520) Le Jeu de Robin et de Marion (538)

LOTI
Le Roman d'un enfant (509) Aziyadé (550)

MALLARMÉ
Poésies (504).

MARIVAUX
Le Prince travesti. L'Ile des esclaves Le Triomphe de l'amour (524).

MAUPASSANT
La Petite Roque (545).

MELVILLE
Bartleby. Les Iles enchantées Le Campanile (502). Moby Dick (546).

MORAND
New York (498).

MORAVIA
Le Mépris (526)

MUSSET
Lorenzaccio (486).

NODIER
Trilby. La Fée aux miettes (548)

PLATON
Euthydème (492) Phèdre (488) Ion (529)

POUCHKINE
La Fille du Capitaine (539).

RIMBAUD
Poésies (505). Une saison en enfer (506) Illuminations (517).

STEVENSON
Le Maître de Ballantrae (561).

TCHEKHOV
La cerisaie (432)

TOCQUEVILLE
L'Ancien Régime et la Révolution (500)

TOLSTOÏ
Anna Karenine I et II (495 et 496)

VOLTAIRE
Traité sur la tolérance (552).

WELTY
L'Homme pétrifié (507)

WHARTON
Le Temps de l'innocence (474). La Récompense d'une mère (454)

GF GRAND-FORMAT

GF — TEXTE INTÉGRAL — GF

10205-XII-1989. — Imp. Bussière, St-Amand (Cher).
N° d'édition 12369. — 4e trimestre 1974. — Printed in France.